पियानो टीचर

(मूल शीर्षक

'Die Klaviers pielerin')

पियानो टीचर

नोबेल पुरस्कार विजेता

एल्फ्रीडे येलिनेक

अनुवाद

अमृत मेहता

वाणी प्रकाशन

The Translation of this book has been supported by the Federal Ministry of of Education, Arts and Culture, Vienna

वाणी प्रकाशन
4695, 21-ए, दरियागंज, नयी दिल्ली 110 002

शाखा

अशोक राजपथ, पटना 800 004

फ़ोन: +91 11 23273167 फ़ैक्स: +91 11 23275710

www.vaniprakashan.in
vaniprakashan@gmail.com
sales@vaniprakashan.in

PIANO TEACHER
by Elfriede Jelinek
Translated by Amrit Mehta

ISBN : 978-93-5000-032-8
Fiction

संस्करण (हिन्दी) 2015
आवृत्ति 2016

मूल्य : ₹495

एम.एस. प्रिंटर्स, दिल्ली-110 093 में मुद्रित

वाणी प्रकाशन का लोगो मक़बूल फ़िदा हुसेन की कूची से

प्राक्कथन

2004 में नॉबेल साहित्य पुरस्कार से सम्मानित लेखिका एल्फ़्रीडे येलिनेक की यह पुस्तक 30 से अधिक वसन्त पार कर चुकी ऐरिका कोहूट के जीवन में कामुकता और हिंसा की गाथा है। अनब्याही ऐरिका को उसकी माँ ने कला की वेदी पर बलिदान कर रखा है, घर और माँ के अलावा ऐरिका की कोई दुनिया नहीं है। ठोंक-पीट कर उसे विशेष बनाया गया है, ताकि पियानो-वादन के क्षेत्र में वह प्रसिद्धि हासिल करे, परन्तु विएना जैसे शहर में संगीत के क्षेत्र में भारी प्रतिद्वंद्विता के होते हुए ऐरिका महज़ एक पियानो-शिक्षिका ही बन पाती है। दुनिया के लिए वह एक आदर्श बेटी है, माँ के लिए उसके एकाकी जीवन में एक खिलौना, जिसकी कामुकता को कुचल कर वह उस पर अपना एकमात्र निरंकुश नियन्त्रण रखना चाहती है। परन्तु ऐरिका का एक दूसरा कामविकृत पक्ष है, जिसे अविवाहिता दबा नहीं पाती, वह अश्लील फ़िल्में तथा पीप-शो देखने जाती है, पार्क में संभोगरत स्त्री-पुरुषों को चोरी-छुपे देखती है और तरंग में आ कर स्वयं को कभी-कभी ब्लेड से काट लेती है। तीन मुख्य पात्रों की इस कथा का तीसरा मुख्य पात्र वाल्टर क्लेम्मर, जो उसका छात्र है, उस पर मोहित हो जाता है, लेकिन ऐरिका उसे सहवास की स्वीकृति देने से पूर्व उससे कष्टभोग्यजन्य सेक्स की अपेक्षा रखती है।

मुख्य कथानक की पृष्ठभूमि में यह उपन्यास पचास वर्ष पूर्व के विएना की नैतिक तथा सामाजिक मार्गच्युति का दर्पण है। येलिनेक के उपन्यासों में भाषा के स्तर पर विद्रोह की एक आभा होती है, जिसमें निशाना होते हैं लोकप्रिय संस्कृति और अच्छा जीने की शैली का मिथ्यावादी प्रचार। 'पियानो टीचर' में पाठक का परिचय एक क्रूर समाज से होगा, जिसमें हिंसा और समर्पण है। शिकारी हैं और शिकार हैं।

नारीवादी येलिनेक के विरोधी कई बार उन पर नारीवाद-विरोधी होने का आरोप

लगाते हैं। येलिनेक की दृष्टि में नारी उत्पीड़ित अवश्य है, लेकिन इसी कारण नारी देवी भी नहीं है। येलिनेक की नारीवादी सोच में नारी पुरुष से बेहतर मनुष्य नहीं है। प्रस्तुत उपन्यास भी इस दृष्टिकोण की पुष्टि करेगा।

येलिनेक की रचनाओं का अनुवाद विश्व के किसी भी अनुवादक के लिए मृत्युदण्ड-तुल्य है। इससे पूर्व लेखिका के उपन्यास 'लस्ट' के हिन्दी अनुवाद में इस पर मैं बहुत कुछ लिख चुका हूँ। उम्मीद कर सकता हूँ कि पाठक येलिनेक की भाषा के अनूठेपन को हिन्दी में वैसे ही अनुभव करेंगे, जैसे जर्मन पाठकों ने किया होगा।

अमृत मेहता

I

पियानो टीचर ऐरिका कोहूट किसी चक्रवात की तरह उस फ़्लैट में घुसती है, जिसमें वह अपनी माँ के साथ रहती है। माँ ऐरिका को मेरी छोटी-सी बवंडर कह कर बुलाना पसंद करती है, क्योंकि कई बार उसकी रफ़्तार बेहिसाब होती है। उसकी कोशिश माँ से जान छुड़ाने की होती है। ऐरिका तीस के अन्त की ओर बढ़ रही है। जहाँ तक माँ की आयु का प्रश्न है, वह आसानी से उसकी नानी हो सकती थी। विवाह के अनेक कठिन वर्षों के बाद कभी ऐरिका का दुनिया में पदार्पण हुआ था। तत्काल पिता ने दण्ड बेटी के हाथों में थमाया और प्रस्थान कर गये। ऐरिका प्रकट हुई और वह प्रस्थान कर गये। आज मजबूरी ने ऐरिका को चुस्त बना दिया है। पतझड़ के पत्तों के झुण्ड की तरह वह गोली की तरह दरवाज़े में घुसती है और इससे पहले कि कोई उसे देख ले, अपने कमरे में पहुँचने की कोशिश करती है। परन्तु वहीं अपनी पूरी लम्बाई में मामा सामने खड़ी होती है, रोक लेती है उसे। जवाब दे, दीवार से लग कर खड़ी हो जा, एक ही व्यक्ति परीक्षक भी और गोली मार कर ख़त्म करने वाला कमांडो भी, देश और परिवार में एकमत से माँ के रूप में जाना जाने वाला। माँ कुरेदती है कि ऐरिका अब इतनी देर से घर कैसे आयी है? अन्तिम शिष्य तो तीन घण्टे पहले घर जा चुका है, जिसका ऐरिका ने मज़ाक उड़ा कर बुरा हाल कर दिया था। तू सोचती है कि मुझे पता नहीं लगता कि तू कहाँ थी, ऐरिका। एक बच्ची बिना कहे अपनी माँ को जवाबदेह है, जिस पर ख़ैर यक़ीन नहीं किया जायेगा, क्योंकि बच्ची को झूठ बोलने की आदत है। माँ इन्तज़ार कर रही है, लेकिन सिर्फ़ तब तक, जब तक वह एक दो तीन गिनेगी।

दो पर ही बेटी जवाब दे देती है, जो सच्चाई से बहुत परे है। बैग, जिसमें स्वरचिह्नों से भरे पृष्ठ पड़े हैं, उससे छीन लिया जाता है, और तुरन्त माँ सभी प्रश्नों के कड़वे उत्तर पा जाती है। बैग की थोड़ी-सी जगह में बीथोवन की चतुर्दशपदियों

के चार टेपों के साथ एक विक्षुब्ध नयी पोशाक पड़ी है, जिसे देख कर पता चल रहा है कि उसे अभी-अभी ख़रीदा गया है। माँ तुरन्त अपना सारा गुस्सा पोशाक पर उतार देती है। कुछ समय पहले जो पोशाक दुकान में हैंगर में बिंधी इतनी आकर्षक लग रही थी, रंगीन और मुलायम, अब वहाँ एक ढीले पोंछे की तरह पड़ी थी, माँ की नज़रों से बिंधी पोशाक पर जो पैसे लगे, वे बचत खाते में जाने थे! अब समयपूर्व खर्च हो गये। इस पोशाक को कभी भी आस्ट्रियाई बचत बैंक के गृह निर्माण हेतु ऋण देने वाले बैंक की बचत खाते की पुस्तिका में एक प्रविष्टि के रूप में हमेशा नज़रों के सामने रखा जा सकता था, अगर कपड़े रखने के सन्दूक की तरफ़ जाने से न कतराया जाता, जहाँ बचत-पुस्तिका चादरों के एक ढेर के नीचे से झाँक रही होती है। लेकिन आज वह सैर पर निकली है, उसमें से पैसा निकाला गया है, और नतीजा अब सामने है : जब भी कोई जानना चाहे कि ख़ूबसूरत पैसा कहाँ चला गया तो ऐरिका को यह पोशाक पहननी होगी। माँ चिल्लाती है : तूने बाद में इससे मिलने वाले इनाम से हाथ धो लिया! बाद में हमारा एक नया फ्लैट होता, लेकिन तू तो इन्तज़ार नहीं कर सकती न, एक चिथड़ा उठा लायी, जल्दी ही जिसका फ़ैशन नहीं रहेगा। माँ सब बाद में चाहती है। कुछ भी फौरन नहीं। लेकिन बच्ची को हमेशा चाहिए, और वह हमेशा जानना चाहती है कि जब मामा को दिल का दौरा पड़ने को हो तो वह बच्ची से कहाँ सम्पर्क करे। माँ बाद में सुख से रहने के लिए समय पर बचाना चाहती है। और ऐरिका जा कर एक पोशाक ख़रीद लाती है, जिसका जीवनकाल मछली और डबलरोटी पर अण्डे की ज़र्दी, तेल तथा सिरके को फेंट कर बनाये गये सलाद के मसाले के एक लेप से अधिक नहीं है। यह पोशाक अगले साल नहीं, बल्कि अगले महीने ही हर तरह के फ़ैशन से बाहर हो जायेगी। पैसा फ़ैशन से नहीं बनता।

मालिक़ाना हक़ वाले एक बड़े फ़्लैट के लिए बचत की जा रही है। किराये के जिस फ़्लैट में वे अब रह रहे हैं, वह इतना पुराना हो चुका है कि उसे अब फेंका जा सकता है। पहले तो उन्हें एक साथ मिल कर दीवारों में बनायी जाने वाली अलमारियों, बल्कि फ़्लैटों को अलग-अलग बाँटने वाली दीवारों की जगह को चुनना होगा, क्योंकि उनके फ़्लैट के लिए इस्तेमाल होने वाली यह एक बिल्कुल नयी निर्माण-प्रणाली है। सब कुछ व्यक्ति की इच्छानुसार बनाया जाता है। जो देता है, मर्ज़ी उसकी चलती है, मर्ज़ी माँ की चलती है, जिसे ज़रा-सी पेंशन मिलती है, और देती ऐरिका है। भविष्यगामी प्रणाली के अन्तर्गत निर्मित इस नये-नकोर फ़्लैट में हरेक का अपना एक साम्राज्य होगा, ऐरिका का यहाँ, माँ का वहाँ, दोनों साम्राज्य

सफ़ाई से एक-दूसरे से अलग। लेकिन एक संयुक्त बैठक होगी, जहाँ मिला जायेगा। जब भी जी चाहे। परन्तु प्राकृतिक नियमों के अनुसार माँ और बच्ची हमेशा मिलना चाहेंगी, क्योंकि वे एक-दूसरे की हैं। यहीं, इस सूअरों के दड़बे में, जो धीरे-धीरे रसातल को जा रहा है, ऐरिका का अपना एक साम्राज्य है, जहाँ उसका चालन और संचालन किया जाता है। यह एक काम चलाऊ साम्राज्य है, क्योंकि माँ को हर समय प्रवेश का अधिकार है। ऐरिका के कमरे में साँकल नहीं है और किसी बच्चे का अपना कोई भेद नहीं होता।

ऐरिका के रहने, जीवन बिताने की जगह अपना एक छोटा कमरा है, जहाँ वह जो चाहे कर सकती है। कोई रोक-टोक करने वाला नहीं है, क्योंकि यह कमरा एकदम उसका अपना है। फ़्लैट में बची शेष पूरी जगह माँ का साम्राज्य है, जो हर चीज़ का ख़याल रखती है, गृहस्थी का प्रबन्ध करती है, जबकि ऐरिका माँ के गृहिणी के तौर पर निभाये गये काम के फल का स्वाद चखती है। घर-गृहस्थी के काम में ऐरिका को कभी जान नहीं मारनी पड़ी, क्योंकि सफ़ाई-धुलाई की सामग्री से पियानो-वादिका के हाथ बरबाद हो जायेंगे। माँ को अपने कभी-कभी मिलने वाले आराम के अन्तरालों में चिन्ता सताती है तो वह केवल अपनी बहुरूपी सम्पत्ति की है। क्योंकि हमेशा मालूम नहीं पड़ पाता कि कहाँ पर ठीक से क्या हो रहा है। कहाँ है यह चंचल-चपल सम्पत्ति फिर से? किन जगहों पर वह अकेली या दुकेली छिनालपना कर रही है? ऐरिका, पारे सरीखी यह लड़की, यह फिसल-फिसल जाने वाली चीज़, इस समय शायद कहीं चक्कर चला रही है या कुछ गड़बड़ कर रही है। लेकिन हर दिन बेटी फिर से एक सैकिण्ड भी विलम्ब नहीं करती और वहाँ होती है, जहाँ उसे होना चाहिए : घर पर। माँ को बेचैनी घेर लेती है, क्योंकि हर सम्पत्ति का मालिक सीखता है, दर्द पा कर सीखता है : विश्वास भला है, फिर भी नियन्त्रण रखना बेहतर है। मामा की सबसे बड़ी समस्या यह है कि वह अपनी सम्पत्ति को यथासम्भव अचल दशा में एक जगह पर चेप कर नहीं रख सकती, ताकि वह वहाँ से भाग न जाये। यह काम टी.वी. का बक्सा करता है, जो ख़ूबसूरत तस्वीरें, सुरीले गीत, बने-बनाये, बँधे-बँधाये, घर में ले कर आता है। उसकी वजह से ऐरिका तकरीबन हमेशा घर में होती है, और जब चली जाती है तो ठीक से पता होता है कि कहाँ फरफराती हुई उड़ रही है। शाम को ऐरिका कभी-कभी किसी संगीत-समारोह में जाती है, लेकिन बहुत कम। या तो वह पियानो पर बैठी कब से दफ़नाये जा चुके अपने पियानो-वादिका बनने के सपने को कूट रही होती है, या किसी भूतनी की

तरह अपने शिक्षार्थियों के साथ किसी रिहर्सल में लटकी होती है। ज़रूरत पड़ने पर उसे वहाँ फ़ोन किया जा सकता है। या ऐरिका अपनी ख़ुशी के लिए संगीत बजाने और चहचहाने के लिए अपने जैसा शौक़ रखने वाले संगीतज्ञों के साथ बैठी होती है। वहाँ भी उसे फ़ोन किया जा सकता है। ऐरिका माँ की दादागीरी का प्रतिरोध करती है और बार-बार कोशिश करती है कि उसे वहाँ फ़ोन न किया जाये, लेकिन माँ जिसे हमेशा कुचल सकती है, क्योंकि आदेश सिर्फ़ वही दे सकती है। ऐरिका के बारे में पूछ-ताछ का जवाब भी माँ देती है, जिसका परिणाम यह होता है कि कम-से-कम लोग बेटी से मिलना या बात करना चाहते हैं। ऐरिका का पेशा ही उसका शौक़ है। दैवी शक्ति संगीत। ऐरिका का पूरा समय संगीत से सराबोर है। किसी और समय के लिए उसमें स्थान नहीं है। किसी चीज़ में इतना आनन्द नहीं है जितना संगीत के उत्कृष्ट प्रस्तुतीकरण में, जिसका सृजन उच्चकोटि के कलाकारों ने किया है।

अगर ऐरिका महीने में एक बार किसी कैफ़े में बैठती है तो माँ जानती है कि कौन से वाले में है, और उसे वहाँ फ़ोन कर सकती है। इस हक़ का वह खुल कर इस्तेमाल करती है। सुरक्षा तथा अनुकूलन का एक घरेलू इन्तज़ाम।

समय धीरे-धीरे ऐरिका के इर्द-गिर्द जिप्सम की तरह जम जाता है। एक बार माँ उस पर घूँसा मार दे तो वह भुर जाता है। ऐसे मौक़ों पर ऐरिका अपनी पतली गर्दन के इर्द-गिर्द विकृतांग को सीधा रखने वाला समय का जिप्सम वाला कालर पहने बैठी होती है, जिसे देखकर वहाँ बैठे दूसरे लोग मज़ाक उड़ा रहे होते हैं, और ऐरिका को स्वीकार करना पड़ता है : मुझे अब घर जाना है। घर। जब भी कोई ऐरिका को बाहर मिलता है तो वह हमेशा घर जा रही होती है।

माँ कहती है कि ऐरिका उसके लिए वैसे ही अच्छी है जैसी वो है। उसका और कुछ नहीं बनने वाला। अगर वह सिर्फ़ मेरे, अपनी माँ के कहने पर चल रही होती तो जितनी भी लियाक़त ख़ैर उसमें है, उससे वह अपने प्रदेश से बाहर पियानो-वादिका की हैसियत से मशहूर हो सकती थी। लेकिन ऐरिका माँ की मर्ज़ी के ख़िलाफ़ बुराइयों में फँस गयी थी : ख़याली मर्दाना प्यार पढ़ाई से ध्यान हटाता था तो लीपने-पोतने, सजने-धजने जैसे ओछे काम बुरी नज़रों को दावत देते थे, जिन्होंने उसकी तरक्की को ठीक से शुरू होने से पहले ही ख़त्म कर दिया था। परन्तु एक निश्चितता निश्चित है : विएना नगर के संगीत-शिक्षालय का पियानो-वादन विभाग। और उसे कभी भी पढ़ाई या उससे सम्बन्धित भ्रमण के वर्ष शिक्षालय की

किसी शाखा या किसी छोटे-मोटे शहर के संगीत-विद्यालय में नहीं गुज़ारने पड़े, जहाँ कितने ही युवा-जीवन समाप्त हो गये, श्रीमान निदेशक का धूलधूसरित, कुबड़े हुए नश्वर, जल्दी-जल्दी घुलते चेलों का झुण्ड।

बस यह झूठा घमण्ड। यह नीच घमण्ड। ऐरिका का घमण्ड माँ का दिमाग़ ख़राब कर देता है और उसकी आँख की किरकिरी बना रहता है। यह घमण्ड एकमात्र ऐसी चीज़ है, जिससे छुटकारा पाना ऐरिका को धीरे-धीरे सीखना चाहिए। जितनी जल्दी हो सके बेहतर, क्योंकि वह उम्र, जो उसके सामने खड़ी है, झूठे घमण्ड को उस पर एक भारी बोझ बना देगी। उम्र तो अपने आप में एक बोझ होती है। यह ऐरिका! संगीत के इतिहास के महारथी क्या मिथ्याभिमानी होते थे? नहीं होते थे। एक चीज़, जिसे ऐरिका को छोड़ना होगा, वह है मिथ्याभिमान। ज़रूरत पड़ी तो उसकी माँ इस लक्ष्य को प्राप्त करने के लिए उसे रन्दे से घिसेगी, ताकि कोई फालतू चीज़ उस पर टिके न।

इसलिए मामा अपनी बेटी की संकुचित उँगलियों से नयी पोशाक मरोड़ कर निकालने की कोशिश करती है, परन्तु ये उँगलियाँ महा प्रशिक्षित है। छोड़ इसे, माँ कहती है, दे दे मुझे! फालतू चीज़ों पर जान देने के लिए तुझे सज़ा मिलनी चाहिए। अब तक ज़िन्दगी ने तेरी परवाह न करके तुझे सज़ा दी है, और तेरी माँ आज तेरी परवाह न करके तुझे सज़ा दे रही है, चाहे तू रस्सी से लटक जा या जोकरों की तरह अपना चेहरा पोत ले। इधर कर कपड़ा!

ऐरिका अचानक अपनी कपड़ों की अलमारी की तरफ़ गिरती है। एक ऐसे अनिष्टकर संशय ने उसे घेरे में ले लिया है, जिसकी कई बार पुष्टि हुई है। उदारणतया आज फिर कुछ गुम है, हाँ, पतझड़ में पहनने वाला गहरा धूसर कोट। क्या हुआ? ज्योंही ऐरिका देखती है कि कुछ गुम है तो वह जानती है कि उसके लिए कौन ज़िम्मेदार है। एक ही व्यक्ति हो सकता है। साली बदचलन औरत, ऐरिका अपने उच्च न्यायालय पर चिल्लाती है और माँ के गहरे सुनहरे रंगे बाल नोचने लगती है, जो नीचे जड़ों पर सफ़ेद हो रहे हैं। नाई भी महँगे हैं, और वह उनके पास नहीं जाती। ऐरिका हर महीने माँ के बाल ब्रश तथा पोलीकलर से रँगती है। अब ऐरिका उन बालों को नोच रही है, जो उसने ख़ुद ख़ूबसूरत बनाये थे। क्रोध से भरी वह उन्हें नोचती जाती है। माँ हुआ रही है। नोचना ख़त्म करने पर उसके हाथों में बालों का एक गुच्छा होता है, जिन्हें वह ख़ामोशी से और हैरान हो कर देखती है। रसायनों ने इन बालों के प्रतिरोध के विरोध में वैसे ही उन्हें तोड़ रखा है, परन्तु

प्रकृति ने भी उनको कलाकृति का रूप नहीं दिया था। ऐरिका को तुरन्त समझ नहीं आता कि इन बालों का क्या करे। अंततः वह रसोई में जा कर गहरे सुनहरे, अक्सर ग़लत रंगे बालों के गुच्छे को कचरे के डिब्बे में फेंक आती है।

माँ सर के घटे हुए बालों के साथ रोती हुई बैठक में खड़ी है, जहाँ ऐरिका अपने निजी संगीत-समारोह करती है, जिनमें उससे बेहतर कोई नहीं होता, क्योंकि इस बैठक में उसके अलावा और कोई पियानों नहीं बजाता। नयी पोशाक अब भी माँ के काँपते हाथ में है। अगर इसे बेचना है तो जल्दी करे क्योंकि गोभी के फूल जितने बड़े पोस्त के फूलों वाले डिज़ाइन सिर्फ़ एक साल चलते हैं और फिर कभी नहीं। माँ के सर में वहाँ पर दर्द है, जहाँ बाल ग़ायब हैं।

बेटी लौट कर घबरायी हुई रो रही है। वह माँ को ज़लील औरत कहती है इस उम्मीद में कि माँ जल्दी ही उससे मेल-मिलाप कर लेगी। एक प्रेम भरे चुम्बन के साथ। माँ गाली देती है, ऐरिका का हाथ गल कर गिर जाये, क्योंकि उसने मामा को मारा और उसके बाल नोचे हैं। ऐरिका और ज़ोर से हिचकियाँ लेना शुरू कर देती है, क्योंकि अब उसे अफ़सोस हो रहा है। आख़िर तो माँ ने उसके लिए कितना आत्मत्याग किया है, अपनी हड्डियों और बालों की कुर्बानी दी है। ऐरिका को माँ के ख़िलाफ़ की गयी हर चीज़ के लिए बहुत जल्दी अफ़सोस होने लगता है, क्योंकि वह माँ से प्यार करती है, जिसे वह अपने बचपन के आरम्भ से जानती है। अंततः ऐरिका आशानुसार नरम पड़ जाती है और ज़ोर से हुआने लगती है। अच्छा अच्छा, ठीक है, मम्मी भी ठण्डी पड़ जाती है, वह अपनी बेटी से सचमुच में तो बुरी नहीं हो सकती। अब मैं पहले कॉफ़ी बनाऊँगी, जिसे हम एक साथ पियेंगे। नाश्ता करते हुए ऐरिका को माँ पर और भी दुख होता है और बचा-खुचा गुस्सा केक खाने के समय उड़न छू हो जाता है। वह माँ के बालों में छेद ढूँढ़ती है। लेकिन कैसे कहे कि वह भी नहीं जानती कि गुच्छों का क्या करे। मलहम लगाने की ख़ातिर वह फिर ज़रा सा रोती है, क्योंकि माँ बूढ़ी हो चुकी है और कभी ख़त्म हो जायेगी। और इसलिए कि ऐरिका की जवानी भी निकल चुकी है। कुल मिला कर इसलिए कि हमेशा कुछ गुज़र जाता है और आता कोई बहुत कम है।

माँ अपनी बच्ची को अब समझाती है कि क्यों एक ख़ूबसूरत लड़की को बहुत अधिक शृंगार नहीं करना चाहिए। बच्ची बात को मानती है। ये इतने सारे कपड़े, जो ऐरिका की अलमारी में लटक रहे हैं, वे किसलिए? ये कपड़े बेकार में लटक रहे हैं; बस अलमारी की सजावट हैं। माँ कपड़ों की ख़रीद तो नहीं रोक सकती, लेकिन

कपड़ों के पहनने का जहाँ तक प्रश्न है, वहाँ उसका निर्बाध प्रभुत्व है। यह माँ निश्चित करती है कि ऐरिका घर से बाहर कैसे निकलेगी। इस तरह तू घर से नहीं निकलेगी, माँ तय करती है, जिसे डर है कि ऐरिका पराये मर्दों के साथ पराये घरों में घुसेगी। ऐरिका भी अपनी पोशाकें कभी न पहनने के नतीजे पर पहुँची है, यह माँ का कर्तव्य था कि उसे फ़ैसले लेने में मदद करे और ग़लत फ़ैसले लेने से बचाये। तब बाद में घावों पर मलहम लगाने की ज़रूरत नहीं रहती, क्योंकि चोट लगवाने में किसी को अनुचित प्रोत्साहन नहीं दिया गया। माँ ऐरिका को अपनी तरफ़ से चोटें देना बेहतर समझती है और फिर वह उनके नीरोगण की प्रक्रिया पर दृष्टि रखती है।

वार्तालाप फालतू की बातों से मतलब की बातों की ओर बढ़ता है, जहाँ उन पर ज़हर उगला जाता है, जो ऐरिका के दायें-बायें से आ कर आगे बढ़ना चाहते हैं, या आगे आने की धमकी देते हैं। यह ज़रूरी न होता, इन लोगों को वह नहीं करने देना चाहिए जो वे चाहते हैं! तू भी तो करने देती है न! तुझे उन पर रोक लगानी चाहिए, लेकिन इन मामलों में तू बौड़म है, ऐरिका! अगर टीचर दृढ़ हो कर यह सब रोकेगी तो उसकी क्लास से कोई भी उम्र में छोटी लड़की आगे नहीं बढ़ सकती और पियानो-वादिका के रूप में अवांछित तथा अपनी बारी से पहले तरक्की नहीं पा सकती। जब तू तरक्की नहीं कर सकी तो अब दूसरे क्यों करें और वह भी पियानो-वादकों के तेरे अस्तबल से?

ऐरिका अब भी सुबकती हुई बेचारी पोशाक को अलमारी में दूसरे कपड़ों, पैण्ट-कमीज़ों, स्कर्टों, कोटों इत्यादि के साथ टाँग देती है। वह इन सब को कभी नहीं पहनती। उन्हें शाम को उसके घर आने तक उसकी प्रतीक्षा करनी होती है। फिर उन्हें फैला कर, बदन पर लपेट का निहारा जाता है। क्योंकि वे उसके हैं। माँ उन्हें ले जा कर बेच तो सकती है, मगर ख़ुद नहीं पहन सकती, क्योंकि माँ ऐसे खोलों के लिए बहुत मोटी है। ये चीज़ें उसके उपयुक्त नहीं हैं। सब चीज़ें उसकी हैं। उसकी। ऐरिका की। पोशाक अभी नहीं जानती कि उसके काम पर सहसा रोक लगा दी गयी है। उसे बिना इस्तेमाल किये बन्द कर दिया गया है, सेवा का मौक़ा नहीं दिया गया। ऐरिका उसकी मालिक होगी और उसे निहारा करेगी। दूर से निहारेगी। वह एक बार पहन कर देखना भी नहीं चाहेगी, इतना ही पर्याप्त होगा कि कपड़े और रंगों से बनी इस कविता को वह सामने पकड़ कर प्यार से हिलाये। जैसे वसन्ती पवन भीतर प्रवेश कर रही हो। ऐरिका ने पोशाक को फ़ैशन की दुकान पर पहन

कर देखा था, और अब वह उसे फिर कभी नहीं पहनेगी। अब भी ऐरिका उस ज़रा से क्षणिक जादू को याद नहीं कर सकती, जो पोशाक ने दुकान में उस पर किया था। अब उसके पास कपड़े की एक और लाश थी, लेकिन वह फिर भी उसकी थी।

रात में, जब सब सो रहे होते हैं और ऐरिका अकेली जाग रही होती है, जबकि शरीर के रिश्ते से एक दूसरे से जकड़ी इस जोड़ी का मौजी हिस्सा, माताश्री, चैन से सोयी यंत्रणाएँ देने के नये-नये तरीकों के सपने ले रही होती है, तब ऐरिका कभी-कभार अलमारी खोल कर अपनी रहस्यमय इच्छाओं के साक्षियों पर हाथ फेरती है। ये इतनी रहस्यमय भी नहीं हैं; ये इच्छाएँ, वे चीख-चीख कर बोल रही हैं, कितना पैसा ख़र्च हुआ था इन पर, और यह सब किसलिए अब? रंग दूसरी और तीसरी आवाज़ पेश करते हुए चीख रहे हैं। कोई पुलिस से दूर रहे बिना ऐसे कपड़े कैसे पहन सकता है? आमतौर पर ऐरिका हमेशा स्कर्ट और पुलोवर पहनती है, गर्मियों में ब्लाउज़। कई बार माँ नींद से उठ कर जाग जाती है और सहज-ज्ञान से जानती है : यह अपने कपड़ों को निहार रही है, यह घमण्डी मेंढकी। माँ निश्चित जानती है, क्योंकि वह .ख़ुश भी है कि अलमारी के दरवाज़े चरचरा नहीं रहे।

मुसीबत यह है कि कपड़ों की यह ख़रीदारी नये फ़्लैट में जाने की अवधि को बेहद लम्बी करती जा रही है, और ऐरिका के बारे में हमेशा ख़तरा लगा रहता है कि इश्क़ करने वाले बदमाशों के गिरोह में से कोई उसे निगल जायेगा, और उनके झोंपड़े में कोयल का एक मर्दाना अण्डा पड़ा होगा। सुबह नाश्ते पर ऐरिका को ज़रूर उसकी बेअक़्ली के लिए झिड़का जायेगा, बालों के घावों से तो माँ कल मर ही जाती, धक्के से भी। अगर ऐरिका अपनी निजी ट्यूशन के घण्टे बढ़ा दे तो भुगतान निर्धारित अवधि के भीतर हो जायेगा।

बेकार संग्रह में सिर्फ़ एक दुल्हन की पोशाक की कमी है। माँ दुल्हन की माँ नहीं बनना चाहती। वह एक आम माँ बनी रहना चाहती है, इस हैसियत में वह राज़ी है। अब आख़िर में सोने का वक्त आ गया है। अपने दाम्पत्य के पलंग से माँ ऐरिका को आदेश देती है। लेकिन ऐरिका अब भी आईने के सामने खड़ी इठला रही है। माँ के आदेश उसकी पीठ में फावड़े की तरह लग रहे हैं। जल्दी से वह दोपहर बाद पहनी जाने वाली फूलों वाली एक फ़ैशनबेल पोशाक को टटोल कर देखती है, इस बार मग़ज़ी पर। इन फूलों ने कभी ताज़ी हवा नहीं महसूस की, और यह भी नहीं जानते थे कि पानी क्या होता है। पोशाक, जैसा कि ऐरिका को विश्वास दिलाया गया है, नगरकेन्द्र के एक फ़र्स्ट क्लास फ़ैशन हाउस से है। गुणवत्ता तथा संसाधित

रूप अनन्तकाल तक चलने वाले हैं, शरीर पर इसका बैठना ऐरिका की गठन पर निर्भर करता है। ज़्यादा मिठाइयाँ और मैदे से बनी चीज़ें नहीं खानी! पोशाक पर पहली नज़र डालते ही ऐरिका जान गयी थी : इसे मैं बरसों पहन सकती हूँ, फ़ैशन से यह तिल भर भी हट कर नहीं होगी। पोशाक बरसों फ़ैशन की राह पर बनी रहेगी! यह तर्क माँ पर व्यर्थ जाता है। यह कभी भी पुराने फ़ैशन की नहीं होगी। माँ को ख़ुद अपने दिल में ईमानदारी से टटोल कर देखना चाहिए कि क्या उसने अपनी जवानी में ऐसी काट वाली पोशाक नहीं पहनी थी, मम्मी? लेकिन वह उसूलन इनकार करती है। फिर भी ऐरिका निष्कर्ष निकालती है कि यह ख़रीदी फायदेमंद रही है; इस वजह से कि कपड़ा कभी पुराना नहीं होगा और ऐरिका बीस साल बाद भी पोशाक को आज की तरह पहन रही होगी।

फ़ैशन जल्दी-जल्दी बदलते हैं! जितनी देर कपड़े ताले-चाबी में रखो, ये पहने नहीं जाते। लेकिन कोई भी आ कर यह नहीं कहता कि इन्हें दिखाओ। उसके सर्वोत्तम वर्ष बिना इस्तेमाल किये निकल जाते हैं और कभी लौट कर नहीं आते, और आते हैं तो बीस सालों में आते हैं।

बहुत सारे शिष्य अपनी पियानो-शिक्षिका ऐरिका से बचना चाहते हैं, जबकि उनके माता-पिता उन्हें कला की आराधना करते देखना चाहते हैं। अतः प्रोफ़ेसरनी जी को भी शिकंजा कसना पड़ता है। लेकिन अधिकांश शिष्यों की कला में रुचि है, इसे वे सीखना चाहते हैं। अगर कोई परदेसी या अजनबी इस कला की साधना कर रहा हो तो वे उस कला का सम्मान भी करते हैं, भले ही वह किसी संगीत-क्लब में हो या संगीत-समारोह में। वे तुलना करते हैं, तोलते हैं, नापते हैं, गिनते हैं। बहुत से विदेशी ऐरिका से सीखने आते हैं, हर वर्ष उनकी संख्या बढ़ती जाती है। विएना, संगीत-नगरी! अभी तक जो विरासत बची है, वह इस नगर में भविष्य में भी बची रहेगी। संस्कृति के मोटे, सफ़ेद पेट से बटन टूट रहे हैं, इतनी मोटी, जैसी जल में तैरती एक लाश, जो बाहर न खींचे जाने पर और भी फूलती जाती है।

अलमारी नयी पोशाक को स्वयं में समेट लेती है। एक और! माँ ऐरिका का घर से बाहर निकलना पसन्द नहीं करती। यह पोशाक बहुत ध्यानाकर्षक है, बच्ची के उपयुक्त नहीं है। माँ कहती है कि कहीं तो कोई सीमा होनी चाहिए, वह नहीं जानती कि उसके कहने का क्या मतलब है। यहाँ तक बस, आगे नहीं, यह माँ का मतलब है।

माँ ऐरिका को हिसाब समझाती है कि वह बहुतों में एक नहीं है, बल्कि एकमात्र

और अकेली है। माँ को हमेशा इस गणित के अलावा और कुछ नहीं सूझता। अपने बारे में ऐरिका का खुद का कहना है कि वह व्यक्तिवादी है। वह कहती है कि वह किसी के अधीनस्थ नहीं हो सकती। उसको वर्गीकृत करना कठिन काम है। ऐरिका जैसी चीज़ एक बार ही बनती है और फिर एक बार भी नहीं बनती। अगर किसी चीज़ का सानी न मिले तो उसे ऐरिका कहते हैं। उसे किसी भी तरह के समतावाद से वितृष्णा होती है, जैसे स्कूली-शिक्षण में सुधारों से, जिसमें वैशिष्ट्य-लक्षणों की परवाह नहीं की जाती। ऐरिका स्वयं को दूसरों के साथ मिलाया जाना पसन्द नहीं करती, चाहे उनकी सोच उससे मिलती हो। वह तुरन्त विशिष्ट नज़र आयेगी। वह तो बस वह ही है। वह जैसी है वैसी ही है और उसमें वह कोई बदलाव नहीं ला सकती। माँ उस पर होने वाले ग़लत असर वहाँ सूँघ लेती है, जहाँ वह उसे देख नहीं सकती, और उसे ख़ास तौर से दूसरों द्वारा कुछ और बना देने से बचाना चाहती है। क्योंकि ऐरिका विशिष्ट है, व्यष्टि है, तथापि विरोधाभासों से भरपूर है। ऐरिका में ये विरोधभास उसे निश्चित रूप से व्यक्तित्व के नाश का विरोध करने पर बाध्य करते हैं। ऐरिका सबल छाप लिये एक विशिष्ट व्यक्तित्व है और अपने शिष्यों की भारी भीड़ के समक्ष अकेली है, सब के मुक़ाबले में एक, जो कला के पोत के चालन-चक्के को सँभाले है। उसे दूसरों में शामिल करना उसके प्रति अन्याय होगा। जब कोई शिक्षार्थी उससे उसके लक्ष्य के बारे में प्रश्न करता है तो वह कहती है : मानवता, इस शब्द में वह शिक्षार्थियों को बीथोवन के हाइलिगन-शटाट्ट में लिखे गये विधान का सार समझा देती है, स्वयं को भी संगीत के शूरवीरों की प्रतिभाओं की बगल में रखते हुए। ऐरिका बहुप्रचलित कला से जुड़े तथा वैयक्तिक मतों से निष्कर्ष निकालती है; इतने वर्ष माँ के अधीन रहने के बाद वह कभी किसी पुरुष के अधीन नहीं रह सकती। माँ ऐरिका के विलम्बित विवाह के विरुद्ध है, क्योंकि मेरी बेटी कहीं किसी के अधीनस्थ नहीं हो सकती, किसी से मिलायी नहीं जा सकती। ऐसी है वह। ऐरिका को कोई जीवनसाथी नहीं चुनना चाहिए, क्योंकि वह हठी है। वह कोई नया ताज़ा वृक्ष नहीं रही। जब कोई भी झुकना नहीं चाहता तो दाम्पत्य जीवन का बुरा अन्त होता है। तू जैसी है वैसी रह, माँ ऐरिका से कहती है। अन्ततः तो ऐरिका जो अब है, वो उसे माँ ने बनाया है। आपका अभी विवाह नहीं हुआ, मिस ऐरिका, दूध वाली पूछती है और कसाई पूछता है। जानते हैं, मुझे कोई पसन्द ही नहीं आता, ऐरिका जवाब देती है।

वैसे वह एक ऐसे परिवार से है, जो भूदृश्य में अकेला खड़ा सिगनल-स्तम्भ है।

उनकी संख्या ज़्यादा नहीं है। वे धीरे-धीरे और किफायत से लगाये जाते हैं, जैसे वे वैसे भी जीवन में हर काम में सुस्त तथा किफ़ायती हैं। ऐरिका शादी के बीस साल बाद दुनिया में आयी है, जिस पर उसका बाप विक्षिप्त हो गया था, पागलखाने में बन्द कर दिया गया था, ताकि दुनिया के लिए ख़तरा न बन जाये।

शालीन चुप्पी से ऐरिका आधा पाव मक्खन की टिकिया ख़रीदती है। उसकी अभी एक अम्मा है, अतः उसे किसी मर्द से शादी की पेशकश करने की ज़रूरत नहीं है। इस खानदान के नये रिश्तेदार के आते ही उसे निकाल दिया जायेगा और नामंजूर कर दिया जायेगा। उम्मीद के मुताबिक जब वह ख़ुद को निकम्मा और नाकारा साबित कर देगा तो उससे रिश्ता तोड़ लिया जायेगा। माँ परिवार के सदस्यों को हथौड़ी से ठोंक कर जाँचती है और एक के बाद एक उनको अलग करती जाती है। वह छाँट कर निकालती है और नामंजूर करती है। जाँच करती है और रद्द कर देती है। इस तरह कोई ऐसे परजीवी नहीं रहते, जिन्हें हमेशा कुछ न कुछ चाहिए होता है, और जिन्हें कोई रखना चाहता है। हम बस खुद में रहेंगे, नहीं क्या, ऐरिका, हमें किसी की ज़रूरत नहीं है।

वक्त गुज़र रहा है, और हम उसमें गुज़र रहे हैं। पनीर ढकने के काँच के घण्टाकार बर्तन में वे दोनों एक दूसरे के साथ बन्द हैं, ऐरिका, उसका महीन रक्षावरण—उसकी मामा। घण्टा तभी खुलता है जब बाहर से कोई ढक्कन उठाता है, ऊपर करता है उसे। ऐरिका कहरुवे में एक कीड़ी है, कोई आयु नहीं जिसकी, शाश्वत। ऐरिका की कोई कहानी नहीं है और वह कोई कहानियाँ नहीं बनाती। रेंगने की क्षमता यह कीड़ी कब से खो चुकी है। ऐरिका असीमता के साँचे में पकी हुई है। इस असीमता को वह प्रसन्नतापूर्वक अपने प्रिय संगीतज्ञों के साथ बाँटती है, लेकिन सर्वप्रियता में वह उनका मुक़ाबला कदापि नहीं कर सकती। ऐरिका एक छोटी-सी जगह पाने के लिए संघर्ष कर रही है, महान मूसीकारों की नज़र की पहुँच तक ही। यहाँ पर संघर्ष कड़ा है, क्योंकि पूरा विएना यहाँ कम से कम एक तो बगीची बनाना ही चाहता है। ऐरिका यहाँ क्षम मनुष्यों के लिए नियत स्थानों में अपने स्थान का सीमांकन करती है और नींव डालनी शुरू कर देती है। उसने इस स्थान को प्राप्त करने के लिए पढ़ाई की है, संगीत-रचनाओं की प्रस्तुति की है, एक सम्मानपूर्वक अधिकार पाने के लिए! अन्ततः तो सृजन की नक़ल भी सृजन का एक रूप होता है। वह अपने खेल के रसे को हमेशा अपने कुछ मौलिक तत्त्व से ज़ायकेदार बनाता है। अपने दिल से उसमें लहू टपकाता है। पर बजाने वाले का अपना एक अपना

लक्ष्य होता है; अच्छा बजाना। परन्तु सृजन करने वाले के अधीनस्थ तो उसे होना पड़ता है, ऐरिका कहती है। वह साफ़-साफ़ मानती है कि यह उसके लिए एक समस्या है। क्योंकि वह न अधीनस्थ रखती है और न हो सकती है।

बहरहाल संगीत की व्याख्या करने वाले अन्य सभी कलाकारों के साथ उसका एक मुख्य लक्ष्य है : दूसरों से बेहतर होना!

ट्राम में उन साज़ो के वज़न से दबी जा रही है वह, जो उसके बदन से आगे और पीछे लटक रहे हैं, उस पर संगीत-चिह्नों से पूरे भरे थैले। एक भारी-भरकम लटकती तितली-पशु को लगता है कि उसमें ऊर्जा ऊँघ रही है, जिसके लिए सिर्फ़ संगीत काफ़ी नहीं है। पशु वायलिनों, बेलाओं तथा बाँसुरियों की मूठ पर मुट्ठी कसता है। अपनी ऊर्जा को नकारात्मक विषयों की ओर मोड़ना पसन्द करता है, हालांकि वह कुछ और भी कर सकता था, चुन सकता था वह। माँ का चयन का अपना प्रस्ताव है। संगीत रूपी गाय के कन्धों पर थनों का एक विस्तीर्ण वर्णक्रम।

वह अपने हाथों और मुँह से बजाने वाले वाद्यों तथा नोटों की भारी कापियों को लोगों की अगाड़ी-पिछाड़ी पर मार रही है। चर्बी वाली जगहों पर, जहाँ से उसके हथियार जैसे रबड़ के प्रतिरोधक से लग कर लचीले से लौट आते हैं। अपने मूड के मुताबिक वह कभी-कभी थैले समेत एक साज़ एक हाथ में पकड़ लेती है और दूसरे की मुट्ठी चालाकी से किसी सर्दियों के कोट की परायी जेब में, झोले में या मोटी ऊन से बुने किसी मर्दाने ढीले-ढाले कोट में डाल देती है। वह आस्ट्रिया की उस राष्ट्रीय पोशाक को अपवित्र करती है, जो उसे अपने मृगश्रृंगी के बटनों से देखकर अशिष्टतापूर्वक मुस्करा रही है। किसी कामीकाज़े[1] की तरह वह अपने हाथ को हथियार की तरह इस्तेमाल करती है। फिर वह वाद्य के तंग वाले सिरे से वार करती है, एक बार वायलिन से, फिर उससे भारी बेला से, काम से आये पसीने से भरे लोगों के ढेर में चुभाती जाती है। जब ट्राम बहुत भरी होती है, जैसे छः बजे, तो तेज़ी से आगे बढ़ने में ही बहुतों को नुक़सान पहुँचाया जा सकता है। तेज़ी से चलने के लिए जगह नहीं होती। **वह** उस नियम में अपवाद है, जिसे वह इधर-उधर धकियाते हुए आँखों के सामने रखती है, और उसकी माँ उसे सुस्पष्ट करती है कि वह एक अपवाद

1. द्वितीय विश्व-युद्ध में जापानी उड़ाकू लड़ाके, जो विमान सहित स्वयं को शत्रु के ठिकाने पर गिरा देते थे।

है, क्योंकि वह माँ की अकेली औलाद है, जिसे पटरी पर रहना है। ट्राम में वह रोज़ाना देखती है कि वह क्या कभी नहीं बनना चाहेगी। वह उन लोगों की धूसर भीड़ को चीरती चली जाती है, जिनके पास टिकट है या नहीं है, जो चढ़ गये हैं और जो उतरने को तैयार हैं, वो जिन्हें जहाँ से वो आये हैं कुछ नहीं मिला, और वो, जो जहाँ जा रहे हैं वहाँ कुछ नहीं पाने वाले। कुछ लोग भीतर सही से बैठने से पहले ही नीचे उतर गये हैं।

अगर जनता के सामूहिक क्रोध में उसे किसी ऐसे स्टॉप पर धकेल कर उतार दिया जाता है, जहाँ वह अभी अपने घर से बहुत दूर है तो वह सचमुच शराफ़त से डिब्बे से बाहर आ जाती है, अपने भीतर एकत्र हुए उस क्रोध को नरम कर लेती है, जो उसकी बँधी मुट्ठियों में एकत्र हो रहा है, बस, इन्तज़ार करती है बिजली से चलने वाली अगली ट्राम के आने का, जो प्रार्थना में बोले जाने वाले तथास्तु की तरह अवश्य आती है। ये ऐसी शृंखलाएँ हैं, जो कभी नहीं टूटतीं। फिर वह आक्रामक मूड को स्वयं में पुनः भर लेती है। साज़ों से लदी वह परिश्रमपूर्वक काम से लौटती भीड़ के बीच गिरती-पड़ती घुस जाती है और उनके बीचों-बीच लोहे के टुकड़ों से भरे किसी बम की तरह फट जाती है। मौक़े को नज़र में रखते हुए वह जानबूझ कर ढोंग करती है और कहती है, प्लीज़, मुझे यहाँ उतरना है। सारे तुरन्त सहमत होते हैं। उसे इस स्वच्छ तथा सार्वजनिक यातायात के वाहन को तुरन्त वहीं का वहीं छोड़ देना चाहिए। उस जैसे लोगों के लिए इसे नहीं चलाया गया है। पैसा भरने वाले यात्री नहीं चाहेंगे कि इसका सत्यानाश कर दिया जाये।

छात्रा को वे देखते हैं और सोचते हैं कि संगीत ने इसकी मनःस्थिति को उत्प्रेरित किया हुआ है, लेकिन उत्प्रेरित होती है केवल उसकी मुट्ठी। कभी-कभी नाविकों जैसा एक फटा-पुराना थैला बाँधे एक मनहूस से युवक पर झूठा दोष लगा दिया जाता है, क्योंकि लोग समझते हैं कि उसके थैले में रखे सामान ने उन्हें कचोटा है। इससे पहले कि मोटी ऊन के ढीले ढाले कोट वालों का तगड़ा हाथ उसे एक जड़ दे उसके लिए यही बेहतर होगा कि वह उतर जाये और अपने दोस्तों में गुम हो जाये।

जनता का गुस्सा, जिसने अन्ततः टिकट के लिए पूरा भुगतान किया हुआ है, हमेशा उचित होता है, अपने दिये गये तीन शिलिंग की वजह से, और इसे वह टिकट चेक किये जाने के समय पर साबित भी कर सकती है। गर्वपूर्वक वह अपना चिह्नित टिकट आगे बढ़ाती है और पूरे ट्रामवे पर अपना अधिकार जताती है। इससे वह हफ़्तों के उस कष्टदायी डर से भी बची रहती है कि टी.टी. कहीं टिकट चेक करने न आ

जाये।

एक औरत, जिसे तुम्हारी तरह दर्द महसूस होता है, ज़ोर से हुआ उठती है : उसके घुटने के नीचे सामने वाली हड्डी, जीवन के लिए एक महत्त्वपूर्ण अंग, जिस पर उसका कुछ भार टिका है इस दुर्दशा की जाने की लपेट में आ गया है। जीवन के लिए जोखिम भरी इस धक्का-मुक्की में दोषी का पता नहीं लगाया जा सकता, घटक-सिद्धान्त यही कहता है। भीड़ दोष मढ़ने, गालियों, तिरस्कार-शब्दों, कसमें खाने की अन्धाधुन्ध गोलीबारी की चपेट में आ जाती है। शिकायतें झाग निकालते मुँहों से अपनी किस्मत पर निकल रही हैं, दोष दूसरों पर मढ़े जा रहे हैं। वे हरिमीन के डिब्बों में मछलियों की तरह ठुँसे हुए खड़े हैं, लेकिन इस वजह से काफ़ी वक्त से घी में नहीं पड़े, उसकी बारी छुट्टी के बाद आयेगी।

वह क्रोध में भरकर एक सख़्त घुटने पर ठोकर मारती है। एक आदमी का है। एक दिन एक साथ वाली छात्रा, एक लड़की, जिसके नीचे शाश्वत लपटों में दो ऊँची एड़ियाँ भभक रही हैं और जिसने बिल्कुल नये फ़ैशन का समूर के अस्तर वाला चमड़े का नया कोट पहन रखा है, उससे पूछती है : यह क्या घसीटे फिरती है और इसे क्या कहते हैं? मेरा मतलब यहाँ यह पेटी और वहाँ ऊपर तेरा सिर नहीं। इसे बेला कहते हैं, वह नम्रतापूर्वक उत्तर देती है। क्या है यह, बेला? मैंने यह अजीब लफ़्ज़ कभी नहीं सुना, एक लिपा-पुता मुँह हँस कर कहता है। कोई घूमने जा रहा है और कुछ उठाये जा रहा है, जिसे बेला कहते हैं और जिसका कोई दिखाई देने लायक इस्तेमाल नहीं है। हर एक को इधर-उधर हो कर रास्ता देना पड़ता है, क्योंकि यह बेला आसपास बहुत जगह घेरती है। वह खुले आम इसे सड़क पर लिये घूमती है और उसे कोई रंगे हाथों नहीं पकड़ता।

ट्राम के डण्डे से लटकते और थोड़े से किस्मत वाले लोग जिन्हें बैठने की जगह मिल गयी है, अपने जीर्ण-शीर्ण धड़ों से गर्दन लम्बी करके व्यर्थ में ऊपर देखते हैं। उन्हें कोई दिखाई नहीं पड़ता, जिस पर वे अपना गुस्सा उतार सकें कि कैसे वह किसी सख़्त चीज़ से उनकी टाँगों से बदसलूकी कर रहा है। अब किसी ने मेरी उँगलियों पर पैर रख[1] दिया है, एक मुँह से घटिया साहित्य की झड़ी निकलती है। यह कौन कर रहा है? यह सब पूरी दुनिया में बदनाम विएना की ट्रामों के इजलास में हो रहा है, डाँट-फटकार लगायी जा रही है, दण्डाज्ञा दी जा रही है। हर युद्ध-फ़िल्म में कम से कम एक रंगरूट अपनी मर्ज़ी से फ़ौज में भर्ती हुआ होता है, भले ही जान की

1. आउफ़ दी त्सेयेन त्रेतन : इसका मुहावरे में जर्मन अर्थ 'अपमान करना' भी होता है।

बाज़ी लगाने वाली टुकड़ी में जाना पड़े। लेकिन यह डरपोक गीदड़ हमारी धीर पीठों के पीछे छिप रहा है। चूहों सरीखी कारीगरों की एक फौज सेवानिवृत्ति की दहलीज़ पर खड़ी है, औज़ारों के थैले कंधे पर लटके हैं, धक्के और ठोकरें खाते हुए डिब्बे से उतर रहे हैं। अब ये लोग मेहनत करके पैदल अगले स्टेशन तक जायेंगे! अगर सारी भेड़ों में एक मेढ़ा डिब्बे में शान्ति भंग करता है तो तुरन्त ताज़ी हवा की ज़रूरत पड़ जाती है, और वह बाहर मिल जाती है। गुस्से की धौंकनी, जिसकी ताक़त से आदमी घर जा कर अपनी बीवी की पिटाई करेगा, आक्सीजन माँगती है, वर्ना वह शायद खुद ही ठण्डी हो जायेगी। एक अनिश्चित रंग तथा आकार की कोई चीज़ लड़खड़ाती है, फिसलती है, कोई और ऐसे चिल्लाता है जैसे किसी ने छुरी चुभा कर मार डाला हो। विएना के विष की धुंध की मोटी परत झड़ी के साथ, जनता की खेती पर धुआँ छोड़ रही है। एक तो जल्लाद को आवाज़ें मारता है, क्योंकि छुट्टी के बाद उसकी शाम समयपूर्व बरबाद हो गयी है। इतना गुस्सा है लोगों में। उनका शाम का आराम, जो वास्तव में बीस मिनट पहले शुरू हो जाना चाहिए था, अभी दिखाई नहीं दे रहा। या फिर शान्ति अक्स्मात भंग हो गयी है, जैसे पीड़ित व्यक्ति की रंगीन छपे अक्षरों जीवन की पैकिंग–इस्तेमाल की हिदायतों के साथ–, जिसे वह अब जा कर रैक में वापस नहीं रख सकता। पीढ़ित व्यक्ति अब बस किसी के देखे बिना एक नयी और बिना इस्तेमाल की गयी पैकिंग नहीं उठा सकता, सेल्सगर्ल उसे चोर बता कर बन्द करवा देगी। ऐसे आइये मेरे पीछे-पीछे कि आप पर किसी का ध्यान न जाये! परन्तु शाखा-प्रबन्धक के कमरे में जाने वाला, जाता लगने वाला, दरवाज़ा एक दिखावे का दरवाज़ा है, और एकदम नयी बनी सुपर मार्केट के अलावा और कहीं भी सप्ताह के विशेष सस्ते सौदे नहीं हैं, बल्कि वहाँ कुछ नहीं है, कुछ भी नहीं, केवल अन्धकार, और एक ग्राहक, जो कभी कँजूस नहीं था, एक असीम गर्त में गिर जाता है। कोई आम लिखी जाने वाली भाषा में कहता है : गाड़ी को वहीं छोड़ दें! उसकी खोपड़ी के ढक्कन से पहाड़ी बकरी के बालों का एक गुच्छा[1] निकल रहा है, क्योंकि बंदे ने शिकारियों वाले कपड़े पहन रखे हैं।

एक गन्दी चाल चलने के लिए **वह** सम्मानपूर्वक झुक जाती है। पहले तो उसे अपने साज़ों के वर्जित कचरे को सँभाल कर रखना है। वह उसके चारों तरफ़ बाड़ की तरह लटका हुआ है। झुकती है **वह** दिखावे के लिए कि अपने जूते का फीता बाँधेगी, जिसके ज़रिये वह एक या दूसरी औरत को, जो हूबहू पहली जैसी दिखती

1. ऐसा गुच्छा शिकारियों के हैट पर लगा होता है।

है, मुसीबत में डालने की कोशिश करती है, दोनों की पिंडलियाँ तगड़ी हैं। इस विधवा को तो नील पड़ने ही पड़ने हैं। इस तरह विकृत की गयी झटके से खड़ी होती है, रात में एक चमकता उजला, प्रदीप्त ऊँची धार मारता फुहारा, जिसे अन्ततः लोगों का ध्यान अपनी ओर आकर्षित करने का अवसर मिला है, संक्षेप में और यथातथ्य अपने पारिवारिक सम्बन्धों की रूपरेखा प्रस्तुत करता है और धमकी देता है (ख़ासतौर से अपने मृत पति की) कि ये सम्बन्ध उसे कष्ट देने वाले के लिए बहुत बुरे साबित होंगे। उसके बाद वह पुलिस को बुलाती है। पुलिस नहीं आती, क्योंकि वह सब का ध्यान नहीं रख सकती।

एक चेहरे पर मूसीकार मोहतिरमा की निश्छल लापरवाह दृष्टि टिकती है। **वह** ऐसे दिखावा करती है जैसे **वह** इस समय संगीतमय रोमांटिक की रहस्यमय प्रभाव डालने वाली, संवर्धित होती भावप्रवण प्रेरक शक्ति के वशीभूत है तथा किसी और तरफ़ ध्यान लगाने के लिए उसके पास समय नहीं है। जनता जैसे एक आवाज़ में बोल रही है : मशीनगन वाली लड़की ने तो यह बिल्कुल नहीं किया। जैसा अक्सर होता है, जनता इस बार भी भूल कर रही है।

कई बार बेहतर ढंग से सोचा जाता है, और नतीजा होता है कि सही मुजरिम की तरफ़ इशारा किया जाता है : तुमने किया है! उससे पूछा जाता है कि धुपैले सूरज में उपजी इस समझ के बारे में उसका क्या कहना है। **वह** नहीं बोलती। खोखले दाँत में भरे जाने वाला द्रव्य, जो उसके मसूड़ों में आपरेशन करके डाला गया है, अब कारगर रूप से उसे अनिच्छापूर्वक स्वयं पर दोष लगाने से रोक रहा है। वह अपना बचाव नहीं करती। कुछ लोग एक-दूसरे पर टूट पड़ते हैं, क्योंकि एक गूँगी-बहरी पर इल्ज़ाम लगाया गया है। तर्कशक्ति कहती है कि कोई ऐसी, जो वायलिन बजाती है, किसी हालत में गूँगी-बहरी नहीं हो सकती। शायद यह केवल गूँगी है और किसी और को वायलिन देने जा रही है। उनमें एकमत नहीं बनता और वे अपने इरादे से हट जाते हैं। सप्ताहान्त की ताज़ी शराब ने उनके सिरों में वैसे ही उत्पात मचा रखा है और वह सोचने-विचारने की कई किलोग्राम सामग्री को नष्ट कर रही है। बाकी काम शराब कर देगी। शराबियों का देश। संगीतज्ञों का देश। यह लड़की जज़्बात की दुनिया में दूर कहीं देख रही है, और उस पर दोषारोपण करने वाला बहुत हुआ तो अपनी बीयर के गिलास की गहराई में देख रहा है, अतः वह उसकी नज़र से डरा हुआ ख़ामोश रहता है।

धंकपेल **उसकी** इज़्ज़त के खिलाफ़ है, क्योंकि धकियाना भीड़ का काम है,

पियानोवादिका धक्का-मुक्की नहीं करती, न ही बेलावादिका करती है। इस ज़रा सी ख़ुशी की ख़ातिर वह देर से घर पहुँचने की ज़हमत भी उठाती है, जहाँ उसकी माँ विराम-घड़ी ले कर खड़ी होती है और उसे डाँट-फटकार लगाती है। दोपहर बाद का पूरा समय संगीतवादन में और सोचने में, वायलिन बजाने और ख़ुद से बुरा बजाने वालों की हँसी उड़ाने में बिताने के बावजूद वह एक तरह की तकलीफ़ें अपने सर पर ले लेती है। वह लोगों को चौंकना और डरना सिखाना चाहती है। संगीत-मंडलियों के समारोहों की कार्यक्रम-सूचियाँ ऐसे एहसासों से भरी होती हैं।

ऐसे समारोहों में जाने वाला एक शख़्स अपने कार्यक्रम की प्रस्तावना में लिखे शब्दों को अन्य लोगों को यह बताने का अवसर समझता है कि कैसे इस संगीत का दर्द उसके अन्तर की गहराई को छू जाता है। अभी कुछ देर पहले ही उसने यह और ऐसा ऐसा कुछ पढ़ा है। बीथोवन का दर्द, मोज़ार्ट का दर्द, शूमन का दर्द, ब्रुकनर का दर्द, वागनर का दर्द। ये दर्द अब उसकी अकेले की सम्पत्ति बन चुके हैं, और वह जूतों की फ़ैक्ट्री प्योशल का या निर्माण-सामग्री की दुकान कोयस्लर का भी मालिक है। बीथोवन भय का हत्था घुमाता है और वे इसके बदले भयभीत हो कर अपने कर्मचारियों पर बेहद ख़र्च करते हैं। एक डॉक्टर साहिबा की दर्द से परस्पर तू कह कर बुलाने जैसी घनिष्ठता है। अब वह दस वर्षों से मोज़ार्ट की रचना अन्तिम रिक्वायम (मृतक की आत्मा की शान्ति के लिए आयोजित मिस्सा) की तह तक पहुँचने की कोशिश कर रही है। अभी तक उसने इसमें तनिक भी प्रगति नहीं की, क्योंकि इस रचना की तह ही नहीं है। डाक्टर साहिबा कहती हैं कि निदेश पर रची गयी संगीत के इतिहास की यह सबसे विचक्षण रचना है। उसके लिए और थोड़े से कुछ और लोगों के लिए यह बात पक्की है। डॉक्टर साहिबा उन थोड़े से गिने-चुने लोगों में से है, जो जानते हैं कि ऐसी चीज़ें भी होती हैं जिनकी तह तक नहीं पहुँचा जा सकता, भले ही कितना भी ज़ोर लगा लो। शेष बताने को बचा ही क्या है? यही तक नहीं बताया जा सकता कि ऐसी किसी चीज़ का सर्जन कैसे हुआ। यही बात कई कविताओं के संदर्भ में भी सही बैठती है, जिनका इसी तरह विश्लेषण नहीं किया जा सकता। एक रहस्यमय अन्जान शख़्स ने रिक्वायम का कोचवानों द्वारा पहने जाने वाले एक काले कोट से आंशिक भुगतान किया है। डॉक्टर साहिबा और दूसरे, जिन्होंने मोज़ार्ट पर यह फ़िल्म देखी है, जानते हैं : यह ख़ुद मौत थी। यह सोचते हुए वह एक बहुत बड़े आदमी के खोल में काट कर एक छेद कर देती है और उसमें घुस जाती है। बहुत कम ऐसा होता है कि बड़ों के साथ कोई बढ़ जाता है।

लोगों के अधम झुण्ड ने **उसके** चारों तरफ़ लगातार भीड़ लगा रखी है। निरन्तर कोई न कोई **उसकी** इन्द्रियों को घेरे जा रहा है। ये कुंजड़े-कसाई बिना किसी रिश्ते और हक़ के न सिर्फ़ कला को हथिया लेते हैं, नहीं, वे कलाकार के भीतर जा कर कब्ज़ा कर लेते हैं। कलाकार के भीतर जगह ले कर तुरन्त तोड़ कर दो-चार खिड़कियाँ बना लेते हैं, बाहर की दुनिया की तरफ़, देखे जाने के लिए और देखने के लिए। अपनी पसीने भरी उँगलियों से ये उजड्ड गँवार लोग वाद्य को टटोलते हैं, जिस पर सिर्फ़ **उसका** अधिकार है। बिना कहे, बिना बुलाये साथ में गाते हैं। ये गीली तर्जनी लिए किसी विषय के पीछे-पीछे भागते हैं, जिस पर कोई गौण विषय खोजते हैं, जो उन्हें मिलता नहीं और ये इसलिए सिर हिलाते हुए ढूँढ लेने और मुख्य विषय के बार-बार दोहराव से सन्तुष्टि कर लेते हैं, जिसे ये दुम हिलाते हुए पुनः पहचान लेते हैं। अधिकांश के लिए कला का मुख्य आकर्षण किसी ऐसी वस्तु को पुनः पहचानने में है, जिसके बारे में वे सोचते हैं कि वे उसे पहचानते हैं।

कसाईखाने के एक मालिक साहब भावनाओं से ओतप्रोत हो जाते हैं। हालाँकि उसे अपने काम में लहू को देखने की, छूने की आदत है, फिर भी वह लाचार है। ताज्जुब से जड़ हो गया है। वह बोता नहीं, काटता नहीं, ठीक से सुन नहीं सकता, लेकिन उसे सार्वजनिक संगीत-समारोहों में देखा जा सकता है। उसकी बगल में उसके खानदान के जनाना हिस्से, जो साथ आना चाहते थे।

वह एक बुढ़िया की दायीं एड़ी पर ठोकर मारती है। हर उक्ति को उसे पहले से तय की गयी जगह पर सही से लगाना है। सिर्फ़ **वह** हर सुनी गयी बात को सही जगह पर सरका सकती है, जहाँ उसका स्थान है। वह इन में-में करते मेमनों के अज्ञान को अपने तिरस्कार में बाँध कर रख देती है, और एक एकमात्र रेफ़्रीजेरेटर है, जिसमें कला सही से सँभाल कर रखी जा सकती है।

स्वच्छता की **उसकी** सहजवृत्ति बेहद संवेदनशील है। गन्दे शरीर उसके आस-पास एक लसलसा जंगल बनाये हुए हैं। सिर्फ़ बदन का मैल ही नहीं, भद्दी से भद्दी तरह की अस्वच्छता, जो बगलों और कोखों से रिस रही है, बुढ़िया के पेशाब की चुनिंदा बदबू, बूढ़े की नसों के जाल और रोमकूपों से फूटती तम्बाकू की बदबू, सस्ते से सस्ते किस्म के ख़ाद्य-पदार्थों के वे अनगिनत ढेर, जो पेट से भाप बन कर निकल रहे थे; सिर की पपड़ी की खाज की हल्की बदबू ही नहीं, बल्कि अभ्यस्त हो चुके लोगों के लिए नाखूनों के नीचे संडास के सूक्ष्म कण-रंगहीन खाद्य-पदार्थों के जलने के बाद बची तलछट, मटमैला रबड़ जैसा उत्तेजक वह पेय, अगर इसे उत्तेजक

कहा जा सकता है, जो वे पीते हैं, **उसकी** घ्राण-इन्द्रिय को कष्ट देते हैं, उसकी स्वाद-अनुभूति को—नहीं, **उसे** सबसे अधिक कष्ट होता है, जब वे दूसरे में रहते हैं, बेशर्मी से दूसरे पर कब्ज़ा जमा लेते हैं। एक तो दूसरे के ख़यालों में ही घुस जाता है, उसकी सबसे भीतरी सोच में।

इसका उन्हें दण्ड मिलता है। **उससे**। और फिर भी वह उनसे कभी पिण्ड नहीं छुड़वा सकती। वह उन पर झपटती है, ऐसे झिंझोड़ती है उन्हें, जैसे कुत्ता अपने शिकार को। और फिर भी वे बिन पूछे उसके भीतर सब उलटते-पलटते रहते हैं, उसके अन्तर की गहराइयों का निरीक्षण करते हैं और कहने की हिम्मत करते हैं कि उन्हें कुछ समझ नहीं आ रहा, और कि उन्हें यह पसन्द भी नहीं है! यह भी कहने की हिम्मत करते हैं कि उन्हें वेबेर्न[1] या शोएनबेर्ग[2] पसन्द नहीं हैं।

माँ पहले कुछ बताये बिना **उसके** ढक्कन को पेंच से खोल कर उतार देती है, आत्म-विश्वासपूर्वक अपना हाथ ऊपर से भीतर डालती है, टटोलती है और छान मारती है। सब उलट-पलट कर देती है और किसी भी चीज़ को दुबारा उसके मूल स्थान पर वापस नहीं रखती। तनिक चुनने के बाद वह कुछ बाहर निकालती है, उसे ग़ौर से देखती है और फिर फेंक देती है। वह कुछ और सोच निकालती है, उसे ब्रश से, स्पंज से, पोंछे से रगड़ती है। खूब सुखा कर उसे फिर भीतर डाल कर पेंच कस देती है। जैसे किसी गोश्त काटने की मशीन में चाकू।

यह बुढ़िया ऐसी है, जो नयी-नयी चढ़ी है, हालाँकि कंडक्टर से टिकट नहीं ली इसने। वह सोचती है कि वह छुपा सकती है कि उसने प्रवेश किया है, इस डिब्बे में। वास्तव में वह कब से हर चीज़ से उतर चुकी है और उसे इसका इल्म भी है। पैसे ख़र्च करने का कोई फ़ायदा नहीं है। परलोक का टिकट पहले ही उसके पर्स में पड़ा है। ट्राम में भी वह चलना चाहिए।

अब एक महिला **उससे** एक ख़ास रास्ता पूछती है और वह जवाब नहीं देती। जवाब नहीं देती **वह**, हालाँकि वह रास्ता भली-भाँति जानती है। महिला को पूरे डिब्बे को कुरेदने और लोगों को खदेड़ने से चैन नहीं मिलता, ताकि वह उनकी सीटों के नीचे उस सड़क को खोज सके। सैर करने में भीषण रुचि रखने वाली यह महिला वनों को जाती है, उसने एक आदत बना ली है। एक पतली छड़ी से वह चींटियों के निर्दोष ढेरों के मनन-चिन्तन को भंग कर देती है। वह उन्हें इतना तंग करती

---

1. और 2. अन्तोन वेबर्न तथा आर्नोल्ड शोएनबेर्ग : गत शताब्दी के पूर्वार्द्ध के सुप्रसिद्ध आस्ट्रियाई संगीतकार।

है कि परेशान हुए कीड़े तेज़ाब उगलने लगते हैं। वह उन लोगों में से है, जो सिद्धान्ततः हर पत्थर को उलट-पलट देते हैं कि नीचे कहीं साँप न हो। यह महिला वन में हर निर्वृक्ष स्थल को, चाहे वह कितना ही छोटा क्यों न हो, कुकुरमुत्तों और रसभरियों के लिए छान मारती है। ऐसे लोग हैं ये। हर कलाकृति की आख़िरी बूँद तक इन्हें निचोड़नी है और सब को चिल्ला कर उसका ख़ुलासा देना है। पार्क में बेंच पर बैठने से पहले वे रूमाल से उस पर से धूल झाड़ते हैं। रेस्तरांज़ में छुरी, काँटों, चम्मचों को नैपकिन से पोंछते हैं। नज़दीकी रिश्तेदारों के सूट को ये बालों, ख़तों और चर्बी के धब्बों को देखने के लिए धूल निकालने वाली कंघी से छान डालते हैं।

और यह महिला चिल्लाती हुई इस बात पर उत्तेजित हो रही है कि कोई उसे सूचना नहीं दे सकता। वह कहती है कि कोई उसे सूचना नहीं देना चाहता। यह महिला उस अज्ञानी बहुसंख्या का प्रतिनिधित्व करती है, जिनमें सिर्फ़ एक चीज़ की कमी नहीं है : लड़ाकेपन की। ज़रूरत पड़ने पर किसी से भी पंगा ले सकती है।

वह बिल्कुल उसी सड़क पर उतरती है, जिसके बारे में महिला ने पूछा था, और उतरते हुए वह पूछने वाली पर उपहासपूर्वक दृष्टि डालती है।

भैंस समझ जाती है, और उसकी झाँटें गुस्से से जल कर राख हो जाती हैं। अभी यह अपनी सहेली के साथ तथा गोमांस और हरे सेम खाते हुए अपने जीवन के इस हिस्से को उसके सामने दोहरायेगी, जीवन को मानो एक दृष्टि से इस अल्पावधि में अपने वर्णन के माध्यम से लम्बा करते हुए। और इसके साथ समय महिला से नये अनुभव के लिए समय ले लेगा।

वह कई बार बुरी तरह से उलझी महिला को मुड़ कर देखती है, और फिर एक जाने-पहचाने रास्ते पर एक जाने-पहचाने घर की ओर चल पड़ती है। वह महिला की तरफ़ देख कर एक भद्दी मुस्कान चेहरे पर लाती है, यह भूल जाती है कि कुछ मिनट में वह अपनी माँ के लोहा काटने के बर्नर की गरम लपट के नीचे जल कर राख हो जायेगी, क्योंकि वह देर से घर आयी है। तब पूरी कला उसे सान्त्वना नहीं दे सकेगी, हालाँकि कला के बारे में बहुत कुछ कहा जाता है, विशेषकर यह कि वह धीरज बँधाने वाली है। कभी-कभी वह निःसन्देह दुख भी देती है।

ऐरिका, बीढ़ का पुष्प। इस औरत का नाम इस फूल पर है। इसके जन्म लेने से पहले इसकी माँ की आँखों के सामने कुछ नम्र और नरम झूल रहा था। जब उसने

अपनी देह से निकलते गारे के ढेले को देखा तो उसने स्वच्छता और लालित्य को बरक़रार रखने के लिए बिना किसी लिहाज़ के उसके छोटे-छोटे टुकड़े कर दिये। यहाँ से एक टुकड़ा हटाओ और वहाँ भी। अगर बच्चे को परे न हटाया जाये तो हर बच्चा प्राकृतिक रूप से मैल और मल की ओर हाथ मारता है। ऐरिका के लिए माँ बचपन में ही किसी तरह से कला से सम्बन्धित एक पेशा चुन लेती है, ताकि परिश्रम से प्राप्त की गयी उत्तमता से पैसा बनाया जा सके, जबकि औसत मुनष्य कलाकार के इर्द-गिर्द प्रशंसा भरी दृष्टि लिये खड़े होते हैं और उसकी जयजयकार कर रहे होते हैं। अब ऐरिका में अन्ततः वह लालित्य आ गया है, अब उसे संगीत की गाड़ी को पटरी पर डालकर तुरन्त नख़रेबाज़ी शुरू कर देनी चाहिए। ऐसी लड़की ऐसे-वैसे कामों के लिए, हाथ के भारी काम, घर के कामकाज के लिए नहीं बनी होती। उसका जन्म ही शास्त्रीय नृत्य, गीत तथा संगीत में उत्कर्ष प्राप्त करने के लिए हुआ है। एक विश्व-प्रसिद्ध पियानो-वादक, यह था माँ का आदर्श, और कि बच्ची षड़यन्त्रों के बीच अपना मार्ग ढूँढ़ सके, वह हर नुक्कड़ पर मार्गदर्शन-पट्टियाँ ज़मीन में गाड़ देती है, और ऐरिका को भी, जब वह अभ्यास नहीं करना चाहती। माँ ऐरिका को एक ईर्ष्यालु गिरोह के होने की चेतावनी देती है, जो उसके द्वारा हासिल की गयी हर चीज़ को ख़त्म करने की कोशिश कर रहा है और वह गिरोह लगभग पूरा नर जाति का है। दूसरों को मौक़ा मत देना कि वे तेरा ध्यान बँटा दें! जिस सोपान पर ऐरिका पहुँच चुकी है, उसे विश्राम करने की तो अनुमति है, लेकिन उसे हाँफते हुए पर्वतारोहण में अपनी कुदाली पर टिक कर खड़ा नहीं होना है, तुरन्त आगे बढ़ना है। अगले सोपान पर। जंगली जानवर ख़तरनाक रूप से नज़दीक आना चाहते हैं और अपनी तरह ऐरिका को भी जानवर बना देना चाहते हैं। प्रतिद्वंद्वी ऐरिका को समुद्री चट्टान की तरफ़ आने को लुभा रहे हैं, यह झाँसा देते हुए कि वहाँ से उसे नयी सम्भावनाएँ दिखा सकें। लेकिन इन्सान कितनी जल्दी गिरता है! माँ गर्त का सजीव वर्णन करती है, ताकि बच्ची खुद को उससे बचा सके। शिखर पर विश्व-प्रसिद्धि है, जिसे अधिकांश लोग हासिल नहीं कर सकते। वहाँ सर्द हवायें चलती हैं, कलाकार तन्हा होता है और यह कहता भी है। जब तक माँ ज़िन्दा रह कर ऐरिका के भविष्य का तानाबाना बुन रही है, तब तक बच्ची के समक्ष सिर्फ़ एक सम्भावना है : विश्व का शिखर, निर्बाध।

माँ नीचे से धकेलती है, क्योंकि उसकी दोनों टाँगें धरती में गड़ी हुई सी हैं। और जल्दी ही ऐरिका भी पैतृक धरती माता पर नहीं खड़ी होती, बल्कि किसी दूसरे

की पीठ पर, जिसे उसने साज़िश रचने में मात किया हुआ है। एक ढुलमुल आधार है यह! ऐरिका के पंजे माँ के कन्धों पर हैं, उसने अपनी अभ्यस्त उँगलियों से बिल्कुल शीर्ष पर कसकर पकड़ रखा है, पर अफ़सोस कि यह शीर्ष जल्द ही सिर्फ़ कगार सा निकलता है, जो लग शीर्ष रहा है, जो उसकी बाँह की मांसपेशियों में तनाव पैदा कर देता है और खुद ऊपर, और ऊपर होता जाता है। अब सिरे पर नाक दिखाई दे रही है, और एक नया शिखर, पहले से भी अधिक दुरारोह। प्रसिद्धि की बर्फ़ के कारखाने की एक शाखा यहाँ भी है और अपने उत्पादों की यहाँ सिल्लियाँ बना कर स्टोर करती है, इससे भण्डार में रखने का खर्च इतना ज़्यादा नहीं आता। ऐरिका एक सिल्ली को चाटती है और शोपिन[1]-प्रतियोगिता में जीतने के लिए शिक्षार्थियों का एक संगीत-समारोह पेश कर देती है। वह सोचती है, बस कुछ मिलिमीटर रह गये हैं, फिर वह ऊपर होगी।

माँ ऐरिका को कोंचती है कि वह थोड़े में सन्तुष्ट हो जाती है। तू हमेशा सब से पीछे होती है! शराफ़त से पीछे रहने में कुछ नहीं बनने वाला। इन्सान को कम-से-कम अगले तीन में तो होना ही चाहिए, हर चीज़, जो बाद में आती है, कचरे में जाती है। यह कहती है माँ, जो अपनी बच्ची के लिए सब अच्छा से अच्छा चाहती है और इसलिए उसे सड़क पर नहीं छोड़ती कि वह खेल-कूद प्रतियोगिताओं में भाग न ले और अभ्यास करने में कोताही न बरते।

ऐरिका को अपनी तरफ़ ध्यान आकर्षित करना पसन्द नहीं है। वह शराफ़त से पीछे रहती है और इन्तज़ार करती है कि दूसरे उसके लिए कुछ हासिल करें, माँ-पशु शिकायत करती है। माँ तल्ख़ी से रोती-झींकती है कि उस अकेली को अपनी बच्ची का ध्यान रखना पड़ता है, और वह स्वयं को ख़ुशी से संघर्ष में झोंक देती है। ऐरिका शराफ़त से पीछे बैठ जाती है, यहाँ तक कि तोहफ़े के तौर पर उसकी लम्बी ज़ुराबों और जाँघियों के लिए कुछ सिक्के भी नहीं मिलते उसे।

माँ दोस्तों और रिश्तेदारों की निन्दा करती है, और बहुत से वे नहीं हैं, क्योंकि वे बहुत पहले उससे अलग हो गये थे और उसकी बच्ची को भी उसके प्रभाव से निकाल लिया था, वे जम कर ख़िलाफ़ थे इसके कि उसने एक प्रतिभावान सन्तान को जन्म दिया है, जहाँ तक पियानों के प्रचलन का प्रश्न है, तब तक इसे ढंग से खोजा नहीं गया था। वर्ना ऐरिका कब की किसी धूमकेतु की तरह पर्वतों से ऊपर पहुँच जाती। यीशु-बच्चे का जन्म तो इसके आगे कुछ भी नहीं था।

---

1. प्रसिद्ध पोलिश-फ़्रेंच पियानो-वादक।

पड़ोसी सहमत हैं। लड़की अभ्यास करती है तो वे शौक़ से सुनते हैं। रेडियो जैसा है, बस कोई शुल्क नहीं भरना पड़ता। सिर्फ़ खिड़कियाँ और ज़रूरत पड़े तो दरवाज़े खोलने की ज़रूरत है, स्वर भीतर घुस आते हैं और विषैली गैस की तरह घर के कोने-कोने में फैल जाते हैं। शोर से परेशान प्रकृति हर राह पर उससे बात करती है और शान्ति की प्रार्थना करती है। कला के उत्कृष्ट प्रस्तुतीकरण पर माँ ऐरिका को पड़ोसियों के उत्साह के बारे में बताती है। ममतापूर्ण आह्लाद का एक गड़गड़ाता नाला थूक के एक ढेले की तरह ऐरिका पर आता है। बाद में जब कोई पड़ोसी शिकायत करता है तो वह हैरान होती है। माँ शिकायतों के बारे में कभी नहीं बताती।

जहाँ तक किसी को नीची नज़र से देखने का प्रश्न है, ऐरिका इन वर्षों में अपनी माँ से आगे निकल गयी है। सिर्फ़ आम आदमियों की बात नहीं, मम्मी, उसके ख़याल उज्जड् हैं, उनकी मनोभावनाएँ अपरिपक्व हैं, मेरे धन्धे में बस विशेषज्ञ गिनती में आते हैं। माँ प्रतिवाद करती है : आम आदमी की तारीफ़ का मखौल मत उड़ा, जो अपने दिल से संगीत सुनते हैं और इसका आनन्द अभिजात वर्ग से, सिर चढ़ों और नाक आसमान पर रखने वालों से ज़्यादा लेते हैं। माँ को ख़ुद को संगीत की समझ नहीं है, लेकिन वह इस संगीत के लिए अपनी बच्ची पर पूरा ज़ोर लगा रही है। माँ और बच्ची के बीच एक न्यायसंगत प्रतिद्वंद्विता का संघर्ष चल रहा है, क्योंकि बच्ची जल्दी जान जाती है कि संगीत के सन्दर्भ में वह अपनी माँ से बहुत आगे है। बच्ची माँ की भक्तिभाजन है, जो उससे सिर्फ़ थोड़ी-सी फ़ीस चाहती है : उसकी ज़िन्दगी। माँ बच्ची की ज़िन्दगी का उपयोग स्वयं करने की कामना रखती है।

आम लोगों से ऐरिका मेल-जोल नहीं बढ़ा सकती, लेकिन उनकी तारीफ़ की वह इज़्ज़त करे। अफ़सोस कि विशेषज्ञ ऐरिका की तारीफ़ नहीं करते। गुल्डा को, ब्रेंडल को, आर्गेरिष को और पोल्लिनी आदि को एक शौक़िया, असंगीतमय नियति ने चुन लिया है। परन्तु कोहूट के पास से नियति चेहरा दूसरी तरफ़ घुमाये दुराग्रहपूर्वक पास से निकल गयी है। नियति भी तो अन्ततः निष्पक्ष बने रहना चाहती है और नहीं चाहती कि लोग उसे कोई भड़कीली इल्ली समझें। ख़ूबसूरत नहीं है ऐरिका। अगर वह ख़ूबसूरत होना चाहती तो माँ उस पर प्रतिबन्ध लगा देती। ऐरिका अपनी बाँहें नियति की तरफ़ उठाती है, लेकिन नियति उसे पियानो-वादक नहीं बनाती। ऐरिका को छीलन की तरह धरती पर फेंक दिया जाता है। ऐरिका नहीं जानती कि उसके साथ यह कैसे हो रहा है, क्योंकि महान लोगों के बराबर तो वह है, कब से है।

तब एक बार ऐरिका को एक महत्त्वपूर्ण समापन संगीत-समारोह में विफलता प्राप्त होती है, वह अपने प्रतिद्वंद्वियों के वहाँ एकत्र हुए सम्बन्धियों के सामने नाकारा साबित होती है, अपनी माँ के सामने, जिसने अपनी पाई-पाई ऐरिका की प्रसाधन-सामग्री के लिए लगा दी है। बाद में ऐरिका माँ से थप्पड़-घूँसे खाती है, क्योंकि संगीत से एकदम अनभिज्ञ दर्शक भी उसकी विफलता को अगर उसके हाथों में नहीं तो चेहरे में पढ़ सकते हैं। जिस पर ऐरिका ने वहाँ लुढ़कती भीड़ के लिए कोई संगीत-रचना नहीं चुनी थी, बल्कि यीशु के जीवन तथा व्यथा पर एक महा-संगीत रचना चुनी थी, जिसके बारे में माँ ने चेतावनी दी थी। इस तरह बच्ची इस जनता के दिलों में नहीं समा सकती, जिसे माँ और बच्ची ने हमेशा तिरस्कार की दृष्टि से देखा है, पहली ने इसलिए कि वह इस जनता का एक छोटा-सा, अदृश्य अंश थी, दूसरी ने इसलिए कि वह कभी इस जनता का एक छोटा-सा, अदृश्य अंश नहीं होना चाहती थी।

अपमानित होती हुई ऐरिका लड़खड़ाती मंच से नीचे उतरती है, उसकी प्रेषक, उसकी माँ निरादरपूर्वक उसका स्वागत करती है। उसकी शिक्षिका भी, एक भूतपूर्व सुप्रसिद्ध पियानो-वादक, ऐरिका की जम कर भर्त्सना करती है, उसमें एकग्रता की कमी का उलाहना देते हुए। एक बड़े अवसर का लाभ नहीं उठाया गया, जो फिर कभी नहीं आने वाला। जल्दी ही वह दिन आयेगा, जब ऐरिका से कोई ईर्ष्या नहीं करेगा और वह किसी का आदर्श नहीं रहेगी।

उसके पास व्यवसाय में परिवर्तन कर के अध्यापकी शुरू करने के अलावा और चारा भी क्या बचा है! महान पियानो-वादिका के लिए एक कठोर पग, जिसे अचानक हकलाते नौसिखियों और हृदयहीन विकसित छात्रों के सामने पुनः खड़ा होना पड़ेगा। संगीत-शिक्षालय तथा संगीत-पाठशालाएँ, निजी तौर पर संगीत सिखाने वाले भी अपने धैर्य में ऐसे बहुत लोगों को भर्ती कर लेते हैं, जो वास्तव में कचरे के डिब्बे के या बहुत हुआ तो फ़ुटबाल के मैदान के लायक़ होते हैं। बहुत से युवक-युवतियाँ अब भी कला में आकर्षण पाते हैं, पुराने ज़माने की तरह, उनमें से अधिकांश को उनके माता-पिता द्वारा उसमें धकेला जाता है, क्योंकि माता-पिता को कला की कोई समझ नहीं होती, सिर्फ़ जानते हैं कि वह है। और इस पर वे बहुत ख़ुश होते हैं! बहरहाल कला बहुतों को भगा देती है, क्योंकि कोई सीमा भी होती है। ऐरिका अपनी अध्यापकी में प्रतिभावानों और ग़ैर-प्रतिभावानों में सीमा बाँधना पसन्द करती है, इस तरह अलग-अलग करने से उसकी बहुत चीज़ों की क्षतिपूर्ति होती है, कभी उसे भी तो भेड़ों में से मेढ़े की तरह अलग किया गया था। ऐरिका

के छात्र-छात्रायें कुल मिलाकर हर तरह की सम्भव किस्मों का मिश्रण हैं, और किसी ने भी उन्हें पहले मामूली सा भी चख कर नहीं देखा। उनमें लाल गुलाब कोई विरला ही होता है। ऐरिका पढ़ाई के पहले वर्ष में ही कइयों से सफलतापूर्वक यह या वो क्लेमेंटी[1] की संगीत-रचना छीन लेती है, जबकि दूसरे अभी घुरघुराते हुए सेरनी[2] की प्रारम्भिक अभ्यास-संगीत-रचनाओं में उलट-पलट कर रहे होते हैं और अन्तिम से पूर्व की परीक्षा में उनकी छुट्टी कर दी जाती है, क्योंकि वे कोई स्वरचिह्न, कोई तन्तुरचना नहीं खोजना चाहते, जबकि उनके माता-पिता को विश्वास है कि उनके बच्चे जल्दी ही गुझिया खायेंगे।

ऐरिका के मिले-जुले मित्र संगीत के मामले में सही रूप से वे उन्नत होते हैं, जो परिश्रम करते हैं। उनसे शूबर्ट की संगीत-रचनाएँ, शूमन की क्राइज़लेरियाना, बीथोवन की संगीत रचनाएँ निकल आती हैं, पियानो बजाने वाले के छात्र-जीवन में उत्कर्ष के बिन्दु। काम का उपस्कर, ब्योज़नडोर्फ़र, जटिल मिश्रित तन्तु अलग-अलग करता है, साथ में खड़ा होता है शिक्षक ब्योज़नडोर्फ़र, जिस पर केवल ऐरिका रिकॉर्ड कर सकती है, अर्थात दो पियानो पर बजा कर उनकी आवाज़ को ठीक किया जाता है।

हर बार तीन सालों बाद पियानो सीखने वाला अगली कक्षा में जाता है, इसके लिए उसे एक पारगमन-परीक्षा पास करनी पड़ती है। अधिकतर काम ऐरिका को करना पड़ता है, क्योंकि वह छात्रों के सुस्त दिमाग़ को रफ़्तार में ला कर उनमें जोश भरती है। कई बार ऐसा कोई ठीक से चालू ही नहीं होता, क्योंकि वह कुछ और ऐसा करना पसन्द करेगा, जिसका संगीत से इतना ही रिश्ता हो, जितना किसी लड़की के कानों में शब्दों के रूप में संगीत टपकाने का। यह ऐरिका को पसन्द नहीं है, और अगर हो सके तो वह उन्हें ऐसा नहीं करने देती। अक्सर ऐरिका परीक्षा से पहले उपदेश देती है कि ग़लती करना इतना नुक़सानदेह नहीं है जितना पूरी चीज़ का ग़लत रूपान्तरण करना; वह बहरे कानों को उपदेश दे रही होती है, जो डर से बन्द होते हैं। क्योंकि उसके बहुत से छात्रों के लिए संगीत उन्हें मज़दूर-वर्ग के गर्त से उठा कर कला की स्वच्छता की ऊँचाइयों पर ले जाने वाला है। वे बाद में इसी तरह पियानो के अध्यापक बनेंगे, अध्यापिकाएँ बनेंगी। उन्हें लगता है कि परीक्षा में उनकी भय से सुन्न, पसीने से गीली उँगलियाँ, नाड़ी की तेज़ रफ़्तार की वजह से ग़लत

1. मूज़ियो क्लेमेंटी (1752-1832) : इतालवी प्यानो-वादक।
2. सेरनी (1792-1857) : आस्ट्रियाई प्यानो-वादक। बीथोवन का शिष्य।

कुंजियों पर फिसल जाती हैं। तब ऐरिका प्रस्तुतीकरण के बारे में चाहे जितना भी बोले, वे चाहते हैं कि बस अन्त तक सही से बजा सकें।

ऐरिका के विचार प्रसन्न हो कर मि. वाल्टर क्लेम्मर की ओर मुड़ जाते हैं, एक नये सुनहरे बालों वाले छोकरे की ओर, जो अभी कुछ ही दिनों से सुबह सबसे पहले आता है और शाम को सबसे बाद जाता है। वह एक मेहनती लौंडा है, ऐरिका को मानना पड़ता है। वह तकनीक का छात्र है और विद्युत-प्रवाह और उसके परोपकारी गुणों का अध्ययन कर रहा है। वह गत दिनों में सभी छात्रों से आगे निकल गया है, आरम्भ के अभ्यास में हिचकिचाते हुए उँगलियों की चोंच मारने से शोपिन की फंतासी एफ़-मोल रचना 9 तक उसने बहुत प्रगति की है। लगता है कि उसके पास वक्त बहुत है, जो किसी छात्र की विश्वविद्यालय की पढ़ाई के अन्तिम चरण में असम्भाव्य होता है। एक दिन ऐरिका उससे पूछती है कि वह यहाँ फालतू बैठे रहने की बजाय शोएनबेर्ग का अभ्यास क्यों नहीं करता? क्या उसे अपने कोर्स की पढ़ाई नहीं करनी होती? कोई व्याख्यान नहीं, अभ्यास नहीं? उसे वह सत्र की छुट्टियों के बारे में बताता है, जिस बारे में उसने सोचा नहीं था, हालाँकि वह बहुत सारे छात्रों को पियानो सिखाती है। पियानों की छुट्टियाँ यूनिवर्सिटी की छुट्टियों में नहीं आतीं, ग़ौर करें तो कला में कहीं छुट्टी नहीं होती, वह हर जगह पीछे-पीछे चल रही होती है, और कलाकार को इस पर कोई आपत्ति नहीं होती।

ऐरिका हैरान होती है : आप इतनी जल्दी क्यों आते हैं, मि. क्लेम्मर? अगर कोई, जैसे आप, 33बी का अध्ययन कर रहा है तो उसे गीत-पुस्तिका "खुश गाना, खुश झनझनाना" में कोई रुचि नहीं होगी। आप फिर क्यों सुनते हैं? मेहनती क्लेम्मर झूठ बोलता है कि हर जगह हमेशा कुछ न कुछ लाभ उठाया जा सकता है, चाहे कुछ कम हो। हर चीज़ से कुछ शिक्षा ली जा सकती है, यह मक्कार कहता है, जिसके पास बेहतर कुछ नहीं है करने के लिए। वह ढोंग करता है कि अपने भाइयों की छोटी से छोटी और ज़रा सी बात भी दिमाग़ में असर कर ही जाती है, अगर परिस्थितियाँ ऐसी हों कि मनुष्य ज्ञान प्राप्त करना चाहता हो। आगे बढ़ने के लिए बस अपने आपको बाध्य करना पड़ता है। छोटी से छोटी और ज़रा सी बात पर शिष्य अड़ नहीं सकता, वर्ना उसके ऊपर वाले दख़ल देते हैं।

इसके अलावा जब उसकी टीचर बजाती है तो उसे सुनने में आनन्द आता है, भले ही वह सिर्फ़ सिंगसांग हो या ट्रिंगट्रांग में फाल्लेरा हो या एच-डूअर सरगम।

ऐरिका कहती है, आप अपनी बूढ़ी पियानो-टीचर की ज़्यादा चापलूसी मत

कीजिए, मि. क्लेम्मर, जिसका जवाब है, बूढ़ी होने का तो सवाल ही नहीं उठता और चापलूसी वाली बात भी ठीक नहीं है, क्योंकि यह मेरा पूरा, ईमानदार और अन्तर्मन से निकला विश्वास का स्वर है! कई बार यह ख़ूबसूरत छोकरा उससे प्रार्थना करता है कि वह उसे उसके नियत समय से अधिक अभ्यास करने दे, क्योंकि उसकी बड़ी इच्छा हो रही है। आशापूर्ण दृष्टि से वह अपनी शिक्षिका को देखता हुआ उसके संकेत की प्रतीक्षा करता है। उँगली के उसके संकेत की प्रतीक्षा कर रहा है। ऊँचे सिंहासन पर बैठी उसकी शिक्षिका उसकी हवा निकाल देती है। शोएनबेर्ग के सन्दर्भ में रूखे स्वर में कहती है : इतना बढ़िया आप अभी नहीं बजा सकते! छात्र कितनी प्रसन्नता से स्वयं को एक ऐसे शिक्षक के हवाले कर देता है, भले ही वह उसे नीची नज़र से देखता हो, क्योंकि उसकी लगाम उसने कस कर अपने हाथों में ली होती है।

मुझे तो बिल्कुल लगता है कि यह बन्दा तुझसे इश्क़ करता है, माँ बुरे मूड में, जब वह उसे संगीत-शिक्षालय से ला रही होती, ऐरिका से कहती है। लेने इसलिए गयी है, ताकि वह उसमें लटकी हुई और परस्पर जटिल ढंग से ग्रथित नगर-केन्द्र की सैर करते हुए, निकल सके। मौसम भी इन महिलाओं का कहा मान रहा है। मंजूषाओं में देखने के लिए बहुत कुछ है, जिसे ऐरिका को किसी भी हाल में नहीं देखना है, इसी वजह से तो माँ उसे आख़िर लेने आयी है। सुरुचिपूर्ण जूते, पर्स, हैट, सज-धज का सामान। इसलिए माँ ऐरिका को एक चक्करदार रास्ते पर डाल देती है और उससे झूठ बोलती है कि बढ़िया मौसम की वजह से हम चक्करदार रास्ते से जा रहे हैं। बागों में सब कुछ खिल रहा है, गुलाब, ट्यूलिप, जिन्होंने अपने कपड़े नहीं ख़रीदे। माँ ऐरिका से प्राकृतिक मनोरमता का वर्णन करती है, जिसे किसी कृत्रिम लिपाई-पुताई की आवश्यकता नहीं है। वह अपने आप में ही सुन्दर है, ऐरिका, जो तू भी है। फिर काहे को यह टूम-छल्ला?

क्षेत्र 8[1] अपनी गरम स्थानीय दीर्घशंका के साथ स्वागत कर रहा है, बाड़े में ताज़ा भूसा। माँ राहत महसूस करती है, बेटी को खींचती ले जाती है, फ़ैशन की दुकानों को पीछे छोड़ते हुए, योज़ेफ़श्टेटर स्ट्रीट के निश्चित पथ पर। माँ ख़ुश है कि सैर करने का ख़र्च इस बार भी कुछ नहीं आया, बस उसके जूते का तला घिसा है। कोहूट नारियों के जूते पालिश होने से घिसे जूते भले।

जहाँ तक यहाँ के निवासियों का प्रश्न है यह रिहायशी इलाक़ा अपनी उम्र पार कर चुका है। ख़ास कर बूढ़ी औरतें। किस्मत से इस बूढ़ी औरत, श्रीमती कोहूट,

---

1. विएना भिन्न-भिन्न क्षेत्रों में बँटा हुआ है, जिनके अलग-अलग नम्बर हैं।

ने एक जवान पूरक अंग पर कब्ज़ा किया हुआ है, जिस पर वह गर्व कर सकती है और जो तब तक उसकी देख-भाल करेगा, जब तक मौत उन्हें जुदा नहीं कर देती। सिर्फ़ मौत दोनों को अलग कर सकती है, और ऐरिका के सूटकेस पर वह उसके गन्तव्य स्थान के रूप में अंकित है। कभी-कभी इस क्षेत्र में हत्याओं का एक ताँता लग जाता है, और कुछ बूढ़ी लुगाइयाँ पुराने काग़ज़ से भरी अपनी लोमड़ी की माँदों में मर जाती हैं। सिर्फ़ ईश्वर ही जानता है, कि उनकी बचत-पुस्तिकाएँ कहाँ हैं, और कायर हत्यारा भी यह जानता है, जो चटाई के नीचे उसे तलाश चुका है। आभूषण, थोड़े से आभूषण, चले गये हैं। और एकमात्र पुत्र को— छुरी-काँटे-चम्मच बेचता है वह— कुछ नहीं मिलता। जहाँ तक हत्याओं का प्रश्न है क्षेत्र 8 एक मनपसन्द इलाक़ा है। यह पता लगाना कभी मुश्किल नहीं होता कि इन बूढ़ियों में से कोई एक कहाँ रहती है। दूसरे किरायेदारों के उपहास की पात्र कम से कम एक ऐसी बूढ़ी अम्माँ हर इमारत में रहती है, और शराफ़त से उस गैस वाले के लिए दरवाज़ा खोल देती है, जिसने अपना ज़ाली पहचान-पत्र दिखाया है। उन्हें अक्सर चेतावनी मिल चुकी होती है, परन्तु फिर भी वे दिल और द्वार दोनों खोल देती हैं, क्योंकि वे तन्हा होती हैं। श्रीमती कोहूट कुमारी कोहूट को उसे अकेला छोड़कर न जाने का डर दिखाते हुए यह कहती है।

नहीं तो छोटे-मोटे अफ़सर या शान्तिप्रिय कर्मचारी हैं। बच्चे कम हैं। पांगर के फल पक गये हैं, और प्रातर (विएना का एक इलाक़ा—अ.मे.) में वृक्ष भी। विएना वन में दाख़ भी हरी हो रही हैं। अफ़सोस कि कोहूटों को अपने सपने पूरे करने का, इन सब नज़ारों को पास से देखने का, मौक़ा नहीं मिलता, क्योंकि उनके पास कार नहीं है।

परन्तु अक्सर वे ट्राम से मनोयोग से चुने गये किसी अन्तिम स्टेशन को जाती हैं जहाँ वे बाकी सब लोगों के साथ उतरती हैं, और सैर करने चल पड़ती हैं। माँ और बेटी, एकदम चार्ली फ्रैकनश्टाइन की बावली बुआओं सी लगतीं, पीठ पर पीठ झोला उठाये। मतलब कि सिर्फ़ बेटी ने एक झोला उठाया हुआ है, जो माँ की थोड़ी सी चीज़ों को सुरक्षा प्रदान करता है और लोगों की कुतूहलपूर्ण दृष्टि से भी बचाता है। मज़बूत तले वाले सैर के जूते। बारिश से बचाव को भी नहीं भूला जाता, जैसे कि सैलानियों की निर्देश-पुस्तिका में ताक़ीद की जाती है। बाद में कुछ देखने को मिले उससे अच्छा है कि पहले ही इन्तज़ाम कर लिया जाये। दोनों महिलाएँ, तगड़ी, नंगे पैर पैदल चलती हैं। वे गाना नहीं गातीं, क्योंकि वे, जिन्हें संगीत की समझ है,

अपने गाने से संगीत का अपमान नहीं करना चाहतीं। आइश्नडोर्फ़[1] के ज़माने सा लग रहा है, माँ बिना शब्दों के गाती है, क्योंकि सब बौद्धिकता पर, प्रकृति के प्रति अभिवृत्ति पर निर्भर करता है! स्वयं प्रकृति पर नहीं, यह बौद्धिकता दोनों महिलाओं में है, क्योंकि जब भी वे प्रकृति से आमने-सामने होती हैं तो उसे देखकर प्रसन्न होना पसन्द करती हैं। कहीं कोई कलकल करती नदिका मिल जाये तो वहीं उसमें से ताज़ा पानी पिया जाता है। उम्मीद है कि किसी हिरण ने इसमें मूता नहीं होगा। वृक्ष का एक मोटा तना या घनी झाड़ी आ जाये तो उसमें ख़ुद भी मूता जा सकता है, और साथ वाली दूसरी ध्यान रखती है कि कोई आ कर उन्हें बेशर्मी से देख न रहा हो।

यह करते हुए दोनों कोहूटें काम के एक नये सप्ताह के लिए स्वयं में ऊर्जा भर रही हैं, जिसमें माँ के करने को कुछ ज़्यादा नहीं है और बेटी छात्रों से खून चुसवायेगी। तुझे बहुत परेशान किया जाता है, माँ तंग होने वाली पियानो-वादिका से हर शाम पूछती है। नहीं, ऐसी कोई समस्या नहीं, बेटी जवाब देती है, जिसमें अब भी उम्मीद बची है, जिसकी माँ अब विस्तारपूर्वक आलोचना करती है। माँ बेटी में महत्वाकांक्षा न होने का उलाहना देती है। बच्ची तीस सालों से भी ज़्यादा समय से ये ग़लत बातें सुन रही है। बेटी, जो उम्मीद का झूठा प्रदर्शन करती है, जानती है कि अब अगर कुछ मिलने वाला है तो वह है प्रोफ़ेसर की उपाधि, जिसका इस्तेमाल वह अब भी कर रही है, और जो देश के राष्ट्रपति द्वारा प्रदान की जाती है। वर्षों नौकरी करने के बाद एक सादे समारोह में। कभी, इसमें भी ज़्यादा वक्त नहीं बचा, रिटायर होने का समय आ जाता है। विएना का क्षेत्र बहुत बढ़िया है, परन्तु कला के धन्धे में आधिकारिक रूप से सेवानिवृत्त होना बिजली गिरने के समान है। जिस पर गिरती है उस पर गिरती है। विएना क्षेत्र क्रूरतापूर्वक एक पीढ़ी से दूसरी पीढ़ी के कला अग्रेषण का अन्त कर देता है। दोनों महिलाएँ कहती हैं कि वे ऐरिका के रिटायरमेंट का बेक़रारी से इन्तज़ार कर रही हैं! उस समय के लिए वे बहुत सी योजनाएँ बना रही हैं। तब तक तो अपना फ़्लैट कब से सुसज्जित हो चुका होगा और उसकी किस्तें चुकायी जा चुकी होंगी। उस पर लोअर आस्ट्रिया प्रान्त में भी ज़मीन ख़रीदी जा चुकी है, जहाँ निर्माण किया जा सकता है। एक घर होना चाहिए, कोहूट स्त्रियों के लिए, सिर्फ़ उनके लिए। माँ तब तक सौ की हो चुकी होगी, मगर हट्टी-कट्टी होगी।

---

1. योज़ेफ़ आइश्नडोर्फ़ : रोमांटिक धारा के सुप्रसिद्ध जर्मन कवि (1788-1857)

धूप के प्रभाव से विएना-वन की ढलान दमक रही है।

यहाँ-वहाँ वसन्त के फूल निकल रहे हैं, माँ और बेटी उन्हें तोड़ कर थैले में भर रही हैं। न्याय हो रहा है उनके साथ। धृष्टतापूर्ण कुतूहल को दण्डित किया जाता है, वरिष्ठ कोहूट इसका उत्तरदायित्व लेती है। वे ग्मुंडन से आये गोल गुलदस्ते में सही लगेंगे, ठीक है ऐरिका, ये फूल।

चढ़ती जवानी स्थायी आखेट-निषेध-काल के आरक्षित क्षेत्र में रहती है। उसे बाह्य प्रभावों से सुरक्षित रखा जाता है और प्रलोभनों से परे रखा जाता है। निषेध-काल काम के लिए नहीं है, सिर्फ़ मज़े के लिए है। माँ और नानी, महिला-ब्रिगेड, लम्बी नली वाली बन्दूकें लिये खड़ी हैं, उसे बाहर मँडराते मर्दाना शिकारी से बचाने, और ज़रूरत पड़ने पर शिकारी से हाथा-पाई करके उसे फटकार लगाने। दोनों बूढ़ी औरतें अपने संवृद्ध सूखे गुप्तांग लिये हर आदमी पर टूट पड़ती हैं, ताकि वह उनकी हिरनी तक न पहुँच सके। छोटी हिरनी को न प्रेम, न वासना क्षति पहुँचाये! दोनों बूढ़ी औरतों के सैकतिक अमल-युक्त भगोष्ठ खुश्क खरखराहट में ऐसे खट से बन्द हो रहे हैं, जैसे एक मरते शाखि-हनु भृंग की संदंशिनी, फिर भी जाल में कुछ फँस नहीं रहा। वे अपनी बेटी और नातिन के जवान गोश्त के पास ऐसे बनी बैठी हैं, जबकि उनके टैंक जवान खून की पहरेदारी कर रहे हैं, ताकि कोई और आ कर उसमें ज़हर न फैला दे। उन्होंने दूर-दूर तक जासूस फैला रखी हैं, जो घर के बाहर बच्ची के आचरण पर नज़र रखती हैं और शिक्षा की अधिकारी स्त्रियों के सामने एक कप कॉफ़ी पीते हुए आराम से विस्तृत विवरण देती हैं। वे हर खुलासा देती हैं, साथ में घर का बना केक भी उन्हें मिलता है। तब बूढ़ी जासूस बताती हैं कि उन्होंने पुराने बाँध पर क्या देखा : अनमोल बच्ची ग्रात्स के एक छात्र के साथ! अब बच्ची को घर के आवरण से तब तक नहीं निकलने दिया जायेगा जब तक वह सुधर नहीं जाती और मर्द को तिलांजली नहीं दे देती।

अपने फ़ार्म-हाउस की दृष्टि नीचे घाटी की तरफ़ है, जहाँ जासूस रहती हैं, और ये आदतन दूरबीन से वापस देखती रहती हैं। वे अपने गरेबान में झाँकने की नहीं सोचतीं, जब राजधानी के निवासी अन्ततः गर्मियों में वहाँ आते हैं, और अपनी घर-गृहस्थी का ध्यान नहीं रखतीं। एक नदिका कल कल करती एक वादी से बह रही है। पिंगलफल की एक बड़ी झाड़ी नदिका के प्रवाह को देखने वालों की आँखों

से अकस्मात ओझल कर देती है, अदृश्य हो कर नदिका पड़ोस के किसान की वादी में बहती रहती है। घर के बाईं ओर पर्वत पर घास का एक ढालू मैदान ऊपर जा रहा है और एक वन में जा कर समाप्त होता है। जिसका सिर्फ़ एक टुकड़ा किसी का है, शेष सरकार का है।

ईर्द-गिर्द शंकुवृक्षों के घने वन नयन गोचर क्षेत्र को तंग बना रहे हैं, लेकिन यह साफ़ देखा जा सकता है कि पड़ोसी क्या कर रहा है और यह भी देखा जाता है कि बन्दा ख़ुद क्या कर रहा है। रास्तों में चरागाहों में गायें हैं। पीछे बायीं ओर खुला छोड़ दिया गया कोयला बनाने वाली लकड़ी का एक ढेर, पीछे दायीं ओर सुरक्षित वन-खण्ड, हिसालू रखने का एक गोदाम। ऊपर सिधाई में बादल, पंछी, उसके अलावा बाज़ और टीसे भी।

बाज़ की माँ और टीसे की नानी अपनी हिफ़ाज़त में रखे गयी बच्ची को घोंसला नहीं छोड़ने देते। मोटे कतलों में वे **उसके** जीवन को काट कर रख देती हैं। निन्दा से उसके टुकड़े-टुकड़े कर देती हैं। पड़ोसनें निन्दा करने में कतरने बना रही हैं। हर उस टुकड़े को, जिस में ज़रा सा भी जीवन स्पंदन कर रहा है, वे सड़ा हुआ मान कर अनाड़ीपन से काट कर परे फेंक देती हैं। ज़्यादा आवारागर्दी करने से संगीत की पढ़ाई में हर्ज़ा होता है। नीचे, बाँध पर जवान लड़के घूम रहे हैं, वह वहाँ खिंच रही है। वे ऊँची आवाज़ में हँस रहे हैं और एक-दूसरे में गोते खाते जा रहे हैं। वहाँ **वह** सीधे-सादे देहातियों के बीच चमचमा सकती थी। चमचमाने के लिए उसे प्रशिक्षित किया गया है। उसे सिखाया गया है कि वह सूर्य है, जिसके ईर्द-गिर्द सब घूमता है, उसे बस ख़ामोश खड़े रहना है, तब उपग्रह आयेंगे और उसकी आराधना करेंगे। वह जानती है : वह बेहतर है, क्योंकि हमेशा उसे यह कहा जाता है। परन्तु इसकी जाँच कोई नहीं करना चाहता।

अनिच्छा से वायलिन झटके से ठोड़ी पर आ लगती है, एक प्रतिरोध करती बाँह द्वारा ऊपर खींची गयी। बाहर सूरज हँसता हुआ नहाने का निमन्त्रण दे रहा है। सूरज बुला रहा है कि दूसरों के सामने कपड़े उतारो, जिस काम के लिए घर में बुढ़ियों ने मनाही कर रखी है। बायीं उँगलियाँ सारिका के दर्द से दुखी इस्पात के तारों को नीचे दबा रही हैं। मोज़ार्ट की पीड़ित आत्मा आहें भरती वाद्य के शरीर के घुटते गले से फूट निकलती है। मोज़ार्ट की आत्मा चिल्लाती हुई नरक से बाहर आ रही है, क्योंकि बजाने वाली कुछ महसूस नहीं कर रही, उसे बस लगातार स्वर बाहर निकालने हैं। रोते-चिल्लाते स्वर वाद्य से भागते हैं। **उसे** आलोचना से भयभीत होने

की आवश्यकता नहीं है, असली बात यह है कि कुछ बजना चाहिए, क्योंकि यह इस बात की निशानी है कि बच्ची ऊपर आकाश मण्डल पर पहुँच गयी है और मुर्दा खोल रूपी उसकी देह नीचे रह गयी है। बेटी के छोड़े गये शरीर को मर्दाने इस्तेमाल के निशानों के लिए ध्यान से ठोंक-पीट कर और झटके से हिला कर देखा जाता है। बजाने के बाद उसे लापरवाही से फिर पहना जा सकता है, जब वह सूख कर खर-खर करता सख़्त मज़बूत बन चुका होगा।

माँ एक तीखी टिप्पणी करती है कि **वह**, अगर उसे बिना रोक-टोक सब करने दिया जाये तो वह पियानो बजाने से ज़्यादा मर्दों में उत्साह दिखायेगी। यहाँ इस पियानो के सुर हर साल ठीक करवाने पड़ते हैं, क्योंकि आल्पस के इस ख़ुश्क मौसम में बढ़िया सुर उसके भीतर ही भीतर रहते हैं। ठीक करने वाला विएना से सफ़र करके आता है, ट्रेन से, और हाँफ़ता हुआ पहाड़ पर चढ़ता है, जहाँ कुछ पागलों ने उसे बताया है कि एक पियानो उन्होंने रखा हुआ है, समुद्र से हज़ार मीटर की ऊँचाई पर। ठीक करने वाला भविष्यवाणी करता है कि यह पियानो ज़्यादा से ज़्यादा एक-दो साल चलेगा, फिर ज़ंग, सड़न और फफूंदी, सब मिल कर इसे मज़े से खा जायेंगे। माँ को साज़ के स्वर ठीक करवाने की फ़िक्र है, और बेटी के चक्करों के चक्कर में भी वह निरन्तर रहती है, बच्ची के सुर सही कराने की फ़िक्र में नहीं, बल्कि इस अड़ियल, जल्दी बिगड़ सकने वाले, जीते-जागते वाद्य पर माँ होने के अपने प्रभाव की फ़िक्र में।

माँ हमेशा इस बात पर ज़ोर देती है कि इस तथाकथित 'संगीत-समारोह देने' के दौरान खिड़की खुली रहनी चाहिए, यह शराफ़त से अभ्यास करने का मीठा पुरस्कार है, ताकि पड़ोसी भी मीठी धुनों का आनन्द लें। माँ और नानी दूरबीन लिये बिल्कुल ऊपर खड़ी होती हैं, यह देखने कि क्या पड़ोस वाली किसान भी अपने रिश्तेदारों के साथ शान्ति और अनुशासन से अपनी बिल्ली के सामने घर की बेंच पर बैठे ध्यानपूर्वक सुन रही है। पड़ोसन को अपना दूध, दही, पनीर वगैरा के अलावा मक्खन, अण्डे और तरकारी बेचने हैं, अतः उसे घर के सामने सुनने के लिए उपस्थित रहना ही है। नानी तारीफ़ करती है कि पड़ोसन को आख़िर गोद में हाथ रख कर मूसीकी का मज़ा लेने की फ़ुरसत मिली है। पूरी ज़िन्दगी इसका इन्तज़ार करती रही थी। बुढ़ापे में जा कर हसरत पूरी हुई है। फिर से एक बार कुछ बढ़िया। गर्मियों में आये मेहमान भी उसकी तरह पास बैठे ब्रम्स[1] की संगीत-रचना सुनने लगते हैं। उन्हें, माँ उल्लसित हो कर बोलती है, शर्तिया ख़ालिस ताज़ा संगीत वैसे

ही मिल रहा है, जैसे शर्तिया ताज़ा दूध, गाय जैसा ग़रम, उसे सप्लाई किया जाता है। आज किसान महिला और उसके रिश्तेदारों को बच्ची में ताज़ा-ताज़ा रोपा गया शोपिन को पेश किया जा रहा है। माँ तकाज़ा करती है कि बच्ची ऊँचे स्वर में बजाये, क्योंकि पड़ोसन धीरे-धीरे ज़रा सी बहरी होती जा रही है। मतलब कि पड़ोसी एक नयी धुन सुन रहे हैं, जिसे उन्होंने पहले नहीं सुन रखा। अँधेरे में इस संगीत रचना को पहचान सकने के लिए उन्हें इसे कई बार सुनना होगा। हम दरवाज़ा भी खोल देते हैं, ताकि वे बेहतर सुनें। अभिजातवाद के युग की गन्दी लहर घर के सभी खुले रास्तों से छलक कर घाटी की ढलानों से नीचे बह रही है। पड़ोसियों को ऐसे महसूस होगा जैसे वे उसके एकदम नज़दीक खड़े हैं। उन्हें सिर्फ़ मुँह खोलना है और शोपिन के ग़रम तोड़ की धार सीधा उनके मुँह में जायेगी। और बाद में ब्रम्स भी, असन्तुष्टों का यह संगीतकार, विशेषकर स्त्रियों का।

वह तनिक पूरी ऊर्जा स्वयं में एकत्र करती है, डैने फला लेती है और स्वयं को अकस्मात् आगे फेंकती है, पियानो के पर्दे की तरफ़, जिसकी कुंजियाँ ऐसी प्रचण्डता से उसकी तरफ़ आते हुए बज रही हैं, जैसे हवाई-जहाज़ गिरते हुए धरती की तरफ़। जो भी स्वर पहली बार में उसकी पकड़ में नहीं आता, उसे वह रहने ही देती है। संगीत के मामले में अनपढ़ अपनी उत्पीड़कों से लिए गये इस चतुर प्रतिशोध से उसे सन्तुष्टि की हल्की गुदगुदी महसूस होती है। छोड़े गये स्वर का किसी आम आदमी को पता ही नहीं चलेगा, परन्तु कोई भी ग़लत स्वर सुन कर गर्मियों में मज़ा लूटने आये लोग खुन्नस में अपने लेटने की कुर्सियों से खड़े हो जायेंगे। ये ऊपर क्या बज रहा है? हर साल वे किसान महिला को देहात के शान्त वातावरण में रहने का बहुत सा पैसा देते हैं, और आज ऊपर पहाड़ी से यह शोर मचाता संगीत गड़गड़ा रहा है।

दोनों लड़ाकी माँयें अपने शिकार को सुन रही हैं, जिसे उन्होंने लगभग पूरा ही चूस लिया है, इस मकड़ी को। अपने छिनाल जैसे कपड़ों में, अपने फूलों वाली स्कर्टों में वे ऊपर खड़ी हैं। अपने बन्दियों की भावनाओं से ज़्यादा वे अपने कपड़ों का ख़याल रखती हैं। अपनी ख़ुद की डींगों से वे अब गद्गद हुई जा रही हैं कि उनकी बच्ची विश्व में प्रसिद्धि प्राप्त कर लेने के बाद भी कितनी सादी बनी रह गयी है। बच्ची और नातिन को अब के लिए तो विश्व से वंचित रखा जायेगा, ताकि बाद में वह सिर्फ़ माँ और नानी की न रहे, बल्कि पूरे विश्व की हो। वे विश्व को धीरज रखने

---

1. योहान्नेस ब्रम्स : 1833 में जर्मनी में जन्मे संगीतकार प्यानो-वादक। 1862 से 1897 में अपनी मृत्यु तक विएना-वासी।

का परामर्श दे रही हैं, बच्ची को बाद में उसके हवाले किया जा सकता है।

कितनी जनता तुझे आज फिर सुनने आयी है! देख तो सही, कम से कम सात लोग रंगीन धारियों वाली आरामकुर्सियों में। यह खरा उतरने का एक पूर्वाभ्यास है। और जब ब्रम्सबाज़ी बन्द हो जाये तो क्या सुनना चाहिए इन्हें? तभी अभी सुने गये पर एक अभद्र अनुनाद मिलता है। नीचे बैठे गर्मियों की छुट्टियाँ बिताने आये इन जंगली सूअर के बच्चों के गले से निकले ठहाके। किस चीज़ पर ये पागलों की तरह हँस रहे हैं? कोई इज़्ज़त नहीं है इनके दिल में? ठहाकों का बदला लेने के लिए माँ और बेटी दूध की केतलियों से लैस ब्रम्स के नाम में नीचे घाटी में युद्ध का मोर्चा खोलने के लिए बढ़ती हैं। गर्मियों के मेहमान इस मौक़े पर शोर की शिकायत करते हैं, जिसकी वजह से प्रकृति की शान्ति भंग हो गयी है। माँ का उत्तर बहुत तीख़ा है, शूबर्ट की संगीत-लहरी में वन की शान्ति से अधिक शान्ति है, वह कहती है। सिर्फ़ उन्हें समझ नहीं है। घमण्डपूर्वक और चेहरा टेढ़ा घुमाये माँ अपनी मक्खनी और अपनी पेट की जायी समेत पुनः अपने एकान्त पर्वत पर चढ़ जाती है। बेटी गर्व से सर ऊँचा किये और दूध की केतली उठाये जाती है। अब अगली शाम दोनों पुनः सार्वजनिक रूप से सामने आयेंगी। गर्मियों के मेहमान बहुत देर तक उनकी हॉबी के बारे में बात करते रहते हैं : किसानों से बेसिरपैर की बात करना।

वह ख़ुद को हर चीज़ से अलग महसूस करती है, क्योंकि उसे हर चीज़ से अलग रखा जाता है। दूसरे आगे निकल जाते हैं, उससे भी आगे। केवल वही एक छोटी सी बाधा प्रतीत होती है। सैलानी चला जाता है, वह रह जाती है, मक्खन-डबलरोटी लपेटने वाले चिकनाये काग़ज़ की तरह रास्ते में पड़ी रहती है, बहुत हुआ तो ज़रा सी हवा में फड़फड़ा लेती है। काग़ज़ आगे नहीं जा सकता, वहीं का वहीं पड़ा सड़ता रहता है। इस सड़ने में बरसों लग जाते हैं, बरस बिना किसी बदलाव के।

बदलाव के लिए उसका रिश्ते का एक भाई घर में मेहमान बन कर आया है और उसने घर को चहल-पहल भरी अपनी ज़िन्दगी से सराबोर कर दिया है। सिर्फ़ यही नहीं, वह अपने साथ ज़िन्दगी ले कर आया है, एक ग़ैर-ज़िन्दगी, जो ऐसे अपनी ओर खींचती है, जैसे रोशनी पतंगों को। रिश्ते का भाई डॉक्टरी की पढ़ाई कर रहा है और अपनी डींगें मारती ख़ुशदिली से गाँव के युवाओं के आकर्षण का केन्द्र बन जाता है। मूड में हो तो डॉक्टरों और डॉक्टरी पर लतीफ़े सुनाता है, और उसे लोग छोकरो कर कह बुलाते हैं, क्योंकि वह ऐसा छोकरा है, जिसे मज़ाक करना और मज़ाक सहना आता है। गाँव की जवान जनता रूपी हरहराती लहरों के मध्य वह

चट्टान की तरह ऊँचा दिखाई देता है। यह जनता हर तरह से उसकी नक़ल करना चाहती है। अकस्मात घर में ज़िन्दगी लौट आयी है, क्योंकि एक मर्द घर में हमेशा ज़िन्दगी ले कर आता है। अनुग्रहशील मुस्कानें फेंकती हुई, लेकिन गर्वपूर्वक देखती हुई घर की स्त्रियाँ जवान मर्द को देखती हैं, जिसे ख़ूब ऊधम मचाना है। वे उसे नागिनों के ख़िलाफ़ चेतावनी देती हैं, जो बाद में कभी शादी करने का वायदा कर सकती हैं। यह युवक सार्वजनिक रूप से ऊधम मचाना पसन्द करता है, उसे जनता चाहिए होती है और वह उसे मिल भी जाती है। बल्कि **उसकी** सख़्त माँ भी मुस्कराती है। आदमी को तो आख़िर बाहर जीवन की मुसीबतें झेलने निकलना ही होता है, लेकिन बेटी को इस बीच मरना है, संगीत का घमण्ड करना है।

छोकरो को छोटा सा—तैरने का जाँघिया पहनना सबसे अच्छा लगता है, लड़कियों पर उसे छोटी से छोटी बिकिनी अच्छी लगती है, नये से नये फ़ैशन की। अपने दोस्तों के साथ मिल कर वह हर उस सेण्टीमीटर को अपने साथ सटा लेता है, जो लड़की उसे पेश करती है, और उसका मज़ाक उड़ाता है, जो वह उसे पेश नहीं करती। छोकरो गाँव की लड़कियों के साथ बैडमिण्टन खेलता है। यह कला लड़कियों को सिखाने में वह बहुत परिश्रम करता है, जिसके लिए सबसे ज़्यादा तो एकाग्रता की आवश्यकता पड़ती है। लड़की जब अपनी छोटी बिकिनी में शरमा रही होती है तो वह लड़की का हाथ पकड़ कर रैकेट पर रख कर उसे सिखाना पसन्द करता है। तैरने की इस पोशाक को खरीदने के लिए उसने सेल्सगर्ल की हैसियत से कमाई की गयी बचत से पैसे लगाये हैं। लड़की एक डॉक्टर से शादी करना चाहती है और उसे अपना शरीर दिखाती है, ताकि भावी डॉक्टर जाने कि उसे क्या मिलेगा। छोकरो का गुप्तांग कामचलाऊ तौर पर एक बोरी सी में घुसेड़ कर रखा गया है, जो दो सुतलियों से सिली है, जो कूल्हों के ऊपर से हो कर दोनों तरफ़, दायें और बायें, फन्दे में बँधी हुई हैं। लापरवाही से, क्योंकि इस मामले में वह ज़्यादा परवाह नहीं करता। कई बार सुतलियाँ खुल जाती हैं, और छोकरो को उसे फिर बाँधना पड़ता है। यह तैरने का एक मिनी जांघिया है।

सबसे अधिक इस युवक को पसन्द है पहाड़ पर, जहाँ पर वह श्रद्धालु बनाने की सामर्थ्य रखता है, अपनी पहलवानी के नये से नये दाँवपेंच दिखाना। थोड़े से जूडो के जटिल वारों में भी उसे महारत हासिल है। अक्सर वह नयी कलाकारियाँ दिखाता है। इस खेल में अनजान आम लोग इस गिरफ़्त का मुक़ाबला नहीं कर सकते और तुरन्त धरती सूँघने लगते हैं। मुँहों से ठहाके निकलते हैं और धराशायी

हुआ बन्दा भी अपनी हँसी न उड़वाने के लिए भोलेपन से साथ में हँसता है। लड़कियाँ छोकरो के आसपास ऐसे लुढ़क रही होती हैं, जैसे पेड़ से गिरे पके फल। उसे बस उन्हें उठा कर चखने की ज़रूरत है। लड़कियाँ ज़ोर से चीं-चीं कर रही होती हैं, उसके इर्द-गिर्द बेहतर जगह पाने की चाहत में, इस जवान खिलाड़ी के नज़दीक होने में। वे पहाड़ी से नीचे लुढ़कती हैं और खिलखिलाती हैं, वे रोड़ी में गिरती हैं या भटकटैया में, और चीं-चीं करती हैं। उनके ऊपर जवान शान से खड़ा होता है। जो भी लड़की ख़ुद को उसे पेश करती है, उसे वह कलाई से पकड़ कर दबाता है, दबाता ही जाता है। वह हस्तक की एक गुप्त तरक़ीब इस्तेमाल करता है, कोई देख नहीं पाता कि क्या, लेकिन उसकी ज़्यादा ताक़त तथा एक गन्दी चाल के बल पर वह प्रयोग के लिए प्रयुक्त व्यक्ति को घुटनों पर गिरा देता है, छोकरो के पाँवों पर। आधा वह उसे खींचता है, आधी वही खिंच आती है। युवा छात्र के आकर्षण से कौन बच सकता है? अगर वह ज़्यादा ही अच्छे मूड में हो तो उसके सामने धरती पर रेंगती लड़की को उसके पैर भी चूमने पड़ते हैं, क्योंकि इससे पहले छोकरो छोड़ता ही नहीं। पाँवों को चूमा जाता है और राज़ी हुआ शिकार और चुम्बनों की उम्मीद करता है, जो ज़्यादा मीठे हैं, क्योंकि वे गुपचुप लिये-दिये जाते हैं।

सूर्य का प्रकाश सिरों से क्रीड़ा कर रहा है; छोटे जलकुण्ड से पानी ऊपर उछाला जाता है और बिजली चमकती है। **वह** पियानो पर अभ्यास करती रहती है और हँसी के उन फुहारों को नज़रअन्दाज़ करती है, जो झटकों में फूट रहे हैं। **उसकी** माँ ने इस ओर ध्यान न देने की सख़्त ताक़ीद की है। माँ वरांडे की सीढ़ियों पर खड़ी हँस रही है, हँसते हुए उसने हाथ में बिस्कुट वगैरह की एक प्लेट पकड़ी हुई है। माँ कहती है कि जवानी सिर्फ़ एक बार आती है, लेकिन चीं-चीं चूं-चूं में उसे कोई नहीं सुनता।

वह बाहर के शोर की ओर निरन्तर कान लगाये रखती है, जो उसका रिश्ते का भाई लड़कियों के साथ मचा रहा है। वह कान लगाकर सुनती है कि कैसे वह अपने स्वस्थ दाँत समय में गाड़ता है, उसे स्वाद से निगलते हुए। **उसको** स्वयं को हर सेकिण्ड के बारे में सोच कर पीड़ा होती है, घड़ी की यन्त्रावलि की तरह उसकी उँगलियाँ कुंजियों पर चलती हैं। जिस कमरे में वह अभ्यास कर रही है उसकी खिड़कियों पर सलाखें लगी हुई हैं। सलाखों की परछाईं किसी सलीब की तरह है, जो बाहर की रंगीनियों की उससे रक्तचूसक भूत की तरह भर्त्सना कर रही है, जो लहू चूसना चाहता है।

युवक अब ठण्डा होने के लिए जलकुण्ड में कूद जाता है। पानी उसमें

ताज़ा-ताज़ा छोड़ा गया है, फुहारे का बर्फीला पानी, सिर्फ़ साहसी मनुष्य ही, दुनिया जिनके कदमों पर होती है, इस नमी में कूदने का साहस कर सकते हैं। हँसते हुए, हाँफ़ते हुए लड़को पुनः सतह पर प्रकट होता है। **वह** बिना देखे देख लेती है। ज़ोर से शाबाशी देते हुए भावी डॉक्टर की ताज़ा पकी लड़कियाँ झट से छलाँग लगाती हैं। यह पिचकारी है या रेल-पेल है। ये हर चीज़ में लड़को की नक़ल लगा रही हैं, माँ हँसती है। वह क्षमाशील है। बूढ़ी नानी भी, जिसे उसे रिश्ते के भाई के साथ बाँटना पड़ता है, छात्र की शरारतें देखने भागी-भागी चली आती है। महाबूढ़ी नानी पर भी छींटे डाले जाते हैं, क्योंकि लड़को किसी का लिहाज़ नहीं करता, उम्र का भी नहीं। पर वह तो मर्दाने, फुर्तीले नाती की हरकतों को देख कर हँसती है। माँ एक सयानी आपत्ति करती है, क्योंकि लड़को ने पहले ठीक से पेट की आग ठण्डी नहीं की, लेकिन अन्त में उसे औरों से भी ज़्यादा ज़ोर से हँसना पड़ता है, अनिच्छापूर्वक; ठहाके लगते-लगाते वह हिलने लगती है, जबकि लड़को विस्मयकारी रूप से सील मछली की हूबहू नक़ल लगा रहा है। माँ ऐसे लोट-पोट हो रही है, जैसे उसके पेट में कोई गोटियाँ हिला रहा हो। लड़को अब एक पुरानी गेंद को हवा में उछाल कर उसे नाक से पकड़ने की कोशिश करता है। परन्तु कलाबाज़ी का भी तो अभ्यास होना चाहिए। सब हँसी से लोट-पोट हो जाते हैं, इतना हँसते हैं कि आँखों में आँसू आ जाते हैं। कोई (किशोर कुमार की तरह—अ. मे.) योडल करता है। कोई हुलसता है, जैसे पहाड़ों में किया जाता है। दोपहर के भोजन का समय हो गया है। बेहतर होगा कि अभी भूख मिटा ली जाये, बाद की बजाय, जब यह ख़तरनाक होता है।

पियानों का अन्तिम स्वर ख़ामोश हो जाता है, धीरे-धीरे कम हो जाता है, **उसकी** नसें शिथिल हो जाती हैं, उसकी माँ द्वारा खुद लगाया गया अलार्म बज चुका है। वाक्य के बीच में ही वह उठ खड़ी होती है, भागती है, जवानी के पेचीदा जज़्बातों से भरी, बाहर जाती है, ताकि सामूहिक गाने-बजाने, उछलने-कूदने का कुछ अंश तो वह भी देख सके। रिश्ते की बहन का बाहर यथोचित स्वागत किया जाता है। फिर इतना अभ्यास करना पड़ा? माँ को इसे चैन लेने देना चाहिए, छुट्टियाँ जो हैं। माँ अपनी बच्ची पर कोई भी बुरा प्रभाव नहीं पड़ने देना चाहती। न सिगरेट, न शराब पीने वाला लड़को अपने दाँतों से डबलरोटी-लंगोचा उठा लेता है। हालाँकि भोजन अभी-अभी तैयार हुआ है, फिर भी घर की रानियाँ अपने प्यारे को रोटी खाने से तो मना नहीं कर सकतीं। फिर लड़को आधे लिटर के एक गिलास में रसबदरी का ख़ूब सारा शीरा उँड़ेल लेता है, जिसका मुख्य तत्त्व पेड़ों से खुद तोड़ा गया था, फिर उसमें

फ़ुहारे का पानी उँड़ेलता है और सब गले में उँड़ेल लेता है। अब उसमें एक नयी ताक़त भर गयी है। अब वह अपने सपाट हाथ से कसी हुई मांसपेशियों वाले अपने पेट को थपथपाता है। दूसरी मांसपेशियों को भी थपथपाता है। माँ और नानी घण्टों लड़को की तगड़ी भूख पर चर्चा कर सकती हैं। दोनों खिलाने की नयी-नयी चीज़ें पेश करने में एक-दूसरे को मात देने में लगी रहती हैं, पूरा दिन लड़ती हैं कि छोकरो क्या खाना पसन्द करेगा, गाय के या सूअर के मांस के कतले? माँ अपने भांजे से पूछती है कि पढ़ाई कैसी चल रही है और भाँजा जवाब देता है कि वह इस समय पढ़ाई को कुछ देर के लिए भूल जाना चाहता है। वह एक बार सही से जवानी का मज़ा लेना चाहता है और ऊधम मचाना चाहता है। एक दिन वह अपने आप ही बता देगा कि उसकी जवानी निकल गयी है।

छोकरो **उससे** आँख मिला कर उसे ज़रा सा हँसने की सलाह देता है। इतनी संजीदा क्यों है **वह**? उसे खेलने-कूदने की सलाह देता है, जिसमें हँसने का मौक़ा मिलता है और आम तौर पर जिसका असर अच्छा होता है। खेल-कूद की ख़ुशी में रिश्ते का भाई इतनी ज़ोर से हँसता है कि उसके खुले हलक़ से लंगोचा-डबलरोटी के भग्नावशेष छिटक कर बाहर आ जाते हैं। परमानन्द में वह किलकता है। पूरा फैल जाता है। ख़ुद में ही किसी फिरकनी की तरह घूमता है और घास के मैदान पर गिर पड़ता है, जैसे मर गया हो। तुरन्त कूद कर खड़ा भी हो जाता है, डरो नहीं। अब समय आ गया है कि मौसेरी बहन के सामने, जिसे हँसाना है, अपनी एक स्वाधिकार प्राप्त पहलवानी की गिरफ्त का प्रदर्शन किया जाये। मौसेरी बहन तो ख़ुश होगी, लेकिन मौसी गुस्सा करेगी।

उसके लिए सफ़र सनसनाता हुआ नीचे की तरफ़ जा रहा है, जीते रहो! सफ़र जिसमें कोई वापसी नहीं। वह अपने अन्वायाम अक्ष में ढह जाती है, लिफ़्ट नीचे जा रही है; वृक्ष तेज़ी से सरसराते हुए निकल रहे हैं, जंगली गुलाबों की झाड़बन्दी वाली सीढ़ियों की रेलिंगें और उनके आस-पास खड़े लोग उसकी आँखों से ओझल होते जा रहे हैं। सहसा ऊपर खिंचते हुए। उसकी पसलियाँ ठसक जाती हैं, छोकरो की छाती के बाल **उसके** सर में गुम हो जाते हैं, सीमा रेखा खिसक जाती है, उसकी दृष्टि सुतलियों पर पड़ती है, जिससे उसके फोतों का पैकेट लटक रहा है। उसके तुरन्त बाद ज़ालिम छोटा लाल माउंट ऐवरेस्ट प्रकट हो जाता है, और उसके नीचे बड़ी तस्वीर में जाँघ के लम्बे सुनहरे रोयों जैसे बाल। सहसा लिफ़्ट रुक जाती है। नीचे वाली मंजिल। पीछे कहीं **उसकी** पीठ पर उसकी हड्डियाँ सख़्त-सख़्त चटक रही हैं, वे

अकस्मात इतनी मज़बूती से एक-दूसरे से कस जाते हैं कि चूलें चूं-चूं करने लगती हैं। और वह घुटनों पर बैठी है, हुर्रे! छोकरो को एक बार फिर किसी छोकरी को हक्का-बक्का कर देने में कामयाबी मिली है। गर्मी की छुट्टियों में वह अपने मौसेरे भाई के सामने घुटने टेक कर बैठी है, यह छुट्टियाँ मनाती एक बच्ची छुट्टियाँ मनाते दूसरे बच्चे के सामने। उसके चेहरे पर आँसुओं का एक हल्का मुलम्मा चमक रहा है, चेहरे को वह दबी हँसी के एक मुखौटे को देखने के लिए उठाती है, जो फटने को हो रहा है। इस मक्कार ने उसे सही अपने चंगुल में ले लिया है और अपनी जीत पर बहुत खुश है। उसे पहाड़ी चरागाह की ज़मीन पर दबा दिया गया है। माँ गुणगान करते हुए कहा करती है कि गाँव के युवक उसकी बच्ची के साथ बुरा व्यवहार करते हैं, इस प्रतिभाशाली बेटी से, जिसके सब प्रशंसक हैं। गुप्तांग से भरा लाल पैकेट हिचकोले खाने लगता है, उसकी आँखों के सामने लुभाता हुआ लट्टू की तरह घूमता है। एक ऐसे सतीत्वहर्ता का है वह कि उसके आकर्षण से कोई नहीं बच सकता। उस पर एक पल के लिए वह अपना गाल टिका देती है। नहीं जानती कि किस लिए। वह सिर्फ़ उसे महसूस करना चाहती है, क्रिसमस-वृक्ष के इस टिमटिमाते बल्ब को सिर्फ़ एक बार अपने ओंठों से छूना चाहती है। एक पल के लिए वह इस पैकेट को पा जाती है। ओठों से हल्का सा छू देती है, या यह ठुड्डी थी? यह अपनी मुक्त इच्छा के विरुद्ध हुआ था। छोकरो जानता नहीं कि अपनी मौसेरी बहन के रूप में उसने पत्थर के एक ज्वालामुखी पर कदम रख दिया है। वह देखती जाती है, देखती ही जाती है। पैकेट को उसके सामने एक सम्पाक की तरह खुर्दबीन के नीचे रख दिया गया है। यह पल ख़त्म न हो, इतना ख़ूबसूरत है।

किसी ने कुछ नहीं देखा। सभी खाने की चीज़ों के सामने लाइन लगा कर खड़े हैं। छोकरो तुरन्त उसे मुक्त कर देता है और एक कदम पीछे हट जाता है। परिस्थितियों को दृष्टिगत रखते हुए आज पैर चूमने को रहने दिया जाता है, जिस के साथ यह अभ्यास वैसे अधिकांशतः समाप्त होता है। खुद को चुस्त बनाने के लिए वह खुद को ज़रा सा लचीला बनाता है, ज़रा सा ऊपर हवा में कूदता है और लम्बे-लम्बे डग भरता हँसता हुआ वहाँ से चला जाता है। घास का मैदान उसे निगल जाता है। महिलाएँ खाने के लिए आवाज़ें देती रह जाती हैं। छोकरो वहाँ से भाग लिया है, घोंसले से निकल गया है। कह कुछ नहीं रहा। अभी पूरा ग़ायब हो जायेगा, और उसके कुछ मर्द साथी खुश-खुश उसके पीछे भाग रहे हैं। जंगल में शिकार जारी है। छोकरो की दीवानगी की उसकी अनुपस्थिति में माँ द्वारा हल्की निन्दा की जाती

है। माँ ने इतनी मेहनत कर के खाना बनाया है और वह उसे जस का तस छोड़कर भाग लिया है।

छोकरो बहुत बाद में फिर आ पहुँचता है। सब ओर सन्ध्या का सन्नाटा है, नदिया पर केवल बुलबुल गा रही है। सब वरांडे में ताश खेल रहे हैं। तितलियाँ आधी बेहोश पेट्रोलियम के लैम्प के आसपास फड़फड़ा रही हैं। वह अपने कमरे में अकेली बैठी है, भीड़ से अलग, जो उसे भूल चुकी है, क्योंकि उसका कोई वज़न नहीं है। वह किसी को कष्ट नहीं देती। कई तह लगे एक पैकेट से वह ध्यानपूर्वक दाढ़ी मूंडने का एक ब्लेड निकालती है। जहाँ भी जाती है वह उसे साथ ले कर जाती है। ब्लेड ऐसे हँसता है जैसे दूल्हा दुल्हन को देख कर हँसता है। वह सतर्कतापूर्वक धार को जाँचती है, इतना तेज़ है वह जितना कि शेव करने का उस्तरा होता है। फिर वह ब्लेड को कई बार अपने हाथ के पिछले हिस्से पर दबाती है, पर इतना दबाव भी नहीं देती कि नसें कट जायें। दर्द बिल्कुल नहीं होता। धातु मक्खन की तरह त्वचा में घुल जाती है। एक क्षण में गुल्लक के चीर जितनी लकीर बन्द तन्तु-विन्यास में बन जाती है, फिर सँभाल कर रोका गया रक्त बाँध से तेज़ी से बाहर निकलता है। कुछ मिलाकर चार जगह काटा है। इतना काफ़ी है, वर्ना रक्तस्राव से मर जायेगी। ब्लेड को न तो फिर साफ़ किया जाता है न पैकेट में रखा जाता है। पूरा समय हल्का लाल लहू घावों से निकलता और चूता रहता है और रास्ते में पड़ने वाली हर चीज़ को गन्दा कर देता है। ग़रम, खामोश बह रहा है और कष्टकर नहीं है। प्रवाह बहुत अधिक है। बिना रुके चू रहा है। हर चीज़ को लाल रंग में रंग रहा है। चार चीर हैं, जिनमें से यह निरन्तर बह रहा है। फ़र्श पर और बिस्तर पर भी चार छोटी-छोटी धारायें मिल कर प्रचण्ड नदी बन गयी हैं। मेरे अश्रुओं का अनुसरण करो, जल्दी तुम्हें नदिका शरण देगी। एक छोटी सी गढ़ैया बन जाती है। और बहती जाती है। बहती जाती है और बहती जाती है और बहती जाती है और बहती जाती है।

हमेशा की तरह बनी-ठनी अध्यापिका ऐरिका बिना किसी पश्चात्ताप के आज के लिए अपनी संगीत की कार्यशाला से निकलती है। उसकी साधारण चाल के साथ ताल दे रहा है भोंपुओं और तुरहियों का बजना, साथ ही वायलिन का स्वर, जो सब

खिड़कियों से बाहर आ रहे हैं। ताल मिलाने के लिए। ऐरिका को आज सीढ़ियों से शिकवा नहीं है। आज माँ इन्तज़ार नहीं कर रही। ऐरिका तुरन्त लक्ष्यनिष्ठ एक ऐसा रास्ता पकड़ लेती है, जिससे वह अब कई बार गुज़र चुकी है। यह सीधा घर को नहीं जा रहा, शायद कोई शानदार भेड़िया, एक दुष्ट भेड़िया, देहात के किसी टेलीफ़ोन के खम्भे से टिका खड़ा है और अपने दाँतों से अपने पिछले शिकार के बचे हुए गोश्त के टुकड़े खुरच कर निकाल रहा है। ऐरिका अपनी एक पटरी वाली ज़िन्दगी में एक मील का पत्थर गाड़ना चाहती है और भेड़िये को अपनी नज़रों से न्यौता देना चाहती है। वह उसे दूर से ही देखेगी और कपड़े के फटने और गोश्त के कटने की आवाज़ सुनेगी। तब देर शाम हो चुकी होगी। संगीतमय अर्धसत्यों के कोहरे से अनुभव ऊपर उभरेगा। ऐरिका लक्षित पग भर रही है।

गलियों की कन्दराएँ खुल जाती हैं और फिर बन्द भी हो जाती हैं, क्योंकि ऐरिका उनमें जाने का फ़ैसला नहीं लेती, अगर संयोगवश कोई आदमी उस पर नज़र डालता है तो वह स्तम्भित सामने देखती हुई चलती जाती है। भेड़िया नहीं है यह। और इसका गुप्तांग नहीं फड़क रहा, सख़्ती से ढक्कन में बन्द करके रखा गया है। किसी बड़े कबूतर की तरह ऐरिका सिर को झटका देती है, ताकि आदमी तभी आगे बढ़ जाये और खड़ा न हो। आदमी उस भूस्खलन से चौंक जाता है, जिस पर उसने पाँव रख दिया था। इस औरत का उपयोग करने या इसकी रक्षा करने का विचार वह मस्तिष्क से बाहर कर देता है। ऐरिका अकड़ कर चेहरे को नुकीला बना लेती है; नाक, मुँह, सब तीर बन जाते हैं, जो इस इलाक़े को जोतते हैं, और इशारा यह है कि आगे चल बे! कुछ युवकों का झुण्ड मैडम ऐरिका पर एक अपमानजनक टिप्पणी करता है। वे जानते नहीं कि वे प्रोफ़ेसर साहिबा से पंगा ले रहे हैं, और इज़्ज़त से पेश नहीं आते। ऐरिका की चौखानों वाली और चुन्नटों वाली स्कर्ट ठीक उसके घुटनों तक आ रही है, एक मिलिमीटर नीचे नहीं, और ऊपर भी नहीं। तिस पर रेशमी कुर्ती, जो उसकी लम्बाई के हिसाब से उसका ऊपर का हिस्सा ढक रही है। संगीत-चिह्नों वाली थैली हमेशा की तरह बाँह के नीचे दबायी हुई, उसकी ज़िप कस कर बन्द की हुई। जितनी भी चिटखनियाँ हैं, ऐरिका ने वे सब बन्द कर रखी हैं।

कुछ रास्ता हम ट्राम से तय करते हैं, यह उपनगरों में ले कर जाती है। यहाँ पर कार्ड नहीं चलता और ऐरिका को अपना यात्रा-टिकट लेना होगा। वैसे वह यहाँ कभी नहीं आती। ये वो इलाक़े हैं, जहाँ बहुत ज़रूरत पड़े बिना कोई कभी नहीं आता। यहाँ

स्कूली छात्र भी विरले ही आते हैं। कोई संगीत भी उन्हें यहाँ नहीं रोक सकता।

नुक्कड़ों पर बने छोटे-छोटे ढाबे फुटपाथों पर अपनी रोशनी फेंक रहे हैं। जहाँ कहीं बत्ती है वहाँ लोग आपस में लड़ रहे हैं, क्योंकि किसी ने कोई अनुचित बात कह दी है। ऐरिका को बहुत कुछ ऐसा देखना पड़ता है, जो वह वैसे नहीं जानती। यहाँ-वहाँ मोपेड स्टार्ट किये जा रहे हैं या वे अपनी फुर्र-फुर्र की कटु ध्वनि सहसा हवा में छोड़ रहे हैं। फिर वे तेज़ी से दूर हो जाते हैं, मानो उनका इन्तज़ार किया जा रहा हो। पादरी के घर, जहाँ मोपेड चलाने वालों को लोग तुरन्त भगाना चाहते हैं, क्योंकि वे शान्ति भंग कर रहे होते हैं। कमज़ोर वाहन पर ज़्यादातर दो लोग बैठते हैं, उस पर जगह का पूरा फ़ायदा उठाने के लिए। हर व्यक्ति मोपेड नहीं रख सकता। यहाँ बाहर आख़िरी जगह तक छोटे से छोटे वाहनों से भरी हुई है। अक्सर एक लक्कड़दादी रिश्तेदारों में घिरी फ़ख्र से बैठी होती है और उसे क़ब्रिस्तान घुमाने ले जाया जाता है।

ऐरिका ट्राम से उतरती है। आगे वह पैदल जाती है। न दायें देखती है न बायें। कर्मचारी एक सुपर मार्केट को चटखनी लगा रहे हैं, उसके सामने गृहिणियों के वार्तालाप का कोमल स्पन्दन। एक चीखता स्वर एक गुरु स्वर को दबा कर बोलता है कि अंगूर में फफूँदी लगी है। प्लास्टिक के टोकरे में सबसे नीचे वाले सबसे ज़्यादा ख़राब हुए हैं। इसलिए उन्हें आज भी नहीं ख़रीदा गया। जिस बात का प्रचार खड़खड़ाते हुए दूसरों के सामने किया जाता है, शिकायतों और गुस्से के कचरे का अम्बार। काँच के बन्द दरवाज़ों के पीछे एक खजांची अपने कम्प्यूटर से कुश्ती कर रही है। एक ग़लती उससे ढूँढ़ी ही नहीं जा रही। दो पहियों वाले तख़्ते पर एक बच्चा, एक उसके साथ भाग रहा है, रोते हुए अपना भोंपू बजाता हुआ कि जैसे पहले उससे वादा किया गया था, तख़्ता उसे भी चलाने दिया जाये। दूसरा बच्चा कमतर बच्चे को नज़रअन्दाज़ करता है। दूसरे इलाक़ों में तो ये तख़्ते देखने को ही नहीं मिलते, ऐरिका विचार करती है। उसे एक बार एक भेंट में मिला था और वह बहुत ख़ुश हुई थी। वैसे तब उसे उस पर चढ़ने की अनुमति नहीं थी, क्योंकि सड़क बच्चे मार देती है।

लगभग चार वर्ष के एक बच्चे का सिर बत्तख की तरह चलती हुई प्रचण्ड तूफ़ान सरीखी एक माँ द्वारा गुद्दी में घुसेड़ दिया जाता है और एक क्षण के लिए वह असहाय रूप से हमेशा सीधे खड़े रहने वाले एक गुड्डे की तरह ऐसे घूमता है जैसे पुनः खड़ा होने की स्थिति में आने के लिए घोर परिश्रम कर रहा हो। आख़िर जा कर सर पुनः

लम्ब खड़ा हो जाता है, अपनी मूल स्थिति के अनुसार और फिर डरावनी आवाज़ें निकालता है, जिस पर बेसब्र औरत लम्ब हुए उसके सिर को दायीं ओर कर देती है। बच्चे का सर अब एक अदृश्य रोशनाई से चिह्नित है। उसके साथ इससे भी बुरा कुछ किया जा सकता है। उस औरत को भारी थैले उठाने हैं और उसका बस चले तो वह बच्चे को गटर में फेंक दे। बच्चे का बुरा हाल करने के लिए उसे हर बार कुछ देर के लिए भारी थैलों को ज़मीन पर रखना पड़ता है, और इससे उसका काम बढ़ता है। लेकिन यह छोटी-सी तकलीफ़ उसे सुख ही दे रही है। बच्चा हिंसा की भाषा सीख रहा है, लेकिन सीखता कुछ नहीं, और स्कूल में भी ध्यान लगा कर नहीं पढ़ता। दो-तीन शब्द, सबसे ज़रूरी वाले, वह जानता है, भले ही कोई उन्हें उसके रोदन में पूरा न समझ पाये।

पर जल्दी ही औरत और शोर मचाता बच्चा ऐरिका से बहुत पीछे छूट जाते हैं। भले ही वे हमेशा खड़े रहें! चिरंजीवी समय के साथ वे कभी कदम मिला कर नहीं चल सकेंगे। ऐरिका नाम का काफ़िला आगे बढ़ता जा रहा है। यह रहने का एक साफ़ इलाक़ा है, पर अच्छा नहीं। विवाह के बरसों बाद पैदा हुए पिता घरों के फाटकों पर एक तरफ़ खड़े होते हैं, जहाँ वे हथौड़े के वीभत्स वारों की तरह अपने परिवारों पर पड़ते हैं। कारों के आख़िरी दरवाज़े खटाक से बन्द होते हैं, गर्व से और आत्मविश्वास से, क्योंकि छोटी कारें यहाँ के परिवारों की घोषित प्रियतमाएँ हैं और कुछ भी कर सकती हैं। सदयतापूर्ण चमचमाती हुई वे वहाँ रहती हैं, उनके मालिक सन्ध्या के भोजन के लिए भाग रहे होते हैं। जिसका अब घर नहीं है, वह उसकी इच्छा रखता है, लेकिन ऐसा कुछ वह बना नहीं पायेगा, न बैंक से गृह-निर्माण के लिए मिलने वाले ऋण से और न किसी और ऋण से। जिसका यहाँ, मतलब यहाँ, घर है, वह अक़सर यहाँ नहीं मिलता, कहीं और ही होता है।

ज़्यादा-से-ज़्यादा आदमी ऐरिका को रास्ते में मिल रहे हैं। औरतें जैसे कोई रहस्यमय तन्त्र-मन्त्र सुन कर उन बिलों में ग़ायब हो गयी हैं, जिन्हें यहाँ फ़्लैट कहते हैं। इस समय के आसपास वे सड़क पर अकेली नहीं चलतीं। सिर्फ़ परिवार के साथ, बीयर पीने या रिश्तेदारों से मिलने। सिर्फ़ तब जब घर का कोई बड़ा आदमी साथ में हो। हर जगह उनकी मामूली, पर ज़रूरी बुनाई। रसोई की भाप। कभी-कभी बर्तनों की खनक और काँटों की छनक। तीसरे पहर का पारिवारिक सीरियल कभी इस, कभी उस, फिर बहुत सी खिड़कियों से नीला टिमटिमा रहा है। झिलमिलाते क्रिस्टल, जिनसे घिरती रात सजने वाली है। पुराभाग समतल मंच बन रहे हैं, जिनके पीछे

कौन जाने क्या है; सब एक जैसा है और एक जैसे एक जैसों के साथ फबते हैं। सिर्फ़ टीवी से आने वाला शोर वास्तविक है, वही वास्तविक घटनाचक्र है। चारों ओर सब लोग एक ही समय पर एक ही अनुभव ग्रहण कर रहे हैं, सिवाय उन विरले झुण्ड में अलग रहने वाले प्राणियों के, जिन्होंने दूसरा चैनल चला लिया है, जिस में ईसाइयत की दुनिया से प्रोग्राम प्रस्तुत किया जा रहा है। इन व्यक्तिवादियों को एक यूखारिस्त काँग्रेस के सन्दर्भ में प्रबुद्ध बनाया गया था, जिसके नीचे धन का पुश्ता लगा कर खड़ा किया है। अगर आदमी दूसरों से अलग होना चाहता है तो आजकल उसकी भी कीमत देनी पड़ती है।

यहाँ तुर्क 'अयू' के भौंकते स्वर। दूसरा स्वर तुरन्त शुरू हो जाता है। कण्ठ से निकलने वाले सर्बो-क्रोटी प्रति-स्वर, उच्चतम स्वर। तेज़ कमान से छोड़े गये मर्दों के झुण्ड की तरह, छोटी-छोटी टुकड़ियाँ, जो अलग-अलग भगायी हुई आती हैं और अब मिल कर हमला करती हैं; लोकल ट्रेन के स्टेशन के नीचे एक मेहराब, जिसमें नंगी लड़कियों को छेद से देखने की, पीप-शो की, एक दुकान बनायी गयी है। मेहराब के ऊपर एक आच्छादन, जिस पुल से ट्रेन सरसराती हुई निकलती है। स्वच्छतापूर्वक इस छोटे से कमरे का प्रयोग किया जाता है। तुर्क तो मेहराब के आकार से अवश्य कुछ हद तक अपनी मस्जिदों से परिचित हैं। शायद यह पूरा नज़ारा उन्हें हरम की याद दिलाता है। मेहराब वाला पुल, स्वयं में पूरा खोखला और नंगी औरतों से भरा। हमेशा एक के बाद एक, सब की बारी आती है। छोटा-सा कामदेव का विलासगृह। मिनी आकार में। टन्नहोएज़र नज़दीक आ गया है और अपनी छड़ी से खटखटाता है। ईंटों से बनी स्थानीय रेल की यह मेहराब, और भीतर कितने ही एक ख़ूबसूरत औरत के इश्क़ में पड़ चुके हैं। यह एकदम सही, उपयुक्त रूप से फिट की गयी है, यह छोटी सी दुकान, जिसमें नंगी औरतें पसरती हैं और अश्लील ढंग से लेटती हैं। वे बारी-बारी से बदलती हैं, औरतें। नंगी-औरतों के प्रदर्शन की शृंखला में एक विशेष अरुचि-सिद्धान्त के अन्तर्गत वे एक-एक या दो-दो कर के आती हैं, ताकि स्थायी ग्राहक और रोज़ाना के ग्राहक को एक ख़ास अन्तराल के बाद एक दूसरा गोश्त देखने को मिले। वर्ना वह आना छोड़ देगा। पेशगी देने वाला ग्राहक। आख़िर तो वह अपना महँगा पैसा ले कर यहाँ आता है और एक-एक सिक्का कर के मुँह फाड़े एक अतृप्त झिरी में डालता है। क्योंकि सिर्फ़ तब, जब वह पूरी उत्तेजना में होता है तो एक नया दस का सिक्का डालता है। एक हाथ सिक्का डाल रहा होता है और दूसरा अपनी मर्दानगी को बेमतलब रगड़ते हुए

लुटा रहा होता है। आदमी घर में तीन आदमियों का खाना खाता है और यहाँ पर वह उसे बस फ़जूल में छप्प से ज़मीन पर गिरा देता है।

हर दस मिनट में ऊपर से विएना-नगर-रेल की बिजली से चलने वाली ट्रेन गड़गड़ाती हुई निकल जाती है। पूरी मेहराब को हिलाकर रख देती है, लेकिन लड़कियाँ अडिग अपने काम में लगी रहती हैं। वे जानती हैं। आदत पड़ जाती है कि कभी-कभी दबी हुई गड़गड़ाहट होती है। सिक्का डालने वाली झिरी में डाला जाता है, क्लिक की आवाज़ होती है खिड़की में और गुलाबी गोश्त सामने आ जाता है, यह तकनीक का कमाल है। इस गोश्त पर हमला नहीं किया जा सकता, बिल्कुल नहीं, क्योंकि बीच में एक दीवार है। बाहर साइकिल-मार्ग के साथ लगी खिड़की पर काले काग़ज़ को चिपका दिया गया है। सजावट के लिए पीले रंग में सुन्दर आभूषण बनाये गये हैं। काले काग़ज़ में एक छोटा आईना फ़िट किया गया है, जिसमें ख़ुद को निहारा जा सकता है। पता नहीं क्यों, शायद इसलिए कि बाद में बालों पर कंघी की जा सके। साथ सेक्स-शॉप लगी हुई है। जिस चीज़ पर दिल आ जाये वह वहाँ ख़रीदी जा सकती है। औरतें तो नहीं ख़रीदी जा सकतीं, पर उनकी जगह बहुत छोटे नायलोन के जाँघिये, अँगिया ख़रीदे जा सकते हैं, जिनमें बहुत सी झिरियाँ होती हैं, किसी में आगे किसी में पीछे। आदमी घर जा कर बीवी को पहनाता है और बीवी का जाँघिया उतारे बिना भीतर प्रवेश पा सकता है। उपयुक्त कुर्तियाँ भी मिलती हैं, उनमें ऊपर दो गोल छेद होते हैं, बीवी उसमें छातियाँ डाल देती है। शेष भाग ढँका होता है, पर पारदर्शी होता है। आस-पास गोटा-किनारी की झालरें होती हैं। मर्ज़ी है तो लाल रंग में ख़रीदो वर्ना काले रंग में। लाल बेहतर रहेगा। सुनहरे बालों वाली गोरी पर काला फबेगा, काली पर लाल फबेगा। यहाँ किताबें, पत्रिकाएँ, लघु फ़िल्में, वीडियोकैसेट भी मिलते हैं, धूल-धूसरित होने की भिन्न-भिन्न अवस्थाओं में। ये चीज़ चलेगी नहीं। ग्राहक के पास घर पर इसे चलाने का उपकरण नहीं है। रबड़ से बना स्वच्छ सामान ज़्यादा बिकता है और फुला कर फैलायी गयी औरतों की नक़लें भी। पहले वे अन्दर असली औरत देखते हैं, फिर बाहर नक़ल ख़रीदते हैं। क्योंकि ग्राहक ख़ूबसूरत नंगी औरतों को साथ नहीं ले जा सकते, ताकि वे उसे कमरे के सुरक्षित वातावरण में फाड़ने की हद तक इस्तेमाल कर सकें। अब तक इन औरतों ने गहराई तक पहुँचने लायक़ कुछ अनुभव नहीं किया, वर्ना वे इस तरह अपनी नुमाइश लगाये न बैठी होतीं। यह धन्धा औरत के लिए नहीं है। बेहतर हो कि कोई एक को अभी साथ लेता

जाये, कोई सी भी, सिद्धान्ततः ये सब एक जैसी हैं। बुनियादी तौर पर इनमें कोई फ़र्क नहीं है। बहुत हुआ तो बालों का रंग, जबकि मर्दों में अपनी शख़्सियत ज़्यादा होती है, उनमें किसी के पास यह तो किसी के पास वह होनी चाहिए। खिड़की के पीछे मस्त सूअरिया, किसी हद तक रोक-फाटक के दूसरी तरफ़, बदले में मन से चाहती है कि काँच की खिड़की के पीछे खड़े इस बैल का लोड़ा मुट्ठी मारते हुए टूट कर अलग हो जाये। इस तरह हर एक के पास दूसरे का कुछ होगा और माहौल तनावमुक्त रहेगा। कुछ दिये बिना मिलता कुछ नहीं। वे भुगतान करते हैं और बदले में कुछ पाते हैं।

ऐरिका का पर्स, जिसे वह स्वर-चिह्नों की कापी रखने के लिए अतिरिक्त ले कर आती है, दस शिलिंग के सिक्के भरे होने के कारण बाहर तक उभर रहा है। इस जगह कोई औरत भूले-भटके भी नहीं आती, लेकिन ऐरिका को हमेशा कुछ फालतू करना है। ऐसी ही है वह। अगर बहुत लोग ऐसे हैं, वैसे हैं तो वह उनसे बिल्कुल विपरीत होना चाहती है। दूसरे अगर टूं कहते हैं तो वह अकेली टां कहेगी और इस पर गर्व करेगी। इसी तरह ऐरिका भीड़ से अलग लगेगी। अब वह यहाँ अन्दर जाना चाहती है। तुर्क और युगोस्लाव इलाक़ों के अपनी भाषा बोलने वाले मर्द एक दूसरी दुनिया से आयी इस चीज़ से संकोचवश बच कर निकलते हैं। वैसे इन्हें तीन तक गिनती नहीं आती, लेकिन अगर बस चले तो औरतों के साथ मुँह काला करेंगे। ऐरिका की पीठ पीछे वे ऐसी बातें बोलते हैं, जो ऐरिका किस्मत से समझती नहीं। वह सिर ऊँचा किये है। कोई उसे छूने की कोशिश नहीं करता, कोई टुन्न शराबी भी नहीं। वैसे एक अधेड़ आदमी का ध्यान उसकी तरफ़ है। मालिक है क्या, पट्टेदार? सिर्फ़ अकेले अन्दर आने वाले देसी दीवार के साथ सट जाते हैं। कोई भी ग्रुप ऐसा नहीं है, जो उनमें आत्मविश्वास जगाये, और तिस पर उन्हें यहाँ ऐसे लोगों को छू कर निकलना पड़ता है, जिन्हें देखकर वे वैसे रास्ता बदल लेते हैं। शरीरों से अनचाहा सम्पर्क, और जो वे चाहते हैं, वह होता नहीं। अफ़सोस कि मर्द में भोगेच्छा तगड़ी होती है। देसी झिझकते हुए पुल की दीवार के साथ-साथ दुलकी चाल में चल रहे हैं। बड़े तमाशे के सामने वाली मेहराब के नीचे स्कीइंग के सामान की दुकान है और उससे पहले वाली मेहराब के नीचे साइकिलों की एक दुकान। वे सब अब सो रहे हैं। भीतर काला अँधेरा है। लेकिन यहाँ बत्ती का सौम्य प्रकाश बाहर तक जा रहा है और उन्हें लुभा रहा है, इन रात के मतवालों को, इन ढीठ पतंगों को।

एक दूसरे से पूरी तरह अलग रहता है। परतदार लकड़ी वाले कैबिन एकदम उनके साइज़ के अनुसार बनाये गये हैं। कैबिन तंग और छोटे हैं, और उनके अस्थायी निवासी छोटे लोग हैं। और फिर जितना कम साइज़ होगा, उतने ज़्यादा कैबिन। इस तरह अपेक्षाकृत अधिक लोग अपेक्षाकृत कम समय में हल्के हो सकते हैं। अपनी चिन्ताएँ वे साथ ही ले जाते हैं, लेकिन उनका बहुमूल्य वीर्य वहीं रहता है। सफ़ाई वालियाँ हमेशा इसका ध्यान रखती हैं कि वह हरियाली में न घुस जाये। हालाँकि उनसे अगर पूछो तो हरेक स्वयं को अतिरिक्त प्रजनन के योग्य बतायेगा। अधिकांशतः दुकान में हर कैबिन भरा होता है। यह दुकान सोने की खान है, एक ख़ज़ाना। विदेशी मज़दूर सब्र से ढेर के ढेर एक-दूसरे के पीछे कतार लगा कर खड़े होते हैं। औरतों पर चुटकुले सुना कर टाइम पास करते हैं। सन्दूक जितने बड़े इन कैबिनों का छोटा होना उनके निजी घरों के छोटे होने से मेल खाता है, जिनमें उन्हें कई बार एक कोना ही रहने को मिलता है। मतलब कि तंगी की उन्हें आदत पड़ चुकी है और यहाँ वे एक दीवार के माध्यम से एक-दूसरे से अलग खड़े हो सकते हैं। हर बक्से में एक समय में एक ही हो सकता है। वहाँ वह अपने साथ अकेला होता है। पैसा डालते ही ख़ूबसूरत औरत छेद में दिखाई देती है। ज़्यादा उम्मीद रखने वाले आदमी के लिए निजी विशेष सेवा के साथ दो अकेले फ़्लैट तकरीबन हमेशा ख़ाली पड़े रहते हैं। क्योंकि वहाँ विरला ही कोई ऐसा आदमी आता है, जो कोई विशेष माँग करता है।

ऐरिका इलाक़े में प्रवेश करती है, एकदम उस्तानी साहिबा, टीचर मैडम।

एक हाथ आगे बढ़ता है, हिचकिचाता सा, उसकी तरफ़, पर हिचक कर पीछे हट जाता है। वह दुकान के कर्मचारियों वाले विभाग में नहीं जाती, बल्कि भुगतान करने वाले ग्राहकों के विभाग में जाती है। यह अधिक महत्त्वपूर्ण विभाग है। यह औरत कुछ देखना चाहती है, जिसे वह घर में आईने में अधिक सस्ते में देख सकती थी। मर्द दंग हैं, क्योंकि वे तो पैसा-पैसा बचाकर चुपचाप दबे-पाँव औरतों का चस्का पूरा करने आते हैं। शिकार करने आते हैं। मचान पर, ये शिकारी। छेदों में झाँकते हैं और घर-गृहस्थी का पैसा जल्दी ख़र्च हो जाता है। देखते हुए मर्दों की नज़रों से कुछ नहीं चूकना चाहिए।

ऐरिका भी बस देखना ही चाहती है, इससे ज़्यादा कुछ नहीं। यहाँ, इस कैबिन में वह कुछ नहीं बन जायेगी। ऐरिका में कुछ फ़िट नहीं होता, लेकिन वह, वह इस

बिल में एकदम फ़िट आती है। मनुष्य के रूप में ऐरिका एक सघन उपकरण है। प्रतीत होता है कि प्रकृति ने उसमें कोई छेद नहीं छोड़ा। ऐरिका के जज़्बात एक लकड़ी के लट्ठे जैसे हैं, जहाँ राज मिस्त्री ने असली स्त्री में छेद छोड़ दिया है। सघन जंगल में यह एक क्षयग्रस्त, एकाकी लट्ठा है, जो सड़ने को है। इसलिए ऐरिका महारानी की तरह फुदकती फिर रही है। अन्दर से वह गल रही है, लेकिन अपनी नज़रों से वह तुर्कों को नामंजूर कर देती है। तुर्क उसमें जीवन फूँकना चाहते हैं, लेकिन तत्रभवानी को प्रभावित नहीं कर पाते। ऐरिका, एकदम महारानी, कामदेव की कुटिया में कदम रखती है। तुर्क तमीज़ नहीं दिखाते, पर बदतमीज़ी भी नहीं करते। वे ऐरिका को उसके नोटों से भरे बैग समेत भीतर जाने देते हैं। बल्कि बिना किसी के एतराज़ के वह उनसे पहले जा सकती है। उसने दस्ताने भी पहन रखे हैं। प्रवेश-द्वार पर खड़ा आदमी साहसपूर्वक उसे 'सुश्रीजी' कहता है। आइए न, वह उसे अपने बढ़िया वाले कक्ष तक ले कर जाता है, जिसमें स्वप्निल बल्ब दूर उरोजों और भगों पर प्रकाश फेंक रहे हैं। बालों के गुच्छों से झाँकते सुलगते त्रिकोणों का नज़ारा पेश है, क्योंकि यह सबसे पहली चीज़ है, मर्द जिस पर नज़र डालता है, यह एक नियम है। आदमी कुछ नहीं पर नज़र डालता है, ख़ालिस ख़ामी पर नज़र डालता है, फिर बारी ऊपर की बाकी बची अम्मा की होती है।

ऐरिका को निजी तौर पर एक डी-लक्स कैबिन दिया जाता है। उसे इन्तज़ार नहीं करना पड़ता, मैडम ऐरिका को। उसकी जगह दूसरों को ज़्यादा इन्तज़ार करना पड़ता है। पैसों को उसने ऐसे तैयार रखा है, जैसे वायलिन बजाने से पहले बायें हाथ को तैयार रखा जाता है। कभी-कभी वह पूरा दिन हिसाब लगाती रही है कि अपने बचाये गये दस के नोटों से वह कितनी बार देख सकती है। यह पैसा वह नाश्ता न कर के बचाती रही है। अब एक नीली तेज़ रोशनी एक गोश्त पर पड़ती है। यहाँ तक कि रंग भी लक्ष्य के अनुसार चुने गये हैं! ऐरिका वीर्य से पूरी तरह अकड़े हुए एक पेपर नैपकिन को नीचे से उठाती है और नाक पर लगा लेती है। गहरी साँस ले कर वह अन्दर उसका एहसास लेती है, जो किसी और ने कठिन परिश्रम से पैदा किया है। वह श्वास लेती है और देखती है और जीवन का एक छोटा-सा अंश गुज़रने देती है।

ऐसे क्लब भी हैं, जहाँ फ़ोटो लिये जा सकते हैं। वहाँ हर कोई अपनी मॉडल अपनी पसन्द और मूड के अनुसार चुनता है। वह कुछ करना नहीं चाहती थी, सिर्फ़ देखना चाहती थी। वह बस चुपचाप वहाँ बैठ कर देखना चाहती थी। निहारना।

ऐरिका, जो बिना स्पर्श किये निहार रही है। ऐरिका में कोई मनोवेग नहीं है, और ख़ुद से चूमा-चाटी का कोई अवसर भी नहीं है उसके पास। साथ वाले बिस्तर पर माँ लेटी हुई ऐरिका के हाथों पर नज़र रखती है। ये हाथ अभ्यास के लिए हैं, रज़ाई के नीचे चींटियों की तरह चुपचाप चलने और मुरब्बे के गिलास तक पहुँचने के लिए नहीं हैं। जब ऐरिका ख़ुद को काटती या कुछ चुभाती भी है तो उसे कुछ अनुभव नहीं होता। हाँ, जहाँ तक चेहरे की इंद्रियबोधक्षमता का प्रश्न है, उसे वह उत्कर्ष पर ले आने में सक्षम हुई है।

कैबिन में कीटाणुनाशक दवाई की दुर्गन्ध है। सफ़ाई वालियाँ भी औरतें हैं, मगर लगती नहीं। वे इन शिकारियों के गड़बड़ गिराये गये वीर्य को लापरवाही से एक गन्दी सी बाल्टी में फेंक देती हैं। और फट से कंकरीट की तरह सख़्त मुड़ा-तुड़ा एक और रूमाल वहाँ पड़ा होता है। जहाँ तक ऐरिका का प्रश्न है, वे इस सन्दर्भ में थोड़ा सा विश्राम ले कर अपनी उत्तेजित हड्डियों को चैन दे सकती हैं। हमेशा उन्हें नीचे झुकना पड़ता है। ऐरिका बैठे हुए बस देखे जा रही है। अपने दस्ताने वह शायद इसलिए नहीं उतारती कि इस बदबूदार ज़मीन्दोज़ जेल में उसे कुछ छू न जाये। ऐरिका के लिए पर्दा उठता है, वह देखती जाती है कि कैसे वह पृष्ठभूमि में डोर खींच रही है। उस अकेली के लिए यह पूरा आयोजन किया गया है! किसी बेडौल औरत को यहाँ नहीं लिया जाता। ख़ूबसूरत और अच्छी गठन की यहाँ माँग है। हर एक को पहले शरीर की पक्की आजमाइश करवानी पड़ती है, कोई दुकान का मालिक कपड़े पहनी बिल्ली को नहीं खरीदता। ऐरिका जो संगीत-समारोहों के मंच पर हासिल नहीं कर सकी, उसकी जगह दूसरी औरतें उसे हासिल कर रही हैं। मूल्यांकन जनाने बदन की, उसकी छातियों तथा नितम्बों की गोलाई के आधार पर किया जाता है। वह निरन्तर देखती जाती है। एक बार इधर-उधर देखा तो कुछ शिलिंगों का सत्यानाश हो जायेगा।

एक काले बालों वाली एक सृजनात्मक मुद्रा बनाती है, जिससे उसके भीतर देखा जा सकता है। वह एक तरह के कुम्हार के चाक पर गोल-गोल घूम रही है। लेकिन चक्का घुमा कौन रहा है? पहले वह जांघें कस लेती है, कुछ नज़र नहीं आ रहा, मगर देखने वालों के मुँह में पूर्वाह्लाद की लार टपक रही है। फिर वह धीरे-धीरे टाँगें चौड़ी करती है और कुछ दूसरी खिड़कियों की ओर घूम जाती है। सब से बराबर इन्साफ़ करने की कोशिश के बावजूद कोई एक खिड़की दूसरी खिड़की से ज़्यादा देर देख लेती है। क्योंकि यह चाक लगातार घूमता जाता है। देखने के छेद उत्तेजना

से टक-टक कर रहे हैं। जो बाज़ी लगाता है, जीतता है, जो फिर एक बार बाज़ी लगाता, शायद फिर एक बार जीतता है।

लोग आसपास रगड़ रहे हैं और मसल रहे हैं और पूरा समय एक भारी-भरकम अदृश्य आटा फेंटने की मशीन द्वारा मनोयोग से घोंटा जा रहा है। दस छोटे पम्प ज़ोर-शोर से चलाये जा रहे हैं। कुछ पहले ही बाहर से हाथ चला कर आते हैं, ताकि पैसे कम लगें, जल्दी ही छूट जाये। जो भी औरत वहाँ होती है, वह साथ निभा रही होती है।

पड़ोस की कुटियाओं में लोलक अपने कीमती सामान को त्याग रहे हैं। जल्दी ही वे फिर से भर जायेंगे, और फिर अपनी प्यास मिटानी पड़ेगी। अगर सामान न निकालना हो तो तीस-चालीस शिलिंग में काम हो जाता है। ख़ासकर जब देखते हुए आदमी अपनी बेलनी मिल पर काम करना भूल जाये। इसलिए यहाँ अक़्सर नयी औरतें आती हैं और मनोरंजन पेश करती हैं। भोंदू सिर्फ़ घूरता ही रहता है और करता कुछ नहीं।

ऐरिका देख रही है। उसकी तमाशबीनी का लक्ष्य इस समय जाँघों के बीच हाथ डाल रही है, मुँह से छोटा सा 'ओ' बना कर दिखा रही है कि उसे मज़ा आ रहा है। मस्त हो कर कि इतने लोग उसे देख रहे हैं वह आँखें बन्द करती है और फिर पूरी खोल कर पुतलियाँ सर की ओर घुमाती है। बाँहें उठा कर अपनी चूचियाँ मसलती है, ताकि वे खड़ा करें। आराम से बैठ कर टाँगें पूरी चौड़ी कर लेती है, और अब मेढक के परिप्रेक्ष्य से स्त्री में प्रवेश किया जा सकता है। वह दिखा-दिखा कर होंठ चाटती है, जबकि उसके सामने कभी पहला कभी दूसरा, और फिर एक ओर तीरन्दाज़ अपने रबड़ के कीड़े से निशाना बाँध रहा होता है। अपने पूरे चेहरे से वह दिखा रही है कि क्या अच्छा होता अगर मैं सिर्फ़ तेरे पास होती। लेकिन अफ़सोस कि भारी माँग की वजह से यह मुमक़िन नहीं है। तो फिर सब को कुछ हिस्सा मिल रहा है, सिर्फ़ एक को नहीं।

ऐरिका ध्यान से देख रही है। सीखने के लिए नहीं। उसके भीतर उसे कुछ छू नहीं रहा, कुछ हिल नहीं रहा। फिर भी उसे देखना है। अपने परमानन्द के लिए। जब भी वह इधर-उधर होना चाहती है तो ऊपर से कोई बेहतर केशसज्जा से सुसज्जित उसके सिर को चाक के सामने नीचे की ओर दबा देता है, और उसे आगे देखना पड़ता है। जिस चाक पर औरत बैठी है वह गोल-गोल घूम रहा है। ऐरिका कुछ नहीं कर सकती। उसे बस देखना है और देखते ही जाना है। वह स्वयं के लिए

निषिद्ध है। स्वयं को तो नहीं न छू सकती।

उसके दायें बायें आनन्द से कराहा जा रहा है, हुआया जा रहा है। मैं अपनी तरफ़ से यह नहीं कर सकती, इस पर ऐरिका जवाब देती है, मुझे ज़्यादा की उम्मीद थी। परती लकड़ी की दीवार पर लस का एक थक्का थप्प से गिरता है। दीवारों को आसानी से साफ़ किया जा सकता है, क्योंकि उनकी सतह चिकनी है। कहीं दायीं ओर एक जनाब ने दीवार पर प्यार से खुरच कर शब्द सेंट मारिया नशे में चूर रंडी सही जर्मन में लिख रखे हैं। ऐसा अक्सर नहीं होता कि कोई दीवार पर खरोंचता है, क्योंकि ध्यान कहीं और लगाना होता है। लिखने से तो इनकी वैसे भी कोई गहरी दोस्ती नहीं होती। सिर्फ़ एक हाथ ख़ाली होता है, ज़्यादातर वह भी नहीं होता। और फिर पैसे भी तो डालने होते हैं न!

अब एक लाल रंग में पुती ड्रैगन लेडी अपना चरबीदार पिछवाड़ा पेश करती है। उसके तथाकथित वसा-ऊतकों पर बरसों सस्ते मालिश वाले मालिश कर कर के अपनी उँगलियाँ ज़ख़्मी कर चुके हैं। पर आदमियों को उससे अपने पैसे से ज़्यादा मिलता है। दायीं ओर वाले कैबिनों ने औरत को सामने से देख लिया है, अब बायीं ओर के कैबिनों को भी उसके अगले हिस्से को देखने का आनन्द मिलना चाहिए। कई लोग औरतों का अगाड़ा देख कर परखते हैं, पर कई पिछवाड़ा देख कर। लाल बालों वाली एक माँसपेशी को हिलाती है, जो वैसे चलने या बैठने में उसके काम आती है। आज वह उससे पैसा कमाने का काम कर रही है। वह दायें हाथ से ख़ुद को मसलती है, हाथों में गहरे लाल पंजे लगे हुए हैं। बायें से वह अपने वक्ष खुजलाती है। अपनी चूची को वह अपने नुकीले कृत्रिम नाखूनों से रबड़ के फीते की तरह शरीर से दूर तक ज़रा सा खींचती है और फिर उन्हें वापस आने के लिए छोड़ देती है, चूची शरीर के किसी पराये तत्त्व की तरह अलग सी लग रही है। यह अभ्यास करती हुई लालो इस पल सोच रही हैः उम्मीदवार के 99 अंक हैं। जो अब नहीं कर सकता, कभी नहीं कर सकेगा। जो अब अकेला है, वह बहुत देर अकेला और बेमन से रहेगा।

ऐरिका एक हद तक पहुँच चुकी है। यहाँ तक, और आगे नहीं। नहीं तो ज़्यादा हो जायेगा, वह कहती है, जैसे वह अक्सर कहा करती है। अपनी हदों पर वह कब से निशान लगा चुकी है और सावधि अनुबन्धों के माध्यम से सुरक्षित रहने का प्रबन्ध भी कर चुकी है। बदले में वह एक ऊँचे बुर्ज़ से हर चीज़ का निरीक्षण कर सकती है और उसके तहत देश में दूर तक देखती है। अच्छी दूरदृष्टि अनिवार्य है। इस बार

ऐरिका दूरी से परिचय नहीं करना चाहती। घर जाने के लिए निकलती है।

वह बाहर इन्तज़ार करते श्रीमानों को नज़रों से इधर-उधर धकेल देती है। एक जनाब तुरन्त उसकी जगह ले लेते हैं। एक गली आती है, जिसमें ऐरिका प्रवेश कर जाती है और वहाँ से कूच कर जाती है। चलती जाती है, चलती जाती है, बिल्कुल मशीन की तरह, वैसे ही जैसे वह पहले देखती जा रही थी, देखती जा रही थी। जो कुछ भी ऐरिका करती है, पूर्णरूप से करती है। आधापन कभी नहीं, माँ ने हमेशा कहा है। कोई अस्पष्टता नहीं। कोई भी कलाकार पूरी तैयार हुई कलाकृति को पसन्द नहीं करता, अपने काम में आधापन नहीं चाहता। कई बार कलाकृति अधूरी रह जाती है, क्योंकि कलाकार जल्दी मर जाता है। ऐरिका तेज़ी से निकल रही है। कुछ नहीं फटा, किसी का रंग फीका नहीं पड़ा। कुछ पीला नहीं पड़ा। कुछ हासिल नहीं किया उसने। कुछ ऐसा नहीं, जो पहले नहीं था, और अब वहाँ हो, और कुछ ऐसा नहीं, जो पहले नहीं था, इस बीच आ गया हो।

घर पर माँ प्रसन्नचित्त हल्की-सी डाँट कालपूर्व उत्पन्न बच्चों को विकसित करने की उस गरमा-गरम मशीन से नीचे फेंकती है, जिसमें वे दोनों रहती हैं। उम्मीद है कि ऐरिका को अपनी उस यात्रा के दौरान ठण्ड नहीं लग गयी होगी, जिसके बारे में उसने अपनी माँ से ज़रा सा झूठ बोला था। ऐरिका एक ऊनी गाउन पहन लेती है। ऐरिका और उसकी माँ पाँगर के फल और दूसरी चीज़ों से भरी बत्तख़ खा रही हैं। यह उत्सव पर ख़ाया जाने वाला खाना है। बत्तख़ में चारों तरफ़ से पाँगर बाहर फट रहे हैं। माँ ने अपनी आदत के मुताबिक माल ज़्यादा ही भर दिया है। नमक और काली मिर्च छिड़कने वाली डिबियाँ आंशिक रूप से चाँदी की हैं, छुरी, काँटे, चम्मच पूरे चाँदी के हैं। बच्ची के गाल आज सही लाल हैं, जिसे देख कर माँ ख़ुश है। उम्मीद है कि ये लाल गाल किसी बुख़ार-वुख़ार से नहीं हैं। माँ अपने होठों से ऐरिका का माथा चूम कर थाह लेती है। मीठा खाने के रूप में बाद में थर्मामीटर से भी जाँच की जाती है। किस्मत से बुख़ार वजह नहीं है। ऐरिका पूर्णरूपेण स्वस्थ है, माँ के गर्भोदक में यह मछली, अच्छी खायी-पियी।

आइसक्रीम की दुकानों, डांस-हॉलों से बर्फ़ीली सर्दी में नियोन बत्तियों का प्रकाश उमड़ रहा है। छोटे गोल्फ़-मैदानों पर कमान की तरह झुके सीधी रोशनी नीचे डालते

खम्भों के गुनगुनाते प्रकाश पर अंगूर लटक रहे हैं। ठण्ड का एक झिलमिलाता दरिया। **उसकी** उम्र की आकृतियाँ आदत के सुखद चैन में गुर्दे के आकार की मेज़ों के सामने काँच के पानपात्र लिये बैठी हैं, जिनमें लम्बे चम्मच तेज़ी से हिल रहे हैं, ठण्डे फूलों के ये डंठल। ब्राउन, पीले, गुलाबी, चाकलेट, वनीला, रसबदरी। भाप छोड़ते रंगीन गोलों का रंग छत से आते प्रकाश की वजह से लगभग एक जैसा धूसर लग रहा है। पानी से भरे आधानों में निर्धारित मात्रा में आइसक्रीम निकालने वाले चमकते हुए कलछे इन्तज़ार कर रहे हैं, पानी पर बर्फ़ के रेशे। आह्लाद की अनौपचारिकता में, जिसे अपनी वैधता प्रमाणित नहीं करनी, युवा आकृतियाँ बर्फ़ के ढेरों के सामने डटी हैं, जिनमें से काग़ज़ की छोटी रंगीन छतरियाँ झाँक रही हैं। उनके बीच कॉकटेल चेरियों, अनानास के टुकड़ों, चाकलेट के मोटे चूरे की चटकीली बटियाँ हैं। वे अपनी बर्फ़ की गुफ़ाओं में अपने ठण्डे कोरों में लगातार चम्मच मारते जा रहे हैं, ठण्डा बहुत ठण्डा, या लापरवाही से उसे पिघलने दे रहे हैं, क्योंकि उन्हें एक दूसरे को ख़बरें देनी हैं, जो ठण्डे मज़े से ज़्यादा अहम हैं।

सिर्फ़ यही सोच कर कि **वह** यह देख रही है, **उसके** चेहरे पर तिरस्कार उभर आता है। **अपनी** भावनाओं को वह अनन्य समझती है, जब वह एक वृक्ष को देखती है तो तालीशपत्र के शंकुफल में एक अद्वितीय ब्रह्माण्ड को देखती है। एक छोटी हथौड़ी से वह वास्तविकता को ठोंक कर अलग कर देती है, भाषा की एक उत्साही दन्तचिकित्सक, प्रसरल के सामान्य शिखर उसके समक्ष हिममंडित पर्वत शिखर बन जाते हैं। क्षितिज रंगों से भरा एक वर्णक्रम बन जाता है। कुछ अनचीन्ही भारी-भरकम मशीनें दूर जाती हुई पास से गुजर जाती हैं। उनकी हल्की गड़गड़ाहट सुनाई नहीं दे रही। वे स्वरों के और कविता लिखने की कला के विराटरूप हैं, छद्मवेश में लिपटे। उसके इस तरह प्रशिक्षित मस्तिष्क में कुछ लाख सूचनाएँ स्फुरित हो रही हैं, सेकिण्डों में एक उन्मत्त और नशे में चूर धुएँ का बादल ऊपर चढ़ जाता है, धीरे-धीरे कै होने की विषण्ण क्रिया की तरह नीचे धरती पर बैठ जाता है। उपकरण महीन मटमैली धूल से भर जाते हैं, सभी केशिकानलियाँ और पिस्टन, सभी कमानियाँ और परखनलियाँ। **उसका** कमरा एकदम पत्थर बन जाता है। ठण्डा नहीं और ग़रम नहीं। मध्यम। नायलोन का एक गुलाबी पर्दा खिड़की पर खरखराता है, हवा के झोंके से नहीं हिलता। भीतर सुरुचिपूर्ण स्वच्छ सजावट है। बिना घर के। बिना घर वालों के।

उँगलियों के नीचे पियानो की कुंजियाँ गाना शुरू कर देती है। हर तरफ़ से

संस्कृति के कचरे की विराट पूँछ हल्की सरसराती हुई आगे सरकने लगती है, एक-एक मिलिमीटर कर के घेरा बन्द हो जाता है। परिरक्षित खाद्य-पदार्थ रखने के टीन के गन्दे डिब्बे, बचे हुए भोजन से लिथड़ी प्लेटें, गन्दे छुरी-काँटे-चम्मच, फल और डबलरोटी के बचे हुए फफूँद लगे टुकड़े, टूटे हुए रिकार्ड, टूटे, मुचड़े काग़ज़। दूसरे घरों में टबों में ग़रम पानी की फुफकारती धार बह रही है। एक लड़की बिना सोचे एक नयी केशसज्जा बनवा कर देखती है। एक दूसरी अपनी स्कर्ट के मुताबिक एक ब्लाउज़ चुनती है। वहाँ नये नोकदार जूते पड़े हैं, जो पहली बार पहने जायेंगे। एक फ़ोन बजता है। कोई हँसता है। कोई कुछ कहता है।

उसके और **दूसरों** के बीच अपरिमित कचरा घिसट कर चल रहा है। कोई नये स्टाइल में अपने बाल घुँघराले बनवाती है। कोई अपनी नेल पालिश का रंग लिपस्टिक से मिलाती है। टीन की पर्णी धूप में चमकती है। एक किरण एक काँटे के दाँते में, एक छुरी की धार में पकड़ी जाती है। काँटा काँटा होता है। छुरी छुरी होती है। मंद पवन से प्याज़ के छिलके हल्के से ऊपर उठ जाते हैं। रस बदरी के मीठे शीरे पर चिपका महीन-मुलायम काग़ज़ ऊपर उठ जाता है, नीचे पड़ी पुरानी तहों की सड़ी फफूँद धूल बन चुकी है, पनीर की ख़राब हो रही पपड़ी के लिए अस्तर, तरबूज़ के छिलकों, काँच के टुकड़ों और काले से रुई के गुल्लों के लिए, जिनकी नियति यही होने वाली है।

और **उसकी** लगाम को माँ ज़ोर से खींचती है। दो हाथ तेज़ी से आगे आ जाते हैं और ब्रम्स की धुन दोहराने लगते हैं। जब ब्रम्स किसी चिरप्रतिष्ठित संगीतज्ञ की धुन पर केन्द्रित होता है तो ठण्डा होता है, तब मर्मस्पर्शी होता है जब वह स्वप्नलोक में होता है या कोई दुखभरी धुन पेश करता है। माँ तो कब से द्रवित नहीं होती।

धातु का एक चम्मच रसबदरी की पिघलती आइसक्रीम में छोड़ दिया जाता है, क्योंकि किसी लड़की को कुछ ज़रूरी कहना है, जिस पर एक दूसरी हँसती है। दूसरी लड़की सीप के अन्दर पाये जाने वाले चमकीले पदार्थ से जड़े क्लिप को अपने ऊँचे बनाये बालों में लगाती है। दोनों जनाना हरकतों से परिचित हैं। जनाना ढंग उनके अंगों से छोटे स्वच्छ झरनों की तरह छलक रहा है। बाकेलिट मार्के की पाउडर की एक डिबिया खोली जाती है, आईने में असौम्य गुलाबी रंग में कुछ चटक बनाया जाता है और किसी चीज़ पर काला रंग उभारा जाता है।

एक थकी डॉल्फ़िन है **वह**, बेमन से अन्तिम कलाकृति सुनाने की तैयारी करती हुई। हास्यास्पद रंगीन गेंद पर दृष्टि जमाये हुए, जिसे पशु अपनी सामान्य पुरानी

आदत के मुताबिक थूथनी पर फेंकता है। गहरी साँस ले कर वह अपने उपकरण को गोल-गोल घुमाने लगता है। बैन्यूअल के अण्डालूज़िन डॉग में संगीत-समारोहों में बजाने वाले दो बड़े-बड़े पियानो पड़े हैं। फिर ये दो गधे, आधे सड़े, रक्तरंजित सर, कुंजियों से नीचे लटकते। मुर्दा। सड़-गल चुके। हर चीज़ के अलावा वायु से रिक्त एक कमरे में।

प्राकृतिक बरौनियों पर कतार में कृत्रिम बरौनियाँ चिपका दी जाती हैं। आँसू बहते हैं। एक भौंह की कमान को जम कर पोता जाता है। भौंह की वही पेन्सिल ठुड्डी के एकदम पास एक काला बिन्दु लगा कर तिल बना देती है। एक कंघी की मूठ कुछ बार ऊपर करके गाँठें लगाये घने बालों में घूमती है, भूसे के ढेर को ढीला करने के लिए। फिर एक क्लिप कस कर बालों में दुबारा लगाया जाता है। लम्बी जुराबें ऊपर चढ़ा ली जाती हैं, एक सीवन को सीधा किया जाता है। चमचमाते चमड़े के एक पर्स को ऊपर किया जाता है। टाफ़्टे की लम्बी स्कर्टों के नीचे पेटीकोट सरसराते हैं। वे भुगतान कर चुकी हैं, अब वे बाहर जा रही हैं।

एक दुनिया **उससे** अपने मन की बात कहती है, जिसके बारे में दूसरे नहीं जानते। यह लेगो[1] देश की दुनिया है, एक बिल्कुल छोटी सी दुनिया, प्लास्टिक की लाल, नीली, सफ़ेद बटियों से निर्मित। जिन मस्सों को मिलाकर दुनिया को बनाया जा सकता है, उसमें से आवाज़ आती है, वह भी छोटी सी, संगीत से ओत-प्रोत एक दुनिया। **उसका** अकड़ा हुआ पंजेदार हाथ, असाध्य अक्षमता में अपंग हुआ, कमज़ोरी से कुछ कुंजियों को खुजला रहा है। वह ऊपर उड़ कर एक अनजानी, सुन्न कर देने वाली, समझ का नाश कर देने वाली दुनिया में जाना चाहती है। वह लेगो के पेट्रोल पम्प तक नहीं पहुँच पाती, जिसके लिए एक बिल्कुल सही जगह की तरफ़ संकेत है। वह एक अनाड़ी उपकरण से बढ़ कर नहीं है। भारी, सुस्त समझ के बोझ से दबी हुई। सीसा-सा मुर्दा बोझ। एक ब्रेक! ख़ुद पर कभी न चलने वाला हथियार। टीन की जोड़ चूड़ी।

कम से कम लकड़ी की सौ बाँसुरियों से आर्केस्ट्रा हुआ उठता है। मिश्रित साइज़ों और प्रकारों की बाँसुरियाँ। बच्चों के गोश्त की गमक अन्दर ली जाती है। स्वर बच्चों की साँसों से बन रहे हैं। कुँजियों वाले किसी वाद्य को सहायता के लिए नहीं बुलाया जाता। माँओं की बाँसुरियों के लिए प्लास्टिक के खोल सिये जाते हैं। खोलों में छोटे गोल उरोज सफ़ाई के लिए रखे होते हैं। बाँसुरियों के बदन श्वासों

1. बच्चों द्वारा प्लास्टिक की गोटियों से खेले जाने वाला एक खेल।

की ग़रम भाप में लिपट जाते हैं। बहुत सारे स्वर छोटे बच्चों की श्वास की हवा की मदद से पैदा किये जाते हैं। पियानो की तरफ़ से कोई मदद नहीं आती।

छोटी संगीतशाला में एकदम निजी संगीत-समारोह में रुचि रखने वाले अपनी इच्छा से दैन्यूब नहर क्षेत्र में एक पुराने अमीरों के घर में आये हैं, जहाँ पोलैंड से आये एक प्रवासी परिवार की चौथी पीढ़ी ने अपने दो भारी-भरकम पियानो और साथ ही सम्पूर्ण स्वर-लिपि को जनता के लिए खोल रखा है। इसके अलावा जहाँ एक और की कार है, जो उनके दिल के बहुत नज़दीक है, पुराने वाद्यों का एक संग्रह है। उनके पास कोई वाहन नहीं है, लेकिन उनके पास दो-तीन लुभावनी मोज़ार्ट वायलिनें, और बेला हैं और एक बहुत ही ख़ास "वियोल द आमोरे"[1], जो दीवार पर टँगा हुआ है, और जब भी घर में चैम्बर म्यूज़िक बजता है उनकी निगाह उस पुष्प पर रहती है। इसे सिर्फ़ अध्ययन के लिए नीचे उतारा जाता है। या फिर आग भड़कने पर।

इन मनुष्यों को संगीत से प्रेम है और वे चाहते हैं कि दूसरे भी उनकी तरह संगीत से प्रेम करें। उन्हें धैर्य और प्रेम से वहाँ लाया जाये, आवश्यकता पड़े तो हिंसा से। वे अल्पविकसित बच्चों को भी संगीत सुलभ करवाना चाहते हैं, क्योंकि इस पूरी घास को अकेले चर जाने में इतना मज़ा नहीं आता। शराबियों और नशीली दवाइयों का इस्तेमाल करने वालों की तरह वे अपना यह शौक़ यथासम्भव अधिक से अधिक लोगों के साथ मिल कर पूरा करना चाहते हैं। बच्चे बहुत चतुराई से चुन कर उनके पास भेजे जाते हैं। हर तरफ़ मशहूर मोटू, दादा-दादी का दुलारा, जिसके गीले बाल सिर पर चिपके रहते हैं और जो ज़रा-ज़रा सी बात पर मदद के लिए चिल्लाता है, और कामकाजी माँ का बच्चा भी, जिसके पास घर की चाबी रहती है, जो ख़ुद को बचाने के लिए पूरा ज़ोर लगाता है, लेकिन आख़िर हथियार डाल देता है। संगीत की महफ़िलों में कोई नाश्ता नहीं पेश किया जाता। और गम्भीर ख़ामोशी में वैसे भी कोई खाते हुए चर-चर तो नहीं करेगा न। गद्दीदार फ़र्नीचर पर डबलरोटी के कण नहीं, पियानो की हिफ़ाज़त के लिए बने ढक्कन नम्बर एक पर और ढक्कन नम्बर दो पर चर्बी के और लाल शराब के दाग-धब्बे नहीं। चूइंगगम बिल्कुल नहीं। बच्चों को छान कर देखा जाता है कि वे बाहर से कोई कूड़ा-कबाड़ तो नहीं ला रहे। बदमाश बच्चे ऊपर छलनी में पड़े रह जाते हैं,

2. इतालवी में "प्यार का नीलपुष्प"

और उनके वाद्य पर कभी कुछ ऐसी चीज़ नहीं लगेगी।

यह ख़ानदान कोई फ़िज़ूल ख़र्च नहीं करता, सिर्फ़ संगीत को अपने माध्यम से अपना प्रभाव छोड़ना है। उसे दिलों में अपनी पगडंडी बनानी है। अपने ऊपर भी वे ख़र्च नहीं करते।

ऐरिका ने अपने पियानो सीखने वाले छात्रों को एक-एक करके बन्द कमरे में बुलाया है। प्रोफ़ेसरनी साहिबा की छोटी उँगली का एक ही इशारा काफ़ी था। छोटे अपनी गर्वित माँ को ले कर आते हैं, गर्वित पिता को, या दोनों को एक साथ, और अखण्ड परिवार के रूप में कमरे की रिक्तता को भरते हैं। वे जानते हैं कि अगर वे न आये तो पियानो के विषय में उन्हें कम अंक मिलेंगे। कला से परे रहने का कारण केवल मृत्यु ही हो सकती है। कला के पेशेवर पुजारी के लिए दूसरे कारण बिल्कुल नहीं हो सकते। ऐरिका कोहूट चमकती है।

दो पियानो पर बाख़ के संगीत की दूसरी महफ़िल का उद्घाटन। दूसरे पियानो पर एक बूढ़ा बजा रहा है, जिसने अपने गत जीवन में एक बार ब्रम्स-हॉल में संगीत प्रस्तुत किया था और एकमात्र पियानो पर उस अकेले का कब्ज़ा था। वो ज़माना गुज़र गया, लेकिन सबसे बूढ़े लोग अब भी उसे याद करते हैं। नज़दीक आती मौत स्वयं को डॉ. हेबेरकोर्न कहने वाले इस श्रीमान को कहीं से भी बेहतर प्रस्तुतीकरण की प्रेरणा नहीं दे पा रही, जैसे कभी मोज़ार्ट और बीथोवन को दी गयी थी, शूबर्ट को भी। और इसके पास सच में ज़्यादा वक्त नहीं बचा था। बूढ़ा दूसरे पियानो पर बैठी अपनी पार्टनर का अभिवादन करता है, कुमारी प्रोफ़ेसर ऐरिका कोहूट का, गाँव की नारीपरायण सेवा की रीति के अनुसार उसका हाथ चूमता है, बुढ़ापे के बावजूद, इससे पहले कि हम एक साथ आरम्भ करें।

प्रिय संगीतप्रेमियो और अतिथियो। अतिथि मेज़ पर टूट पड़ते हैं और अनोखे सालन को चप-चप करके खाना शुरू कर देते हैं। छात्र पहले ही लाइन लगाये खड़े हैं, बुरी नीयत से, लेकिन इच्छापूर्ति का साहस नहीं है। हालाँकि इनकी काठी काफ़ी पतली है, फिर भी ये कला-समारोह रूपी इस मुर्गियों के दड़बे से भाग नहीं रहे। ऐरिका ने ज़मीन पर पहुँचती काली मखमल की एक सादी सी तंग स्कर्ट तथा रेशमी ब्लाउज़ पहन रखे हैं। वह कभी एक कभी दूसरे छात्र को ऐसी दृष्टि से देखती है, जो काँच को काट कर रख दे, जिस पर वह हल्के से सिर दायें-बायें भी हिलाती है। यह वही हरकत है, जो ऐरिका की माँ ने उसके चौपट हुए प्रस्तुतीकरण के बाद उसके दिमाग़ में ठोंक कर बिठायी थी। दोनों छात्रों ने बक-बक करके आतिथेय की

शुरुआत वैसे ही चौपट कर दी है। एक बार फिर उन्हें चेतावनी नहीं दी जाती। सबसे आगे वाली पंक्ति में आतिथेय की पत्नी के साथ ऐरिका की माँ ख़ास लगायी गयी बाँहों वाली एक गद्देदार आरामकुर्सी पर बैठी है और अकेली टाफ़ियों के एक डिब्बे से चर रही है, और खुद पर खुश हो रही है, उस विशेष प्रतिष्ठा के लिए, जो उसकी बेटी को मिल रही है। प्रकाश को हिंसापूर्वक मद्धम कर दिया जाता है, पियानो की बत्ती के आगे एक तकिया रख कर, जो सुर-संगति के नमूने की तरह बुने गये धागों की मार के नीचे काँप रहा है। तकिया बजाने वालों को लाल राक्षसी प्रकाश में लपेट देता है। बाख़ गम्भीरतापूर्वक कलकला रहा है। छात्रों ने उत्सवी पोशाक पहन रखी है या उनके माता-पिता इसे जो समझते हैं। माता-पिताओं ने कभी जो कुछ भी पैदा किया था, इस पोलिश प्रकोष्ठ में ठूँस कर भर दिया है, ताकि उन्हें बच्चों से चैन मिले और बच्चे चैन देना सीखें। पोलों का प्रकोष्ठ एक बीसवीं शताब्दी के प्रारम्भ की कला शैली वाले एक बहुत बड़े आईने से सजा हुआ है, जो जल-नलिनियों से सजी नग्न बालाओं से सुसज्जित है, जहाँ छोटे-छोटे छोकरे खड़े रहते हैं। बाद में, ऊपर संगीत-घर में छोटे आगे बैठते हैं और बड़े पीछे, क्योंकि वे सबके ऊपर से सब देखना चाहते हैं। जब किसी युवा संगीतकार की बोलती बन्द करनी हो तो बड़े मेज़बान की मदद करते हैं।

वाल्टर क्लेम्मर ने तब से यहाँ कोई शाम नहीं छोड़ी, जब से सत्रह की मीठी उम्र में उसने गम्भीरता से, सिर्फ़ मज़े के लिए नहीं, पियानो बजाना शुरू किया था। वह यहाँ अपने बजाने की प्रेरणा के लिए नकद पाता है।

द्रुत संगीत-रचना के परिपूर्ण भाग में बाख़[1] बूँद-बूँद करके गिरता है, और क्लेम्मर अपने आप जागती भूख में, बैठने की जगह पर पीछे से, अपनी पियानो-मैडम का शरीर निहारता है। एक बच्चे की मोटी माँ के बीच में होने के कारण वह उसके सामने वाले हिस्से से कुछ नहीं पकड़ पाता। माँ रणपोत की बगल में एक छोटी सी रक्षा-नाव उसके छोटे से, पियानो नया नया-सीखने वाले पुत्र के रूप में बैठी है। उसने एक सफ़ेद कमीज़, काली पतलून और ऊपर से सफ़ेद बिंदियों वाली एक मक्खी भी पहनी है। बच्चा इस समय अपनी सीट से हवाई जहाज़ के एक ऐसे यात्री की तरह लटक रहा है, जिसकी तबीयत ख़राब है और जो इससे ज़्यादा कुछ नहीं चाहता कि हवाई जहाज़ अपने अन्तिम गन्तव्य स्थान पर उतर जाये। ऐरिका अपनी कला के

1. बाख़ एक प्रसिद्ध पियानो-वादक और संगीतकार थे; जर्मन में बाख़ का अर्थ झरना/नदिका भी होता है।

माध्यम से हवा के ऊँचे गलियारों में मँडरा रही है और लगभग गगन की ऊँचाई तक पहुँच रही है। वाल्टर क्लेम्मर भयभीत उसे देख रहा है, क्योंकि वह उससे दूर होती जा रही है। और न केवल वह उसे निरंकुशतापूर्वक पकड़ने की कोशिश करता है, बल्कि माँ भी इस पतंग ऐरिका की डोर पकड़ने के लिए झपटती है। बस डोर नहीं छोड़नी! वह माँ को भी खींच कर उसे पंजों के बल खड़ा कर देती है। हवा ज़ोर से हुआ रही है, जैसे कि वह इस ऊँचाई पर हुआती है।

बाख़ की अन्तिम संगीत-रचना सुनते-सुनते मिस्टर क्लेम्मर के बायें और दायें गाल पर छोटे लाल गुलाब खिल जाते हैं। बाद में उसे देने के लिए एक इकलौता गुलाब का फूल उसने हाथ में पकड़ रखा है। वह निस्स्वार्थ ऐरिका की तकनीक पर और साथ ही साथ उसकी पीठ के तालबद्ध हिलने का कायल है। वह देख रहा है कि कैसे उसका सिर झूलता है, कैसे कुछ सूक्ष्म भेदों का विवेचन करते हुए वह बजाती है। वह उसकी बाँहों की मांसपेशियों की क्रीड़ा का अवलोकन करता है, गोश्त और अंग-संचालन का टकराव उसे उत्तेजित कर देता है। गोश्त संगीत के माध्यम से भीतरी स्पंदन को सुनता है और क्लेम्मर कामना करता है कि उसकी शिक्षिका कभी उसे सुने। उसका एक हाथ अपने आप उसके गुप्तांग के वीभत्स हथियार पर हचकता है। छात्र क्लेम्मर बड़ी कठिनाई से स्वयं पर नियन्त्रण पाता है, और मस्तिष्क में ऐरिका के पूर्ण परिमाण को परखता हैं। उसके ऊपरी हिस्से की तुलना निचले हिस्से से करता है, जो शायद कुछ ज़्यादा मोटा है, लेकिन मूलतः जो उसे पसन्द है। वह ऊपर और नीचे का हिसाब लगाता है। ऊपर : ज़रा सा पतला। नीचे : कुछ जमा कर दो। लेकिन ऐरिका की सम्पूर्ण छवि उसे पसन्द है। निजी तौर पर उसकी राय है : कुमारी कोहूट एक बहुत नाज़ुक औरत है। जो नीचे कुछ ज़्यादा है, अगर वह उसमें कुछ ऊपर भर दे तो शायद सही हो जायेगी। वैसे उलट भी किया जा सकता है, लेकिन यह उसे कम पसन्द होगा। अगर वह नीचे से कुछ कद्दूकस कर ले तो भी ऊपर से तालमेल सही बैठ जायेगा। लेकिन फिर वह बहुत पतली होगी! यह छोटी सी अपूर्णता बड़ी उम्र के छात्रों के मन में मैडम ऐरिका के प्रति आकांक्षा जगाती है, क्योंकि वह पहुँच के भीतर है। किसी स्त्री की शारीरिक अपर्याप्तता की वजह से हर कोई उसे पटा सकता है। इसके अलावा यह स्त्री स्पष्टतः जल्दी बड़ी होगी, और वह अभी जवान है। छात्र क्लेम्मर की एक अतिरिक्त मंशा है, संगीत के अतिरिक्त, जिसकी सोच अब बाद में रख दी गयी है। वह संगीत का दीवाना है। भीतर से वह अपनी संगीत-शिक्षिका का दीवाना है। उसका एक बिल्कुल निजी मत है कि कुमारी

कोहूट वह औरत है, जो अभ्यास के लिए अपने जीवन में एक जवान आदमी की ख़्वाहिश रखती है। जवान आदमी नीचे से शुरू होगा और तेजी से ऊपर पहुँचेगा। कभी न कभी तो हर एक को शुरुआत करनी होती है। जल्दी ही वह प्रारम्भिक चरण से आगे बढ़ जायेगा, वैसे ही जैसे कार चलाना सीखने वाले शुरू-शुरू में एक इस्तेमाल की हुई छोटी कार ख़रीदते हैं, और तब, जब चलाने में माहिर हो जाते हैं तो बदल कर एक नया, बड़ा मॉडल ख़रीद लेते हैं। कुमारी ऐरिका पूरी संगीत की बनी है, और वास्तव में इतनी बड़ी भी नहीं है, आजमाइश के मॉडल को छात्र कूतता है। क्लेम्मर बल्कि एक ऊँची सीढ़ी से शुरू कर रहा है, फ़ोल्क्सवागन नहीं, बल्कि ओपेल काडेट। चोरी-छिपे इश्क़ में पड़ा वाल्टर क्लेम्मर अपने बचे-खुचे नाखून भी चबा डालता है। कुल मिलाकर उसका सर लाल हो गया है—गुलाब की कलियाँ फैल गयी हैं—अब उसके गहरे सुनहरे आधे लम्बे बाल हैं। वह कुछ हद तक फ़ैशनेबल है। कुछ हद तक अक़्लमंद। उसमें कुछ उभरा हुआ नहीं है, कहीं कोई अतिशयोक्ति नहीं है। उसने बाल ज़रा से बढ़ा लिए हैं, ताकि बहुत आजकल का न लगे, और न ही बहुत गुज़रे कल का लगे। दाढ़ी कभी नहीं रखता, हालाँकि अक्सर उसका दिल किया है। इस प्रलोभन से बचने में वह बार-बार सफल हुआ है। वह अपनी टीचर का एक लम्बा चुम्बन लेना चाहता है और उसके बदन को टटोलना चाहता है। वह अपनी पशुवत प्रवृत्तियों से उसका सामना करना चाहता है। वह बार-बार बिना इरादे के उसे अच्छी तरह से छूना चाहता है, तब वह ऐसे दिखावा करेगा कि एक अनाड़ी उसे धकेल रहा है। फिर वह उसे ज़ोर से दबायेगा और फिर माफ़ी माँगेगा। बाद में वह एक बार पूरे इरादे से उसे दबायेगा और अगर वह उसे दबाने देगी तो वह उसे ज़ोर से रगड़ेगा। जो भी वह कहेगी और चाहेगी वह करेगा, ताकि बाद में अधिक गम्भीर प्रेम की स्थितियों में लाभ उठा सके। कई मायनों में ज़्यादा तजुर्बेकार औरत से वह सीखना चाहेगा—जिसके साथ संसर्ग में अधिक सतर्क रहने की आवश्यकता नहीं है—, कि उन जवान लड़कियों के साथ कैसा बरताव किया जाये, जो हर चीज़ पसन्द नहीं करतीं। क्या इसका सरोकार प्रगतिशील जीवनचर्या से है? जवान आदमी को पहले अपना सीमांकन करना होगा, फिर बाद में वह सफलतापूर्वक सीमा लाँघ सकता है। जल्दी ही वह अपनी अध्यापिका को इतना चूमेगा कि उसका दम घुट जायेगा। जहाँ भी हो सकेगा उसे चूसेगा। जहाँ भी वह इजाज़त देगी उसे काटेगा। लेकिन बाद में वह साभिप्राय अन्त तक जायेगा, उससे संभोग करेगा। उसके हाथ से शुरू करेगा और फिर धीरे-धीरे ऊपर जायेगा। उसके बदन को प्यार करेगा और उसे कम से कम

वह स्वीकार करना सिखायेगा, जिसे वह अब तक अस्वीकार करती रही है। उसे ध्यानपूर्वक वह सब सिखायेगा, जो उसे प्रेम के लिए चाहिए होगा, परन्तु उसके बाद वह अधिक लाभकर लक्ष्यों और कठिन कामों की तरफ़ तवज्जोह देगा, औरत की पहेली को समझने के लिए। शाश्वत पहेली। अब वह उसका शिक्षक होगा। उसे भी ये हमेशा की गहरे नीले रंग की चुन्नट वाली स्कर्टें और कुर्तियाँ पसन्द नहीं हैं, जो वह हमेशा पहनती है, और वह भी कम आत्मविश्वास के साथ। उसे जवान लड़कियों की तरह रंग-बिरंगे कपड़े पहनने चाहिए। रंग!! उसे समझायेगा कि रंगों का क्या मतलब होता है। वह उसे दिखायेगा कि सही से जवान और बहुरंगी होने का क्या अर्थ होता है, और फिर इस पर अधिकार से ख़ुश होना भी। और जब वह जान जायेगी कि वह असल में कितनी जवान है तो उससे भी छोटी उम्र के किसी लड़के के लिए वह उसे छोड़ जायेगी। मेरा ख़याल है कि आप अपनी देह को तिरस्कार की दृष्टि से देखती हैं, सिर्फ़ कला को महत्त्व देती हैं, प्रोफ़ेसर साहिबा। क्लेम्मर बोलता है। बहुत ज़रूरी ज़रूरतों को आप अहमियत देती हैं, लेकिन खाना और सोना काफ़ी नहीं होता! कोहूट जी, आप सोचती हैं कि आपका बाह्य रूप आपका शत्रु है और संगीत आपका मित्र। हाँ, एक बार ज़रा आईने में देखिए, वहाँ आप ख़ुद को देखेंगी और अपने से बेहतर दोस्त आपको कभी नहीं मिलेगा। इसलिए ख़ुद को ज़रा ख़ूबसूरत बनाइये, कोहूट जी। अगर मैं आपको इस तरह सम्बोधित कर सकता हूँ तो।

मिस्टर क्लेम्मर को ऐरिका का मित्र बनने की बहुत अधिक चाह है। यह बेडौल मरे जानवर की लाश, यह पियानो-टीचर, जिसका सिर्फ़ पेशा नज़र आता है, अंततः विकसित हो सकती है, क्योंकि अभी इतनी बूढ़ी नहीं है, यह ढीली बोरी। माँ से तुलना करो तो जवान है। यह बुरी तरह से विकृत, आदर्शों से चिपटी फालतू औरत, मूर्ख और बौद्धिक स्तर पर जीवित है, यह जवान आदमी इसे इहलोक में खींच लायेगा। मोहब्बत के मज़े लेगी, ज़रा रुक तो सही! वाल्टर क्लेम्मर गर्मियों में और वसन्त में हरहराती नदियों में चप्पूदार नाव चलाने जाता है, बल्कि दो पहाड़ों के बीच तंग रास्तों से निकल जाता है। वह तत्त्वों पर विजय पाता है, और ऐरिका कोहूट, अपनी शिक्षिका पर भी वह विजय पायेगा। एक ख़ूबसूरत दिन वह बल्कि उसे दिखायेगा कि नाव कैसे बनी होती है और उसमें कोई कैसे ख़ुद को पानी से ऊपर रखता है। तब तक वह उसे उसके नाम से बुलाना शुरू कर चुका होगा : ऐरिका! यह चिड़िया ऐरिका अपने डैने फैलते महसूस करेगी, इसका प्रबन्ध किया जायेगा।

कोई एक यह चाहता है, मिस्टर क्लेम्मर है यह कोई एक।

बाख़ शान्त पड़ गया है। उसका दौर समाप्त हो चुका है। दोनों उस्ताद, उस्ताद जी और उस्तानी जी, पियानो के अपने-अपने पीढ़ों से उठ कर सर झुकाते हैं, आज के नये दिन के ढर्रे में जागे जई से भरे बोरों के समक्ष धैर्यवान अश्व! वे स्पष्ट करते हैं कि उनके सर इन गिने-चुने करतल ध्वनि करते लोगों के सामने कम और बाख़ की विचक्षणता के समाने अधिक झुक रहे हैं, ये लोग, जो कुछ नहीं समझते और इतने मूर्ख हैं कि प्रश्न तक नहीं कर सकते। सिर्फ़ ऐरिका की माँ तालियाँ बजा-बजा कर अपनी उँगलियाँ ज़ख़्मी कर लेती है। वह आवाज़ें लगाती हैः शाबाश! शाबाश! मेज़बान की बीवी मुस्कराते हुए उसे समर्थन देती है। घूरे के ढेर से उठायी गयी यह भीड़, बदसूरत रंगों में लिपटी, अपनी तरफ़ से ऐरिका को नज़रों में लपेट रही है। वह प्रकाश में आँखें मिचका रही है। कोई बत्ती के आगे पड़ा गद्दा हटा देता है, अब वह बेरोक-टोक चमक सकती है और दमक सकती है। तो यह ऐरिका की जनता है। अगर कोई यह न जानता होता तो यह यक़ीन करना मुश्किल होता कि ये मनुष्य हैं। ऐरिका उनमें से हर एक के ऊपर उठी हुई है, फिर भी वे उसकी तरफ़ खिंचते चले आ रहे हैं, उसे छू रहे हैं, बेतुकी बातें बोल रहे हैं। इस युवा जनता ने इसे अपनी स्वयं की अंडे सेने की मशीन में तैयार किया है। इसने उसे ब्लैकमेल, भारी बलप्रयोग, ख़तरनाक धमकियों के अनुचित माध्यमों से यहाँ तक पहुँचाया है। बिना बलप्रयोग के शायद सिर्फ़ मि. क्लेम्मर यहाँ आया लगता है, यह परिश्रमी छात्र। दूसरे यहाँ आने की बजाय टी.वी. देखना, टेबिल टेनिस का मैच खेलना, किताब पढ़ना, या कोई और बेवकूफ़ी करना ज़्यादा पसन्द करते। सब यहाँ आये हैं। अपने मामूलीपन पर .ख़ुश होते लगते हैं! लेकिन उन्होंने मोज़ार्ट, शूबर्ट तक आने की हिम्मत की है। फैल कर बैठे हैं, मोटे लाले, स्वरों के रस में तिरते हुए। कुछ समय के लिए उन तक आते हैं, पर जानते नहीं कि कौन-सा रसपान कर रहे हैं। भेड़ चाल वैसे मामूलीपन को आसमान पर चढ़ा देती है। इसे मूल्यवान कह कर इसकी प्रशंसा करती है। वे समझते हैं कि वे बलवान हैं क्योंकि वे बहुसंख्यक हैं। मध्यमवर्ग में कोई घबराहट नहीं होती, कोई डर नहीं होता। हार्दिकता का भ्रम पालने के लिए वे एक-दूसरे में घुसते हैं। मध्य में इन्सान कही अकेला नहीं होता, .ख़ुद के साथ तो बिल्कुल नहीं। और कितने सन्तुष्ट हैं वे इससे! उनके वजूद में कुछ ऐसा नहीं है, जिसका उलाहना दिया जा सके, और कोई उन्हें उनके वजूद पर उलाहना नहीं देगा। ऐरिका का उलाहना भी, कि व्याख्या सही नहीं हुई, इस धैर्यवान नरम दीवार से टकरा

कर लौट आयेगा। वह, ऐरिका, दूसरी तरफ़ अकेली खड़ी है, और इस पर गर्व करने की बजाय वह स्वयं से प्रतिशोध लेती है। हर तीन महीने वह ख़ुद को जंगले में से सुनने को मज़बूर करती है, जिसे वह खुला रखती है, ताकि चूतिये उसमें घुस सकें। जब कोई अविवेकी मनुष्य उन्हें रोकता है तो वे भें-भें करते, एक-दूसरे को धकियाते, लताड़ते आत्मसन्तुष्टि से उकताहट की भावना में वे उस मनुष्य की खाट खड़ी कर देते हैं, क्योंकि उसने अपना कोट बहुत नीचे टाँग दिया है और अब वह उसे मिल नहीं रहा। पहले तो वे सब अन्दर घुसना चाहते हैं, फिर जितनी जल्दी हो सके बाहर निकलना चाहते हैं। और सब हमेशा एक-साथ। वे सोचते हैं कि जितनी जल्दी वे दूसरी चरागाह पर होंगे, संगीत की चरागाह पर, उतनी ही जल्दी वे इसे छोड़ कर जा सकते हैं। लेकिन अब पूरे के पूरे ब्रम्स की बारी है, एक छोटे से ब्रेक के बाद, जो हम अब लेंगे, देवियो और सज्जनो! प्रिय छात्रों और छात्राओ! आज अपवाद के तौर पर ऐरिका का प्रस्तुतीकरण कोई पाप नहीं है, बल्कि अच्छाई है। क्योंकि अब सब उस की वाह वाह कर रहे हैं, भले ही वे उससे दिल से नफ़रत करते हों।

मि. क्लेम्मर, जो रास्ता बनाता हुआ उसकी ओर बढ़ रहा है, अपनी आनन्दमय बनायी नीली आँखों से प्रफुल्लित हो रहा है। वह दोनों हाथों से पियानो बजाने वाला एक हाथ झपट लेता है और कहता है कि हाथ चूमता हूँ, और कि मेरे पास शब्द नहीं है, प्रोफ़ेसर साहिबा। ऐरिका की मामा बीच में आ जाती है और ज़ोर दे कर हाथ दबाने पर प्रतिबन्ध लगा देती है। मित्रता और घनिष्ठता का कोई संकेत नहीं होना चाहिए, क्योंकि इसे लालसा का नाम दिया जायेगा और फिर पूरा खेल बिगड़ जायेगा। हाथ को अपनी स्वाभाविक अवस्था में बना रहना चाहिए। और फिर इन थर्ड क्लॉस श्रोताओं के लिए हमें इतना कुछ प्रदर्शित नहीं करना, नहीं क्या, मि. क्लेम्मर? इन पर प्रभाव डाल कर द्रवित करने के लिए इनका उत्पीड़न करना होगा, मुँह में ढाटा लगाना होगा और इन्हें ग़ुलाम बनाना होगा। इन पर डण्डे बरसाने होंगे! ये पिटना चाहते हैं, और चाहते हैं दुःखों का अम्बार, जो अलग-अलग संगीतकारों को अभी इनकी वजह से झेलना पड़ेगा, और उसे लिख कर नोट करना पड़ेगा। इन्हें चीखना पसन्द है, नहीं तो ये ख़ुद ही लगातार चीखते रहेंगे। मारे उकताहट के। धूसर स्वर, कोमल स्वरांतराल, भिन्नताएँ तो ये वैसे भी नहीं छू पाते। बल्कि संगीत और वैसे कला के साम्राज्य में कर्णभेदी विषमताओं, क्रूर विरोधाभासों में वैषम्य खोज पाना अधिक सरल होता है। परन्तु यह परनिन्दा है, उससे बढ़ कर नहीं! ये मेमने इसे नहीं जानते। ये वैसे भी कुछ नहीं जानते। ऐरिका घनिष्ठतापूर्वक क्लेम्मर की बाँह

पकड़ती है, जो तुरन्त काँप जाता है। स्वस्थ रूप से रक्तस्राव झेल चुके इस अपरिपक्व झुण्ड के बीच जम नहीं जाता वह। एक ऐसे देश में ये खाये पिये बर्बर लोग, जिसमें सांस्कृतिक स्तर पर बस बर्बरता का साम्राज्य है। ज़रा अख़बारें खोल कर देखिये : वे उन ख़बरों से भी अधिक बर्बर हैं, जो वे छापते हैं। एक आदमी, जो बाद में खाने के लिए अपने बीवी-बच्चों के प्यार से टुकड़े कर के फ़्रिज में रख देता है, उस अख़बार से ज़्यादा बर्बर नहीं है, जो इसे छापता है। और यहाँ एक बार एक आंतोन कू ने वानर ज़राथूस्त्रा[1] के ख़िलाफ़ बयान दिया था! आजकल कुरियर अख़बार क्रोने अख़बार के ख़िलाफ़ बोल रहा है, क्लेम्मर, एक बार ज़रा ठीक से तसव्वुर करके देखिये! और अब खुद तनिक श्रीमती प्राफ़ेसर व्योराल के पास जा कर उनका अभिवादन करना है। मि. क्लेम्मर, अगर आपको एतराज़ न हो तो। बाद में मैं फिर आपके पास लौटूँगी।

वहीं माँ कन्धों पर खुद की बुनी हल्की नीली अंगोरा की जैकेट रख देती है, ताकि हड्डियों के जोड़ों में चिकनाई अकस्मात पथरा न जाये और रगड़ से प्रतिरोध बेहतर हो जाये। जैकेट केतली पर टिकोज़ी की तरह है। कई बार टायलेट पेपर जैसी काम आने वाली चीज़ों के भी ऐसे ख़ुद के बनाये ढक्कन होते हैं, जिन पर गोल रंगीन धब्बे चढ़े होते हैं। वे कारों की पिछली सीट के पीछे काँच के पास सजावट के तौर पर पड़े होते हैं। ऐरिका का धब्बा उसका अपना सिर है। सजावटी लकड़ी की फिसलनी बर्फ़ पर, जिसे कुछ ख़ास इस्तेमाल होने वाली जगहों पर सस्ते धावकों ने बख़्श दिया है, ऐरिका इतराती हुई ख़ुद से उम्र में बड़ी कलाकार के पास सुविज्ञ मुख से बधाई लेने जाती है। माँ पीछे से हल्के से आगे धकियाती है। माँ का एक हाथ उसकी पीठ पर है, दूसरा ऐरिका की दायीं स्कांधस्थि पर, अंगोरा-जैकेट के ऊपर।

वाल्टर क्लेम्मर अभी तक न सिगरेट न शराब पीता है, फिर भी उसमें ऊर्जा की मात्रा आश्चर्यजनक रूप से बहुत है। दूध की कटोरी से चिपटा सा वह काँय-काँय करते झुण्ड के बीच से होता हुआ अपनी मास्टरनी के पीछे-पीछे रास्ता बनाता जाता है। चिपका रहता है उससे। जब भी उसकी ज़रूरत पड़ेगी वह वहीं हाज़िर होगा। उसे बस मुड़ कर देखने की ज़रूरत है और वह उसके सामने होगा। यह बॉडी चेक तो वह चाहता है। अभी-अभी छोटा सा अन्तराल समाप्त हुआ है। वह नथुने चौड़े करके ऐरिका की उपस्थिति को श्वास में भर रहा है, जैसे किसी ऊँचे पर्वत पर घास के मैदान पर खड़ा हो, जहाँ कोई बहुत कम जाता है और इसलिए ख़ास गहरी साँसें

---

1. पारसियों के धर्म के प्रवर्तक

भरता है। ताकि शहर में ख़ास ज़्यादा आक्सीजन साथ ले कर जाये। वह हल्की नीली जैकेट से एक टूटा हुआ बाल हटाता है और इसके लिए उसका धन्यवाद किया जाता है, मेरे प्यारे हँस। माँ को कुछ गड़बड़ लगती है, लेकिन फिर भी वह उसकी नम्रता और कर्तव्यनिष्ठा की प्रशंसा किये बिना रह नहीं सकती। यह हर उस चीज़ से एकदम विपरीत है, जो नर-मादा के बीच सामान्य और आवश्यक होता है। मि. क्लेम्मर माँ के लिए एक युवक है, परन्तु उसका बीज पुराने ज़माने का है।

अन्तिम दौर में पहुँचने से पहली तनिक और गपशप। क्लेम्मर जानना चाहता है और साथ ही खेद भी प्रकट करता है कि क्यों घरों में होने वाले परिष्कृत संगीत-समारोह समाप्त होते जा रहे हैं। पहले उस्ताद मर जाते हैं, फिर उनका संगीत मर जाता है, क्योंकि अब सब लोग सिर्फ़ लोकप्रिय गीत, पॉप और रॉक सुनना चाहते हैं। वैसे परिवार अब रहे ही नहीं। गले, नाक, कान के डॉक्टरों की पीढ़ियाँ बीथोवन के अंतकाल की संगीत-रचनाओं से अघायी हैं। दिन में वे घायल गलों में कूची घिसते थे, शाम को पुरस्कार पाते थे, और वे स्वयं बीथोवन से झगड़ते रहते थे। आज अकादमीशियन ब्रुकनर की हाथी की चिंघाड़ों पर पाँव से ताल देते हैं और ऊपर आस्ट्रिया के इस कारीगर की तारीफ़ करते हैं। ब्रुकनर[1] का तिरस्कार करना जवानी की एक बेवकूफ़ी है, जिसके शिकार बहुत लोग हुए हैं, मि. क्लेम्मर। उसकी समझ बहुत बाद में आती है, मेरा यक़ीन करें। फ़ैशनेबल टिप्पणियाँ करने से बचें, जब तक कि आप उसे समझ नहीं जाते, सहयोगी जी। सम्बोधित किया गया क्लेम्मर सुविज्ञ मुख से 'सहयोगी' शब्द सुन कर प्रसन्न है और तुरन्त सजीव पारिभाषिक शब्दावली में शूमन और अन्तकालीन शूबर्ट के विलुप्त हो जाने पर बोलने लगता है। उनके कोमल स्वरान्तरालों के बारे में बोलता है और बोलते-बोलते उसका स्वर कपड़े के कीड़े की तरह धूम्रवर्ण और मनहूस होता जाता है।

उसके बाद एक जुगलबन्दी होती है कोहूट/क्लेम्मर, विषाक्त नींबू सी पीलिमा, घर में होने वाले संगीत-समारोह में जो चल रहा है, उसके अनुरूप। इसमें इनका दोनों का कोई हिस्सा नहीं है। केवल उपभोक्ता होने की हैसियत से इन्हें इसमें हिस्सा लेने दिया गया है, परन्तु इनकी अर्हता वैसे बहुत ऊँची है! श्रोताओं के अलावा कुछ नहीं हैं, परन्तु अपने ज्ञान के बारे में वे यह भ्रम पाले हुए हैं। लगभग इनके एक हिस्से को हिस्सा लेने की अनुमति मिलती : ऐरिका को। लेकिन ऐसा हुआ नहीं।

अब वे दोनों प्रेममय एक साथ टहलते हुए जा रहे हैं, स्वरान्तरालों के संसारों

1. उन्नीसवीं शताब्दी के आस्ट्रियाई संगीतज्ञ।

के क्षेत्रों के बीच जमी भुरभुरी परत वाली धूल के ऊपर से, क्योंकि इससे मध्यमवर्ग स्वयं को ठीक से पहचानेगा। शूबर्ट का विलुप्त होना श्रीगणेश है या जैसे आदोर्नो का कहना है, शूमन की सी-डुर-फंतासी में विलुप्त होना। यह विलुप्त होना बहते हुए दूर तक जाता है, शून्यता में, परन्तु इस प्रक्रिया में साशय धीरे-धीरे बुझ जाने की भूरि-भूरि प्रशंसा को सिर पर ताज की तरह नहीं रखता। विलुप्त होना, इसे अनुभव किये बिना, अपनी खुदी को भुलाये हुए! इस अनुपयुक्त स्थान पर जो वे दोनों बोल रहे हैं, उसे सुनने का आनन्द लेने के लिए वे एक क्षण चुप हो जाते हैं। दोनों में से हर कोई सोच रहा है कि वह दूसरे से बेहतर समझता है, एक अपनी जवानी की वजह से, दूसरी अपनी परिपक्वता की वजह से। बारी-बारी से वे अज्ञानियों, नासमझों पर क्रोध करने में एक-दूसरे से बढ़-चढ़ रहे हैं, मसलन यहाँ ऐसे बहुत सारे एकत्र हो गये हैं। देखिये तो सही, प्रोफ़ेसरनी जी! इन्हें ज़रा ध्यान से देखिये, मि. क्लेम्मर! घृणा की डोर शिक्षा देने वाली और शिक्षा पाने वाले को परस्पर जोड़ रही है। शूबर्ट, शूमन के जीवन-प्रकाश का यह बुझना उसका एक पूर्ण विपर्याय है, जो यह स्वस्थ भीड़ सोच रही है, जब वह एक परम्परा को स्वस्थ कहती है और उस कीचड़ में आराम से लोटती है। स्वास्थ्य, छिः छिः। स्वास्थ्य उसकी प्रदीप्ति है, जो है। संगीत-समारोहों की कार्यक्रम-सूचियों के गिचपिच लिखने वाले स्वास्थ्य नाम की चीज़ को बनाते हैं, महत्त्वपूर्ण संगीत की मुख्य कसौटी के लिए इसकी कल्पना करनी पड़ती है। और फिर, स्वास्थ्य हमेशा विजेताओं का साथ देता है; जो कमज़ोर होता है, वह गिर जाता है। गर्म भाप से स्नान करते या दीवार पर मूतते समय गिर जाता है। इन्हें स्वस्थ लगने वाला उस्ताद बीथोवन खेदवश बहरा था। यह महास्वस्थ ब्रम्स भी। क्लेम्मर बीच में टोकता है (और इसलिए कचरे में फेंक दिया जाता) कि उसे ब्रुकनर भी सदा बहुत सेहतमंद लगा था। इस पर उसे ठीक से दुरुस्त किया जाता है। ऐरिका शालीनतापूर्वक अपने घाव दिखाती है, विएना तथा छोटे नगरों में संगीत की चहल-पहल की निजी रगड़ों में जो उसने खाये थे। जब तक उसने परिस्थितियों को चुपचाप स्वीकार नहीं कर लिया। संवेदनशील को जलना होता है, इस रात के पतंगे को। और इसलिए ये दोनों काफ़ी बीमार बंदे, ऐरिका कहती है, शूमन और शूबर्ट, जिनके नाम का प्रथम शब्दांश समान है, मेरे घायल मन के सब से नज़दीक हैं। वह शूमन नहीं, जिसकी पूरी विचारशक्ति उड़नछू हो चुकी है, बल्कि उससे एकदम पहले का शूमन! उससे तनिक ही पहले! अपनी बौद्धिकता सोने के समय वह यह जानता है, अपनी महीन से महीन नस में वह इस

अनुभूति से आक्रान्त है, अपने सचेत जीवन से वह देवदूतों और राक्षसों के वृंदगान में शामिल हो रहा है, लेकिन एक अन्तिम बार वह खुद को सम्भालता है, स्वयं के प्रति वह पूर्णरूपेण सचेतन नहीं है। पुनः लालसापूर्वक ध्यान से सुनना, अपनी सबसे अमूल्य वस्तु के खो जाने पर शोक : स्वयं के खो जाने पर। यह वह दौर था, जब कोई अभी जानता है कि समर्पण से पूर्व वह स्वयं का कौन सा अंश खो रहा है।

ऐरिका कोमल संगीत में कहती है कि उसके पिता पूरी तरह पागल हो चुकने के बाद पत्थर से बने एक फ़ार्महाउस में मृत्यु को प्राप्त हुए थे। इसलिए बुनियादी तौर पर ऐरिका की भावनाओं का ख़याल रखा जाना चाहिए, क्योंकि वह कठिनाइयों से गुज़री है। आडम्बरपूर्ण सुशोभित इस स्वास्थ्य में ऐरिका आगे इस बारे में कुछ नहीं कहना चाहेगी, पर कुछ संकेत तो दे सकती है। ऐरिका क्लेम्मर की कुछ भावनाएँ नोच कर बाहर निकाल लेना चाहती है और बेरहमी से छेनी लगाती है। सहे दुख के लिए यह औरत मर्दाने रुझान के हर ग्रास की हक़दार है, जिसे बस खींच कर बाहर निकालना है। युवक की दिलचस्पी पुनः भड़क उठती है।

अन्तराल का अन्त। कृपया पुनः अपने स्थान ग्रहण करें। अब ब्रम्स के गीतों की बारी है, एक युवा उभरती हुई उच्चतम स्वर पर गाने वाली गायिका द्वारा प्रस्तुत। और फिर जल्दी ही समाप्ति हो जायेगी। वैसे भी कोहूट-दाबेरकोर्न-जुगलबन्दी के बाद कुछ बेहतर तो आने से रहा। इस पर अन्तराल से पहले की प्रस्तुति से अधिक करतल ध्वनि हुई, क्योंकि सबको चैन मिल रहा था सोच कर कि कार्यक्रम समाप्ति पर है। और अधिक शबाशियाँ, इस बार सिर्फ़ ऐरिका की मम्मा की तरफ़ से ही नहीं, बल्कि ऐरिका के सर्वोत्तम छात्र से भी। माँ और सर्वोत्तम छात्र कनखियों से एक-दूसरे को देख रहे हैं, दोनों ऊँचे स्वर में ऊर्जा लगा कर चिल्ला रहे हैं और लिटरों में संशय बटोर रहे हैं। एक कुछ चाहता है, दूसरी देना नहीं चाहती। बत्तियों की रोशनी इतनी बढ़ा दी गयी है कि वे चकाचौंध कर रही हैं, इसके अतिरिक्त फानूस भी जला दिये गये हैं, इस ख़ूबसूरत लम्हे की खातिर कोई बचत नहीं की गयी। घर के मालिक की आँखों में आँसू हैं। ऐरिका ने फिर शोपिन की भी एक संगीत-रचना प्रस्तुत कर दी, और घर के मालिक को अपने स्वदेश पोलैण्ड की याद आती है, रात में पोलैण्ड। गायिका और उसके साथ जुगलबन्दी करने वाली ऐरिका को फूलों के विराट गुलदस्ते पेश किये जाते हैं। फिर दो माँएँ और एक पिता प्रकट होते हैं, जो प्रोफ़ेसरनी जी को गुलदस्ते भेंट करते हैं, जो उनके बच्चे को प्रोत्साहन देती है। प्रतिभावान युवा सहयोगिन को सिर्फ़ एक गुलदस्ता मिलता है। ऐरिका की माँ बहुत महीन तथा

मुलायम काग़ज़ में लपेट कर गुलदस्तों को परिवहन के योग्य बनाने में मदद करती है, हमें बस इन ख़ूबसूरत फूलों को स्टेशन तक ले कर जाना है, फिर ट्राम आराम से हमें लगभग हमारे घर के दरवाज़े के सामने तक उतार देगी। टैक्सी से बचत शुरू होती है, फ़्लैट पर जा कर ख़त्म होती है। अपरिहार्य मित्र और सहायक अपनी कार से ले जाने का प्रस्ताव रखते हैं, परन्तु माँ उन सबको परिहार्य बना देती है। बहुत धन्यवाद। हम किसी का एहसान नहीं लेते, और न ही किसी पर करते हैं।

वाल्टर क्लेम्मर अपनी पियानो की प्रोफ़ेसर के साथ चल पड़ता है, जिसने लोमड़ी की रोयेंदार खाल के कालर वाला ओवरकोट पहन रखा है, जिसे वह अच्छे से जानता है, क्योंकि उसे पहन कर वह संगीत की शिक्षा देने आती है। उसकी कमर पर बेल्ट है और वह भी समूर की खाल की है। वह माँ को ऐरिका के काले ईरानी ओवरकोट से ढक देता है। वह उस वार्तालाप को आगे बढ़ाना चाहता है, जो बीच में अटक गया था। वह तुरन्त कला और साहित्य के बारे में कुछ कहता है, यह सोच कर कि संगीत की बातें कर-कर के कुमारी कोहूट में कहने को कुछ बचा नहीं होगा, इस फ़तह के बाद, जिसका उसे जश्न मनाना चाहिए। वह उसे चूस रहा है, ऐरिका में अपनी बत्तीसी घुसेड़ रखी है। बाँहों के नीचे से पकड़ कर उसकी मदद करता है, बल्कि इतना गुस्ताख़ है कि उसके कन्धों तक आते बालों को वह लोमड़ी के ओवरकोट से खींच कर ठीक से उनकी जगह रख देता है। वह दोनों महिलाओं को ट्राम-स्टाप तक छोड़ आने की पेशकश करता है।

माँ को किसी चीज़ का इल्म है, जो इस समय कह कर बताया नहीं जा सकता। उस विनम्रतापूर्ण व्यवहार की खुशी के प्रति ऐरिका की मिश्रित भावनाएँ हैं, जो उस पर बरस रहा है। उम्मीद है कि यह ओला मुर्गी के अण्डे जितना बड़ा नहीं होगा और उसके सर में छेद नहीं कर देगा! उसे गुर्दे के आकार का एक बहुत बड़ा टाफ़ी का डिब्बा भी भेंट में मिला है, उसे अब वाल्टर क्लेम्मर ने उठाया हुआ है, उससे छीन लिया था क्लेम्मर ने। संतरी रंग की कुमुदनियों का एक गुलदस्ता या ऐसा ही कुछ उस पर लाद दिया जाता है। अपने मेज़बानों से हमारी हार्दिक विदाई लिये जाने के बाद तीनों तरह-तरह के बोझों से दबे, जिनमें संगीत किसी से कम नहीं है, ट्राम लेने जा रहे हैं। युवक-युवती को ज़रा सा आगे चलना पड़ता है, मम्मी इतनी जल्दी नहीं चल सकती, जबकि जवान कदम आगे चलते जाते हैं। पर मम्मी पीछे से बेहतर देख सकती है, बेहतर सुन सकती है। इस प्रारम्भिक चरण में ऐरिका भी हिचकिचा रही है, क्योंकि मम्मी को पीछे कुदक कर चलना पड़ रहा है, एकदम अकेली। वर्ना

दोनों कोहूट महिलाएँ बाँहों में बाँहें डाले ऐरिका के सुकृत्यों पर बातें करती हुईं, बेशर्मी से उनकी तारीफ़ करती हुईं, एक साथ चलने का आनन्द लेती हैं। आज एक नये आये युवक ने उसकी जाँची-परखी माँ की जगह ले ली है, जो छलनी हुई, परित्यक्त सी पृष्ठरक्षी बनी हुई है। माँ के तन्तु अकड़ रहे हैं और पीछे ऐरिका की कमर पर ज़ोर डाल रहे हैं। बहुत चुभ रहा है कि माँ को पीछे अकेली आना पड़ रहा है। यह और भी बुरा है कि उसने ख़ुद यह पेशकश की है। अगर मि. क्लेम्मर का व्यक्तित्व अपरिहार्य होता तो वह आराम से अपनी जननी के साथ-साथ चल सकती थी। वे एक साथ अभी अनुभव किये गये समय को दुबारा चबा सकते थे और शायद टाफ़ी के डिब्बे में से चर सकते थे। जल्दी ही अपनी बैठक में उन्हें जिस आरामदेह गर्मी और सुखदता की अपेक्षा है, उसका पूर्वानुभव। शायद वे देर रात को टीवी में दिखाये जाने वाली फ़िल्म के शुरू होने से पहले पहुँच जायें। ऐसे खनखनाते दिन के लिए यह सबसे सुरीली खनक होती। और यह छात्र नज़दीक होता ही जा रहा है। दूरी नहीं रख सकता क्या? एक युवा, भाप छोड़ते, गरम शरीर को बगल में महसूस करना शर्मनाक है। यह युवक इतनी बुरी तरह से साबुत और बेफ़िक्र लगता है कि ऐरिका बुरी तरह से घबरा जाती है। वह अपनी सेहत उस पर तो नहीं लाद देगा? घर का वह दुकेलापन ख़तरे में लगता है, जिसमें किसी और को हिस्से का हक़ नहीं है। अपनी चारदीवारी में शान्ति, व्यवस्था और सुरक्षा का बेहतर उत्तरदायित्व लेना? हर डोर ऐरिका को टीवी की अपनी नर्म आरामकुर्सी की ओर खींच रही है, और सांकल लगे बन्द दरवाज़े की ओर उसकी अपनी रोज़ाना की बैठने की कुर्सी है, माँ की अपनी है, जहाँ वह अक्सर अपने सूजे हुए पैर एक ईरानी मूढ़े पर रख देती है। घर का सौभाग्य खटाई में पड़ता दिख रहा है, क्योंकि यह क्लेम्मर खिसक नहीं रहा। यह कहीं उसके डेरे में तो नहीं घुसना चाहता? ऐरिका का बस चले तो वह रेंग कर पुनः माँ में घुस जाये, देह के ग़रम पानी में पुनः झूले। बाहर भी उतना ही ग़रम और नम, जितना देह के भीतर। जब भी क्लेम्मर उससे सट कर चलता है, वह माँ के डर से अकड़ जाती है।

क्लेम्मर आगे बोलता जाता है, बोलता जाता है। ऐरिका चुप रहती है। पुरुष जाति के साथ उसके विरले हुए अनुभव उसक़े मस्तिष्क में कौंधते हैं, परन्तु स्मृतियाँ उसे भली नहीं लगतीं। और तब वर्तमान भी बेहतर एहसास नहीं देता था। एक बार यह एक सेल्स-एजेण्ट के साथ हुआ था, जो कॉफ़ी हाउस में उसकी तब तक भलाई करता रहा था, जब तक कि उसे चुप कराने के लिए उसने हथियार नहीं डाल दिये

थे। गोरी चमड़ी वाले घर-घुस्सू अभावग्रस्त लोगों का ग्रुप एक युवा वकील और उच्चतर विद्यालय के एक युवा प्रोफ़ेसर के शामिल होने से पूरा हुआ था। लेकिन इस बीच वर्ष धरती में गये और फिर बाहर भी आये। दोनों ने एक संगीत-समारोह के बाद अचानक उसकी, ऐरिका की, कोट की बाँहें मशीनगन की नाल की तरह उसे पेश कर दी थीं। इस तरह उन्होंने ऐरिका को निरस्त्र कर दिया था, लेकिन उनके स्वयं के पास ज़्यादा ख़तरनाक हथियार थे। ऐरिका हर बार ऐसे समय अपनी माँ के पास लौटना चाहती थी। इस मामले का माँ को कोई इल्म नहीं था। इस तरह दो-तीन कुँवारे लड़कों के फ़्लैटों में, जिनमें रसोई बनी होती थी और बैठने योग्य नहाने का टब होता था, सब काम जम कर किया गया, सब कुछ चर लिया गया। कलाओं के स्वाद की पारखी के लिए खट्टी घास के मैदान।

शुरू-शुरू में उसे किसी तरह का मज़ा आता था कि पियानो-वादक की हैसियत से, भले ही उस समय नौकरी नहीं कर रही थी, वह शेखी बघार सकती थी। उनमें से किसी जनाब ने अपने यहाँ एक पियानो-वादिका को बिस्तर पर बैठे नहीं देखा था। तुरन्त आदमी का बरताव बदल कर भद्र हो जाता है, और एक बड़े दायरे में औरत सफलता के आसार देखती है। मगर सहवास के दौरान कोई औरत महान नहीं रहती। युवा श्रीमान उससे कैसी-कैसी गुस्ताख़ियाँ करते हैं, जो सार्वजनिक रूप से भी जारी रहती हैं। कार का दरवाज़ा उसके लिए खुला नहीं रखा जाता, फूहड़ताओं की हँसी उड़ायी जाती है। इसके बाद औरत से झूठ बोला जाता है, धोखा किया जाता है, उसे सताया जाता है, और अक्सर फ़ोन नहीं किया जाता। जानबूझ कर उसे किसी इरादे से अन्जान रखा जाता है। एक, दो पत्रों का उत्तर नहीं दिया जाता। औरत इन्तज़ार करती रहती है, इन्तज़ार करती रहती है, परन्तु व्यर्थ। और वह पूछती नहीं कि वह क्यों इन्तज़ार कर रही है, क्योंकि वह इन्तज़ार से ज़्यादा जवाब से डरती है। और आदमी उस समय दृढ़संकल्प दूसरी औरतों से एक और जीवन में एक दूसरा व्यवहार कर रहा होता है।

युवा श्रीमानों ने ऐरिका की प्यास भड़का दी थी, फिर उन्होंने पानी बन्द कर दिया था। नल बन्द कर दिया था। ज़रा सी गैस वह सूँघ सकती थी। ऐरिका ने कामवासना के जरिये उन्हें ख़ुद से बाँधने की कोशिश की। अपने ऊपर ढेंकी की तरह आगे-पीछे होते मुर्दा चेहरे को मुट्ठियों से ज़ोर से पीटा, मारे उत्साह के अपनी चीखें नहीं रोक पायी। नाख़ूनों से उसकी पीठ छील दी, जो ऊपर चढ़ा होता था। ऐरिका को कुछ महसूस नहीं हुआ। उसने ज़बरदस्त मज़ा आने के संकेत दिये, ताकि

आदमी आख़िर रुक जाये। आदमी रुक तो जाता था, लेकिन एक दूसरी बार फिर आता था। ऐरिका कुछ महसूस नहीं करती और उसने कभी कुछ महसूस नहीं किया। वह बरसात में छत पर पड़े किसी गत्ते की तरह भाव शून्य है।

हर शख़्स ने ऐरिका को जल्दी छोड़ दिया। और अब वह अपने ऊपर किसी शख़्स को नहीं चाहती। आदमी से कम संवेदना निकलती है, जो अपनी तरफ़ से कोशिश भी नहीं करता। वे ऐरिका जैसी एक असाधारण नारी की वजह से कोई परिश्रम नहीं करते। क्योंकि यह नारी विलक्षण है। वे इसका सदा पश्चात्ताप करेंगे, लेकिन फिर भी वही का वही करते हैं। वे इस स्त्री की सचमुच की विलक्षण क्षमताओं की ठीक से जाँच करने के लिए परिश्रम नहीं करते, अपनी मामूली जानकारियों और अवसरों में मस्त रहते हैं। यह औरत उन्हें अपनी भोथरी छुरियों के लिए एक बड़ी चीज़ लगती है। वे यह मान कर चल रहे हैं कि यह औरत जल्द मुरझा जायेगी और सड़ जायेगी। उनकी नींद इससे मिनट भर के लिए भी हराम नहीं होगी। ऐरिका एक पुरातन शव की तरह सिकुड़ जायेगी और वे अपने उकताऊ धन्धों में लग जायेंगे, जैसे वहाँ सींचने के लिए कोई निराला फूल न बचा हो।

इन घटनाओं से बेख़बर मि. क्लेम्मर एक ज़िन्दा गुलदस्ते की तरह सुश्री कोहूट जूनियर के साथ-साथ चलता जा रहा है, मैडम कोहूट सीनियर को अपनी पनलीक पर चलाता हुआ। यह बहुत जवान है। यह नहीं जानता कि कितना जवान है। वह अपनी अध्यापिका को प्रशंसापूर्वक और षड्यन्त्रपूर्ण कनखियों से देख रहा है। वह उससे कला को समझने के रहस्य के ज्ञान का आदान-प्रदान कर रहा है। अवश्य मेरी बगल वाली यह औरत सोच रही होगी कि इस समय इस माँ को किस तरह अहानिकर बनाया जाये। कैसे वह ऐरिका को अपने साथ एक गिलास शराब पीने का निमन्त्रण दे, ताकि दिन का ख़ात्मा जश्न से हो। इससे ज़्यादा वह नहीं सोचता। उसके लिए मास्टरनी पाक है। माँ को पहुँचा दे, ऐरिका को ले जाये। ऐरिका! इस तरह वह उसका नाम लेता है। वह ऐसे दिखाती है, मानो कोई ग़लतफ़हमी हुई हो और चाल तेज़ कर देती है, ताकि हम आगे निकलें और युवक को कोई ख़ास ख़याल न आये। अब उसे चले जाना चाहिए। यहाँ कितने सारे रास्ते हैं, जिनमें वह गुम हो सकता है। जब वह आख़िर फूट लेगा तो वह माँ से जम कर बुराई करेगी कि यह छात्र मन ही मन उसकी पूजा करता है। आप क्या आज ही फ़्रेड एस्टायर[1] की फ़िल्म देख रहे हैं? मैं तो देख रही हूँ! मैं इसे नहीं छोड़ूँगी। अब मि. क्लेम्मर जानता

1. अमरीकी अभिनेता।

है कि उसे क्या उम्मीद करनी है, कोई भी नहीं।

नगर रेलसेवा के अँधेरे पुल पर क्लेम्मर एक दुःसाहस करता है, क्योंकि संक्षेप में वह प्रोफ़ेसर साहिबा का हाथ पकड़ने का प्रयत्न करता है। मुझे अपना हाथ दीजिए, ऐरिका! यह हाथ कमाल का पियानो बजाता है। अब हाथ ठण्डेपन से बुनाई के धागों से सरक कर निकलता है और तुरन्त चला भी जाता है। थोड़ा सा ऊपर उठ जाता है, परन्तु फिर निश्चल हो जाता है। वह दिखावा करती है मानो उसके निकट आने के प्रयत्न का उसे इल्म नहीं है। पहली नाक़ाम कोशिश। हाथ की हिम्मत इसलिए पड़ी कि मम्मी कुछ दूर पीछे आ रही थी। युवा जोड़ी के अगले हिस्से की पहरेदारी करने के लिए मम्मी एक पार्श्व वाहन है। इस समय कोई कार ख़तरे की वजह नहीं बन रही और इस जगह फ़ुटपाथ भी तंग है। बेटी को एक ख़तरा नज़र आता है और वह अपनी अति साहसी माँ को फिर से नीचे पटरी पर ले आती है। इससे शिकंजे वाला हाथ नाकामयाब हो जाता है।

इस उत्साहपूर्ण यात्रा पर अगली बारी शिकंजा डालने वाले मुँह की है। आस-पास बुढ़ापे की महीन झुर्रियों से रहित यह मुँह खुलता है और बन्द हो जाता है। बिना किसी मुश्किल के। वह ऐरिका से किसी पुस्तक की विषयवस्तु का आदान-प्रदान नहीं करना चाहता। नार्मन मेलर के बारे में, आदमी और कलाकार के रूप में जिसका वह सम्मान करता है। उसने पुस्तक में यह-यह देखा है, शायद ऐरिका ने कुछ पूरी तरह भिन्न देखा है! ऐरिका ने इसे पढ़ा नहीं, और आदान-प्रदान पानी की तरह ज़मीन में जज़्ब हो जाता है। इस तरह कोई बात नहीं बनती। ऐरिका पुनः अपनी गुज़र चुकी जवानी की अदला-बदली करना चाहेगी, और क्लेम्मर घुटनों पर बैठ कर प्रणय-निवेदन करेगा। युवक का युवा चेहरा बिजली के खम्भों और प्रकाशित मंजूषाओं से आते प्रकाश से कोमल चमक रहा है, उसकी बगल में पियानो-वादिका सिकुड़ती जा रही है। काम की अग्नि में जलता एक काग़ज़ का टुकड़ा। वह बंदे की तरफ़ देखने क़ी हिम्मत नहीं कर रही। ज़रूरत पड़ी तो माँ इस जोड़ी को अलग करने का दुःसाहस अवश्य करेगी। ऐरिका कम बोल रही है, दिलचस्पी नहीं दिखा रही और ज्यों-ज्यों ट्राम का लक्ष्य निकट आ रहा है, यह दिलचस्पी घटती जाती है। माँ अपने सामने जाते जवान लोगों के आदान-प्रदान में रोक लगाती है, वह ज़ुकाम लगने की बात करती है, और उसके लक्षणों का पूरा वर्णन समझा कर करती है। बेटी उसे सही बताती है। छूत से ख़ुद को अभी बचाना चाहिए, कल तक बहुत देर हो सकती है। मि. क्लेम्मर आख़िरी बार अपने डैने फैलाता है,

हताश हो कर, और घोषणा करता है कि इसके लिए वह एक बढ़िया उपाय जानता है : शरीर को समयपूर्वक कठोर बना लिया जाये। वह साउना जा कर वाष्प-स्नान लेने की सलाह देता है। स्विमिंग-पूल में कई बार पूरी लम्बाई में तैरना। आम तौर से खेल-कूद में हिस्सा लेने की सलाह और ख़ास तौर पर उसे सबसे ज़्यादा उत्तेजना देने वाला खेल : प्रचण्ड धारा में चप्पूदार नौका चलाना। अब सर्दियों में तो बर्फ़ की वजह से नहीं हो पायेगा, इस बीच काम चलाने के लिए किसी और खेल में लगा जा सकता है। परन्तु शीघ्र ही, बसन्त में, सबसे बढ़िया रहता है, क्योंकि नदियाँ पिघलते पानी से भर रही होती हैं, और हर उस चीज़ को, जो उनमें होती है, अपने साथ बहा कर ले जाती हैं। अन्त में क्लेम्मर एक बार फिर साउना जाने की सलाह देता है। वह सामान्य तरह की लम्बी दौड़, जंगल में दौड़ और स्वयं को तन्दुरुस्त रखने की दौड़ की सलाह देता है। ऐरिका सुन नहीं रही, लेकिन उसकी नज़रें उसे छूती हैं, घबरा कर तुरन्त फिसल जाती हैं। जैसे बिना इरादे के वह अपनी बुढ़ाती काया के कारागार से बाहर झाँक रही हो। इन सलाखों के पीछे वह चिकनी नहीं होगी। माँ उसकी सलाखों को ज्यों का त्यों रहने देगी। ऐरिका चाहे कुछ भी कर रही हो, क्लेम्मर की यह राय नहीं है, यह प्रचण्ड लड़ाकू, धृष्टतापूर्वक एक कदम आगे टटोलता है, एक भरपूर साँड़, जो बाड़ में घुसता है, गाय के पास जाना चाहता है या घास के एक नये मैदान पर? वह खेल-कूद की सिफ़ारिश इसलिए करता है कि इन्सान अपने शरीर में प्रसन्नता पाना और सामान्य रूप से अपने शरीर के प्रति एक भावना उत्पन्न करना सीखे। आप नहीं सोचतीं, प्रोफ़ेसर साहिबा, कि अपने शरीर से कितना प्रसन्न हुआ जा सकता है! इससे पूछिये, क्या चाहता है यह, और यह आपको बतायेगा। शुरू-शुरू में यह आपको मामूली सा लगेगा, यह शरीर, पर फिर : ओहो! यह जाग उठता है और माँसपेशियों में जान डाल देता है। ताज़ी हवा में अँगड़ाई लेता है। पर अपनी सीमाएँ भी जानता है। और हमेशा की तरह यहाँ भी यही बात सच बैठती है : ख़ास तौर से ये चीज़ें आपको यह मनपसन्द खेल देता है : प्रचण्ड धारा पर चप्पू से नौका चलाना। ऐरिका के मस्तिष्क में एक क्षीण सी स्मृति कौंधती है कि ऐसा ही कुछ वह टीवी में पहले देख चुकी है : प्रचण्ड धारा पर चप्पू से नौका चलाने वाले। सप्ताहांत में खेल-कूद के एक लम्बे शो में, मुख्य फ़िल्म आरम्भ होने से पहले, इसे दिखाया गया था। उसे ऐसे नौका चलाने वाले डूबने से बचाने वाली रक्षा-बंडी तथा सिरों पर उभरे हुए टोपे पहने याद आते हैं। वे छोटी-छोटी नावों में ऐसे बैठे थे जैसे मीठी ब्रांडी की बोतल में नाशपाती। जो वे कर

रहे थे, उसमें कई बार वे उलट भी जाते थे। ऐरिका मुस्कराती है। थोड़ी देर वह उस आदमी के बारे में सोचती है, जिसके पक्ष में वह ख़ूब चिल्लाती थी, और तुरन्त उसे भूल जाती है। एक हल्की सी तमन्ना रह जाती है और इसे भी वह तुरन्त भूल जाती है। तो। क्या कह रहे थे हम!

मि. क्लेम्मर के मुँह में शब्द जम जाते हैं। कोशिश कर के वह स्कीइंग के बारे में कुछ निकालता है, जिसका आजकल मौसम चल रहा है। शहर से ज़्यादा दूर भी नहीं जाना पड़ेगा, और सबसे ख़ूबसूरत ढलान सामने होगी, लगभग हर इच्छित तिरछेपन में। बढ़िया है कि नहीं? एक बार मेरे साथ चलिए, प्रोफ़ेसरनी जी, क्योंकि बुनियादी तौर पर जवान जवानों को ढूँढ़ते हैं। वहाँ आपको मेरी उम्र के दोस्त मिलेंगे, जो आपका बहुत ध्यान रखेंगे, प्रोफ़ेसरनी जी। हम खेलने के इतने शौक़ीन नहीं हैं, माँ वार्तालाप का समापन कर देती है; उसने कभी किसी खेल को इतने नज़दीक से नहीं देखा, जितना टीवी से। हम लोग सर्दियों में समयपूर्वक एकान्त में कोई रोमांचक जासूसी फ़िल्म देखने बैठ जाते हैं। हम बिल्कुल एकान्त चाहते हैं, जानते हैं, किसी व्यक्ति से भी हो। 'कहाँ से' हम जानते हैं, 'कहाँ को' से हम परिचय नहीं करना चाहते। इसमें टाँग भी तो टूट सकती है।

मि. क्लेम्मर कहता है कि वह अगर समयपूर्वक अपने पिता को कह दे तो वह उससे कार भी माँग कर ला सकता है। उसका हाथ अँधेरे में इधर-उधर झपटता है, और पूरा ख़ाली वापस आ जाता है।

ऐरिका को बहुत वितृष्णा हो रही है, अब दफ़ा हो जाये : अपने हाथ को साथ ले जाये! जाये! जीवन की एक भयंकर चुनौती है वह उसके लिए, ऐरिका के लिए, और वह केवल रचनाओं के प्रति निष्ठ व्याख्याओं की चुनौती पसन्द करती है। अंततः स्टेशन दृष्टिगोचर होता है, कृत्रिम काँच की कुटीर से शान्त प्रकाश झलक रहा है, भीतर एक छोटी सी बेंच है। कोई डाकू हत्यारा नज़र नहीं आ रहा, और दो हों तो वे क्लेम्मर से तो निपट लेंगे। बल्ब की रोशनी। बल्कि पुरातन शव सी दो प्रतीक्षारत स्त्रियाँ, साथ कोई नहीं, बिना किसी सुरक्षा के। देर शाम को ट्रामों के आने में काफ़ी अन्तराल होता है, और अफ़सोस कि क्लेम्मर उन्हें अभी नहीं छोड़ेगा। अगर हत्यारा अब यहाँ नहीं है तो शायद बाद में आयेगा, और तब क्लेम्मर की ज़रूरत पड़ेगी। ऐरिका घबरा रही है, यह निकटता अब आख़िर समाप्त हो जाये, पानपात्र न रहे। आ रही है ट्राम! जब क्लेम्मर चला जायेगा तो वह अभी दूर से माँ से पूरी बात करेगी। पहले वह चला जाये, क्योंकि वह एक लम्बा-चौड़ा विषय है। त्वचा के

एक टुकड़े पर एक पंख द्वारा गुदगुदी किये जाने से ज़्यादा नहीं। ट्राम आती है और प्रफुल्लता से कोहूट महिलाओं को वहाँ से ले कर चली जाती है। मि. क्लेम्मर हाथ हिलाता है, लेकिन महिलाएँ अपने बटुओं और पहले से ख़रीदे यात्रा-टिकटों से पूरी तरह लदी हुई हैं।

बच्ची असहजता के भयंकर गर्त में जा गिरती है, इस बच्ची की प्रतिभा का दूर-दूर तक प्रताप है, लेकिन जो सिर्फ़ ऐसे हिलती है जैसे गर्दन तक बोरे में भर दी गयी हो, उपकरणों के ऊपर, बहुत नीचे तक लटकती रस्सियों पर। बाँहों और टाँगों से चप्पू चलाती। दूसरों द्वारा उसे नज़रअन्दाज़ किया जाना उसके पाँव की बेड़ी बन कर रह गयी है, वह ज़ोर से शिकायत लगाती है। वह स्वयं कभी दोषी नहीं होती। जिन प्राध्यापकों ने अवलोकन किया है, वे इस संगीत के बोझ से दबी को सलाम करते हैं और उसे सांत्वना देते हैं, जो एक तरफ़ तो अपने पूरे समय का बलिदान संगीत के लिए करती है और दूसरी तरफ़ दूसरों के लिए हँसी का पात्र बनती है। फिर भी प्राध्यापकों में ज़रा सी जुगुप्सा है, क्योंकि वे बताते हैं कि वह अकेली एक ऐसी है जिसके दिमाग़ में सिर्फ़ ख़ुराफ़ात ही नहीं भरी। बेमतलब की बेइज़्ज़ती से उसके दिमाग़ पर बोझ पड़ता है, जिस बारे में वह घर में माँ से शिकायत करती है। माँ भागती हुई स्कूल जा कर चिल्ला-चिल्ला कर दूसरी छात्राओं की शिकायत करती है, जो उसकी कमाल की पौध का सत्यानाश करने की आकांक्षा रखती हैं। फिर तो दूसरों का भी दबा गुस्सा भड़क उठता है। यह शिकायतों और शिकायतों के लिए अधिक उपयुक्त अवसरों का एक चक्र है। स्कूल में पिलाने वाले दूध की ख़ाली बोतलें रखने के धातु के क्रेट उसके रास्ते में बिछ जाते हैं, चाहते हैं कि वह उनकी तरफ़ ध्यान दे, उनकी जो इच्छा कभी पूरी नहीं होती। उसका पूरा ध्यान तो मर्दाना छात्रों की तरफ़ होता है, जो उसके द्वारा कनखियों के सबसे बाहरी सिरे से चोरी-चोरी देखे जाते हैं, जबकि ऊपर सर एक दम सीधा एक बिल्कुल दूसरी दिशा में झूल रहा होता है और बनते मर्द की तरफ़ ध्यान नहीं देता। या उसकी तरफ़ नहीं, जो वहाँ अपनी मर्दानगी का अभ्यास करना चाहता है।

विद्यालय के दुर्गन्ध भरे कमरों में बाधाएँ घात लगा कर बैठी होती हैं। दोपहर से पहले वहाँ सीधा-सादा सामान्य छात्र पसीना छोड़ता है, जिसके माता-पिता धड़ाधड़

उसके मस्तिष्क के स्विच-बोर्ड पर कठिन परिश्रम कर रहे होते हैं, और वह यत्न कर के कम से कम कक्षा का औसत लक्ष्य पूरा कर लेता है। दोपहर बाद कमरा असामान्य रूप से असामान्य प्रतिभावानों के लिए अभीष्ट उद्देश्य पूरा न करने के काम में लगा होता है : संगीत के विशेष छात्र वहाँ आते हैं, जो वहाँ रखे गये संगीत-विद्यालय पर आक्रमण करते हैं। शोर करते उपकरण ख़ामोश चिन्तन-कक्षों पर आँख फोड़वों की तरह टूट पड़ते हैं। और पूरा दिन स्कूल मूल्यों से सराबोर रहता है, जो बने रहेंगे, ज्ञान और संगीत के। हर उम्र और साइज़ के छात्र हैं, बल्कि स्कूल की ग्यारहवीं-बारहवीं कक्षा तथा कॉलेज-यूनिवर्सिटी के छात्र भी हैं! सभी अकेले या मिल कर कुछ बजाने के अपने प्रयत्नों के प्रश्न पर एकमत हैं।

वह एक आन्तरिक जीवन के धीरे-धीरे आगे जाते पकड़ में न आने वाले बुलबुलों में और भी ज़ोर से काटती है, इन बुलबुलों के बारे में और किसी को इल्म नहीं है। सार में वह अलौकिक है, और यह सार उस अकेली ने अपने मस्तिष्क में जमा रखा है। दूसरों को यह ख़ूबसूरती नज़र नहीं आती। वह सोचती है कि वह ख़ूबसूरत है और अपने मस्तिष्क में उसने अपना एक चित्र लगाने योग्य चेहरा बनाया हुआ है, जिसे उसने रख लिया है। उसकी माँ इसकी मनाही करेगी। इन चेहरों को वह जब चाहे बदल सकती है, कभी गोरा, कभी ब्राउन, मर्द ज़्यादातर ऐसी औरतें पसन्द करते हैं। और उसने अपना यह लक्ष्य बनाया हुआ है, वह भी चाहती है कि लोग उसे प्यार करें। वह ख़ुद सब कुछ है, सिर्फ़ ख़ूबसूरत नहीं है। प्रतिभाशाली है वह, शुक्रिया, कोई बात नहीं, लेकिन सुन्दर नहीं। वह मामूली है, और उसकी माँ उसे हमेशा इसका विश्वास दिलाती रहती है, ताकि वह ख़ुद को ख़ूबसूरत न समझे। केवल **अपनी** क्षमता और **अपने** ज्ञान से वह कभी किसी मनुष्य को फाँस सकेगी, कमीने से कमीने ढंग से माँ धमकाती है। किसी आदमी के साथ नज़र आ जाये वह तो वह बच्ची को मार डालने की धमकी देती है। दरवाज़े के छेद पर माँ बैठी रहती है, नियन्त्रण रखती है, ढूँढ़ती है, हिसाब लगाती है, नतीजा निकालती है, सज़ा देती है।

वह किसी पुरातन अरबी शव की तरह अपने दिन के काम-काज की गाँठों में इस तरह बँधी होती है कि किसी को उसे देखने की चाहत नहीं होती। तीन साल वह धैर्यपूर्वक ऊँची एड़ी वाले जूते लेने की इच्छा मन में पाले रहती है। भूल कर भी उनकी इच्छा नहीं छोड़ती। जूते मिलने तक वह साथ ही साथ बाख़ के एकल सोनाटों के लिए भी धैर्य का उपयोग करेगी, जिसमें निपुण बनाने के लिए मक्कार माँ ऐसे

जूतों का लालच देती रहती है। ये जूते उसे सिर्फ़ कभी नहीं मिलेंगे। अपने आप ख़रीदेगी, जब अपनी कमाई शुरू कर देगी। जूते उसके सामने हमेशा एक प्रलोभन की तरह लटकाये जाते हैं। इस तरह माँ उससे हिंडेमिथ[1] की संगीत-रचना का एक अंश निकलवाती है, एक और अंश निकलवाती है, ऐसे माँ बच्ची को प्यार करती है कि देखो, जूते तो कभी तैयार ही नहीं होंगे।

दूसरों की तुलना में वह कभी भी महान है। इस समय के दौरान माँ दूसरों की तुलना में उसका दर्ज़ा सबसे ऊपर कर देती है। बाकियों को वह बहुत पीछे और स्वयं में एक जैसा बताती है।

बीतते वर्षों के साथ-साथ उसकी सीधी-सादी इच्छाएँ विनाशकारी लोभ में बदल जाती हैं, विनाश करने की इच्छा में। जो दूसरों के पास है, उसे भी ज़बरदस्ती चाहिए। जो वह नहीं पा सकती, उसका वह विनाश करना चाहती है। वह चीज़ें चुराना शुरू कर देती है। छत वाले कमरे के शिल्पागार में, जहाँ चित्रकारी की कक्षा होती है, ढेरों के ढेर जलरंग, पेन्सिलें, ब्रश, रेखनियाँ—गायब हो जाते हैं। प्लास्टिक का एक पूरा धूप का चश्मा गायब हो जाता है, जिसके काँच—एक फ़ैशनेबल नया आविष्कार—तरह-तरह के रंगों में झिलमिला सकते थे! चोरी के माल को, जिससे कभी भला नहीं होगा, वह डर के मारे सड़क पर टँगे सबसे पहले नज़र आने वाले कचरे के डिब्बे में फेंक देती है, ताकि उसके पास कुछ न पकड़ा जाये। माँ ढूँढ़ती है, और हमेशा सफल होती है, जहाँ तक चोरी-छिपे ख़रीदी गयी चाकलेटों का प्रश्न है या ट्राम के किराये से बचाये गये पैसों से ख़रीदी गयी आइसक्रीमों का प्रश्न है।

धूप के चश्मे के बजाय वह एक और लड़की की नयी मटमैले रंग की फ़लालेन की पोशाक लेना पसन्द करती। लेकिन एक पोशाक, अगर उसे पहनने वाली निरन्तर उसमें घुसी रहे, तो पार नहीं की जा सकती। अनुकल्प के रूप में वह जासूसी की एक कमाल की चाल पेश करती है कि वास्तव में इस पोशाक को बच्ची के तौर पर वेश्यावृत्ति कर के कमाया गया है। पोशाक पहनने वाली की भेड़िया-परछाईं के पीछे वह दिनों लगी रही थी; संगीत-शिक्षालय, ब्रिस्टल बार, अधेड़ सौदागरों से भरा, जो, लड़कियो, इतने तन्हा होते हैं। यह स्कूली-लड़की स्वीट सिक्सटीन है और नियमानुसार पुलिस को इस अपराध की सूचना दी जाती है। वह अपनी माँ को बताती है कि कोई कौन सी पोशाक की इच्छा कर सकता है और उसे ख़ुद कहाँ कमाया जा सकता है। बालसुलभ भोलेपन के दिखावे में होंठों से शब्द प्रवाहित होते जाते हैं, जिससे

1. पाउल हिंडेमिथ : जर्मन संगीतकार।

माँ को बच्ची की मासूमियत पर प्यार आता है और इसके लिए वह बच्ची की प्रशंसा करती है। तुरन्त माँ अपने तलों को शिकारी बूंटों में बाँध लेती है। क्रोधोन्मत्त हुई, मुँह से झाग निकालती और सिर झटकाती माँ कुदकती हुई स्कूल पहुँचती है और नतीजा यह होता है कि उसे उठा कर बाहर फेंक दिया जाता है। मटमैले रंग की पोशाक भी पहनने वाली के साथ वहाँ से बाहर उड़ कर आती है; इससे पोशाक नज़र से तो दूर होती है, पर दिमाग़ से दूर नहीं होती, जिसमें यह बार-बार घूमती रहती है, रक्तरंजित कूंडें और फटनें बनाती हुई। सज़ा के तौर पर पोशाक पहनने वाली को नगर-केंन्द्र की एक इत्र की दुकान में सेल्सगर्ल के तौर पर काम करना है और शेष जीवन में सामान्य शिक्षा के सौभाग्य से वंचित रहना पड़ता है। जो वह बन सकती थी, वो वह नहीं बनी।

बुरे प्रभाव की तुरन्त सूचना लिखवाने के पुरस्कार के रूप में उसे अपने हाथों से वैसा ही महँगा और अमर्यादित स्कूल का बस्ता बनाने दिया गया, जिसके लिए बचे-खुचे सस्ते चमड़े का इस्तेमाल किया गया। इसके पीछे मंशा यह थी कि वह ख़ाली समय में कुछ ऐसा सार्थक कार्य कर सके, जो उसके पास नहीं है। बस्ता पूरा बनाने में बहुत समय लगता है। परन्तु फिर कुछ ऐसी चीज़ तैयार हुई, जिसे कोई दूसरा अपनी नहीं कहता और कहना नहीं चाहता। सिर्फ़ उसके पास ऐसा एक निराला बस्ता है और वह उसे ले कर गली में जाने से नहीं झिझकती! उदीयमान पुरुष और नयी पीढ़ी के संगीतकार, जिनके साथ वह संगीत-समारोहों में बजाती है, आर्केस्ट्रा का हिस्सा बनती है, उसमें एक टीस उठाते हैं, जो हमेशा उसकी गहराइयों में अवसर की प्रतीक्षा में रहती है। इसलिए **वह** बाह्यतः अत्यधिक अहंकार का प्रदर्शन करती है, परन्तु किस चीज़ का? माँ विनती करती है और मिन्नत करती है कि वह अपनी प्रतिष्ठा के विरुद्ध कुछ न करे, क्योंकि वह फिर ख़ुद को कभी माफ़ नहीं करेगी। **वह** छोटी से छोटी भी कोई ऐसी ग़लती नहीं कर सकती, जो महीनों उसे कचोटती रहे। अक्सर एक दुर्दम्य सोच उसे कुरेदती है कि वह और भी क्या-क्या कर सकती है, लेकिन अब तक देर हो चुकी है! आत्मश्लाघी आर्केस्ट्रा का संचालन उसकी वायलिन की शिक्षिका स्वयं करती है, प्रथम वायलिन-वादक के हाथ में बेहद ताक़त होती है। ताक़तवरों से वह बना कर रखना चाहती है, उनसे ऊपर उठाये जाना चाहती है। जबसे उसने अपनी माँ को पहली बार देखा था, तबसे उसने हमेशा ताक़त से बना कर रखी है। बजाने के बीच अन्तरालों के दौरान युवक शीघ्र होने वाली अपनी परीक्षा के लिए आवश्यक पुस्तकें पढ़ता है : इस युवक के अनुसार दूसरे अपनी

वायलिनों को साधते हैं, ऐसे जैसे जमना जा कर जमनादास बन जाते हैं। वह कहता है कि उसके लिए जल्दी ही गम्भीरता से जीवन आरम्भ होने वाला है। वह योजनाएँ बनाता है और साहसपूर्वक उन्हें सुनाता है। कभी-कभी वह अस्तव्यस्त सा **उसके** आर-पार देखता है, शायद गणित का फ़ार्मूला या शायद कोई सांसारिक फ़ार्मूला दोहराने के लिए। उसकी दृष्टि को वह नहीं पकड़ पायेगा, क्योंकि वह कब से अपनी महत्ता जताते हुए कमरे की छत को ताक रही होती है। उसे उसमें मनुष्य नहीं, सिर्फ़ मूर्तिकार नज़र आता है; वह उसे देखती ही नहीं, और उसे मालूम होना चाहिए कि वह हवा की तरह अदृश्य है। भीतर से वह तकरीबन सुलग रही होती है। उसकी बाती उसके उस विकृतगंधी मूषक पर सहस्र सूर्यों से भी अधिक ताप डाल रही होती है, जो स्वयं को उसका गुप्तांग कहता है। उसकी नज़र अपनी तरफ़ घुमाने के लिए वह एक दिन उसकी लकड़ी की वायलिन की पेटी का ढक्कन अपने बायें, वायलिन पकड़ने वाले उस हाथ पर गिरा देती है, जो उसके लिए बहुत अहम है। दर्द से चिल्ला उठती है, ताकि वह सम्भवतः उसकी निगरानी करे। शायद उसके प्रति शिष्टाचार का प्रदर्शन करे। पर नहीं, वह फ़ौज में जाना चाहता है, ताकि यह फ़ौज वाला किस्सा भी ख़त्म हो। इसके अलावा उसकी तमन्ना है कि वह स्कूल की ऊँची कक्षाओं में पढ़ाने वाला प्रकृति के इतिहास का, जर्मन का या संगीत का प्रोफ़ेसर बने। इनमें से उसकी अब तक संगीत में अच्छी पकड़ बनी है। स्त्री के रूप में उससे स्वीकृति पाने के लिए और स्त्री के रूप में उसके मानस की नोटिस बुक में प्रविष्टि पाने के लिए वह अन्तरालों में एकल पियानो बजाती है, सिर्फ़ उसके लिए। पियानो बजाने में उसे प्रवीणता प्राप्त है, परन्तु दिन प्रति दिन के व्यावहारिक जीवन में वह उसका मूल्यांकन उसके वीभत्स भोंडेपन के आधार पर करता है। इस अनाड़ीपन के आधार पर वह उसके दिल में धब-धब करते हुए प्रवेश नहीं कर सकती।

वह निर्णय लेती है : कोई भी उसके अहम् के अन्तिम और बाह्यतम सिरे तक, अन्तिम शेषांक तक, महत्त्वपूर्ण नहीं होगा! वह स्वयं सब कुछ अपने हाथ में रखेगी। और अगर सम्भव हुआ तो कुछ ज़्यादा ही रखेगी। इन्सान वह है, जो उसके पास है। **वह** दुरारोह पर्वतों के छोटे-छोटे ढेर बनाती है, उसका ज्ञान और क्षमताएँ एक शिखर बनाते हैं, जिस पर गाड़ियों के चलने से सपाट हो चुकी बर्फ़ पड़ी है। केवल सबसे साहसी स्कीइंग करने वालों में से कोई चढ़ाई पूरी करने में सफल होगा। युवक कभी भी अवरोह से फिसल कर नीचे गिर सकता है, बर्फ़ की किसी दरार से बने गर्त में। **उसने** अपने अनमोल दिल की चाबी, अपनी परिष्कृत रूप से सान लगी

हिमवर्तिका रूपी कुशाग्रता की कुंजी किसी के हाथ सौंपी है, इस लिए वह यह कुंजी उससे किसी भी समय वापस ले सकती है।

तो वह व्यग्रतापूर्वक प्रतीक्षा करती है कि जीवन के सट्टा-बाज़ार में संगीत के क्षेत्र में सबसे अधिक बिकने वाली चीज़ के रूप में उसका भाव बढ़े। वह चुपचाप प्रतीक्षा करती है, हमेशा चुपचाप, कि कोई उसके पक्ष में निर्णय ले, और फिर वह उसके बाद तुरन्त प्रसन्नतापूर्वक उसके पक्ष में निर्णय लेगी। वह संगीत के क्षेत्र में एक प्रतिभावान मनुष्य होगा, एक अपवाद, मिथ्याभिमान नहीं होगा उसमें। लेकिन उसने तो कब से अपनी चुन ली है : मुख्य विषय अंग्रेज़ी या मुख्य विषय जर्मन। उसका गर्व उचित है।

बाहर कोई कुछ संकेत दे रहा है, लेकिन वह उसमें हिस्सा नहीं लेती, ताकि शेखी बघार सके कि हिस्सा नहीं लिया। हिस्सा न लेने में, अपना नाप-तोल न करवाने में वह पदक जीतना चाहती है, भाग न लेने के सफलतापूर्वक पूरे किये गये पाठ्यक्रम में। अपने भोथरे पंजों के बीच तैराकी में कमज़ोर एक पशु, जिसकी त्वचा छेदों भरी है, चप्पू की तरह पंजे चला रहा है, डर के मारे सिर ऊँचा बाहर निकाले, माँ के गँदले बदबूदार पानी में तड़फड़ा रहा है, रुक-रुक कर, बचाने वाला किनारा कहाँ है लेकिन? कोहरे में लिपटे शुष्क क्षेत्र में ऊपर कदम रखना बहुत कठिन है, बहुत बार वह फिसलवें तट से नीचे गिरा है।

उसे तमन्ना है एक आदमी की, जो बहुत कुछ जानता है और कर सकता है। लेकिन वह उसे तभी सहलायेगा, जब वह उसका वध कर देगी। भागने को तैयार यह पहाड़ी बकरा हाथों और पैरों के बल रोड़ीयुक्त मार्ग पर चढ़ रहा है, लेकिन कचरे में दफ़्न उसके नारीत्व का अनुभव लेने की शक्ति उसमें नहीं है। उसका मत है : एक औरत एक औरत है। फिर वह औरतों के मशहूर ढुलमुल गुप्तांग पर छोटा सा मज़ाक करता है! अगर वह उसे खेलने भी देता है तो उसे ठीक से महसूस किये बिना बस उसे देखता है। वह उसके विरुद्ध निर्णय नहीं लेता, बस उसके बिना निर्णय लेता है।

वह कभी ऐसी स्थिति में नहीं पड़ेगी, जिसमें वह कमज़ोर या कम प्रतीत हो। इसलिए वह वहीं रहती है, जहाँ वह है। केवल सीखने और सुनने की चिरपरिचित अवस्था अन्त तक चलेगी, नये क्षेत्र तलाश नहीं किये जायेंगे। रस निकालने के यन्त्र की चूड़ियाँ चूँ-चूँ करती हैं, यह यन्त्र जो उसके नाख़ूनों के नीचे ख़ून को निचोड़ कर बाहर निकाल देता है। सीखना उससे समझदारी की माँग करता है, क्योंकि उसे

बताया गया है कि जब तक वह यत्न करेगी, तब तक जियेगी भी। माँ हुक़्म-उदूली की माँग करती है। और : जो ख़तरे में पड़ता है, उसमें मरता है, यह शिक्षा भी माँ की दी हुई है। जब घर में कोई नहीं होता तो वह जानबूझ कर अपने ही गोश्त में ज़ख़्म लगा लेती है। वह कब से उस समय की प्रतीक्षा कर रही है, जब वह ख़ुद के तब काट कर टुकड़े-टुकड़े कर ले, जब उसे कोई न देख रहा हो, ज्योंही दरवाज़े के हैंडल की आवाज़ आती है, तुरन्त ही वह पिता के बहुउद्देशीय ब्लेड, **अपने** छोटे तावीज को, बाहर निकाल लेती है। वह ब्लेड को उसके अक्षत प्लास्टिक के उत्सवी जामे की पाँच तहों से बाहर निकालती है। ब्लेडों के इस्तेमाल में वह माहिर है, उसे पिता की शेव जो करनी होती है, उस पूरे ख़ाली माथे के नीचे पिता के नरम गालों की, जिसमें अब कोई विचार नहीं उत्पन्न होता और कोई इच्छा तरंगित नहीं होती। यह ब्लेड **उसके** गोश्त के लिए है। नीली झलक मारते इस्पात से बनी यह महीन, शानदार पट्टिका, लचीली, मोड़े जा सकने योग्य। टाँगें चौड़ी किये **वह** शेव करने वाले आईने की चेहरे को बड़ा कर के दिखाने वाली जगह के सामने बैठी है और एक जगह पर चीरा लगाती है, जो उस रन्ध्र को बड़ा करेगा, जो उसकी काया में द्वार की तरह रास्ता बना रहा है। इस बीच उसे तजुर्बा हो चुका है कि ब्लेड से इस तरह लगाया गया चीरा दर्द नहीं करता, क्योंकि उसकी बाँहें, हाथ, टाँगों को प्रयोग की वस्तु के रूप में इस काम में लिया जाता था। अपने शरीर को काटना उसका शौक़ है।

मुखगुहा की तरह शरीर के इस प्रवेश तथा निकास-द्वार को भी सीधे-सीधे सुन्दर तो नहीं कहा जा सकता था, परन्तु यह ज़रूरी था। वह ख़ुद को ख़ुद ही खतरे में डाल देती है, जो इससे बेहतर है कि दूसरे उसे ख़तरे में डालें। यह उसके हाथ में है, और हाथ की भी भावनाएँ होती हैं। वह जानती है कि कितनी बार और कितनी गहरी। रन्ध्र को आईने में टाँगने वाले पेंच में खींचा जाता है, काटने के एक और अवसर का उपयोग किया जाता है। जल्दी, इससे पहले कि कोई आ जाये। शरीर रचना की थोड़ी जानकारी और उससे भी कम अच्छी किस्मत लिए वह ठण्डे इस्पात पर काट लगाती है, उस जगह, जहाँ वह सोचती है कि एक छेद बन जायेगा। वह खुल जाता है और ख़ून बहना शुरू कर देता है। एक अपरिचित दृश्य नहीं, यह लहू, लेकिन परिचित होने से भी दृश्य को कोई फ़ायदा नहीं। हमेशा की तरह दर्द नहीं होता। लेकिन **उसने** स्वयं को ग़लत जगह पर काट लिया है और वह उसे पृथक कर देती है, जिसे ईश्वर ने और माँ प्रकृति ने अनजानी सहमति में एक साथ जोड़ कर रखा था। मनुष्य को ऐसा कुछ करने की अनुमति नहीं है, वर्ना प्रतिशोध का

सामना करना पड़ता है। एक पल के लिए गोश्त के दोनों कटे हुए हिस्से एक-दूसरे को द्रवित हो कर देखते हैं, क्योंकि अचानक ही यह दूरी बन गयी है, जो पहले नहीं थी। बरसों उन्होंने सुख-दुख एक साथ बाँटे हैं, और अब उन्हें पृथक कर दिया गया है। आईने में दोनों एकदम उलटे भी लग रहे हैं, जिसकी वजह से दोनों में से कोई नहीं जानता कि वह कौन से वाला आधा हिस्सा है। फिर कृतसंकल्प हो रक्त बाहर आ जाता है। रक्त की बूंदें रिसती हैं, बहती हैं, अपनी साथिनों के साथ मिल कर एक हो जाती हैं, एक हो कर नाले जैसी बन जाती हैं। फिर एक लाल, समरूप, शान्त बहती नदिका, सब नालों के मिल जाने के बाद। उसे लहू की वजह से यह नज़र नहीं आता कि उसने वहाँ क्या काट कर रख दिया है। उसका अपना शरीर था, लेकिन उसके लिए बेहद अजनबी था। उसने पहले नहीं सोचा था कि वह काट कर वैसे नियन्त्रण नहीं पा सकेगी, जैसे कपड़े की काट पर पा ली जाती है, जिस पर एक छोटे चाक से बिंदियाँ या लकीरें डाल कर निशान लगाये जा सकते हैं। इस तरह से नियन्त्रण और रूपरेखा अपने हाथ में रहते हैं। उसे सबसे पहले तो लहू का बहना रोकना होगा और वह डर जाती है। उसके शरीर के निचले हिस्से और डर से उसकी गहरी दोस्ती है, वे दोनों लगभग एक साथ प्रकट होते हैं। इन दोनों दोस्तों में जब भी कोई एक बिना खटखटाये उसके दिमाग़ में दाख़िल होता है तो निश्चित है : दूसरा दूर नहीं है। माँ देख सकती है कि क्या वह रात को अपने हाथ बिस्तर की चादर पर रखती है या नहीं, लेकिन उसके डर को नियन्त्रण में रखने के लिए उसे अपनी बच्ची की खोपड़ी पर एक गोल पिटारी लगानी होगी और डर को ख़ुद खुरच कर निकालना होगा।

लहू रोकने के लिए सर्वप्रिय सेल्यूलोज़ पैकेट का इस्तेमाल किया जाता है, जिसे हर औरत उसके लाभों के कारण जानती है और आम तौर पर जिसकी कद्र करती है, ख़ास कर खेल-कूद में और आम तौर पर हिलने-डुलने में। यह पैकेट इन दिनों फटाफट बच्चों की गेंद पर एक चतुर लड़की के रूप में शहज़ादी के स्वर्णिम गत्ते के मुकुट की जगह लेता जा रहा है। लेकिन बच्चों की कार्नीवल वाली गेंदों पर वह कभी नहीं थी, मुकुट से उसकी जान-पहचान नहीं हुई। तब रानी का आभूषण सहसा उसकी पतलून में फिसल गया और या औरत ज़िन्दग़ी में अपनी जगह जान गयी है। बालसुलभ गर्व में जो सर पर शोभा देता था, अब वहाँ पहुँच गया है, जहाँ जनानी काठ को कुल्हाड़ी की प्रतीक्षा करनी पड़ती है। शहज़ादी अब बड़ी हो गयी है, और यहाँ प्रवृत्तियाँ भी भिन्न हो जाती हैं : एक जनाब को लकड़ी

के अच्छे स्तर वाला सादा फ़र्नीचर चाहिए, दूसरे को काकेशियाई काष्ठ का, और तीसरे को, अफ़सोस है, एक के ऊपर ढेर लगाने के लिए सिर्फ़ ईंधन की लड़की चाहिए। और यहाँ भी जनाब अपने महत्त्व का प्रदर्शन कर सकते हैं : वह अपने लकड़ी के ढेर को यथासम्भव ऐसे रखेगा कि जगह भी बचे और काम भी चले। कोयला रखने के किसी एक तहखाने में दूसरे से ज़्यादा सामान आता है, जिसमें लकड़ी यूँ ही अस्तव्यस्त फेंक दी जाती है। किसी घर की आग दूसरी से ज़्यादा देर जलती है, क्योंकि वहाँ लकड़ी ज़्यादा है।

घर के दरवाज़े के बाहर ही खुली दुनिया ऐरिका का इन्तज़ार कर रही है, जो हर हालत में उसके साथ चलना चाहती है। जितनी ज़्यादा ऐरिका उसे अपने से परे धकेलती है, उतनी ही ज़्यादा तेज़ी से दुनिया उसके पीछे पड़ रही है। वसन्त की तेज़ हवा उसे आकस्मिक बवंडर में अपने साथ लिये जाती है। वह उसकी घण्टाकार स्कर्ट के नीचे घुस गयी थी, जिसे उसने हतोत्साह हो कर फिर नीचे गिरा दिया था। प्रदूषित वायु मोटी परतों में उससे टकरा रही थी और साँस के लिए एक मुसीबत बन गयी थी। खटर-खटर करते हुए ठाँय से कुछ एक दीवार पर जा कर टकराया था।

छोटी दुकानों में रंग-बिरंगे कपड़ों में सजी आधुनिक माँएँ किसी सामान पर झुकी हुई हैं, जो अपने काम को गम्भीरता से ले रही हैं; वे दक्षिण की ग़रम हवा से हचक रही हैं। बच्चों के पट्टों को ढील दे दी गयी है, जबकि युवतियाँ राजसी ठाठ वाली पाक-कला की पत्रिकाओं से प्राप्त किये गये ज्ञान को मासूम बैंगनों और अन्य विदेशी तरकारियों पर आज़मा रही हैं। बुरी गुणवत्ता से ये औरतें चौंक कर पीछे हट जाती हैं, जैसे पृदाकु[1] से, जो छोटी बन्दगोभी से अपना घृणित सर उठा रहा है, कोई भी स्वस्थ बड़ा आदमी इस समय सड़क पर नहीं घूम रहा, जहाँ उसका कोई काम नहीं। सब्ज़ी बेचने वालों ने अपनी दुकानों के प्रवेश-द्वार पर सड़ने-गलने के विभिन्न चरणों में विटामिन वाहकों के ढेर लगा रखे हैं। औरत विशेषज्ञ बनी उनमें टटोल रही है। तेज़ हवा से बचने के लिए ख़ुद को टिका रही है। हर चीज़ को वह जुगुप्सापूर्वक टटोलती जाती है, उसकी ताज़गी तथा सख़्ती की जाँच करने के लिए। या फिर बाहरी छिलकों पर परिरक्षण पदार्थों या कीटनाशक पदार्थों की जाँच के लिए, जिसकी इस

1. एक विषैला यूरोपीय साँप।

पढ़ी-लिखी युवा माँ को दहलने की हद तक फ़िक्र रहती है। यहाँ, इस अंगूर पर, फफूँदी की तरह हरी एक तह नज़र आ रही है, जो ज़रूर ज़हरीली है, इस अंगूर पर इसकी डाली पर लगे-लगे ही बुरी तरह से छिड़काव किया गया है। इसे गहरे नीले रंग का पेटबंद पहने हुए सब्ज़ीवाली को सबूत के तौर पर दिखाया जाता है कि एक बार फिर रसायन ने प्रकृति पर विजय पाई है और युवा माँ के बच्चे में शायद कैंसर का बीज डल जायेगा। इस देश की वास्तविकता यह है कि लोगों को खाद्य-पदार्थों में विषाक्तता की हमेशा जाँच करती रहनी चाहिए; इस वास्तविकता को लोग बूढ़े ज़हरीले चांसलर[1] के नाम से ज्यादा जानते हैं, जनमतसंग्रह के नतीजे स्पष्ट बताते हैं। अधेड़ ग्राहक भी, जहाँ तक उस खेत का प्रश्न है, जहाँ आलू उगे हैं, अब गुणवत्ता पर ध्यान देती है। अपनी बड़ी उम्र करके इस ग्राहक को ज़्यादा ख़तरा है। और अब उस पर मँडराने वाला ख़तरा ख़तरनाक रूप से बढ़ गया है। अन्ततः उसने सन्तरे ख़रीदने शुरू कर दिये हैं, क्योंकि उन्हें छीला जा सकता है, जिससे पर्यावरण को स्पष्ट रूप से हानि कम पहुँचेगी। इस गृहिणी को इस चीज़ का कोई फ़ायदा नहीं है कि इस दुकान में विष के अपने ज्ञान के आधार पर वह स्वयं को दिलचस्प साबित करना चाहती है, क्योंकि ऐरिका अभी उसके पास से निकल कर गयी है, उस पर कोई ध्यान दिये बिना, और शाम को आदमी भी इस औरत की तरफ़ ध्यान नहीं देता, बल्कि अगले दिन का अख़बार पढ़ता रहता है, जिसे उसने घर लौटते हुए ख़रीदा था, ताकि जहाँ तक सूचनाओं का प्रश्न है, वह अपने समय से आगे रहे। बच्चे भी प्यार से पकाये गये दोपहर के भोजन का स्वाद नहीं चखेंगे, क्योंकि वे बड़े हो चुके हैं और अब घर में नहीं रहते। उन्होंने कब से ख़ुद ही शादी कर ली है और वे स्वयं उत्साह से विषाक्त फल ख़रीदते हैं। एक दिन वे इस औरत की क़ब्र पर खड़े-खड़े करीब-करीब रो रहे होंगे, और वक्त जल्दी ही उन्हें भी झपट लेगा। अब वे अपनी माँ की चिन्ता से मुक्त हो चुके हैं और शीघ्र ही उनके बच्चे उनकी चिन्ता कर रहे होंगे।

ऐरिका यह सोचती है।

अपने स्कूल जाते हुए ऐरिका मजबूरी में मनुष्यों और खाद्य-पदार्थों को मरते देखती है, कभी-कभार ही ऐसा होता है कि वह कुछ बढ़ते और फलते-फूलते देखती है। बहुत हुआ तो राटहाउसपार्क (टाउन हाल का पार्क–अ.मे.) या फ़ोल्क्सगार्टन (फ़ोल्क्स गार्डन) में, जहाँ मांसल गुलाबों और ट्यूलिप की बहार होती है। लेकिन

---

2. आस्ट्रिया में चांसलर का पद प्रधानमन्त्री के समकक्ष होता है।

वे भी कुछ जल्दी ही ख़ुश हो रहे हैं, क्योंकि मुरझाने का वक्त पहले से ही उनके भीतर लिखा है। ऐरिका यह सोचती है। इस सोच में हर चीज़ की तसदीक़ होती है। उसके मतानुसार केवल कला का स्थायित्व लम्बा है। ऐरिका उसका संरक्षण करती है, उसकी काँट-छाँट करती है, दुबारा बाँधती है, बोती है और अंततः उसकी फसल काटती है। लेकिन कौन जाने कि क्या उसके हाथ से बिना औचित्य निकल कर गुम हो गया है या धीरे-धीरे शान्त हो गया है? हर दिन किसी संगीत-रचना का, उपन्यासिका का, कविता का, ख़ात्मा हो जाता है, क्योंकि आज के वक्त में उसका औचित्य नहीं रहा। और ग़लत कहा जाता है कि अनश्वर फिर भी अमर नहीं रहता, उसे कोई जानता नहीं। ऐरिका की पियानो की क्लास में बच्चे तक मोज़ार्ट और हेडन का कीमा बना कर रख देते हैं, जो संगीत सीखने की सीढ़ियाँ चढ़ चुके हैं, वे ब्रम्स और शूमन की ऐसी की तैसी कर देते हैं, यूँ फिसल कर निकल जाते हैं उनके ऊपर से जैसे पियानो के साहित्य के वन की धरती पर घोंघे की श्लेष्मा का गिलाफ़ चढ़ा रहे हों।

ऐरिका कृतसंकल्प हो कर स्वयं को वसन्त की हवा के हवाले कर देती है और उम्मीद करती है कि वह सही-सलामत अन्तिम सिरे पर पहुँच जायेगी, अर्थात टाउन हाल के सामने वाली इस खुली जगह को पार कर जायेगी। उसकी बगल में चलता एक कुत्ता वसन्त के पहले झोंके को महसूस करता है। जीव के शरीर से ऐरिका को वितृष्णा होती है, और उसकी सीधी खींची राह में एक अड़चन है वह। वह शायद इतनी लंगड़ी भी नहीं है, लेकिन उसकी गति सीमित रह जाती है। अधिकांश लोगों की आगे बढ़ने की गति यह होती है कि एक-दूसरे को तू कह कर बुलाना शुरू कर देते हैं। बस इसी के लिए वे तरसते हैं। संगीत-शिक्षालय में अगर उसकी बाँह पर एक सहयोगिन बाँह रख देती है तो वह बेलिहाज़ी से चौंक कर पीछे हट जाती है। ऐरिका पर कोई टेक नहीं लगा सकता, केवल कला का पिच्छ जितना वज़न ही ऐरिका पर पड़ सकता है, जो साँस के हर झोंके के साथ फड़फड़ा कर ऊपर उड़ लेगा, कहीं और जा कर पड़ जायेगा। ऐरिका अपनी बाँह अपने शरीर के एक तरफ़ इतनी ज़बरदस्त कड़ी कर के रखती है कि संगीत बजाने वाली किसी दूसरी की बाँह ऐरिका और ऐरिका की बाँह के बीच की दीवार को पार नहीं कर सकती और हतोत्साह हो कर नीचे लटक जाती है। ऐसे व्यक्ति के बारे में कहा जाता है कि उससे निकट सम्बन्ध स्थापित करना असम्भव है। और कोई उसके निकट नहीं आता। पहले ही आदमी रास्ता बदल लेता है। ऐरिका के सम्पर्क में न आने के लिए लोग देर होना

और प्रतीक्षा में समय गँवाना भी अपने सिर पर ले लेते हैं। कई लोग स्पष्टतः अपनी ओर ध्यान खींचते हैं, ऐरिका नहीं खींचती। कई लोग हाथ हिलाते हैं। ऐरिका नहीं हिलाती। ऐसे भी होते हैं और वैसे भी। कई लोग खड़े-खड़े कुदकते रहते हैं, योडल करते हैं, चिल्लाते हैं। ऐरिका नहीं करती। क्योंकि वे जानते हैं कि वे क्या चाहते हैं। ऐरिका नहीं जानती।

दो छात्राएँ या महिला प्रशिक्षु एक दूसरे से सटीं, प्लास्टिक के दो मोतियों के मानिन्द सर एक दूसरे में घुसाये ज़ोर से खिलखिलाती हुई निकट आती हैं। इतनी हिली हुई हैं एक-दूसरे से, ये छोकरियाँ। पर ज्यों ही एक का या दूसरी का यार उनके निकट आ रहा होगा ये अवश्य अपने बन्धन से बाहर निकल आयेंगी। अपनी चूसनियाँ उसकी तरफ़ घुमाये और अपनी बारूदी सुरंग उसकी त्वचा के भीतर खोदने के लिए वे दोस्ती के गरम आलिंगन से बाहर निकल आयेंगी। बाद में घोर असन्तोष ज़ोर से फटेगा, और औरत अपनी एक विलम्बित प्रतिभा को प्रदर्शित करने के लिए, जो परती पड़ी थी, आदमी से अलग हो जायेगी।

मनुष्य अकेले चल नहीं सकते, खड़े नहीं हो सकते, झुण्डों में प्रकट होते हैं, जैसे वे अकेले पृथ्वी की सतह पर भारी बोझ न हों, झुण्ड से अलग रहने वाली ऐरिका सोचती है। बिना अवलम्ब और रीढ़ की हड्डी वाले आकारहीन नंगे घोंघे। किसी भी जादू से न छुए गये, न अभिभूत हुए, संगीत के किसी जादू से नहीं। अपनी खालों से एक-दूसरे से चिपके हुए हैं, जहाँ हवा का कोई झोंका उनमें खलबली नहीं मचाता।

हाथ से झाड़ कर ऐरिका ख़ुद को साफ़ करती है। चाबुक से मारते झटकों से वह अपनी स्कर्ट और अपनी ऊनी कपड़े की जैकेट पर हाथ मारती है। इन तेज़ हवाओं और उड़ती बर्फ़ में कुछ कण ज़रूर उन पर पड़ गये होंगे। ऐरिका गुज़रने वालों के उसकी नज़र की पहुँच में आने से पहले ही उनसे बच कर निकल लेती है।

यह उन अशुभ टिमटिमाते वसन्त के दिनों में एक था, जब कोहूट महिलाएँ एक पूरी तरह दिशाभ्रमित और दिमाग़ी तौर पर कमज़ोर हो चुके पिता को अपर आस्ट्रिया के आरोग्य-निवास में दाख़िल करवाने आयी थीं, अम श्टाइनहोफ़ में स्थित सरकारी पागलखाने द्वारा उसे प्रवेश देने और वहाँ रहने का निमन्त्रण देने से पहले; इस

पागलखाने को इस प्रान्त से अजनबी लोग भी विषादपूर्ण गाथागीतों के माध्यम से जानते हैं। वह जब तक चाहें वहाँ रह सकते थे। यही इच्छा प्रकट की गयी थी।

उनके पैतृक लंगोचे बेचने वाले ने, जो अपने हाथों से काटने वाला एक मशहूर कसाई था, जिसे ख़ुद को काट डालने का कभी ख़याल नहीं आया, अपनी इच्छा से अपनी मटमैले रंग की फ़ोल्क्सवागेन बस में उन्हें ले जाने की जिम्मेदारी ख़ुद पर ली, जिस बस में वैसे बछड़ों के आधे हिस्से हिल रहे होते थे। पापा वसन्त के दृश्यों में वहाँ की यात्रा करते हैं और श्वास भरते हैं। उनके साथ गुम्फाक्षर लिखित सामान का हर नग यात्रा कर रहा था, हर मौज़े पर स्वयं स्पष्ट दृष्टिगोचर होने वाले क. को काढ़ा गया था, एक कठिन हस्तशिल्प, जिसकी प्रशंसा करने या केवल मूल्यांकन करने योग्य ही वह कब से नहीं रहे, हालाँकि उँगलियों की यह क्षमता उनके फ़ायदे की है, जिससे उन्हीं की तरह विलिप्त हो चुके मिस्टर नोवोत्नी या मिस्टर वितवार बुरी नीयत से उनके मौज़ों का दुरुपयोग नहीं कर सकते। उनके नाम दूसरे अक्षरों से आरम्भ होते हैं, पर सठियाए मिस्टर केल्लर का क्या करेंगे, जो बिस्तर में मूत देता है। ख़ैर, वह दूसरे कमरे में रहता है, जिस बारे में ऐरिका माँ की तरह सन्तुष्ट हो कर पुष्टि कर के आयी है। वे यात्रा करते हैं, जल्दी वहाँ पहुँच जाते हैं। जल्दी पहुँच जायेंगे। वे रूडोल्फ्सहूयोए से हो कर गुज़रते हैं और फोएयरश्टाइन से, वीनरवाल्ड झील से और कैज़रब्रुन्नन पर्वत से, योख़ग्राबन पर्वत से और कोलराइट पर्वत से, जिस पर वे पुराने गुज़रे दिनों में, जो अच्छे नहीं होते थे, पिता के साथ चढ़ा करते थे, और लगभग बूख़ पर्वत पर उससे पहले वे नहीं मुड़ेंगे। और पर्वतों के उस पार कम से कम श्नेविटषेन[1] तो प्रतीक्षा कर ही रही होगी! अपना कोमल सौन्दर्य लिये, प्रसन्नता से हँसती हुई कि फिर कोई उसके देस में आ रहा है। दो परिवारों के लिए पूरी तरह निवास के योग्य बनाया गया घर, जो एक देहाती परिवार द्वारा कर के चुराये गये पैसों से बनाया गया है, पागलों को रखने और पागलों के धन के सदुपयोग के लिए। इस तरह यह घर न सिर्फ़ दो परिवारों की सेवा करता है, बल्कि बहुत से पागलों को पलायन करने और ख़ुद से और दूसरों से ख़ुद को बचाने में भी मदद करता है। घर में रहने वाले शौक़िया दस्तकारी या कारीगरी कर सकते हैं या सैर करने जा सकते हैं। परन्तु कारीगरी करने में कचरा नीचे गिरता है और इधर-उधर घूमने में ख़तरा होता है (भागने का, जानवरों द्वारा काटे जाने का, चोट लगने का डर), देहात की ताज़ी

1. एक जर्मन परीकथा की पात्र, जिसकी सुन्दरता के कारण उसकी माँ उस पर ज़ुल्म करती थी।

हवा ऊपर से मुफ़्त में है। हर निवासी अपने आधिकारिक अभिभावक के माध्यम से एक काफ़ी बड़ी रकम अदा करता है, ताकि उसे यहाँ रखा जाये और फिर वह रखा ही रहे, जिसके लिए बहुतों को ऊपरी बख़्शीश देनी पड़ती है, रोगी के वज़न और कचरा गिराने के हिसाब से। औरतें दूसरी मंज़िल पर रहती हैं, और सबसे ऊपरी मंज़िल वाले कमरे में, आदमी पहली मंज़िल पर और गृह-पार्श्वों में, जिसका नाम "निवास-योग्य बनाया गया गैराज" एक पुरानी याद बन चुकी है, क्योंकि वह एक सही छोटा सा घर बना दिया गया है, जिसमें ठण्डा पानी नलों में है और छत चूती है। कम्पनी की कार पर फफूँद और सड़न की अपेक्षा नहीं, वह बाहर खुले में खड़ी है। रसोई में भी ख़ास और सस्ती भोजन-सूचियाँ हैं, जिन्हें टार्च की रोशनी में पढ़ा जाता है। पार्श्व-गृह का साइज़ लगभग ओपल कैडेट कार जितना है, ओपल कोमोडोर उसमें फँस जायेगी, न आगे जा सकेगी न पीछे आ सकेगी। आसपास जहाँ तक नज़र जाती है अच्छी मज़बूत तारों की बाड़ है। जिस परिवार ने अभी यहाँ एक को दाख़िला दिलवाया है, वह उसे यहाँ परिश्रम से लाने और एक भारी रकम का भुगतान करने के बाद तुरन्त साथ वापस तो नहीं ले जा सकता। अपने छोटे मेहमानों से मिलने वाले धन को दो परिवार वालों ने यहाँ तो नहीं लगाया, बल्कि उससे वहाँ एक हवेली ख़रीद ली है, जहाँ बेवकूफ़ उल्लू नज़र नहीं आते। और वहाँ परिवार निश्चित ही अकेला रहेगा, ताकि मनुष्यों की सेवा-शुश्रूषा से हुई थकान के बाद तरोताज़ा हो सके।

अपने पैतृक घर को अभी-अभी छोड़ आने के बाद पिता अपनी अन्धी होती आँख से अपने भावी घर में जाने का प्रयास करता है, उसे सुरक्षित वहाँ पहुँचाया जाता है। उसे एक ख़ूबसूरत कमरा दिया गया है, वह प्रतीक्षा कर रहा है; एक को पहले धीरे-धीरे मरना होगा, ताकि एक नये को लिया जा सके। और इसको भी कभी जगह बनानी पड़ेगी। मानसिक रूप से पंगुओं को आम बनावट के लोगों से ज़्यादा जगह चाहिए होती है, वे बहानों से नहीं रीझते और उन्हें कम से कम इतनी तो खेलने-कूदने की जगह चाहिए, जितनी एक अल्सेशियन कुत्ते को। घर वाले कहते हैं कि उनका घर हमेशा पूरा भरा होता है और बिस्तरों की संख्या बल्कि उन्हें बढ़ानी पड़ेगी। लेकिन एकमात्र निवासी का आदान-प्रदान किया जा सकता है, जिसे वैसे अधिकांश समय लेटे रहना पड़ता है, क्योंकि इस तरह वह कचरा कम करता है और उसे ऐसे लगा कर रखा गया है कि उससे जगह बचती है। अफ़सोस है कि अचानक एक व्यक्ति के दुगने पैसे नहीं लिये जा सकते, नहीं ती वे यह कर ही लेते। जो

भी लेटा होता है, चुगता है, और पैसे भरता है—दो परिवार वालों के लिए यह लाभकर है। और जो यहाँ लेटता है, वह यहीं रहता है, क्योंकि उसके परिवार वालों का यह हुक़्म है। बहुत हुआ तो उसकी हालत ख़राब होगी। श्टाइनहोफ़! गुग्गिग! कमरे को स्वच्छतापूर्वक एक-एक बिस्तर में बाँटा गया है, हर एक के पास अपना एक बिस्तर है, और ये बिस्तर छोटे हैं, जितने भी छोटे हैं, उतने ही सही वे कमरे में आते हैं। उनके रखने की जगह के बीच लगभग तीस सेण्टीमीटर जगह ख़ाली छोड़ी गयी है, मुश्किल से इन्सान के एक पैर जितनी, ताकि लेटने वाला आवश्यकता पड़ने पर स्वयं को हल्का कर सके, क्योंकि बिस्तर में तो करने की इजाज़त नहीं है, क्योंकि इससे कर्मचारियों का बोझ बढ़ जाता है। फिर कीमत बिस्तर में लेटने वाले की औक़ात से ज़्यादा बन जाती है और फिर उसे इससे भी बुरी जगह पर भेज दिया जाता है। अक्सर वहाँ लेटने वालों के पास इस प्रश्न का कारण होता है कि कौन उसके बिस्तर में लेटा था, किसने उसकी प्लेट में से खाया था या किसने उसकी पेटी में हाथ मारा था। ये ठिग्गे! दोपहर के भोजन की चिरप्रतीक्षित घण्टी बजते ही ये बौने रेल-पेल करते झुण्ड में धक्का-मुक्की करते उस कमरे में घुसते हैं, जहाँ उनकी श्नेविटशेन उनमें से हर एक की अपनी अलौकिक उपस्थिति में प्रतीक्षा कर रही होती है। सब से प्यार करती है, और सब को सीने से लगाती है, यह कब से भुलाई जा चुकी नारीत्व की प्रतिमा, जिसकी त्वचा बर्फ़ की तरह सफ़ेद और बाल आबनूस से काले हैं। परन्तु वहाँ केवल एक बहुत बड़ी लम्बी मेज़ है, जिसे इन सूअरों की वजह से अम्लरोधी, धोये जा सकने वाले, खरोंचों से सुरक्षित तख़्ते से ढका गया है, क्योंकि ये नहीं जानते कि मेज़ पर कैसे बरता जाता है; और बर्तन प्लास्टिक के हैं, ताकि कोई उल्लू दूसरे की ठुकाई न कर दे, छुरियाँ नहीं हैं, काँटे नहीं हैं, सिर्फ़ चम्मच हैं। अगर गोश्त होता, जो होता नहीं, तो पहले से कहा होता। वे अपने ही गोश्त को एक-दूसरे पर दबाते रहते हैं, वे दबाते हैं, धकियाते हैं, चुभाते हैं, ताकि वे अपनी बौने के बैठने लायक़ जगह को एक-दूसरे से बचा सकें।

पिता समझ नहीं पाते कि वह क्यों यहाँ हैं, क्योंकि वह यहाँ कभी घर पर नहीं थे। उन्होंने कभी घर सा महसूस नहीं किया। उनके लिए बहुत कुछ वर्जित है, और जो नहीं है, उसे करने पर भी नाराज़गी ज़ाहिर की जाती है। जो भी वह करता है, ग़लत होता है, इसकी आदत उसे वाक़ई पहले से है, अपनी धर्मपत्नी से। उसे हाथ में कोई काम नहीं लेना चाहिए और हिलना नहीं चाहिए, उसे अपनी बेचैनी से लड़ना चाहिए और लेटे रहना चाहिए, बिना रुके चलने वाले इस हवाख़ोर को। उसे कोई

कचरा अन्दर नहीं लाना और दो परिवार के किसी सामान को बाहर नहीं ले कर जाना। बाहर और अन्दर का घालमेल करने की इजाज़त नहीं है, हर चीज़ की अपनी जगह है, और बाहर के लिए कपड़े बदलने और ऊपर से वो भी पहनने चाहिए, जिन्हें पड़ोसी बिस्तर वाले ने पहले चुरा लिया था, ताकि बाहर पिता के लिए किरकिरा हो जाये। फिर भी, पिता को ज्योंही अन्दर किया जाता है वह तुरन्त बाहर निकल भागने की कोशिश करता है, लेकिन उसे पकड़ लिया जाता है और वहाँ रहने पर मजबूर किया जाता है। वर्ना परिवार की शान्ति और चैन भंग करने वाले के परिवार को मुक्ति कैसे मिलेगी और दो परिवार वाले अपनी सम्पत्ति भी तो नहीं खोना चाहते। एक को ज़रूरत है कि वह आगे भी वहीं रहता रहे, दूसरों के लिए उसका वहाँ रहते रहना ज़रूरी है। एक उसके आने के बल पर जीता है, दूसरे इस कारण कि वह चला गया है और उनकी नज़रों से दफ़ा हो गया है। फिर मिलेंगे, सब बहुत सुन्दर था। लेकिन एक बार हर चीज़ का अन्त होता है। जब वे फिर जा रही होती हैं, उसकी दोनों मैडमें, तो सफ़ेद एप्रन में उसे सहारा दे रहे मददगार के साथ खड़े हुए उसे टा टा करना है। पर पापा हाथ हिलाने की बजाय उसे मूर्खतापूर्वक आँखों पर रख लेते हैं और न पीटे जाने की विनती करते हैं। इस से गाड़ी में जा रहे परिवार—धड़ पर बुरी कर्कश रोशनी पड़ती है, क्योंकि पिता को पीटा कभी नहीं गया। कहाँ से पापा ने यह बात ले ली, वापस जाते हुए परिवार का धड़ ख़ामोश मेहरबान हवा से जानना चाहता है। वह जवाब नहीं देती। कसाई गाड़ी पहले से तेज़ चला रहा है, एक ख़तरनाक बंदे से मुक्त भी हो गया है; उसे बच्चों के पास फ़ुटबाल के मैदान पर पहुँचना है, क्योंकि आज इतवार है। उसका आराम का दिन। वह कुछ पहले से ध्यानपूर्वक चुने गये कुछ शब्दों के माध्यम से सांत्वना देता है। चुने हुए वाक्यों से वह को. महिलाओं के प्रति खेद प्रकट करता है; व्यापारी चुनी हुई भाषा बोलने में सबसे निपुण होते हैं। कसाई ऐसे बोल रहा है, जैसे सूअर की कमर के और पुट्ठे के बीच चुनाव कर रहा हो। वह अपनी धन्धे की आम भाषा बोल रहा है, हालाँकि आज रविवार है, स्वतन्त्र भाषा बोलने का दिन। लेकिन एक अच्छा कसाई हमेशा ड्यूटी पर होता है। को. महिलाएँ अपने भीतर से आँतों और अन्य भीतरी अंगों की बौछार उँड़ेलती हैं, अभी भाप उड़ाती, बिल्लियों के खाने के लिए उपयुक्त, विशेषज्ञ का सुविज्ञ मत है। वे ओछी बात करती हैं कि बात खेद की है, लेकिन आवश्यक थी, क्योंकि, हाँ, बहुत पहले! हो जाना चाहिए था, यह काम, जिसका फ़ैसला उन्होंने बड़ी मुश्किल से लिया है। वे एक-दूसरे को मात दे रही हैं। कसाई के सप्लायर

एक-दूसरे के कम दाम लगा कर बेच रहे हैं। लेकिन इस कसाई के दाम पक्के एक हैं और वह जानता भी है कि वह ये दाम क्यों माँगता है। बैल की एक पूँछ का यह भाव है तो पुट्ठे का यह, और पिंडली के मांस का कुछ और। महिलाएँ अपने शब्दों की बचत कर सकती हैं। लंगोचे और धुआँरे हुए गोश्त को खरीदते समय उन्हें और भी फ़राख़दिली दिखानी होगी, अब उन पर कसाई का एहसान है, जो रविवार को यू ही मुफ़्त में गाड़ी नहीं चलाता। मुफ़्त सिर्फ़ मौत होती है, और उसकी कीमत ज़िन्दगी दे कर चुकानी पड़ती है; और हर चीज़ का एक अन्त होता है, सिर्फ़ लंगोचे के दो होते हैं[1], परोपकारी कसाई कहता है और ठहाका लगाता है। को. महिला उदास हो कर इस तथ्य को स्वीकार करती हैं, क्योंकि उनके परिवार का एक अंग उनसे अलग हो गया है, पर वे जानती हैं कि वर्षों के स्थायी ग्राहकों को क्या शोभा देता है। कसाई, जो उन्हें अपनी पक्की ग्राहकों में गिन सकता है, इस पर उत्साहित हो जाता है, "तुम जानवर को ज़िन्दगी तो नहीं, पर एक तुरन्त मौत तोहफ़े में दे सकते हो।" एकदम संजीदा हो गया है, ख़ूनी कारीगरी करने वाला यह आदमी। यहाँ को. महिलाएँ उसका समर्थन करती हैं। लेकिन उसे सड़क पर ज़्यादा ध्यान देना चाहिए, वर्ना उनके ग़लती करने से पहले ही कहावत बुरी तरह सच्ची हो जायेगी। सड़क पर सप्ताहांत का अनभ्यस्त यातायात है। इस पर कसाई कहता है कि गाड़ी चलाना उसके ख़ून और माँस में है। जनाना को इस कथन के प्रतिकूल अपने ख़ून और मांस के अलावा कुछ पेश नहीं कर सकतीं, जिन्हें वे गँवाना नहीं चाहतीं। आख़िरकार उन्हें अभी अपना प्रिय मांस और लहू महँगे दामों पर ठसाठस भरे सोने के एक हॉल में रखने पड़े थे। कसाई को यह नहीं समझना चाहिए कि यह उनके लिए आसान था। उनका अपना एक टुकड़ा चला गया था और वहाँ नोरोलनबाख़ में रह गया था। कौन सा ख़ास टुकड़ा, विशेषज्ञ पूछता है।

इसके शीघ्र बाद वे अपने तनिक अधिक ख़ाली फ़्लैट में प्रवेश करती हैं। यह कोटर, जो सुरक्षा प्रदान करता हुआ बन्द होता है, अब उनके पास अपने शौक़ों के लिए पहले से बहुत ज़्यादा जगह है; हर किसी को यह फ़्लैट स्वीकार नहीं करता, सिर्फ़ उसे करता है, जो यहाँ का है।

एक नया झकोरा उठा और उसने किसी दैत्य की अप्राकृतिक रूप से विराट और नरम हथेली से कोहूट जूनियर को एक चश्मों की दुकान की मंजूषा पर दबका दिया,

---

1. जर्मन में 'एंडे' शब्द का अर्थ अंत भी होता है और सिरा भी। जर्मनों में इस चमक को एक चुटकुले के रूप में लिया जाता है।

जहाँ काँचों से लश्कारे पड़ रहे थे। दुकान के बहुत ऊपर एक विराट चश्मा लटका है। काँप रहा था, दक्षिण की ग़रम हवा के कोड़ों की मार से, आने जाने वालों को जोखिम में डालता हुआ। फिर अचानक एकदम ख़ामोशी छा जाती है, जैसे हवा साँस ले रही हो और तभी किसी चीज़ ने उसे डरा दिया हो। इस क्षण माँ आराम से अपने घर की रसोई में मोर्चाबंदी में बैठी है और एक साथ बितायी जाने वाली उस शाम के लिए घी में कुछ तलते हुए कढ़ाही से छींटे उड़ा रही है, जब भोजन ठण्डा पेश किया जायेगा, और अन्त में उसके लिए एक कारीगरी प्रतीक्षा कर रही है, एक सफ़ेद जालीदार कपड़ा।

आकाश पर एक ही स्थान पर एकत्र हुए बादल हैं, जो सिरों पर लाल हैं। बादल जानते नहीं कि कहाँ जाना है, अतः वे घबराये हुए कभी इधर कभी उधर भाग रहे हैं। ऐरिका दिनों पहले जानती है कि दिनों बाद उसकी प्रतीक्षा क्या कर रहा होगा, मतलब कि संगीत-शिक्षालय में कला की साधना। या फिर वैसे यह संगीत होगा, उसका लहू पीने वाला, जो ऐरिका को अलग-अलग समाहार स्थितियों में अपने यहाँ रख लेता है, डिबियों में या ताज़ा भुना, कभी लपसी के रूप में, कभी ठोस खाद्य-पदार्थ के रूप में, स्वयं या दूसरों के आदेश पर।

संगीत संस्थान से कुछ आड़ी-टेढ़ी गलियों से पहले ऐरिका अपनी आदत के मुताबिक इधर-उधर खोजती और सूँघती जा रही है, और एक तजुर्बेकार अल्सेशियन कुत्ता उस पर नज़र रखे हुए है, जो पैरों के निशानों से सूँघ कर सुराग़ ढूँढ़ लेता है। क्या आज वह एक छात्र या छात्रा को पकड़ लेगी, जिन्हें संगीत का कोई विशेष होम-वर्क नहीं सौंपा गया था, जिनके पास बहुत ज़्यादा समय होगा और जो अपने अपने निजी जीवन का कुछ कर रहे होंगे। ऐरिका इन विस्तृत क्षेत्रों में, जो उसके नियन्त्रण के बिना फिर भी चकबन्दी में बँटे फैल रहे हैं, घुसना चाहती है, ठेल कर आगे बढ़ जाना चाहती है। रक्तरंजित पर्वत, जीवन के मैदान, जहाँ दाँतों से दबोच कर पकड़ा जा सकता है। शिक्षक का इन चीज़ों पर पूरा हक़ होता है, क्योंकि वह माँ-बाप की जगह होता है। वह हर हाल में जानना चाहती है कि दूसरों के जीवन में क्या हो रहा है। ज्योंही कोई छात्र उससे परे होता है, ज्योंही वह स्वयं को अपने खड़े हो सकने योग्य बंधन-मुक्त स्थान में उँड़ेलना चाहता है और समझता है कि उसे कोई देख नहीं रहा, वैसे ही को. थर्राती हुई बिना कहे और चुपचाप उसके साथ लग जाने को तैयार रहती है। अकस्मात किसी कोने से कूद कर बाहर आ जाती है, गलियारों में एकाएक प्रकट हो जाती है, लिफ़्टों में पेश हो जाती है, बोतल में

ऊर्जा से भरी यह भूतनी। संगीत की अपनी परख को विकसित करने के लिए और उसे फिर छात्रों पर थोपने के लिए वह कभी-कभी संगीत समारोहों में जाती है। वह एक संगीत-रचना की तुलना दूसरी के साथ करती है और अपनी क्षमता के पैमाने से छात्रों को बरबाद कर देती है, जिसमें से केवल महानतम संगीतकार ही उसकी कला बटोर सकते हैं। वह पीछा करती है, छात्र की नज़रों से दूर, परन्तु हमेशा अपनी नज़र में; दूसरों का पीछा करते हुए वह दुकानों की मंजूषाओं के शीशों में ख़ुद को निहारती रहती है। लोकभाषा को वह हमेशा एक उत्तम द्रष्टा मानती रही है, परन्तु ऐरिका उन लोगों में से नहीं है। वह उनमें से है, जो लोगों का पथप्रदर्शन करते हैं और नेतृत्व करते हैं। अपनी देह की अकर्मण्यता के ख़ालीपन में चुसी वह बोतल का ढक्कन धमाके से खोलती है या इसे वह पहले से चुने गये स्थान पर या अनपेक्षित रूप से प्रकट होते अनजान व्यक्तियों के बीच करती है। उसके द्वारा किसी का पीछा करना प्रमाणित नहीं किया जा सकता। फिर भी अलग-अलग जगहों पर उसके प्रति अविश्वास उत्पन्न होना आरम्भ हो जाता है। एकाएक किसी एक सेकिण्ड में वह वहाँ प्रकट हो जाती है, जहाँ कोई किसी गवाह की इच्छा नहीं रखता। किसी छात्रा की नयी केश-सज्जा घर में माँ के दोषारोपण सहित केवल आधे घण्टे के ग़रमा-ग़रम वार्तालाप तक काफ़ी होती है, वह अपनी बेटी को मनमानी करके लगातार घर में क़ैद रखती है, ताकि वह बाहर खुले में मटरगश्ती करके कोई तजुर्बा हासिल न कर ले। आख़िर उसको, बेटी को, भी बाल कब से बनवाने हैं। लेकिन यह माँ, जो अब तगड़ी पिटाई का साहस नहीं करती, उस पर, ऐरिका पर किसी गुखरू या लहू चूसने वाली जोंक की तरह चिपकी रहती है। ऐरिका जो छुप-छुपा कर देखती है, वह जानती है, ऐरिका वास्तव में जो है, एक मेधावी स्त्री, इसे माँ से बेहतर कोई नहीं जानता, जो बच्ची को अन्दर-बाहर से जानती है। जो खोजता है, वह आपत्तिजनक पाता है, जिसकी वह मन ही मन उम्मीद कर रहा होता है।

मेट्रो-सिनेमा से ले कर योहान्नेगास्से तक ऐरिका को वसन्त के तीन ख़ुशगवार दिनों से, जबसे कार्यक्रम बदला है, छुपे ख़ज़ाने मिल रहे हैं, क्योंकि अपने में और अपने दिमाग़ के भीतरी हिस्से की हरामज़दगियों में अड़ा छात्र कब से अपने संशय को पूर्णतया त्याग चुका है। उसकी इन्द्रियाँ फ़िल्मी फ़ोटुओं के केन्द्रबिन्दु पर सही-सही फ़िट बैठी हुई हैं। इस समय सिनेमा में एक अश्लील नंगी फ़िल्म चल रही है, हालाँकि उसके नज़दीकी दायरे के बच्चे संगीत की राह पर हैं। फ़ोटुओं के सामने खड़ा एक छात्र हर फ़ोटो को, जो उसे नज़र आ रहा है, उसके आधार से कूतता

है, दूसरा वहाँ लटकायी गयी औरतों की ख़ूबसूरती के आधार पर। एक तीसरा अड़ियलपन में उसकी इच्छा कर रहा है, जो दिखाई नहीं दे रहा, महिलाओं की देह का भीतर। दो ठो युवकों ने अभी-अभी जनाना छातियों के साइज़ पर ज़ोरदार लड़ाई शुरू कर दी है, फट गये हैं वहीं, दक्खन की गर्म हवा से फेंके गये वहाँ आये, उनके बीच पियानों की मास्टरनी जी हथगोले सा असर करती है। उसने उनके चेहरे पर एक ख़ामोश, सज़ा देती और अफ़सोसजनक नज़र डालती है, कोई विश्वास नहीं करेगा कि वह और फ़ोटुओं वाली औरतें एक ही ज़ात की हैं, मतलब ख़ूबसूरत, बल्कि जो विशेषज्ञ नहीं है, वह तो उन्हें इन्सानों की अलग-अलग ज़ातों में गिनेगा। बाह्यरूप से किसी का क्या पता चलता है! परन्तु एक फ़ोटो आन्तरिक जीवन नहीं दिखाता, अतः कुमारी कोहूट से तुलना ग़लत होगी, जिसका आन्तरिक जीवन सीधा-सच्चा है, जो खिल रहा है और रसमय है। कोई और शब्द कहे बिना कोहूट आगे बढ़ जाती है। किसी मत का आदान-प्रदान नहीं किया जाता, परन्तु छात्र वैसे ही समझ जाता है कि उसने फिर एक बार बहुत कम अभ्यास किया है, क्योंकि उसकी दिलचस्पी पियानों में नहीं, कहीं और है।

काँच के फ्रेमों में मर्द और औरतें एक-दूसरे की चमड़ी उतार रहे हैं, वासना की शाश्वतता में लटके, इस घोर परिश्रम वाले नृत्यनाटक में। इस कृत्य में पसीने-पसीने हो रहे हैं। मर्द औरत के मांस में यहाँ-वहाँ लगा हुआ है, और इस कमरतोड़ मेहनत का नतीजा वह सार्वजनिक रूप से प्रदर्शित कर सकता है। जैसे कि वह भीतर से फुहारा छोड़ कर औरत के शरीर पर गिराता है। जैसे ज़िन्दगी में भी ज़्यादातर मर्द को औरत को भोजन मुहैया करवाना होता है और उसका मूल्यांकन भोजन उपलब्ध करवा सकने की उसकी क्षमता के आधार पर किया जाता है, वैसे ही यहाँ भी वह औरत के भीतर ग़रम भोजन डाल रहा है, जिसे उसने अपनी अन्तड़ियों में खुद धीमी आँच पर पकाया है। औरत ज़ोर से कराहती है, उपमा में कहें तो, क्योंकि औपचारिक रूप से उसका कराहना देखा जा रहा है; वह दान पर ख़ुश है, दाता पर भी ख़ुश है, और उसका कराहना बढ़ता जा रहा है। स्पष्ट है कि फ़ोटुओं पर यह ध्वनिरहित है, परन्तु सिनेमा में ध्वनि प्रतीक्षा कर रही है, जहाँ औरत मर्द की मेहनत के सदके कराह रही है। दर्शक ने अभी प्रवेश-टिकट ही ख़रीदा है।

पकड़ा गया छात्र कोहूट के पीछे सम्मानपूर्वक दूरी रख कर लम्बे-लम्बे डग भरता चलता है, वह स्वयं से असन्तुष्ट है कि उसने उसके नारीसुलभ अहंकार को चोट पहुँचाई है, क्योंकि वह नंगी औरतों को ताड़ रहा था। शायद कोहूट भी स्वयं को औरत

समझती है और उसे अब गहरी चोट पहुँची है। अगली बार उसकी अन्दरूनी घड़ी को शिक्षिका द्वारा लुक-छिप कर नज़दीक पहुँचने पर टिक-टिक करना चाहिए।

बाद में, पियानों की क्लास में छात्र को जानबूझ कर नज़रअन्दाज़ किया जायेगा, वासना के मारे इस कोढ़ी को। बाख़ के बजते समय, सरगम और उँगलियों के अभ्यास के एकदम बाद, असुरक्षा उसे घेर लेती है। यह जटिल मिश्रित विन्यास केवल महान वादकों के निःसंशय हाथ को ही सहन करता है, जो सावधानी से लगाम को थामे रखना जानता है। मूल राग की लीपा-पोती कर दी गयी है, उपस्वरों की प्रधानगी स्पष्ट है, और पूरी प्रस्तुति पारदर्शिता से परे है। चिकनाई से भरा कार का शीशा। ऐरिका छात्र की बजाय बाख़ की रचना की हँसी उड़ाती है, जो पत्थर की और मिट्टी की दीवारों से सजी उसके गन्दे बिस्तर पर गड़गड़ाते हुए चल रही है। अब ऐरिका बाख़ के संगीत को अधिक सही ढंग से समझाती है : जहाँ तक भावातिरेक का प्रश्न है, यह एक विशाल इमारत है, और जहाँ तक सही स्वर-संधान और कुंचियों वाले वाद्यों के लिए सुर-संगति-सम्बन्धी वस्तुओं का प्रश्न है, यह एक लोमड़ी की माँद है। ऐरिका पूरी जानकारी के साथ छात्र को अपमानित करने के उद्देश्य से बाख़ के संगीत को आसमान पर चढ़ा देती है : वह कहती है कि बाख़ जहाँ बजता है, वहाँ गोथिक शैली के कैथ्रीडलों का पुनर्निर्माण कर देता है। ऐरिका की टाँगों के बीच सुरसुरी महसूस होती है, जो केवल कला द्वारा और कला द्वारा चयनित मनुष्यों को होती है, जब वे कला पर बात करते हैं, और वह झूठ बोलती है कि फ़ाउस्ट[1] जैसी ईश्वर को पाने की लालसा ने श्त्रासबुर्ग[2] के बड़े गिरजाघर और मात्थेएस लिखित ईसामसीह के दुखभोग की कथा को जन्म दिया है। जहाँ उसने बजाया था वह बड़ा गिरजाघर तो था नहीं। ऐरिका यह संकेत देने से नहीं चूकती कि अंततः ईश्वर ने नारी का सृजन किया था। फिर वह एक छोटा सा मर्दाना लतीफ़ा सुनाती है कि उसने ऐसा इसलिए किया कि उसे कुछ बेहतर नहीं सूझा। फिर वह इस छोटे से लतीफ़े को वापस ले लेती है, पूरी गम्भीरता से छात्र को यह पूछ कर कि एक औरत की फ़ोटो को कैसे देखना चाहिए। सम्मानपूर्वक, क्योंकि उसकी अम्मा, जिसने उसे गर्भ में रखा और फिर जो उसे संसार में ले कर आयी थी, एक औरत थी, न इससे कम न ज़्यादा। छात्र कोहूट द्वारा उससे माँगा गया कोई वायदा करता है। इसके बदले

---

1. गोएटे की सुप्रसिद्ध रचना : 'फ़ाउस्टुस' का नायक।
2. फ्रांस का एक नगर।

में वह धन्यवादपूर्वक सीखता है कि बाख़ की क्षमता हस्तशिल्प की विजय है, उसके बहुआचारीय सुर-संगीत-सम्बन्धी रूपों और कलाओं में। हस्तशिल्प में ऐरिका निपुण है, अगर बात केवल अभ्यास की होती तो वह अंकों से विजयी होती, बल्कि दूसरों को ज़मीन भी सुँघा सकती थी! लेकिन बाख़ उससे कुछ ज़्यादा है, वह उल्लसित हो कर कहती है, ईश्वर के प्रति श्रद्धा है, यहाँ के संगीत के इतिहास की पाठ्य-पुस्तक, भाग-1, आस्ट्रिया संघीय प्रकाशन, तुरुप फेंकती है ऐरिका, जब वह घोर प्रशंसा पर उतर आती है, बाख़ की रचनाएँ उत्तर के विशेष मनुष्य को स्वीकार करने के बराबर हैं, जो इस ईश्वर की कृपा के लिए संघर्ष कर रहा है।

छात्र यथासम्भव फिर एक बार एक नंगी औरत की फ़ोटो के सामने न पकड़े जाने का निश्चय करता है।

ऐरिका की उँगलियाँ किसी अच्छे प्रशिक्षित शिकारी पशु की तरह फड़फड़ा रही हैं। पढ़ाते समय वह एक के बाद एक मुक्त इच्छा को तोड़ती है। परन्तु मन ही मन वह किसी की आज्ञा मानने की गहरी इच्छा रखती है। इसके लिए घर पर माँ है। पर वह तो दिन पर दिन बूढ़ी होती जा रही है। क्या होगा अगर एक दिन वह पूरी विवश हो जाये और सेवा-शुश्रूषा की कष्टदायक पात्र बन जाये, जिसे तब उसकी, ऐरिका की, आज्ञा माननी पड़े! ऐरिका तरसती है कि कोई कठिन काम उसके ज़िम्मे लगाये, जिसे वह ठीक से पूरा न कर पाये। इसके लिए उसे दण्डित किया जाये। यह लड़का, अपने ख़ून से ढका आदमी, कोई प्रतिद्वंद्वी नहीं है। बाख़ की जादुई रचनाओं में वह पहले ही हार चुका है। यह तब कैसे हारेगा, जब इसे एक जीवित मनुष्य खेलने को दे दिया जाये! वह तो उसे पकड़ने की भी हिम्मत नहीं करेगा; ग़लत सुर पकड़ना पहले ही उसका बहुत शर्मनाक वर्तमान है। एक इकलौते वाक्य, एक लापरवाह नज़र से वह इसे घुटनों पर गिरा सकती, जिससे वह शर्मिन्दा होगा और कई तरह के इरादे बनायेगा, जिन्हें वह फिर कार्यरूप नहीं दे पायेगा। जो उसमें इतना हासिल कर पायेगा कि वह उसका हुक़्म माने—यह हुक़्म चलाने वाला उसकी माँ और ऐरिका की मर्ज़ी के मुताबिक उसकी सुलगती झुर्रियों के अलावा कोई और होना चाहिए। वह उससे सब कुछ पा सकता है। एक सख़्त दीवार पर टिक सकता है, जो गिरेगी नहीं। कोई उसका कुछ खींच रहा है, उसकी कुहनी को नोच रहा है, उसकी स्कर्ट के छोर पर बोझ डाल रहा है, सीसे के छोटे गोले जितना, हल्का सा पिण्डीभूत बोझ। वह नहीं जानती कि अगर उसे ज़ंजीर से खोल दिया जाये तो वह क्या कर देगा, यह सिखा कर हिंसक बनाया गया कुत्ता, जो होंठ ऊपर कर रहा है और

जंगलेदार दीवार के साथ-साथ चलता जा रहा है, गर्दन की खाल के बाल खड़े हैं, फिर भी हमेशा अपने शिकार से पूरे एक सेण्टीमीटर की दूरी रखे है, गले में भारी गुर्राहट, पुतलियों में लाल रोशनी।

वह इस एक आदेश की प्रतीक्षा कर रही है। इस पूरे बर्फ़ के फैले ढेर पर पीला, भाप छोड़ता छेद, छोटी सी एक कटोरी मूत से भरी; अभी ग़रम है, यह पेशाब; और जल्दी यह छेद बर्फ़ के पहाड़ के भीतर एक पतली पीली नली बन कर जम जायेगा, स्कीइंग करने वालों के लिए निशान, बर्फ़ गाड़ी चलाने वालों के लिए, सैर करने वालों के लिए, कि मनुष्यों की उपस्थिति ने यहाँ ज़रा सा ख़तरा पैदा किया है, परन्तु फिर आगे बढ़ गयी है।

उसे स्वरों का और उनके अनुकूलन का ज्ञान है। इस विषय की वह मास्टरनी है। और फिर : उसके पंजे अन्तिम निश्चायक आज्ञाकारिता की लालसा में फड़क रहे हैं। अन्तिम बर्फ़ की पहाड़ियाँ, टीले, बियावान में सीमा-प्रस्तर, धीरे-धीरे एक-दूसरे की ओर बढ़ते हुए समतल हो रहे हैं, दूरी में सपाट हो रहे हैं, अक़्स फेंकती बर्फ़ीली सतह बन रहे हैं, कोई कदम नहीं रखता उन पर, बेनिशान। और हैं वो। जो स्कीइंग की दौड़ में विजेता बनते हैं, पुरुषों में प्रथम स्थान, महिलाओं में प्रथम स्थान, और मिश्रित दौड़ में भी क्रमशः प्रथम स्थान!

ऐरिका का कोई बाल नहीं खड़ा, ऐरिका की कोई आस्तीन नहीं फड़फड़ा रही, ऐरिका पर कोई धूलकण नहीं बैठा। बर्फ़ीली हवा चलनी शुरू हो गयी है, और वह मैदान पर चल रही है, बर्फ़ के फ़र्श पर कलापूर्ण स्केटिंग करने वाली, अपने छोटे रपड़ों में और स्केटिंग के सफ़ेद जूतों में। सब से फिसलवाँ परत एक क्षितिज से दूसरे क्षितिज और उससे आगे तक फैली हुई है! बर्फ़ पर सरसराना! आयोजन के आयोजकों ने सही टेप लगाया है, ताकि इस बार संगीत की घालमेल न बने, और बर्फ़गाड़ी में लगे अकेले इस्पात के टुकड़ों का खरखराना अधिक से अधिक धातु की घातक खुरचनी बनती जा रही है, एक ज़रा सा चमक उठना, वक्त के हाशिये पर सब के लिए अबोधगम्य मोर्स द्वारा आविष्कृत एक तार-संकेत। वह गति पकड़ लेती है, धाविका, और एक विशाल मुट्ठी द्वारा दबा कर स्वयं में सम्पीड़ित कर दी जाती है, अंग-संचालन की एकत्रित ऊर्जा, जो हर एकमात्र सम्भव सेकिण्ड के दसवें हिस्से में स्वयं से बाहर निकल कर मिलीमीटर की हद तक एकदम सही बैठी दोहरी धुरी को चलायमान कर देती है, खराद से पूरी तरह खोखली की गयी, और अवतरण भी एकदम सही बिन्दु पर होता है। फलांग की गतिक ऊर्जा उसे पुनः सम्पीड़ित कर

देती है, वह स्वयं से कम से कम दोहरे भार से दबी हुई है और इस भार से वह बर्फ़ की सतह पर बोझ डाल रही है, जो टूटती नहीं। हिमधाविका को चलायमान करने वाला उपकरण हीरे जैसे सख़्त हिमदर्पण को काट रहा है, उसके तन्तुओं की नरम शलाकाओं को, इतना अधिक कि हड्डियों पर ज़ोर पड़ रहा है। और उकड़ूँ बैठ कर अब एक घिरनी। एक ही तरह की फलांग से तनिक बाहर निकला जाये! कलापूर्ण स्केटिंग करने वाली एक बेलनाकार पाइप बन जाती है, खनिज तेल निकालने वाला एक बरमा; हवा दूर छितर जाती है; बर्फ़ का चूरा चीखते हुए उड़ जाता है, श्वास से निकले बादल उड़ना शुरू कर देते हैं, आरा सा चलने का हुआता स्वर आता है, परन्तु बर्फ़ अविनाशी है, नुक़सान का कोई निशान नहीं! चक्र अब हल्का हो जाता है, अब ललित आकृति को उसी रूप में पहचाना जा सकता है, उसकी स्कर्ट की अस्पष्ट हल्की नीली चुन्नट तेज़ी से ऊपर-नीचे हिलने लगती है। उसके बाद बच्चे दायें से और बायें से नतजानु हो कर अभिवादन करते हैं, और वह हाथ हिलाती हुई और फूल लहराती हुई आगे बढ़ जाती है। परन्तु बच्चे अदृश्य रहते हैं; शायद हिमकन्या यह मान कर चल रही है कि वे वहाँ हैं, क्योंकि उसने करतल ध्वनि स्पष्ट सुनी है। तेज़ फलांगें भरती हुई लड़की भागती जाती है, दूरी में बहुत छोटी नज़र आती है, इससे अधिक शान्ति और कहीं नहीं है, जहाँ हल्की नीली दौड़ की पोशाक का छोर मांसल गुलाबी मौज़ों में लिपटी जाँघों पर विश्राम कर रहा हो और वहाँ छपाक-छपाक बज रहा हो, फुदक रहा हो, हवा में हिल रहा हो, लहरा रहा हो—हर आराम का केंन्द्र—यह छोटी सी पोशाक, मखमल, ये नरम चुन्नटें, यह तंग बदन, जिसके गले की काट पर कशीदाकारी है।

कॉफ़ी पी कर तरोताज़ा हुई माँ फ़्लैट की रसोई में बैठी अपने आदेश बूँद-बूँद करके इधर-उधर टपका रही है। क्योंकि जब बेटी घर से बाहर होती है तो वह दोपहर से पहले के कार्यक्रम देखने के लिए टीवी चला लेती है। चैन से, क्योंकि बेटी कहाँ गयी है वो जानती है। अब क्या देखें हम? आल्फ्रेड ड्यूरर या महिलाओं की स्की के साथ नीचे की दौड़?

दिन की मशक्कत के बाद बेटी माँ पर चिल्ला रही है कि वह उसे आख़िर अपना जीवन जी लेने दे। सिर्फ़ अपनी उम्र की वजह से ही वह उसकी बात मान ले, चिंघाड़ती है बेटी। माँ रोज़ाना जवाब देती है कि इसे एक माँ बच्चे से ज़्यादा जानती है, क्योंकि वह माँ होना कभी नहीं छोड़ती।

परन्तु बेटी द्वारा इच्छित यह अपना जीवन हर सम्भव आज्ञा मानने के उत्कर्ष

में जा कर मिल जाता है, जब तक कि वहाँ एक छोटी, तंग गली नहीं खुल जाती, जिसमें उसे हरी झंडी दिखायी जायेगी। चौकीदार रास्ते से एक तरफ़ हो जायेगा। चिकनी, कलई की गयी दीवारें दायें और बायें, ऊँची, इधर-उधर कोई रास्ते नहीं हैं, कोई आले नहीं हैं, कोई छिद्र नहीं हैं, सिर्फ़ यह एक तंग राह, जिससे हो कर उसे अन्तिम छोर तक पहुँचना है। जहाँ, अभी वह यह नहीं जानता, शरद् ऋतु का भूदृश्य प्रतीक्षा कर रहा है, जो दूर तक फैला है, जिसमें से कोई महल, कोई क़िला खड़ा नज़र आ रहा है, जिस ओर जाने का कोई पथ नहीं है। या बिना दरवाज़े के एक कमरे के अलावा और कुछ प्रतीक्षा नहीं कर रहा, फ़र्नीचर से सज्जित एक कोठरी है, जिसमें पुराने फ़ैशन की हाथ-मुँह धोने की एक मेज़ है, उस पर एक जग और तौलिया पड़े हैं, और घर के मालिक के कदम नज़दीक आ रहे हैं, बिना पहुँचे, क्योंकि दरवाज़ा जो नहीं है। इस असीम दूरी में अथवा इस बहुत सीमित द्वारहीन तंगी में पशु एक ख़ूबसूरत डर में बैठा होगा, या उससे भी बड़े एक पशु में या सिर्फ़ हाथ-मुँह धोने वाली इस पहियेदार मेज़ में, जो वहाँ सिर्फ़ इस्तेमाल होने के लिए रखी है, और किसी काम के लिए नहीं।

ऐरिका तब तक अनिच्छा से अपने विरोध को त्याग देती है, जब तब उसे अपने भीतर प्रेरक-शक्ति महसूस नहीं होती। शरीर को निश्चल बना देती है, ताकि कोई तेंदुआ उसके शरीर को फाड़ने के लिए उस पर छलाँग न लगाये। वह चुपचाप प्रतीक्षा करती है। शरीर पर कठिन कामों का उत्तरदायित्व डालती है और कठिनाई को चाहे तो भीतर छुपे हुए खटकेदार पिंजरे बना कर और भी बढ़ा सकती है। वह सौगन्धपूर्वक कहती है कि प्रेरक-शक्ति हर कोई जगा सकता है, बहुत मामूली इन्सान भी, जो उसे खुले में निष्पादित करने से नहीं घबराता।

ऐरिका को. बाख़ का जीर्णोद्धार करती है, उसके चारों तरफ़ थिगलियाँ लगाती है। उसका छात्र नीचे अपने एक-दूसरे में गुँथे हाथों को देखता है। शिक्षिका उसके आर-पार देखती है, लेकिन उसके पार सिर्फ़ दीवार को देखती है, जिस पर शूमन की जिप्सम में ली गयी चेहरे की छाप टँगी है। एक ज़रा से लम्हे के लिए उसका दिल करता है कि छात्र के सिर को बालों से खींच कर पियानों की देह के अन्तर में दे पटके, जब तक कि तन्त्री की रक्तरंजित अंतड़ियाँ चूँ-चूँ कर ढक्कन के नीचे से बाहर न निकल आयें। तब ब्योज़नडोर्फ़र कोई स्वर नहीं निकालेगा। मास्टरनी की यह इच्छा उसके भीतर हल्के पाँव तेज़ी से आगे चल निकलती है और बिना कोई परिणाम निकाले ग़ायब हो जाती है।

छात्र वचन देता है कि वह ख़ुद को बेहतर बनायेगा, भले ही उसे ज़्यादा वक़्त देना पड़े। ऐरिका भी यही उम्मीद करती है और बीथोवन की फ़रमाइश करती है। छात्र बेशर्मी से तारीफ़ लूटने की कोशिश करता है, भले ही वह तारीफ़ का इतना भूखा नहीं है, जितना मि. क्लेम्मर, जिसके कब्ज़े अधिक समय जलन के मारे चूँ-चूँ करते रहते हैं।

मेट्रो-सिनेमा की मंजूषाओं में इस समय विभिन्न रूपों में गुलाबी गोश्त बेधड़क पेश हो गया है, निष्पादन और कीमतें। लोग बहुत हैं, फैले हुए हैं, क्योंकि ऐरिका को. इस समय सिनेमा के सामने चौकीदारी नहीं कर सकती। सीटों की कीमत अलग-अलग तय की गयी है, पीछे से ज़्यादा आगे सस्ती हैं, हालाँकि सामने नज़दीक है और शायद दिमाग़ में बेहतर घुसता है। एक औरत में खूब लम्बे पालिश किये नाख़ून खुदाई कर रहे हैं, जबकि एक और औरत में एक नुकीली वस्तु, यह घुड़सवारी की चाबुक है। वह गोश्त में धसक बना देती है और दर्शक को दिखाती है कि यहाँ मालिक कौन है, और कौन नहीं है; और दर्शक भी ख़ुद को मालिक समझने लगता है। ऐरिका भी समय-समय ख़ुदाई को महसूस करती है। वह सुनिश्चित रूप से उसे दर्शकों के साथ वाली दूसरी जगह जाने का संकेत देता है। एक औरत का चेहरा ख़ुशी से विकृत हो रहा है, क्योंकि आदमी सिर्फ़ उसके चेहरे को देख कर जान सकता है कि वह उसे कितना मज़ा दे रहा है और कितना मज़ा बिना इस्तेमाल हुए व्यर्थ हो गया है। पर्दे पर एक औरत का चेहरा दर्द से विकृत हो रहा है, क्योंकि अभी उसे पीटा गया है, भले ही हल्का सा। औरत अपने मज़े को किसी सामग्री के रूप में प्रस्तुत नहीं कर सकती, अतः आदमी पूरी तरह उसकी निजी अभिव्यक्ति पर निर्भर है। वह उसके चेहरे से नीचे फिसलते हुए मज़े का जायज़ा लेता है। सही लक्ष्य न पेश करने के लिए औरत हचकती है। उसने आँखें मूँद ली हैं और सिर को पीछे गर्दन में घुसा दिया है। जब आँखें मुँदी नहीं होतीं तो वह इन्हीं परिस्थितियों में पीछे घूमी भी हो सकती हैं, इसलिए आदमी की कड़ी मेहनत और भी ज़रूरी है, क्योंकि वह चेहरे के भाव के माध्यम से इच्छावश परिणाम को नहीं बदल सकता और अंक जमा नहीं कर सकता। औरत आदमी को सिर्फ़ मज़े की वजह से नहीं देख रही। वह सिर्फ़ दरख़्तों की वजह से जंगल को नहीं देख पा रही। वह सिर्फ़ ख़ुद में देख रही है। आदमी, यह प्रशिक्षित मेकैनिक, ख़राब गाड़ी की मरम्मत कर रहा है, कारीगरी करने की चीज़ औरत है। नंगी अश्लील फ़िल्मों में काम की दुनिया से ज़्यादा काम होता है।

ऐसे लोगों को पहचानने में ऐरिका बहुत माहिर है, जो कड़ा परिश्रम करते हैं, क्योंकि उन्हें परिणाम चाहिए। इस सन्दर्भ में संगीत और आनन्द में वैसे बड़ा भेद कम ही है। प्रकृति को देखना ऐरिका को पसन्द नहीं है, वह कभी वन में नहीं जाती, जहाँ दूसरे कलाकार फ़ार्म हाउसों का नवीकरण कर रहे होते हैं। वह कभी पहाड़ पर नहीं चढ़ती। वह कभी झील में नहीं कूदती। वह कभी समुद्र-तट पर या नदी-तट पर नहीं लेटती। वह कभी बर्फ़ पर तेज़ दौड़ नहीं लगाती। आदमी मदनलहरियों का संचय करता है, जब तक कि वह अन्ततः पसीने में भीगा वहाँ नहीं पड़ा होता है, जहाँ से वह निकला था। बदले में उसने आज के लिए अपना खाता भी काफ़ी सँभाल कर रखा है। ऐरिका ने यह फ़िल्म बहुत पहले उपनगर के एक सिनेमा में देखी थी, जहाँ वह पूरी नहीं जानी जाती है। सिर्फ़ टिकट-खिड़की वाली औरत अब उसे जान चुकी है और महोदया कह कर उसका स्वागत करती है, बल्कि दो बार देखी थी। वह अक्सर नहीं जायेगी, क्योंकि जहाँ तक नंगी फ़िल्मों का सवाल है, वह कुछ अधिक तगड़ी सामग्री को वरीयता देती है। नगर-केन्द्र के इस सिनेमा के लावण्यमय पुरुष, मर्द जाति के ये नरम नमूने, बिना किसी दर्द के और दर्द की किसी सम्भावना के अभिनय करते हैं। पूरे रबड़ के। दर्द स्वयं में आनन्द की इच्छा का परिणाम होता है, विनाश का, ख़ात्मा कर देने का, और अपने सर्वोत्तम रूप में यह एक तरह का आनन्द होता है। ऐरिका अपनी स्वयं की हत्या की सीमा को प्रसन्नतापूर्वक पार कर जायेगी। उपनगर की भोंडी चुदाई में पीड़ा को आकार देने, पीड़ा को सजाने की ज़्यादा उम्मीदें होती हैं। ये दीन-हीन, फटे-पुराने आम आदमियों से लिये गये अभिनेता अधिक मेहनत से काम करते हैं, अधिक आभारी होते हैं कि उन्हें सचमुच की फ़िल्म में काम मिला है। वे टूटे-फूटे हैं, उनकी त्वचा पर धब्बे, फुंसियाँ, नसें, झुर्रियाँ, खुरंट, सेल्यूलाइट, चर्बी के उभार नज़र आ रहे हैं। ठीक से न रंगे बाल। पसीना। गन्दे पैर। सौन्दर्य बोध के लिहाज़ से गद्देदार शानदार थियेटरों में दिखाई जाने वाली उच्च बौद्धिक स्तर की फ़िल्मों में आदमी-औरत सतही तौर पर देखे जा सकते हैं। दोनों ज़ातों पर मैल से बचाने वाली तंग गारंटीशुदा नायलोन की त्वचा चढ़ी होती है, अम्लरोधक, ठोकर से सुरक्षित, गर्मी से सुरक्षित। जबकि सस्ती नंगी फ़िल्मों में वह लोलुपता बेपर्दा होती है, जिसके साथ आदमी औरत की देह में प्रवेश करता है। औरत बोलती नहीं, बोलती है तो सिर्फ़ और! और! इसके साथ संवाद समाप्त, आदमी समाप्त नहीं होता, क्योंकि वह अपने उत्कर्ष को बचा कर रखना चाहता

है, यथासम्भव नये एकत्र कर रहा होता है।

यहाँ नरम नंगी फ़िल्मों में सब कुछ बाहर तक होता है। इस जनानी स्वाद की पारखी, चुन कर चीज़ें इस्तेमाल करने वाली ऐरिका के लिए यह काफ़ी नहीं है, क्योंकि वह एक-दूसरे को नोचते लोगों को, एक दूसरे को दाँतों से काटतों की तह तक पहुँचना चाहती है कि इसके पीछे क्या ऐसा है, जो इन्द्रियों को इतना ढीला डाल देता है कि हर कोई इसे करना या कम-अज-कम देखना तो चाहता है। देह के भीतर एक चक्कर इसका अपर्याप्त स्पष्टीकरण देता है, कई संशय बने रहते हैं। इन्सानों के भीतर से अन्तिम बचा-खुचा बाहर निकालने के लिए उन्हें चीरा तो नहीं जा सकता। सस्ती फ़िल्मों में अधिक गहराई तक देखा जा सकता है, कम से कम जहाँ तक औरतों के भीतर देखने का प्रश्न है। आदमियों में इतनी दूर तक नहीं घुसा जा सकता। लेकिन अन्त तक कोई नहीं देख पाता; अगर औरत को काट भी दिया जाये तो सिर्फ़ अंतड़ियाँ और अन्दर के अवयव देखने को मिलेंगे। जीवन में सक्रिय मर्द शारीरिक तौर पर भी बाहर से बढ़ता है। अंत में जा कर वह अपेक्षित परिणाम पेश कर देता है, या नहीं भी, पर अगर करता है तो उसे हर तरफ़ से सार्वजनिक रूप से देखा जा सकता है, और उत्पादक अपने बहुमूल्य घरेलू उत्पाद पर खुश होता है।

मर्द को अक़्सर लगता होगा, ऐरिका सोचती है, कि इस अव्यवस्था में औरत निश्चायक रूप से उससे कुछ छुपा कर रखती है। यही सबसे अन्तिम प्रछन्नताएँ ऐरिका को कचोटती हैं कि वह और अधिक गहराई में, और अधिक कुछ नया, तथा और अधिक वर्जित देखे। वह हमेशा किसी नयी अनसुनी अंतर्दृष्टि की तलाश में रहती है। उसके अपने शरीर ने अब तक कभी भी अपने ख़ामोश भेद उसके सामने नहीं खोले, जब वह टाँगें फैला कर सामान्य मुद्रा में शेव करने के आईने के सामने खड़ी होती थी, तब भी नहीं। अपनी ख़ुद की मालकिन को भी नहीं! और इस तरह पर्दे पर भी देहें सब कुछ अपने पास रखती हैं : उस आदमी से, जो देखना चाहता है कि खुले बाज़ार में औरतों में ऐसा क्या है, जिसकी उसे अब तक जानकारी नहीं है, वैसे ही ऐरिका, अन्तर्मुखी प्रेक्षिका के लिए भी।

ऐरिका के छात्र को आज अपमानित किया गया है और इस तरह दण्डित भी। ऐरिका आराम से एक टाँग दूसरी पर रखती है और व्यंग्यपूर्वक उसके अधकचरे बीथोवन के प्रस्तुतीकरण के बारे में बोलती है। ज़्यादा की ज़रूरत नहीं, अभी वह रोयेगा।

संगीत-रचना के जिस भाग की वह बात कर रही है, उसे वह आज बजा कर

दिखाना उचित नहीं समझती। आज वह अपनी पियानो-टीचर से कुछ नहीं निकाल सकेगा। अगर वह अपनी ग़लती ख़ुद नहीं देख सकता तो वह उसकी कोई मदद नहीं कर सकती।

क्या पहलेवाला पशु वन्य प्रदेश पसन्द करता था और अब वाला वन के पशुओं को साधने तथा उन्हें प्रदर्शित करने वाला अखाड़ा? यह सम्भव हो सकता है, परन्तु आवश्यक नहीं कि ऐसा हो। एक को दूसरे की तगड़ी ज़रूरत रहती है। एक को दूसरे की इसलिए ज़रूरत है कि वह उसकी दूर तक प्रकाश फेंकने वाली बत्ती के नीचे रखी कलाकृतियों की मदद से और मरियल जानवरों के सामने संगीत की डींग मार सकेगा, और दूसरे को पहले की इसलिए ज़रूरत है कि आँखों में धूल झोंकने वाली आम दुर्व्यवस्था में एक स्थायी जगह पर उसका कब्ज़ा हो। पशु को ज्ञात होना चाहिए कि ऊपर और नीचे कहाँ हैं, वर्ना यह सिर के बल खड़ा हो जायेगा। अपने प्रशिक्षक के बिना पशु असहाय अवस्था में स्वतन्त्र स्थिति में तेज़ी से दौड़ता, सनसनाता हुआ नीचे गिरने को या कमरे में इधर-उधर भटकने को और चीज़ों के दर्ज़े का ख़याल किये बिना हर उस चीज़ को चबाने, छोटे-छोटे टुकड़ों में काटने और खा जाने पर मजबूर हो जायेगा, जो उसे रास्ते में पड़ी मिल जायेगी। परन्तु हमेशा वहाँ कोई ऐसा होता है, जो उससे पूछता है कि क्या कुछ स्वादिष्ट भी है। कभी-कभी स्वादिष्ट वस्तु को उसके सामने पहले चबाया जाता है और फिर उसे टुकड़ों में पेश कर दिया जाता है। अक्सर तोड़ के रख देने वाली भोजन की तलाश बिल्कुल बन्द हो जाती है। और उसके साथ जंगल में रोमांच भी। क्योंकि वहाँ तेंदुआ अभी जानता है कि उसके लिए क्या अच्छा है, और वह उसे ले लेता है, चाहे वह चौसिंगा हिरण हो या गोरा शिकारी, जो लापरवाही कर गया। पशु अब पूरा दिन सुखी जीवन जीता है, मननशील हो जाता है, उन कलाकृतियों पर मनन करना है, शाम को जिनका निष्पादन करना है। फिर वह जलते टायरों के बीच में से कूदता है, स्टूल पर चढ़ जाता है, बिना चीरे-फाड़े गर्दनों पर चटाक की आवाज़ करते हुए जबड़ा रख देता है, दूसरे जानवरों के साथ या अकेले ताल पर नाचता है, ऐसे जानवरों के साथ, जिनका वह खुले जंगल में बिना कोई बात किये गला दबोच लेता, या सम्भव हुआ तो उन्हें देख कर भाग जाता। पशु अपने सर और पीठ पर मूर्खों जैसे कपड़े पहनता

है। कई तो घोड़ों पर चमड़े के रक्षावरण पहने सवारी करते देखे गये हैं। और उसका मालिक, स्टूल वाला, चाबुक से बजाता है! वह तारीफ़ करता है या सज़ा देता है, निर्भर करता है। निर्भर करता है कि पशु ने किस लायक़ काम किया है। मगर स्टूल पर खड़े करके चाबुक मारने वाले किसी आदमी को अब तक एक तेंदुए या एक शेरनी के हाथ में वायलिन की पेटी पकड़ा कर राह पर भेजने का ख़याल नहीं आया। साइकिल पर भालू चढ़ाना अब तक वह हद रही है, जहाँ तक मनुष्य सोच सकता था।

II

दिन का आख़िरी हिस्सा अनाड़ी उँगलियों के नीचे बचे-खुचे केक की तरह कण-कण हो जाता है, शाम आती है, और छात्रों की शृंखला धीरे-धीरे लम्बी होती जा रही है। इस बीच बार-बार अन्तराल, जिनमें टीचर टायलेट में जा कर छुपा-छुपी मुड़वाँ रोटी में से खा आती है, जिसे वह ध्यानपूर्वक काग़ज़ में लपेट रखती है। शाम को बड़े आते हैं उसके पास, जिन्हें दिन भर परिश्रम से काम करना पड़ता है, ताकि वे शाम को संगीत का अभ्यास भी कर सकें। जो पेशेवर संगीतकार बनना चाहते हैं, अधिकांशतः उस विषय के शिक्षक, जिसमें वे इस समय सिर्फ़ छात्र हैं, पूरा दिन आते रहते हैं, क्योंकि उनके पास इस संगीत के अलावा करने को और कुछ नहीं है। वे चाहते हैं कि संगीत को यथासम्भव शीघ्र और पूरी तरह सीख लें, ताकि सरकारी परीक्षा में बैठ सकें। वे अधिकतर सहयोगियों के यहाँ सुनने भी जाते हैं और उनकी कुमारी प्रोफ़ेसर कोहूट के सुखद सान्निध्य में जम कर आलोचना करते हैं। वे दूसरे मनुष्यों की ग़लतियाँ दुरुस्त करने में शर्माते भी नहीं, वही ग़लतियाँ, जो वे खुद भी करते हैं। वे अक्सर सुनते तो हैं, परन्तु वे न तो अनुभव करते हैं और न ही अनुकरण कर सकते हैं। अन्तिम छात्र के बाद शृंखला पूरी रात पीछे चलती है, और नौ बजे से फिर से, जब नये उम्मीदवार भी होते हैं, आगे बढ़ने के लिए। दंतीले पहिये कट-कट की आवाज़ कर रहे होते हैं, गदा भिड़ रही होती हैं, उँगलियाँ लगायी जाती हैं और फिर हटायी जाती हैं। कुछ बज रहा होता है।

मि. क्लेम्मर अब तीन दक्षिण कोरियाइयों की बारी के वक्त से अपनी कुर्सी पर बैठा है और मिलिमीटर-मिलिमीटर कर के सतर्कतापूर्वक शिक्षिका के निकट पहुँच रहा है। उसे यह पता नहीं चलना चाहिए, पर एक बार वह सीधा उसमें होगा। कोरियाइयों को जर्मन में सिर्फ़ बहुत ज़रूरी बात समझ में आती है, अतः उन्हें सम्मतियों, पूर्वाग्रहों तथा फटकार के साथ अंग्रेज़ी पेश की जाती है।

मि. क्लेम्मर दिल की अंतर्राष्ट्रीय भाषा में कुमारी कोहूट से बात करता है। दूरपूर्वी इसमें संगति की भूमिका निभाते हैं, संयमित अध्यापिका तथा छात्र के मध्य लटके अपने परखे हुए समचित्त स्वभाव में अनुभूतिहीन। और छात्र तो सब कुछ चाहता है।

ऐरिका एक विदेशी भाषा में शूबर्ट की आत्मा के साथ किये गये पापों की बात करती है–कोरियाइयों को अनुभूति होनी चाहिए, आल्फ्रेड ब्रेंडल[1] के रिकॉर्ड की भावहीन नक़ल नहीं करनी। क्योंकि इस तरह तो ब्रेंडल हमेशा चुटकी भर से बहुत ज़्यादा बेहतर बजाता होगा! बिना किसी के कहे क्लेम्मर संगीत की आत्मा पर बोलता जाता है, जिसे संगीत से निकाला नहीं जा सकता। कुछ ऐसे भी होते हैं, जो इसके बावजूद हिम्मत कर के उसे मार डालते हैं! यदि वे अनुभव नहीं कर सकते तो उन्हें घर बैठना चाहिए। कोरियाई को कमरे के कोने में आत्मा नहीं मिलेगी, क्लेम्मर व्यंग्य करता है, यह वरीयताप्राप्त छात्र। वह धीरे-धीरे शान्त होता है और नीत्शे[2] के साथ कहता है, जिसके साथ वह सहमत होने का दावा करता है, कि रोमांटिक संगीत उसके लिए सुखदायी नहीं है (बीथोवन के संगीत सहित, जिसे वह शामिल कर लेता है), इतना स्वस्थ नहीं वह उसके लिए। वह अपनी अध्यापिका को सौगन्धपूर्वक बताता है कि वह उसका दुख और उसकी अस्वस्थता उसके उत्कृष्ट वादन में पढ़ सकती है। ज़रूरी है एक ऐसा संगीत, जिसमें इन्सान दुख को भूल जाये। पाशविक जीवन को! स्वयं को स्वर्ग में महसूस करे। इन्सान नाचना चाहता है, जीतना चाहता है। हल्की, प्रफुल्ल लय-ताल, स्वर्णिम, कोमल स्वरसाम्य, न कुछ ज़्यादा, न कुछ कम माँगता है दार्शनिक तुच्छता पर भड़कते क्रोध में, और वाल्टर क्लेम्मर इस इच्छा से सहमत है। आप जीती कब हैं, ऐरिका, छात्र पूछता है, और उसका ध्यान इस ओर आकर्षित करता है कि शाम को जीने के लिए पर्याप्त समय बचा होगा, अगर उसका सदुपयोग करने की सोची जाये। समय का आधा हिस्सा वाल्टर क्लेम्मर का है, बाकी आधे को वह ले सकती है। लेकिन उसे तो हमेशा अपनी माँ के पास बैठे रहना है। दोनों औरतें एक-दूसरे पर चिल्लाती रहती हैं। क्लेम्मर जीवन के बारे में ऐसे बात करता है, मानो वह कोई ख़ास अंगूर हो, जिसे गृहिणी अतिथि को प्लेट में रख कर पेश करती है, ताकि वह उसे आँखों से खा ले। हिचकिचाते हुए अतिथि एक दाना उठाता है, फिर एक और, जब तक कि ख़ाली

1. आस्ट्रियाई पियानो-वादक। मोज़ार्ट, बीथोवन, लिस्ट और शूबर्ट के व्याख्याकार।

1. सुप्रसिद्ध जर्मन दार्शनिक।

डंडी हाथ में नहीं रह जाती, उसके नीचे मुक्त प्रदर्शन में गुठलियों का ढेर।

संयोगवश छुआ जाना इस औरत को ख़तरे का आभास दे रहा है, जिसकी बौद्धिकता और कला का लोग सम्मान करते हैं। ख़तरा शायद ऊपर बालों पर है, शायद कन्धे पर, जिस पर बुनी हुई जैकेट ऐसे ही डाल दी गयी है। टीचर की कुर्सी तनिक आगे सरकायी जाती है, तुरन्त एक पेचकस प्रकट होता है और धुनों के विएनी बादशाहों के तत्त्व का अन्तिम शेष, जो आज शुद्ध रूप से पियानों के मुख से निकलता है, निकाल लेता है। कोरियाई अपनी नोटबुक में घूरता जा रहा है, जिसे उसने अपने देश में ख़रीदा था। ये काली बिंदियाँ उसके लिए एक-एक पूर्णरूपेण अनभिज्ञ सांस्कृतिक वृत्त है, जिसे लेकर वह अपने देश में शेखी बघारेगा। क्लेम्मर ने कामुकता को अपने झण्डे पर लिख रखा है, बल्कि संगीत में तो कामुकता उसे मिल ही गयी है! टीचर ठोस तकनीक की सलाह देती है, यह जनाना अक़्ल की दुश्मन। उसका दायाँ हाथ बायें हाथ को सहन नहीं कर पाता। इसके लिए उँगलियों की एक ख़ास मश्क़ है, वह बायें हाथ को दायें हाथ पर ले कर जाती है, लेकिन उसे बायें से स्वाधीन रहने का पाठ पढ़ाती है। उसका एक हाथ दूसरे से हमेशा लड़ता रहता है, जैसे सयाने कौवे क्लेम्मर का हमेशा दूसरे लोगों के साथ विरोध रहता है। कोरियाई को आज के लिए बर्ख़ास्त कर दिया गया है।

ऐरिका कोहूट को अपने पीछे एक मनुष्य की देह महसूस होती है, वह काँप उठती है। इतनी नज़दीक न आ जाये कि उसे रगड़ लगे। वह उसके पीछे आता है और फिर वापस हो जाता है। साबित करता है कि कितना लक्ष्यहीन है। जब वापसी में वह आख़िर उसके आँख के कोने में प्रकट होता है, दुष्ट, कबूतर की तरह गर्दन झटकाता हुआ, मक्कारीपूर्वक अपना युवा चेहरा बत्ती की रोशनी में ऐसी जगह रखे हुए, जहाँ प्रकाश सबसे ज़्यादा निकल रहा है, तो ऐरिका भीतर एकदम रूखी और छोटी हो जाती है। उसका बाहरी छिलका भारहीनता में उसके लज्जित पृथ्वी के बीज के आसपास टिमटिमाते हुए घूमता है। उसका बदन गोश्त नहीं रहता, और उसमें कुछ बलपूर्वक प्रवेश कर जाता है, जो स्वयं को उसी तरह ठोस रूप में प्रमाणित करता है। धातु का एक बेलनाकार पाइप। एक बहुत ही मामूली ढंग से बना उपकरण, जिसे अन्दर धक्का लगाने के लिए डाला गया है। और इस वस्तु अर्थात क्लेम्मर का चित्र ऐरिका के शरीर की गुहा में प्रबलता से ख़ाका बन जाता है, उल्टा कर के उसे उसकी भीतरी दीवार पर लगा दिया जाता है। मस्तिष्क में यह चित्र स्पष्ट दृष्टिगोचर है; और इस क्षण, जब वह उसके लिए एक देह बन चुका है, जिसे हाथों में लिया जा सकता

है, वह साथ ही अमूर्त बन जाता है, अपने गोश्त को खो बैठा है। उस पल, जब दोनों एक-दूसरे के लिए शरीर हो गये हैं, उन्होंने एक-दूसरे से मानवीय सम्बन्ध तोड़ लिये हैं। कोई मध्यस्थ भी नहीं रहे, जिन्हें संदेशों, पत्रों, संकेतों के साथ भेजा जा सकता। सिर्फ़ ऐसा नहीं कि एक शरीर दूसरे में समा नहीं सकता, बल्कि एक-दूसरे के लिए कुछ और होने के वैशिष्ट्य का माध्यम बन जाता है, जिसमें वह पीड़ाजनक रूप से घुसने की इच्छा रखता है, और जितना गहरा वह घुसता है, उतने ज़्यादा गोश्त का तन्तु-विन्यास क्षयग्रस्त होता जाता है, रुई सा हल्का हो जाता है, इन अजनबी और शत्रुतापूर्ण महाद्वीपों से दूर उड़ जाता है, जो एक-दूसरे के ख़िलाफ़ गरज रहे हैं और फिर एक साथ टकरा कर ढह जाते हैं, सन के कुछ चिथड़ों के साथ खड़खड़ाते ढाँचे, जो तनिक भी छू देने पर धूल बन कर गिर जायेंगे।

क्लेम्मर का चेहरा आईने की तरह चिकना है, अनछुआ। ऐरिका का चेहरा क्लेम्मर की बाद की सड़न से चिह्नित होना शुरू हो जाता है। उसकी त्वचा सिकुड़ती है, उसमें झुर्रियाँ पड़ जाती हैं; पपोटे गर्मी के असर से कागज़ की तरह कमज़ोर गोल उभरे बन जाते हैं, आंखों के नीचे कोमल तंतु-विन्यास नीला हो कर सिकुड़ जाता है। नाक की जड़ के ऊपर दो पैनी शिकनें, जिन्हें फिर कभी इस्तरी नहीं किया जा सकता। बाहर से चेहरा बहुत बड़ा हो गया है, और यह प्रक्रिया अभी बरसों चलेगी, जब तक मांस फिर त्वचा के नीचे सिकुड़ नहीं जाता, गायब नहीं हो जाता, और त्वचा कपाल से तंगी से नहीं सट जाती, जो उसे अब गर्मी नहीं पहुँचाता। बालों में इक्का-दुक्का सफ़ेद रेशे, उबसे हुए रसों द्वारा पूरित, लगातार बढ़ते हुए, जब तक कि घृणित रूप से सफ़ेद घोंसले पूरे बन नहीं जाते, जिनमें अंडे नहीं सेये जाते, कोई सोच भी नहीं निकलती, जिनमें कुछ सुरक्षित नहीं है, संरक्षित नहीं है, और ऐरिका में भी गर्मी कभी सुरक्षित या संरक्षित नहीं रही, उसकी अपनी देह भी नहीं। लेकिन वह बाँहों में जकड़ी जाना चाहती है। वह उसकी लालसा करे, उसका पीछा करे, उसके कदमों पर पड़े, निरन्तर उसे अपने ख़यालों में रखे, उससे बचने का उसके पास कोई रास्ता न हो। ऐरिका को बाहर कम ही देखा जाता है। उसकी माँ ने भी जीवन भर ख़ुद को ऐसे ही रखा था और बहुत कम नज़र आती थी। वे अपनी चारदीवारी में रहती थीं और मेहमानों द्वारा चौंकाया जाना पसन्द नहीं करती थीं। इस तरह कोई छिजता नहीं। वैसे भी उनकी विरली सार्वजनिक प्रस्तुतियों में कोहूट महिलाओं को किसी ने कुछ ख़ास पेश नहीं किया था।

ऐरिका का अधःपतन बेआवाज खटखटा रहा है। हल्की नज़र आने वाली

शारीरिक व्याधियाँ, टाँगों की शिराओं में तकलीफ, गठिया के दौरे, जोड़ों में सूजन, सब उसमें फैल रहे थे। (इन बीमारियों को ऐरिका कम ही जानती है, अभी तक तो नहीं जानी।) क्लेम्मर, सेहतमंद बनाने वाली चप्पू-नौका खेने का विवरणपत्र, अपनी टीचर को ऐसे घूर रहा है, जैसे वह उसे अभी बँधवाकर ले जायेगा या हो सके तो खड़े-खड़े ही खा जायेगा। शायद यह आखिरी ऐसा शख़्स है, जिसे मेरी तमन्ना है, गुस्से में ऐरिका सोचती है, और जल्दी ही मैं मर जाऊँगी, अभी पचपन साल की हूँ, गुस्से में ऐरिका सोचती है। जल्दी से गाड़ी चढ़ जाऊँ, क्योंकि एक बार मर गयी तो मेरा सुनना, सूँघना और स्वाद लेना बंद हो जायेगा।

उसके पंजे कुंचियों को खरोंच रहे हैं। उसके पैर बेमतलब और घबराये हुए पंजों से कुरेद रहे हैं, वह यहाँ से वहाँ बजा रही है, झंकृत कर रही है, मर्द औरत को घबराहट दे रहा है और उसके अवलम्ब को, उसके संगीत को, उससे छीन रहा है। माँ घर पर प्रतीक्षा कर रही है। वह रसोई में लगी घड़ी पर दृष्टि डालती है, इस निर्दय लोलक पर, जो बेटी के घर लौटने से पहले कम से कम आधा घंटा टिक-टिक करेगा। परन्तु माँ, जिसे वैसे कुछ ख़रीद कर नहीं लाना, घर के सामान की प्रतीक्षा करना अधिक पसन्द करेगी। शायद किसी दिन उम्मीद के खिलाफ़ जल्दी आ जाये, क्योंकि एक छात्र नहीं आया, और फिर माँ को प्रतीक्षा करनी आवश्यक नहीं होगी।

ऐरिका अपने पियानो की सीट पर गड़ी हुई है, परन्तु साथ ही दरवाज़ा भी उसे खींच रहा है। घरेलू, सिर्फ़ टीवी की आवाज़ से भरे सन्नाटे का ज़बरदस्त खिंचाव, निर्बाध सुस्ती और चैन का यह बिंदु, अब उसके शरीर में पीड़ा बनता जा रहा है। क्लेम्मर को अंततः भाप निकाल देना चाहिए। वह यहाँ क्या बकता जा रहा है, जब कि घर पर पानी उबल रहा है, रसोई की छत में फफूंदी लग जाने तक उबलता रहेगा।

क्लेम्मर अपने जूते की नोक से लकड़ी के सजावटी फर्श को बरबाद कर रहा है और पियानो-वादक की कुंची पर प्रहार करने की संस्कृति की अत्यन्त महत्त्वपूर्ण वास्तविकता को भीतर से धुएँ के छल्लों में उड़ा रहा है, जबकि औरत भीतर घर जाने की तमन्ना लिये बैठी है। वह पूछता है : स्वर किस से बनता है, और खुद ही जवाब देता है : प्रहार की संस्कृति से। उसके मुँह से स्वर, रंगों और प्रकाश का हर सम्भव अस्पष्ट, अबोधगम्य शेषांश निकलता है। नहीं, आप जो बता रहे हैं, वह संगीत नहीं है, जैसा मैं संगीत को जानती हूँ, ऐरिका चें-चें करती है, यह झींगुरिया, और आख़िर वह अपने ग़रम घर में पहुँचना चाहती है। हाँ, यही और सिर्फ यही है, युवक के मुँह से फूटता है। अतुलनीय, ऐसा कुछ, जिसे मापा न जा सके, वह है मेरे लिए कला

का मापदंड, क्लेम्मर कहता है, टीचर का प्रतिवाद करता है। ऐरिका पियानो का ढक्कन बंद करती है, चीज़ों को समेटती है। अभी-अभी आदमी को अपने भीतर एक दराज़ में संयोगवश शूबर्ट का मानस पड़ा मिल गया है और वह उसका इस्तेमाल कर रहा है। जितना अधिक शूबर्ट का मानस धुएँ, सुगन्ध, रंग, सोच में घुलता जाता है, उतना ही ज़्यादा उसका महत्त्व वर्णात्मक के उस पार बनता जाता है। यह महत्त्व बहुत अधिक ऊँचा है, इस ऊँचाई को कोई नहीं छूता। दिखना निश्चय ही होने से बढ़ कर है, क्लेम्मर बोलता है। हाँ, वास्तविकता शायद सबसे बड़ी त्रुटियों में से एक है। इस तरह झूठ सच से बढ़ कर है, अपने ही शब्दों से आदमी निष्कर्ष निकालता है। अवास्तविक वास्तविक से बढ़ कर है। और इस तरह कला गुणवत्ता पर विजयी है।

सन्ध्या का घरेलू आनन्द, जो आज उसकी इच्छा के विरुद्ध विलम्बित हो रहा है, ऐरिका नाम के सितारे के लिए एक काला छेद है। वह जानती है कि यह ममतामयी आलिंगन उसे पूरा खा जायेगा और पचा जायेगा, परन्तु फिर भी वह जैसे जादुई आकर्षण से वहाँ खिंची चली जा रही है। गहरी लालिमा उसके गालों की हड्डियों पर उभर आती है और अपनी स्थिति को दृढ़ कर लेती है। क्लेम्मर अपनी बक-बक बंद करे और चला जाये। ऐरिका नहीं चाहती कि उसके जूते पर पड़ा कोई धूलकण भी उसे उसकी याद दिलाये। वह एक ज़्यादा लम्बे हार्दिक आलिंगन की तमन्ना कर रही है, ताकि ज्यों ही आलिंगन पूरा हो जाये, वह उसे रानी की तरह स्वयं से परे धकेल दे, यह महान नारी। क्लेम्मर औरत को छोड़ कर जाने के विचार से कभी दूर नहीं रहा, परन्तु उसे ऐरिका को बताना है कि वह बीथोवन की स्वर-रचना को परिपूर्ण रचना 101 और उससे आगे की रचनाओं से ही प्यार कर सकता है। क्योंकि वे, वह अनाप-शनाप बकता जाता है, तब से जा कर कोमल होती हैं, एक-दूसरे में प्रवाहित होती हैं, तब अलग-अलग वाक्य समतल बन जाते हैं, हाशियों पर सिरों को घोल कर सपाट बना देते हैं, सख़्त हो कर नीचे नहीं बैठ जाते, क्लेम्मर नयी खोज प्रस्तुत करता है। वह इन विचारों और भावों के अंतिम शेषांश को भीतर से निचोड़ कर निकाल देता है, और सिरे को कस कर भींच देता है। ताकि लंगोचे में जो भरा है, वह बाहर न उमड़ पड़े।

वार्तालाप को दूसरी तरफ़ मोड़ने के लिए, प्रोफ़ेसर साहिबा, मैं आपको बताना चाहता हूँ, और इसे अभी स्पष्ट शब्दों में बताऊँगा, कि मनुष्य अपनी गरिमा के उत्कर्ष पर तब पहुँचता है, जब वह वास्तविकता को छोड़ देता है और इंद्रियों के संसार को

अपना लेता है, जो आपके लिए भी सही बैठता है। वैसे ही जैसे बीथोवन और शूबर्ट के लिए, मेरे मनपसन्द कलाकार, जिनके साथ मैं स्वयं को व्यक्तिगत रूप से बहुत जुड़ा समझता हूँ, किस माध्यम से, मैं ठीक से नहीं जानता, परन्तु मुझे लगता है कि मेरे लिए भी यह सही बैठता है कि हम वास्तविकता से घृणा करें, और कला तथा इन्द्रियों को अपनी एकमात्र वास्तविकता बनायें। बीथोवन और शूबर्ट का समय तो निकल गया, पर मैं, क्लेम्मर, उभर रहा हूँ। वह ऐरिका कोहूट पर दोषारोपण करता है कि इस संदर्भ में उसमें अभी कमी है। वह सतही चीजों से चिपकी हुई है, लेकिन आदमी लोग निरपेक्ष सोच सकते हैं और ज़रूरी को गैर-ज़रूरी से अलग करते हैं। यह कहते हुए उसने छात्रों द्वारा दिया जाने वाला एक धृष्ट उत्तर दिया है। हिम्मत कर दी उसने। ऐरिका के मस्तिष्क में प्रकाश का एक एकमात्र स्रोत है, जो हर चीज को दिन के प्रकाश सा चमका रहा है। ख़ास तौर से उस पट्टी को, जिस पर लिखा है, : निकासद्वार यहाँ है। टीवी का आरामदेह मूढ़ा बाँहें फैला कर उसे बुला रहा है, इस समय चित्र के साथ हस्ताक्षर धुन हल्की-हल्की बज रही है, समाचार-वाचक अनुद्वेगशीलता से अपनी टाई ठीक कर रहा है। बगल में पड़े स्टूल पर तरह-तरह की तश्तरियाँ लगी पड़ी हैं, जिनमें नाश्ते का सामान है, जिसमें से महिलाएँ बारी-बारी से, बल्कि एक साथ भी, उठा कर खा रही हैं। ख़ाली होने पर तुरन्त उन्हें भर दिया जायेगा, एक आनन्दलोक है, जहाँ कुछ ख़त्म नहीं होता और शुरू भी नहीं होता।

ऐरिका कमरे के एक सिरे से चीजें समेट कर दूसरे में रखती है और तुरन्त वापस रख आती है, वह महत्त्व देते हुए एक दृष्टि घड़ी पर डालती है और अपने ऊँचे मस्तूल से एक अदृश्य संकेत देती है, दिखाते हुए कि काम के एक ऐसे सख़्त दिन के बाद वह कितनी थक गयी है, जब माता-पिताओं की महत्वाकांक्षा को संतुष्टि देने के लिए कला का अनाड़ीपन से दुरुपयोग किया गया है।

क्लेम्मर वहाँ खड़ा उसे देख रहा है।

ऐरिका किसी ख़ामोशी को पैदा नहीं होने देना चाहती और कोई घिसीपिटी सी बात करती है। कला ऐरिका के लिए रोज़मर्रा का घिसापिटापन है, क्योंकि कला से उसकी रोज़ी-रोटी चलती है। कलाकार के लिए कितना आसान है, औरत बोलती है, भावनाओं या संवदेना को फेंक कर मारना। नाटकीयता की तरफ मोड़ का, जिसे आप इतना सम्मान दे रहे हैं, क्लेम्मर, मतलब है कि कलाकार वास्तविक साधनों की उपेक्षा करते हुए अवास्तविक साधनों का सहारा लेते हैं। वह बोलती जाती है, ताकि ख़ामोशी फैल न जाये। मैं अध्यापिका की हैसियत से अनाटकीय कला के पक्ष

में हूँ, मसलन शूबर्ट, नाटक हमेशा ज़्यादा आसान होता है! भावनाएँ और संवेदना हमेशा सिर्फ विकल्प होती हैं, जो बौद्धिक है, उसका प्रतिहस्त। अध्यापिका भूचाल की, गरजन की, जो भयंकर तूफ़ान में उस पर गिर पड़े, मन्नत माँग रही है। आग-बबूला, क्लेम्मर अपना सिर दीवार पर तकरीबन मार देना चाहता है, बगल वाले कमरे में क्लारिनेट सीखने वाले, वह वाद्य, जिसे वह कुछ समय से दूसरे वाद्य के रूप में सप्ताह में दो बार सीखने आता है, अवश्य भौचक्क रह जाते, अगर सहसा क्लेम्मर का सर दीवार में से बीथोवन की मोम में ली गयी चेहरे की छाप की बगल में प्रकट हो जाता। यह ऐरिका, यह ऐरिका महसूस नहीं करती कि मैं वास्तव में उसकी बात कर रहा हूँ, और स्पष्टतः अपनी स्वयं की। वह एक कामुक सन्दर्भ में स्वयं को और ऐरिका को एक साथ ला रहा है और बौद्धिकता को भगा रहा है, इन्द्रियों की इस शत्रु को, गोश्त की इस घोर शत्रु को। वह सोच रही है कि उसका मतलब शूबर्ट से है, जबकि उसका मतलब सिर्फ ख़ुद से है, जैसे वह बोलते समय अपना मतलब ही आगे रखता है।

अचानक वह ऐरिका को 'तू' सम्बोधन का प्रस्ताव रखता है, वह उसे सलाह देती है कि आप मतलब की बात करें। उसके चाहे और किये बिना उसका मुँह टेढ़ा हो जाता है, गुलाब के एक झुर्रीदार फुँदने सरीखा, उसके नियन्त्रण में नहीं रहा। जो वह कहता है, यह मुँह, वह तो उसके नियन्त्रण में हैं, लेकिन वह नहीं, जो उसका बाह्य भाग प्रस्तुत करता है। उसके रोयें खड़े हो जाते हैं, सब तरफ।

क्लेम्मर खुद से चौंक जाता है, वह घुरघुराता हुआ अपने विचारों और शब्द के गरम, भरे हुए सुखदायी टब में लोटने लगता है। वह अत्यंत द्रुतगति से एक लम्बा मुहावरा पेश करता है, जिसका उसने संयोगवश रट्टा लगा कर रखा हुआ है। मुहावरे के माध्यम से वह कुछ दिखाना चाहता है, वह सोचता है, क्या। इस दिशा-परिवर्तन से ऐरिका कोहूट प्रसन्न होती है, इससे पहले कि वह पूरी रफ़्तार में आ जाये वह गंतव्य स्थान तक जाने वाली सीधी गाड़ी को रोकने के लिए छात्र के रास्ते में आ जाती है, आप बहुत जल्दी-जल्दी और शोर मचाते हुए खेल रहे हैं, मि. क्लेम्मर, और साबित कर रहे हैं कि व्याख्या में बौद्धिकता का अभाव किस तरह अपूर्णता को जन्म देता है।

आदमी पीछे एक आरामकुर्सी में गिर पड़ता है। जोश में वह रेस के घोड़े की तरह ऐसे खड़ा होता है, जिसने बहुत सारी जीतें हासिल की हैं। वह माँग करता है कि जीतों के लिए उसे मेहनताना दिया जाये और हारों की रोकथाम की जाये, महँगे

इलाज की और मनोयोगपूर्ण सेवा-शुश्रूषा की, जैसे बारह भागों वाले भोजन के चाँदी के सेट की की जाती है।

ऐरिका घर जाना चाहती है, ऐरिका घर जाना चाहती है। ऐरिका घर जाना चाहती है। वह एक उम्दा सलाह देती है : विएना जा कर मटरगश्ती करें और गहरी साँसें भरें। उसके बाद शूबर्ट बजायें, इस बार सही से।

और अब मैं भी जाऊँगी, वाल्टर क्लेम्मर ज़ोर से नोट लिखने के अपने सघन पैकेट को बन्द करता है और योजेफ काइन की तरह प्रस्थान करता है, उसे सिर्फ, बहुत सारे लोग देख नहीं रहे। लेकिन वह दर्शकों के लिए बजा भी रहा है। एक ही व्यक्ति में स्टार भी और जनता भी और मुफ़्त इनाम के तौर पर दर्शकों की वाह वाह।

बाहर क्लेम्मर अपने सुनहरे बालों को लहराने देता है, मर्दाना संडास में घुसते हुए, जहाँ वह आधा लिटर पानी सीधा नल से नीचे फेंकता है, परन्तु जो उसके पानी के लिए परखे गये शरीर में कोई खास ज्यादा नुक़सान नहीं पहुँचाता। वह चेहरे पर ऊँचे झरने के जल के छींटे जी भर कर मारता है, जो स्वेबिया के ऊँचाई पर स्थित क्षेत्र से स्वच्छ रूप में चला था। जल क्लेम्मर के चेहरे में मर जाता है। हर खूबसूरत चीज़ आखिरकार कचरे में जा कर ख़त्म होती है, वह सोचता है। सुप्रसिद्ध, पर इसी बीच कुछ हद तक विषाक्त हो चुका विएना का वृष्टिजल बरबाद हो चुका है। क्लेम्मर स्वयं को ऊर्जा से रगड़ता है, जिसका वह और कहीं इस्तेमाल नहीं कर सकता था। इसके लिए वह तरल साबुन रखने वाले पात्र से तालीशपत्र की पत्तियों का शैम्पू लेता है, बार-बार और फिर एक बार। वह छींटे मारता है और गरारे करता है। वह अपने हिसाब से धोने की प्रक्रिया को दोहारता है। हवा में इधर-उधर हिलता है और अपने बाल भी गीले कर लेता है। मुँह से कृत्रिम कलात्मक शब्द निकालता है, जिनका कला के अलावा कोई और ठोस अर्थ नहीं है। क्योंकि उसे वियोग-व्यथा है। इस वजह से वह उँगलियों से चुटकी बजाता है और जोड़ों के कड़ाके निकालता है। अपारदर्शी होफ्फ़ेनश्टेर्नषन से नीचे की दीवार से वह जूते की एक नोक से दुर्व्यवहार करता है, स्वयं के भीतर जो कुछ बन्द है, वह निकलता भी नहीं। ऊपर उससे दो-चार बूँदें ज़रूर निकलती हैं, परन्तु शेष उसके डिब्बे में रहता है, और ध ीरे-धीरे बदबूदार बन जाता है, क्योंकि वह अपने गन्तव्य जनाने बन्दरगाह को दौड़ कर नहीं जा सकता है। हाँ निःसन्देह वाल्टर क्लेम्मर रश्क़ में पड़ चुका है। पहली बार तो नहीं, परन्तु निश्चित ही अन्तिम बार भी नहीं। परन्तु बदले में उससे प्यार

नहीं किया जा रहा। उसकी भावनाओं को प्रतिफल नहीं दिया जा रहा। उसमें इस कारण जुगुप्सा उत्पन्न हो रही है, और वह अपने भीतर से लस निकाल कर और उसे वाश बेसन में ज़ोर-शोर से डाल कर इसे साबित करता है। क्लेम्मर के प्यार की खेड़ी। वह नल को इतना कस कर बन्द करता है कि उसके बाद आने वाला उसे खोल नहीं सकता, गारण्टी है इस बात की, वैसे वह पियानो-वादक भी तो है और उसके जोड़ और उँगलियाँ फौलाद की हैं। चूंकि पानी बहाकर सफ़ाई नहीं की जाती, अतः क्लेम्मर के लस के अवशेष निकास छेद पर पड़े रह जाते हैं—जो ठीक से देखेगा, उसे ठीक से दिखाई देंगे।

एक पियानो बजाने वाला या ऐसा ही कुछ करने वाला साथी इस सेकिंड में पीला फक्क हुआ सीधा अपनी पारगमन-परीक्षा से भागा हुआ आता है, एक कैबिन में घुसता है और टायलेट की चिलमची में उलटी कर देता है, एक प्राकृतिक घटना की तरह। उसके शरीर में जैसे भूचाल सा मचा हुआ है; बहुत कुछ धराशायी हो चुका है, उच्चतर माध्यमिक विद्यालय की अंतिम परीक्षा में शीघ्र बैठ सकने की उसकी उम्मीद सहित। इतनी देर तक इस परीक्षार्थी ने अपनी उत्तेजना को दबा कर रखा था, क्योंकि आखिर तो निदेशक साहब उसके उपपरीक्षक थे। अब उत्तेजना ऊर्जापूर्वक स्वयं को प्रस्तुत करना चाहती है, ताकि टायलेट के वाश बेसिन में जा सके। परीक्षार्थी से ऊपर की कुंचियों की अभ्यास-संगीत-रचना बिगड़ गयी थी, उसे दोहरी गति में शुरू कर दिया था उसने, जिसे कोई मनुष्य बरदाश्त नहीं कर पाता और शोपिन भी नहीं। क्लेम्मर टायलेट के बन्द दरवाजे से घृणा करता है, जिनके पीछे उसका साथी-संगीतकार असफलता से संघर्ष कर रहा है। एक पियानोवादक, जिस पर शरीर की सोच ने कब्ज़ा कर रखा होता है, बजाते हुए कुछ निश्चायक प्रस्तुत नहीं कर सकता। निश्चित रूप से जब उसका कोई एक भी औजार ख़राब हो जाये तो वह संगीत को कारीगारी की नज़र से देखता है, इस दौर से क्लेम्मर निकल चुका है, वह रचना के सत्य की आन्तरिक विषयवस्तु पर अधिक ध्यान देता है। उसके लिए मसलन बीथोवन की वायलिन वाली संगीत-रचनाओं में स्वर के अनायास ऊपर उठ जाने पर वाद-विवाद करने का कोई अर्थ नहीं है, क्योंकि उसे अनुभव करना चाहिए, उसे प्रस्तुत करने से अधिक मंशा होती है श्रोता के विचारों को प्रभावित करने की। क्लेम्मर घण्टों किसी संगीत-रचना के अतिरिक्त बौद्धिक मूल्य पर भाषणबाज़ी कर सकता है, जो इतने निकट है कि उसे पकड़ा जा सकता है, पर जिसे बहुत साहसी लोग पकड़ सकते हैं। वक्तव्य तथा भावना पर निर्भर करता

है। वह अपना नोट लिखने का सामान उठाता है और इस सिद्धान्त में जान डालने के लिए कई बार उसे पूरे ज़ोर से चीनी-मिट्टी के वाश बेसिन पर धम्म से मारता है, ताकि अपने भीतर से अपनी अंतिम ऊर्जा को निचोड़ कर बाहर निकाल सके, हाँ, भीतर अगर कुछ बची हो तो। परन्तु क्लेम्मर देखता है कि वह भीतर से ख़ाली है। उसने सारी ऊर्जा इस औरत पर ख़र्च कर दी है, क्लेम्मर एक प्रसिद्ध उपन्यास के शब्द बोलता है। जितना वह औरत से कर सकता था, उसने किया है। अब कुछ अनुकूलन करना होगा, क्लेम्मर कहता है। उसे उसने अपना सर्वोत्तम हिस्सा पेश किया है—पूरे ख़ुद को। बल्कि उसने अपनी बार-बार व्याख्या की है! अब बस उसे एक ही चीज़ की इच्छा है : एक सप्ताहांत, जिसमें वह जम कर चप्पूदार नौका चलाये, ताकि स्थिति को पुनः निर्धारित करके रास्ता ढूँढ़े। शायद उसे समझ सकने में ऐरिका कोहूट ज़्यादा ही पीली पड़ चुकी है। वह सिर्फ उसके हिस्सों को समझती है, पूरे साबित 'उस' को नहीं समझती।

ऊपर की कुंचियों की अभ्यास-संगीत-रचना में असफल हुआ बन्दा पैर पटकता हुआ अपने कैबिन से बाहर निकलता है और आईने के सामने अपनी झिलमिलाती छवि से तनिक आश्वस्त होकर अपने बालों में एक कलात्मक उभार बनाता है, अंतिम परिष्कृति, उसके हाथ जो करने की सामर्थ्य नहीं रखते थे। वाल्टर क्लेम्मर आश्वस्त हो कर सोचता है कि उसकी शिक्षिका भी तो अपने पेशे में नाकामयाब हुई है, फिर वह दूर तक सुनाई दे सकने योग्य अपनी वह झाग ज़मीन पर थूकता है, जो उसके उबलने से उसके भीतर इकट्ठी हो गयी है। साथी पियानो-वादक थूक को दंडित करने वाली दृष्टि से देखता है, क्योंकि घर में उसे व्यवस्थित रहना सिखाया गया है। कला और व्यवस्था, शत्रुतापूर्ण सम्बन्धी। क्लेम्मर डिब्बे से दर्ज़नों पेपर नैपकिन खींच कर निकाल लेता है, उनसे मरोड़ कर एक बड़ी गेंद बनाता है और उसे निशाना बना कर कचरे के डिब्बे के पास फेंकता है, जिसे नाकामयाब साथी आसानी से देख लेगा। यह बंदा दूसरी बार चौंक जाता है, इस बार विएना नगर के सामान को फ़ज़ूल करने पर। वह एक परचून माल के दुकानदार का बेटा है, निम्नमध्यवर्गीय परिवार से, और जब वह अगली कोशिश में भी परीक्षा में सफल नहीं हुआ तो उसे वहीं लौटना पड़ेगा। तब माँ-बाप उसकी गुज़र-बसर के लिए कुछ भी नहीं दे सकेंगे। फिर उसे कला से बदल कर 'व्यापार' का कोई विषय लेना पड़ेगा, जिससे जब वह अपने विवाह का विज्ञापन देगा तो उसका दर्ज़ा घटा होगा। बीवी-बच्चों को इसकी भारी कीमत चुकानी पड़ेगी। और इस तरह दुकानदारी और

तब्दीली दोनों कायम रहेंगे। सर्दी से लाल हुई उन लंगोचे जैसी उँगलियों का मालिक अब जब इस बारे में सोचता है तो उसकी उँगलियाँ टेढ़ी हो कर बाज़ के पंजे सी हो जाती हैं।

वाल्टर क्लेम्मर सयानेपन से अपने दिल को अपने दिमाग़ में रखता है और उन औरतों के बारे में खूब सोच-विचार करता है, जिन पर कभी उसका अधिकार था और जिन्हें उसने पुनः सस्ते दामों में धक्का मार कर अलग कर दिया था। इसके लिए उसने उन्हें विस्तारपूर्वक स्पष्टीकरण दिये थे। आदमी की अगर मर्ज़ी न हो तो वह बिना एक भी शब्द कहे चला जाता है। औरत के ऐंटेने घबराये हुए हवा में इधर-उधर टोह लगा रहे हैं, स्पर्शकों की मानिन्द, औरत है भी तो एक अनुभूतिशील प्राणी। समझ उसे अपने काबू में नहीं रखती, जो चीज़ उसके पियानो बजाने में भी सामने आती है। औरत अधिकतर क्षमता के आभास तक ही बात को रहने देती है, इसी में तसल्ली कर लेती है। इसके विपरीत क्लेम्मर एक ऐसा मनुष्य है, जो हमेशा, हर चीज़ की तह तक पहुँचना चाहता है।

वाल्टर क्लेम्मर खुद से छिपा नहीं सकता कि वह अपनी टीचर को चालू करना चाहता है। फिर वह उस पर विजय पाना चाहता है। यह विचार करते-करते क्लेम्मर हाथी की तरह दो सफ़ेद टाइलों को कुचल देता है कि यह प्रेम उसे कोई फ़ायदा नहीं देगा। अभी वह टायलेट से आर्लबेर्ग एक्सप्रेस की तरह उसी नाम की सुरंग से एक सर्द माहौल में दनदनाता हुआ निकलेगा, जिसमें समझ का साम्राज्य है। यह भूदृश्य इसलिए भी सर्द है, क्योंकि ऐरिका कोहूट ने इसमें कोई बत्ती नहीं जलायी है। क्लेम्मर इस औरत को सलाह देता है कि अपनी थोड़ी सम्भावनाओं पर गम्भीरता से सोचे-विचारे। एक जवान आदमी इस वक़्त उसके लिए अपनी ताक़त से ज्यादा काम कर रहा है। इस वक़्त तो दोनों के बीच एक वैचारिक आधार है, परन्तु अनायास ही वह परे खींच लिया जायेगा, और फिर क्लेम्मर अकेला अपनी डोंगी में बैठा होगा।

संगीत-शिक्षालय के गलियारे में, जो एकदम सुनसान पड़ा है, उसके कदमों की आवाज़ सुनाई दे रही है। वह सीढ़ी-दर-सीढ़ी किसी रबड़ की गेंद की तरह लचकता हुआ चला जा रहा है, डाली से डाली और धीरे-धीरे उसका अच्छा मूड लौट आता है, जो धैर्यपूर्वक उसकी प्रतीक्षा कर रहा था। कोहूट के पियानो के दरवाज़े के पीछे कोई आवाज़ नहीं। कई बार वह पढ़ाना समाप्त करने के बाद कुछ देर और बजाती है, क्योंकि उसका घर वाला पियानो इससे भी काफ़ी बेकार है। क्लेम्मर ने यह पता लगा लिया है। वो छूने के लिए, जिसे शिक्षिका हर रोज़ छूती है, वह दरवाज़े के हैंडल को

ज़रा सा टटोलता है, परन्तु दरवाजा ठंडा और गूँगा रहता है। एक मिलीमीटर भी नहीं दबता, क्योंकि उसने ताला लगाया हुआ है। वह अपनी सठियाई माँ के पास जाती हुई आधे रास्ते में है, जिसके साथ वह घोंसले में बैठती है, जहाँ दोनों महिलाएँ एक-दूसरे को लगभग बिना रुके धकियाती और घूँसे मारती रहती हैं। फिर भी वे एक-दूसरे से अलग नहीं हो सकतीं, छुट्टियाँ मनाने जाती हैं तब भी नहीं, जहाँ वे स्टीरिया[1] की गर्मी की ताज़गी में एक-दूसरे को नोच रही होती हैं। वो भी दशकों से! यह एक समझदार औरत के लिए एक अस्वाभाविक स्थिति है, जो, अगर कोई हर पहलू से हिसाब लगाये तो असल में बूढ़ी तो नहीं है; प्रतीक्षा की मुद्रा में क्लेम्मर अपनी प्रेमिका के बारे में ऐसा सोचता है, जब वह अपनी तरफ़ से अपने माता-पिता के पास वहाँ जाने को तैयार हो रहा होता है, जहाँ वह रहता है। उसने वहाँ अतिरिक्त शक्ति देने वाले भोजन को तैयार करने के लिए कह रखा है, एक तो इसलिए कि वह कोहूट पर फ़ज़ूलख़र्च की गयी ऊर्जा की अपनी टंकी को फिर से भर सके। और दूसरे इसलिए कि कल सुबह वह खेलने-कूदने जाना चाहता है, और वह भी समयपूर्वक बहुत ही तड़के। कोई भी खेल हो सकता है, परन्तु सम्भवतः फिर वही चप्पू-नौका क्लब होगा। उस पर एक बिल्कुल निजी दबाव है कि वह थकने की हद तक खपे, और ऐसा करते हुए एकदम बिना इस्तेमाल हुई हवा फेफड़ों में भरे, ऐसी नहीं जिसे उससे पहले हज़ारों भर कर छोड़ चुके हैं। ऐसी हवा, जिसके साथ क्लेम्मर को मोटरों की गैस और आम इन्सानों के सस्ते भोजन की दुर्गन्ध को न सोखना पड़े, चाहे उसकी मर्ज़ी हो न हो। वह कुछ ऐसा अपने भीतर भरना चाहता है, जिसका उत्पादन आल्प्स-पर्वत के वृक्षों ने क्लोरोफ़िल की मदद से ताज़ा-ताज़ा किया है। वह स्टीरिया जाना चाहता है। वहाँ एक पुराने बाँध के पास वह अपनी नाव पानी में डालेगा। एक चटक गेरुए रंग का धब्बा, जिसे दूर से देखा जा सकता है, डूबने से बचाने वाली जैकेट और लोहे के टोपे के साथ, वह दो जंगलों के बीच सर्र से निकलेगा, कभी यहाँ कभी फिर वहाँ, परन्तु एक ही दिशा में : आगे, प्रचंड धारा के बहाव का अनुसरण करते हुए। जहाँ तक हो सके पत्थरों तथा चट्टानशैलों से बच कर नौका चलानी है। उलटनी नहीं! पर गति भी बढ़ाते जानी है! एक साथी, जहाँ तक चप्पू-नौका चलाने का प्रश्न है, उसके पीछे-पीछे आ रहा होगा, परन्तु इस तरह के खेल में वह उससे आगे नहीं निकल पायेगा। खेल में यारी-दोस्ती वहीं खत्म हो जाती है, जहाँ दूसरा ख़तरनाक रूप से तेज़ हो जाता है। यार इस दोस्त से कमज़ोर

1. आस्ट्रिया का एक राज्य।

साथी के मुकाबले अपनी ताकत का जायज़ा लेने के लिए वहाँ होगा और उससे आगे अपनी दूरी बढ़ाने का प्रयत्न करेगा। इस उद्देश्य से वाल्टर क्लेम्मर एक अनभ्यस्त नौका चलाने वाले को पहले से चुन कर रखता है। वह खुद ऐसा है, जो खेल में हारना पसन्द नहीं करता। इसी वजह से उसे कोहूट से भी इतनी चिढ़ आ रही है। जब किसी मौखिक बहस में वह पार नहीं पाता तो हथियार नहीं डाल देता, बल्कि गुस्से में भर कर दूसरे के चेहरे में अन्त में ऊटपटाँग, अपचनीय बाल, पत्थर और कच्ची घास फेंक देता है, उस पर तिरस्कारपूर्ण दृष्टि डालता है, सिर में उस सब का अनुमान लगाता है, जो वह बाहर ला सकता है, लेकिन जो खेदवश अनकहा रह गया और आग-बबूला हो कर बहस छोड़कर चला जाता है।

अपनी पतलून की पिछली जेब से अब वह, चूंकि सड़क पर था, कुमारी कोहूट के प्रति अपने प्यार को निकालता है। चूंकि वह संयोगवश अकेला है और खेल में उससे कोई जीत नहीं सकता, अतः वह उस पर चढ़ कर एक ऊँची ऊँचाई पर पहुँच जाता है, जो एक साथ दैहिक भी है और बौद्धिक भी। जैसे रस्से से बनी एक अदृश्य सीढ़ी पर।

हल्के पाँव चलता हुआ वह योहान्नेसगास्से से केंर्टनर शत्रासे जाता है और फिर केंर्टनर शत्रासे से रिंग रोड के साथ-साथ चलता जाता है। आपेरा के सामने एक-दूसरे के साथ सर्पीली पटरी पर डायनो सारस की तरह बलखाती ट्रामें क्लेम्मर के लिए एक प्राकृतिक अवरोध बन जाती हैं, जिसे पार करना आसान नहीं है, अतः वह जोखिम उठाने के माद्दे के बावजूद आपेरा के चौक के पेट में घुस जाता है।

कुछ ही देर पहले एक इमारत के फाटक से ऐरिका कोहूट की आकृति निकली है। वह युवक को गुज़रते देखती है और शेरनी की तरह उसका सुराग लगाने पीछे-पीछे चल पड़ती है। अनदेखी, अनसुनी और इसलिए अनघटी है उसकी शिकार की खोज-यात्रा। वह नहीं जान पायी कि वह इतनी देर टायलेट में रहेगा, परन्तु उसने इन्तज़ार किया है। इन्तज़ार किया है। आज उसे उसके पास से गुज़रना होगा। सिर्फ़ अगर वह दूसरी दिशा में निकल गया, जो उसकी नहीं है, तो वह उसके पास से नहीं गुज़रेगा। वह वहाँ नज़र रखती है, जहाँ का कोई कभी अंदाज़ा ही नहीं लगा सकता। वह सफ़ाई से उन चीज़ों के निकल आये झब्बों के किनारे काट लेती है, जो उसके एकदम नज़दीक फट जाती हैं, विस्फोटित होती हैं या निश्चल पड़ जाती हैं, और उन्हें घर ले जाती है, जहाँ वह अकेली या माँ के साथ मिल कर उसे पलटती जाती है कि कहीं सीवन में किनके, रोटी के कण, बचा-खुचा मैल या शरीर के फटे हुए

भाग तो नहीं हैं, जिनका विश्लेषण किया जा सके। दूसरों के ज़िन्दगी या मौत के मामले उन्हें धुलाई के लिए ले जाये जाने से यथासम्भव पहले। इनमें शोध करने और पाने को बहुत कुछ होता है। ऐरिका के लिए बस यही चिप्पड़ ही सारभूत तत्व हैं। उत्साहपूर्वक को. महिलाएँ अकेली या दुकेली अपने घरेलू आपरेशन लैम्प पर झुकती हैं और मोमबत्ती की रोशनी में देखती हैं, यह जाँचने के लिए कि ये शुद्ध वनस्पति के या जानवरों के रेशे हैं, या मिश्रित तंतु अथवा शुद्ध कलाकृति है। बू से या जले हुए के गाढ़ेपन से पक्का मालूम पड़ता है और फिर व्याकुल हो कर सोचा जा सकता है कि काटे गये का किसी काम के लिए इस्तेमाल किया जा सकता है।

माँ और बच्ची अपने सर एक-दूसरे में घुसा लेती हैं, मानो वे एक ही मनुष्य हों और अनजाना तत्त्व उनके सामने सुरक्षित, अपने मूल स्थान से मुक्त हुआ पड़ा है, उन्हें छू नहीं रहा, धमका नहीं रहा, परन्तु दूसरों के दुष्कर्म उसके गर्भ में हैं और वह ग़ौर से अपना निरीक्षण करवाना चाहता है। वह जा नहीं सकता, छात्र भी अपनी शिक्षिका के ओहदे के रुआब की वजह से नहीं जा सकते, और जब वे अभ्यास के खदबदाते पानी में नहीं होते तो वह हर जगह उनके बराबर आ पहुँचती है।

ऐरिका के सामने क्लेम्मर तेज़ी से टाँगें मारता हुआ निकल रहा है। वह लक्ष्यनिष्ठ एक ही दिशा में बढ़ा जा रहा है, कोई छोटा रास्ता लिये बिना। ऐरिका हर चीज़, हर इन्सान से कतराती है, लेकिन जब कोई फुर्ती से उससे बच कर निकलता है तो वह उसके त्राणकर्ता की तरह तुरन्त उसके पीछे जाती है जैसे चुम्बक से खिंची चली जा रही हो, पदचिह्नों पर।

ऐरिका कोहूट सड़कों से होती वाल्टर क्लेम्मर के पीछे तेज़ी से चली जा रही है। क्लेम्मर, जिसमें कुछ आपूर्ण रह जाने की वजह से क्रोध और कुछ अनचाहा होने की वजह से चिढ़ की अग्नि जल रही है, नहीं जानता कि उसका प्रेम, उससे छोटी चीज़ नहीं, उसके पीछे-पीछे आ रहा है और बल्कि उसी रफ़्तार से, जिसमें वह सर्राता हुआ जा रहा है। ऐरिका को जवान लड़कियों से शंका होती है, और उनके बदन के साइज़ और कपड़ों को वह नीची नज़र से देखती है, और हास्यास्पद समझती है। कैसे वह अपनी माँ के साथ इन प्राणियों की हँसी उड़ायेगी, बस वहाँ पहुँचे तो सही। वे अहानिकर रूप से क्लेम्मर की अहानिकर राह में आ रही हैं और किसी सायरन के गीत की तरह वे उसमें रिस कर फैल जायेंगी, जब तक वह अन्धा हो कर उनके पीछे नहीं चलने लगता। वह नज़र रखती है कि क्लेम्मर की नज़र किस औरत पर टिकती है, और बाद में वह उस नजर को मिटा कर साफ़ कर देती है। एक युवक का जो

पियानो बजाता है, स्तर ऊँचा होता है, जिसके लिए कोई काफ़ी नहीं होती। उसे कोई नहीं चुननी चाहिए, हालाँकि उसे बहुत सी चुनने को ढूँढ़ रही होंगी।

ऐसे टेढ़े-मेढ़े और ग़लत रास्तों से होते हुए यह जोड़ी योज़ेफ़श्टाट से गुज़र रही है। एक स्वयं को आखिर ठण्डा करने के लिए और दूसरी ईर्ष्या के मारे घर्षण द्वारा तप्त होने के लिए।

ऐरिका का मांस उसके आस-पास कस कर लिपटा है, यह अपारगम्य कोट, कोई स्पर्श नहीं किया जायेगा। स्वयं में ही बन्द रहती है यह और फिर भी अपने छात्र के पीछे खिंची चली जा रही है। एक धूमकेतु के शरीर के पीछे उसकी पुच्छ। आज वह अपने कपड़ों के भंडार के विस्तार के बारे में नहीं सोच रही। परन्तु यह सोच रही है कि पढ़ाई के अगले घंटे में अपने संग्रह से कुछ निकाल कर पहने, वह बन-ठन कर जायेगी, अब, जब वसन्त आ गया है।

घर पर माँ और इन्तजार नहीं करना चाहती, और जिन लंगोचों को वह भून रही है, वे भी इन्तजार पसन्द नहीं करते। मांस का कतला अब बेस्वाद और सख़्त हो चुका होगा, जब ऐरिका आयेगी तो माँ आत्माभिमान को चोट पहुँचाने का दिखावा करते हुए गृहिणियों वाली एक चाल चलेगी, जिससे फ्रैंकफर्टर फट जायेंगे और पानी उनमें घुस कर फैल जायेगा, ताकि वे ख़ासतौर से 'कुछ नहीं' का स्वाद दें। उलाहने के रूप में इतना पर्याप्त होगा। इस बारे में ऐरिका को इल्म नहीं है।

वह क्लेम्मर के पीछे भाग रही है और क्लेम्मर उससे दूर भाग रहा है। इस तरह दूसरे से निबाह रहा है। हमेशा एकदम सही जगह पर। ऐरिका का पाँव पीछा करते हुए वहाँ पड़ता है, जहाँ पहले क्लेम्मर का पड़ा है। ऐरिका को वैसे यह बिल्कुल अच्छा नहीं लग रहा कि वहाँ से गुज़रते हुए मंजूषाओं के काँच उसकी तरफ ध्यान न दे कर उसे सज़ा दे रहे हैं। वह कनखियों से फ़ैशन की दुकानों की मंजूषाओं को ताकती जाती है। यह एक ऐसा इलाक़ा है, जहाँ उसने कपड़े खरीदने पर शोध नहीं की, हालाँकि वह हमेशा शानदार नये कपड़ों की तलाश में रहती है। उसे तभी संगीत-समारोह में पहनने के लिए एक नयी पोशाक की ज़रूरत थी, लेकिन उसे यहाँ कोई नज़र नहीं आ रही। नगरकेंद्र में ख़रीदना बेहतर रहता है। वसन्त के पहले नमूनों और शरद के मिट्टी के मोल बिकने वाले कपड़ों पर कार्नीवल के साँप टूट-टूट कर गिर रहे हैं। उसके अलावा चमकीली भड़कीली पोशाकें, जो अगर पूर्ण अन्धकार में देखी जायें तो सुरुचिपूर्ण और सायंकालीन लगेंगी। नफ़ासत से लगाये गये, कृत्रिम तरल पदार्थ से भरे शैंपेन के दो पानपात्र, जिस पर पिच्छ से बना एक दक्षिण अमरीकी

अजगर आराम से बैठा है। एक जोड़ा असली इतालवी सैंडलों का, ऊँची एड़ी वाला, जिसमें ऊपर से चमकीला रंग भी छितरा हुआ है। उसके सामने एक अधेड़ महिला, एकदम सिकुड़ी हुई, जिसके पाँव 41 साइज़ के ऊँट के बालों के जूतों में भी पूरे नहीं आयेंगे, इतने पिचक चुके हैं वे सारा जीवन खड़े हो कर अरुचिकर काम करते रहने से। ऐरिका एक चटकीले लाल रंग की शिफ़ोन की पोशाक पर दृष्टि डालती है, जिसकी गले की काट और आस्तीनों पर झालर है। यह जो यहाँ है, उसे पसन्द है, वह वहाँ वाला कम पसन्द है, क्योंकि वह इतनी बूढ़ी तो अभी नहीं हुई।

ऐरिका कोहूट वाल्टर क्लेम्मर का पीछा कर रही है, जो एक बार भी पीछे देखे बिना उच्च्वर्ग की एक मध्यवर्गीय इमारत के दरवाजे के फाटक में प्रवेश करता है, जहाँ से वह पहली मंजिल पर अपने माता-पिता के फ़्लैट में जायेगा, जहाँ उसका परिवार उसकी प्रतीक्षा कर रहा है। ऐरिका कोहूट भीतर नहीं जाती। वह वहाँ से ज़्यादा दूर नहीं रहती, उसी क्षेत्र में रहती है। छात्रों की सूची से वह जानती है कि क्लेम्मर नज़दीक रहता है, आन्तरिक एकात्मकता का एक प्रतीक शायद उनमें से कोई एक दूसरे के लिए बना है, और दूसरे को लड़ाई-झगड़े के बाद यह समझ में आयेगा।

लंगोचों को और इन्तज़ार नहीं करना होगा, ऐरिका उनके पास आ रही है। वह अब जानती है कि वाल्टर क्लेम्मर कहीं नहीं रुका, बल्कि सीधा घर गया है, अतः वह आज की अपनी चौकीदारी की ड्यूटी का अन्त कर सकती है। लेकिन उसके साथ कुछ हुआ है, और वह इस घटने के परिणाम को घर साथ ले कर जा रही है, जहाँ वह पहले तो उसे किसी पेटी में बन्द कर देगी, ताकि उसकी माँ उसे खोज न सके।

'छुटभैये-प्रातर'[1] में मस्त छोटी जनता प्रातर की बांगरों में अपना मनोरंजन कर रही है, हर कोई अपने ढंग से। छुटभैये-प्रातर में ऊपर तक सूअर के मांस के कतलों, सिवैयों, बीयर और शराब से भरे माता-पिता अपनी ही तरह ठसाठस भरी अपनी औलाद को (प्लास्टिक के) घोड़ों, हाथियों, कारों, ज़ालिम अज़दहों पर चढ़ा रही हैं, और चक्कर खाता बच्चा उसमें प्यार से धकेले गये पूरे सामान को कै में बाहर थूक देता है। इसके लिए उसे एक तमाचा पड़ता है, क्योंकि रेस्तरां में भोजन के पैसे भी

---

1. प्रातर : विएना का एक उपनगर, जहाँ एक मनोरंजन-स्थल है।

तो लगे हैं और रोजाना तो इस तरह नहीं खाया जाता। माँ-बाप अपना भोजन खुद में रखते हैं, क्योंकि उनके पेट मज़बूत हैं और जब औलाद नीचे आती है तो हाथ बिजली की तरह तेज़। इस तरह औलाद की रफ़्तार बढ़ायी जा सकती है। जब माँ-बाप बहुत ज़्यादा पी लेते हैं, सिर्फ तब यह हो सकता है कि वे बहुत ऊपर तक घूमते चक्के की सवारी बरदार्शत नहीं कर पाते। अपने साहस को परखने के लिए और एवजी खुशी पाने के लिए नवीनतम पीढ़ी को पिछली से पिछली पीढ़ी के चिप्स वाले इलैक्ट्रोनिक्स के मज़ा देने वाले उपकरण मिल गये हैं। इन उपकरणों के नाम अन्तरिक्ष-यात्रा से हैं। ये उपकरण बिना सीढ़ी के तुरन्त और सर्राते हुए हवा में उठ जाते हैं, और चलाने वाले की मर्ज़ी के मुताबिक वहाँ जहाँ चाहें डगमगाते हैं, चलाने में अतिसूक्ष्मता बरतनी पड़ती है। ऊपर जा कर ऊपर और नीचे में फ़र्क न लगने की सम्भावना रहती है। साहस कर के इनमें चढ़ा जा सकता है, परन्तु वास्तव में इन्हें अल्पविकसितों के लिए बनाया गया है, जो दुनिया में रह कर सख़्त बन चुके हैं, लेकिन उन पर कोई उत्तरदायित्व नहीं है, अपने शरीर के प्रति भी नहीं। वे बरदाश्त कर सकते हैं, जब ऊपर नीचे बन जाये और नीचे ऊपर। अन्तरिक्ष-यान एक लिफ़्ट है, जिसमें धातु के दो विराट खोल हैं, जिसमें लोग होते हैं। धरती पर मंगेतर के लिए प्लास्टिक के गुड्डों पर निशाने लगाये जाते हैं, जिन्हें फिर बाद में घर ले जाया जा सकता है। बरसों बाद इस बीच निराश हो चुकी बीवी देखती है कि पहले उसका दोस्त उसकी कितनी कद्र करता था। प्रातर में आस-पास आंशिक रूप से झाड़-झंखाड़ उगे हुए हैं और ये मैदान खूब लम्बे-चौड़े हैं, इस हरियाली में दृश्य अन्तर्विरोधपूर्ण है। एक भाग में दिल्लगी और नोक-झोंक का साम्राज्य है : खूबसूरत, बड़ी और भयंकर रूप से तेज़ कारें घुड़सवारी के अनुरूप कपड़े पहने लोगों को उतारती हैं, जो फिर मौक़े के मुताबिक घोड़े की पीठ पर चढ़ जाते हैं। कई बार वे बचत करते हैं, घोड़े पर, और सिर्फ़ पोशाक ख़रीद लेते हैं, जिसे पहन कर वे यहाँ-वहाँ फुदकते फिरते हैं। सेक्रेट्री अपने आपको यहाँ बरबाद कर लेती हैं, क्योंकि बॉस के साथ रोज़मर्रा की ज़िन्दगी में उन्हें नफ़ीस कपड़े पहनने पड़ते हैं। मुनीम खट-खट करते चल रहे होते हैं, ताकि शनिवार दोपहर बाद एक पशु एक घंटा उनके लिए टप-टप करके चले। इसके लिए वे ओवरटाइम खुशी से करते हैं। कार्मिक विभागों के अध्यक्ष और मैनेजर तनावमुक्त होते हैं, क्योंकि वे इस लायक़ होते हैं, उन्हें तनावमुक्त होना नहीं पड़ता। और हर कोई देख भी लेता है कि वे क्या हैं, और वे तब दुबारा गोल्फ़ के खेल को देखना शुरु कर सकते हैं।

घुड़सवारी के लिए इससे भी खूबसूरत जगहें हैं परन्तु कहीं भी और इतने सारे सीधे-सादे परिवारों को इतने सारे ज़ंजीर से बँधे बच्चों और कुत्तों के साथ नहीं देखा जा सकता, जो कहते हैं, ऊ रिहा घुड़वा, जिस पर वे घुड़सवारी करना चाहेंगे, जिसके लिए बहुत ज़िद्द करने पर उन्हें एक तमाचा पड़ता है। हममें इसका सामर्थ्य नहीं है। बदले में छोरे या छोरी को गोल-गोल चक्कर खाते घोड़े पर टिका दिया जाता है, जहाँ वे कर्णकटु स्वर में गला फाड़ कर चिल्लाते-गाते हैं। इससे बच्चे को कुछ सीखने को मिलता है, अर्थात अधिकतर चीज़ों की सस्ती प्रतिलिपियाँ होती हैं, जो उसे मिल सकती हैं, खेद है कि बच्चा सिर्फ़ उसी के बारे में सोचता है जो उसे नहीं मिला, और अपने माँ-बाप से नफ़रत करता है।

क्रीआऊ और फ्रोएडेनाऊ भी तो हैं, जहाँ घोड़े अपने पेशे में कड़ी मेहनत करते हैं, दुलकी चाल चलने वालों को 'कूदने' की अनुमति नहीं होती और सरपट चौकड़ी भरने वालों को और भी तेज़ भागना होता है। हर ओर धरती पेय पदार्थों के खाली डिब्बों, रेस की टिकटों और हर तरह के कचरे से पटी पड़ी होती है, जिसे प्रकृति पचा नहीं सकती। सिर्फ़ नरम काग़ज़ को पचा लेती है वह, जिसे रूमाल के तौर पर इस्तेमाल किया जाता है; काग़ज़ कभी प्रकृति का उत्पाद था, पर उसे फिर वैसा बनाने में बहुत समय लगता है। पैर पटक कर सपाट कर दी गयी धरती पर काग़ज़ की प्लेटें बेस्वाद बीजों की तरह बिखरी पड़ी हैं। सोच-समझ कर पौष्टिक भोजन से तैयार किये गये, शानदार पुट्ठों वाले चौपाये धावक घोड़े छतों के नीचे तेज़ी से हिलते ऊपर-नीचे भागते हैं और वफ़ादारी से वहाँ ले जाये जाते हैं। उन्हें इसके अलावा और कोई फ़िक्र करने की ज़रूरत नहीं है कि कौन सी तरकीब से उन्हें तीसरी रेस में जीतना है, और यह उन्हें जॉकी या सवार समयपूर्वक बता देता है, हारने से पहले।

दिन की बत्ती बुझने के और चिराग़ तथा दस्तकारी या बघनखे तथा पिस्तौलें ले कर आयी रात के फैलने के बाद ही मनुष्यों का आगमन होता है, जो जीवन में कुछ जल्दी ही ले आये गये हैं, अधिकतर औरतें विरले ही परन्तु फिर भी : बहुत छोटे लड़के, क्योंकि जब उनकी उम्र बढ़ती है तो उनका भाव बूढ़ी औरतों से भी कम हो जाता है। जो फिर किसी भी दौर में समलैंगिकों के काम के नहीं रहते। तब प्रातर का खुला चकला अपने द्वार खोलता है।

इसे सब जगह, पूरे विएना में, बच्चे बच्चे तक जानते हैं, जिन्हें चेताया जाता है कि अँधेरे में इस जगह से दूर रहें : बायी तरफ लौंडे, दायी तरफ लौंडियाँ। यहाँ अपने धंधे और जीवन के हाशिये पर पहुँची अधेड़ औरतों को भी देखा जा सकता

है। अक्सर लोगों को उनके कटे-फटे, अजनबी कारों से फेंके गये अवशेष मिलते हैं। अधिकतर पुलिस फज़ूल में तहकीकात करती है, क्योंकि मुजरिम व्यवस्थित सन्नाटे से आया होता है। और वहीं लौट गया होता है। अगर वह भडुआ नहीं होता; उसके पास भी जुर्म के वक़्त कहीं और होने का सबूत होता है। सफ़री चटाई का आविष्कार यहाँ किया गया था, पहली बार इस्तेमाल भी यह यहाँ की गयी थी। जिसके पास घर नहीं है, होटल नहीं है, टिकने का स्थान नहीं है, कार नहीं है, उसके पास कम से कम परिवहन योग्य नीचे बिछाने का गद्दा तो होना चाहिए, जो गर्मी पहुँचाता है, और जब वासना धरती की तरफ़ धकेले तो जिस पर वह नर्मी से गिरता है। यहाँ विएनत्व अपनी असीमित दुष्टता में अपनी सुन्दरतम कलियाँ बिखेर रहा है, जब एक फुर्तीला युगोस्लाव या फ़्युंफ़हाउस का एक फटाफट फिट्टर जो पैसे बचाना चाहता है, खदेड़ा गया, अश्लीलतापूर्वक क्रोध से मुँह से फेन निकालती एक पेशेवर औरत जिसके पीछे पड़ी है, उसकी मेहनत का पैसा उसे नहीं देता। लेकिन फ़्युंफहाउस के फ़िट्टर को सबसे ज़्यादा चाहत अपने और अपनी मंगेतर के लिए एक ऊटपटांग सी छप्पर वाली जगह की है, जहाँ वह अपने निजी जीवन की हरामज़दगियों को छुपा कर रख सके। इन्सान किताबें, स्टीरियो, रिकार्डों और बक्सों के साथ, टीवी, रेडियो और तितलियों का संग्रह, मछलीघर, शौक़ के उपकरण और क्या नहीं और क्या नहीं और क्या नहीं देखने वालों की नज़र से बचा कर रख सकता है, अच्छी हालत में सँभाल कर सुरक्षित रख सकता है। मेहमान सिर्फ़ गहरे रंग में रोगन किये गये शीशम के अवरोध को देखते हैं, उसके पीछे की अव्यवस्था को नहीं, वह देखता है शायद—और उसे देखना भी चाहिए—घर के छोटे बार को, जिसमें रंग-बिरंगी मीठी ब्रांडी की बोतलें हैं, और बार पर रखे, गुस्से में दमकते, अच्छी तरह रगड़ कर साफ़ किये गये गिलासों को। जिन्हें कम से कम विवाह के प्रारम्भिक वर्षों में तो प्यार से साफ किया गया था, बाद में बच्चों ने उन्हें तोड़-फ़ोड़ दिया था, या फिर जानबूझ कर उन्हें साफ़ करना भूल जाया जाता था, क्योंकि खाविंद हमेशा देर से घर लौटता था और घर में शराब पीता रहता था। दर्पणयुक्त बार तब धीरे-धीरे धूल से पट गया था। युगोस्लाव, और तुर्क भी कुदरती तौर पर औरत से नफ़रत करते हैं, फिट्टर उसे सिर्फ़ तब नफ़रत करता है जब वह साफ़ नहीं होती या पाउडर लगाने के लिए पैसे लेती है। यह पैसा कहीं और बेहतर ढंग से ख़र्च किया जा सकता है, जहाँ इसके लिए समय कुछ लम्बा मिलता है। किसी ऐसी चीज़ के लिए, जिसमें इतना कम समय लगता है, जैसे छूटने में, पैसा खर्च करना ज़रूरी नहीं समझता, क्योंकि आख़िर

तो उसके साथ मज़ा औरत को आता है, जो उसे और मर्दों के साथ न आता। अपने वीर्य को उसने अपने जीवन के माध्यम से परिश्रम कर के धीरे-धीरे बनाया है। जब वह मर जायेगा तो वैसे भी वह कोई रस और ताक़त पैदा नहीं कर सकेगा, औरतों के लिए जो अफ़सोस की बात होगी। फ़िट्टर अक़्सर इसका सार्वजनिक आयोजन नहीं कर सकता, क्योंकि तब लोग उसे उस परिवेश में जानेंगे और बेरहमी से उसकी नाक में दम किये रहेंगे। लेकिन इस समय माली हालत ख़राब होने की वजह से, क्योंकि किस्तें देनी हैं, वह पीटे जाने और उससे भी बुरे कृत्यों का जोखिम लेता है। स्त्री की योनि के उपभोग में परिवर्तन की उसकी इच्छा उसकी आर्थिक इच्छाओं और सम्भावनाओं के अनुरूप नहीं है।

अब वह एक ऐसी औरत की तलाश में है, जो उससे सुरक्षा पाने का विचार मन में न लाये। उसे बल्कि आभारी होना चाहिए, क्योंकि फ़िट्टर एक हट्टा-कट्टा पट्ठा है। उसने कामुकता के साम्राज्य में अपने लिए भीड़ से अलग रहने वाली एक ख़ास औरत चुनी है, एक अधेड़ अम्मा। एक युगोड़ा या तुर्क अक़्सर जोखिम मोल नहीं ले सकता, क्योंकि औरतें उसे नज़दीक नहीं फटकने देती। किसी भी हालत में इतना नज़दीक नहीं, जहाँ तक पत्थर उड़ कर जा सके। जो उसे ग्राहक के रूप में स्वीकार करती है, वह बदले में उसके कुछ माँग नहीं सकती, क्योंकि उसका अपना काम भी तो कोई कीमत नहीं रखता। मसलन एक तुर्क की तरह, जिसकी अपने बॉस के पास उतनी ही कम कीमत है, जो वह अपने तनख्वाह के लिफ़ाफे से जान जाता है, उसे अपनी पार्टनर से जुगुप्सा होती है। वह निरोध चढ़ाने से मना करता है, क्योंकि सूअरिया तो तीया है, वह नहीं, फिर भी फिट्टर की तरह वह उस अप्रिय, परन्तु नज़रअन्दाज न किये जा सकने वाले तथ्य की तरफ़ ख़िचता चला जाता है, जो स्वयं को तीया कहती है। जो औरत को पसन्द नहीं करते, अपनी इच्छा से वे कभी उसके साथ नज़र नहीं आयेंगे। पर चूंकि वह अब उपलब्ध है तो पहली नज़र में उसके साथ किया भी क्या जा सकता है?

फ़्युंफ़हाउस का फिट्टर अपनी मंगेतर के साथ कम से कम एक सप्ताह अच्छा बरताव करके उसे इज्ज़त देगा। वह उसे साफ़-सुथरी और मेहनती बनाता है। वह अपने दोस्तों से कहता है कि उसे उसकी वजह से झेंप नहीं होती, और यह एक बहुत बड़ी बात है। वह उसके साथ हर डिस्को में जा सकता है, और सीधे-सादे स्वभाव वाली वह उससे बहुत अधिक की अपेक्षा नहीं रखती। उसे प्राप्त उससे भी कम होता है और वह जान नहीं पाती। वह उससे बहुत छोटी है। वह एक बिखरे

अव्यवस्थित परिवार से आयी है, अतः व्यवस्था का बहुत सम्मान करती है। उसके पास उसे देने को कुछ है। तुर्क के बारे में निजी स्तर पर बोला नहीं जा सकता, क्योंकि वह वास्तव में वहाँ नहीं है। वह काम पर है। और काम के बाद उसे खुद को कहीं हिफ़ाजत से रखना है, जहाँ वह मौसम से कुछ हद तक सुरिक्षत हो, परन्तु कोई नहीं जानता कि कहाँ। शायद ट्राम में, बिना टिकट कटाये। अपनी ग़ैर-तुर्क दुनिया के लिए वह गत्ते के उस गुड्डे की तरह है, जिस पर निशाना लगाया जाता है। कभी-कभी काम न होने पर बिजली की मोटर से उसे बाहर निकाला जाता है, कोई उस पर गोली चलाता है, निशाना लगाता है या नहीं लगाता, और गोली चलाने वाली जगह को दूसरी तरफ़ से उसे अपनी जगह से पुनः हटा लिया जाता है। वह अदृश्य दशा में भागता है—कोई नहीं जानता कि उसके साथ क्या होता है, पर शायद कुछ नहीं होता—लुगदी के पहाड़ के पीछे भागता है वह, अपनी पहले वाली मुद्रा में लौट आता है, उसी जगह जहाँ खड़ा था और कृत्रिम पर्वत की चोटी पर, आल्प्स पर्वत की ऊँचाइयों पर पाये जाने वाले कृत्रिम फूलों में और नीले फूलों वाले कृत्रिम पौधों से सज्जित हाथ में पुनः प्रवेश होता है उसका, जहाँ विएना की सशस्त्र चित्तवृत्ति उसकी प्रतीक्षा कर रही है, जिसे अवकाश के दिन के कपड़े पहने धर्मपत्नियों ने उकसाया होता है, क्रोने अख़बार के अल्पविकसित पुत्र ने, जो बाद में गोलीबारी में पापा को मारना चाहता है, सिर्फ़ उसके नाकामयाब होने की घात लगाये बैठा है। जिसका निशाना सही लगता है उसे इनाम में प्लास्टिक का एक गुड्डा मिलता है। पिच्छ के फूल और स्वर्णिम गुलाब भी होते हैं, लेकिन जो कुछ भी होता है, वह मैडम के अनुकूल बना होता है, जो विजयी निशानेबाज़ का इन्तज़ार कर रही होती है, उसकी तरफ़ से वह खुद उसके लिए सबसे बड़ा इनाम होती है। वह यह भी जानती है कि वह सिर्फ़ उसके लिए ज़ोर लगा रहा है, और जब असफल होता है तो चिढ़ता है। दोनों परिस्थितियों में उसे भुगतना पड़ता है। जब निशाना बगल में लग जाने की हालत को आदमी बरदाश्त नहीं कर पाता तो ज़बरदस्त टंटा हो सकता है। औरत जब इस स्थिति में हमदर्दी दिखाते हुए उसकी हिमायत करती है तो आग में घी डालने का काम करती है। उसे वह भुगतती है जब वह उसे जानवरों की तरह चोदता है, हालाँकि आज मुख्य काम से पहले हल्की सी उत्तेजना का भी प्रबन्ध नहीं किया गया। वह पी कर टुन्न होता है और फिर जब वह उसे मना करती है तो मार-मार कर वह दाँतों से खून निकाल देता है। और पुलिस सायरन बजाती हुई हाज़िर हो जाती है और पुलिस की गाड़ी से निकल कर औरत से पूछती है कि वह क्यों इतना

चिल्ला रही है। अगर वह ख़ुद नहीं सो सकती तो कम से कम आसपास वालों को तो सोने दे। फिर महिला-आश्रम का पता उसके हाथ में थमा दिया जाता है।

शिकार पर निकला ऐरिका का जहाज़ उस क्षेत्र में शिथिलतापूर्वक बढ़ता जा रहा है, जहाँ प्रातर का हरा-भरा हिस्सा दूर तक फैला हुआ है। अब कुछ समय से यह उसका भी क्षेत्र बन गया है। उसने अपने प्रभावक्षेत्र का विस्तार कर लिया है, अपने क्षेत्र के आखेट-योग्य पशुओं को वह बहुत समय से जानती है। इसके लिए हिम्मत चाहिए। उसने मज़बूत जूते पहन रखे हैं, ताकि ज़रूरत पड़ने पर, अगर उसे कोई देख ले तो, वह झाड़ियों पर, कुत्तों द्वारा निकाले गये लोंदों पर, ख़ाली, लिंग के आकार की बनी प्लास्टिक की उन बोतलों पर, जिनमें बच्चों की लेमनेड के विषैले पदार्थों से रंगे गये तरल अवशेष हैं (जिनके भिन्न-भिन्न स्वादों के लिए पशुओं की भिन्न-भिन्न जातियाँ टीवी में गा कर विज्ञापन करती हैं।) अत्यन्त रहस्यहीन उद्देश्यों के लिए प्रयोग किये गये चुपड़े हुए कागज़ के ढेरों पर, सरसों की बची-खुची चटनी से लिथड़ी काग़ज़ की प्लेटों पर, टूटी-फूटी बोतलों पर या अपने भूतपूर्व लोड़े के आकार में अब ढीले पड़े, पूरे भरे निरोधों पर पैर रख सके। घबराई सी झुकी हुई वह सूँघते जा रही है। वह हवा अन्दर भरती है और फिर बाहर निकाल देती है।

हाँ यहाँ, प्रातरश्टेर्न में, जहाँ वह उतर रही है, अभी इतना ख़तरा नहीं है। वैसे तो यहाँ सीधे-सादे आने-जाने वाले लोगों में गरम बदमाश मर्द और आवारागर्द भी मिल जाते हैं, परन्तु फिर भी नफ़ीस औरतें कभी कभी प्रातरश्टेर्न घूमने आ सकती हैं, हालांकि इलाक़ा इतना बढ़िया नहीं है। यहाँ ऐसा कुछ मसलन लुका-छुपी होता है कि अकेले इधर-उधर खड़े विदेशी अगर वे अख़बार नहीं बेच रहे होते तो बड़े-बड़े प्लास्टिक के थैलों से मर्दानी स्पोर्ट्स शर्ट्स निकालते हैं, सजावटदार जेबों वाली, सीधे फैक्ट्री से, चीखते रंगों में महिलाओं के लिए फैशनेबल कपड़े, सीधे फैक्ट्री से, बच्चों के खिलौने, सीधे फ़ैक्ट्री से, भले थोड़े से टूटे-फूटे होते हैं, पतले बिस्कुटों के टोटों की किलो-किलो की थैलियाँ, सीधे फ़ैक्ट्री से, बिजली के और इलैक्ट्रोनिक्स के सामान के छोटे-मोटे हिस्से, सीधे फ़ैक्ट्री से या सेंध से, ट्रांज़िस्टर या रिकॉर्ड प्लेयर्स, सीधे फ़ैक्ट्री से, या सेंध से, और सिगरेटों के डंडे, और कहाँ से, चिल्ला-चिल्ला कर बेच रहे होते हैं वे ये चीज़ें। सीधी-सादी रूप-सज्जा के बावजूद ऐरिका ऐसे लगती है मानो उसका कंधे पर पड़ा ख़ास बड़ा पर्स ख़ास इसलिए बनाया या कम से कम ऐसे टाँगा गया है कि उसमें फ़ैक्ट्री से निकला एकदम नया एक मिनी कैसेट रिकॉर्डर, जिसकी राष्ट्रीयता और चलने की क्षमता का कुछ पता नहीं है, फिर भी जो प्लास्टिक

की नयी-नकोर पन्नी में लिपटा है। जनता की दृष्टि बचा कर उसमें गुम हो जायेगा। परन्तु पर्स में कुछ ज़रूरी चीजों के अलावा मुख्यतः रात को पहनने वाला एक अच्छा चश्मा है। ऐरिका भुगतान करने योग्य लगती है, क्योंकि उसके जूते ख़ालिस चमड़े के हैं और तला भी बढ़िया है, उसका कोट चीख नहीं रहा, परन्तु न पहचाने जाने की हद तक छुपा भी नहीं हुआ, बल्कि शांति-पूर्वक, और महँगा पहनने वाली के कंधे पर टिका हुआ है, गर्वपूर्वक, इंगलिश मार्के का लेबल उस पर लगा है, हालाँकि बाहर से नज़र नहीं आ रहा। यह एक ऐसा कपड़ा है, जिसे पूरी ज़िन्दगी पहना जा सकता है, अगर उससे पहले बंदा इसे पहन-पहन कर परेशान न हो जाये तो। ऐरिका को उसकी माँ ने ज़ोर दे कर इसे ख़रीदने के लिए कहा था, क्योंकि वह इसके पक्ष में है कि जीवन में यथासम्भव कम परिवर्तन हों। कोट ऐरिका से चिपका रहता है, ऐरिका माँ से चिपकी रहती है।

अब ऐरिका अपने पीछे पड़े एक धृष्ट युगोस्लाव से बचने की कोशिश करती है, जो उससे एक बिगड़ी हुई कॉफ़ी की मशीन और दूर तक उसके साथ चलने की अपेक्षा कर रहा है। अब वह खिसक ले वहाँ से। ऐरिका सिर को दूसरी ओर मोड़ती हुई प्रातर के घास के मैदानों की तरफ लक्ष्य करती है, जिनमें अकेला व्यक्ति शीघ्रतापूर्वक खो जाता है। वैसे वह भी अपने बाह्य आकार को खोने का प्रयत्न नहीं कर रही, बल्कि कुछ पाने का। और मान लिया जाये कि वह खो जायेगी, तो उसकी माँ, जिसके स्वामित्व में वह जन्म से वृद्धि कर रही है, तुरन्त अपने हक़ का दावा करेगी : अख़बारों में, रेडियो में और टी.वी. में। कुछ ऐसा है रहस्यमय, जो ऐरिका को सोखते हुए स्वयं में खींच रहा है, और आज पहली बार ऐसा नहीं हुआ। वह अक्सर यहाँ आती रही है। इस इलाके से भलीभाँति परिचित है। मनुष्यों की भीड़ छितरती जा रही है। उसके आस-पास से पिघल कर बहती जा रही है, अलग-अलग व्यक्ति चींटियों की तरह अपनी-अपनी राह पकड़ रहे हैं, जिनमें से हरेक ने इस देश का एक ख़ास काम अपने कन्धों पर डाल रखा है। एक घंटे बाद यह प्राणी फिर गर्वपूर्वक एक फल या सड़ी-गली लाश पेश करता है।

अब ट्राम-स्टैंडों पर लोगों के गुच्छे, झुंड और द्वीप एकत्र हैं, कहीं एक साथ धावा बोलने के लिए, और अब चूंकि, जैसा ऐरिका ने सही अनुमान लगाया है, जल्दी अँधेरा होने वाला है, मानवों की उपस्थिति की बत्तियाँ भी बुझती जा रही हैं। इसके विपरीत बत्तियों के कृत्रिम प्रकाश में लोग और भी ज़्यादा इकट्ठे हो रहे हैं। यहाँ, पीछे वाले हिस्से में, वही लोग हैं, जिन्हें धंधे की वजह से यहाँ रुकना ही है। या जिन्हें

चोदने या चुदवाने और मौका पड़ने पर चोदे हुओं को लूटने या जान से मारने का शौक पूरा करना है। कुछ चैन से बस देख रहे हैं। कुछ थोड़ी सी लिलीपुट ट्रेन के स्टेशन के पास खुद को उघाड़ रही हैं।

एक अन्तिम लेट-लतीफ़ बच्चा देरी से सर्दियों के खेलों के सामान से युक्त, अंतर में माता-पिता के उकसाने की आवाज़ का अनुसरण करते हुए, एक प्रतीक्षालय के अन्तिम प्रकाश में लड़खड़ाते हुए भागा चला आता है। माता-पिता रात के समय प्रातर जाने के बारे में चेताते भी रहते हैं। ऐसा भी है कि जहाँ नये स्कीज़ जो शरद की डिस्काउंट सेल में ख़रीदे गये हैं और अगले सीजन में ही इस्तेमाल किये जा सकते हैं, ज़बदस्ती अपने मालिक बदल लेते हैं। स्कीज़ को छोड़ने की बजाय बच्चा उससे काफ़ी देर संघर्ष करता रहा है। वह फुदकता हुआ कुमारी कोहूट को अड़ंगा सा लगाता हुआ उसके एकदम पास से निकल जाता है। अकेली महिला को देख कर हैरान होता है, जो उस सबका जीवंत विरोधाभास है, जो माता-पिता बताते हैं।

ऐरिका अन्धकार से खिंचती हुई घास के मैदानों में बढ़ी जा रही है, जो यहाँ-वहाँ झाड़ियों और वृक्षयुक्त क्षेत्रों और नालों से भरे, शान्त दूर-दूर फैले हुए हैं। लक्ष्य है येसूईटनवीजे। वहाँ तक अभी काफ़ी चलना होगा, ऐरिका बराबर कदम रखती हुई अपने जूतों से रास्ते को मापती जा रही है। अब छुटभैया-प्रातर, दूर से बत्तियाँ चमक रही हैं। गोलियाँ ठाँय-ठाँय कर रही हैं, विजयी स्वर गला फाड़ कर निकल रहे हैं। जुआघरों में युवक-युवतियाँ अपने हथियारों के साथ चिल्ला रहे हैं, या चुपचाप उपकरणों पर आगे-पीछे धकेल रहे हैं, जो इसका जवाब खटर-खटर घंटी बजने और खन-खन और बिजलियाँ चमकाने में देते हैं। इससे पहले कि यह धूमधाम उसके नजदीक आये, ऐरिका कृतसंकल्प उसे पीछे छोड़ जाती है। बत्तियाँ तनिक टटोलते हुए ऐरिका की तरफ़ बढ़ती हैं, परन्तु उन्हें सहारा नहीं मिलता, बालों पर ज़रा सा छू पाती हैं, जो रेशम के एक कपड़े से ढँके हैं, नीचे फिसलते हैं, उसके कोट पर एक खेदजनक गीला निशान खींचते हुए उसके पीछे धरती पर गिर जाती हैं, जहाँ वे गन्दगी में मर जाती हैं। उसके आस-पास धमाके से छोटे-छोटे विस्फोट होते हैं, परन्तु इससे पहले कि वे ऐरिका में कोई छेद कर सकें, उन्हें उसे जाने देना पड़ता है। वे एरिका को आकर्षित करने की सामर्थ्य तो नहीं रखते, हाँ, उसके दिल में घृणा जगाने का सामर्थ्य अवश्य रखते हैं। विराट ऊँचा घूमने वाला चक्का अलग-अलग गड़गड़ाती बत्तियों का एक चक्र है। सबसे ऊँचा अलग दिख रहा है। परन्तु उसे भी प्रतिद्वंद्विता का सामना करना पड़ता है, जब भड़कीली चमकती पर्वत-रेल तथा

घाटी-रेल, कर्कश स्वर में हुआते, तकनीक की ताक़त के आगे कर्कश स्वर में हुआते हिम्मतवरों से लदे छोटे-छोटे डिब्बों के साथ, जो उसे कस कर पकड़े होते हैं, सर्राटे से निकल जाती है। फालतू से बहाने से अपने साथ वाली को भी कर पकड़ रखा होता है उन्होंने। ऐरिका के लिए इसका कोई महत्त्व नहीं है। कस कर पकड़े जाने से कुछ भी बेहतर है। भूतिया रेल के सबसे ऊपर रुई की तरह सफ़ेद और नरम एक भूत लोगों का अभिवादन कर रहा है, लेकिन भट्ठी के पीछे आने के लिए वह किसी कुत्ते को भी नहीं पटा सकता, बहुत हुआ तो चौदह साल की एक लड़की को उसके पहले प्रेमी के साथ, जो दोनों अभी दुनिया की भयावहता से बिल्लियों की तरह खेल रहे हैं, इससे पहले कि वे स्वयं भय का एक हिस्सा बन जायें।

एक परिवार के रहने के लिए कतारों में लगे बनाये गये घर, दिन का अंतिम पृष्ठरक्षी, जिनमें वे लोग रहते हैं, जिन्हें पूरा दिन दूर का शोर सुनना पड़ता है, बल्कि रात को भी। पूर्वी यूरोप के देशों के ट्रक-ड्राइवर, जो बड़ी दुनिया का एक आख़िरी घूँट पेट में भरना चाहते हैं। घर बैठी बीवी के लिए सैंडलों का एक जोड़ा, जो प्लास्टिक की उन थैलियों में से एक में निकला है, और जिसे अब परखना है कि क्या वह पश्चिम के स्तर पर पूरा उतरता है। कुत्ते की भौं-भौं! टीवी के पर्दे पर टिमटिमाता प्रेम। अश्लील फ़िल्में दिखाने वाले एक सिनेमा के सामने एक आदमी ज़ोर से रो रहा है कि जो यहाँ दिखाया जा रहा है, वह कभी नहीं देखा गया, बस अन्दर जाने दो। अँधेरा होते ही दुनिया का एक बहुत बड़ा भाग मर्दों से भरा लगता है। उनके लिए उचित और उपयुक्त स्त्रियाँ प्रकाश के अंतिम दायरे के उस पार धैर्यपूर्वक प्रतीक्षा कर रही हैं कि अश्लील फ़िल्मों के सिनेमा ने पुरुष का जो भी बचा-खुचा छोड़ा है, वे भी तो उसकी पात्र हैं। सिनेमा में पुरुष अकेला जाता है, सिनेमा के बाद उसे स्त्री की ज़रूरत होती है, जो यहाँ भी बुला रही है, वहाँ भी बुला रही है, सब कुछ वह अकेला तो नहीं कर सकता। अफ़सोस कि उसे भुगतान दोगुना करना पड़ता है, एक बार सिनेमा में प्रवेश पाने के लिए, और फिर स्त्री के लिए भी।

ऐरिका आगे बढ़ती जाती है। घास के निर्जन मैदान चूसते हुए अपना हलक फैलाते जाते हैं। यह दृश्य बहुत दूर-दूर तक जा रहा है, उस तरफ़ के भूदृश्य में, पराये देशों में। दैन्यूब नदी तक, तेल लादने उतारने के बन्दरगाह लोबाऊ तक, बन्दरगाह फ्रोएडेनाऊ तक। आल्बर्न का बन्दरगाह। अनाज लादने-उतारने का आल्बर्न बन्दरगाह। फिर नील जल और अनामों का क़ब्रिस्तान। व्यापारिक पोतघाट। होयेश्टाडलवास्सर तथा प्रातरलैंडे। जहाँ समुद्री जहाज़ आ कर लगते हैं और फिर आगे

निकल जाते हैं। और दैन्यूब के उस पार विशाल बाढ़-क्षेत्र, जिसको बचाने के लिए प्रकृति-सुरक्षा-युवा-संगठन संघर्ष कर रहा है, बालू वाले तट, वादियाँ, भिदुर के वृक्ष, झाड़-झंखाड़। लेकिन इतनी दूर जाने की ज़रूरत ऐरिका को नहीं है, रास्ता बहुत लम्बा होगा। वहाँ तक तो पैदल कोई पूरी तरह से लैस सैलानी ही जा सकता है, जो आराम करे और नाश्ता करे। ऐरिका के पाँवों के नीचे अब घास युक्त नरम धरती है और वह दबे पाँव आगे बढ़ रही है। चलती जाती है, चलती जाती है। छोटे जमे हुए स्थल, उन पर बर्फ़ की छत, शरद् काल की बर्फ़ से अब तक जमी घास। पीली और ब्राउन। ऐरिका सँभल-सँभल कर नियमित ढंग से कदम रख रही है। एक पैर जब कुत्ते से निकले ढेर पर पड़ जाता है तो दूसरा पैर तुरन्त जान जाता है और कब से दुर्गन्धित उस स्थान से बच कर निकलता है। फिर पहले पैर को घास से रगड़ कर साफ़ कर दिया जाता है। धीरे-धीरे बत्तियाँ पीछे रह जाती हैं। अन्धकार अपने पंजे फैलाता है : आ जाओ भीतर। कुमारी कोहूट अनुभव से जानती है कि इस इलाके में वेश्याएँ लोगों को डालते और निकालते बिना परेशानी के देखने देती हैं। ऐरिका के थैले में बल्कि पाथेय के रूप में एक गोल डबलरोटी और साथ में एक अतिरिक्त लंगोचा। उसका मनपसन्द खाना, हालाँकि माँ उसे ग़ैर-सेहतमंद कह कर ख़ारिज करती है। आपात्कालीन स्थिति के लिए एक टार्च, गोली चला कर डराने वाली एक पिस्तौल बेहद आपातकालीन स्थिति के लिए (उंगली जितनी छोटी), अतिरिक्त लंगोचा खाने के बाद, प्यास लगने पर पीने के लिए चाकलेट वाले दूध की एक थैली, ज़रूरत पड़ने पर काम आने वाले बहुत से पेपर-नैपकिन, थोड़े पैसे, मगज़ ज़रूरत पड़ने पर टैक्सी के लिए पर्याप्त, पासपोर्ट नहीं, आपात्कालीन स्थिति के लिए भी नहीं। और दूरबीन। पिता से विरासत में मिली दूरबीन साफ़ दिमाग़ वाले वक़्त में परिन्दे और पहाड़ रात को भी दिखाती है। इस समय माँ सोच रही है कि बच्ची किसी निजी चैम्बर-म्यूजिक के वादन में गयी है, और ज़ोर से ऐरिका के सामने शान दिखाती है कि वह बेटी को अकेली वहाँ जाने देती है, ताकि वह एक निजी जीवन का आयोजन कर सके और माँ को हमेशा उलाहना न देती रहे कि माँ उसे क़ैद से नहीं निकलने देती। ज़्यादा से ज़्यादा एक घंटे में माँ उसकी एक साथिन को पहली बार फ़ोन करेगी, और यह भलीभांति सोच कर रखा गया एक बहाना पेश कर देगी। साथिन प्यार-मोहब्बत में यक़ीन रखती है और स्वयं को उसकी हमराज़ समझती है।

ज़मीन काली है। आकाश उससे कुछ ही हल्का रंग लिये उठ रहा है, सिर्फ़ इतना हल्का कि जाना जा सके कि धरती कहाँ और आकाश कहाँ है। क्षितिज पर वृक्षों

की कोमल आकृतियाँ। ऐरिका सावधानी बरतती है। वह अधिक ही दबे पाँव चलने लगती है। वह स्वयं को नरम और भारहीन बना लेती है। वह स्वयं को लगभग अदृश्य बना लेती है। लगभग हवा में घुल जाती है। कान और आँखें चौकन्ने कर लिये हैं। दूरबीन उसकी विस्तृत आँख है। वह उस राह से बचती है, जिस पर दूसरे चलते हैं। वह स्थान खोजती है, जहाँ दूसरे आनन्द लेते हैं—दुकेले। उसने ऐसा कुछ तो नहीं किया जो वह मनुष्यों से संकोच करे। वह दूरबीन की मदद से युगल जोड़ियों की टोह में है, दूसरे मनुष्य जिन्हें देखने में संकोच करेंगे। वह अपने जूतों के नीचे की भूमि की शोध नहीं कर सकती, अतः अनुमान से चलती है। कानों पर भरोसा करती है, जिसकी उसे अपने धंधे से आदत है। कई बार गिर पड़ती है, परन्तु लड़खड़ा कर फिर चलने लगती है, फिर भी भावात्मक स्तर पर वह आगे की दिशा में बढ़ती जाती है। चलती जा रही है और जा रही है और जा रही है। कचरा उसके खेल के जूतों के तले की धारियों में घुस कर उन्हें चिकना बना देता है। परन्तु फिर भी वह घास के मैदान पर आगे बढ़ती जाती है।

फिर वह वहाँ पहुँच जाती है। ऐरिका कोहूट के सामने मैदान के तल से आपस में लगे एक जोड़े की चीखें उठ रही हैं, किसी बड़े शिविर-अलाव की तरह। अंततः दर्शकों के लिए अपना घर। इतने नज़दीक कि ऐरिका को दूरबीन की भी ज़रूरत नहीं है। विशेष रात्रि-दर्शन यंत्र की। युगल-जोड़ी देश और स्वदेश की तरह घास के मैदान के सबसे खूबसूरत तल से और ऐरिका की पुतलियों में घुसते हुए चुदाई कर रही है। विदेशी भाषा में किलकते हुए एक आदमी एक औरत के पेंच कस रहा है। औरत आवाज़ नहीं कर रही, बल्कि तकरीबन बदमिजाज़ और धीमे निर्देश और आदेश दे रही है, जिन्हें आदमी सम्भवतः समझ नहीं रहा, क्योंकि वह तुर्की में या किसी और विरली भाषा में खुशी से चिल्ला रहा है, और औरत के चीखने के हिसाब से कुछ नहीं कर रहा। औरत कंठ की गहराई से गुर्रा रही है, छलाँग मारने के लिए तैयार किसी कुत्ते की तरह कि ग्राहक चोंच बन्द रखे। परन्तु तुर्क वसंती पवन की तरह गा रहा है, फुसफुसा रहा है, और भी ज़ोर से। चीखें लम्बी-लम्बी निकल रही हैं, जिससे ऐरिका को दिशा-निर्धारण में मदद मिल रही है, ताकि वह और निकट खिसक जाये, हालाँकि वह पहले ही काफ़ी निकट है। जिस झाड़ी ने प्रेमी-युगल को अस्थायी स्थान प्रदान किया है, वही ऐरिका को भी पर्याप्त छुपा रही है। तुर्क या तुर्क जैसा विदेशी उसका बहुत मज़ा लेता लग रहा है, जो वह कर रहा है। औरत भी, सुना जाता है, मज़ा लेती है। परन्तु वह ब्रेक लगा-लगा कर लेती है। औरत आदमी

को बताती है कि उसे कहाँ अन्दर करना है। इसकी पुष्टि नहीं हो रही कि वह उसका कहना मान रहा है या नहीं, वह अपने स्वयं के आन्तरिक आदेशों का पालन करना चाहता है, और इस दौरान ऐसा भी हो सकता है कि वह अपनी पार्टनर की इच्छाओं से टकरा जाता है। ऐरिका इस चीज़ की गवाह है कि यह कैसे हो रहा है। औरत कहती है बायें तो तो मर्द कहता है दायें। धीरे-धीरे औरत को गुस्सा चढ़ता लगता है कि आदमी उसे प्राथमिकता नहीं दे रहा, जो कि दस्तूर है। वह कहती है : धीरे करो, वह करता है : तेज़ और वापस और तेज़। यह शायद पेशे वाली नहीं है, बल्कि कोई आम धुत्त औरत है, जिसे घसीट कर यहाँ लाया गया है। अन्त में जा कर उसे उसकी मेहनत के लिए कुछ नहीं मिलेगा। ऐरिका सिकुड़ कर उकड़ू हो कर बैठ जाती है। आराम से। अगर अब वह कीलों वाले जूते पहने खट-खट करते भी उनके पास जाये तो वे दोनों उसे सुन न पाते। इतने ज़ोर से एक बार एक चिल्लाता है, फिर दूसरा या दोनों एक साथ। दर्शन करने में ऐरिका की किस्मत कभी इतनी अच्छी नहीं निकली थी। अब औरत आदमी से बात कर रही है, उसे एक पल रुकना चाहिए। ऐरिका तसदीक नहीं कर पाती कि क्या आदमी उसकी मान रहा है। वह अब एक अपेक्षाकृत शान्त लगता वाक्य अपनी भाषा में बोलता है। औरत डाँट कर कहती है कि इसे कोई इन्सान नहीं समझता। तू इन्तजार करना, समझना? इन्तज़ार करना! नाक्को करना, ऐरिका घटते को साथ-साथ समझ रही है। वह औरत में घुसा रहा है, मानो एक जूता जोड़ी का तला लगाने या कार का ढाँचा फ़िट करने के समय का कीर्तिमान बनाने में जुटा हो। हर बार औरत धक्कों की वजह से भीतरी दीवारों तक हिल जाती है। अब वह थूकती है, मौक़े को देखें तो कुछ ज्यादा ही तीखा, कटुतापूर्वक, ज़रा धीरे! इतनी ज़ोर से नहीं, प्लीज़! मौक़ा देखते हुए उसने गुज़ारिश करने का फ़ैसला लिया है। परिणाम वैसे ही शून्य। तुर्क में एक अविश्वसनीय ऊर्जा है और पागलपन जैसी जल्दी। बल्कि वह अपने आन्तरिक चालन-यंत्र में एक नया गियर चुनता है, ताकि समय की इकाई और फिर धन की इकाई में यथासम्भव बहुत सारे धक्के लगा सके। औरत खुद को अपने हाल पर छोड़ देती है, यह सोच कर कि अन्त में उसकी भी बारी आयेगी और जब वह निपट जायेगा तो उसे ज़ोर से झाड़ लगायेगी, या यह परसों तक लगा ही रहेगा। आदमी साँस लिये बिना तुर्की भाषा में अपनी तुरही बजाये जा रहा है, जो उसके हृदय की गहराई से बज रही है। दोनों तरफ़ बजाये जा रहा है। उसकी भाषा और भावनाएँ एक दूसरे के निकट आती लगती हैं। वह जर्मन में कहता है : औरत! औरत! औरत एक आखिरी बार फिर कोशिश

करती है, कहती है : ज़रा धीरे! ऐरिका अपने गुप्त स्थल में दो और दो जोड़ती है और निष्कर्ष निकालती है, प्रातर की रंडी नहीं है यह, क्योंकि ऐसी कोई होती तो उस पर ब्रेक लगाने की बजाय उसका हौसला बढ़ाती, उसे यथासम्भव शीघ्रता से काम करते हुए यथासम्भव अधिक ग्राहक निपटाने होते, पुरुष के विपरीत, जो इसके विपरीत सोचता है कि यथासम्भव लम्बे समय तक आनन्द लिया जाये। शायद ऐसा भी समय एक बार आयेगा, जब वह कर ही नहीं पायेगा, तब उसके पास यादों के अलावा कुछ नहीं रहेगा।

दोनों जातियाँ कुछ आधारभूत विरोधात्मक चाहती हैं।

ऐरिका अब एक हल्का झोंका बन कर रह गयी है, उसकी श्वास बाहर निकलने का कोई निशान नहीं है, परन्तु आँखें उसने फाड़ रखी हैं। ये आँखें भाँप लेती हैं, जैसे पशु नाक से भाँप लेते हैं, ये अत्यन्त सम्वेदनशील अंग हैं, ये बदनुमा की तरह फुर्ती से मुड़ जाते हैं। ऐरिका यह करती है, ताकि वह सम्मिलित रहे। एक बार यहाँ मिलने आती है, फिर पुनः वहाँ होती है। उसके अपने हाथों में है कि उसे वहाँ कहाँ होना है और कहाँ नहीं। वह भाग नहीं लेना चाहती, परन्तु उसके बिना यह होना भी नहीं चाहिए। संगीत में वह प्रस्तुतकर्ता के रूप में होती है, और फिर पुनः दर्शक और श्रोता बन जाती है। इस तरह बीतता है उसका समय। वह वहाँ शामिल हो जाती है और फिर निकल जाती है, ट्राम के पुराने फैशन के उस डिब्बे की तरह जिसमें अभी वायुसंचालित दरवाज़े नहीं लगे। आधुनिक डिब्बों में चढ़ने वाले को वहीं भीतर रहना पड़ता है। अगले स्टैंड तक।

आदमी घोड़ों की नालों की एक भारी संख्या को कीलों से जड़ता है। पसीने से तर हो रहा है और औरत को उसने फौलादी शिकंजे में कस कर रखा है, ताकि वह छूट न पाये। उसे लार से भर देता है, जैसे शिकार को खाना चाहता हो। औरत अब कुछ नहीं बोल रही, बल्कि वह भी कराह रही है, उसके पार्टनर का उत्साह उस पर भी असर कर गया है। वह कूं-कूं करती कृत्रिम उच्च स्वर में कुछ अकेले शब्द मुँह से निकालती है। वह आल्पस पर्वत पर पाये जाने वाले हिम्मूष की तरह ऐसे सीटी निकालती है, जैसे वह शत्रु को सूंघने पर बजाता है। वह अपने हाथ अपने सामने वाले मनुष्य की पीठ में गहराई तक गड़ा देती है, ताकि वह शिकंजे से निकल न जाये। ताकि उसे आसानी से दूध में से मक्खी की तरह निकाल के न फेंका जा सके। बाद में भी, एक औपचारिकता की जाती है, अनुरक्ति दिखा कर या कोई मज़ाक़िया शब्द बोल कर। आदमी भी उसी के मुताबिक चलता है। वह अपनी गति सीमा बढ़ा

देता है, गियर ऊपर कर देता है। बहुत समय के बाद किसी यहाँ वाली के साथ यह पहला अवसर मिला है, और इस अवसर का उपयोग वह विह्वलतापूर्वक सक्रिय हो कर कर रहा है। युगल-जोड़ी के ऊपर वृक्ष शिखर भयभीत हैं। रात्रि का आकाश हवा में और भी जीवन्त लग रहा है। तुर्क शायद इतनी देर खुद को रोक नहीं सकता। जितनी देर की उसने योजना बनायी थी। वह अपने भीतर से कुछ निकालता है, जो तुर्की तो बिल्कुल नहीं लगता। औरत उछल-उछल कर उसे उसके लक्ष्य-पथ पर अग्रसर करती है।

देखने वाली पर इसका विनाशपूर्ण प्रभाव होता है। उसके पंजों में सेवा में सक्रिय होने की खुजली होने लगती है, लेकिन जब यह उसके लिए वर्जित ही कर दिया जाये तो वह इससे दूरी रखेगी। वह प्रतीक्षा करती है कि उसके लिए यह निश्चायक रूप से वर्जित कर दिया जाये। उसके काम एक ठोस फ्रेम चाहते हैं, जिनके भीतर उसे लगना है। उनके जाने बिना वह उनके दो के ग्रुप को तीन का ग्रुप बना देती है। कुछ इंद्रियाँ उसमें उसके नियन्त्रण के बिना अचानक दोहरी गति में या उससे भी अधिक गति में सक्रिय हो जाती हैं। मूत्राशय पर भारी दबाव, एक अवांछनीय कष्ट, जिसे वह उत्तेजित होने पर हमेशा नियन्त्रण में ले लेती है। हमेशा ग़लत वक्त पर, हालाँकि यहाँ किलोमीटरों में मैदान ही मैदान है, जहाँ वह इस दबाव और उसके परिणाम को बिना कोई निशान छोड़े ग़ायब होने दे सकती है। महिला और तुर्क उसके लिए एक काम पैदा कर रहे हैं। झाड़ियों में हल्की शुर-शुर की आवाज़ करने के प्रति ऐरिका की प्रतिक्रिया डाँवाडोल है। वह शुर-शुर करना चाहेगी या नहीं? दबाव, जो नीचे धक्का लगा रहा है, उसकी परेशानी बढ़ाता जा रहा है। दर्शक को इस खजियाते, खिंचते दबाव को हल्का करने के लिए अपनी मुद्रा थोड़ी आसान बनानी होगी। दबाव बहुत हो गया है। कौन जाने कि वह कितनी देर रोक पायेगी। अब इस समय यह प्रश्न अर्थ खो बैठा है। वह अब ज़ोर से शुरशुरा रहा है और फुसफुसा रहा है। ऐरिका ख़ुद नहीं जानती कि क्या उसने अपने इरादे से टहनी की मदद की है, जो कुदरत के कानून के मुताबिक ऊटपटाँग सोच होगी। उसने टहनी के साथ मैथुन किया है, और उसने इसका जवाब क्रोधपूर्ण स्वर निकाल कर दिया है।

धरतीपुत्र तुर्क, जो अपनी यहाँ की मशीन, जिस पर वह काम करता है, से ज़्यादा यहाँ की घासों, फूलों और पेड़ों से जुड़ा हुआ है, सहसा वह सब करना बन्द कर देता है, जो वह कर रहा था। सबसे पहले वह, जो वह औरत के साथ कर रहा था। औरत

का ध्यान इतनी जल्दी इस ओर नहीं जाता, और वह अपने कर्णकटु स्वर निकाले जा रही है, दो सेकिंड ज्यादा, हालाँकि तुर्क मेहमान ने मशीन चालू करने का हत्था रोक दिया है। तुर्क अब निश्चल पड़ा है, ऐसे ही बेहतर है। संयोगवश वह अभी-अभी निपटा है, और अब विश्राम कर रहा है। वह थक गया है। हवा में कान लगा कर सुन रहा है। अब औरत भी सुन रही है, लेकिन बोस्पोरस[1] वाले द्वारा दाँत पीसते हुए फुसफुसाने के बाद कि वह चीखे मत। इस तरह तुर्क एक छोटा सा सवाल भौंकता है, या यह हुक्म है? औरत आधे मन से ठंडी हो जाती है, हो सकता है कि वह अपने प्रेम-पड़ोसी से अभी कुछ चाहती है। तुर्क उसे नहीं समझ पाता। शायद उसे उसकी पिटाई करनी होगी, क्योंकि वह उच्च स्वर में अनुरोध कर रही है कि वह उस कने रहे। या कुछ ऐसा ही, जो ऐरिका ठीक से समझी नहीं। उसका ध्यान बँट गया था। क्योंकि उस समय वह दस मीटर पीछे भाग गयी थी, क्योंकि झटकता-झटकाता तुर्क तब पूरी तरह औरत को समर्पित था। किस्मत से औरत ने ध्यान नहीं दिया था और अब तुर्क पुनः अपना मालिक है। और पूरा मर्द है। औरत लड़ते हुए प्यार या पैसा माँग रही है। औरत के मुँह से ज़ोर से चिल्लाने और रोदन का स्वर निकल रहा है। स्वर्णिम तुर्य का निवासी उसे ज़ोर से भूँकता है और अपनी ठेंठी और बेतार का तार उससे बाहर निकाल लेता है। ऐरिका ने दूर भागते हुए अफ्रीका की एक ख़ास मोटी भैंस की तरह आवाज़ निकाली है, जो वह शेर को अपने नज़दीक आते देख कर निकालती है। शायद उसने यह इरादतन किया है, या बिन जाने इरादतन, जिन दोनों का असर एक ही होता है।

तुर्क दबे-पाँव चलता है और फिर दुड़की लगाता है, मगर फिर गिर पड़ता है, उसकी पतलून और उसका सफ़ेद चमकता जाँघिया अँधेरे में उसके घुटनों पर फैल रहे हैं। वह बेफिक्र गालियाँ निकालते हुए अपने कपड़ों को खींचता है और हाथों से धमकी की गम्भीर मुद्रा बनाता है। एक हाथ दायें एक बायें। उन झाड़ियों की तरफ़, जो ज्यादा दूर नहीं और जिनमें कुमारी कोहूट अब साँस रोक कर बैठी है, सब कुछ सिकोड़े हुए।

अपने कपड़ों में फँसा तुर्क अब बोरा-दौड़ जैसा कुदक रहा है। कभी इधर से गड़बड़ हो जाती है कभी दूसरी तरफ़ से। सबसे ज़रूरी चीज के लिए उसके पास वक़्त नहीं है। कुछ लोग पहले सोचते नहीं, बस कर देते हैं, चाहे कुछ भी हो, देखने वाली के मस्तिष्क में विचार कौंधता है, क्योंकि उसे देखना पड़ रहा है। तुर्क उन

1. तुर्की में यूरोप तथा ऐशिया के मध्य सागर का भाग।

लोगों में से है। युगल-जोड़ी का निराश हो कर वहाँ लेटा अंश चिल्लाता है कि यह ज़रूर कोई कुत्ता या चूहा था, जो यहाँ निरोध वगैरह को खा कर मोटा होना चाहता था। यहाँ अच्छा कचरा खाने को बहुत मिल जाता है। उसे वापस आ जाना चाहिए, प्यारे मोहन। उसे अकेली न छोड़े, हाय! विदेशी का खूबसूरत घुँघराले बालों वाला सिर उसे नहीं सुनता और अपने मालिक पर ऊँचा तन जाता है—एक अपेक्षाकृत लम्बा तुर्क लगता है यह। आखिर वह पतलून ऊपर चढ़ा लेता है और झाड़ियों में घुस जाता है। किस्मत से—शायद इरादतन भी—वह ग़लत दिशा में चलता है, अर्थात वहाँ, जहाँ झाड़ियाँ घनी होती जाती हैं। ऐरिका ने बिना ज़्यादा सोचे ऐसी जगह चुनी थी, जहाँ झाड़ियाँ घनी नहीं हैं, जहाँ उसके होने का अंदाज़ा किसी को नहीं होगा। औरत दूर से विनती करती हुई मधुर गीत गा रही है। खुद को फिर से ठीक-ठाक बना लेती है। अपनी टाँगों के बीच कुछ डालती है और ज़ोर लगा कर पोंछती है। मुचड़े हुए कुछ पेपर-नैपकिन दूर फेंकती है। अपने एक नये खोजे भयंकर स्वर में वह फटकारती है, जो उसका प्राकृतिक स्वरमान लग रहा है। बुलाती जाती है, बुलाती जाती है। ऐरिका सिहर उठती है। आदमी रँभा कर छोटे-छोटे जवाब देता है और ढूँढ़ता जाता है, ढूँढ़ता जाता है। एक जगह से दूसरी जगह जाता है, जो फिर वही निकलती है। फिर वह घिसा-पिटा सा पहली जगह पर लौट आता है। शायद वह डर गया है और कोई चौखटा देखना नहीं चाहता। क्योंकि वह फिर बर्च वृक्ष से झाड़ियों को जाता है और झाड़ियों से पुनः बर्च वृक्ष को लौट जाता है। वह बाकी की झाड़ियों की तरफ़ नहीं जाता, जबकि वे अब भी वहीं हैं। औरत फ़ायर-ब्रिगेड के चतुर्थांश के अन्तराल में बताती है कि वहाँ कोई नहीं है। वापस आ जा, वह चाहती है। आदमी यह नहीं चाहता, जो जर्मन में उसे बकवास बन्द करने को कहता है। औरत काग़ज़ के नैपकिनों का दूसरा ढेर भीतर डाल लेती है कि कहीं भीतर कुछ रह न गया हो, और अपनी तरफ़ से जाँघिया ऊपर चढ़ा लेती है। फिर वह उसके ऊपर स्कर्ट की चुन्नटें बिठा देती है। उसकी नज़र अभी तक खुली चोली पर फिसलती है और वह अपने नीचे से कोट खींच लेती है, जिसे उसने नीचे बिछाया था। उसने अपना एक घरौंदा बना लिया था, जैसी कि औरतों की आदत होती है। वह अपनी स्कर्ट गंदी नहीं करना चाहती थी, और बदले में कोट गंदा हो गया है और उस पर सिलवटें पड़ गयी हैं। तुर्क कुछ नया चिल्लाता है, मतलब : आ जा! तुर्क की प्रेमिका विरोध दिखाती है और फट से दूर होने पर ज़ोर देती है। अब ऐरिका उसे उसकी पूरी लम्बाई-चौड़ाई में देखती है। औरत कुछ बूढ़ी है, मगर तुर्क के लिए अब भी

जवान गुड़िया। एहतियातन वह पृष्ठभूमि में रहती है, रेस लगाने में उसे थोड़ी रियायत मिलनी चाहिए, पतलून में ये सारे पेपर-नैपकिन भरे होने की वजह से। कितनी आसानी से खो जाते हैं ये! इश्कबाजी में औरत ने अपनी पूरी कीमत वसूल नहीं की, अब वह अपना क़त्ल नहीं करवाना चाहती। अगली बार वह ध्यान रखेगी कि वह इश्क़बाजी में अन्त तक मज़ा ले सके। देखने में औरत आस्ट्रियाई है और तुर्क तुर्क। स्त्री सम्मानोत्पादक बन जाती है और तुर्क अपने शत्रुओं और विरोधियों का सम्मान करता है।

ऐरिका अपने पास किसी पत्ते को सरसराने और थरथराने नहीं देती। वह एक जीर्ण-शीर्ण शाख की तरह चुप और मृत पड़ी रहती है, जो टूट कर घास में बेकार सड़ रही है।

औरत तुरन्त मेहमान मज़दूर को देश से निकलवाने की धमकी देती है। मेहमान मज़दूर जवाब गाली में देना चाहता है, मगर सही समय पर सोच कर चुप हो जाता है और खोज जारी रखता है। अब उसे साहस दिखाना होगा, ताकि अकस्मात अपने देश के प्रति जाग उठी औरत उसका सम्मान करे। चूँकि पत्ता भी नहीं हिल रहा था, अतः इससे साहस पा कर वह एक ज़्यादा लम्बा चक्कर लगाता है और कुमारी कोहूट को ज़्यादा डराता है। औरत एक अन्तिम चेतावनी देती है और नीचे से अपना पर्स उठा लेती है। अपने भीतर और बाहर वह अंतिम चीज़ों को सँवारती है। बटन लगाती है और खोंसती है, कुछ झाड़ कर साफ़ करती है। धीरे-धीरे वह पीछे की ओर चलना शुरू करती है, रेस्तरांज़ की दिशा में, तुर्क दोस्त पर एक बार फिर नज़र डालते हुए, परन्तु अपनी गति बढ़ाते हुए। विदाई में वह कोई नीच फ़िकरा बोलती है, जो समझ में नहीं आता।

तुर्क शशोपंज में पड़ जाता है, नहीं जानता कहाँ जाये। एक बार यह औरत इसके हाथ से निकल गयी तो शायद हफ़्तों उसकी जगह कोई नहीं मिलेगी। औरत चिल्लाती है : उसके जैसे उसे मिलते रहते हैं। तुर्क खड़े-खड़े एक बार सिर औरत की ओर घुमाता है और एक बार झाड़ी में छुपे अदृश्य मनुष्य की ओर। तुर्क अनिश्चय में है, वह एक मनोवृत्ति और दूसरी के बीच डोल रहा है, दोनों मनोवृत्तियों ने अक्सर उसका नुकसान किया है। वह भूंकता है, एक कुत्ता, जो नहीं जानता कि किस शिकार के पीछे जाये।

ऐरिका कोहूट से अब रहा नहीं जाता। वह अपनी पतलून नीचे कर के धरती पर मूत देती है। मूत उसकी जाँघों से ग़रम-ग़रम छलकता हुआ मैदान पर जा गिरता

है। वह पत्तों, डालियों, कचरे, मैले, खाद-मिट्टी से बनी मिली-जुली नरम चटाई पर धीरे-धीरे बहता है। वह अभी नहीं जानती कि ढूँढ ली जाये या नहीं। स्तम्भित हुए, माथे पर बल डाले वह खुद से बहने देती है। वह भीतर से खाली होती जा रही है और धरती उसे चूस कर खुद को भर रही है। ऐरिका कुछ नहीं सोचती, न कारण न परिणाम। मांसपेशियों को ढीला छोड़ कर निकलने देती है, और शुरुआती पटपटाना एक हल्का, निरन्तर बहना बन जाता है। उसने वहाँ अचल सीधे खड़े विदेशी की छवि अपनी पुतलियों में पेंच से कस दी है धरती पर लगातार ज़ोर से पेशाब करते हुए। वह एक परिणाम के लिए भी तैयार है और दूसरे के लिए भी, दोनों स्वीकार हैं उसे। वह संयोग के रूप में आये भाग्य पर छोड़ देती है कि तुर्क की तबियत है या नहीं। वह ध्यानपूर्वक अपनी ऊनी चौखानेदार स्कर्ट को घुटनों पर रखती है, ताकि वह गीला न हो जाये। स्कर्ट कोई मदद नहीं कर सकती। खुजली आख़िर ख़त्म हो जाती है, नल वह जल्दी बन्द कर सकती है।

तुर्क अभी भी मूर्ति की तरह निश्चल मैदान में जैसे ठुका हुआ खड़ा है। जबकि तुर्क की सहेली फुदकती हुई ज़ोर से चिल्लाती हुई घास के मैदान पर बहुत दूर जा चुकी है। बीच-बीच में वह मुड़ती है और एक अन्तर्राष्ट्रीय अश्लील संकेत करती है। भाषा के अवरोधों को पार कर रही है।

आदमी एक बार यहाँ, फिर वहाँ खिंच रहा है। दो मालिकों के बीच एक पालतू जानवर। वही नहीं जानता कि हल्की शुर-शुर और सर सर का क्या मतलब है, पहले उसे नाला नज़र नहीं आया था। इस बीच एक चीज़ वह निश्चित रूप से जानता है : उसकी मर्ज़ी की लुगाई उसके हाथ से निकल चुकी है।

उस क्षण, जब ऐरिका कोहूट निश्चित रूप से जानती है कि वह उन्हें अलग करने वाले दो बड़े-बड़े कदम उसकी ओर लेगा, उस क्षण, जब ऐरिका कोहूट अपनी आखिरी बूँद टपका रही है, एक मानवीय हथौड़े के वार की प्रतीक्षा में, जो आकाश से उसके ऊपर आ कर पड़ेगा (बलूत के एक मोटे तख़्ते से एक कलाकार बढ़ई द्वारा बनाई गयी मनुष्य रूपी यह अनुकृति), आदमी मुड़ता है और पहले झिझकता हुआ, बार-बार पीछे देखता हुआ, और फिर तेजी से और कृतसंकल्प अपने शिकार के पीछे भाग पड़ता है, जिसे उसने इस खुशगवार शाम के शुरू में चीरा-फाड़ा था। इन्सान के पास जो होता है, उसे वह रखता है। उसे जो मिलता है, उसके बारे में वही नहीं जानता कि क्या वह गुणवत्ता के स्तर पर उसकी इच्छा के अनुरूप होगा। तुर्क अज्ञान से भागता है, जो उससे ज़्यादा इस देश ने प्रायः पीड़ाजनक परिस्थितियों में जाना

है, और अपनी पार्टनर के पीछे दौड़ लगाता है। उसे बहुत जल्दी करनी होगी, क्योंकि औरत लगभग एक बिंदु बन कर दूर गायब हो चुकी है, और शीघ्र ही वह भी क्षितिज पर केवल मक्खी का मल होगा। वह अब जा चुकी है,

वह भी जा चुका है, और अन्धकार में धरती और आकाश पुनः दृढ़तापूर्वक वे हाथ मिला रहे हैं, जो उन्होंने एक पल के लिए ढीले छोड़ दिये थे।

अभी-अभी ऐरिका कोहूट ने एक हाथ से विवेक का पियानो बजाया है और दूसरे हाथ से वासना का। पहले तो वासना का असर उसके सिर पर था, अब विवेक की बारी है, जो उसे अंधेरी गलियों से होते हुए घर की ओर लिये जा रहा है। परन्तु वासना की शक्ति को भी तो दूसरे उसके ठिकाने पर लाये थे। शिक्षिका ने उनका अवलोकन किया और उनके अंकों के मुताबिक उनका मापदंड नियत कर दिया। ऐसा करते हुए वह लगभग स्वयं वासना में खींची जाती, अगर उसे कोई खींच लेता।

ऐरिका वृक्षों की कतारों के बीच से वहाँ जा रही है, जहाँ वृक्षों की मौत विभिन्न प्रजातियों की परजीवी वनस्पतियों में चक्कर लगा रही है। कई टहनियों को अपने मूलस्थान से विदा लेनी पड़ी है और उनका अन्त घास में हुआ है। ऐरिका अपने बने-बनाये घरौंदे में जा कर बैठने के लिए अपनी प्रेक्षण-चौकी से सरपट निकल पड़ी है। बाह्य रूप से शोकाकुलता का कोई संकेत नहीं है। परन्तु भीतर एक तूफ़ान उठता है, जब वह प्रातर के सिरे पर जवान लड़कों को अपने जवान शरीरों के साथ आवारागर्दी करते देखती है, क्योंकि उम्र के लिहाज़ से वह उनकी माँ के बराबर होगी। वो सब जो इस उम्र से पहले हुआ है, गुज़र गया है और लौट नहीं सकता और कभी दोहराया नहीं जा सकता। पर कोई नहीं जानता कि भविष्य के गर्भ में क्या है। आजकल की दवाइयों के बढ़िया स्तर के कारण औरत बड़ी उम्र में भी अपने जनाने कामकाज निभा सकती है। ऐरिका एक ज़िप ऊपर चढ़ा लेती है। इस तरह वह स्वयं को छुए जाने से सुरक्षित रखती है। संयोगवश किसी के छू जाने से भी। परन्तु घायल अंतर में तूफ़ान उसकी अभी तक रसीली चरागाहों को चर रहा है।

वह जानती है कि टैक्सियाँ कहाँ खड़ी होती हैं, और वह कतार में लगी सब से आगे वाली में चढ़ जाती है। जनता प्रातर के विस्तृत मैदानों से और कुछ नहीं, बस जूतों और टाँगों के बीच ज़रा सा गीलापन बच गया है। स्कर्ट के नीचे से एक

हल्की खट्टी गंध ऊपर चढ़ती है, टैक्सी ड्राइवर जिसे नहीं सूँघ सकता, क्योंकि उसकी बगलों में छिड़कने वाली गंध हर दूसरी गंध को दबा रही है। ड्राइवर मुसाफिरों के सफ़र के पसीने की बदबू के बारे में नहीं जानना चाहता। और उनकी गंदगी भी नहीं अनुभव करना चाहता। गाड़ी में ग़रमी और खुश्की है, तापन यंत्र चुपचाप चल रहा है, ठंडी रात से संघर्ष कर रहा है। बाहर बत्तियाँ पीछे भागती जा रही हैं। क्षेत्र 2 की पुरानी इमारतों के धूसर अंतहीन बोटे, प्रकाशहीन और उदासीन सोते हुए, दैन्यूब नहर पर पुल। छोटे, रूखे, घाटे में तरबतर शराबखाने, जिनमें से पियक्कड़ ठाँय से बाहर आते हैं, जल्दी से कूद खड़े होते हैं और एक-दूसरे पर टूट पड़ते हैं। शिरोवस्त्र पहने बुढ़िया जो इस दिन अन्तिम बार अपने कुत्तों को बाहर लाती है, इस उम्मीद में कि सिर्फ एक बार उन्हें कोई तन्हा बूढ़ा मिल जाये, जो कुत्ते भी रखता हो और साथ ही रंडुआ भी हो। ऐरिका इन सबसे बिजली की तेज़ी से गुज़र जाती है, सुतली से बँधी रबड़ की एक चुहिया, जिसके पीछे एक मोटी बिल्ली कूद रही है, उससे खेल रही है।

मोपेडों का एक झुण्ड, कसी जींस पहने लड़कियाँ जिनके सर पर शुद्ध पंक शैली में कटे बालों की झलक है। लेकिन उनके बाल सीधे खड़े रहने में सफल नहीं हो पा रहे, बार-बार गिर पड़ते हैं। बालों में सिर्फ चिकनाई लगाना ही अभी काफ़ी नहीं है। वे हमेशा निराश हो कर सिर की त्वचा पर वापस गिर पड़ते हैं, ये बाल। और लड़कियाँ मोपेडों के पायलेटों के पीछे वाली सीट पर बैठ जाती हैं और सर्राटे से वहाँ से निकल जाती हैं।

यूरानिया जिज्ञासुओं के एक झुंड को एक व्याख्यान से बाहर निकालता है, जो व्याख्याताओं के आसपास एकत्र हैं और धक्कम-धक्का कर रहे हैं। वे आकाशगंगा के बारे में और जानना चाहते हैं, हालाँकि वे वो सब सुन चुके हैं, जो भी सुनने को है। ऐरिका को याद आता है कि वह यहाँ एक बार जिज्ञासुओं के समक्ष फ्रांत्स लिस्ट और उसकी कम महत्त्व दी गयी संगीत-रचनाओं पर ढीले बुने हवा के फंदों में व्याख्यान दे चुकी है। और दो-तीन बार बीथोवन के प्रारम्भिक सोनाटों पर दो सीधे–दो उल्टे में। तब उसने कहा था कि बीथोवन के सोनाटों में, चाहे वे बाद के हों या, जैसे इस संदर्भ में, प्रारम्भिक, एक ऐसा वैविध्य है कि एक बार खुद से एक बुनियादी सवाल पूछना पड़ता है कि इस बहुत अपमानित किये गये शब्द सोनाटा का अर्थ क्या है। शायद उस सही अर्थ में सोनाटे रहे ही नहीं, जैसे बीथोवन ने कहे हैं। बेहतर होगा कि इनमें नये नियम ढूँढ़ निकाले जायें, इस अत्यन्त नाटकीय संगीत

के बाह्याकार में , जिसमें बाह्याकार का भाव रहता ही नहीं। बीथोवन के साथ ऐसा नहीं है, क्योंकि वहाँ दोनों एक साथ हैं; भाव बाह्याकार का ध्यान आधार में छेद की ओर आकर्षित करता है, और बाह्याकार भाव को भी ऐसा ही बताता है।

अब रोशनी ज़्यादा है, क्योंकि नगर-केंद्र निकट आ रहा है, जहाँ प्रकाश दिल खोल कर बाँटा जाता है, ताकि पर्यटक आसानी से अपने-अपने ठिकाने पहुँच जायें। ऑपेरा ख़त्म हो चुका है। इसका व्यावहारिक अर्थ यह है कि इतनी रात हो चुकी है कि श्रीमती कोहूट सीनियर अपने घर के काम-काज के दायरे में, जिसका वह सोने जाने के लिए तब उल्लंघन नहीं करती, जब तक कि बेटी सही-सलामत और साबुत घर नहीं पहुँच जाती, गुस्से में बुरी तरह से चीख-चिल्ला रही होगी। वहाँ डाह का एक क्षोभपूर्ण दृश्य प्रस्तुत करेगी। बहुत समय लगेगा माँ को ठण्डा करने में उसे, ऐरिका को, इसके लिए एक दर्जन विशेष विशेषज्ञतापूर्ण खुशामदें करनी पड़ेगी। आज रात से तो यह आखिर पक्का है : माँ कुर्बानियाँ देती है, बच्ची अपने वक्त का एक सेंकिड भी कुर्बान नहीं कर सकती! माँ को नींद कैसे आयेगी, जब तक कि उसमें भी जागने का डर बना रहेगा, जब बेटी आ कर उनके बिस्तर के आधे हिस्से पर चढ़ेगी। माँ अब तेज़ रफ्तार से अपनी काट देने वाली घड़ी जैसी नज़र एक भेड़िये की तरह घर में घुमा रही है। वह जा कर बेटी के कमरे में खड़ी होती है, जहाँ न अपना बिस्तर है न अपनी चाबी। वह पेटी खोल कर खराब मूड में बिना सोचे-विचारे ख़रीदे गये कपड़ों को हवा में फेंकना शुरू कर देती है, जो नरम कपड़े और उन्हें सँभालने के लिए दिये गये निर्देशों के विपरीत है। बेटी को कल सुबह-सुबह सबसे पहले इन्हें समेटना होगा, संगीत-शिक्षालय में जाने से पहले। ये कपड़े माँ के लिए अहंकार और स्वेच्छाचार का प्रतीक हैं। बेटी का अहंकार इसमें भी देखा जा सकता है कि अब ग्यारह बज चुके हैं और माँ अब भी अपने साथ अकेली है। उससे यह अनुचित अपेक्षा नहीं रखी जा सकती। टीवी में फिल्म ख़त्म होने के बाद कोई भी तो नहीं है, जिससे वह बात कर सके। अब एक रात्रि-वार्तालाप चल रहा है, जिसे वह नहीं देखना चाहती, क्योंकि उसे देखेगी तो उसे नींद आ जायेगी, जो तब तक नहीं होना चाहिए, जब तक कि बच्ची एक आकारहीन गीले-गुल्ले की तरह सिकुड़ कर सो नहीं जाती। वह पूरी जगी रहेगी, यह माँ। माँ दातों से संगीत-समारोह में पहनी जाने वाली एक पुरानी पोशाक को काटती है, जिसकी चुन्नटों में अभी भी उम्मीद है कि कभी उसे पियानो बजाते हुए यूरोप की एक चोटी की स्टार ने पहना होगा। कभी यह पोशाक उसकी अपने और पागल बाप के मुँह से छीन कर की गयी

बचत से बनायी गयी थी और अब यह मुँह इस पोशाक को काट रहा है। तब घमंडी मेंढकी ऐरिका औरों की तरह टाफ़्टे की स्कर्ट और सफ़ेद ब्लाउज़ में मंच पर आने की बजाय मर जाना पसन्द करती। तब इसे एक तरह का निवेश समझा जाता था कि वादिका देखने में भी अच्छी लगे। सब बेकार ही हुआ न! माँ अपने स्लीपरों से पोशाक को कुचलती है, जो इतने ही साफ़ हैं, जितनी उसके नीचे बिछी ज़मीन, अतः पोशाक को विरूपित करने का सामर्थ्य नहीं रखते। उस पर तले भी नरम हैं। आख़िर में असर यह होता है कि पोशाक मुचड़ी हुई दिखती है। इसलिए माँ रसोई की कैंची से उस कलाकृति के लज्जाजनक हिस्से में अंतिम कटाई करती है, जिसे एक उपनगर की एक आधी अन्धी दर्जियानी ने सिला था, जिसने पोशाक बनाने के समय कम से कम दस साल से फ़ैशन की किसी पत्रिका पर नज़र तक नहीं मारी थी। इससे पोशाक बेहतर नहीं हुई। अगर ऐरिका में कपड़े की तंग अर्जों में हवा लेने वाली इस नये तरीके की पट्टी वाली कलाकृति को पहनने की हिम्मत हो तो शायद यह शरीर को कुछ ज़्यादा दिखायेगी। पोशाक के साथ माँ अपने सपनों को भी काट कर रख देती है। माँ के सपने क्यों पूरे हों, जबकि उसके अपने सपने ढंग से पूरे नहीं हो रहे, इस ऐरिका के? ऐरिका अपने सपनों को अन्त तक सोचने का साहस नहीं करती, बेवकूफों की तरह ऊपर उन्हें देखती रहती है। माँ अब गले की काट के झालर पर कृतसंकल्प हो कर नीचे तक तलवार चलाती हैं और फूली हुई छोटी ललित आस्तीन पर। फिर वह लहरदार स्कर्ट के बचे हिस्सों को ऊपर से नीचे तक काट देती है। वह कमरतोड़ मेहनत कर रही है। पोशाक बनवाने के लिए उसे पहले जी-तोड़ मेहनत करनी पड़ी थी। घर के ख़र्च के पैसे से बचा कर इसे सिलवाया था, और अब उसे बरबाद करने में कमरतोड़ मेहनत कर रही है। उसके सामने टुकड़े-टुकड़े कई भाग पड़े हैं, जिन्हें कपड़े कतरने वाली मशीन में होना चाहिए, जो उसके पास नहीं है। बच्ची अभी तक घर नहीं लौटी। जल्दी ही स्थिति भय से क्रोध में परिवर्तित हो जायेगी। चिन्ता तो होती ही है। रात की ट्रामों में एक औरत के साथ कितनी आसानी से कोई भयानक घटना घट सकती है, ऐसी ट्रामों में औरतों का कोई काम नहीं है। माँ पुलिस को फ़ोन करती है, जो कुछ नहीं जानती, और उन्होंने कोई अफ़वाह भी नहीं सुनी। माँ को पुलिस समझाती है कि अगर कुछ हुआ होता तो उसे ज़रूर सबसे पहले ख़बर मिलती, चूंकि किसी ने कुछ ऐसा नहीं सुना, जो ऐरिका की उम्र और कद-बुत से मिलता जुलता हो अतः बताने को कुछ नहीं है। हस्पताल कहते हैं, आदरणीय देवी जी, कि ऐसे फ़ोन करने फ़ज़ूल हैं। शायद

इसके बावजूद बेटी के टुकड़ों के खून से सने पैकेट दूर-दूर पड़े कचरे के ढोलों में डाले गये हैं। फिर माँ अकेली रह जायेगी, उसके लिए वृद्धाश्रम है, जहाँ वह कभी अकेली नहीं होगी! दूसरी ओर, उसके शादी के पलंग पर उसके साथ कोई नहीं सोयेगा, जिसकी उसे आदत है।

फिर पहले से दस मिनट ज़्यादा हो गये हैं, और दरवाज़े के ताले में कोई संकेत नहीं है, फ़ोन की खुशगवार घंटी नहीं, जो कहे : कृपया तत्काल विल्हेल्म हास्पिटल चले आइये! बेटी नहीं, जो कहे : मम्मी मैं पन्द्रह मिनट में आ रही हूँ, अचानक मुझे रोक लिया गया है। चैम्बर-म्यूजिक वाली तथाकथित मेज़बान फ़ोन नहीं उठाती, घंटी तीस बार बजने के बाद भी।

माँ रूपी तेंदुआ शयन-कक्ष से, जिसमें बिस्तर सोने के लिए तैयार रखा है, बैठक में जाती है, जहाँ फिर से चालू कर दिया गया टीवी राष्ट्रीय गीत के साथ बन्द होने को है। साथ में एक लाल-सफेद-लाल झंडा हवा में फहरा रहा है। संकेत देता कि अब ख़त्म हो गया। इसके लिए उसे टी.वी. दुबारा चालू करने की ज़रूरत नहीं थी, क्योंकि राष्ट्रगीत को तो वह दिल से जानती है, यह माँ। वह चीनी-मिट्टी की छोटी मूर्तियों को उँगलियों से टटोलती है। बड़ी बिल्लौरी कटोरी को एक जगह से उठा कर दूसरी जगह रख देती है। कटोरी में कृत्रिम फल हैं। जिन्हें वह एक सफ़ेद और नरम कपड़े से रगड़ कर साफ़ करती है। बेटी को कला की समझ है और वह फलों को जुगुप्साजनक बतलाती है। माँ इस कड़े मत का प्रतिरोध करती है, अभी यह **उसका** फ्लैट है और **उसकी** बेटी! जब मर जायेगी तो सब अपने आप बदल जायेगा। शयन-कक्ष में नयी तरतीब को सूक्ष्म दृष्टि से जाँचा जाता है। उसमें दिखता है कि बिस्तर की एक चादर का छोर दूसरी तरफ़ भी एक जैसा त्रिकोण बनाते हुए पलटा गया है। चादर उन औरतों के बालों जैसी कड़ी, जो ऊँचे बाल बनवाती हैं। गद्दे पर मिठाई, जो बच्चों के बिस्तर पर जाने से पहले दी जाती है, वरक में लिपटी चाकलेट, जो घोड़े की नाल के आकार की है, जो नववर्ष की संध्या से बच गयी थी। इस आश्चर्योत्पादक उपहार को हटा लिया गया है, क्योंकि दंड तो मिलना ही चाहिए। बगल में पड़े स्टूल पर, जहाँ एक टेबल-लैम्प पड़ा है, वह किताब है, जो बेटी आजकल पढ़ रही है। उसमें पुस्तकपर्णी की जगह हाथ से बनी छुटपन की एक तस्वीर है। उसकी बगल में पूरा भरा पानी का एक गिलास, रातों की प्यास के लिए, क्योंकि दंड इतना कड़ा भी नहीं होना चाहिए। अब कृपालु माँ गिलास को फिर नल के पानी से नया भर देती है, ताकि पानी यथासम्भव ठण्डा और ताज़ा रहे, और छोटे

बुलबुले न बनें उसमें, प्रकट करते हुए कि यह बासा और उबसा नहीं है। दाम्पत्य के पलंग की अपनी तरफ माँ इन छोटी-छोटी मेहरबानियों में ढिलाई बरतती है। परन्तु ऐरिका का ख़याल करते हुए रोज़ाना अपनी बत्तीसी साफ़ करने के लिए मुँह में निकाल लेती है। और फिर तुरन्त मुँह में डाल लेती है। रात को कभी ऐरिका की कोई और इच्छा होती है तो पूरी की जाती है, जहाँ तक बाह्यरूप से सम्भव हो। आन्तरिक इच्छाएँ ऐरिका अपने पास ही रखे, वहाँ ग़रम और सुखद नहीं है क्या? काफ़ी सोचने के बाद माँ रात्रि-पुस्तक के पास एक हरा सेव रख देती है, ताकि विविधता में कमी न हो। किसी बिलौटे की माँ की तरह, जो अपने बच्चों को चैन नहीं लेने देती, वह काटी हुई पोशाक को यहाँ-वहाँ घसीटे जा रही है, इधर से उधर। और फिर किसी तीसरी जगह, जहाँ यह स्पष्ट चमकती नज़र आये। बेटी बरबादी के कारण को, जिसके लिए वह खुद ज़िम्मेदार है, खुद भी देखे। फिर भी यह इतना ध्यानाकर्षक नहीं होना चाहिए। आखिर में श्रीमती कोहूट पोशाक के बचे-खुचे अंश बेटी की उस आरामकुर्सी पर फैला देती है, जिस पर बैठ कर वह टीवी देखती है, ध्यानपूर्वक, मानो ऐरिका उसे एक पियानो-सन्ध्या के लिए लापरवाही से पहन लेगी। उसे ध्यान रखना पड़ेगा कि पोशाक देह और आत्मा को अलग न होने दे। आस्तीनों के चिथड़ों को माँ तरह-तरह से सजाती है। अपने बरबाद किये गये नमूने को जैसे ट्रे में डाल कर पेश कर रही हो।

माँ को ज़रा सा शक़ है कि मिस्टर क्लेम्मर काफ़ी देर दूसरे घर में हुई एक संगीत-संध्या के बाद से माँ और बच्ची के बीच खुद को ठेलने की कोशिश कर रहा है। यह युवक भला तो है, पर माँ की जगह तो नहीं ले सकता, जिसे एकमात्र विशेष नमूने में और मौलिक तैयार किया गया है। अगर बेटी और क्लेम्मर एक हो जाते हैं तो यह आखिरी बार होगा। जल्दी ही नये फ़्लैट की किस्तें पूरी हो जायेंगी। माँ प्रतिदिन एक नयी योजना बनाती है और फिर उसे रद्द कर देती है, कि क्यों बेटी को तब भी नये घर में उसके साथ एक ही बिस्तर में सोना होगा। अभी से उसे लोहे ऐरिका पर चोट करनी चाहिए, जब तक वह गरम है। और जब तक वह इस वाल्टर क्लेम्मर के लिए गरम नहीं होती। माँ के कारण : आग का ख़तरा, चोरी का ख़तरा, सेंघ का ख़तरा, पानी का पाइप फटने का ख़तरा, दिल के दौरे का ख़तरा (रक्तचाप), रात को आम और ख़ास लगने वाले डर। नये फ़्लैट में माँ ऐरिका के कमरे को रोज़ाना पहले से तथा अधिक परिष्कृत ढंग से लगाती है। लेकिन बेटी के बिस्तर के बारे में नहीं सोचती। बहुत ज़्यादा रियायत दी तो एक गद्देदार आरामकुर्सी लगवा देगी।

माँ लेट जाती है और तभी खड़ी हो जाती है। उसने रात्रि के कपड़े पहन लिये हैं। वह सजावट की चीज़ों को उनके मूल स्थान से उठा कर इधर-उधर करती हुई एक दीवार से दूसरी को भाग रही है। वहाँ लगी सभी घड़ियों को देख कर एक-दूसरे से मिलाती है। बच्ची से बदला तो लिया जायेगा।

रूक, वक़्त आ गया है, अब वह बच्ची को दिखायेगी, क्योंकि दरवाज़े के ताले में स्पष्टता से क्लिक की आवाज़ होती है, चाबी ज़रा सी दबती है, और फिर माँ की ममता का धूसर तथा पाशविक द्वार खुल जाता है। ऐरिका प्रवेश करती है। ड्योढ़ी की तेज़ रोशनी में वह ऐसे पतंगे की तरह आँखें झपकाती है, जिसने बहुत पी रखी हो। हर जगह रोशनी ही रोशनी है। मानो प्रकाशोत्सव हो। परन्तु भोजन के परमप्रसाद का समय घंटों से बेकार हो कर बीत चुका है।

हल्के से, मगर गहरी लाल हुई, माँ अपने अन्तिम पड़ाव से आगे की ओर दौड़ लगाती है और ग़लती से कुछ ढा देती है, साथ ही बेटी को लगभग धराशायी कर देती है, लड़ाई का एक ऐसा दौर, जिसकी बारी बाद में थी। चुपचाप वह अपनी बच्ची को मारती है, और बच्ची प्रतिक्रिया के थोड़े समय के पश्चात वापस मारती है। ऐरिका के जूतों के तलों में हैवानी बू उठ रही है, सड़न का संकेत तो उसमें है। सुबह जल्दी उठने वले पड़ोसियों की वजह से दोनों एक ख़ामोश कुश्ती में गुँथी हुई हैं। जिसका परिणाम अनिश्चित है। बच्ची शायद अंतिम क्षण में माँ के प्रति सम्मान दिखाने के कारण उसे जीतने देती है। माँ शायद बच्ची के हाथ के दस हथौड़ों की वजह से उसे जीतने देती है। सिद्धांततः बच्ची अधिक बलवान है, क्योंकि वह उम्र में छोटी है; वैसे माँ भी पति के साथ लड़-लड़ कर खप चुकी है। लेकिन बच्ची ने अभी अपनी पूरी ताक़त को अपनी माँ के ख़िलाफ इस्तेमाल करना नहीं सीखा। माँ अपने गर्भ की अंगूरी के खुले बालों पर हल्के घूँसे लगाती है। उसका रेशमी शिरोवस्त्र, जिस पर घोड़ों के सिर बने हुए हैं, मंद-मंद फड़फड़ाता हुआ जैसे योजनानुसार ड्योढ़ी की बत्ती पर सौम्यतापूर्वक बैठ जाता है, मनोरम प्रस्तुतियों में जैसे होना चाहिए। वैसे बेटी की स्थिति कमतर है, क्योंकि उसके गू, गारे और घास के तिनकों से भरे जूते फिसलनें बन चुके हैं और उसके नीचे रखे छोटे कालीन पर फिसलते जा रहे हैं। अतः मास्टरनी का शरीर फ़र्श पर गिरता है, लाल सन का कम चौड़ा कालीन उसका दर्द थोड़ा कम करता है। शोर काफ़ी होता है। माँ पड़ोसियों की वजह से दाँत पीस कर फुसफुसाते हुए उसे शांति कहती है। बेटी भी बदले में पड़ोसियों की वजह से वैसे ही शांति! रखने को कहती

है। दोनों एक दूसरे के चेहरे नोचती हैं। बेटी एक ऐसी आवाज़ निकालती है, जो शिकारी बाज़ अपने शिकार के ऊपर लगाता है और अब कहती है कि पड़ोसी शांति के संदर्भ में अपनी तरफ़ से कल शांति से उलाहना दे सकते है,; क्योंकि माँ को भुगतना तो होगा। माँ हुआने का उपक्रम करती है, पर हुंकार को दबा लेती है। फिर दुबारा आधा बेआवाज आधा आवाज में घरघराना, घें-घें करना, कराहना और बदमिजाज़ी दिखाना। माँ हमदर्दी का बटन दबाना शुरू कर देती है, और चूंकि लड़ाई अनिर्णीत रही है अनुचित साधनों का प्रयोग करते हुए अपने बुढ़ापे तथा नजदीक आती मौत का रोना लेकर बैठ जाती है। ये तर्क वह धीमे-स्वर में पेश करती है, सड़े-गले बहानों की एक हिचकियों भरी शृंखला में कि वह आज क्यों नहीं जीत सकती। माँ के शिकवे से ऐरिका जज़्बाती हो जाती है, वह नहीं चाहती कि माँ इस लड़ाई में छिज जाये। वह कहती है कि शुरुआत माँ ने की थी। माँ कहती है कि शुरुआत ऐरिका ने की थी। इसकी वजह से माँ की उम्र कम से कम एक साल घट गयी है। वह आधी ताकत से नोच और काट रही है, यह ऐरिका। माँ तुरन्त इसका फ़ायदा उठाती है और ऐरिका के माथे से बालों का एक ऐसा गुच्छा उखाड़ लेती है, जिस पर ऐरिका को गर्व है, क्योंकि उससे एक आकर्षक घूँघर उसके माथे पर पड़ता है। ऐरिका तुरन्त कृत्रिम उच्च स्वर में एक अकेली चीख बाहर निकालती है, जिससे माँ इतनी डर जाती है कि वह रुक जाती है। कल ऐरिका को सर की छिली हुई जगह पर प्लास्टर लगाना पड़ेगा। या वह कुछ हद तक सिर पर अपना शिरोवस्त्र धारण कर लेगी, पढ़ाते समय। दोनों महिलाएँ ज़ोर से साँस लेती और बाहर निकलती हुई ड्योढ़ी के फिसल गये कालीन पर एक-दूसरे के सामने बैठी हैं, बत्ती की मन्द हो गयी रोशनी के नीचे। कुछ न इस्तेमाल की गयी साँसों के बाद बेटी पूछती है कि क्या यह ज़रूरी था। उसने अभी अपना दायाँ हाथ एक ऐसी प्रेम करती औरत के गले पर ज़ोर से दबाया था, जिसे तभी विदेश से एक बुरी ख़बर मिली थी, और उसके गले की नस कुदक रही थी और हचक रही थी। माँ घर की ड्योढ़ी की पेटी पर पड़ा एक तत्त्व, जिस पर गोट-पट्टी वगैरह सजावट का सामान पड़ा है, एक ऐसा सेट, जिसके बारे में नहीं स्पष्ट किया गया कि वह क्या है और उसका इस्तेमाल कैसे करना है, जवाब देती है कि बेटी अगर सिर्फ़ वक़्त से घर आ जाती तो यह ज़रूरी नहीं था। लेकिन उसकी इन्द्रियाँ पैनी हो चुकी हैं, घूमती सान ने उसकी धार को अकल्पनीय रूप से पतली और तेज़ बना दिया है। लड़ाई करते हुए माँ का गाउन ढलक गया है

और साबित कर रहा है कि वह अब भी सबसे पहले औरत है। और बेटी उसे शर्म से खुद को पूरी तरह ढकने को हिदायत देती है। माँ व्याकुलता से उसकी आज्ञा का पालन करती है। ऐरिका खड़ी हो कर कहती है कि उसे अब प्यास लगी है। माँ एक सीधी-सादी इच्छा को पूरी करने के लिए फुर्ती दिखाती है। उसे डर है कि ऐरिका विद्रोह की भावना से कल एक नयी पोशाक ख़रीद कर ले आयेगी। माँ फ्रिज से सेव का रस लेती है, एक ख़ास और इतवार की पेशकश, क्योंकि माँ भारी बोतलें सुपर मार्केट से लाद कर घर कभी-कभी ही लाती है। अधिकतर वह रसबदरी का सांद्र ख़रीदती है, जो उतनी ही ताकत देता है और ज़्यादा देर चलता है। सांद्र में पानी डाल कर उसे हफ्तों चलाया जाता है। माँ कहती है कि अब वह आखिर जल्दी ही मर जायेगी, इच्छा भी है उसमें और दिल भी कमज़ोर है। बेटी उसे बढ़ा-चढ़ा कर बात न करने की हिदायत देती है। पहले ही वह बार-बार के मौत के उलाहनों से भावहीन हो चुकी है। माँ अब रोना शुरू करना चाहती है, जिस से वह तीसरे राउंड में ज़मीन सुँघा कर विजेता, वर्ना ढाये जाने से तो विजेता बन ही जायेगी। ऐरिका माँ को बाद के एक राउण्ड की दुहाई देते हुए उसे ऐसा करने से मना करती है। ऐरिका अब रस पीना चाहती है और फिर बिस्तर में घुसने जैसी तो कोई और बात ही नहीं है। माँ भी वही चाहती है, पर बिस्तर पर अपनी तरफ़। वह ऐरिका से और बात न करे! ऐरिका वैसे माँ को इतनी जल्दी माफ़ नहीं करेगी कि वह निर्दोष सी घर लौटती संगीतकार ऐरिका पर यूँ टूट पड़ी है। ऐरिका अब नहाना नहीं चाहती। वह कहती है कि वह अब नहीं नहायेगी, क्योंकि नहाते हुए नल की आवाज़ पूरी इमारत में सुनी जाती है, वह जैसे थी वैसे ही माँ की बगल में लेट जाती है। एक-दो सुरक्षा-बटन जल गये हैं, ऐरिका फिर भी घर लौट आयी है। चूंकि ये बटन बहुत कम इस्तेमाल किये जाने वाले उपकरणों के लिए थे, अतः ऐरिका का तुरन्त उधर ध्यान नहीं गया। वह लेटती है और उसे तत्काल नींद आ जाती है, उसकी 'शुभ रात्रि' का जवाब नहीं दिया जाता। माँ बहुत देर जागती रहती है और हैरान होती है कि बेटी फौरन और पश्चात्ताप के किसी संकेत के बिना क्यों सो गयी है। बेटी को यह ख़याल करना चाहिए था कि उसकी 'शुभ रात्रि' का उत्तर माँ ने जानबूझ कर नहीं दिया था। सामान्य दिनों में वे दोनों तकरीबन दस मिनट निश्चल पड़े रहते थे, अपने संदूक में, अपने रस में, फिर अपरिहार्य समझौता होता था, धीमे और विशेष लम्बे वार्तालाप के साथ, उस पर फिर 'शुभ रात्रि' की मुहर लगती थी। पर आज तो

ऐरिका बस ऐसे ही सो गयी है, वो सपने उसे उड़ा कर ले गये हैं, जिनसे माँ का परिचय नहीं होता, क्योंकि अगले दिन वह उसे सुनायेगी नहीं। माँ अगले दिनों में, बल्कि हफ़्तों, बल्कि महीनों में बहुत होशियार रहने का फैसला लेती है। इस वजह से वह पौ फटने तक घंटों जागती रहती है।

बाख द्वारा ब्रांडनबुर्ग में प्रस्तुत किये गये छः संगीत-समारोहों के बारे में और बातों के अलावा कला के मर्मज्ञ कहते हैं कि उनके उद्‌भव के दिनों में आकाश में तारे नृत्य कर रहे थे। ये लोग जब बाख पर बात करते हैं तो खुदा का घर उस बात में हमेशा शामिल होता है। ऐरिका कोहूट एक ऐसी छात्रा के स्थान पर किसी संगीत-रचना के एक खंड विशेष में भाग ले रही है, जिसे नक़सीर आ गयी थी और जिसे गर्दन में चाबियों का गुच्छा डाल कर लेटना पड़ा था। वह व्यायाम करने वाली चटाई पर पड़ी है। बांसुरियाँ और वायलिनें वादक-वृन्द को पूर्ण रूप देते हैं और ब्रांडनबुर्ग में होने वाले संगीत-समारोहों को विशेष महत्त्व का बनाते हैं, जहाँ तक संगीत-मंडलियों का प्रश्न है, उनमें वादकों का वैविध्य है। हमेशा एकदम अलग-अलग तरह के वाद्यों के साथ होते हैं, एक बार तो बल्कि दो लकड़ी की बाँसुरियों वाले भी थे।

ऐरिका के संदर्भ में वाल्टर क्लेम्मर ने पुनः गम्भीर रूप से आक्रामक होने का निश्चय किया है। उसने व्यायामशाला के एक हिस्से को विभाजित कर दिया है, और वहाँ बैठ गया है। यह उसका अपना दर्शक-कक्ष है, और वह वहाँ बैठा चैम्बर आर्केस्ट्रा की रिहर्सल को सुन रहा है। दिखावा ऐसे कर रहा है मानो बहुत ध्यान लगा कर वह अपने साथ लायी सम्पूर्ण स्वर-लिपि को पढ़ रहा है, परन्तु वास्तव में वह ऐरिका के अलावा और किसी को नहीं देख रहा। उसके अंग-संचालन में किसी भी उस हरकत को वह नजरों से छूटने नहीं देता, जो वह पियानों बजाते समय करती है, उससे कुछ सीखने के लिए नहीं, बल्कि वादिका के विश्वास को आदमियों वाले ढंग से हिला देने के लिए। वह बिना कुछ किये मास्टरनी को देखता जा रहा है, लेकिन चुनौती देने वाले ढंग से। मर्द के रूप में वह अकेली जीवित चुनौती होना चाहता है, जो खुद को अच्छी से अच्छी औरत और महिला कलाकार के लायक़ समझता है। ऐरिका उससे पूछती है कि क्या वह स्वयं इस खंड का उत्तरदायित्व नहीं लेना चाहेगा। वह कहता है नहीं, न, और वह इन दोनों संक्षिप्त शब्दों के बीच एक सारगर्भित

अन्तराल देता है, जिसमें वह कुछ अनकहा शामिल कर देता है। वह ऐरिका के इस कथन का कि केवल करत करत अभ्यास के जड़मति होत सुजान का उत्तर एक अर्थपूर्ण चुप्पी से देता है। क्लेम्मर एक लड़की का अभिवादन, जिसे वह जानता है, हाथ चूम कर करता है, अठखेली सी करता हुआ, और दूसरी एक लड़की के साथ किसी निरर्थक सी बात पर हँसता है।

ऐरिका ऐसी लड़कियों से रिसती उस बौद्धिक रिक्तता को स्वयं में अनुभव करती है, जिससे मर्द जल्दी ऊब जाते हैं। एक खूबसूरत चेहरा शीघ्रातिशीघ्र ख़र्च हो जाता है।

शोक में डूबे नायक की भूमिका के लिए वास्तव में क्लेम्मर की उम्र छोटी है; वह स्वरलिपि के मूक कागज़ पर अपनी उँगली सही जगहों पर फिराता जाता है। दूसरी तरफ प्रतिदिन के निर्दोष शिकार की भूमिका के लिए ऐरिका की उम्र बड़ी है। पहली दफ़ा से ही दोनों जानते हैं कि उनका वास्ता संगीत के एक शिकार से पड़ रहा है, संगीत के टुकड़तोड़ से नहीं। वह स्वयं वायलिन-वादन प्रस्तुत करने वाला है, जिसे किसी परिस्थितिवश समूहवादन के मध्य वाद्य बजाने का प्रारम्भ करने का अवसर नहीं मिला। क्लेम्मर एक तीसरी लड़की के कंधे पर हाथ रखता है, इस लड़की ने फिर से फैशन में आ गयी मिनी-स्कर्ट पहन रखी है। वह किसी सोच-विचार से परेशान नहीं है। ऐरिका सोचती हैः क्लेम्मर अगर इतना नीचे गिर सकता है तो गिरे लेकिन मैं उसके साथ नहीं हूँ। उसकी त्वचा में ईर्ष्या से फ़ाइन क्रेप की तरह चुन्नटें पड़ रही हैं। उसकी आँखों में दर्द हो रहा है, क्योंकि उसे सब कुछ कनखियों से देखना पड़ रहा है, वह क्लेम्मर की तरफ़ नहीं मुड़ सकती। उसे बिल्कुल पता नहीं चलना चाहिए कि उसका ध्यान उसकी तरफ़ है। वह अब तीसरी लड़की से कोई मज़ाक करता है; लड़की हँस-हँस कर लोट-पोट हो जाती है, वहा वहाँ तक अपनी टाँगें दिखाती है, जहाँ तक वे जाती है, क्योंकि वे शरीर में जा कर मिल जाती है। लड़की पर धूप उलटा दी जाती है। हमेशा चप्पू-नौका चलाने से क्लेम्मर के गालों पर सेहत के रंग का नूर है, उसका सर लड़की के सर के साथ संगम बना रहा है, उसके हल्के बाल लड़की के लम्बे बालों के साथ चमचमा रहे हैं। खेलकूद में क्लेम्मर सिर की सुरक्षा के लिए टोपा लगा लेता है। वह छात्रा को एक चुटकला सुनाता है, जिस पर वह अपनी आँखों को कार के पीछे लगी बत्तियों की तरह थोड़ी देर के लिए नीली चमकाता है। वह निरन्तर ऐरिका की उपस्थिति महसूस करता है। उसकी आँखें कोई ब्रेक लगाने का कौशल नहीं हैं। हाँ, क्लेम्मर स्वयं को निस्संदेह एक नयी ज़ोरदार

कोशिश में पाता है। हवा, पानी, चट्टाने और लहरें सब हार्दिक परामर्श दे रहे हैं निराश व्यक्ति को, जो ऐरिका की बजाय बगीचे के अधिक जवान फूल तोड़ने को तैयार था, कि ज़रा सा रुक जाये क्योंकि निश्चित रूप से डोलने के और नरम पड़ने के आसार हैं उसकी ख़ामोशी से चाही जाने वाली माशूक़ा के! काश एक बार वह उसे अपनी नौका में बिठाने में कामयाब हो जाये, ज़रूरी नहीं कि यह मुश्किल से नियन्त्रण में रखने वाली बदनाम बेड़ी हो। यह ख़ामोशी से आराम करती एक नाव भी हो सकती है। वहाँ, झील पर, किसी नदी पर क्लेम्मर अपने पूरे मूलतत्त्वों के नियन्त्रण में होता है। तब वह उस पर पूरा नियन्त्रण रख सकेगा, कयोंकि पानी पर उसे जैसे घर में होने का एहसास होता है। वह ऐरिका के चुस्त हस्त-संचालन को निर्देशन दे सकेगा और संयोजन कर सकेगा। यहाँ पियानो क़ी स्वर-लिपि और स्वर-रूपों में पुनः उसका अपने मूलतत्त्वों पर नियन्त्रण है, और निर्देशन देने वाला निर्देशक एक निर्वासी हंगार है, जो छात्रों की कतार की भारी लहज़े में अत्यन्त उत्तेजित हो कर हौसला अफ़ज़ाई कर रहा है।

चूंकि वह स्वयं को ऐरिका के साथ बाँधने वाले तत्त्व का निदान उसकी तरफ़ रुझान के रूप में करता है, अतः एक बार फिर वह हथियार नहीं डालता बल्कि पुनः तन कर बैठ जाता है, अगली टाँगों में फुर्ती से वस्तुस्थिति की जाँच करता हुआ, पिछली टाँगों से जल्दी-जल्दी पीछा करता हुआ। वह तकरीबन उससे बच के निकल ही जाती, या फिर कामयाब न होने की वजह से वह उसका पीछा छोड़ देती है। यह ग़लत ही होता। उसे अब उसकी देह अधिक सुस्पष्ट नज़र आ रही है, एक साल पहले से अधिक सुलभ, अब-जब वह कुंचियों पर उंगलियाँ चला रही है और उस पर कनखियों से आशंकित हो कर देख रही है, जो जा भी नहीं रहा, और उसके पास आ कर कह भी नहीं रहा कि उसके भीतर कैसे चिता जल रही है। जहाँ तक बजायी गयी संगीत-रचना के विशलेषण का प्रश्न है, वह पुनः अनुपस्थित लग रहा है। वहाँ तो है वह! क्या उसकी वजह से वहाँ है? संगीत की साधना करती मंडलियों में और भी खूबसूरत हर आकार, हर रंग और हर लम्बाई की जवान लड़कियाँ हैं। ऐरिका सबूत नहीं देती कि वह क्लेम्मर की तरफ़ देख तक रही है, और इस तरह .ख़ुद पर शक़ डलवा रही है। दुर्लभ होने का स्वांग भर रही है और साथ ही क्लेम्मर को दिखा रही है कि शुरू से ही उसने यहाँ सिर्फ़ उस अकेले को ही अहमियत नहीं दी। क्लेम्मर के अलावा ऐरिका के लिए वहाँ सिर्फ़ संगीत का अस्तित्व है, संगीत की इस दमनकर्ता के लिए। पारखी क्लेम्मर नहीं जानता कि ऐरिका के चेहरे को पहचानने

में उसने कहाँ गलत अनुमान लगाया है : अस्वीकृति। उस पहाड़ी चरागाह की झंझरी को खोलने लायक़ वह अकेला आदमी है, जिस पर “प्रवेश करने वाले को दण्ड मिलेगा” लिखा है। ऐरिका अपने ब्लाउज़ के सफ़ेद कलाई-बंध से झटक कर मोतियों की एक माला निकालती है। शायद जल्दी की वजह अब आ पहुँची वसन्त है, जिसने अपने आगमन की सूचना हर ओर पंछियों की उड़ान और लापरवाही से चलाये जा रहे वाहनों के चालकों के माध्यम से दे दी है, जिन्होंने स्वास्थ्य-तकनीकी और आम तकनीकी वजहों से सर्दियों में अपने वाहनों को आराम दिया था और अब फिर से निकल पड़े हैं, गुलचाँदनियों के साथ, और वाहन चलाने की आदत खो चुके होने के कारण अचानक दुर्घटनाओं का कारण बन रहे हैं। ऐरिका मशीन की तरह संगीत-रचना के सरल खंड को बजाती जा रही है। उसके ख़यालात दूर-दूर तक जा रहे हैं, पियानो से जुड़ी एक अध्ययनयात्रा, छात्र क्लेम्मर के संग। सिर्फ़ वह, क्लेम्मर, होटल का छोटा-सा कमरा और प्रेम।

फिर एक लारी सारे ख़यालों को लाद कर दो जनों के रहने योग्य एक छोटे फ़्लैट में पलट देती है। दिन ढलने से कुछ समय पहले ख़यालों को उस टोकरे में होना होगा, जिसे माँ ने प्यार से रगड़ कर साफ़ करके उस पर फिर रंग किया है, और जवानी बुढ़ापे से लिपटती है।

मिस्टर नेमेथ फिर निर्देश-दंडिका से संगीत-वादन समाप्त करने का संकेत देता है। उसके लिहाज़ से वायलिनें कम मृदु थीं। कृपया पुनः लिप्याक्षर बी। अब नक़सीर वाली तगड़ी हो कर लौटती है और पियानो पर अपना स्थान ग्रहण करने की इच्छा व्यक्त करती है, और एकल वादिका की हैसियत से अपना अधिकार भी माँगती है, जिसे उसने प्रतिद्वन्द्वता के संघर्ष में परिश्रम कर के कमाया है। वह प्रो. कोहूट की मनपसन्द छात्रा है, क्योंकि वह एक माँ के कब्जे में है, जिसने एक बच्ची की बजाय महत्वाकांक्षा को गोद ले रखा है।

लड़की ऐरिका की जगह लेती है। वाल्टर क्लेम्मर आँख मार कर लड़की को प्रोत्साहन देता है और ताड़ता रहता है कि ऐरिका क्या प्रतिक्रिया दिखाती है। इससे पहले कि प्रो. नेमेथ छड़ी हाथ में ले ऐरिका हॉल से बाहर निकल जाती है। उससे मजबूत बन्धन में बँधा और प्रेम जैसी कलाओं में नगर-प्रसिद्ध चालू क्लेम्मर उछल कर खड़ा हो जाता है, वह कापी को अपनी नाक पर लगा कर निकलना चाहता है। लेकिन निर्देशक की एक ही नज़र पड़ते ही दर्शक क्लेम्मर अपनी जगह पर पुनः बैठ जाता है। छात्र को निर्णय लेना है कि उसे अन्दर रहना है या बाहर जाना है,

लेकिन उसे फिर वहीं रहना है, जहाँ के लिए उसने निर्णय लिया है।

वादक अपना दायाँ हाथ अपने ग़ज पर टिका देते हैं और सामर्थ्य से गप-शप लड़ाते हैं। पियानो गर्वपूर्वक घुड़सवारी के अखाड़े में दुलकता है, कूल्हे मटकाता है, मस्त हो कर कुदकता है, हाई स्कूल से एक उत्कृष्ट रचना सुनाता है, जो स्वरलिपि में कहीं नहीं है, लेकिन जिसे लम्बी रातों में सोच कर रचा गया था, उस पर तीव्र गुलाबी प्रकाश फेंका जाता है, और अर्ध वृत्ताकार में वह इतराता है। अब मिस्टर क्लेम्मर को वहाँ बैठ कर तब तक प्रतीक्षा करनी होगी, जब तक निर्देशक की छड़ी अगली बार वादन समाप्त करने का संकेत नहीं देती। इस बार मास्टर येन-केन-प्रकारेण अंत तक फैलेगा, बशर्ते कि कोई पटरी से न उतर जाये। इस डर की कोई ज़रूरत नहीं, क्योंकि वादक सब परिपक्व लोग हैं। बच्चों के आर्केस्ट्रा, गायन स्कूल की मंडलियाँ, जितने भी गायन स्कूल वहाँ हैं, उन सब का एक मिश्रित गोरखधंधा है ये, ये सब चार बजे रिहर्सल कर चुके हैं। लकड़ी की बाँसुरी की क्लास का निर्देशक, उसके साथ संगीत-विद्यालय की सभी शाखाओं से गायन-स्कूल की सम्मिलित शिक्षिकाओं की ओर से एकल गायकों की एक रचना। सम और विषम ताल के मध्य परिवर्तन की एक धृष्ट रचना, जिसकी वजह से कितने ही छुटकों का बिस्तर गीला हो जाता है।

यहाँ और अब भविष्य के पेशेवर संगीतकार संगीत पर विवेचन कर रहे हैं। लोअर आस्ट्रियाई स्वरकला आर्केस्ट्रा, प्रांतीय आपेरा हाउसों, रेडिया ओ. आर. एफ. के सिंफनी आर्केस्ट्राओं के लिए उभरती प्रतिभाएँ। बल्कि फ़िलहर्मोनिका के लिए भी, अगर किसी छात्र का कोई पुरुष सम्बन्धी वहाँ पहले से वादक हो।

क्लेम्मर बैठ कर बाख़ पर चिंतन-मनन कर रहा है। परन्तु उस सेती मुर्गी की तरह, जिसे इस समय अपने अंडे की परवाह नहीं है। क्या ऐरिका जल्दी लौट आयेगी? या क्या वह हाथ धोने गयी है? वह यहाँ इस भवन के कमरों वगैरह से पूर्णतया परिचित नहीं है। परन्तु वह ख़ूबसूरत वादिकाओं को आँखें मार कर अभिवादनों का आदान-प्रदान करते हुए यहाँ से नहीं जाना चाहता। वह छोकरीबाज़ होने की अपनी ख्याति को क़ायम रखना चाहता है। आज रिहर्सल को इस जगह करना पड़ा था। ईसामसीह के स्वर्गारोहण के आदेश-शब्दों (मोज़ार्ट की रचना 'फ़िगारो') पर आपेरा-क्लास वाले जो अत्यावश्यक मुख्य रिहर्सल करेंगे, उसके लिए संगीत-शिक्षालय के सभी भव्य कक्षों की आवश्यकता पड़ेगी। एक मित्र-प्राथमिक-विद्यालय है, जो अपना व्यायाम-हॉल बाख़ की रिहर्सल के लिए दे

देगा। व्यायाम के लिए इस्तेमाल की जाने वाली चीज़ों को दीवारों तक धकेल दिया जायेगा। एक दिन के लिए देह-संस्कृति उच्च-संस्कृति के पक्ष में अपना स्थान छोड़ देगी। इस प्राथमिक स्कूल में, जो कभी शूबर्ट का कार्य-क्षेत्र रह चुका है, यहीं सबसे ऊपरी मंज़िलों में क्षेत्र का संगीत-विद्यालय है, परन्तु रिहर्सल के लिए उसके कमरे बहुत छोटे हैं।

इस शाखा के संगीत के छात्रों को आज के लिए संगीत-शिक्षालय के सुप्रसिद्ध आर्केस्ट्रा की रिहर्सल को देखने की अनुमति दे दी गयी है। परन्तु, बहुत कम छात्र इसका लाभ उठाते हैं। इससे पहले भविष्य में अपना व्यवसाय चुनने में आसानी रहेगी। वह देखेंगे कि हाथ सिर्फ़ अक्खड़पन से पकड़ने का काम ही नहीं करते बल्कि नफ़ासत से संगीत भी बजा सकते हैं। बढ़ई के और संगीत के प्रोफ़ेसर के धंधे के लक्ष्यों के बीच एक बहुत बड़ी खाई होती है। छात्र श्रद्धापूर्वक कुर्सियों और व्यायाम के गद्दों पर बैठ कर अपने कानों को पूरा खोलते हैं। उनमें से किसी के माता-पिता ऐसे नहीं हैं, जो अपने बच्चे को बढ़ई के धंधे की बारीकियाँ सिखवाना चाहेंगे।

परन्तु इस निष्कर्ष पर पहुँचना बच्ची के लिए भी सही नहीं होगा कि सब पका पकाया संगीतकार के मुँह में पड़ जायेगा। बच्ची को अपने समय का बलिदान करने का अभ्यास करना होगा।

वाल्टर क्लेम्मर कब से अपने पास के स्कूल के वातावरण से, जिसकी अब उसे आदत नहीं रही, बड़ा खिन्न अनुभव करता है। उसका छात्र-अध्यापिका-सम्बन्ध तो दृढ़ होता जा रहा है, परन्तु प्रेमी-प्रेमिका-सम्बन्ध परे खिसकता जा रहा है। जल्दी से प्रवेश-द्वार तक पहुँच जाने के लिए क्लेम्मर की कुहनियाँ तक हिलाने की हिम्मत नहीं पड़ रही। ऐरिका उससे परे भागकर दरवाज़े बन्द कर गयी है, उसकी प्रतीक्षा किये बिना। वादक-वृंद वायलिन बजा रहे हैं, बेला बजा रहे हैं, गुनगुना रहे हैं, पियानों की कुंचियों पर ठोक रहे हैं। सहयोगी विशेषतौर पर अधिक परिश्रम कर रहे हैं, क्योंकि वैसे अज्ञानी श्रोताओं के सामने हमेशा अधिक परिश्रम किया जाता है। ये लोग तन्मय चेहरे तथा एकाग्रचित्त मुखमुद्राओं का सम्मान करते हैं। अतः आर्केस्ट्रा-वादक अपने काम को सामान्य अवसरों से अधिक गम्भीरता से ले रहे हैं। गूँज की प्राचीर क्लेम्मर के सामने आ कर समाप्त हो जाती है, परन्तु वह उसे संगीत में कैरियर बनाने की वजहों से तोड़ता नहीं। वरना मिस्टर नेमेथ विद्यालय के अगले विराट संगीत-समारोह में लेने से मना कर सकता है, जिसमें क्लेम्मर को मनोनीत किया जा चुका है। मोज़ार्ट की रचनाओं का संगीत-समारोह।

जबकि क्लेम्मर व्यायाम-हॉल में कन्याओं के बदन के सौष्ठव का नाप-तौल कर रहा है और एक-दूसरी का तुलनात्मक अध्ययन कर रहा है, तकनीशियन होने की वजह से उसे जिसमें कोई कठिनाई पेश नहीं आ रही, उधर उसकी पियानो-वादक अनमनेपन से कपड़े बदलने के कक्ष को छान रही है। यह आज वाद्य रखने वाली पेटियों, खोलों, कोटों, टोपियों, दस्तानों के सामने इतरा रही है। मुँह से साज़ बजाने वाले अपने सर, और हाथ से बजाने वाले अपने हाथ ग़रम कर रहे हैं, इस पर निर्भर करता है कि शरीर का कौन सा अंग स्वर से जादू निकालता है। जूतों के अनगिनत जोड़े वहाँ पड़े हैं, क्योंकि व्यायामशाला में सिर्फ़ कसरत के जूते पहन कर प्रवेश करने की इजाज़त है। कई लोग अपने कसरत के जूते भूल आये हैं और अब लम्बी जुराबों में या मोज़ों में बैठे हुए खुद को ठंड लगवा रहे हैं।

दूर से पियानो-वादिका ऐरिका के कानों में बाख़ के महाजलप्रपात की गरज घुसती है। वह यहाँ एक ऐसी ज़मीन पर खड़ी है, जो खेलकूद में औसत क्षमता प्राप्त करने के लिए तैयार करती है और वह ठीक से जानती नहीं कि वह यहाँ क्या कर रही है और किस वजह से वह रिहर्सल के हॉल से भाग कर आयी है। क्या यह क्लेम्मर था जिसने उसे निकलने की वजह दी थी? असहनीय है, जिस तरह उसने इन लड़कियों को उत्तेजक-पेय-विभाग की खँखोरने की मेज़ पर व्यग्र किया है। पूछो तो बहाना मारेगा कि वह नारी की सुन्दरता को हर उम्र और वर्ग में सम्मान देता है। यह अध्यापिका के लिए अपमान का विषय है, जिसने एक जज़्बात से परे निकल भागने की कोशिश की है।

आपातस्थितियों में संगीत ने ऐरिका की प्रायः मदद की है, परन्तु आज वह उसके स्नायुतन्तुओं के उन संवेदनशील सिरों में छेद कर रहा है, जिन्हें मर्द क्लेम्मर ने अनावृत्त कर दिया है। यहाँ जहाँ वह आ पहुँची है, वह एक धूलधूसरित, ठंडा जलपान-कक्ष है। वह फिर दूसरों के पास वापस जाना चाहती है, लेकिन तगड़े पुट्ठों वाले एक वेटर के रूप में कोई रास्ता रोक लेता है और महोदया को परामर्श देता है कि वह आख़िर फैसला कर ले, वर्ना रसोई बन्द होने वाली है। अंडे के चीले का या कलेजी के कोफ़्तों वाला शोरबा?

भावनाएँ सदा हास्यास्पद होती हैं, विशेषकर जब वे अनधिकृत लोगों में घुस जाती हैं। ऐरिका बदबूदार कमरे को लम्बे-लम्बे कदम रखते हुए नापती है, अधिक गूढ़ इच्छाओं के चिड़ियाघर में इतरा कर चलता एक पंछी। वह इस उम्मीद में बहुत धीरे चलना शुरू कर देती है कि कोई आयेगा और उसे रोकेगा। या इस उम्मीद में

कि जिस शरारत की वह योजना बना रही है, उसमें व्यवधान पड़ेगा और उसके भयानक परिणाम होंगे : एक सुरंग, बेहद नुकीले उपस्करों से भरी, जिसमें उसे पूर्ण अन्धकार में अन्त तक भागने को बाध्य किया जायेगा। दूसरे छोर पर प्रकाश की कोई किरण नहीं। और उन कोठरियों के स्विच कहाँ हैं, जिनमें ज़रूरत पड़ने पर इस पथ के कर्मचारी छुपते हैं?

सिर्फ़ यह जानती है वह दूसरे सिरे पर चमचमाता प्रकाशमान एक अखाड़ा है, जहाँ प्रशिक्षण हेतु और अधिक परीक्षाएँ और क्षमता-प्रमाणपत्र उसकी प्रतीक्षा कर रहे हैं। खुली छत वाली वृत्ताकार रंगशालाओं की शैली में एक के ऊपर एक लगी पत्थर की बेंचों की कतारों से उस पर मूँगफली के छिलके, पाप कॉर्न की थैलियाँ, लेमनेड की बोतलें, पीने की मुड़ी-तुड़ी नलियों के साथ, टायलेट पेपर के गोले बरसाने के लिए। ये उसके सही श्रोता होंगे। व्यायामशाला से मिस्टर नेमेथ के चीखने का अस्पष्ट स्वर इधर आ रहा है, जिसे ज़्यादा ऊँचा होना चाहिए। तेज! स्वराघात और अधिक!

वाश-बेसिन चीनी-मिट्टी का है और कई जगह से चटका हुआ है। उसके ऊपर एक आईना है। आईने के नीचे काँच की एक तख्ती है, जो धातु के एक फ्रेम पर टिकी है। काँच की तख़्ती पर पानी पीने का एक गिलास रखा है। गिलास को सोच-विचार कर नहीं रखा गया, बल्कि अधिक ध्यान दिये बिना एक बेजान चीज़ के सामने रख दिया गया है। गिलास जहाँ पड़ा है, वहाँ पड़ा है। उसके नीचे एक इकलौती पानी की बूँद विश्राम कर रही है, भाप बन कर गुम हो जाने की प्रतीक्षा करते हुए। इससे पहले अवश्य किसी छात्र ने गिलास में से एक घूँट पिया है। ऐरिका एक रूमाल ढूँढ़ने के लिए कोटों और जैकेटों की जेबें छान मारती है, जल्दी रूमाल ढूँढ़ भी लेती है। सर्दी-जुकाम के मौसम का एक उत्पाद। ऐरिका गिलास को उठा कर एक को दूसरे में लपेट देती है। अनाड़ी बच्चों की उँगलियों के निशानों से भरा। गिलास कपड़े में पूरा लिपट जाता है। इस तरह गिलास को कोट पहना कर ऐरिका उसे फ़र्श पर रखती है और ज़ोर लगा कर अपने जूते की एड़ी उस पर रखती है। दबी आवाज़ निकालते हुए वह किरच किरच हो जाता है। फिर पानी पीने के गिलास को जूते से कई बार ठोंका जाता है, जो एक आकारहीन लपसी तो नहीं बना, परन्तु उसके किरच छोटे-छोटे हो गये हैं। इन्हें तनिक और भी ढंग से चुभना चाहिए। ऐरिका कपड़े को उसके नुकीले सामान के साथ फ़र्श से उठा कर काँच के टुकड़ों को ध्यानपूर्वक एक कोट की जेब में डाल लेती है। सस्ते, हल्के शीशे से बना गिलास

ख़ास कमीने और पैने टुकड़े छोड़ गया है। गिलास का चुभता पीड़ायुक्त विलाप कपड़े ने दबा कर मार दिया है।

ऐरिका ने कोट को एकदम सही पहचान लिया है, उसके चीखते फ़ैशनेबल रंग से भी और उसके आधुनिक छोटे साइज़ से भी। रिहर्सल के शुरू से ही इस लड़की ने वाल्टर क्लेम्मर के प्रति मन से किये गये अभद्रतापूर्वक घनिष्ठता स्थापित करने के प्रयत्नों द्वारा अपना भाव बढ़ाने की कोशिश की है, जबकि क्लेम्मर उससे बहुत लम्बा और बलिष्ठ है। ऐरिका इम्तिहान लेना चाहती है कि हाथ कट जाने पर वह कैसे नखरे दिखायेगी। उसका चेहरा घृणित रूप से विकृत हो जायेगा, जिससे कोई भी उसकी पुरानी जवानी और खूबसूरती को नहीं पहचान पायेगा। ऐरिका की बौद्धिकता देह के गुणों पर विजय पायेगी।

अपनी माँ की इच्छावश ऐरिका को मिनी-स्कर्ट चरण एक यूँ ही लाँघ जाना पड़ा था। माँ ने यह आदेश नरम बनाने के लिए एक चेतावनी में पैक कर के दिया था कि यह छोटी स्कर्ट ऐरिका पर फबेगी नहीं। तब अन्य सभी लड़कियों ने अपनी स्कर्टें, पोशाकें, कोट नीचे से काट कर किनारों पर बखिये लगा दिये थे। या वह पहले से ही छोटी हुई चीज़ें ख़रीदती थीं। लड़कियों की नंगी टाँगों की मोमबत्तियों से समय का चक्का चलता गया, परन्तु ऐरिका माँ के आदेश पर छलाँग मार कर लाँघने वाली, समय को लाँघने वाली बनी रही। सबको उसे स्पष्टीकरण देना पड़ा था, चाहे वे सुनना चाहें या नहीं, कि निजी रूप से वह उसपर फबती नहीं थी, और निजी रूप से वह उसे पसन्द नहीं थी! और फिर वह तेज़ी से दिक्काल के ऊपर से छलाँग लगा कर उसके ऊपर हो गयी। माँ की गुलेल से फेंकी गयी। ऊपर से वह रातों को सविस्तार सोच-विचार कर के जाँघों को कूतने के मापदंड बनाया करती थी, उघड़ी से ले कर चलेगी नहीं तक और उससे भी आगे! बढ़िया से बढ़िया लम्बी ज़ुराबों या ग्रीष्मऋतु की नग्नता के हर सूक्ष्म भेद पर वह टाँगों को अलग-अलग लक्षणों के आधार पर वर्गीकृत कर देती थी—जो और भी बुरा था। फिर ऐरिका अपने वातावरण से बात करती थी, अगर मैं यह होती या वो होती तो मैं ऐसा कुछ कभी करने का साहस न करती। ऐरिका ने सुस्पष्ट वर्णन किया : क्यों सिर्फ़ बहुत थोड़ी सी लड़कियों की देह ऐसी होती है कि वे ऐसे कपड़े पहन सकती हैं। फिर वह समय तथा उसके फैशनों के उस पार बैठी थी, घुटनों तक आने वाला कुछ ऐसा पहने हुए, नये फैशनों के आने के बावजूद जिसका रिवाज ख़त्म नहीं होता, कुछ कालातीत, जैसा कि धंधे की भाषा में कहा जाता है। और दूसरों के मुकाबले अधिक तेज़ी से समय के चक्के

की धार की लापरवाह शिकार बन जाती है। उसका विश्वास है कि इन्सान को फ़ैशन का ग़ुलाम नहीं बनना चाहिए, बल्कि फ़ैशन को इस बात की गुलामी करनी है कि निजी तौर पर किस पर क्या फबता है और क्या नहीं फबता।

इस बाँसुरी बजाने वाली ने, जो किसी जोकर की तरह लिपी-पुती होती है, अपने वाल्टर क्लेम्मर को दूर तक नज़र आने वाली जाँघ से उत्तेजित किया था। ऐरिका जानती है कि लड़की फ़ैशन की छात्रा है, जिससे बहुत लड़कियाँ ईर्ष्या करती हैं। जब ऐरिका कोहूट उसके कोट की जेब में जान बूझ-कर एक टुकड़े-टुकड़े हुआ पानी पीने का गिलास रखती है तो उसके दिमाग में बात आती है कि वह किसी भी क़ीमत पर अपनी युवावस्था दुबारा नहीं पाना चाहेगी। उसे खुशी है कि वह इतनी उम्र की हो चुकी है कि वह समय पड़ने पर युवावस्था की जगह तजुर्बे को काम में ला सकती है।

पूरे समय में कोई भी भीतर नहीं आया, हालाँकि ख़तरा काफ़ी था। सब हॉल में संगीत में मस्त हैं। आह्लाद, या बाख़ इसको जो भी समझता था, कोने-कोने में व्याप्त है और सीढ़ी के डंडे चढ़ता जा रहा है। अंतिम धुन अब दूर नहीं है। उत्साही प्रक्रम के बीच ऐरिका दरवाज़ा खोलती है और शालीनतापूर्वक हॉल में लौट आती है। हाथ ऐसे रगड़ रही है मानो अभी-अभी धोये हों, और चुपचाप जा कर एक कोने में खड़ी हो जाती है। हालाँकि बाख़[1] अभी भी कलकल कर रहा है, परन्तु अध्यापिका होने की हैसियत से वह दरवाजे खोल सकती है। क्लेम्मर इस लौटने को अपनी पहले से प्राकृतिक रूप से चमकती आँखों के चमक जाने के माध्यम से संकेत देता है। ऐरिका उसे नज़रअन्दाज करती है। वह अपनी अध्यापिका का स्वागत ऐसे करने का प्रयास करता है, जैसे बच्चे ईस्टर के खरगोश का करते हैं। रंगीन अंडों को ढूँढ़ने में उन्हें पाने से ज़्यादा मज़ा आता है, और इस स्त्री के संदर्भ में वाल्टर क्लेम्मर के साथ भी यही हो रहा है। इस आदमी के लिए शिकार में मिलन से ज़्यादा मज़ा है। सवाल यह है कि कब। क्लेम्मर को शर्म इस साले उम्र के फ़र्क की वजह से भी है। चूंकि वह मर्द है, अतः वे दस साल, जिनमें ऐरिका उससे आगे है, आसानी से बराबर हो जायेंगे। वैसे बढ़ते सालों और बढ़ती अक़्ल के साथ औरत की कीमत बढ़ जाती है। क्लेम्मर में छुपा तकनीशियन पूरा हिसाब लगाता है और उसके सारे हिसाब-किताब का फल रेखा के नीचे यह निकलता है कि क़ब्र में टहलते हुए जाने से पहले ऐरिका के पास थोड़ा सा समय है। ऐरिका के चेहरे और शरीर पर पड़ी झुर्रियों की उपस्थिति का अनुभव करने पर खुद को वह बेधड़क महसूस करता है, जब वह उसे पियानो

1. जर्मन में बाख़ का अर्थ नदिका होता है।

पर कुछ समझाती है तो वह व्याकुल अनुभव करता है। लेकिन आख़िरी नतीजे में गिनती जा कर झुर्रियों, शिकनों, सेल्यूलाइट, सफ़ेद बालों, आँखों के नीचे काले गड्ढों, खुले रोमकूपों, नकली दाँतों, चश्में, देह के घटने की होती है।

किस्मत से ऐरिका समय से पहले ही घर को नहीं निकल गयी, जो वह अक्सर करती है : वह फ्रेंच में विदा लेना पसन्द करती है। उससे पहले चेतावनी के तौर पर कुछ नहीं कहती, हाथ से इशारा तक नहीं करती। एक बार गयी तो धीरे-धीरे मंद, फिर ग़ायब। ऐसे दिनों में, जब वह जान-बूझ कर उससे दूर होती है, क्लेम्मर ग्रामोफ़ोन पर बहुत देर 'शरद-यात्रा' का रिकॉर्ड लगाये रखता है और धीमे-धीमे गुनगुनाता है साथ-साथ। अगले दिन अपनी अध्यापिका को बताता है कि सिर्फ़ आपकी वजह से जिस मनोस्थिति में वह कल था, उसे शूबर्ट के सबसे उदास गीतों के संग्रह से ही शान्त किया जा सकता था, ऐरिका। शूबर्ट के साथ ही मेरे अंतर में कुछ कम्पायमान हुआ, जो 'तन्हाई' लिखते हुए, संयोगवश, वैसे ही कम्पायमान हुआ होगा, जैसे मैं कल हुआ था। एक ही लय ताल में हम दोनों ने दर्द झेला होगा, शूबर्ट ने और इस नाचीज़ ने। वैसे शूबर्ट की तुलना में बहुत छोटा और तुच्छ हूँ। परन्तु कल जैसी शामों में मुझे और दिनों की अपेक्षा स्वयं की शूबर्ट से तुलना करना सहज लगता है। आमतौर पर मैं दुर्भाग्यवश सतही होने के स्तर पर हूँ, आप देख रही हैं कि मैं ईमानदारी से यह बात मान रहा हूँ, ऐरिका।

ऐरिका आदेश देती है कि वह उसे इस तरह न देखे। फिर भी क्लेम्मर अपनी इच्छाओं का प्रदर्शन स्पष्ट रूप से करता जाता है। एक साथ दोनों कृमिकोष में जुड़वाँ कीड़ों की तरह कोषावस्था प्राप्त कर चुके हैं। महत्वाकांक्षा, महत्वाकांक्षा तथा महत्वाकांक्षा से बने मकड़ी के जाले जैसे नरम उनके खोल उन दोनों की दैहिक इच्छाओं और सपनों के कंकाल पर भारहीन, भुरभुरे से पड़े हुए हैं। यही इच्छाएँ अन्ततः उन्हें एक दूसरे के लिए वास्तविक बना रही हैं। पूरी तरह घुसड़ने और घुसवाये जाने की इस इच्छा के माध्यम से ही वे व्यक्ति क्लेम्मर और व्यक्ति कोहूट हैं। उपनगर के एक कसाई की काँच की ठंडी की गयी मंजूषा में मांस के दो टुकड़े, उनका कटा हुआ गुलाबी हिस्सा जनता की तरफ़ किया गया; और एक गृहिणी काफ़ी सोच-विचार के बाद आधा किलो यहाँ से और एक किलो वहाँ से माँगती है। उन्हें चर्बी से चिकने न होने वाले काग़ज़ में लपेटा जाता है। ग्राहक उन्हें अस्वच्छ, कभी न साफ़ किये गये प्लास्टिक से बने ख़रीदारी के एक थैले में ठूँस देती है। और दोनों पिंड, सूअर का सबसे नरम मांस और उसका कतला एक-दूसरे से लिपट जाते हैं,

एक गहरा लाल और दूसरा हल्का गुलाबी।

मुझमें आप सीमा देख रहे हैं, जिस पर आ कर आपकी इच्छा टूट जायेगी, क्योंकि मुझे आप कभी पार नहीं कर पायेंगे, मिस्टरक्लेम्मर! और जिससे कहा गया है, वह उत्कटता से प्रतिवाद करता है, अपनी तरफ़ से अपनी सीमायें और मापदंड नियत करता हुआ।

इस बीच कपड़े बदलने के कमरे में पटकते पैरों और छीनते हाथों ने दुर्व्यवस्था मचा दी है। आवाज़ें कुड़कुड़ा रही हैं कि उन्हें यह नहीं मिल रहा, वो नहीं मिल रहा, जिसे उन्होंने यहाँ रखा था, वहाँ रखा था, दूसरे कर्णवेधी स्वर में चिल्ला रहे हैं कि इस-उसने उसके पैसे देने हैं। एक युवक के पैरों तले वायलिन का एक बक्सा आवाज़ करते हुए चटकता है। इसने बकसा ख़ुद नहीं खरीदा, नहीं तो उससे ध्यान से पेश आता, जैसे उसके माता-पिता ने उससे आग्रह-पूर्वक प्रार्थना की थी। दो अमरीका वालियाँ उच्च स्वर में चिल्ला रही हैं एक संगीत रचना के पूर्ण प्रभाव पर, जिसमें किसी चीज़ की वजह से कमी रह गयी थी, किस चीज़ की? वे ये नहीं जानती थीं, शायद ध्वनि-उपकरणों के कारण। लेकिन किसी वज़ह से वे परेशान हुई है।

तब एक चीत्कार हवा को चीर कर रख देती है, और कट कर लोथड़े बना एक हाथ खून से सना एक कोट की जेब से झटके से निकाला जाता है। खून नये कोट पर टपकता है। अन्दर तक गहरे धब्बे पड़ जाते हैं। जिस लड़की का हाथ है वह डर से चीखे जा रही है और उस दर्द से हुआती जा रही है, जिसे वह अब महसूस कर रही है, और वह भी डर के एक सैकिंड के बाद, जब उसे पहले वास्तविक पीड़ा हुई थी, और फिर कुछ महसूस नहीं हुआ था। बाँसुरी-वादिका के कटे औजार में, जिसकी सिलाई करवानी होगी, इस हाथ में, जिससे बंसी के छेद बंद किये जाते हैं और खोले जाते हैं, किरच फँसे हुए हैं। हतप्रभ हो कर अल्पविकसित बालिका अपने टपकते हाथ को देखती है और शीध्र ही उसकी बरौनियों को काला तथा लम्बा करने के लिए लगाया गया अंगराग तथा पलकों पर लगाने वाला सौन्दर्यवर्द्धक पदार्थ गालों पर समस्वरित सामंजस्य में नीचे बहना शुरू कर देते हैं। जनता मूक खड़ी रहती है, फिर दुगनी ताक़त से झरने की तरह हर तरफ़ से भाग कर केन्द्र में आ जाती है। जैसे किसी चुम्बकीय क्षेत्र का बटन दबा देने से लोहे के सूक्ष्म टुकड़ों की तरह। उनका घायल से चिपकना किसी काम नहीं आता। इससे वे कुछ करते नहीं, घायल से कोई रहस्यमय सम्बन्ध स्थापित नहीं कर पाते। उन्हें निरादरपूर्वक वहाँ से हटा दिया जाता है, मिस्टर नेमेथ अधिकार की छड़ी अपने हाथ में लेते हैं, जिससे डाक्टर

को बुलवाया जाता है। तीन विशेष छात्र फ़ोन करने भागते हैं। शेष दर्शक बने रहते हैं, जिन्हें इल्म नहीं है कि कामलोलुपता ने अपने किस विशेष नीच बाह्य रूप में अन्ततः यह सब कर डाला है। वे स्वयं को यह समझा नहीं सकते कि कौन ऐसा कुछ कर सकता है। इस तरह की नीच हरक़त वे तो कभी न कर पायें!

मदद करने वालों की एक टोली घनीभूत हो कर पंखों, बालों की एक सख़्त गुठली बन जाती है, जिसे वह ख़ुद ही उलटी कर के बाहर निकाल देगी। कोई हिल कर परे नहीं होता, सभी सब कुछ सही से देखना चाहते हैं।

लड़की को बैठना पड़ता है, क्योंकि उसकी हालत ख़राब हो रही है। शायद अब आख़िर बाँसुरी बजाने के दुखदायी दिनों का अन्त हो गया।

ऐरिका लहू के तंग प्रभाव-क्षेत्र में मतली का और बुरा मूड होने का स्वांग करती है।

चोट लगने के परिणामस्वरूप मनुष्यों से जो होना सम्भव होता है, वह होता है। कुछ लोग सिर्फ़ इसलिए फ़ोन कर रहे हैं, क्योंकि दूसरे भी कर रहे हैं। बहुत से ऊँचे स्वर में शांति रखने के लिए कह रहे हैं, बहुत कम शांतिदान कर रहे हैं। देख पाने वाली जगह हासिल करने के लिए एक-दूसरे से धक्का-मुक्की कर रहे हैं। पूरी तरह से निर्दोष लोगों पर दोष मढ़ रहे हैं। शांति बनाये रखने की प्रार्थनाओं के विरुद्ध जा रहे हैं। इस भयानक घटना पर स्थान, शांति और संयम के बार-बार के अनुरोधों की वे परवाह नहीं कर रहे। दो, तीन छात्र सभ्याचार के साधारण नियमों का भी पालन नहीं कर रहे। उन अलग-अलग कोनों में, जहाँ बेहतर शिक्षित और उदासीन लोग व्यवहार कुशलता दिखाते हुए चले गये हैं, प्रश्न उठाया जा रहा है कि दोषी कौन है। एक का अनुमान है कि स्वयं को एक दिलचस्प हस्ती बनाने के लिए लड़की ने खुद को घायल कर लिया है। एक दूसरा ज़ोर लगा कर इसका खंडन करता है और अफ़वाह फैलाता है कि किसी ईर्ष्यालु मित्र ने यह किया है। एक तीसरा कहता है, ईर्ष्या की बात तो समझ में आती है, सिर्फ़ यह है कि यह एक ईर्ष्यालु लड़की थी।

एक शख़्स, जिस पर ग़लत इल्ज़ाम लगाया गया है, गरजना शुरू कर देता है। एक स्त्री, जिस पर ग़लत इल्ज़ाम लगाया गया है, बुक्का फाड़ कर रोने लगती है। छात्रों की एक मंडली बचाव हेतु समझदार सुझावों को अस्वीकार कर देती है। कोई आरोप का दृढ़तापूर्वक खंडन करता है, जो उसने टीवी में नेता लोगों से सीखा है। मिस्टर नेमेथ शांतिदान की प्रार्थना करता है, जिसे एम्बुलेंस के सायरन जल्दी ही भंग कर देते हैं।

ऐरिका कोहूट हर चीज को बारीक़ी से देखती है और फिर बाहर चली जाती है। वाल्टर क्लेम्मर ऐरिका कोहूट को किसी नये-नये पैदा हुए पशु की तरह देखता है, जो अपने भोजन के स्रोत को पहचानता है। उसके बाहर निकलते ही तुरन्त उसके पीछे हो लेता है।

खुंदकी बच्चों की ठोकरों से खोखले हो चुके ज़ीने की सीढ़ियाँ ऐरिका के जॉगिंग के जूतों के तलों के नीचे चमक रही हैं। उसके नीचे गुम हो रही हैं। इस बीच व्यायामशाला में परामर्शदाता समितियाँ गठित हो गयी हैं, जो अटकलें लगा रही हैं। और उपायों के सुझाव दे रही हैं। वे अपराधी के कार्यक्षेत्र पर ग़ौर कर रहे हैं और इन कार्यक्षेत्रों को शोर के ज़रिये छान मारने के लिए लड़ियाँ बना रहे हैं। मनुष्यों का यह गुल्ला इतनी जल्दी तितर-बितर नहीं होगा। बहुत बाद में जा कर यह एक-एक कर् के टुकड़े-टुकड़े होगा, क्योंकि युवा संगीतज्ञों को घर जाना है। अब वे झुंड लगा कर उस बदकिस्मती पर भीड़ लगाये हुए हैं, जो किस्मत से इनके हिस्से में नहीं आयी। लेकिन ऐसे भी हैं जो सोच रहे हैं कि अगली बारी उनकी है। ऐरिका भाग कर सीढ़ियाँ चढ़ती है। जिसने भी उसे जाते देखा है, उसने कहा है कि उसकी तबीयत ठीक नहीं है। उसका संगीतमय ब्रह्मांड चोटों को नहीं जानता। परन्तु उस पर उस पुरानी आदत का दबाव है, सबसे ग़लत समय पर पेशाब आ जाना। वह उसकी टाँगों के बीच से सीटी बजाता नीचे जा रहा है, इसलिए वह ऊपर भागी जा रही है। वह सबसे ऊपर वाली मंज़िल पर टायलेट ढूँढ़ रही है, क्योंकि वहाँ कोई मास्टरनी को मामूली सी एक शारीरिक क्रिया अंजाम देते हुए आश्चर्यचकित नहीं कर देगा।

अच्छी किस्मत की उम्मीद में वह एक दरवाज़ा खोलती है, वह इस इमारत से भली-भाँति परिचित नहीं है। लेकिन संडास के दरवाज़ों का तजुर्बा उसे हासिल है, क्योंकि असम्भव से असम्भव स्थानों पर उसे उन्हें मजबूरी में अक्सर ढूँढ़ना पड़ा है। अनजान इमारतों या दफ़्तरों में। ख़ास छिजा होने की वजह से दरवाज़ा उससे गुज़ारिश करते हुए बताता है कि वह इस स्कूल की सुविधाओं का अंग है। बाहर भभकती बच्चों के पेशाब की बदबू इसकी तसदीक करती है।

अध्यापकों के टायलेट विशेष चाबियों से खुलते हैं और उनमें विशेष नयी से

नयी साजसज्जा के साथ ऊपर से स्वच्छता के अतिरिक्त उपकरण भी होते हैं। ऐरिका को एक असंगीतमय अनुभूति होती है कि वह अभी फट जायेगी। वह इसके अलावा और कुछ नहीं चाहती कि अपने भीतर से उठती एक लम्बी, ग़रम लहर को बाहर निकाल डाले। अक्सर उस पर यह दबाव संगीत-समारोहों में ग़लत से ग़लत समय पर पड़ जाता है, जब एक पियानों वादक मन्द स्वर बजा रहा होता है और साथ में विलम्बन प्रक्रिया को भी सक्रिय कर देता है।

बहुत से पियानों-वादकों के इस दुर्गुण पर ऐरिका अश्रव्य गरजती है, जिनके विचार, जिसे वे सार्वजनिक स्तर पर भी प्रकट करते हैं कि विलम्बन केवल एकदम मंद स्थानों पर ही प्रयुक्त होना चाहिए। इस संदर्भ में बीथोवन का निजी कथन एक स्पष्ट भाषा का प्रयोग करता है, और वह इस मत के विरुद्ध है। ऐरिका का विवेक भी कला की उसकी समझ से यही कह रहा है, जो दोनों बीथोवन के पक्षपाती हैं। मन में ऐरिका को दुख हो रहा है कि वह अनभिज्ञ छात्रा पर अपने जुर्म के परिणाम का मज़ा अन्त तक नहीं ले सकी।

अब वह टायलेट के बाहरी कमरे में है और हैरान होती है कि यहाँ पर क्या स्कूल के आर्चीटेक्ट का या भीतरी सज्जा बनाने वाले की फंतासी का कमाल दिख रहा है। दायीं ओर एक बौना सा दरवाज़ा आधा खुला है, जो लौंडों के पेशाबघर को जा रहा है। बू से प्लेग पड़ने पर खोदे जाने वाले गड्ढों की याद आती है। आम सुलभ तामचीनी की एक नाली फ़र्श पर दीवार के साथ-साथ जा रही है। यहाँ ये छोटे मर्द अपनी पीली धारें एक दूसरे के साथ खड़े हुए अन्दर मारते हैं या दीवार पर डिज़ाइन बनाते हैं। दीवार देख कर ही पता लग जाता है।

ऐसी चीज़ें भी, जिनका यहाँ कोई काम नहीं है, नाली में चिपकी पड़ी हैं, काग़ज की कतरनें, केलों के छिलके, संतरों के छिलके, बल्कि एक कापी भी। ऐरिका एक खिड़की खोलती है और अपने नीचे एक तरफ़ खिड़की के फलक की कलात्मक सजावट देखती है। इमारत की बाहरी सजावट ऐरिका की विहंगम दृष्टि से देखे जाने पर एक बैठे हुए नंगे आदमी और एक बैठी हुई नंगी औरत को दिखाती है। औरत कपड़े पहने हुए एक लड़की की बाँह पकड़े हुए है, जो कुछ दस्तकारी कर रही है। आदमी प्रत्यक्षतः ऊपर कपड़े पहने अपने बेटे पर सद्‌भावपूर्ण दृष्टि डाल रहा है, जो सावधानी से एक खुला गोला हाथ में पकड़े किसी वैज्ञानिक समस्या का हल ढूँढ़ता लगता है। ऐरिका फलक की सजावट में सोशल डेमोक्रेटिक पार्टी की शिक्षा-नीति को पहचानती है और बहुत ज्यादा नहीं झुकती कि कहीं उसके साथ हादसा न हो

जाये। वह खिड़की बन्द कर देती है, हालाँकि खोलने से बदबू बढ़ी ही है। ऐरिका कला का अवलोकन करते हुए वहीं नहीं खड़ी रह सकती, उसे आगे जाना होता है।

नन्ही छात्राएँ नाम के लिए बने एक ढाँचे के पीछे हल्की होती हैं, जो रंगमंच के किसी पर्दे सा है। यह पर्दा अविश्वस्त से ढंग से कैबिनों की एक कतार बनाता है। जैसे तरणतालों पर होती हैं। अलग करने वाली लकड़ी की दीवारों में भिन्न-भिन्न साइज़ और आकार के छेद बने हुए हैं, ऐरिका हैरान होती है कि छेद किये किस चीज़ से गये हैं। लगभग अध्यापिका के कन्धों तक आने वाली दीवारों को क्रूरतापूर्वक आरी से काटा गया है। ऊपर उसका सिर बाहर निकल रहा है। एक छात्रा तो इन टुटवीं दीवारों के पीछे ज़रूरत पड़ने पर छुप सकती है, लघुशंका-दीर्घशंका करते हुए भी, लेकिन पूरे साइज़ की एक अध्यापिका नहीं। टायलेट सीट और उसका इस्तेमाल करने वाली को एक तरफ़ से देख पाने के लिए साथी छात्रों और छात्राओं को छेदों से देखना पड़ता है। अगर ऐरिका दीवार के पीछे खड़ी हो जाये तो उसका स़र उसके ऊपर ऐसे निकल आयेगा, जैसे एक जिराफ़ का, जो एक ऊँची टहनी को चर जाने के लिए दीवार के पीछे से सर निकालता है। अलग करने वाली इन दीवारों का मक़सद यह होगा कि एक बालिग हर समय नज़र रख सके कि बच्ची इतनी देर दरवाज़े के पीछे क्या कर रही है या शायद उसने साँकल लगा कर ख़ुद को बन्द तो नहीं कर लिया।

जल्दी से ऐरिका लिथड़ी हुई सीट पर, उसके तख़ते को ऊपर उठा लेने के बाद, वैठ जाती है। उससे पहले आने वालों को भी यह सूझ आयी थी, और इस तरह ठंडी चीनी-मिट्टी कीटाणुओं से भर चुकी है। नीचे चिलमची में कुछ तैर सा रहा है, जिसे ऐरिका सही से देखना पसन्द नहीं करती, उसे इतनी जल्दी है। इस हालत में तो वह साँप के बिल पर भी तुरन्त उकड़ूँ बैठ जायेगी। बस एक साँकल लगाने वाला दरवाज़ा ज़रूरी है! बिना साँकल लगाये वह किसी भी कीमत पर नीचे से कुछ निकलने नहीं देगी। साँकल ठीक हालत में है और ऐरिका के जलकपाट खुलने देती है। तनावमुक्त हो कर उसाँस भरती हुई ऐरिका छोटा सा हैंडल घुमाती है, ताकि बाहर एक गोले में लाल लिखा नज़र आये : खाली नहीं।

कोई फिर से दरवाज़ा खोल कर अन्दर आता है। इस वातावरण से वह घबराता नहीं। ये स्पष्टतः मर्दाने कदम हैं, जो समीप आ रहे हैं, और यह पक्का है कि ये कदम वाल्टर क्लेम्मर के हैं, जो ऐरिका के पीछे भागा आया था। क्लेम्मर भी एक जुगुप्सा से दूसरी में पड़ रहा है, जिनसे बचा नहीं जा सकता, इनसे वह अपने प्रिय

व्यक्ति का सुराग लगाना चाहता है। उसने महीनों उसे अस्वीकार किया है, हालाँकि वह जानती होगी कि क्लेम्मर दुस्साहसी है। उसकी इच्छा है कि वह आखिर अपने संकोच से बाहर निकले। उसे अपना मास्टरनी वाला व्यक्तित्व एक तरफ़ रख कर उससे उलट बन जाना चाहिए, जिसे फिर वह क्लेम्मर को पेश करे। हर फ़िक्र क्लेम्मर उठा लेगा। क्लेम्मर इस समय अधिकार तंत्र और लालसा के बीच एक समन्वय है। एक ऐसी लालसा जिसकी कोई सीमा नहीं है, हालाँकि उस सीमा को वह जानता तो है, पर उसका सम्मान नहीं करता। अध्यापकगण के संदर्भ में क्लेम्मर ने जो लक्ष्य रखा है, उस बारे में बस इतना ही। वाल्टर क्लेम्मर संकोच नाम के एक खोल को उतार फेंकता है, शर्म और संयम को भी। ऐरिका बच कर आगे तो जा नहीं सकती, उसकी पीठ पीछे तगड़ी फ़सील है। वह ऐरिका को सुनना और देखना भुला देगा, वह सिर्फ़ उसे सुनेगी और देखगी। निर्देश-पुस्तिका को फेंक देगा, ताकि कोई दूसरा ऐरिका का इस तरह फ़ायदा न उठा सके। इस औरत के लिए अब बस यही रास्ता है : अनिश्चितता और धुँधलेपन से छुटकारा पा ले। डोर्नर्र्योज़्षेन[1] की तरह अपने आसपास जाल न बुन ले। एक स्वाधीन मनुष्य की तरह वह क्लेम्मर को अपनाये, जो सब कुछ जानता है कि वह मन ही मन में क्या चाहती है।

इसलिए क्लेम्मर अब पूछता है, "ऐरिका, आप यहाँ हैं?" कोई जवाब नहीं आता, सिर्फ़ एक केबिन से बढ़ती हुई छप-छप की आवाज़ आती है, जो धीरे-धीरे बन्द हो जाती है। एक आधा दबा खँखारना दिशाज्ञान दे रहा है। क्लेम्मर को कोई जवाब पेश नहीं किया जाता, जो इसे बेइज़्ज़ती ही समझ सकता है। खँखारने से उसे आवाज़ की स्पष्ट पहचान हो जाती है। अब से आप किसी आदमी को ऐसा जवाब दूसरी बार नहीं देंगी, कैबिनों के जंगल में क्लेम्मर बोलता है। ऐरिका अध्यापिका है, परन्तु साथ ही एक बच्ची है। क्लेम्मर छात्र तो है, परन्तु साथ ही दोनों में सयाना। वह समझ जाता है कि इस स्थिति में निश्चायक भाग वह है, न कि ऐरिका। क्लेम्मर इस नवअर्जित अर्हता का लक्ष्यनिष्ठ उपयोग करता है और कुछ ऐसा खोजने लगता है, जिस पर वह चढ़ सके। हाज़िर दिमाग़ी का इस्तेमाल करते हुए क्लेम्मर एक गन्दा-सा टीन का डोल ढूंढ़ लेता है, जिस पर रगड़ने का एक लत्ता सुखाने के लिए रखा हुआ है। क्लेम्मर लत्ते को झाड़ता है, डोल को उस कैबिन की तरफ़ ले जाता है, उसे उल्टा रखता है, उस पर खड़ा हो कर अलग करने वाली दीवार पर पहुँचता है, जहाँ आखिरी बूँदें टपक चुकी हैं। उसमें से बस मौत का एक सन्नाटा बाहर आ

1. एक परी कथा की पात्र।

रहा है। दीवार के पीछे बैठी औरत स्कर्ट नीचे कर लेती है, ताकि क्लेम्मर उसका कोई अनुपयुक्त हिस्सा न देख ले। वाल्टर क्लेम्मर का ऊपरी भाग दरवाज़े के ऊपर प्रकट होता है और अपेक्षा रखते हुए उसकी ओर झुकता है। ऐरिका पूरी लाल हो जाती है और कुछ नहीं बोलती। ऊपर से हर चीज़ के लिए कृतसंकल्प लम्बी टहनी वाला फूल क्लेम्मर दरवाज़े की साँकल ढीली करता है, क्योंकि वह उससे प्यार करता है, जिससे वह पूरी हद तक सहमत है। वह उसे अभी रियायत दे देगी। इन दोनों मुख्य पात्रों को अब प्रेम करने का एक दृश्य प्रस्तुत करना है, आपस में ही, बिना किसी आलतू-फालतू पात्र के, केवल एक मुख्य पात्र, भारी बोझ के तले, दूसरे मुख्य पात्र के नीचे।

अवसर के अनुसार ऐरिका तुरन्त आत्म-समर्पण कर देती है। एक सफ़ेद मेज़पोश पर हल्की धूल से भरे महीन मुलायम काग़ज की पैकिंग में एक उपहार। जब तक मेहमान वहाँ है, उसे प्यार से उलटा-पलटा जाता है, परन्तु ज्यों ही उपहार देने वाला दूर हुआ, पैकेट को लापरवही से कहीं रख दिया जाता है और सब खाना खाने दौड़ पड़ते हैं। उपहार ख़ुद तो चल नहीं सकता, लेकिन कुछ देर उसे तसल्ली रहती है कि कम से कम अकेला तो नहीं है। तब कप-प्लेटों के खनखनाने की, चीनीमिट्टी पर छुरी, काँटों और चम्मचों के खरोंचने की आवाज़ आती है। लेकिन तब पैकेट देखता है कि मेज़ पर पड़ा एक कैसेट रिकार्डर ये आवाज़ें निकाल रहा है। तालियाँ और गिलासों का टकराना, सब टेप से! कोई एक आता है और पैकेट उठा लेता है; ऐरिका इस नयी सुरक्षा में विश्राम कर रही है कि उसकी फ़िक्र की जायेगी। वह एक निर्देश या आदेश की प्रतीक्षा कर रही है। इतनी देर जो वह सीखती रही थी तो वह अपने संगीत-समारोह के लिए नहीं था, इस दिन के लिए था।

क्लेम्मर के पास विकल्प था, उसे दण्ड देने के लिए बिना इस्तेमाल किये फिर से वहीं बिठा देने का। अब यह पूर्णरूपेण उस पर निर्भर करता है कि वह इस्तेमाल करे या नहीं। वह उसे साभिप्राय फेंक भी सकता है। लेकिन उसे रगड़ कर साफ़ कर के काँच की मंजूषा में भी लगा सकता है। इसके ऊपर भी कुछ हो सकता है, कि वह उसे कभी न धोये, बल्कि बार-बार कोई न कोई तरल पदार्थ उसमें भरता रहे; और उसका छोर बार-बार मुँह से दबाने से लिबलिबा हो जायेगा और चिपक जायेगा। ज़मीन पर एक दिन पुराना मर्द-मक्खन पड़ा होगा।

वाल्टर क्लेम्मर ऐरिका को संडास के कैबिन से बाहर निकालता है। उसे घसीट रहा है। कब से जो चुम्मा मुँह पर लग जाना चाहिए था, क्लेम्मर उद्घाटन के तौर

पर उसे पेश करता है। वह उसके होंठ कुतरता है और अपनी जिह्वा से उसकी ग्रसनी की थाह लेता है। अनन्त विध्वंसकारी प्रयोग के बाद वह जिह्वा बाहर निकालता है और इस अवसर पर बार-बार ऐरिका के नाम का उच्चारण करता है। उसकी स्कर्ट के नीचे हाथ डालता है और जानता है कि इसके साथ वह एक बहुत बड़ा कदम उठा कर आगे बढ़ा है। वह और साहस दिखाता है, क्योंकि उसे महसूस होता है कि वासना को इसकी अनुमति है। हर चीज की इजाज़त है। वह ऐरिका के अन्दर के अंगों में हर ओर खखोरता है, ऐसे जैसे उसे उसमें से निकालना चाहता हो, उसे फिर से नया बनाने के लिए, वह सीमा पर जा पहुँचता है और पाता है कि उसका हाथ यहाँ से ज़्यादा आग नहीं जा सकेगा। अब वह हाँफता है, जैसे इस लक्ष्य तक पहुँचने के लिए उसे बहुत भागना पड़ा था। कम-से-कम अपनी थकान तो वह इस औरत को पेश कर सकता है। उसके लिए उसमें पूरा हाथ घुसेड़ना तो सम्भव नहीं है, पर एक या दो उँगलियों से तो इसे कार्यान्वित किया जा सकता है। कहा और हो गया। चूँकि वह तर्जनी को गहरी से गहरीतर भीतर अनुभव करता है, अतः वह मारे खुशी के नाचते हुए अपने आप से बाहर ऊपर निकल जाता है और अंधाधुंध ऐरिका को काटना शुरू कर देता है। लार से सराबोर कर देता है उसे। वह उसे दूसरे हाथ से कस कर पकड़े रहता है, जिसकी उसे बिल्कुल ज़रूरत नहीं है, क्योंकि औरत उसके बग़ैर भी तो वहाँ खड़ी ही हुई है। वह सोचता है कि दूसरे हाथ से उसके पुलोवर में ग़रमी पहुँचाये, परन्तु V के आकार की गले की काट पर्याप्त गहरी नहीं है। उसके नीचे फिर से साला सफ़ेद ब्लाउज़। अब वह गुस्से में ऐरिका के शरीर के निचले हिस्से को और भी ज़ोर से नोंचता है और दबाता है। वह उसे सज़ा देता है, क्योंकि उसने इतने लम्बे समय तक उसकी भाप को व्यर्थ जाने दिया, जब तक कि वह तकरीबन हथियार डालने ही वाला था, जिसका नुक़सान ऐरिका को ही होता। वह ऐरिका से एक पीड़ित स्वर सुनता है। वह तुरन्त ढीला पड़ जाता है, क्योंकि उसके पूरी तरह से इस्तेमाल लायक बनने से पहले वह उसे इरादतन तोड़ना-फोड़ना नहीं चाहता। तभी एक युक्तियुक्त विचार उसके मस्तिष्क में आता है : शायद यह पुलोवर और ब्लाउज़ के संधि-स्थल से भीतर चला जाये, अर्थात विपरीत दिशा से। पहले उसे पुलोवर जमा ब्लाउज़ को स्कर्ट से खींच निकालना होगा। वह और भी ज़ोर से थूकता है, क्योंकि वह इतनी तकलीफ उठा रहा है। वह बार-बार ऐरिका का नाम मुँह में भौंकता जा रहा है, जबकि वह वैसे भी अपना नाम जानती है। जितना वह इस चट्टानी दीवार में चिल्लाता जा रहा है, वह दुगनी या कई गुनी मात्रा में वापस

नहीं आ रहा। ऐरिका खड़ी होती है और क्लेम्मर में विश्राम करती है। जिस स्थिति में वह उसे ले आया है, उससे वह लज्जित हो रही है। यह लज्जा भली लग रही है। इससे क्लेम्मर को और भी जोश आ रहा है और वह कराहते हुए ऐरिका को पैना कर रहा है। अपना शिकंजा ढीला किये बिना वह घुटनों पर गिर पड़ता है। वह धकाधक लपकता हुआ ऐरिका के ऊपर जाता है, फिर लिफ़्ट से तुरन्त नीचे उतरने के लिए, जहाँ वह खूबसूरत स्टेशनों पर उतरता है। चुम्मे लेते हुए वह ऐरिका से चिपट जाता है। ऐरिका कोहूट बहुत ज़्यादा इस्तेमाल किये गये एक साज़ की तरह ज़मीन पर खड़ी रहती है, जिसे स्वयं को नकारना होगा, क्योंकि नहीं तो वह अनेकों अनाड़ी ओठों को बरदाश्त नहीं कर पायेगी, जो उसे निरन्तर मुँह में लेना चाहते हैं। वह चाहती है कि छात्र पूरा आज़ाद हो और जब चाहे चला जाये। उसकी महत्वाकांक्षा इतनी ही है कि वहाँ खड़ी रहे, जहाँ उसने उसे रख दिया है, उसे चालू करने के बाद जब भी उसके लौटने की इच्छा हो, वह उसे वहीं रखी मिलेगी, एक मिलीमीटर भी नहीं हिली होगी। वह अपने भीतर से कुछ निकालना शुरू कर देती है, अपने अहम के इस अथाह बर्तन से, जो छात्र के लिए कभी रिक्त नहीं होगा। उम्मीद है कि वह अदृश्य संकेतों को समझ रहा है। उसे पीठ के बल धरती पर गिराने के लिए क्लेम्मर अपने गुप्तांग की पूरी सख़्ती लगा देता है। उसका गिरना नरम होगा, पर ऐरिका का सख़्त। ऐरिका पर वह ऐसा ही गिरना चाहता है। इसलिए कि दोनों जानते हैं कि किसी भी समय कोई भी आ सकता है। वाल्टर क्लेम्मर उसके कान में अपने प्यार के बारे में कोई एकदम नयी चीज़ चिल्ला कर बोलता है।

ऐरिका के सामने दो हाथ प्रकट होते हैं। वे दो भिन्न दिशाओं से उसके पास आ रहे हैं। वे आश्चर्यचकित हैं उस चीज़ पर, जो अनपेक्षित उन्हें उपलब्ध हो गयी है। मास्टरनी के हाथों के मालिक की ताक़त ज़्यादा है, इसलिए वह उसे अक्सर ग़लत ढंग से इस्तेमाल किये जाना वाला एक लफ़्ज़ कहती है, 'रुको!' वह रुकना नहीं चाहता। वह उसे समझाता है कि क्यों नहीं। लोलुपता से हिचकियाँ ले रहा है वह। वह इस वजह से रो भी रहा है क्योंकि इस विचार से वह अभिभूत हो गया है कि सब कितनी आसानी से हो गया है। ऐरिका ने शराफ़त से सहयोग दिया है।

ऐरिका वाल्टर क्लेम्मर को बाँह की दूरी तक रखती है। वह उसका लोड़ा बाहर निकालती है, जिसकी क्लेम्मर ने ख़ुद योजना बना रखी थी। अब बस एक अंतिम विशेष हस्तकला की ज़रूरत है, क्योंकि हथियार तो पहले से तैयार है। इस बात से हल्का हो कर कि ऐरिका ने यह कठिन पग स्वयं उसके लिए उठा लिया है, क्लेम्मर

अध्यापिका के सिर के पीछे से टूटने की कोशिश करता है। अब ऐरिका को अपने शरीर के पूरे भार से ज़ोर लगाना होगा कि वह खड़ी रह सके। वह अपनी बाँह जितनी दूरी से क्लेम्मर का हथियार पकड़ती है, जबकि वह अंधाधुंध उसके गुप्तांग में ज़ोरों से अपना काम किये जा रही है। वह उसे इशारा करती है कि रुक जाये, वर्ना वह उसे छोड़ कर चली जायेगी। उसे कई बार मंद स्वर में यह दोहराना पड़ा है, क्योंकि अचानक उसकी अपेक्षाकृत बलवान हो गयी इच्छाशक्ति इतनी आसानी से उससे और चुदाई के जोश से हारना नहीं चाहती। क्लेम्मर का दिमाग़ नाराज़ इरादों से धुधँला गया है। हिचकिचाता है वह, सोचता है कि क्या उसने कुछ ग़लत समझ लिया है। संगीत के इतिहास में और वैसे भी कहीं ऐसा नहीं हुआ कि प्रणय-निवेदन करते पुरुष की घटनाक्रम से अनायास छुट्टी कर दी गयी हो। यह औरत-समर्पण का कोई लव-लेश नहीं। ऐरिका लाल डोडी को अपनी उंगलियों से गूंथना शुरू कर देती है। जहाँ तक उसका अपना प्रश्न है, वह मर्द को सख़्ती से मना कर देती है। उसके साथ कुछ करने की उसे अनुमति नहीं है। क्लेम्मर का स्पष्ट विवेक उसे समझाता है कि उसे स्वयं को दूध में से मक्खी की तरह निकाल कर फेंकने न दे, सवार वह है, आख़िरकार तो वह घोड़ी है। जब वह उसके जननांगों में चरना बन्द नहीं करता तो वह तुरन्त उसका हस्तमैथुन करना छोड़ देती है। उसे ज्ञान आता है कि स्वयं अनुभव करना दूसरे को अनुभव करवाने से ज़्यादा आनन्द देता है, अतः वह आज्ञा का पालन करता है। ऐरिका के कई असफल प्रयत्नों के बाद अन्ततः उसका हाथ नीचे हो जाता है। हैरानी से वह अपने छोड़ दिये से दिखते अंग को देखता है, जो ऐरिका के हाथों में फूल कर खड़ा है। ऐरिका उसे इस प्रक्रिया के दौरान उसकी तरफ़ देखने को कहती है, उस लम्बाई को नहीं, जो उसके लिंग ने हासिल कर ली है। उसे इसे मापना नहीं चाहिए, और न ही दूसरों से उसकी तुलना करनी चाहिए, यह लम्बाई, जो सिर्फ़ उसका अपना मामला है। छोटी हो, बड़ी हो, उसके लिए काफ़ी है। क्लेम्मर को अच्छा नहीं लगता। उसके पास करने को कुछ नहीं और ऐरिका उस पर लगी हुई है। इससे उलट करना अधिक सार्थक होता, और पियानों सीखने के दौरान भी तो यही होता है। ऐरिका उसे खुद से दूर रखती है। लगभग सत्रह सेंटीमीटर लम्बे लोड़े की गहरी खाई और तिस पर ऐरिका की बाँह और उम्र में दस साल का फ़र्क उनकी देहों के बीच आ खड़े होते हैं। मूलतः असफलता से प्रेम एक दुर्गुण होता है। और ऐरिका को हमेशा सफलता के लिए साधा गया है, जो फिर भी उसे नहीं मिली।

शिक्षा के दूसरे चरण के अन्तर्गत क्लेम्मर भावनाओं को अन्दर मोड़ते हुए उसके नज़दीक होना चाहता है और कई बार उसका प्रथम नाम लेता है। वह हाथों से हवा में चप्पू चला रहा है और पुनः प्रतिबन्धित क्षेत्र में प्रवेश करने का साहस कर रहा है, जबकि वह उसे अपना काला समारोही टीला खोलने नहीं दे रही। वह भविष्यवाणी करता है कि वह, और वास्तव में दोनों इसमें ज्यादा मज़ा पा सकते हैं, और इसके लिए वह तैयार होने की घोषणा करता है। उसका लंड नीला सा फूला हुआ, हचक रहा है। हवा में झटके मार रहा है। मजबूरी में अब उसकी दिलचस्पी पूरी ऐरिका की बजाय अपने सूड़ी जैसे प्रवर्ध में ज़्यादा है। ऐरिका क्लेम्मर को ख़ामोश रहने का हुक्म देती है और कि वह बिल्कुल न हिले। वर्ना वह चली जायेगी। छात्र टाँगें फैलाये अध्यापिका के सामने खड़ा रहता है, उसे अन्त अभी नज़र नहीं आ रहा है। घबरा कर वह खुद को परायी इच्छा के हवाले कर देता है, जैसे यहाँ पर शूमन के कार्नेवल या प्रोकोफ़ायेव[1] के सोनाटों पर निर्देश दिये जा रहे हों, जिनका वह इस समय अभ्यास कर रहा हो। वह असहाय सा पतलून की सीवन पर हाथ रख कर खड़ा हो जाता है, क्योंकि कोई और जगह उसकी सूझ में नहीं आती। शराफ़त से सामने पेश किये गये लिंग की वजह से उसकी रेखाकृति विकृत हो गयी है, इस गुल्म की वजह से, जो वहाँ मँडरा रहा है और पेड़ों की हवा में लटकती जड़ों पर मार करना चाहता है। बाहर अंधकार छा रहा है। सौभाग्यवश ऐरिका बिजली के बटन के साथ खड़ी है, जिसे वह दबा देती है। वह क्लेम्मर के लोड़े के रंग और बनावट की पड़ताल करती हैं। ऊपर-नीचे होने वाली चमड़ी के बीच नाखून लगा देती है और क्लेम्मर को कोई भी ऊँची आवाज़ निकालने से मना कर देती है, चाहे वह खुशी की हो या दर्द की। छात्र एक सिकुड़ी हुई सी अवस्था में निश्चल बन जाता है, ताकि प्रक्रिया कुछ ज़्यादा देर चले। जाँघें कस लेता है और अपने पिछवाड़े की मांसपेशियों को लोहे की तरह सख़्त बना लेता है।

अभी इसे ख़त्म नहीं होना चाहिए, प्लीज! धीरे-धीरे क्लेम्मर को स्थिति भी भाने लगती है और अपने शरीर में होने वाली उत्तेजना की भावना भी। अपनी निष्क्रियता के एवज़ में वह प्यार भरे शब्द बोलने लगता है, जब तक कि उसे चुप रहने को नहीं कहा जाता। मास्टरनी आखिरी बार छात्र की तरफ़ से कुछ भी बोले जाने पर प्रतिबन्ध लगाती है, भले ही बात मतलब की हो या बेमतलब की। क्या उसने ऐरिका को समझा नहीं? क्लेम्मर झींकता है कि वह सहवास के लिए प्रयुक्त होने वाले सुन्दर

---

1. रूसी संगीतज्ञ (1891-1953)

अंग की पूरी लम्बाई पर लापरवाही बरत रही है। जानबूझ-कर दर्द कर रही है। ऊपर एक छेद खुलता है, जो क्लेम्मर के भीतर तक जाता है और भिन्न-भिन्न नलियाँ उसका पोषण करती हैं। छेद श्वास भीतर भर रहा है, और फटने के समय के बारे में पूछ रहा है। वह आ गया लगता है, क्योंकि क्लेम्मर चेतावनी देने वाली आम आवाज़ निकालता है कि अब वह सँभाल नहीं सकता। इस संदर्भ में स्वयं द्वारा किये जा रहे प्रयत्नों का विश्वास दिलाने की कोशिश करता है और वह असहाय अनुभव कर रहा है। ऐरिका लंड के ताज पर दाँत गड़ा देती है, जिन्होंने अब काफ़ी समय से कुछ नहीं तोड़ा था, परन्तु फिर भी लौड़े का मालिक ज़ोर से चिल्लाता है। उसे शान्ति रखने को डाँटा जाता है। अतः वह ऐसे फुसफुसाता है, जैसे थियेटर में करते हैं, कि यह अब! तुरन्त! हो रहा है! ऐरिका औज़ार को मुँह से निकालती है और उसके मालिक को शिक्षा देती है कि भविष्य में उसे जब भी उससे कुछ शुरू करना होगा तो सब पहले लिख कर रख लिया जायेगा। मेरी इच्छाओं को लिखा जायेगा और आपको वे हमेशा उपलब्ध होंगी। यह मनुष्य है अपने अन्तर्विरोध में। एक खुली किताब की तरह। क्लेम्मर को इस पर खुश होना चाहिए।

क्लेम्मर पूरी तरह नहीं समझता कि उसका मतलब क्या है, बल्कि वह रिरियाता है कि अब वह किसी भी हाल में रुके नहीं, क्योंकि वह ज्वालामुखी की तरह फूटने को है, चुनौतीपूर्ण अन्दाज़ में वह अपनी छोटी तोप को चलाने की तैयारी में पकड़ता है, ताकि चला कर मामला ख़त्म करे। लेकिन ऐरिका कहती है कि वह अब इसे नहीं छूना चाहेगी, किसी भी कीमत पर नहीं। क्लेम्मर बीच तक आ जाता है और अपने धड़ को अपने घुटने तक झुकाता है। इस मुद्रा में वह टायलेट के बाहरी कमरे में इधर-उधर लड़खड़ाता है। एक काँच के सफ़ेद लट्टू की ज़ालिम रोशनी उस पर पड़ती है। वह ऐरिका से विनती करता है, वह इजाज़त नहीं देती। ऐरिका के काम को पूरा करने के लिए वह खुद ही पकड़ लेता है। वह इसे करते हुए अपनी शिक्षिका को बताता है कि किसी की सेहत के लिए यह कितना गैर-ज़िम्मेदारी का काम है, जब किसी के साथ इस स्थिति में ऐसा निरादरपूर्ण व्यवहार किया जाता है। ऐरिका जवाब देती है : छूना मत : वर्ना आप मुझे कभी ऐसी या इस जैसी स्थिति में नहीं देखेंगे, मिस्टर क्लेम्मर! यह उसे विलम्ब करने पर होने वाली पीड़ा के बारे में बताता है। वह तो इस तरह पैदल घर तक नहीं पहुँच सकेगा। तो फिर टैक्सी ले लीजिए, ऐरिका निरुद्वेग भाव से कहती है और वैसे ही नल के नीचे हाथ धोने लगती है। दो-तीन घूँट लेती है। क्लेम्मर चोरी-छुपे खुद ही छेड़छाड़ करने लगता है, जैसा उसकी

किसी कापी में लिखा नहीं है। एक पैनी आवाज़ उसे रोकती है। उसे बस अपनी अध्यापिका के सामने खड़ा रहना है, जब तक कि वह उसे इसके विपरीत आदेश नहीं देती। वह उसके शारीरिक परिवर्तन का अब अध्ययन करना चाहती है। वह अब उसे छुएगी नहीं, इस बारे में वह निश्चिन्त हो सकता है। मिस्टर क्लेम्मर काँपते हुए और रोते हुए दुहाई देता है। वह अकस्मात सम्बन्धों का अन्त होने का दुख झेल रहा है, यद्यपि ये परस्पर नहीं थे। वह भारी एतराज़ जताता है। वह सिर और पैरों के मध्य दुख झेलने के हर दौर का बढ़ा-चढ़ा कर वर्णन करता है। यह करते हुए उसका लंड मंदगति प्रक्षेपण के समय में सुकड़ जाता है। क्लेम्मर की प्रकृति ऐसी नहीं है, जिसने आज्ञा मानना पालने में सीखा हो, वह ऐसा है, जिसे हमेशा कारण पूछना होता है, अतः वह अन्ततः शिक्षिका को गालियाँ देता है। उसे स्वयं पर नियन्त्रण नहीं रहा, क्योंकि उसके भीतर के मर्द का दुरुपयोग किया गया है। मर्द को खेल-कूद के बाद खोल में डाल कर वापस रख देना चाहिए। ऐरिका प्रतिवाद करती है और कहती है, बकवास बन्द कीजिए! वह एक ऐसे लहज़े में यह कहती है कि वह सचमुच बन्द कर देता है।

वह उससे कुछ दूरी पर खड़ा है, जिस बीच वह ढीला हो जाता है। हमें ज़रा साँस लेने का वक्त मिलेगा तो उसके बाद क्लेम्मर गिन कर बतायेगा कि एक ऐसे मर्द के साथ क्या-क्या नहीं करना चाहिए। ऐरिका का आज का बरताव प्रतिबन्धों की एक लम्बी कड़ी का कारण बना है। वह उसे कारण बताना चाहता है। वह उसे खामोश रहने को कहती है। यह उसका अन्तिम आदेश है। क्लेम्मर चुप नहीं होता, बल्कि बदला लेने की कसम उठाता है। ऐरिका को. दरवाज़े की तरफ़ जाती है और चुपचाप विदा हो जाती है। उसने उसकी आज्ञा नहीं मानी, हालाँकि ऐरिका ने उसे कई बार अवसर दिया। अब वह कभी नहीं जान पायेगा कि उस पर क्या कार्यान्वित कर पायेगा वह, कौन सी दंडाज्ञा, अगर वह अनुमति दे तो। वह हैंडल नीचे दबाती है, तभी क्लेम्मर उससे वहीं रहने की याचना करता है।

अब वह ईमानदारी से अपने कहे अनुसार चुप रहता है। ऐरिका खुले दरवाजे का एक ऐसा कोण बना देती है कि वह, क्लेम्मर, उसमें फ्रेम में जड़ा नज़र आता है, कोई बहुमूल्य चित्र नहीं वह। अब जो कोई भी यहाँ आयेगा, उसे एक नंगा लंड देखने को मिलेगा, जिसके लिए वह तनिक भी तैयार नहीं होगा। ऐरिका क्लेम्मर को तंग करने के लिए दरवाज़ा खुला रखती है। वैसे वह भी यहाँ नज़र नहीं आनी चाहिए। वह धृष्टतापूर्वक यह होने की सम्भावना खुली छोड़ देती है। सीढ़ी सीधी

शौचालय के दरवाज़े के पास जा कर खत्म होती है।

ऐरिका आखिरी बार क्लेम्मर के लिंग को–उसके मुख्य भाग को–ज़रा सा सहलाती है, जिससे एक नयी उम्मीद जगती है। तुरन्त उसे बायीं ओर लटकने दिया जाता है। क्लेम्मर हवा में पत्ते की तरह काँप रहा है। उसने विरोध का विचार त्याग दिया है और अपने को खुला देखे जाने के लिए छोड़ देता है वह। ऐरिका के लिए दर्शन के मामले में यह परम प्रदर्शन ऐच्छिक अभ्यास है। अनिवार्य तथा छोटे कार्यक्रम तो कब से वह त्रुटिहीन ढंग से निष्पादित कर चुकी है।

मास्टरनी उद्वेगहीन है। वह दृढ़तापूर्वक उसका औज़ार छूने से मना कर देती है। प्रेम का प्रचंड तूफ़ान अब कम गरज रहा है। क्लेम्मर इन्द्रियों के पारस्परिक स्पर्श की कोई घोषणा नहीं करता। पीड़ावश छोटा हो जाता है। ऐरिका को पहले से ही हास्यास्पद रूप से छोटा नज़र आ रहा है। वह सहन कर रहा है। अब से वह सही नियन्त्रण रखेगी कि धंधे में और अपने ख़ाली वक्त में वह क्या करता है। किसी विशेष परिस्थिति में उसकी किसी बचकानी भूल के लिए उसके चप्पू वाली नौका चलाने पर प्रतिबंध लगाया जा सकता है। उसे वह एक उकताऊ किताब की तरह पढ़ेगी, उसके पन्ने पलटेगी। सम्भवतः शीघ्र ही उसे एक तरफ़ रख देगी। क्लेम्मर अपने चप्पू को उसके खोल में रख सकता है, जब वह इजाज़त देगी तब। ऐरिका द्वारा उसे चोरी-छुपे बोरे में बन्द करके ले जाने का कृत्य उसने स्वयं आरम्भ से ही विफल कर दिया है। क्लेम्मर ढीठ हो जाता है, क्योंकि उसे महसूस होता है कि खेल का जल्दी ही अंत होने वाला है। वह भविष्यवाणी करता है कि निश्चित है कि वह तीन दिन चल नहीं पायेगा। इससे सम्बन्धित आशंकाओं को वह अभिव्यक्ति देता है कि चलना खिलाड़ी क्लेम्मर के लिए तथाकथित बिना हथियार के मूल प्रशिक्षण है। ऐरिका कहती है कि निर्देश उसके पास पहुँचा दिये जायेंगे। लिखित, मौखिक अथवा दूर से मौखिक। अब वह अपने शतावर को पैक कर सकता है। सहजवृत्ति से क्लेम्मर इस काम के लिए ऐरिका से परे हो जाता है। परन्तु अन्ततः उसे सब कुछ उसके सामने करना पड़ता है, जब वह उसे देख रही है, वह अब ख़ुश है कि हिल-डुल सकता है। एक सेकिण्ड के लिए वह इधर-उधर भागते हुए हवा में मुक्के चलाने की ज़रा सी ट्रेनिंग लेता है। तो कोई गम्भीर नुक़सान नहीं हुआ। टायलेट में वह एक सिरे से दूसरे तक भागता है। और : जितना अधिक स्वच्छंद तथा लोचदार वह लगता है, उतनी ही अधिक अकड़ी तथा कड़क उसकी शिक्षिका होती जाती है। खेद है कि वह पुनः अपने घोंघे में लौट गयी है। क्लेम्मर को उसे चपल गर्दन घुमाने

और सपाट हाथ से गालों पर हल्की सी चपत लगा कर सजीव बनाना होगा। उसे पेशकश करता है कि क्या वह ज़रा सा हँसना नहीं चाहेगी! इतनी संजीदा मत हो, खूबसूरत औरत! संजीदा ज़िन्दगी होती है, और खुशदिल कला। अब चलो बाहर ताज़ी हवा में, जिसकी उसे गत लम्बे मिनटों में, अगर ईमानदारी से कहें तो, सबसे ज़्यादा कमी रही है। क्लेम्मर की उम्र में इन्सान किसी धक्के को उनसे जल्दी भूल जाता है, जो ऐरिका के वर्षों में होते हैं।

क्लेम्मर कूद कर गलियारे में आता है और वहाँ तीस मीटर तेज दौड़ का प्रशिक्षण सफलतापूर्वक समाप्त करता है। हवा के तगड़े झोंकों सा वह ऐरिका के पास से गुज़रता है, एक बार उधर, एक बार इधर। अपनी व्याकुलता को वह ज़ोर से हँस कर हवा में उड़ाता है। गरजने की आवाज़ करते हुए नाक साफ़ करता है। कसम उठाता है कि अगली बार हम दोनों में यह बहुत बेहतर रहेगा। करत करत अभ्यास के नारी होत सुजान। क्लेम्मर ठहाका लगा कर हँसता है। लम्बे-लम्बे कदम रखता हुआ क्लेम्मर सीढ़ियों से नीचे भागता है। मोड़ पर वह बाल-बाल अपने को बचा कर निकाल लेता है। लगभग डरावना सा दृश्य है। ऐरिका नीचे स्कूल के भारी फाटक का बन्द होना सुनती है।

लगता है कि क्लेम्मर इमारत से बाहर हो गया है।

ऐरिका धीरे-धीरे कदम रखते हुए नीचे वाली मंज़िल पर उतरती है।

वाल्टर क्लेम्मर को सिखाते-सिखाते ऐरिका कोहूट व्यर्थ के क्रोध में पड़ जाती है, क्योंकि उसे स्वयं को कुछ समझ नहीं आ रहा, क्योंकि एक एहसास उसे घेरता जा रहा है। उसके छूते ही छात्र स्पष्ट रूप से अभ्यास में पीछे रह जाता है। बिना स्वरलिपि के बजाने में वह त्रुटियाँ करता है, अप्रेमिका जब उसके सर पर खड़ी होती है तो वह निष्पादन पर अटक जाता है। स्वर-रूप तक को नहीं जानता। बेकार में हवा में ऊँचे-नीचे फेंक रहा होता है। ऐ-डूर[1] से वहाँ दूर होता जाता है, जहाँ उसे होना चाहिए। ऐरिका को स्वयं पर एक ख़तरनाक लावा, कूड़े-करकट से भरा, लुढ़कता आता महसूस होता है। क्लेम्मर इस कूड़े से खुश है, औरत का प्रिय बोझ, जो उसके कन्धों पर है। उसकी संगीतमय इच्छा उसकी संगीतमय क्षमता से कदम

1. एक स्वर-रूप।

मिला कर चलने में असमर्थ है, और उसे भटका देती है। ऐरिका उसे याद दिलाती है, मुँह लगभग खोले बिना, कि वह इस समय शूबर्ट के साथ अन्याय कर रहा है। उसकी मदद करने के लिए और औरत को खुश करने के लिए क्लेम्मर आस्ट्रिया के पर्वतों और घाटियों पर ध्यान लगाता है, उन प्यारी चीज़ों, पर, जो तथाकथित रूप से इस देश में बहुत सारी हैं। घरघुस्सू शूबर्ट ने अगर इनका अन्वेषण नहीं किया था तो उसे कम से कम इनका इल्म तो था। फिर क्लेम्मर एक बार फिर शुरू करता है और अपने समय के संगीत की प्रवृत्ति के प्रतिष्ठित संगीतज्ञ के महान ऐ-डूर सोनाटे को उसी उस्ताद के एक जर्मन डांस की कु-शैली में बजाता है। वह इसे जल्दी बीच में छोड़ देता है, क्योंकि उसकी शिक्षिका उसकी हँसी उड़ाती है कि उसने उस महान पुरुष में विशेष खड़ी चट्टानों, एक विशेष गहरी खाई, एक विशेष प्रचण्ड नदिका, जो गहरी तंग घाटी से हर-हर करते हुए प्रवाहित हो अथवा नोएज़ीडलरज़े[1] को कभी नहीं देखा। शूबर्ट इतने प्रबल वैषम्यों को अभिव्यक्ति देता है, विशेषकर इस विलक्षण सोनेट में; और पाँच बजे की चाय पीने के समय की अपराह्न की मंद धूप में बाख़ाऊ[2] नहीं है, जैसी अभिव्यक्ति स्मेटना[3] की है, मोल्डाऊ[4] पर। और आपके लिए नहीं, ऐरिका कोहूट, सांगीतिक अवरोधों की दमनकर्ता, बल्कि रेडियो आस्ट्रिया में रविवार पूर्वाह्न के संगीत-समारोह की जनता के लिए।

क्लेम्मर खदबदाता है, अगर कोई जंगल की नदिका को जानता है तो वह वह है। जब मास्टरनी हमेशा सिर्फ़ घर के अँधेरे कमरों में होती है, उसकी बगल में उसकी माँ की बड़ी उम्र, जो कुछ नहीं करती और सिर्फ दूर ताकती रहती है, किसी उपकरण की मदद से। धरती के ऊपर हो या धरती के नीचे, इस माँ को कोई फ़र्क नहीं पड़ता। ऐरिका को शूबर्ट के व्याख्यान के लिए चिह्न याद आते हैं और वह उत्तेजित हो जाती है। उसका पानी ग़रज रहा है और उबल रहा है। ये चिह्न चीखने से फुसफुसाने के लिए पर्याप्त हैं, ज़ोर से बोलने से धीरे बोलने तक नहीं। अव्यवस्था आपकी विशेष क्षमता नहीं है, क्लेम्मर। इस मामले में पानी से और पानी में खेलने वाला खिलाड़ी परिपाटी से बहुत चिपका होता है।

वाल्टर क्लेम्मर चाहता है कि वह उसे गर्दन पर चूमने दे। उसने अब तक यह

---

1. आस्ट्रिया और हंगरी की सीमा पर एक झील।
2. आस्ट्रिया में दैन्यूब नदी की एक तंग घाटी।
3. चेक संगीतकार (1824-1884)
4. जर्मनी में एल्बे की एक उपनदी।

कभी किया नहीं, पर सुन बहुत रखा है इस बारे में। ऐरिका चाहती है कि उसका छात्र उसे ग्रीवा पर चूमे, परन्तु उसे प्रारम्भ नहीं करने दे रही। उसमें अनुरक्ति का भाव उठ रहा है, लेकिन उसके मस्तिष्क में जा कर अनुरक्ति घनीभूत होती नयी-पुरानी घृणा से टकरा जाती है, विशेषकर उन स्त्रियों के प्रति, जिन्होंने अब तक कम जीवन जिया है और इसलिए उससे ज़्यादा जवान हैं। ऐरिका की अनुरक्ति कहीं से भी माँ के प्रति अनुरक्ति से नहीं मिलती-जुलती। उसकी घृणा हर तरह से उसकी आम रोज़ की घृणा से मिलती-जुलती है।

ऐसे भावों पर पर्दा डालने के लिए औरत सब उसके विपरीत कहती है, जिसके पक्ष में वह संगीत के संदर्भ में अब तक सार्वजनिक रूप से बोल चुकी है। वह कहती है : किसी संगीत-रचना की व्याख्या करने में एक ऐसा पड़ाव आता है, जहाँ सुनिश्चितता का अंत हो जाता है और वास्तविक सृजन की अनिश्चितता का आरम्भ होता है। यह व्याख्या अब नहीं चलती, वह चुनौती देता है! पूरे दम-खम से वह संगीतकार को चुनौती देता है। एक नया जीवन शुरू करने में शायद ऐरिका को अभी देर नहीं हुई। नये सिद्धांत अपनाने से अब नुकसान नहीं होगा। ऐरिका स्वर में सूक्ष्म व्यंग्य भर कर कहती है कि अब क्लेम्मर क्षमता की एक सीढ़ी चढ़ ही गया है तो उसे अधिकार है कि वह अनुभूति तथा चित्तवृत्ति को क्षमता के बराबर रखे। औरत तुरन्त छात्र के मुँह पर एक और तमाचा मारती है कि उसे अधिकार नहीं है कि वह उसकी क्षमता को तथ्यरूप में मान ले। वह भ्रम में थी, हालाँकि अध्यापिका होने के नाते उसे बेहतर ज्ञान होना चाहिए था। क्लेम्मर को चप्पू-नौका चलाने जाना चाहिए, मगर उसे शायद जंगल में कहीं शूबर्ट की आत्मा मिल जाये तो वह उसके रास्ते में न पड़े। यह घृणित मनुष्य। शूबर्ट। श्रेष्ठ छात्र को सुन्दर और जवान कह कर झिड़का जाता है, जिससे ऐरिका अपने घृणा से भारी हुए मुगदरों के दायें-बायें काँच-फलक लगा कर पेंच कस देती है। बड़ी मुश्किल से वह घृणा को अपने सीने की ऊँचाई तक रोके रखती है। अपने सुन्दर चेहरे की दिखावटी तड़क-भड़क के मामूलीपन में फँसे आप एक गहर को उसमें गिरने के बाद पहचानते हैं, ऐरिका क्लेम्मर से कहती है। कभी खुद को दाँव पर नहीं लगाते : बुलबुलों पर चलते हो, ताकि जूते कहीं गीले न हो जायें। जब आप प्रचण्ड धारा में नौका चलाते हो, मैं इतना तो अब तक समझती हूँ, सिर नीचे किये आप पानी में गिर जाते हो, क्योंकि नाव उलट गयी है, तो तुरन्त आप सीधे हो जाते हो। जल की गहराई तक से आप डरते हो, हालाँकि ऐसी विलक्षण लचीली चीज़ है यह, जिसमें आपका सिर जा पड़ा है। आप उथले पानी

में नीचे जा कर भोजन ढूँढ़ना पसन्द करते हैं, बत्तखों की तरह, आपको देख कर पता चल रहा है। चट्टानों पर मेहरबानी करके रास्ता बदल लेते हो, मेहरबानी तो आप पर होती है!—इससे पहले कि वे आपको देख पायें।

ऐरिका हाँफ रही है, क्लेम्मर हाथ रगड़ रहा है, ताकि प्रेमिका को, जो अभी प्रेमिका नहीं है, इस रास्ते से हटा लिया जाये। मेरे साथ एक होने की सम्भावना को सदा के लिए समाप्त मत कर दीजिए, वह औरत को अच्छी सलाह देता है। खेल-कूद की प्रतिद्वंद्विता तथा मर्द-औरत की प्रतिद्वंद्विता से नतीजे निकालने में वह विशेष प्रवीण लग रहा हैं। एक बुढ़ाती महिला हचकते हुए ज़मीन पर दोहरी हो रही है, ठुड्डी पर पागलपन की झाग। यह औरत संगीत में वैसे देख सकती है जैसे दूरबीन में, जिसे उल्टा कर के आँखों के आगे लगाया गया हो, जिससे संगीत बहुत दूर और बहुत छोटा दिखाई देता है। जब वह सोच लेती है कि इस संगीत ने उसे जो दिया है, उसे वह प्रस्तुत कर सकती है, तो उसे कोई नहीं रोक सकता। फिर वह लगातार बोलती जाती है।

इस अन्याय से ऐरिका कचोटी जा रही है कि किसी ने मोटे, ठिगने, शराबी शूबर्ट से प्यार नहीं किया। जब वह छात्र क्लेम्मर को देखती है तो वह इस असंगति को और उत्कटता से अनुभव करती है : शूबर्ट और औरतें। कला की अश्लील पुस्तक में एक नैराश्यपूर्ण अध्याय। शूबर्ट महाप्रतिभावान की छवि के अनुरूप नहीं था, सर्जक के तौर पर भी, अत्यन्त कुशल गायक के तौर पर भी, जो भीड़ के पास है। क्लेम्मर बड़ी भीड़ का हिस्सा है, यह भीड़ छवियाँ बनाती है, अपने लिए और तभी सन्तुष्ट होती है, जब वह छवियों को खुले आखेट-क्षेत्र में मिलती है। शूबर्ट के पास अपना पियानों तक नहीं होता था, इसके विपरीत आपके हालात कितने अच्छे हैं, मिस्टर क्लेम्मर! कितना अन्याय है कि क्लेम्मर जीवित है और अभ्यास नहीं करता है, जबकि शूबर्ट मृत है। ऐरिका कोहूट एक ऐसे आदमी का अपमान कर रही है, जिससे वह प्यार चाहती है। नासमझी से वह उसकी कुटाई करती जा रही है, दुष्टतापूर्ण शब्द उसके मसूड़ों की झिल्ली से, उसकी ज़बान की चमड़ी से गरज रहे हैं। रातों को उसका चेहरा सूजा होता है, जब उसकी माँ बेख़बर उसकी बगल में खर्राटे मार रही होती है। सुबह उठ कर ऐरिका अपनी आँखें उनमें से निकली लस के मारे देख नहीं सकती दर्पण में। वह अपनी छवि पर काफ़ी देर मेहनत करती रहती है, पर छवि बेहतर नहीं होती, मर्द और औरत एक बार फिर जमे हुए लड़ने के लिए एक-दूसरे के सामने खड़े होते हैं।

ऐरिका के बैग में कापियों के साथ छात्र के नाम लिखा एक पत्र भी चरचरा रहा है, जो वह उसकी काफ़ी हँसी उड़ा लेने के बाद उसे पकड़ायेगी। अब भी उसके गुस्से की कै नियमित झटकों के साथ उसके शरीर के खंभे में ऊपर चढ़ रही है। शूबर्ट कोई बहुत प्रतिभावान नहीं था, क्योंकि उसका लेयोपोल्ड मोज़ार्ट के बराबर कोई गुरु नहीं था, नहीं, शूबर्ट कभी बना-बनाया क्षम व्यक्ति नहीं था, क्लेम्मर एक नये भरे विचारों के लंगोचे को गले में फँसा के निकालता है। काग़ज़ की एक प्लेट पर उसे रख कर वह मास्टरनी को पेश करता है, थोड़ी सी सरसों की चटनी के साथ : कोई ऐसा, जो इतना कम जीता है, कभी पूरा क्षम नहीं बनाया जा सकता। मैं बीस से ऊपर हो चुका हूँ और बहुत कम क्षमता है मुझमें, हर दिन मुझे इस बात का एहसास होता है, क्लेम्मर बोलता है। फिर शूबर्ट तीस में कितना कम कर पाया होगा : विएना का यह रहस्यमय, लुभावना, एक अदना से स्कूल-मास्टर का बेटा। औरतों ने उसे आतिशक दे कर उसकी जान ले ली।

हमें भी औरतें क़ब्र तक पहुँचाएँगी, युवक मज़ाक करता है और लुगाइयों के चंचल चित्त की ज़रा बात करता है। औरतें कभी इधर डोलती हैं कभी उधर, और उसमें कोई नियम नहीं होता। ऐरिका क्लेम्मर से बोलती है कि वह जानता तक नहीं कि त्रासदी क्या होती है। वह एक ख़ूबसूरत जवान है। क्लेम्मर अपने स्वस्थ दाँतों से टाँग की एक हड्डी तोड़ता है, जो अध्यापिका ने उसकी तरफ़ फेंकी थी। वह उसे बता चुकी है कि क्लेम्मर को शूबर्ट के स्वराघातों का कोई इल्म नहीं है। हमें स्वयं को कृत्रिमता से बचाना चाहिए, ऐरिका कोहूट का मत है यह। छात्र द्रुत गति से बहाव के साथ बहता है।

वाद्य-संकेतों से, जैसे मुँह से बजाये जाने वाले पीतल के वाद्य से शूबर्ट की पियानों की संगीत-रचनाओं में अधिक उदारता बरतना सही नहीं है। इससे पहले, क्लेम्मर, कि आप बिना स्वरलिपि पढ़े खुल कर बजा सकें : ग़लत स्वरों से बचें, और बहुत ज़्यादा चप्पू नौका चलाने से भी। परन्तु बहुत कम से भी बचें। हर स्वर इतना लम्बा नहीं बजता, जितना वह स्वरलिपि में होता है। और हर स्वर इतना लम्बा नहीं लिखा होता, जितना बजता है।

अतिरिक्त रूप से ऐरिका उसे बायें हाथ से एक विशेष अभ्यास करके दिखाती है। वह स्वयं को इस तरह शान्त करना चाहती है। जो दुख यह आदमी उसे पहुँचा रहा है, वह अपने बायें हाथ से उसका प्रायश्चित् करवा रही है। क्लेम्मर अपनी दुर्वासना की शान्ति पियानो की तकनीक के माध्यम से नहीं चाहता, वह काया और

कष्ट के मध्य संघर्ष की आकांक्षा कर रहा है, जो कोहूट के आगे भी नहीं रुकेगा। उसे विश्वास है कि अगर वह इस थकाने वाले संघर्ष में से विजयी बन कर उबरता है तो अन्ततः यह उसकी कला के लिए भी लाभकर होगा। विदा लेते हुए, आख़िरी घंटी बजने के बाद, यह है बँटवारा। उसे ज्यादा, ऐरिका को कम। और इसका वह अभी से खुशी से इन्तजार कर रहा है। ऐरिका एक साल बड़ी हो जायेगी, और वह अपने प्रगतिक्रम में औरों से एक साल आगे निकल जायेगा। क्लेम्मर शूबर्ट के विषय में सोचते हुए सर में खुजाता है। वह टंटा मचाता है कि उसकी शिक्षिका ने अचानक तथा अविश्वसनीय ढंग से 180 डिग्री पलटा खाया है और उसे अपना मत बता रही है, वास्तव में जो हमेशा उसका, क्लेम्मर का मत होता था। कि देखा जाये तो सुस्पष्ट से ज़्यादा अकल्पनीय, अनाम, अकथनीय, अवाद्यर, अप्राप्य, अबोधगम्य अहमियत रखते हैं : तकनीक, तकनीक, तकनीक और तकनीक। क्या मैंने आपको कुछ करते हुए पकड़ लिया है, प्रोफेसरनी जी?

ऐरिका गर्मी से भर जाती है कि इसने अप्राप्य की बात की है, जिससे इसका मतलब उसका मेरे प्रति प्रेम ही हो सकता है। काम-वासना का सूर्य, जो उसे इस पूरे समय में अनुभव नहीं हुआ था, अब पुनः किरणें बिखरा रहा है। अब भी इसके मन में मेरे प्रति वही भावनाएँ हैं, जो कल और परसों थीं। ज़ाहिर है कि क्लेम्मर बिन कहे उससे इश्क़ करता है, उसकी इबादत करता है, जैसा उसने कोमलतापूर्वक कहा है। ऐरिका इस लम्हे को आँखों पर बिठा लेती है और अर्थपूर्ण ढंग से चुपके से कहती है कि उसका मतलब सिर्फ़ यह था कि शूबर्ट आर्केस्ट्रा के भावों को शुद्ध रूप से पियानों के माध्यम से व्यक्त करता था। यह ज़रूरी है कि इन भावों और वाद्यों को, जो प्रतीकात्मक शैली में कुछ प्रस्तुत करते हैं, पहचाना जाये और तद्नुरूप उन्हें बजाया जाये। परन्तु, जैसा उसने कहा है, बिना कृत्रिमता के। ऐरिका स्त्रीसुलभ तथा सदय भाव से सांत्वना देती है : कोई बात नहीं; यह भी हो जायेगा।

अध्यापिका और छात्र मर्द-औरत के रूप में एक-दूसरे के सामने खड़े हैं। उनके मध्य मद काल और उग्रता, एक दीवार, जिस पर चढ़ा नहीं जा सकता। दीवार किसी को भी ऊपर चढ़ने से और दूसरों का खून चूसने से रोकती है। अध्यापिका और छात्र कामाग्नि में सुलग रहे हैं और ऊपर से और बोधगम्य प्रेम चाहते हैं। इस बीच उनके पैरों तले संस्कृति का पतला हलवा खदबदा रहा है, एक ऐसा हलवा, जिसके छोटे-छोटे कौर वे आनन्द ले कर शरीर में डाल रहे हैं, जो कभी पूरा नहीं पकता, उनकी रोज़ाना की खुराक, जिसके बिना उनका कोई अस्तित्व नहीं होगा, और जो गैस के

सतरंगे बुलबुले उठा रहा है।

ऐरिका अपने वर्षों के पंकिल, घट्टों जैसी त्वचा वाले स्तर में। कोई भी न उसे लेना चाहता है, न ले सकता है। यह स्तर उतरता भी नहीं। बहुत कुछ व्यर्थ हो गया है, और ख़ासतौर पर व्यर्थ हुई है ऐरिका की जवानी, मसलन अट्ठारहवाँ साल, जिसे जनता की भाषा में 'स्वीट ऐटीन' कहते हैं। यह सिर्फ़ एक साल चलता है और फिर गुज़र जाता है। अब ऐरिका की जगह दूसरियाँ इस मशहूर अट्ठारहवें साल का मजा ले रही हैं। इस समय ऐरिका किसी भी उस लड़की से दोगुनी उम्र की है, जो अट्ठारह साल की है। वह निरन्तर गिनती रहती है, हिसाब लगाती रहती है, लेकिन उसकी और एक अट्ठारह साल की लड़की की उम्र में फ़र्क कभी कम नहीं होता, बस बढ़ता भी नहीं है। इस उम्र की हर लड़की के प्रति उसके मन में जो वितृष्णा उठती है, वह बेमतलब फ़र्क को बढ़ा देती है। रातों में ऐरिका पसीने-पसीने हुई ममता की धधकती आग के ऊपर क्रोध की सीख पर घूमती रहती है। इसके साथ नियमित रूप से उस पर संगीत की कला के लंगोचे का ख़ुशबूदार रस उँड़ेला जाता है। इस अपरिवर्तनीय अंतर में कुछ भी कोई परिवर्तन नहीं लाता : बूढ़ी/जवान। और मरहूम उस्तादों द्वारा लिखी जा चुकी स्वरलिपि भी अब नहीं बदलती। जैसी है वैसी है। स्वरलिपि की इस प्रणाली में ऐरिका अपने बचपन के प्रारम्भिक वर्षों से ही जुए में लगी हुई है। जबसे उसने सोचना आरम्भ किया है, ये पाँच लाइनें इसका जीवनपथ निर्धारित कर रही हैं। उसे इन पाँच काली लाइनों के अलावा और किसी भी चीज़ के बारे में सोचने की अनुमति नहीं है। अपनी माँ के साथ मिल कर बिंदु-चित्र बनाने की इस प्रणाली को उसने नियमों, निर्देशों तथा सुस्पष्ट आदेशों के साथ एक लड़ी में बाँध लिया है, जैसे किसी कसाई की कँटिया पर गुलाबी पुट्ठे का सूखा मांस गोल कर के लटका होता है। इससे सुरक्षा की भावना बनी रहती है, और सुरक्षा असुरक्षा के प्रति भय की भावना उत्पन्न करती है। ऐरिका को डर है कि सब वैसे ही रहेगा जैसे है, और उसे डर है कि एक दिन कुछ बदल जायेगा। दमे का दौरा पड़ने पर जैसे कोई हाँफ्ता है वह वैसे हाँफ़्ती है, हवा के लिए तड़फती है, और फिर नहीं जानती की हवा का क्या करे। वह घरघराहट के साथ साँस लेती है और गले से कोई आवाज़ नहीं निकाल सकती। क्लेम्मर अपने अभंगुर स्वास्थ्य की नींवों तक हिल जाता है और पूछता है कि प्रेमिका को क्या हो गया? एक गिलास पानी लाऊँ, वह चिन्ताग्रस्त हुए प्रेमपीड़ा के साथ पूछता है, रिट्टर[1] एण्ड कं. का यह प्रतिनिधि। मास्टरनी बहुत मुश्किल से खाँसती है। खाँसी से वह श्वासप्रदाह से

1. 'रिट्टर' का अर्थ महिला सहचर भी होता है।

अधिक उससे बुरी चीज़ों से स्वयं को मुक्त कर लेती है। अपनी भावनाओं को वह मुँह से नहीं व्यक्त कर सकती, सिर्फ, पियानों से कर सकती है।

ऐरिका अपने बैग से एहतियातन वायु और जल से बचाने का प्रबन्ध कर बन्द किया गया एक पत्र निकालती है और क्लेम्मर को दे देती है, जैसे उसने इसका घर पर मस्तिष्क में हज़ारों बार चित्र बनाया था। पत्र में लिखा है कि किसी ख़ास मोहब्बत को कौन सा रास्ता पकड़ना चाहिए। वो सब ऐरिका ने लिख रखा है, जो वह कहना नहीं चाहती। क्लेम्मर सोचता है यहाँ कुछ अकथनीय सुन्दर लिखा है, जिसे सिर्फ लिखा ही जा सकता है, और वह पर्वतों की चोटियों पर चन्द्रमा की तरह चमकता है। इस बात का उसे ध्यान क्यों नहीं आया! वह, क्लेम्मर, जो अपनी भावनाओं तथा उनकी अभिव्यक्ति को लगातार अभ्यास से पैना करता रहा है, आज एक सुखप्रद स्थिति में है, अब उसे मालूम हो गया है कि जब वह सब से पहले कुछ कहने के लिए हर जगह लोगों का ध्यान अपनी ओर आकर्षित करने की कोशिश करता है तो वह उन पर अच्छा और तेजपूर्ण प्रभाव डालता है। कोई प्राप्ति न भी हो तो संकोच नहीं करता। जहाँ तक उसका प्रश्न है, आवश्यकता पड़ने पर वह अपने प्यार का इज़हार चिल्ला-चिल्ला कर करेगा। किस्मत से यह आवश्यक नहीं है, क्योंकि किसी को सुनना नहीं चाहिए। क्लेमर सिनेमा की सीट पर टिक कर बैठ जाता है, ठूँस-ठूँस कर बर्फ का गोला खा रहा है और पर्दे पर सुखपूर्वक स्वयं को देख रहा है, जहाँ प्राकृत आकार से भी बड़े साइज़ में जवान लड़के और बुढ़ाती औरत की पेचीदा कहानी दिखायी जा रही है। सहायक भूमिका में एक हास्यास्पद बूढ़ी माँ, जिसकी दिली तमन्ना यह है कि पूरा यूरोप, इंगलैण्ड तथा अमरीका उस मीठी झंकार के जादू में क़ैद हो जाये, जो उसकी बच्ची वर्षों से उत्पन्न करने की स्थिति में है। माँ स्पष्ट इच्छा प्रकट करती है कि उसकी बच्ची इश्क़िया जज़्बातों की कड़ाही के बजाय ममता के पाश में सिझना अधिक पसन्द करेगी। भाप के दबाव में जज़्बात सही पकते हैं और विटामिन भी बेहतर बने रहते हैं, एक अच्छी सलाह देते हुए क्लेम्मर माँ का प्रतिवाद करता है। बहुत हुआ तो एक साल में वह ऐरिका को पूरा चूस कर उड़ा देगा और फिर वह अपना रुख अगले मज़े की ओर मोड़ सकता है।

क़्लेम्मर ज़ोर से ऐरिका का वह हाथ जम कर चूमता है, जिसने पत्र पकड़ाया था। वह कहता है : धन्यवाद ऐरिका। इस सप्ताहांत में स्वयं को पूरा का पूरा ऐरिका को भेंट में देना चाहता है। ऐरिका को घृणा होती है कि क्लेम्मर उसके परमपावन, एकान्त सप्ताहांत में सेंध लगाना चाहता है, और अपनी अस्वीकृति प्रकट करती है।

वह बिना तैयारी के एक बहाना पेश करती है कि क्यों इस बार और शायद अगली बार भी, उससे अगली बार भी यह सम्भव नहीं होगा। हम कभी भी फ़ोन पर बातें कर सकते हैं, औरत ढीठता से झूठ बोलती है। उनमें दो दिशाओं से करंट दौड़ रहा है। क्लेम्मर रहस्यमय पत्र से अर्थपूर्ण ढंग से चरचर की आवाज़ निकालता है और यह धारणा विदित होने देता है कि बिन सोचे ऐरिका के भीतर से जो विचार बाहर आ रहे हैं, वे इतने बुरे नहीं होंगे। आदमी को अशोभनीय ढंग से मत सीझने दो, यही इस घंटे का तकाजा है।

ऐरिका को नहीं भूलना चाहिए कि क्लेम्मर के लिए जो हर साल की गिनती है, वह ऐरिका के लिए कम से कम तीन गुनी है। ऐरिका को इस अवसर को हाथ से नहीं निकलने देना चाहिए, क्लेम्मर उसे भली सलाह देता है, जो अपने पसीने से गीले हुए हाथ से पत्र को मुचोड़ रहा है और दूसरे हाथ से हिचकिचाते हुए ऐरिका को यूँ टटोल रहा है, जैसे किसी ऐसी मुर्गी को परख रहा हो, जिसे ख़रीदने का उसका इरादा है, परन्तु पहले उसे कीमत पर नज़र मार कर देखना होगा कि क्या वह मुर्गी की उम्र के लिहाज़ से सही है। क्लेम्मर नहीं जानता कि कैसे कोई पता लगाता है कि कौन सी मुर्गी शोरबा बनाने के लिए सही है और कौन सी भूनने के लिए सही है, कि वह बूढ़ी है या जवान है। लेकिन मास्टरनी के बारे में पूरा जानता है। आर-पार देख लेता है कि अब ज़्यादा जवान नहीं रही, पर सँभाल अपेक्षाकृत अच्छी है। यदि उसकी मुलायम सी नज़र न होती तो इसे कुरमुरी कहा जा सकता था। तिस पर फीका न पड़ने वाला आकर्षण कि वह उसकी अध्यापिका है। इसलिए मन करता है कि इसे छात्रा बनाया जाये, हफ़्ते में कम से कम एक बार। ऐरिका छात्र से खिंच जाती है। उससे अपना शरीर वापस ले लेती है और घबराई सी नाक साफ़ करती है। क्लेम्मर उसके चेहरे के सामने प्रकृति का वर्णन करता है। वह प्रकृति का वर्णन वैसे करता है, जैसे उसने अपनी तरफ़ से उससे परिचय कर के उससे प्यार करना सीखा था। जल्दी ही वह ऐरिका के साथ प्रकृति में घूमने जायेगा और प्रफुल्लित होगा। वे दोनों वहाँ जा कर काई की परत पर बैठेंगे और साथ लाया खाने-पीने का सामान खायें-पियेंगे, जहाँ जंगल सब से घना है। वहाँ कोई नहीं देखेगा कि युवा खिलाड़ी और कलाकार जो मैच खेलता रहा है, उम्र से थकी ऐसी औरत के साथ रंगरेलियाँ मना रहा है, जिसका कम उम्र की औरतों के साथ कोई मुकाबला नहीं है। इस भविष्यवाणी के सम्बन्ध में सबसे उत्तेजक वस्तु होगी उसकी अपनी रहस्यमयता, क्लेम्मर पहले से अनुमान लगाता है।

ऐरिका ख़ामोश हो गयी है, न उसकी आँखें और न ही दिल ऊपर आ रहा है। क्लेम्मर को महसूस होता है कि वह मिनट आ गया है, जब वह उस सब को पूरी तरह दुरुस्त कर सकता है, जो शिक्षिका ने फ्रांत्स शूबर्ट के बारे में कहा है। वह एक व्यक्ति की तरह बहस में ज़बरदस्ती घुस जायेगा। प्यार से वह ऐरिका के शूबर्ट के चित्र को सरका कर ठीक जगह पर रखता है और स्वयं वहाँ हो जाता है, जहाँ रोशनी अच्छी पड़ रही है। ऐसे शास्त्रार्थ, जिनमें वह विजयी रहेगा, अब से बढ़ते जायेंगे, वह प्रेमिका को अक़्ल देता है। आखिर वह ऐरिका से संगीत के रंगपटल में उसके अनुभव के खज़ाने की वजह से ही प्यार नहीं करता, परन्तु समय के साथ-साथ इस तथ्य की अवहेलना नहीं करनी होगी कि वह हर चीज़ बेहतर जानता है। बड़ा मज़ा आता है उसे यह बताते हुए। जब ऐरिका उसका प्रतिवाद करने की कोशिश करती है तो वह अपने मत को पुष्ट करने के लिए एक उँगली उठाता है। वह धृष्ट विजेता है और औरत चुम्मों के डर के मारे पियानों के पीछे छुप जाती है। शब्द का अन्त हो जाता है और दृढ़ता तथा उग्रता के बल पर भावनाएँ जीत जाती हैं।

ऐरिका सीना फुला लेती है, वह भावनाओं को नहीं जानती। अगर वह किसी भावना को मानती भी है तो उसे अपनी बुद्धि पर विजय नहीं पाने देगी। वह दूसरे पियानों को भी अपने और क्लेम्मर के बीच ले आती है। वह प्रिय बॉस को कनखियों से घूर रहा है। ऐसा कोई, जो क्लेम्मर जैसे को प्यार करता है, उसे दुनिया के सामने जा कर खुल कर उसकी सूचना देनी चाहिए। मेहरबानी कीजिये, क्लेम्मर यह नहीं चाहता कि संगीत-शिक्षालय में इसके चर्चे हों, क्योंकि वह आमतौर पर ताज़ा घास के मैदानों पर चरता है। और प्यार को खुशी तब होती है, जब प्यार के पात्र प्राणी को जन्म दे। इस केस में लेट शादी की कोई सम्भावना नहीं। किस्मत से ऐरिका के पास माँ है, जो उसे शादी की मंजूरी नहीं देती।

क्लेम्मर कमरे की छत के एकदम नीचे अपने ख़ुद के बंधारे के पानी में तिर रहा है। पानी में वह सुविज्ञ है और क्षम है। शूबर्ट के सोनेट पर ऐरिका के अंतिम मत के वह चिथड़े उड़ा देता है। ऐरिका खाँसती है और घबरा कर अपनी चूलों में हिलती है, इधर-उधर हिलती है, जैसा कुछ लोचदार क्लेम्मर ने किसी और इन्सान में नहीं देखा। वह असम्भव जगहों में खुद को मोड़ कर विकृत कर लेती है और क्लेम्मर हैरान होता है और हैरानी में उसे अपने भीतर तनिक जुगुप्सा उत्पन्न होती महसूस होती है, लेकिन जो तुरन्त उसकी भावनाओं के चक्र में सन्निविष्ट हो जाती है। अगर मर्ज़ी हो तो सब ठीक है। इतना ज़्यादा भी नहीं फैलना! ऐरिका अपनी

उँगलियों के कड़ाके निकालती है, जिससे न तो उसके खेल को और न ही उसकी सेहत को फायदा होने वाला है। वह हठपूर्वक दूर-दूर के कोनों में देखे जा रही है, जबकि क्लेम्मर ने उससे माँग की है कि वह उसे देखे, खुली और मुक्त दृष्टि से, संकोच से और चोरी-चुपके नहीं। आख़िर तो यहाँ कोई ऐसा नहीं है, जो यह देख रहा हो।

क्या मैं, घृणित दृष्टि से उत्साहित हो कर वाल्टर क्लेम्मर टोह लेता है, तुमसे कुछ अनसुना माँग सकता हूँ, जो तुमने अब तक कभी न किया हो? और वह तुरन्त माँगता है, प्रेम की यह रिहर्सल। प्यार में पहला कदम रखने के रूप में वह कुछ न कर सकने योग्य करे मतलब तुरन्त उसके साथ चले और आज शाम को आने वाली छात्रा के घंटे का डुम्मा मार जाये। फिर भी ऐरिका सतर्कता बरते और उलटी आने या सिरदर्द का बहाना मार दे, ताकि छात्रा को शक़ न हो और वह बातें न बनाती फिरे। इस मामूली से काम को सुन कर ऐरिका चौंक कर पीछे हट जाती है, एक जंगली घोड़ा जिसने आख़िर खुरों से अस्तबल का दरवाज़ा खोल लिया है, लेकिन फिर अस्तबल में ही रह गया है, क्योंकि वह सोच कर आया है। क्लेम्मर प्रिय स्त्री को बताता है कि कैसे दूसरों ने अनुबंधों और आदतों पर अधिकार का जुआ उतार फेंका है। वह वागनर की रचना 'रिंग' को कई उदाहरणों में से एक के रूप में उद्धरित करता है। वह ऐरिका को कला हर चीज़ के उदाहरण के तौर पर और कुछ नहीं के उदाहरण के तौर पर पेश करता है। अगर कला के दरांती और हँसियों की नोकों से युक्त इस चोर गढ़े को छान मारें तो अराजकता के कई उदाहरण मिलेंगे। मोज़ार्ट, **हर कुछ** के इस उदाहरण ने नरेश बिषप के ओहदे के जुए को उदाहरणतया उतार फेंका था। यदि सर्वप्रिय मोज़ार्ट, जिसे हम दोनों कोई बहुत ज़्यादा पसन्द नहीं करते, यह कर सकता है तो हम भी इसमें सफल हो सकते हैं, ऐरिका। अक्सर हम इस मुद्दे पर सहमत थे कि कला में न तो दूसरों द्वारा थोपा गया और न ही सक्रिय अनुशासन अच्छा होता है। कलाकार नियमों से भी वैसे ही दूर भागता है जैसे सच के कटु दबाव से। और मुझे हैरानी होती है कि, मेरी बात का बुरा मत मानना, इतने साल तुम अपनी माँ को सहन करती रही हो। या तो तू कलाकार ही नहीं है, या फिर घुट जाने के बावजूद जुए को जुआ समझ कर महसूस नहीं कर रही, क्लेम्मर अपनी अध्यापिका को तू कह कर बुलाने लगता है, वह खुश है कि कोहूट-अम्मा सौभाग्यवश उसके और औरत के बीच प्रतिरोधक के रूप में टपक पड़ती है। यह अम्मा इंतज़ाम करती है कि उसका दम इस अधेड़ औरत की वजह से घुट न जाये।

यह अम्मा गहरी घनी झाड़ियों की तरह निरन्तर वार्तालाप की बहुत सी सामग्री उपलब्ध करवाती है, हर तरह के काम में अवरोध की तरह, लेकिन दूसरी तरफ़ वह बेटी को हमेशा एक जगह से हिलने नहीं देती, ताकि बेटी क्लेम्मर की तरह सब जगह हाँडती न फिरे। हम कहाँ एक दूसरे से नियमित रूप से और असंयम से मिल सकते हैं, बिना किसी के जाने, ऐरिका? क्लेम्मर एक साथ एक गुप्त कमरे का सुझाव दे कर गरम होता है, कहीं पर, जहाँ वह अपना पुराना रिकॉर्ड-प्लेयर रख सके, रिकॉर्डों के साथ, जो वैसे भी उसके पास दो गुने हैं। आखिर तो उसे ऐरिका के पसन्दीदा संगीत की जानकारी है जो वास्तव में दोगुना है, क्योंकि क्लेम्मर की पसन्द भी वही है। उसके पास शोपिन के दो-तीन लांग-प्लेयिंग रिकॉर्ड दो-दो हैं और पादरेव्स्की की एक अद्भुत रचना भी है, जो हमेशा शोपिन की परछाई में रहा, जो बेइंसाफी थी, जो उसका और ऐरिका का मत है, जिसने उसे यह रिकॉर्ड तोहफे में दिया था, हालाँकि वह ऐसा ही एक पहले खुद ख़रीद चुका था। क्लेम्मर से अब रहा नहीं जा रहा, वह पत्र को पढ़ना चाहता है। जो इन्सान कह नहीं सकता, वह लिख कर बताये। मैं उत्साहपूर्वक तुम्हारे 24.4 के पत्र को पढ़ने और समझने की कामना कर रहा हूँ, प्रिय ऐरिका। और अगर मैं इस पत्र को जानबूझ कर ग़लत समझूँ तो हम झगड़ा करके आपस में पुनः समझौता कर लेंगे। साथ के साथ अब क्लेम्मर खुद पर, खुद पर और खुद पर बोलना आरम्भ कर देता है। ऐरिका ने उसे एक लम्बा पत्र लिखा है। अतः उसे भी अधिकार है कि वह अपनी सबसे आन्तरिक भावनाओं को उसे खोल कर दिखाये। जो समय उसे मजबूरी में पढ़ने पर ख़र्च करना पड़ेगा, उसे वह अब बोलने के लिए इस्तेमाल कर सकता है, ताकि ऐरिका दोनों के रिश्ते में अधिक महत्त्वपूर्ण न साबित हो। क्लेम्मर ऐरिका को स्पष्ट करता है उसके अन्तर में दो उत्कट उत्कटताएँ परस्पर संघर्ष कर रही है, और वे हैं खेल-कूद (प्रतिद्वंद्वितानुकूल) तथा कला (नियमानुकूल)।

ऐरिका छात्र को, जिसके हाथ पत्र की ओर बढ़ने के लिए फड़क रहे हैं, छूने तक के लिए सख़्ती से मना कर देती है। बेहतर होगा आप शूबर्ट पर अनुसंधान करने में जुट[1] जायें, ऐरिका क्लेम्मर के प्यारे नाम और शूबर्ट के प्यारे नाम का मज़ाक उड़ाती है।

क्लेम्मर रूठ जाता है। वह एक पूरा सेंकिंड इस विचार से खेलता रहता है कि

1. जुटने के लिए जर्मन शब्द है : ज़िष क्लेम्म्न। ऐरिका कहती है : कलेम्मन ज़ी ज़िब हिंटर दी शूबर्ट फ़ोर्शुंग।

पूरी दुनिया के मुँह पर मास्टरनी से अपने सम्बन्ध की बात चिल्ला कर कहे। यह हुआ एक टायलेट! चूंकि यह कोई सम्मानजनक स्थान नहीं था, अतः वह चुप रह जाता है। शायद वह भावी पीढ़ियों के लिए सच को तोड़-मरोड़ कर झूठ बोल जायेगा कि लड़ाई **वही** जीता था। क्लेम्मर संशय में पड़ जाता है कि यदि उसे औरत, कला और खेल में से चुनने को कहा जाये तो क्या वह कला और खेल नहीं चुनेगा। अभी वह इन ऊटपटाँग ख़यालों को औरत से छुपा कर रखेगा। उसे ज्ञान आना शुरू हो जाता है कि अपने बढ़िया से बुने खेल में किसी अन्य के असुरक्षा के पहलू की समाविष्टि करने का क्या अर्थ होता है। खेल में भी तो जोखिम होते हैं, मसलन किसी ख़ास दिन किसी की स्वास्थावस्था और मनोदशा बहुत डावाँडोल होती है। इस औरत की इतनी उम्र हो चुकी है और यह अब तक नहीं जानती कि इसे क्या चाहिए। मैं जवान हूँ, पर हमेशा जानता हूँ कि मैं क्या चाहता हूँ।

क्लेम्मर की कमीज़ की ऊपरी जेब में पत्र में सिलवटें पड़ रही हैं। क्लेम्मर की उँगलियाँ फड़क रही हैं, उससे रहा नहीं जा रहा, इस ढुलमुल रसिक से, और वह फैसला करता है कि वह पत्र को प्रकृति में किसी शान्त स्थल पर पढ़ेगा और साथ ही साथ लिख कर रखता जायेगा। एक जवाब के लिए, जो इस पत्र से भी अधिक विलम्ब से ऐरिका को दिया जायेगा। शायद बुर्ग गार्डन में? संसद भवन के कैफ़े में वह मेलांश[1] मँगवायेगा, साथ में आटे में तला सेव। दोनों विरोधी तत्व, कला और कोहूट, पत्र के आकर्षण को नयी ऊंचाइयों तक पहुँचा देंगे। उनके बीच पंच क्लेम्मर, जो घंटा बजा कर घोषणा करेगा कि किसने कौन सा राउंड जीता है, बाहर व्याप्त प्रकृति ने या भीतर व्याप्त ऐरिका ने। कभी क्लेम्मर गरम होता है, कभी फिर से ठंडा।

पियानों की क्लास से क्लेम्मर के ओझल होते ही उसके बाद आने वाली छात्रा द्वारा हिचकोले खाते हुए अपनी सरगम शुरू करते ही अध्यापिका बहाना मारती है कि आज की क्लास यहीं रोकनी पड़ेगी, क्योंकि दर्द के मारे मेरा सर फटा जा रहा है। छात्रा पवन में उड़ते भारद्वाज की तरह चुप रही है और वैसे ही वहाँ से हवा हो जाती है।

ऐरिका अनुत्तरित अत्यन्त अप्रिय अंदेशों तथा डरों के बोझ से टेढ़ी हो जाती है। वह अब निर्भर है क्लेम्मर द्वारा अपनी कृपा की बूँदे टपकाये जाने पर। क्या सचमुच वह ऊँची बाड़ों पर चढ़ कर उन्हें पार कर सकता है, क्या हरहराती नदियों पर पैदल चल कर पार जा सकता है? क्या उसके प्यार को जोखिम लेने में आनन्द

1. मलाई वाली काली कॉफ़ी।

आता है? ऐरिका नहीं जानती कि वह क्या क्लेम्मर के विश्वास दिलाने के प्रयत्नों पर भरोसा कर सकती है कि वह कभी जोखिम लेने से पीछे नहीं हटा, जितना बड़ा जोखिम हो उतना ही उसे मज़ा आता है। वर्षों में पहली बार ऐसा हुआ है कि ऐरिका ने किसी छात्रा को बिना सिखाये वापस भेज दिया है। माँ दुरारोह राहों पर चलने के विरुद्ध चेतावनी देती रहती है। जब माँ पर्वत पर ऊँची जाने वाली सफलता की सीढ़ी से संकेत नहीं करती, तब वह नैतिक अपराध की दुहाई दे कर खाई में गिरने जैसी सन्निकट विपत्ति का डर दिखाती है। कामुकता की नीचाइयों से कला के ऊँचे शिखर भले। कलाकार को प्रचलित मत के विपरीत इस कामुकता को इसकी निरंकुशता के कारण भूलना है, माँ का यह विचार है, अगर वह नहीं भूल सकता तो वह बस मनुष्य ही है, लेकिन उसे अनुमत्ति नहीं है। फिर वह दिव्य नहीं है। अफ़सोस है कि कलाकारों के जीवन-चरित, जो कलाकारों पर जानकारी देने वाले सबसे महत्त्वपूर्ण स्रोत होते हैं, अपने मुख्य पात्रों की संभोगेच्छाओं तथा सैक्स के लिए उनके द्वारा की मक्कारियों से भरपूर होते हैं। उन्हें पढ़कर भ्रामक प्रतीति होती है मानो कामवासना की कूड़ा-खाद का ढेर स्वरमाधुर्य के खीरों की क्यारी से ही बढ़ कर निकलता है।

एक बार तो बच्ची कला के क्षेत्र में विफलता प्राप्त कर चुकी है, झगड़ों के दौरान माँ उसे ताना देती है। परन्तु एक बार विफल होना न विफल होने के बराबर है, ऐरिका दिखायेगी।

ऐरिका संगीत-शिक्षालय से पैदल घर जाती है।

उसकी टाँगों के बीच सड़न, भावहीन नरम पदार्थ, फफूँद, जैविक सामग्री का गलता हलवा। कोई वसन्ती पवन कुछ नहीं जगाती। तुच्छ इच्छाओं और मामूली लालसाओं का निष्चेष्ट ढेर है यह, जो तृप्ति से संकोच करता है। उसके वरित दोनों जीवन साथी उसे एक संड़सी की तरह जकड़ लेंगे, केकड़े की ये कैंचियाँ, माँ और छात्र क्लेम्मर। वह एक समय में दोनों को नहीं रख सकती, परन्तु अकेले एक को भी नहीं, क्योंकि तब एक भाग अलग हो जायेगा, वह माँ को निर्देश दे सकती है कि वह जब घण्टी बजे तो वह क्लेम्मर को दरवाज़े के भीतर न घुसने दे। माँ खुशी से इस निर्देश का पालन करेगी। क्या ऐरिका अशांति की इस घृणित अनुभूति के लिए पूरा समय शांति से जीवन के दिन काटती रही है? उम्मीद है कि आज शाम वह नहीं आयेगा, कल आ सकता है, पर आज नहीं, क्योंकि ऐरिका लूबिछ की पुरानी फिल्म देखना चाहती है। गत शुक्रवार से माँ और बेटी इस फिल्म का बेचैनी से

इन्तज़ार कर रही हैं, क्योंकि अगले सप्ताह के प्रोग्राम की रूपरेखा भी तब दिखाई जाती है। कोहूट परिवार में उसका इन्तज़ार किसी ऐसे सच्चे प्रेम की तरह व्यग्रता से किया जा रहा है, जो सिर्फ़ देखने की चीज़ नहीं है।

ऐरिका ने एक कदम उठाया है पत्र लिख कर। इस कदम का दोष माँ के सिर नहीं होगा, बल्कि माँ को इस आगे बढ़ाये कदम की भनक भी नहीं लगनी चाहिए, प्रतिबन्धित कर्मों की नाँद की तरफ़ बढ़ाया कदम। हमेशा ऐरिका ने हुए प्रतिबन्धित कर्म का पाप-स्वीकरण माँ की आँख के सामने किया है, जो तब बताती थी कि वह तो इसे पहले से ही जानती थी, नियमों की यह आँख।

चलते हुए ऐरिका इस छेदों भरे, बदबूदार फल से घृणा करती है, जो उसकी देह के अंतिम सिरे की सीमा नियत करता है। सिर्फ़ कला में बेहद मिठास का वादा है। ऐरिका चलती जाती है। जल्द ही यह सड़न बढ़ जायेगी और शरीर के बड़े हिस्सों को पकड़ लेगी। फिर इन्सान यातनाओं से मर जाता है। ऐरिका कल्पना करती है कि कैसे वह एक पौने दो मीटर के अनुभूतिहीन छेद के रूप में ताबूत में पड़ी होगी और मिट्टी में मिल जायेगी, वह छेद, जिससे वह नफ़रत करती थी, जिसकी अवहेलना करती थी, अब उस पर पूरा कब्ज़ा कर चुका है। वह स्वयं कुछ नहीं है। और उसके लिए और कुछ नहीं है।

ऐरिका नहीं जानती कि वाल्टर क्लेम्मर उसके पीछे तेज़ी से चला आ रहा है। शुरू के दबाव के बाद उसने स्वयं को अनिच्छा से तैयार कर लिया है। पहले तो उसने पत्र को अभी न खोलने का निर्णय लिया है, क्योंकि निर्जीव पत्र पढ़ने से पहले वह सजीव गरम ऐरिका से साफ़-साफ़ बात करने की इच्छा रखता है। यह जीवित ऐरिका उसके लिए काग़ज़ के एक मृत टुकड़े से बेहतर है, जिस काग़ज़ के लिए पेड़ों को मरना पड़ता है। इस पत्र को वह बाद में घर पर आराम से पढ़ सकता है, क्लेम्मर सोचता है, जो गेंद खेलना छोड़ना नहीं चाहता। गेंद लुढ़कती जाती है, उछलती है, कुदकती है, लाल बत्तियों पर खड़ी होती है, दुकानों की मंजूषाओं में प्रतिबिम्बित होती है। इस औरत से वह निर्देश नहीं लेगा कि कब वह पत्र पढ़े और कब वह ज़ोरदार कोशिश करे। औरत को पीछा करवाने की आदत नहीं है और वह पीछे मुड़ कर नहीं देखती। और उसे सीखना होगा कि वह जानवर है और मर्द शिकारी है। कल की बजाय आज ही सीख जाये तो बेहतर है। ऐरिका की बेहतर इच्छाशक्ति द्वारा सब कुछ निर्धारित करने की सम्भावना उसके अपने दिमाग़ में नहीं आती, हालांकि वह हमेशा अपनी माँ की बेहतर इच्छाशक्ति के अधीन रही है। परन्तु यह

इतना उसकी रग-रग में समा चुका है कि अब इसकी तरफ़ उसका ध्यान ही नहीं जाता। विश्वास अच्छा होता है, नियन्त्रण बेहतर।

दरवाज़े और फाटक वाला एक घर ख़ुश हो कर इशारे से बुलाता है। शिक्षिका को प्रकाशगृह की गरम किरणें अपने आगोश में ले लेती हैं। माँ की राडार प्रणाली में ऐरिका प्रकाश के एक चुस्त बिन्दु के रूप में प्रकट होती है और पंख फड़फड़ाती है, एक तितली, एक पतंगा, एक अधिक शक्तिशाली प्राणी के आलपीन पर टँगा। ऐरिका पत्र पर क्लेम्मर की प्रतिक्रिया को नहीं जानना चाहती, क्योंकि वह उसका फ़ोन नहीं उठायेगी। वह अभी माँ को काम सौंप देगी कि बंदे को बता दे कि मैं यहाँ नहीं हूँ। इस यकीन से कि वह अपनी माँ को ऐसा कोई हुक़्म दे सकती है, जो हुक़्म उसने पहले **उसे** नहीं दिया। माँ यह कदम उठाने पर ऐरिका को बधाई देती है कि वह बाहरी प्रभावों से खुद को बचा कर रखती है, और सिर्फ़ अपनी माँ पर यक़ीन रखती है। माँ उन्मत्त सी झूठ बोलती है, एक ऐसे जोश से, जो उसकी उम्र को शोभा नहीं देता, खेद है कि मेरी बेटी इस समय घर पर नहीं है। मैं नहीं जानती कि वह कब आयेगी। फिर कभी हमें इज़्ज़त बख़्शियेगा। धन्यवाद। ऐसे पलों में बेटी और किसी भी समय से ज़्यादा उसकी होती है। सिर्फ़ उसकी, और किसी की नहीं, शेष सबके लिए बच्ची है : अनुपस्थित।

ऐरिका के ख़यालों के कचरे के ढेर से कचरे की तरह नीचे गिरा दिया गया आदमी उस व्यक्ति के पीछे है, जो उसके ख़यालों में बसा हुआ है, योज़ेफ़श्टेट्टर श्त्रासे पर चलता जा रहा है। पहले यहाँ विएना का सबसे बड़ा और आधुनिक सिनेमा होता था, जहाँ अब एक बैंक है। ऐरिका कभी-कभी मम्मी के साथ यहाँ छुट्टी वाले दिन छुट्टी मनाने आती थी। परन्तु ज़्यादातर ये महिलाएँ पैसे बचाने के लिए छोटे और सस्ते आल्बेर्ट सिनेमा में जाती थीं। और ज़्यादा पैसा बचाने के लिए बाप घर पर रहता था, और जहाँ तक बाप का प्रश्न है, उसकी बची-खुची अक़्ल भी बच जाती थी, जिसका विसर्जन वह सिनेमा में नहीं करना चाहता था। ऐरिका एक बार भी पीछे नहीं मुड़ती। उसकी इन्द्रियाँ कुछ अनुभव नहीं कर रहीं; प्रेमी को भी नहीं अनुभव कर रहीं, जो निकट ही है। उसके विचार बल्कि इस समय सारे के सारे एक ही बिंदु पर अटके हैं, प्रेमी में, जो बढ़ कर दैत्याकार हो जाता है : वाल्टर क्लेम्मर।

इस तरह वे शराफ़त से एक-दूसरे के पीछे भाग रहे हैं।

पियानों-शिक्षिका ऐरिका कोहूट को पीछे से कोई आगे चलाता जा रहा है, और यह एक आदमी है, जो उसमें से फ़रिशता भगा रहा है या शैतान भगा रहा है। औरत

के हाथों में है कि वह आदमी को दूसरों की भावनाओं का ख़याल रखना सिखाये। ऐरिका काम की शक्ति से, और इसका चाहे कुछ भी अर्थ हो, पल्ले को हवा लगवाती है, लेकिन उसकी इन्द्रियों को वश में कर सकने वाले, अपने पीछे आते, क्लेम्मर को वह नहीं देखती। घर जाते हुए उसने न तो फ़ैशन की कोई नयी पत्रिका ख़रीदी है, और न ही उसमें बने किसी फैशन का या उसकी नक़ल पर बने किसी कपड़े को ख़रीदा है। उसने मंजूषाओं में लगे एकदम नये वसन्त के माडल के कपड़ों पर नज़र तक नहीं मारी। सिर्फ़ एक नज़र, जो उसकी भ्रान्ति में भड़की हुई ज्वाला के मर्दाने शोले के लिए बची रह गयी थी, उसने ख़यालों में खोये हुए और लापरवाही से अगले दिन के समाचारपत्र के मुखपृष्ठ को भेंट कर दी—आज के दिन बने बैंक के एक नये लुटेरे के क्षत-विक्षत चित्र को और वह भी नये-नये अपराधी बने बंदे की शादी की फ़ोटो के रूप में। स्पष्ट है कि उसने अपने शुभ विवाह के अवसर पर यह फ़ोटो आख़िरी बार खिंचवाया था। अब उसे हर कोई जानता है, सिर्फ़ इसलिए कि वह एक अपराधी है। ऐरिका स्वयं की और क्लेम्मर की दूल्हा-दुल्हन के रूप में और अपनी माँ की दुल्हन की माँ के रूप में, जो वर-वधू के साथ रहेगी, कल्पना करती है और वह छात्र को नहीं देखती, जिसके बारे में वह हमेशा सोचती रहती है, और जो उसका पीछा कर रहा है।

माँ जानती है कि बच्ची जल्दी से जल्दी आधे घंटे में आ सकती है, हालात ठीक हुए तो, लेकिन फिर भी अभी से बेक़रारी से उसका इन्तजार कर रही है। उसे पता नहीं कि बेटी ने एक घंटा रद्द कर दिया है, फिर भी वह समय पर आने वाली बेटी की प्रतीक्षा में है, जो हमेशा उसके पास पहुँच जाती है। ऐरिका की इच्छा शक्ति मेमना बनना चाहती है, जो माँ की इच्छाशक्ति के सिंह से लिपट जाना चाहती है। विनय का यह प्रदर्शन माँ की इच्छाशक्ति को, बेटी की नरम, अनाड़ी इच्छाशक्ति को चीर फाड़ कर उसके लहू टपकाते कंकाल को मुँह में इधर-उधर चबाने से रोकती है। अकस्मात इमारत का फाटक खुलता है, अन्धकार तीर की तरह आगे बढ़ता है। यह ज़ीना, 'चित्रों में समय'[1] और बाद में आने वाले प्रोग्रामों तक पहुँचाने वाली स्वर्ग की सीढ़ी, ऊपर जा रहा है, अभी से ज़ीने में प्रकाश करने का बटन दबाने के बाद पहली मंजिल से मंद, सुहावना प्रकाश नीचे आ रहा है। फ़्लैट का दरवाज़ा नहीं खोला जाता, क्योंकि बेटी के जल्द से जल्द आधे घंटे में आने की सम्भावना है, कोई पदचाप नहीं पहचानी जायेगी। माँ मनोयोग से अंतिम तैयारियों में लगी हुई है, जिसका शानदार

1. एक टीवी प्रोग्राम : त्साइट इम बिल्ट।

नतीजा होगा प्याज के साथ भुना गोश्त।

वाल्टर क्लेम्मर आधे घंटे से अपनी अध्यापिका को सिर्फ पीछे से देख रहा है। इस तरफ़ से, जो ऐरिका का मनपसन्द पक्ष नहीं है, वह ऐरिका को हज़ारों में भी पहचान लेगा। औरतों का वह अच्छा जानकार है, और वह भी सब पक्षों से। वह उसके नरम, बिना सख्त भराव वाले कोमल पिच्छ सरीखे पिछवाड़े को देख रहा है, जो उसकी टाँगों के बलिष्ठ खंभों पर टिका है। वह सोचता है कि वह कैसे इस शरीर को हथिया सकेगा, वह विशेषज्ञ जो मशीनरी में गड़बड़ होने पर विचलित नहीं होता। एक पाशविकतामिश्रित पूर्वाह्लाद से भर जाता है वह। अब भी ऐरिका आराम से चली जा रही है, लेकिन शीघ्र ही वह आह्लाद से चिल्ला उठेगी। यह आह्लाद उसने क्लेम्मर ने अकेले उत्पन्न किया होगा। अब भी यह काया तरह-तरह से चल रही है, परन्तु क्लेम्मर धुलाई की मशीन के चलते हुए 'उबलने' का बटन दबा देगा। क्लेम्मर सचमुच इस औरत का दीवाना नहीं है, वास्तव में यह उसे आकर्षित नहीं करती, और वह नहीं जानता कि क्या वह उसकी उम्र की वजह से या उसकी उतरती जवानी की वजह से उसका दीवाना नहीं है। लेकिन क्लेम्मर लक्ष्यनिष्ठ और दृढसंकल्प है, सिर्फ़ उसके मांस को दृष्टिगोचर करने पर। वह उसको अभी तक सिर्फ़ एक रूप में जानता है : अध्यापिका के रूप में। अब वह उसमें से उसका दूसरा रूप निचोड़ कर निकालेगा और देखेगा कि इसका क्या किया जा सकता हैः प्रेमिका के रूप में। नहीं तो फिर नहीं। आधुनिक और कभी-कभी पुरानी सोच की ध्यानपूर्वक चढ़ाई गयी परतों को और उन खोलों और छिलकों को, जिन्हें क्षीण इच्छाशक्ति से पहना गया है, इन रंग-बिरंगे आवरणरूपी चीथड़ों और चमड़ियों को, जो उस पर लिपटे हुए हैं, वह कृतसंकल्प हो कर उसके बदन से फाड़ देगा! इसे कोई इल्म नहीं है, लेकिन जल्दी ही हो जायेगा कि औरत को खुद को कैसे सजाना चाहिए : सुन्दर, मगर सबसे पहले व्यावहारिक ढंग से, ताकि चलने-फिरने, हिलने-डुलने में तकलीफ न हो। वह, क्लेम्मर, ऐरिका को इतना ज़्यादा नहीं पाना चाहता, बल्कि हड्डियों और चाम के रंगों और कपड़ों से सजाये गये इस पैकेट को आखिर बाहर निकालना चाहता है! कागज़ को तोड़-मरोड़ कर वह फेंक देगा। इतने समय से अप्राप्य अपनी रंग-बिरंगी स्कर्टों और कमरपेटियों में सजी इस औरत को अपने लिए प्राप्य बनाना चाहता है, इससे पहले कि वह सड़ना-गलना शुरू कर दे। यह ऐसे कपड़े क्यों खरीदती है? ऐसी गिलाफ़ जैसी पोशाकें भी होती है, जो सुन्दर, व्यावहारिक होती हैं और महँगी भी नहीं होतीं, वह उसे डांटेगा, जब वह उसे समझा रही होगी कि बाख़ की संगीत रचना

बजाते हुए स्वरों का तालमेल कैसे किया जाता है। मांस को क्लेम्मर अपने सामने प्रकट होने देगा, चाहे उसमें मुश्किलें झेलनी पड़ें। वह सिर्फ़ एक बार आखिर उसे पाना चाहता है, जो, **उसके** नीचे है। जब वह औरत के सारे छिलके उतार कर रख देगा तो मनुष्य ऐरिका प्रकट होगी, अपनी सभी त्रुटियों सहित, जिनमें मेरी कब से दिलचस्पी रही है, क्लेम्मर सोचता है। कपड़ों की ये तहें एक से एक बढ़कर घट्टे जैसी और फीकी होती हैं। और इस ऐरिका से क्लेम्मर केवल उसका सर्वोत्तम अंश चाहता है। छोटा भीतरी से भीतरी तत्त्व, देह को वह इस्तेमाल करना चाहता है। खुद के लिए इस्तेमाल। ज़रूरत पड़ने पर ज़बरदस्ती। मानस से उसका पर्याप्त परिचय है। हाँ, शंका होने पर वह हमेशा अपने शरीर की सुनता है, जो उसे कभी धोखे में नहीं रखता और शरीर की भाषा में उससे और दूसरों से बात करता है। व्यसनग्रस्तों और रोगियों से शरीर ख़ैर कमज़ोरी और दुरुपयोग की वजह से असत्य बोलता है, लेकिन क्लेम्मर का शरीर, शुक्र है, सेहतमंद है। इतना कहना काफ़ी है। शुक्र है खुदा का। खेलते हुए जब बहुत हो जाता है और टंकी में जब सिर्फ़ अतिरिक्त ऊर्जा बच जाती है तो शरीर क्लेम्मर को हमेशा बताता रहता है। जब तक कि वह अपनी पूरी ताक़त फूँक नहीं डालता। उसके बाद क्लेम्मर खुद को कमाल का! महसूस करता है, बस क्या बताएं! वह अपने द्वारा बेइज्ज़त की गयी मास्टरनी की नज़रों के नीचे अन्ततः अपने खुद के गोश्त को चरितार्थ करना चाहता है। बहुत देर इन्तज़ार किया है उसने। महीनों गुज़र गये हैं और सहनशक्ति की वजह से उसका उस पर अधिकार बनता है। आसार एकदम सही दिख रहे हैं कि गुज़रे दिनों में ऐरिका ने स्वयं को क्लेम्मर की इच्छानुसार सजाया है, हारों से, कलाई-बन्धों से, डोरियों से, ऊँची एड़ी वाली सैंडलों से, रूमालों से, गन्धों से, बेल्टों से, अलग किये जा सकने वाले लोमचर्म के कालरों से, पियानों बजाते समय पहनने के प्लास्टिक के एक बाज़ूबन्द से। इस औरत ने किसी एक मर्द के लिए खुद को खूबसूरत बनाया है। लेकिन यह मर्द जल्दबाज़ी में है इस अस्वस्थ सजावट की चीजों को कुचल कर पीस डालने की, क्योंकि इस औरत में जो भी बची-खुची मौलिकता रह गयी है, उसे वह झिंझोड़ कर पैकेट से बाहर निकालना चाहता है। वह सब कुछ चाहता है। परन्तु वास्तव में उसकी लालसा किये बिना। क्लेम्मर को, इस सीधी लीक पर चलने वाले को, यह बनाव-सिंगार बुरी तरह से गुस्सा दिलाता है। जब प्रकृति मैथुन को उत्साहित करती है तो वह खुद को साज़-सामान से तो नहीं भर लेती। सिर्फ़ कुछ के, वो भी नर पंछियों के, आकर्षित करने वाले पंख होते हैं, मगर वे तो हमेशा ऐसे ही होते हैं।

अपनी भावी प्रेमिका के पीछे भागते हुए क्लेम्मर को यह विश्वास है कि वह उसके क्रोध का लक्ष्य ऐरिका का मनोयोग से, पर अनाड़ीपन से किया गया साज शृंगार ही है। यह लीपा-पोती, यह कबाड़ लगाना, जो क्लेम्मर को भद्दा लगता है, जल्दी से जल्दी ख़त्म हो जाना चाहिए। उसकी खातिर! वह ऐरिका को समझायेगा कि अगर कुछ करना ही है तो त्रुटिहीन स्वच्छता एकमात्र शृंगार है, जो एक रुचिकर, उसे बुरा न लगने वाले चेहरे में देखना वह स्वीकार करेगा। ऐरिका स्वयं को हास्यास्पद बनाती है, जिसकी उसे ज़रूरत नहीं है। शरीर की अच्छी देखभाल करने के अंतर्गत क्लेम्मर दिन में दो बार नहाना काफ़ी समझता है। क्लेम्मर स्वच्छ बाल चाहता है, बिना धुले बालों से उसे जुगुप्सा होती है। कुछ समय से ऐरिका ने स्वयं को सर्कस के घोड़े की तरह सजाना शुरू कर दिया है। छात्रों को अधिक पसन्द आने के लिए यह औरत कुछ दिनों से अपने कपड़ों के भंडार में लूट मचा रही है। इस चीज़ ने उसके होश उड़ाने **होंगे** और उस चीज़ ने इसके भी! हर जगह लोग हैरान होते हैं और ध्यान देते हैं कि अच्छी दिखने के लिए वह अपने सिंगारदान में बहुत गहरे तक हाथ मार रही है। आमूल-चूल परिवर्तन ला रही है। सिर्फ़ अपने भरे-पूरे भंडार से ही वह कपड़े नहीं निकाल रही, बल्कि उनके साथ फबती अतिरिक्त वस्तुएँ भी खरीद रही है, किलो की किलो, बेल्टों, पर्सों, जूतों, दस्तानों, फैशनेबल गहनों के रूप में। अपने मर्द को दीवाना बनाने के लिए पूरा ज़ोर लगा रही है, और उससे उसमें असीम वितृष्णा जगा रही है। इस सोते बाघ को चैन से रहने दे, कहीं वह उसे पूरा न निगल जाये, क्लेम्मर उसे सलाह दे रहा है, जहाँ तक इस आदरणीय व्यक्ति का अर्थात उसका स्वयं का प्रश्न है। ऐरिका किसी नशे में धुत्त नमूनी की तरह यहाँ-वहाँ टापती फिरती है, बूट-सूट में, ऐंड़ लगाने को तैयार, छद्मावरण में और बख़्तरबंद, सजी-धजी तथा आनन्दविभोर। इस जटिल प्रेम-सम्बन्ध को तेजी से आगे बढ़ाने के लिए उसने पहले क्यों नहीं ये अवरोध तोड़ डाले? हमेशा नयी-नयी शानदार चीज़ें निकल कर सामने आ रही हैं। उसने आख़िर अपने रंग-बिरंगे रेशमी कपड़ों के भंडार में सेंध लगा ही ली है और.ख़ुशी से प्रत्यक्ष नजरों का इन्तजार कर रही है, जो उसकी तरफ़ नहीं आती : और उन लोगों के अप्रत्यक्ष मज़ाक उड़ाने को वह नज़रअन्दाज कर देती है, जो ऐरिका को काफी समय से जानते हैं और उसके परिवर्तित बाह्य रूप को देख कर गम्भीर सोच में पड़ जाते हैं। ऐरिका हास्यास्पद है, लेकिन अच्छे से और कस कर पैक की हुई है। हर ख़रीदार जानता है : असली चीज पैकिंग होती है। एक के ऊपर एक लगी दस तहें, जो सुरक्षा देती है और आकर्षित करती हैं।

और हर चीज़ दूसरी चीजों के साथ यथासम्भव फबती है! कोई छोटी बात नहीं! माँ ऐरिका को डाँटती है, जिसने पोशाक के साथ एक नया काऊब्वाय हैट ख़रीद लिया है उसमें साथ ही एक फ़ीता है और उसी नाम वाले कपड़े से बनी, जिसका हैट बना है, एक छोटी सिटकनी, जिससे हैट नीचे ठुड्डी से जकड़ा रहता है ताकि हवा तेज़ चलने पर उड़ न जाये। माँ बच्ची की फ़िज़ूलख़र्ची और लिपाई-पुताई पर शिकायत करती है, जो किसी की ख़िलाफ़त के लिए है, अर्थात उसकी, और किसी को रिझाने के लिए है, अर्थात पूरी तरह से किसी आदमी के लिए। क्या यह कोई ख़ास आदमी है, क्या वह माँ से परिचय करेगा! और वह भी उसके सबसे बुरे पक्ष का। माँ एक सुरुचिपूर्ण विन्यास का मखौल उड़ाती है। जिन खोलों, चमड़ियों, ढक्कनों को बेटी सोच-समझकर ख़ुद पर चढ़ाती है, माँ अपने मखौल के पीले रस से उसे विषाक्त कर देती है। वह इस तरह से उसका मखौल उड़ाती है कि ऐरिका से ज़्यादा देर छुपा नहीं रहता कि माँ जलन के मारे उसका मखौल उड़ाती है।

इस शानदार, ज़ीन से कसे जानवर के पीछे, जिसे प्रकृति में अपने जैसा कोई और नज़र ही नहीं आता, वाल्टर क्लेम्मर, इस पशु का प्राकृतिक रूप से शत्रु, भागा चला जा रहा है। शिक्षिका को अप्राकृतिक ढंग से सजने की आदत से जल्दी से जल्दी बाहर निकालने के लक्ष्य से। जींस और टी-शर्ट क्लेम्मर की रुचि के अनुरूप हैं, परन्तु ये भी ऊँची हैं, पूरी। इमारत का फाटक भीतर के अन्धकार की तरफ इंगित करता है, जहाँ एक विरला पौधा बिना किसी की नज़र पड़े कब से उग रहा है। वो सभी रंग, जो अभी बाहर खिल रहे थे, यहाँ मर जाते हैं। पहली मंज़िल को जाती सीढ़ियों के आधे रास्ते में ऐरिका और क्लेम्मर एक-दूसरे से टकरा जाते हैं, एक-दूसरे से बच कर निकलने की कोई सम्भावना नहीं है। कोई गैराज नहीं, कोई ट्राम का डिपो नहीं, कोई पार्किंग-स्थल नहीं।

मर्द और औरत एक-दूसरे से मिलते हैं, मगर इत्तफ़ाकन नहीं। और अदृश्य तीसरी, ममतामयी परवरिश देने वाली के रूप में, ऊपर उसके संकेत-शब्द की प्रतीक्षा कर रही है। ऐरिका छात्र को उसके भले के लिए गम्भीरता से तुरन्त दफ़ा हो जाने की सलाह देती है। वह भव्यता की मूर्ति है। छात्र गम्भीर विरोध प्रकट करता है, हालाँकि माँ से वह भी नहीं मिलना चाहता। वह चाहता है कि हम दो कहीं जायें, जहाँ हम अंततः अकेले एक-दूसरे से बात कर सकें। बात करना चाहता है यह! घबरा कर ऐरिका पैर पटकती है, आदमी उसकी एकान्तता में प्रवेश करना चाहता है। माँ क्या कहेगी, जो दो बन्दों का खाना बनाये प्रेम से बुला रही है। माँ और बच्ची

का खाना पहले से तय होता है।

क्लेम्मर ऐरिका पर झपटने की कोशिश करता है, जो उसकी जाँच कर रही है कि क्या उसने उसका ख़त पढ़ लिया है। आपने मेरा पत्र पढ़ लिया है क्या, मिस्टर क्लेम्मर? हमारे बीच पत्रों का क्या काम है, क्लेम्मर दुलारी औरत की थाह लेना चाहता है, जो चैन की साँस लेती है कि उसने पत्र अभी नहीं पढ़ा। दूसरी तरफ़ उसे यह भी डर है कि पत्र में क्लेम्मर से जो माँग की गयी है, वह उससे कहीं सहमत न हो जाये। प्रेम के मामले में परस्पर अंतर्बद्ध दोनों व्यक्ति आरम्भ से ही भिड़न्त में इसी चक्कर में पड़ जाते हैं कि वे दोनों एक-दूसरे से चाहते क्या हैं, और इसमें कि उन्हें एक-दूसरे से मिलेगा क्या। ग़लतफ़हमियाँ सख़्त हो कर ग्रेनाइट बन जाती हैं। माँ के बारे में उन्हें कोई भ्रांति नहीं होती, जो कड़ाई से व्यवस्था कायम करेगी और फालतू हिस्से (क्लेम्मर) को तुरन्त निकाल बाहर करेगी। उस हिस्से को, जो उसकी अपनी सम्पत्ति है, उसकी पूरी ख़ुशी (ऐरिका) है, वह अपने पास रख लेगी। ऐरिका हचक कर कभी इस दिशा, कभी उस दिशा में हो रही है। इस तरह वह बहुत अधिक-अनिश्चतिता की भावना प्रकट कर रही है। क्लेम्मर इसे समझ जाता है, जिसे उसकी अनिश्चितता का कारण होने पर गर्व है। वह ज़रा सी मदद करेगा, ताकि ऐरिका दृढ़ निश्चय कर सके। वह अपने शिकार के सर से काउब्वाय हैट सतर्कतापूर्वक हटा लेता है। कितनी कृतघ्नता है इस हैट के साथ, जो एक सदय मार्गदर्शक की तरह खलबली में ऊपर से नज़र आ रहा था, तीन नरेशों को लिए पवित्र प्रभात-तारा[1] ऐसा हैट, जिसके पास से कोई भी मखौल भरी श्रद्धा प्रकट किये बिना नहीं गुज़रता था। इस हैट को देख कर लोग रुष्ट हो जाते हैं, भले ही उनके पल्ले यह बात न पड़े कि वे रुष्ट क्यों हैं।

यहाँ सीढ़ियों पर सिर्फ़ पर हम दो हैं और अब आग से खेल रहे हैं, क्लेम्मर औरत को चेतावनी देता है, उसे वासना को हमेशा नहीं भड़काना चाहिए, और फिर पहुँच से बाहर नहीं हो जाना चाहिए। ऐरिका आदमी पर नज़र डालती है, जिसे जाना चाहिए, क्योंकि उसे (क्लेम्मर को) रुकना है। अपनी तोहफ़े की पैकिंग में औरत अस्पष्ट ख़िल रही है। यह खिलना वासना के ठंडे मौसम के लायक़ नहीं है, वह जीने में ज़्यादा देर रहने के मूड में नहीं है, क्योंकि पौधे को प्रकाश, धूप चाहिए। सब से अधिक लायक़ है वह अपनी माँ के साथ बैठी टीवी देखने में। अपने अब उतार लिये

1. नव टेस्टामेंट के तीन बुद्धिमान, जो बैथेलहेम के ऊपर प्रभात-तारे का अनुसरण करते हुए नवजात यीशु के प्रति निष्ठा प्रकट करने पूर्व से आये थे।

गये हैट के नीचे से ऐरिका अश्लीलतापूर्वक ऊपर उठती है, एक प्राणी का अस्वस्थ लाल चेहरा, जिसने अपना मालिक पा लिया है।

क्लेम्मर इस औरत को चाहने की हालत में नहीं है, लेकिन कब से वह उसमें घुस जाने की इच्छा पाले हुए हैं। जो होना है हो जाय, अवश्य ये प्रेम के शब्द हैं। ऐरिका युवक से प्रेम करती है और उसके ज़रिये मुक्ति पाने की प्रतीक्षा कर रही है। अपनी तरफ़ से वह प्यार का कोई संकेत नहीं देती, ताकि वह परास्त न हो जाये। ऐरिका कमज़ोरी दिखाना चाहती है लेकिन अपनी पराजय का स्वरूप स्वयं निर्धारित करना चाहती है। उसने सब लिख कर रखा है। वह नहीं चाहती कि आदमी उसे औपचारिक रूप से सोख ले, जब तक कि वह रहे ही न। अस्पृश्यता और वासनामय स्पर्श पहले उसके काउब्वाय हैट के नीचे आयें। औरत बरसों पुराने जीवाश्म को नरम बनाना चाहती है, और तब अगर आदमी उसे निगल भी जाये तो उसे मंजूर है। इस आदमी में वह उसके जाने बिना पूरी की पूरी खो जाना चाहती है। देख नहीं रहे कि हम अकेले दुनिया में हैं, वह आदमी से बेआवाज़ पूछती है। ऊपर माँ इन्तज़ार कर रही है। अभी दरवाज़ा खोलेगी। अभी तक दरवाज़ा नहीं खोला गया, क्योंकि माँ को अभी बेटी का इन्तज़ार नहीं है।

माँ को एहसास नहीं है कि उसकी बच्ची ज़ंजीरें तोड़ रही है, क्योंकि अभी आधा घंटा पड़ा है उसे अपनी बच्ची को और उसकी ज़ंजीरों को टूटते देखने में और महसूस करने में। ऐरिका और क्लेम्मर थाह लेने में लगे हैं कि कौन किससे ज़्यादा प्यार करता है, और इस कारण इस जोड़ी का कमज़ोर हिस्सा है। अपनी आयु के आधार पर ऐरिका नाटक करती है कि वह उससे कम प्यार करती है, क्योंकि वह पहले ही अक्सर प्यार कर चुकी है। इस वजह से क्लेम्मर ज़्यादा प्यार करता है। ऐरिका फिर ज़्यादा प्यार चाहती है। क्लेम्मर ऐरिका को घेर लेता है, उसके पास सिर्फ एक छिपने की जगह बची है, जो सीधा पहली मंजिल पर बने ततैया के छत्ते को जाती है; उसके द्वार को साफ़-साफ़ पहचाना जा सकता है। बूढ़ी ततैया उसके पीछे हाँडियों और चपटी कड़ाहियों से खटर-पटर कर रही है, इसे रसोई की उस प्रकाशित खिड़की से तिमिरचित्र की तरह देखा और सुना जा सकता है, जो गलियारे में खुलती है। क्लेम्मर एक आदेश देता है। ऐरिका आदेश का पालन करती है। वह अपनी असफलता का खेल तेज़ी से शुरू करती लगती है, यह उसका अन्तिम और प्रियतम लक्ष्य है। ऐरिका अपनी इच्छाशक्ति त्याग देती है। इस इच्छाशक्ति को, जो पहले उसकी माँ के पास होती थी, अब वह चौकी-दौड़ की छड़ी की तरह क्लेम्मर को आगे पकड़ा देती है।

वह पीछे टिक कर इन्तज़ार करती है कि उसके बारे में क्या निर्णय लिया जाने वाला है। वह अपनी आज़ादी तो छोड़ देती है, लेकिन एक शर्त रखती है। ऐरिका अपने प्यार का फ़ायदा ऐसे उठाती है कि यह लड़का उसका मालिक बन जाये। जितना ज़्यादा प्रभुत्व उसका ऐरिका पर होगा, उतना ही ज़्यादा वह उसका, ऐरिका का, इच्छुक प्राणी बनता जायेगा। क्लेम्मर तब तक उसका गुलाम बन चुका होगा जब वे मसलन रामज़ाऊ जाएँगे, पर्वतों पर भ्रमण करने। तब वह खुद को ऐरिका का मालिक मानेगा। इस अवसर पर ऐरिका उसके प्यार का लाभ उठायेगी। यह एकमात्र रास्ता है, जिस पर प्रेम समयपूर्वक क्षीण नहीं होता। इसे विश्वास होना चाहिएः इस औरत ने स्वयं को पूर्णरूपेण मेरे हवाले कर दिया है, और उसका मालिक वह बन गया है। वह इसे इस तरह देखती है। बात सिर्फ़ तब बिगड़ सकती है, अगर क्लेम्मर पत्र पढ़ ले और उसकी निन्दा करे। जुगुप्सावश, लज्जित हो कर या भयवश, निर्भर करता है कि कौन-सा भाव उसे वश में कर लेता है। आखिर तो हम सब इन्सान हैं और ग़लतियों के पुतले हैं, ऐरिका अपने सामने वाले इस मर्दाने चेहरे को तसल्ली देती है, जिसे वह अब चूमना चाहती है, इस चेहरे को, जो अब नरम बन जाता है, लगभग पिघल सा जाता है। अध्यापिका की दृष्टि पड़ने पर। कई बार हम अपने कर्मों में असफल होते हैं, और मेरा लगभग यही विचार है कि यह आधारभूत असफलता हमारा अन्तिम लक्ष्य होती है, ऐरिका अंतर्मुखी होती है, चूमती नहीं, दरवाज़े की घंटी बजाती है, जिसके पीछे लगभग इसी क्षण माँ का अपेक्षा तथा चिढ़ के मिश्रण से भरा चेहरा कि कौन यह तंग करने आ गया, खिलता है और तुरन्त मुरझा जाता है, जब वह बेटी के कब्ज़े में एक अनुचर को देखती है। अनुचर फौरन अपने लक्षित विमानस्थल का नाम बताता है : यहाँ, कोहूट सीनियर और जूनियर का फ्लैट। हम अभी-अभी आये हैं। माँ हतप्रभ है। उसे उसकी स्वप्निल रज़ाई से कठोरतापूर्वक खींच निकाला गया है, और अब वह नाइट-गाउन पहने मनुष्यों की भीड़ के सामने खड़ी है, जो चीख-चिल्ला रही है। काफ़ी देर बेटी की आँखों में झाँकने के बाद माँ उससे पूछती है कि यह अजनबी युवक यहाँ क्या करने आया है। उसी नज़र से माँ माँग करती है कि इस युवक को यहाँ से निकाला जाये, वह न तो पानी का और न ही बिजली का मीटर है, जिसे ख़र्च के खाते में लिखा जा सकता है। बेटी जवाब देती है कि उसे छात्र से कुछ बात करनी है, बेहतर होगा कि वह उसके साथ अपने कमरे में जाये। माँ उसका ध्यान इस ओर आकर्षित करती है कि उसका अपना कोई कमरा नहीं है, क्योंकि जिसे वह अहंकारोन्माद में अपना कमरा कहती है, वह वास्तव में

माँ का है। इस फ़्लैट में, जब तक कि यह मेरा है, हर निर्णय हम एक साथ लेते हैं, और फिर माँ वह शब्दों में बाँधती है, जो निर्णय लिया गया है। ऐरिका माँ को सलाह देती है कि वह उसके और छात्र के पीछे कमरे में न आये, वर्ना! महिलाएँ एक-दूसरे के प्रति स्नेहपूर्ण नहीं है, और एक-दूसरे पर चीख रही हैं। क्लेम्मर इस पर हुलस रहा है, माँ सींग मार रही है। माँ ढीली पड़ जाती है और लगभग निःशब्द बताती है कि खाना दो कम खाने वालियों के लिए पर्याप्त है, न कि दो कम और एक ज्यादा खाने वाले के लिए। क्लेम्मर धन्यवाद करता है : नहीं, धन्यवाद! मैं खा कर आया हूँ। माँ आपा खो देती है, क्योंकि वह सिर्फ़ अप्रिय वास्तविकता की धरती पर खड़ी देख भर रही है। इस समय कोई भी माँ को उड़ा ले जा सकता है। हवा का कोई भी झोंका इस फुर्तीली महिला को, जो वैसे किसी भी तूफ़ान को घूंसों से धमकाती है, और हर बरसात को मुनासिब कपड़े पहन कर उसका विरोध करती है, धराशायी कर सकता है। माँ वहाँ खड़ी रहती है और उसकी खाल आगे निकल जाती है।

बेटी और उस अजनबी आदमी की शोभायात्रा, जिसे माँ सरसरी और स्थायी तौर पर जानती है, माँ के पास से निकल कर बेटी के कमरे में चली जाती है। ऐरिका विदा में बिना सोचे-विचारे कुछ कहती है, जो इस स्थिति में कोई परिवर्तन नहीं लाता कि यह माँ से विदाई है। इस छात्र से विदाई नहीं है, जो अनधिकृत रूप से इस इस घर में घुस आया है। यह स्पष्टतः माँ के पवित्र नाम को कमज़ोर करने की एक साज़िश है। माँ यीशु से प्रार्थना करती है, जिसे कोई नहीं सुनता, जिससे प्रार्थना की गयी है, वो भी नहीं। दरवाज़ा निर्दयतापूर्वक बन्द हो जाता है। माँ को इल्म नहीं कि ऐरिका के कमरे में मनुष्यों के बीच क्या होगा, लेकिन वह मालूम कर सकती है, क्योंकि माँ की सयानी ममतामयी दूरदृष्टि के कारण कमरे को ताला नहीं लग सकता। माँ पंजों पर चलती हुई बेआवाज बच्ची के कमरे की ओर यह जानने के लिए बढ़ती है कि वहाँ कौन सा साज़ बजाया जाना चाहिए। पियानों तो नहीं, क्योंकि पियानों बैठक में इठला रहा है। माँ सोचती थी कि उसकी बच्ची भोलेपन का मूर्तरूप है और अचानक कोई बच्ची को अपने काम में अस्थायी तौर पर लेने के लिए किराया देने आया है। ऐसा किराया तो माँ मारे गुस्से के क़बूल नहीं करेगी। ऐसी आमदनी के बिना वह रह सकती है। यह छोकरा इसे सरसरे, पसीनेदार इश्क के रूप में देना चाहेगा, जो ज़्यादा देर नहीं चलता।

जब माँ अपना हाथ दरवाज़े की मूठ की तरफ़ बढ़ा ही रही होती है कि वह

दरवाज़े के दूसरी तरफ से किसी भारी चीज़ को उसकी जगह से ठेले जाने की आवाज़ सुनती है, शायद दादी अम्मा की भोजन रखने की मेज़ जो नये ख़रीदे फाल्तू के कल-पुर्जों और बेटी के नये ख़रीदे कपड़ों, भले ही वे भी फालतू हैं! के साथ मिलते-जुलते सामान से लदी पड़ी है। हिंसापूर्वक! मेज़ को उसके वर्षों के ठिकाने से हटा कर घसीटा जा रहा है। बेटी के दरवाज़े के सामने, जो उसकी आँखों के सामने जान-बूझ-कर भारी समान रख कर बन्द किया जा रहा है, एक निराश माँ खड़ी है। वह स्वयं में कहीं से कुछ बची-खुची ताक़त ढूंढ़ती है, जिसे वह निरर्थक दरवाज़े पर लगा देती है। इसके लिए वह दायीं जूती की नोक का इस्तेमाल करती है, जो नोक ऊँट के बालों के स्लीपर पर लगी है, जो ठोकर लगाने के लिए बहुत नरम हैं। उसे पंजों में दर्द होता है, जिसे वह अब ख़ास महसूस नहीं कर रही, क्योंकि वह बहुत उत्तेजित है। रसोई में खाना बदबू मारना शुरू कर देता है। कोई हमदर्द हाथ उसे हिलाता नहीं, पलटाता नहीं। किसी ने माँ को औपचारिक रूप से सम्बोधित तक करने योग्य नहीं समझा। उसे कोई स्पष्टीकरण नहीं दिया, हालाँकि यहाँ माँ भी तो घर पर है। और उसने बेटी को एक ख़ूबसूरत घर मुहैया करवाया है। बल्कि बेटी से ज़्यादा माँ घर पर होती है, क्योंकि वह न के बराबर बाहर जाती है। फ़्लैट आख़िर सिर्फ बेटी का तो नहीं है, अभी माँ ज़िन्दा है और आगे भी ज़िन्दा रहने का इरादा है उसका। आज शाम ही, यह अनचाहा मेहमान घर से निकले तो सही, वह दिखावे के लिए और बेटी के मज़ाक के लिए उसे कहेगी कि वह घर छोड़ कर जा रही है। वृद्धाश्रम में। जब बेटी बार-बार पूछेगी तो वह कहेगी, उसका यह मतलब नहीं था, क्योंकि आखिर जायेगी कहाँ? सत्ता के स्थानान्तरण और पहरे से मुक्ति के रूप में अप्रिय विचार माँ के अभद्र मस्तिष्क में घुसते हैं। रसोई में वह आधे पके खाद्य पदार्थों को इधर-उधर फेंकती है। यह करने में क्रोध कम, निराशा ज़्यादा है। माँ को अपनी बेटी में पीढ़ी-संघर्ष का विषाक्त बीज नज़र आता है, जो लेकिन रहेगा नहीं, जब बेटी सोचेगी कि उसकी माँ के उस पर कितने एहसान हैं। उस उम्र में जिसमें अब ऐरिका पहुँच चुकी है, माँ ने विलम्बित देह-त्याग के बारे में नहीं सोचा था। उसने कल्पना की थी कि वह जैसे-तैसे अपनी मृत्यु तक पहुँच जायेगी। जब तक कि घंटी नहीं बज जाती। वह अपनी बेटी से संभवतः ज़्यादा तो नहीं जियेगी, मगर जब तक जियेगी, उससे ज़्यादा ही रहेगी। बेटी उस उम्र से निकल चुकी है, जिसमें कोई मर्द अप्रिय आश्चर्यों से सराबोर कर दे। परन्तु अब है वहाँ यह मर्द, जिसके बारे में यह माना गया था कि बेटी ने उसे अपने दिमाग़ से निकाल दिया है। बच्ची के दिमाग़

से सफलतापूर्वक यह भूत निकाल दिया गया था, और अब वह साबुत का साबुत जैसे नया-नया हो, निकल आया है, और वह भी हमारे घरौंदे में।

माँ भोजन के खँडहरों के बीच बदहवास हो कर रसोई की कुर्सी में गिर जाती है। सब एकत्र उसे ही करना है, उससे कम किसी हस्ती को नहीं। इससे उसका ध्यान तनिक बँट जाता है। आज शाम टीवी देखते हुए वह ऐरिका से एक शब्द भी नहीं बोलेगी। और अगर बोली तो ऐरिका को समझायेगी कि जो कुछ भी माँ करती है, स्नेहवश करती है। माँ ऐरिका के प्रति अपने प्यार को स्वीकार करेगी और कभी कोई ग़लती हो गयी हो तो इस प्यार से माफ़ कर देगी। इस संदर्भ में वह ईश्वर और अन्य महान हस्तियों को उद्धृत करेगी, जिनकी नजरों में प्यार का स्थान बहुत ऊँचा रहा है, परन्तु स्वार्थी प्रेम का नहीं, जो इस युवक में अंकुरित हो रहा है। दंड के तौर पर माँ फ़िल्म के पक्ष या विपक्ष में एक भी शब्द नहीं कहेगी। विचारों का आम आदान-प्रदान आज नहीं होगा, क्योंकि माँ ने यह न करने का फैसला लिया है। आज से बेटी को माँ की इच्छानुसार चलना होगा। बेटी ख़ुद से तो बातें नहीं कर सकती। कोई बहस नहीं, तू जानती है क्यों।

माँ अब बिना खाना खाये बैठक में जाती है और रंगीन टीवी के चिरस्थायी प्रलोभन को ख़ास ऊँची आवाज़ में चला देती है, ताकि बेटी अपने कोपभवन में पश्चात्ताप करे कि उसने दो मज़ों में से ज़्यादा फीका मज़ा क्यों चुना। माँ निराशा में डूबी उत्तर ढूँढ़ती है और आख़िर में ख़ुद को तसल्ली देती है कि बेटी आदमी के साथ कहीं और जाने की बजाय यहाँ तो आयी। माँ को डर है कि बन्द दरवाज़े के पीछे अब गोश्त बोल रहा होगा। माँ को डर है कि युवक पैसे की ताक में भी है। माँ सोच सकती है कि किसी को पैसा चाहिए होता है, जबकि चालाकी से वह इस इच्छा को छुपा कर दिखाता है कि उसे बेटी चाहिए। जो चाहे ले सकता है, सिर्फ़ पैसा नहीं, परिवार की यह वित्तमंत्री निश्चय करती है, जो कल बचतखाते का पहचान-शब्द बदल देगी। अब पहचान-शब्द ऐरिका नहीं रहेगा। अगर बेटी बैंक में युवक को अपनी दौलत हवाले करने जायेगी तो भारी ग़लती करेगी।

माँ को डर है कि बेटी दरवाज़े के पीछे सिर्फ़ देह को सुन रही है, जो स्पर्श से खिल रही है। वह टीवी की आवाज़ इतनी ऊँची कर देती है कि पड़ोसियों के प्रति ग़ैर-जिम्मेदाराना बरताव कर रही है। फ़्लैट कयामत के तूर्यनाद के झटकों से हिल रहा है, जिसकी घोषणा त्साइट इम बिल्ट प्रोग्राम कर रहा है। अभी पड़ोसी झाड़ू के लग्गों से दरवाज़ा पीट रहे होंगे या ख़ुद आ कर शिकायत करेंगे। यही ठीक रहेगा

ऐरिका के लिए, फिर ध्वानिक पातक का कारण उसे बताया जायेगा और वह भविष्य में इमारत में किसी की आँखों में सीधे नहीं देख सकेगी।

बेटी के कमरे से, जहाँ कोशाणु अस्वस्थ रूप से फैल रहे हैं, कोई आवाज़ नहीं आ रही। न किसी पंछी की, न भेक की, न मेघगर्जना। अब वह बुरी ख़बरें गरज कर सुनाते उपकरण की आवाज़ इतनी मंद करती है कि वह कमरे तक सुनाई दे, ताकि वह सुन सके कि बेटी के कमरे में क्या हो रहा है। अभी उसे कुछ नहीं सुनाई देता, क्योंकि यह मेज़ जो है, यह आवाज़ें भी दबा देती है, सिर्फ करतूतें और लातें ही नहीं। माँ टीवी को ख़ामोश करने का बटन दबाती है, लेकिन दरवाज़े के पीछे कुछ नहीं हिल रहा। माँ बटन ऊँची आवाज़ पर कर देती है, ताकि वह सुनने के लिए पंजों के बल जब दरवाज़े की तरफ जाये तो पता न चले। किस तरह की आवाजें माँ अभी सुनेगी? आनन्द की, दर्द की या दोनों? माँ कान दरवाज़े पर लगा देती है, अफ़सोस कि उसके पास स्टेथोस्कोप नहीं है। किस्मत से वे दोनों बातें कर रहे हैं। लेकिन क्या बातें कर रहे हैं? माँ की? अब माँ की दिलचस्पी भी टीवी के हर कार्यक्रम से ख़त्म हो गयी है, हालाँकि वह बेटी के सामने हमेशा दिखावा करती है कि काम के एक दिन के अन्त में टीवी के बराबर कोई चीज़ नहीं है। काम हमेशा बेटी करती है, पर माँ उसके साथ हमेशा टीवी देख सकती है। बेटी के साथ होने में माँ के दूरदर्शन का मज़ा है। उसके साथ दूरदर्शन में मिर्च-मसाला है। मसाला तो अब लपसी बन गया, और माँ को अब टीवी का स्वाद नहीं आ रहा। फीका और बेकार है। माँ बैठक की ज़हर वाली अलमारी के पास जाती है। एक मीठी ब्रांडी पीती है, ज़्यादा पीती है। थक जाती है और भारी हो जाती है। सोफ़े पर लेट कर मीठी ब्रांडी और पीती है। बेटी के दरवाज़े के पीछे शोषण कैंसर की तरह फ़ैल रहा है, जो अपने मालिक के मरने के बाद और बढ़ता जाता है। माँ मीठी ब्रांडी पीती जाती है।

वाल्टर क्लेम्मर ऐरिका कोहूट पर टूट पड़ने की उसकी इच्छा को आसानी से मान लेता है। अन्दर कोई नहीं आ सकता, लेकिन उसकी सुस्पष्ट हाथ से की गयी सहायता के बिना कोई बाहर भी नहीं जा सकता। उसकी ताकत की मदद से भारी मेज़ दरवाजे के सामने है, औरत उसके पास, और मेज़ दोनों को बाहरी दुनिया से सुरक्षा प्रदान कर रही है। प्रेमपूर्ण भावनाओं का मसाला चढ़ा कर क्लेम्मर ऐरिका को

एक अव्यावहारिक सहभागिता का वर्णन करता है। ऐसे साथियों-साथिनों के साथ, जिनसे सही से तू कह कर बात की जाती है, प्यार कितना खूबसूरत हो सकता है। ऐरिका किसी ग़लती और गड़बड़ियों के बाद प्यार किया जाना चाहती है, वह कहती है। वह पूरी अपनी वास्तविकता में अपना कोया बनाने लगती है और अपने जज़्बातों को बाहर बन्द कर देती है। अपनी लज्जा की लदी मेज़ अपनी व्यग्रता की पेटी को वह अपने सामने बहुत परिश्रम कर के रोक रखती है, और क्लेम्मर को इस फ़र्नीचर को ज़ोर लगा कर उसे परे हटाना होगा। वह सिर्फ़ ऐसा साज़ बनी रहना चाहती है, जिस पर बजाना वह उसे सिखाती है। वह आज़ाद होगा, पर पूरी तरह बेड़ियों में। लेकिन कौन सी बेड़ियाँ, यह ऐरिका स्वयं निर्धारित करेगी। वह स्वयं को एक वस्तु, एक औज़ार बनाने का निर्णय लेती है। क्लेम्मर को इस वस्तु के उपयोग का निर्णय लेना होगा। उसे वह एक पत्र पढ़ने को बाध्य करती है, और मन ही मन प्रार्थना करती है कि पत्र की विषयवस्तु को जानने से पहले उसे परे रख दे, यही माँगती हूँ। और यह सिर्फ़ इस वजह से करे कि वह सच में प्यार है, जिसकी उसे अनुभूति हो रही है, और उसकी अनैतिक प्रतीति नहीं, जो चटाई पर चमक रहा है। यदि क्लेम्मर ज़बरदस्ती की अपेक्षा को स्वीकार नहीं करेगा तो वह उससे पूरी खिंच जायेगी। लेकिन उसकी अनुरक्ति पा कर हर समय प्रसन्न रहेगी। क्लेम्मर द्वारा वरित प्राणी के विरुद्ध हिंसा का इस्तेमाल बहिष्कृत है। लेकिन सिर्फ़ हिंसा की शर्त पर वह उसे इस्तेमाल करेगा। वह ऐरिका से आत्मसमर्पण की सीमा तक प्यार करेगा, फिर वह अपनी तरफ़ से उसे स्वयं को अस्वीकार करने की सीमा तक प्यार करेगी। वे एक-दूसरे को अनुरक्ति और त्याग के सत्यापित प्रमाण देंगे। ऐरिका प्रतीक्षा कर रही है कि क्लेम्मर प्रेमवश हिंसा का त्याग करने की शपथ उठाये। एरिका प्रेमवश मना करेगी और माँगेगी कि उसके साथ वह होना चाहिए, जो उसने पत्र में विस्तारपूर्वक लिख कर माँगा है, जबकि वह मन ही मन उम्मीद कर रही होगी कि उससे वह न हो जिसकी उसने पत्र में फरमाइश की है।

क्लेम्मर ऐरिका को प्रेम और श्रद्धा की दृष्टि से देखता है, जैसे उस समय कोई उसे देख रहा हो कि वह ऐरिका को प्रेम और अनुरक्ति की दृष्टि से देख रहा है। जहाँ तक ऐरिका का प्रश्न है, उसकी समझ में मुक्ति उससे फिसल कर जा रही है, वह मुक्ति, जिसकी उसे आशा है। वह स्वयं को क्लेम्मर के हाथों में छोड़ने का आदेश देती है और सम्पूर्ण विश्वास में अपनी मुक्ति की आशा रखती है। वह स्वयं से आज्ञापालन और क्लेम्मर से आज्ञा दिये जाने की इच्छा रखती है, ताकि वह उसकी

आज्ञा मान सके। वह हँसती है : इस काम के लिए दो व्यक्ति चाहिए। साथ में क्लेम्मर भी हँसता है। उसके बाद वह कहता है कि हमें पत्र-व्यवहार करने की आवश्यकता नहीं है, क्योंकि केवल चुम्बन व्यवहार ही पर्याप्त है हमारे लिए। क्लेम्मर भावी प्रेमिका को आश्वासन देता है कि वह उसे सब, सब कुछ कह सकती है, और उसे अतिरिक्त रूप से लिखने की आवश्यकता नहीं है। औरत लज्जित हो सकती है, जिसने पियानों बजाना सीखा है, शान्ति शान्ति! आदमी के लिए संभोग का आकर्षण बनने के स्थायी प्रयास के चक्कर में ज्ञान का भंडार एकत्र करने का स्थान एक सुन्दर बाह्यरूप ले सकता है। क्लेम्मर प्यार में अन्ततः आकाश छूना चाहता है, उन यातायात चिन्हों पर ध्यान दिये बिना, जिन्हें लिखित में निर्धारित किया गया है। पत्र है यहाँ इसके पास, खोलता क्यूँ नहीं उसे? ऐरिका व्याकुलता में अपनी आज़ादी और मर्ज़ी को ज़ोर लगा कर खींचती है, जो अन्ततः उसे छोड़ कर जा सकती है; यह मर्द इस कुरबानी को समझ नहीं पा रहा। इस इच्छाहीनता में उसे व्याकुल करने वाले सम्मोहन की अनुभूति हो रही है, जिससे उसमें भारी उत्तेजना जन्म लेती है। क्लेम्मर बेपरवाही से मज़ाक करता है : धीरे-धीरे मेरी इच्छा मरती जा रही है। वह धमकाता है कि यह गुलगुली, मांसल और इतनी निष्क्रिय देह, यह पियानो तक सीमित फुर्ती उसमें कोई ख़ास तमन्ना पैदा नहीं करेगी, अगर वह इस तरह अवरोध पर अवरोध लगाती जायेगी। अब जब हम अकेले हैं तो शुरू करते हैं! स्थिति न वापसी जानती है न क्षमा जानती है। कितने उल्टे-सीधे रास्तों से निकल कर वह इस स्थिति पर पहुँचा है। वह अपना हिस्सा खा जाता है और फिर लोलुपता से झपटता है, मुख्याहार के साथ की अतिरिक्त सामग्री से भी वह एक कलछी भर लेता है। क्लेम्मर पत्र को ठेल कर आगे बढ़ाता है और ऐरिका से कहता है कि उसे ऐरिका की खुशी के लिए उसे बाध्य करना होगा। उसके साथ जो वह सुख पा रही है, उसका वह वर्णन करता है, अपनी ख़ुद की ख़ूबियाँ और फ़ायदे, लेकिन मुर्दा काग़ज़ की ग़लतियाँ भी : वह ज़िन्दा तो नहीं है! और जल्दी ही वह महसूस करेगी, ज़िन्दा जो है वो उसकी तरह। क्लेम्मर उसे धमकी की गहराई में जाने देता है कि कितनी जल्दी कई आदमी कई औरतों से ऊब जाते हैं। औरत में वैविध्य होना चाहिए। उससे एक कदम आगे चलने वाली ऐरिका यह सब जानती है। वह इसलिए पत्र क्लेम्मर की ओर ठेल देती है, जिसमें उसने लिखा है कि परिस्थितिवश मर्द मैथुनिक सम्बन्ध के छोर को कैसे लम्बा खींच सकता है। ऐरिका बोलती है : हाँ, पर पहले पत्र! क्लेम्मर के पास उसे लेने के अलावा और कोई चारा नहीं बचता, उसे

पत्र को नीचे गिरा कर औरत को अपमानित करना पड़ता है। वह मस्त हो कर ऐरिका पर चुम्बन बरसाने लगता है, खुश है कि वह आखिर समझदार बन गयी है और प्यार में सहयोग दे रही है। जिसके बदले में वह प्यार से जुड़े अकथनीय परोपकार पायेगी, जो सब उसकी, क्लेम्मर की, तरफ़ से होंगे। ऐरिका हुक्म देती है, चिट्ठी पढ़ ! ऐरिका को कलेम्मर अपने खुल चुके हाथ से एक तरफ रखता है और अनिच्छापूर्वक लिफ़ाफ़े को फाड़ता है। हैरान हो कर उसका लिखा पढ़ता है, और अनुच्छेदों को ऊँची आवाज़ में पढ़ता है। पत्र में जो लिखा है, अगर वह सही है तो उसके लिए बुरा होने वाला है, लेकिन इस औरत के लिए और भी बुरा, इसकी वह गारंटी देता है। जितनी भी कोशिश वह करे, उसे वह मनुष्य के रूप में नहीं देख सकता, ऐसी चीज़ को तो सिर्फ़ दस्ताने पहन कर ही छुआ जा सकता है। ऐरिका जूते रखने के एक पुराने डिब्बे को उठाकर ले आती है और जो वहाँ उसने एकत्र करके रखा था, उसे बाहर निकालती है। वह दुविधा में है कि क्लेम्मर क्या चुनेगा, पर हर हाल में वह चाहती है कि वह उसे पंगु बना दे। बाह्य रूप से इस्तेमाल किये गये साधनों द्वारा वह अपने उत्तरदायित्वों को उसे सौंपना चाहती है। वह किसी पर भरोसा करके खुद को उसके हवाले कर देना चाहती है, लेकिन **अपनी** शर्तों पर। वह उसे चुनौती देती है।

क्लेम्मर उसे समझाता है कि चुनौती स्वीकार न करने के लिए हिम्मत चाहिए, नियमों के पक्ष में निर्णय लेने के लिए हिम्मत चाहिए। क्लेम्मर नियम है। क्लेम्मर पढ़ता है और आश्चर्य करता है कि यह औरत क्या-क्या सोचती रहती है। वह उलझन में है कि क्या वह इस मामले में गम्भीर है। इसके विपरीत वह तो महागम्भीर है, जो उसने प्रचंड धारा में सीखा है, जहाँ इन्सान अक्सर गम्भीर जोखिम में पड़ जाता है और तब स्थिति पर नियन्त्रण पाता है।

ऐरिका अनुरोध करती है कि जब उसने सिर्फ नायलोन की काली अँगिया और जाँघिया तथा लम्बी ज़ुराबें पहने होंगे, मिस्टर क्लेम्मर तब उसके नज़दीक आये। ऐसा कुछ उसे अच्छा लगता है। उसकी दिली तमन्ना यह है, क्लेम्मर, जिसे अनुरोध किया गया है, पढ़ता है, कि तू मुझे सज़ा दे। वह चाहती है कि सज़ा के तौर पर क्लेम्मर हमेशा पैदल उसका पीछा करे। ऐरिका सज़ा के लिए क्लेम्मर के पास आती है। और इस तरह से कि वह उसे मज़ा ले-ले कर ज़ोर से, कस के अच्छी तरह, बहुत ज़्यादा कलाकारी से, क्रूरता से, पीड़ा पहुँचाते हुए, नफ़ासत से, उन फन्दों में बाँध दे, जो मैंने इकट्ठे कर रखे हैं, और चमड़े की उन पेटियों, बल्कि ज़ंजीरों में भी, जो मेरे पास

हैं, क़ैद कर दे, बाँधे, जो सिर्फ़ वह अपनी तरह से कर सकता है। यह करते हुए वह बल्कि अपना घुटना भी उसके शरीर में घुसा दे, इतनी मेहरबानी कर दे!

इस पर क्लेम्मर ज़ोर से हँसता है। उसे यह मज़ाक सा लगता है कि वह अपनी मुट्ठियाँ उसके पेट में घुसा दे और इतना सख़्त हो कर ऐरिका के ऊपर बैठ जाये कि वह यहाँ किसी तख़्ते की तरह पड़ी हो, और अपनी भयानक मीठी बेड़ियों में बिल्कुल हिल न सके। क्लेम्मर हिनहिनाता है, क्योंकि यह सब संजीदगी से नहीं कहा जा सकता, और एक अच्छी कपोल-कल्पना है। यह औरत अब अपना एक नया पहलू दिखा रही है और इस तरह बंदे से बुरी तरह से चिपक रही है। यह मनोरंजन के चक्कर में है और विविधता से घबराती नहीं। क्योंकि मसलन यह यहाँ पत्र में लिखती है कि वह तेरी उन निर्दय बेड़ियों में किसी कीड़े की तरह लोट-पोट होगी, जिनमें तू मुझे घंटों बाँधे रखेगा, और मुझे हर सम्भव मुद्रा में मारेगा, ठोकरों से भी, या बल्कि कोड़े लगायेगा! ऐरिका ख़त में लिखती है कि वह उसके नीचे पूरी ख़त्म हो जायेगी, मिट जायेगी। उसकी अब तक हासिल की गयी हुक़्म मानने की क्षमता को वह बढ़ाना चाहती है! और एक माँ सब कुछ नहीं होती, अगर किसी के पास एक हो तो। सबसे पहले तो वह माँ होती है और रहती है, लेकिन एक मर्द की क्षमता उससे बढ़ कर होती है। क्लेम्मर पूछता है कि उसने वास्तव में क्या-क्या सोच रखा है। वह है कौन, वह जानना चाहता है। उसे लगता है कि इसमें शर्म नाम की तो कोई चीज़ ही नहीं है।

क्लेम्मर इस फ़्लैट से, जो फ़्लैट से ज़्यादा एक फन्दा है, बाहर निकलना चाहता है। वह नहीं जानता था कि वह कहाँ फँसने वाला है। उसे कुछ बेहतर की उम्मीद थी। चप्पू नौका चलाने वाला यहाँ अन्जान जलक्षेत्र में आ फँसा है। वह स्वयं से अपराध-स्वीकरण नहीं करता कि वह जुगत भिड़ा कर यहाँ कहाँ आ गया है, और औरों के सामने भी वह कभी नहीं मानेगा। यह औरत क्या चाहती है मुझसे, वह घबराता है। क्या उसने सही समझा है कि एक बार उसका मालिक बन जाने से वह कभी उसका मालिक नहीं बन सकेगा? जब वह तय करेगी कि वह उसके साथ क्या-क्या करेगा तो ऐरिका का अंतिम बचा भाग रहस्यमय बना रह जायेगा। कितनी आसानी से प्रेमी वहम में पड़ जाता है कि वह गहनतम क्षेत्रों तक पहुँच चुका है और कोई रहस्य खुलने को बाकी नहीं बचा। ऐरिका सोचती है कि अपनी उम्र में वह अब भी चुन सकती है, जबकि वह अभी बहुत छोटा है और इसलिए पहली पसन्द उसकी है, और वह पहली पसन्द है। ऐरिका माँग करती है कि वह उसे अपनी दासी

के रूप में स्वीकार करे और उसे काम सौंपे। वह सोच रहा है कि अगर बात आगे नहीं बढ़ती तो भी वह उसे सज़ा कभी नहीं देगी, दयालु युवक, जिसके लिए ऐसा कुछ करना बहुत कठिन होगा। अपने प्रेम के मामलों में वह एक लक्ष्मण-रेखा से आगे कदम नहीं रखता। इन्सान को अपनी सीमाओं का पता होना चाहिए, और सीमा वहाँ आरम्भ होती है, जहाँ दर्द महसूस हो। ऐसा नहीं कि वह हिचक रहा है। मगर वह चाहता नहीं। वह पत्र में लिख कर देती है कि वह उससे हमेशा लिख कर या दूर से मौखिक बात करेगी, सीधे नहीं। तब भी नहीं, जब वह उसकी नीली आँखों में झाँक रही होगी।

क्लेम्मर मज़ाक में अपनी जाँघ पर इतनी जोर से हाथ मारता है कि वहाँ दर्द होने लगता है, कहता है कि वह **उसे** निर्देश देना चाहती है और फिर उसे उन्हें तुरन्त मानना भी होगा। ऊपर से कहती है कि कृपा करके मुझे ठीक से बता दे कि तू मेरे साथ क्या करेगा। और मुझे साफ़-साफ़ धमकी देती है कि देख ले, अगर नहीं माना तो आगे क्या होगा। सब कुछ, छोटी से छोटी चीज़ का विवरण देना होगा। और मैथुन में आनन्द की वृद्धि के चरणों को भी विस्तार से बताना होगा। क्लेम्मर ख़ामोश हुई ऐरिका का मज़ाक उड़ाता है कि वह क्या सोचती है कि क्या है वह। उसके मज़ाक में बिना कहे कहा जा रहा है कि वह कुछ नहीं है या ज़्यादा नहीं है। वह आगे की एक सीमा की बात करता है, जिसे सिर्फ़ वह जानता है, क्योंकि सीमा के खम्भे उसने खुद गाड़े थे : यह सीमा वहाँ शुरू होती है, जहाँ मुझे अपनी मर्जी के खिलाफ़ कुछ करना होता है, क्लेम्मर स्थिति की गंभीरता पर व्यंग्य करता है। वह पढ़ता है, पर सिर्फ मज़ाक-मज़ाक में। वह ऊँचे स्वर में पढ़ता है, परन्तु केवल अपने मनोरंजन के लिए कि जो इच्छाएँ वह रखती है, उन्हें कोई सहन नहीं करेगा, वर्ना देर-सवेर मर जायेगा। पीड़ा की यह सामान-सूची। तो मैं तुम से किसी वस्तु की तरह बरताव करूँगा। पियानो की कलास में तो यह ऐसे चलेगा कि दूसरे इस पर ध्यान नहीं दे पायेंगे। क्लेम्मर पूछता है कि क्या उसका दिमाग़ खराब हो गया है। अगर वह समझती है कि किसी को पता नहीं चल रहा तो वह ग़लतफ़हमी में है। बहुत ज़्यादा ग़लतफ़हमी में है।

ऐरिका बोलती नहीं, लिखती है कि पियानों सीखने वाला उसका झुण्ड उससे शायद स्पष्टीकरण माँगेगा, लेकिन उन्हें मिलेगा नहीं। ऐरिका जानबूझ कर अपने छात्रों की अभद्रतापूर्वक अवहेलना करती है, क्लेम्मर उसका प्रतिवाद करता है। वह ऐसे लोगों के सामने कोई धृष्टता नहीं करेगा, जो कुल मिला कर उससे ज़्यादा मूर्ख

हैं। उसने हमारे रिश्ते से यह उम्मीद नहीं की थी, ऐरिका! क्लेम्मर पत्र में पढ़ता है, जिसे वह चाहने पर भी गम्भीरता से नहीं ले सकता कि उसे किसी इच्छा को स्वीकार नहीं करना। जब मैं तुझे, प्रियतम, अपनी ज़ंजीर ढीली करने की विनती करूँ, और तुम मान लो तो मेरे लिए स्वयं को मुक्त करवाना सम्भव हो जायेगा। इसलिए मेरी विनती को किसी भी तरह से मानना नहीं, यह बहुत ज़रूरी है। इसके विपरीत, जब मैं विनती करूँ तो ऐसे दिखा कि जैसे तू करना चाहता है, परन्तु वास्तविकता में मेरी बेड़ियों को और ज्यादा कस दे, और चमड़े की पेटी के दो-तीन छेद आगे से कस, जितना ज्यादा कसेगा, उतना ज़्यादा मुझे अच्छा लगेगा, और उसके अलावा मेरी पुरानी नायलोन की ज़ुराबें, जो तैयार पड़ी होंगी, मेरे मुँह में जितना ज़्यादा हो सके पूरी तरह ठूँस दे, और इतनी होशियारी से ढाटा लगा कि मेरे मुँह से चूँ तक की आवाज़ न निकले।

क्लेम्मर न कहता है और कि अब बकवास बन्द। वह ऐरिका से पूछता है कि क्या वह थप्पड़ खाना चाहेगी। ऐरिका स्वयं को बोलने की इजाज़त नहीं देती। क्लेम्मर धमकाता है कि अगर वह आगे पढ़ेगा तो सिर्फ़ रोगी में दिलचस्पी के कारण, जो वह है। वह कहता है : तुझ जैसी औरत को इसकी ज़रूरत नहीं है। वह बदसूरत तो नहीं है। उसके शरीर में कोई त्रुटि नज़र नहीं आती, उसकी उम्र के अलावा। उसके दाँत असली दाँत हैं।

यहाँ लिखा है, मुझे रबड़ की नली से बाँध, तुझे दिखाती हूँ कि कैसे, इस कपड़े को मुँह में ऐसे ठूँस, जैसे सिर्फ़ तू ठूँस सकता है, ताकि मैं उसे जीभ से बाहर न धकिया सकूँ। नली तैयार है। मेरे सिर को भी उसमें लपेट दे, ताकि मेरा मज़ा बढ़ जाये, इसे मेरी दूसरे रंग की कमीज़ से कस कर बाँध, और कलाकारी से ऐसे मेरे चेहरे पर कि मेरे लिए उसे उतारना असम्भव हो जाये। और मुझे इस पीड़ाजनक मुद्रा में घंटों घुलने दे, ऐसे कि मैं इस बीच कुछ और न कर सकूँ। और फिर मेरा इनाम कहाँ है, इस पर क्लेम्मर मज़ाक करता है। वह इसलिए पूछता है, क्योंकि उसे दूसरों को दुखी होते देख कर मज़ा नहीं आता। खेल में पीड़ा, जो वह अपनी इच्छा से सहता है, और बात है; तब सिर्फ़ वह सहता है। पर्वत के ठण्डे से ठण्डे पानी के बाद साउना[1] में 'साइबेरियाई' जलसेक। यह मैं ख़ुद से कर सकता हूँ और तुझे बता देना चाहिए मुझे कि आत्यन्तिक स्थिति मेरे लिए क्या होती है।

मेरी हँसी उड़ा और मुझे बेवकूफ गुलाम कह कर बुला, उससे भी बुरे-बुरे नाम

1. वाष-स्नान

दे मुझे, आगे लिख कर ऐरिका अनुरोध करती है। ज़ोर से बोल कर उसका वर्णन कर, जो भी तू करता है, और उसमें वृद्धि की सम्भावनाओं का भी वर्णन कर, अपने ज़ुल्मों को सचमुच बढ़ाये बिना। बोल इस पर, लेकिन करतूतों का सिर्फ संकेत दे। धमका मुझे, लेकिन हद से बाहर मत हो। क्लेम्मर उन बहुत सी हदों के बारे में सोचता है, जिनसे उसकी जान-पहचान हुई है, लेकिन ऐसी कोई औरत उसने आज तक नहीं देखी थी! नयी हदों, नये किनारों पर इसके साथ कोई नहीं जायेगा, सिर्फ़ बदबूबार नालों पर जायेगा, नाखुश हो कर वह कहता है, भले ही अपनी सोच में। वह तो बेइज्जती से उसे भर ही चुका है, भले ही अपने अन्तर में। वह इस औरत को देखता है, जो चाहती है कि वह परमानन्द के बारे में कुछ न जाने, और फिर खुद से पूछता है : औरत ज़ात को कोई क्या जान सका है? यह सिर्फ़ अपने बारे में सोचती है। बाद में वह शुक्राने के तौर पर मेरे पैर चूमेगी, बंदे को अब मालूम पड़ता है। इस संदर्भ में पत्र की भाषा स्पष्ट है। पत्र दोनों के मध्य होने वाले गुप्त कर्मों का सुझाव देता है, जो लोगों की नज़रों से बच कर होंगे। प्रच्छन्न तथा गुप-चुप कामों की ख़मीर के लिए पढ़ाने-सिखाने के घंटे में अनुकूल स्थिति होती है, सार्वजनिक रूप से चमकने के लिए भी। क्लेम्मर पाता है कि पत्र ख़त्म न होने वाली एक लम्बी तर्ज़ पर ऐसे ही चला जा रहा है। जो वह पढ़ रहा है, उसे वह उत्सुकता की वजह से समझ पा रहा है। मेरा बस चले तो इस कमरे से झट से निकल जाऊँ, यह उसका अन्तिम लक्ष्य है। जो चीज़ उसे पकड़े हुए है, वह है उत्सुकता, कि जो मनुष्य सितारों को हाथ में ले लेने की स्थिति में है, वह कहाँ तक जा सकता है! क्लेम्मर, यह स्थिर सितारा, कब से उसके एकदम निकट प्रकाश डाल रहा है। संगीत के ब्रह्मांड के विस्तार की कोई सीमा नहीं है, इस औरत को सिर्फ़ हाथ बढ़ाना है, लेकिन यह थोड़े में ही सन्तोष कर लेती है! क्लेम्मर का दिल करता है कि एक ठोकर जमाये, जिसका लक्ष्य ऐरिका हो।

ऐरिका आदमी को देखती है। कभी वह बच्ची होती थी, जो वह फिर कभी नहीं होगी।

क्लेम्मर बिना योग्यता के प्राप्त हुए घूँसों-लातों के बारे में मज़ाक करता है। केवल अपने उपस्थित होने के कारण यह औरत घूंसे-लातें अर्जित करना चाहती है, यह कारण कुछ कम है। ऐरिका को बचपन में बड़े-बड़े स्टोरों में लगी चलती सीढ़ियों की याद आती है। क्लेम्मर मज़ाक कर रहा है कि मेरा हाथ फिसल सकता है, इस बारे में कोई विवाद नहीं करूँगी, लेकिन अति भी भली नहीं होती। मेहरबानी करके

अन्तरंगता में ज़्यादा बदमस्ती भी नहीं करनी। वह तो प्यार के संदर्भ में उसकी पड़ताल कर रही है, यह तो कोई अन्धा भी जान जायेगा। सिर्फ़ एक परीक्षा कि प्यार में वह कहाँ तक जा सकता है। अनन्तकालीन निष्ठा के लिए वह उसकी परीक्षा ले रही है, और कोई भी शुरुआत करने से पहले वह आश्वासन चाहेगी। औरत अक्सर यह सोचती है। वह थाह लेती लगती है कि वह अपनी निष्ठा को कितना दृढ़ बना सकती है और अपने समर्पण की दीवार पर वह कितनी ज़ोर से खटखटा सकती है। एकदम दृढ़ : उसके समर्पण की क्षमता। क्षमताएँ ज्ञान बन जाती हैं।

क्लेम्मर का मत है और वह इस पर टिका भी हुआ है कि इस दौर में आदमी को औरत से हर वायदा करना चाहिए और कोई नहीं निभाना चाहिए। अगर ढालने में संकोच बरता जाये तो वासना का तपता लोहा जल्दी ठंडा पड़ जाता है, जल्दी से हथौड़ा चलाना चाहिए इस पर। ताकत से ज़्यादा काम करने की वजह से आदमी ढीला पड़ गया है। बिल्कुल अकेला हो जाने की ज़रूरत उसे कमज़ोर किये जा रही है।

क्लेम्मर पत्र से निष्कर्ष निकालता है कि यह औरत उससे निगली जाना चाहती है; भूख की कमी की वजह से वह उसे सधन्यवाद अस्वीकार कर देता है। क्लेम्मर अपनी अस्वीकृति का कारण यह बताता है कि जो तू नहीं चाहती कि कोई तुझसे करे, वही कष्ट किसी दूसरे को भी न दिया जाये। और उसे भी शरीर पर ज़ंजीरें और मुँह में ठुँसे कपड़े बिल्कुल पसन्द नही है। मैं तुझसे इतनी ज़्यादा मोहब्बत करता हूँ, क्लेम्मर बोलता है, कि मैं तुझे कभी दर्द नहीं पहुँचा सकूँगा, तेरी मर्ज़ी के खिलाफ जाने की कीमत पर भी। यह बात तो कब से पक्की है कि पत्र में जो लिखा गया है, वह उसे नहीं मानेगा।

बाहर से टीवी का दबा-दबा सा स्वर, जिसमें एक नर व्यक्ति एक नारी को धमका रहा है। पारिवारिक सीरियल की आज की कड़ी ऐरिका के दिल को इतनी ज़ोर से खींचती है कि उसमें टीस उठती है। क्योंकि वह उसके लिए खुला और ग्रहणशील है। घर की अपनी चारदीवारी में उसका दिल शान से चौड़ा होता है, क्योंकि वहाँ उसे किसी ऐसी चीज का ख़तरा नहीं होता, जिसमें प्रतिद्वंद्विता की गंध हो। सिर्फ पियानो-वादन की उसकी अनुपम क्षमता पर उसे माँ का सान्निध्य मिलता है। ऐरिका सर्वोत्तम है। यह वो फंदा है, जिसमें वह बेटी को फाँसती है।

क्लेम्मर एक लिखित वाक्य पढ़ता है, जिसमें उसे ऐरिका के लिए अपनी इच्छानुसार दंड निर्धारित करने की अनुमति दी जाती है। वह पूछता है, तूने दण्ड

यहाँ लिखे क्यों नहीं, और यह प्रश्न क्वचित युद्धपोत ऐरिका से टकराकर प्रभावहीन हो जाता है। यहाँ लिखा है, यह केवल एक सुझाव है। वह प्रस्ताव रखती है, अभी मैं एक और ज़ंजीर, दो तालों वाली, ख़रीद कर लाऊँगी, जिन्हें मैं खोल बिल्कुल नहीं पाऊँगी, तेरे आगे हाथ जोड़ती हूँ, मेरी माँ की फ़िक्र बिल्कुल मत कर। बल्कि माँ उसकी खुद की फ़िक्र कर रही है और दरवाज़े को टक्करें मार रही है। इसका पता नहीं चल रहा, भारी मेज़ की वजह से, जो धीरज से उसके धक्के सह रही है। माँ भूँक रही है, टीवी सरसरा रहा है। टीवी में छोटी-छोटी आकृतियाँ बंद हैं, जो अपने वश में हैं, क्योंकि जब भी चाहो उनका बटन ऑन-ऑफ़ किया जा सकता है। टीवी के छोटे जीवन का मुकाबला बड़े, सही जीवन से है, और सही जीवन जीतता है, क्योंकि टीवी के पर्दे के चित्रों पर उसका अधिकार है। जीवन टीवी के अनुसार आचरण करता है, और टीवी जीवन को देखता है और उसके अनुसार आचरण करता है।

विषाक्त फुलाये बालों वाली आकृतियाँ घबरायी हुई एक-दूसरे के मुखारविंद देख रही हैं, लेकिन सिर्फ़ टीवी के पर्दे से बाहर वाली आकृतियाँ कुछ देख पा रही हैं, शेष सब पर्दे से बाहर देख रही हैं, और न समझ रही हैं, न अनुमान लगा रही है।

एक ताला भी, ऐरिका अपने सुझावों को फैलाती है, या इस दरवाज़े को बन्द रखने के लिए किसी न किसी चीज़ का इन्तज़ाम तो हमें करना होगा! यह काम तुम आराम से मुझ पर छोड़ सकते हो, प्रियतम। मैं चाहती कि तू मेरा एक पैकेट बना दे, जो एकदम लाचार तेरे वश में हो।

इच्छानुसार प्रयोग करने के अधिकार तथा प्राधिकार के समक्ष क्लेम्मर घबराया हुआ होठों पर जीभ फेरता है। टीवी की तरह यहाँ उसके सामने नये नन्हे संसार खुल रहे हैं। पैर के पास ठोकर लगाने की भी जगह नहीं है। यह नन्ही आकृति उसके मस्तिष्क में यहाँ-वहाँ धब-धब करती चल रही है। उसके सामने यह औरत सिकुड़ कर लघुचित्र के आकार की हो जाती है। उसे एक गेंद की तरह फेंका जा सकता है, फिर पकड़े बिना। उसमें से पूरी हवा भी निकाली जा सकती है। वह जानबूझ कर छोटी होती है, हालाँकि उसे ज़रूरत नहीं थी। क्योंकि वह उसकी क्षमताओं की प्रशंसा जो करता है। वह श्रेष्ठ नहीं होना चाहती, क्योंकि तब उसे कोई ऐसा नहीं मिलेगा, जो स्वयं को उससे श्रेष्ठ समझ सके। बाद में ऐरिका और भी छोटी-मोटी सामग्री ख़रीदती जायेगी, जब तक कि यंत्रणा देने की एक छोटी-मोटी कार्यशाला तैयार नहीं हो जाती। पूरे साज-सामान से युक्त। इस निजी वाद्यराज को ये दोनों

बजायेंगे। लेकिन इसका कोई भी स्वर बाहर नहीं पहुँचना चाहिए। छात्रों को कुछ पता नहीं लगना चाहिए, यह चिन्ता है ऐरिका को। माँ दरवाज़े के सामने क्रोध में दबी-दबी हिचकियाँ ले रही है। और टीवी में एक न देखी जा रही औरत लगभग निःशब्द हिचकियाँ ले रही है, क्योंकि टीवी में आवाज़ को नीचे के स्तर पर रखा गया है। माँ इस योग्य है और पूरी तैयार भी है कि टीवी-परिवार की इस औरत की हिचकियाँ इतनी ज़ोर से निकाले कि पूरा फ़्लैट हिल जाये। जब वह, असली माँ, दखल नहीं दे सकती तो, टेक्सास की औरतों की नक़ल पर केशों को घुँघराले बना कर आयी इस औरत के मामले में तो दखल दे सकती है, बस रिमोट कंट्रोल के बटन को ही तो दबाना है।

ऐरिका कोहूट धृष्टतापूर्वक सोचती है कि वह कोई चूक करेगी और उसके बदले दंडित किये जाने की इच्छा प्रकट करेगी। वह अपनी क्षमता का प्रमाण नहीं देगी। माँ को मालूम नहीं पड़ेगा और वह अपने कर्तव्य का पालन नहीं करेगी। मेरी माँ की किसी तरह फ़िक्र मत कर! क्लेम्मर को उसकी माँ की फ़िक्र करने की मजबूरी नहीं है, लेकिन माँ को मजबूरी है कि टीवी के कोलाहल से अपनी फ़िक्रों की डींग मारे। तेरी माँ बहुत परेशान कर रही है, बंदा रोने को हो रहा है। अभी उसे सुझाव दिया जाता है कि वह ऐरिका के लिए मज़बूत काले प्लास्टिक या नायलोन के एक पेटबन्द का इन्तजाम करे और उसमें काटकर छेद बना दे, जिनमें से गुप्तांग पर नजरें मारी जाती हैं। क्लेम्मर पूछता है, अगर चुराऊँ या बनाऊँ न तो तो कहाँ से ऐसा पंटबंद लाऊँ। तो वह बंदे के सामने छोटे छेद से छोटे-छोटे अंश देखने की पेशकश रख रही है, यह उसकी अक़लमंदी की आखिरी हद है, बंदा उसका मज़ाक उड़ाता है। यह भी क्या उसने टीवी से उधार लिया है कि कोई कभी पूरा नहीं देखता, हमेशा छोटे-छोटे अंश देखता है, अलग-अलग से, लेकिन अपने आप में एक पूरी दुनिया? ये अंश निर्देशक प्रस्तुत करता है, शेष सब कुछ अपना दिमाग़ पेश करता है। ऐरिका को ऐसे लोगों से नफ़रत है, जो टीवी देखते हुए सोच नहीं रहे होते। खुद को खुला रखने में हर चीज का फायदा होता है। टीवी सेट जो जैसे है वैसे पेश करता है, दिमाग ऊपर से बाहरी खोल तैयार करता है। वह अपनी इच्छानुसार ज़िन्दगी के हालात बदलता है और कहानी को आगे बुनता है, या कुछ और ऐसा ही करता है। वह प्रेमियों की चीर-फाड़ करता है और सीरियल का लेखक जिन्हें अलग रखना चाहता है, उन्हें मिला देता है। दिमाग़ जैसे चाहे वैसे मोड़ लेता है।

ऐरिका इच्छा प्रकट करती है कि क्लेम्मर उसे एक यन्त्रणा दे। क्लेम्मर उसे कोई

यन्त्रणा नहीं देना चाहता, वह कहता है, ऐसी कोई शर्त हमने नहीं लगायी, ऐरिका। ऐरिका गुज़ारिश करती है कि वह कृपा करे और जितनी भी डोरियाँ और रस्सियाँ हैं, सब की इतनी कस कर गाँठ बाँधे कि वह ख़ुद इन गाँठों को खोल न सके। मुझ पर ज़रा भी रहम नहीं खाना, बल्कि अपनी पूरी ताकत इसमें लगा देना। और सब जगह ऐसे ही बाँध दे! तुझे मेरी ताक़त का क्या पता, क्लेम्मर उससे वाग्मितापूर्ण प्रश्न पूछता है, जिसके उत्तर की वह उम्मीद नहीं रखता, जिसने मुझे कभी चप्पू-नौका खेते नहीं देखा। उसने उसकी ताक़त को बहुत कम समझ रखा है। वह जानती नहीं कि वह उसका क्या बना देगा। इसलिए वह उसे लिखती है : जानता है कि अगर रस्सियों को पहले पानी में काफ़ी देर रख कर नरम कर दिया जाये तो उनका असर बढ़ाया जा सकता है? जब भी मेरा ऐसा कुछ मूड करे तो प्लीज़ कर दियो, और आराम से मज़ा लियो। एक ऐसे दिन मुझे हैरान करियो, जो मैं तुझे लिख कर दूँगी, पानी में अच्छी तरह भिगोयी रस्सियों से मुझे बाँध कर, जो सुखाने की प्रक्रिया के दौरान सिकुड़ जाती हैं। उल्लंघन कर रही है! क्लेम्मर समझाने की कोशिश करता है कि ऐरिका इस ख़ामोशी से सभ्याचार के मामूली नियमों का उल्लंघन कर रही है। ऐरिका फिर भी ख़ामोश रहती है, पर सर नहीं लटकाती। उसे विश्वास है कि वह सही राह पर है, और चाहती है कि तालों की वे सभी चाबियाँ, जिनसे वह उसे अभी तालाबंद कर देगा, वह हिफ़ाजत से रखे! खोना नहीं उन्हें! मेरी माँ की फिक्र मत करियो, और इस बीच उससे सारी प्रतिहस्त चाबियाँ भी माँग लियो, और ये बहुत सारी हैं। मुझे मेरी माँ के साथ बन्द कर के बाहर से ताला लगा दियो! मैं आज इन्तज़ार कर रही हूँ कि तू जल्दी से जाये और मुझे, मेरी दिली तमन्ना के मुताबिक बेड़ियों में, बँधी हुई और बेल्टों से कसी और तुड़ी-मुड़ी, मेरी माँ के साथ पड़ी छोड़ जाये, वह भी अगले दिन तक। मेरी माँ की फ़िक्र मत कर, क्योंकि मेरी माँ मेरा ज़ाती मामला है। कमरे की और फ़्लैट की सारी चाबियाँ साथ लेता जा, कोई भी यहाँ मत छोड़!

क्लेम्मर पुनः पूछता है, मुझे इससे क्या मिलने वाला है! क्लेम्मर हँसता है। माँ खुजलाती है। टीवी चीं-चीं करता है। दरवाजा बन्द है। ऐरिका ख़ामोश है। माँ हँसती है। क्लेम्मर खुजलाता है। दरवाजा चीं-चीं करता है। टीवी बन्द है। ऐरिका है।

ताकि मैं दर्द से कूँ-कूँ भी न कर सकूँ, इसलिए प्लीज़, नायलोन और लम्बी जुराबें और इस तरह की सब चीज़ें मेरे मुँह में ढाटा बना कर ठूँस दे, मज़ा ले कर और कलाकारी से, ऐसे कि उसे निकालना मेरे लिए नामुमक़िन हो जाये। साथ में एक छोटा काला तिकोना तैराकी का जाँघिया ले आ, जो ढकता कम, उघाड़ता ज़्यादा

है। मेरी आकांक्षा के एक शब्द का भी किसी को पता नहीं चलेगा!

मुझे एक मानवीय बौद्धिक प्रेरणा देने की कृपा कर और कह : तू देखेगी कि मैं तेरा कैसे एक बढ़िया सा पैकेट बनाता हूँ और मेरे सलूक के बाद तू कैसा महसूस करेगी। मेरी चाटुकारिता कर कि ढाटा मुझे क्या बढ़िया फब रहा है, कि तू कम से कम 5-6 घंटे मेरे मुँह में ऐसे ही ढाटा लगा रहने देगा, इससे कम किसी भी हालत में नहीं। नायलोन की ज़ुराबें पहने मेरे टखनों को एक मज़बूत रस्सी से वैसे ही कस कर बाँधियो जैसे मेरी कलाइयों को, और जाँघों को बिल्कुल ऊपर तक रस्सी से बाँध दियो, जबकि मैं इसकी इजाज़त नहीं दे रही हूँगीं। कर के देखते हैं! हर बार मैं तुझे बताऊँगी कि मैं इस कैसे चाहती हूँ, और वह भी वैसे, जैसे तूने अभी पहले किया था। प्लीज़, क्या यह सम्भव होगा कि तू मेरा मुँह ठूँस कर मुझे एक खम्भे से बाँध दे और मुझे ख़ुद को तुझे पेश करने दे? फिर मैं तेरा तहेदिल से शुक्रिया अदा करती हूँ। फिर मेरी बाँहों को चमड़े की पेटी से शरीर पर इतना कस कर बाँध दे, जितना सिर्फ तू ही कर सकता है। अंतिम परिणाम यह हो कि मैं सीधी खड़ी न हो सकूँ।

वाल्टर क्लेम्मर पूछता है प्लीज़? और खुद ही जवाब देता है : प्लीज़! वह औरत से सट जाता है, जो उसकी माँ नहीं है और यह दिखाती भी है, क्योंकि वह किसी आदमी को बेटे की तरह बाँहों में नहीं भरती। वह हाथों को एक तरफ़ स्वच्छ और शान्त रखती है। युवक उससे प्रेमयुक्त भावावेश चाहता है और अपनी तरफ़ से प्रेम से उससे सट जाता है। वह एक प्यार भरी प्रतिक्रिया की विनती करता है, ऐसे भावोन्माद के पश्चात कोई अमानुष ही उसे जो देने से इनकार करेगा। ऐरिका कोहूट सिर्फ़ स्वयं को ढकती है, और किसी को नहीं। प्लीज़ प्लीज़ छात्र से एक रस स्वर निकल रहा है, जिसके लिए अध्यापिका उसका नम्रतापूर्वक धन्यवाद भी नहीं करती। उसकी ओर से अस्वीकृति आती है कि वह उसे स्वयं को चुराने देगी, लेकिन स्वयं की ओर से देने के लिए उसके पास लाल मुँह भी नहीं है। पढ़ना कोई अनुकल्प नहीं होता, छात्र गन्दी गालियाँ देता है। औरत आगे भी ख़त ही पेश करती है। क्लेम्मर उस पर दोषारोपण करता है : तेरे पास आगे पेश करने को कुछ नहीं है। यह अक्षमनीय है। हमेशा लेना नहीं चलेगा। क्लेम्मर स्वैच्छिक रूप से उसे एक ऐसा नया ब्रह्माण्ड दिखाने का प्रस्ताव रखता है, जिसे वह अब तक नहीं जानती! ऐरिका देती नहीं, और ऐरिका लेती नहीं।

लेकिन पत्र में अवज्ञा की धमकी देती है। यदि तू उल्लंघन का साक्षी बने तो, वह क्लेम्मर को परामर्श देती है, मेहरबानी करके अपने हाथ के पिछले हिस्से से मेरे

चेहरे पर मार, ज़ोर से, जब हम अकेले हों। मुझसे पूछ कि मैं माँ को क्यों नहीं शिकायत लगाती या मार का जवाब मार से क्यों नहीं देती। जैसे भी हो, ये बातें मुझे कह, ताकि मैं अपनी लाचारी को ठीक से महसूस करूँ। हर चीज़ में मुझसे ऐसे बरताब करियो, जैसे मैंने लिख रखा है। एक पराकाष्ठा होगी, जिसके बारे में सोचने की अभी तो मुझे हिम्मत भी नहीं पड़ रही, कि मेरे उद्यम से उत्साहित हो के तू मुझ पर चढ़ कर सवारी करे। अपने पूरे भार के साथ मेरे चेहरे पर बैठ जा प्लीज़ और मेरे सिर को अपनी जाँघों में इतनी ज़ोर से दबा ले कि मैं ज़रा हिल भी न सकूँ। मुझे वह समय बता, जो इसके लिए हमारे पास बचा है, और मुझे आश्वासन दे : काफ़ी वक़्त है हमारे पास ! मुझे धमका कि अगर मैं तेरी आज्ञा का ठीक से पालन नहीं करूँगी तो घण्टों तू मुझे इसी मुद्रा में रखेगा। तेरे नीचे मैं अपने चेहरे के साथ जिसके लिए तरसूँगी, वो ये घंटे होंगे। तब तक कर, जब तक मैं काली न हो जाऊँ। मैं पत्र में तुझसे परमानन्द की माँग करती हूँ। तू आसानी से जान जायेगा कि कौन से बड़े-बड़े परमानन्द मैं अतिरिक्त रूप से चाहती हूँ। यहाँ लिखने का मुझमें साहस नहीं है। चिट्ठी ग़लत हाथों में न पड़ जाये। बहुत सारे रसीले थप्पड़ मुझ पर बरसा! न को मत सुन! किसी प्रार्थना पर ध्यान मत दे! जहाँ तक मेरी माँ का सवाल है : उधर देख ही मत!

बाहर टीवी धीमे स्वर में टुटरू-टूँ कर रहा है। माँ जहाँ पर है, वहीं ख़ूब सारी मीठी ब्रांडी पीना शुरू कर देती हैं। ध्यान बँटाने का उसने यह तरीका चुना है। हर जगह परिवार खा रहे हैं। टीवी के छोटे मनुष्यों को एक बटन दबा कर मिटाया जा सकता है। उनकी किस्मत का फ़ैसला तब बिन देखे हो जायेगा, जिस बात को माँ दिल पर नहीं लेती। एक आँख को जोखिम में डाल कर वह उधर देखती है। अगर बेटी पूछे तो वह कल उसे सीरियल के अगले भाग के बारे में सूचना दे सकती है, ताकि अगले मर्मभेदी भाग में बच्ची बेवकूफों की तरह आँखें फाड़े न देखती रहे।

क्लेम्मर स्वयं को कामलोलुपता से ऊपर उठे और इस जनाने शरीर को यथार्थनिष्ठ दृष्टिकोण से परखते एक मनुष्य के रूप में देख रहा है, परन्तु अनजाने में वह भावोन्मत्त हो जाता है। वासना की गोंद उसकी विविध मनोवृत्तियों में चिपक जाती है और ऐरिका द्वारा उसे जो अफ़सरशाही समाधान सुझाये जा रहे हैं, वे उसे उसकी कामाग्नि के अनुरूप निर्देश दे रहे हैं।

औरत की इच्छाएँ क्लेम्मर को धीरे-धीरे दुर्दशा की ओर धकेल रही हैं, वह भले चाहे न चाहे। अब भी वह ऊपर उठे मनुष्य की हैसियत से काग़ज़ को पढ़ रहा है।

लेकिन आनन्द अभी उसमें परिवर्तन ले आयेगा।

ऐरिका की एक ही इच्छा है कि उसके शरीर की चाहत वासना वश की जाये। इस संदर्भ में वह निश्चित होना चाहती है। जितना ज़्यादा वह पढ़ता जाता है, उतना ही जल्दी वह फारिग हो जाना चाहती है। अन्धकार अपने डैने फैलाता जा रहा है। कोई बत्ती नहीं जलायी जाती। सड़क की बत्तियाँ अभी पर्याप्त हैं।

जो यहाँ लिखा है वह क्या सही है कि जब वह उसकी सवारी कर रहा होगा तो वह जीभ उसके पिछवाड़े में घुसायेगी। उसे अपने पढ़े पर काफ़ी शक़ होता है, और वह इसे कम रोशनी का दोष समझता है। जो औरत शोपिन की रचनाओं का कमाल का वादन करती है, वह ऐसा कुछ नहीं सोचेगी। इस वजह से दूसरी किसी भी वजह से इस औरत का इतना सम्मान है कि वह हमेशा सिर्फ शोपिन और ब्रम्स की रचनाएँ बजाती है। अब वह स्वयं से बलात्कार की प्रार्थना कर रही है, जिसे उसने बलात्कार की एक अविराम घोषणा का रूप दिया हुआ है। जब मैं हिल-डुल नहीं सकूँगी तो प्लीज़ बलात्कार की बात करना, कोई मुझे इससे नहीं बचा सकता। लेकिन जब तू सचमुच शुरू करता है तो लगातार ज़्यादा बोल! पहले ही मुझे बता देगा कि मैं परमानन्द को नहीं जान पाऊँगी, क्रूरता से कर, पर अच्छी तरह कर। क्रूरता और श्रमसाध्यता, ऐसे दो भाई-बहन, जिन्हें सिखाना बहुत कठिन होता है, उन्हें अलग करने के हर प्रयास पर जो ज़ोर से चिल्लाते हैं। हेंज़ल और ग्रेटल[1] की तरह, जिनमें से हेंज़ल चुड़ैल की भट्ठी में पड़ा होता है। पत्र क्लेम्मर से इच्छा प्रकट करता है कि ऐरिका का परिचय परमानन्द से नहीं होगा, क्लेम्मर सिर्फ़ पत्र में दिये गये सभी निर्देशों का पालन करेगा। परमानन्द लेते हुए वह अपने बहुत सारे रसीले घूँसे-थप्पड़ उस पर बरसाये! पहले से धन्यवाद। कृपया मुझे पीड़ा मत पहुँचाना, पंक्तियों के बीच अपाठ्य लिखा है। जब औरत में ज़बरदस्ती इतना ठेल दिया जायेगा कि वह ज़रा भी हिल नहीं सकेगी तो वह क्लेम्मर के पत्थर की तरह सख्त लोड़े को गला घोंट कर मार देगी, यह इच्छा ऐरिका प्रकट करती है। यहाँ जो लिखा है, वह ऐरिका के बरसों के चिंतन मनन का नतीजा है। अब वह उम्मीद करती है कि प्यार, सहवास के नाम पर कुछ घटेगा नहीं। वह इस बात पर ज़ोर देगी कि वह इनकार कर दे, जिसका मुआवजा वह एक प्रेममय सैद्धान्तिक उत्तर से देगी। प्रेम क्षमा कर देता है और दोषमुक्त कर देता है, यह मत है ऐरिका का। यही कारण है कि वह उससे मुँह में छिड़कने का अनुरोध कर रही है, प्लीज़, और वह भी तब तक, जब

1. इसी नाम की एक लोककथा के पात्र।

तक उसकी जिह्वा लगभग टूट न जाये और वह शायद कै न कर दे। वह लिखित में, और केवल लिखित में, कल्पना करती है कि वह इतना तक करे कि उस पर मूत दे। हालाँकि जहाँ तक तेरी ज़ंजीरें मुझे इजाज़त देंगी, मैं शायद शुरू में इसका विरोध करूँगी। मेरे साथ इसे बार-बार और खूब सारा करियो, जब तक कि मैं विरोध करना बन्द न कर दूँ।

पियानों पर माँ का हाथ पड़ने पर खरखराता स्वर आता है, क्योंकि बच्ची के हाथ रखने का ढंग ग़लत था। ऐरिका की खोपड़ी की अपार डिबिया से ईमानदार ख़याल निकलते जाते हैं। वहीं माँ इस समय मीठी ब्रांडी पी रही है, और एक और मीठी ब्रांडी, जिनके रंग बिल्कुल अलग-अलग हैं। माँ अपने अंगों को व्यवस्थित करती है, परन्तु एक या दूसरे को तुरन्त नहीं ढूँढ़ पाती और बिस्तर पर जाने के उपाय करती है। समय हो गया है और देर हो गयी है।

क्लेम्मर पूरा पत्र पढ़ चुका है। वह ऐरिका को सीधे सम्बोधन की भेंट नहीं देता, क्योंकि यह औरत इसके योग्य नहीं है। क्लेम्मर को अपने अनैच्छिक रूप से प्रतिक्रिया प्रकट करते शरीर में एक अभिनन्दनीय सहदोषी मिलता है। औरत ने लिखाई के ज़रिये उससे सम्पर्क स्थापित किया है, लेकिन वह एक मामूली से स्पर्श को अधिक अंक देता है। प्रेमपूर्ण स्त्रियोचित स्पर्श के रास्ते पर वह जानबूझ कर नहीं चली। फिर भी वह अपनी कामुकता से सैद्धांतिक स्तर पर सहमत है। वह उसे पकड़ने की कोशिश करता है, वह उसे पकड़ने की कोशिश नहीं करती। इससे वह ठंडा पड़ जाता है। अतः वह औरत के ख़त का जवाब ख़ामोशी से देता है। वह तब तक ख़ामोश रहेगा, जब एक ऐरिका उसे जवाब नहीं सुझाती। वह प्रार्थना करती है कि वह ख़त की बातें मान ले, पर दिखाये किसी को न। बाकी, अपने जज़्बातों की बात मान। क्लेम्मर न में सर हिलाता है। ऐरिका प्रतिवाद करती है कि वह भूख और प्यास की माँग भी तो स्वीकार करता है। ऐरिका कहती है कि उसके पास उसका फ़ोन नम्बर है और वह उसे फ़ोन भी कर सकता है। आराम से सब सोच ले। क्लेम्मर बिना उलाहना दिये ख़ामोश रहता है। उसके हाथ-पैर, यहाँ तक कि पूरी पीठ भी, पसीने से तर है। बहुत सारे मिनट गुज़र चुके हैं। औरत, जिसने एक जज़्बाती जवाब की उम्मीद की थी, निराश हुई है, क्योंकि वह अपना बीसवाँ सवाल पूछता है, क्या वह गम्भीर है। या यह एक घटिया मज़ाक है? क्लेम्मर अकर्मण्य स्तब्धता की मूर्ति बना बैठा है, जो अभी फटने वाली है। इस तरह सिर्फ़ वे लोग दिखते हैं, जिनकी स्वामित्व की लालसा बहुत उत्कट होती है, परन्तु सन्तुष्टि से पहले। ऐरिका टटोलती

है, कहाँ है उसकी भावनाओं की विश्वसनीयता? मुझसे नाराज़ है क्या? उम्मीद है कि नहीं है। ऐरिका निवारक आक्रमण का साहस करती है कि इसे आज न करें। कल भी तो एक दिन है, इसे कल पर टाला जा सकता है। वैसे जूतों के डिब्बे में आज भी वो रस्सियाँ और डोरियाँ पड़ी हुई हैं, जिन्हें इस्तेमाल करने की योजना बनायी गयी थी। एक पूरा संग्रह है। वह आपत्ति के निवारण का पूर्वप्रबन्ध करते हुए कहती है कि आसानी से और भी ख़रीदी जा सकती हैं। इनके बनाने की दुकान पर ऑर्डर दे कर मर्ज़ी के मुताबिक बनवायी जा सकती हैं। ऐरिका दो-तीन वाक्य बोलती है, जिनका रंग उसकी इच्छा से मेल खाता है। वह ऐसे बोलती है, जैसे कक्षा में हो, मास्टरनी की तरह। क्लेम्मर नहीं बोलता, क्योंकि कक्षा में सिर्फ़ मास्टरनी बोलती है। ऐरिका हुक़्म देती है : अब बोल!

क्लेम्मर मुस्कराता है और मज़ाक में कहता है कि हाँ, इस पर बात की जा सकती है। वह सतर्कतापूर्वक टोह लेता है कि क्या इसका दिमाग़ पूरा ख़राब हो गया है। वह उसे खटखटा कर देखता है कि क्या इसका अपनी कामुकता पर नियन्त्रण नहीं रहा।

इस पर ऐरिका को पहली बार आशंका होती है कि कुछ शुरू होने से पहले ही क्लेम्मर अब मारेगा। पत्र की घिसी-पिटी भाषा पर वह जल्दबाज़ी में माफ़ी माँग लेती है, क्योंकि वह एक तनावहीन वातावरण चाहती थी। जुगुप्साहीन और अच्छे मूड में ऐरिका कहती है, आख़िर तो इश्क़ की तलछट घिसी-पिटी होती है।

क्या तू शायद हमेशा मेरे फ़्लैट में आ सकता है? और इसलिए क्योंकि तू मुझे यहाँ शुक्रवार रात से इतवार रात तक, अगर मुझे डर न लगे तो, अपनी ज़ालिम मीठी बेड़ियों में कष्ट सहने के लिए छोड़ सकता है। मैं जब तक हो सके तेरी उन बेड़ियों में यातनाएँ सहना चाहती हूँ, जिनकी मुझे कब से तमन्ना है।

क्लेम्मर बहुत ज़्यादा शब्द बोलने का झमेला नहीं लेता : शायद अभी भी कुछ हो सकता है। थोड़ी देर बाद वह कहता है कि अब वह गम्भीरता से बात कर रहा है, जब वह कहता है कि वह इस बारे में बिल्कुल विचार नहीं कर रहा! ऐरिका चाहती है कि वह अब उसका गहरा चुम्बन ले और उसे पीटे न। वह भविष्यवाणी करती है कि सहवास के माध्यम से ऐसा सब सही किया जा सकता है, जो पहले भविष्यहीन लगता है। मुझे प्यार में कुछ कह और पत्र की उपेक्षा कर, वह अश्रव्य अनुरोध करती है। ऐरिका उम्मीद करती है कि उसका रक्षक है वहाँ, और उससे वह समझदारी तथा चुप्पी की अपेक्षा करती है। ऐरिका को घूँसो-थप्पड़ों से बहुत डर लगता है। अतः

वह सुझाव देती है कि हम दोनों एक-दूसरे को आगे पत्र लिख सकते हैं। हमारा तो उस पर टिकट लगाने का ख़र्च भी नहीं होगा। वह डींग मारती है कि पहले पत्र से भी ज़्यादा घटिया बातें इन पत्रों में हो सकती हैं। यह तो सिर्फ़ शुरुआत हुई है। क्या एक और पत्र लिखने की इजाज़त है? शायद इस बार बात बेहतर बने। औरत तरस रही है कि वह उसे दबा कर चूमे और पीटे न। अगर सिर्फ़ पीटता नहीं तो आराम से, पीड़ा उत्पन्न करते हुए चूम सकता है। क्लेम्मर इस पर जवाब देता कि कोई फ़र्क नहीं पड़ता। वह ख़ुशी से शुक्रिया कहता है और : प्लीज़ प्लीज़! वह लगभग बेआवाज़ बोल रहा है।

ऐरिका इस आवाज़ को जानती है, माँ भी ऐसे बोलती है। उम्मीद है कि क्लेम्मर पीटेगा नहीं, ऐरिका कातर हुए सोच रही है। वह ज़ोर देती है कि वह सब कुछ ज़ोर दे कर कहती है : सब कुछ कर सकता है मुझसे, अगर वह सिर्फ़ दर्द करता है, क्योंकि ऐसा कुछ नहीं है, जिसकी मुझे चाहत नहीं है। क्लेम्मर उसे माफ़ करे कि उसने, वह सोचती है, ख़ूबसूरत नहीं लिखा। उम्मीद है कि वह अनायास पीटना शुरू नहीं कर देता, औरत को डर है। वह मर्द को बताती है कि उसे इस पिटाई की चाहत बहुत सालों से थी। उसका ख़याल है कि जिस मर्द की उसे चाहत है, आख़िर वह उसे मिल गया है।

डर के मारे ऐरिका कुछ और ही बोलने लगती है। क्लेम्मर जवाब देता है : शुक्रिया, ठीक है। ऐरिका क्लेम्मर को इजाज़त देती है कि आज से उसके कपड़ों का चयन वही किया करेगा। कपड़े पहनने के मामले में अनुशासन तोड़ने पर वह कड़ी कार्रवाई कर सकता है। ऐरिका बड़ी पेटी खोल कर अपना संग्रह दिखाती है। कुछ को वह कमानी से उतार लेती है, और दूसरों को टँगा रहने देती है, जिन्हें वह सिर्फ़ दिखा रही है। उम्मीद है कि सुरुचिपूर्ण वस्त्रों को यह सम्मान देगा, उसे वह एक रंगीन नज़ारा पेश करती है। तुझे कुछ ख़ास पसन्द हो, ऐसा कुछ मैं तुझे ख़ुद ख़रीद दूँगी! पैसे की कोई बात नहीं। माँ के लिए मैं पैसे का किरदार निभाती हूँ, जिसके साथ वह कंजूसी करती है। मतलब मेरी माँ की फ़िक्र तो बिल्कुल मत कर। तेरा मनपसन्द रंग क्या है, वाल्टर? जो मैंने तुझे लिखा था, वो कोई मज़ाक नहीं था, एकाएक वह उसके हाथ से बचने को नीचे दुबक जाती है। तू मुझसे नाराज़ तो नहीं होगा न? अगर मैं तुझसे दो-चार निजी लाइनें मेरे लिए लिखने को कहूँ तो तू लिख देगा न! क्या सोचता है तू इस बारे में और क्या कहता है?

क्लेम्मर फिर मिलेंगे कहता है। ऐरिका यह उम्मीद करते हुए दुबक जाती है

कि प्यार भरा हाथ नीचे पड़ेगा, विनाश करता हुआ नहीं। दरवाज़े में ताला कल बनेगा। ऐरिका दरवाज़े की एकमात्र चाबी क्लेम्मर को देने की पेशकश करती है। ज़रा सोच, कितना बढ़िया रहेगा। क्लेम्मर इस सुझाव पर ख़ामोश रहता है, ऐरिका सौहार्दपूर्ण व्यवहार की अपेक्षा में घुली जा रही है। आशा है कि सौहार्दपूर्ण प्रतिक्रिया व्यक्त करेगा, अगर वह उसे हर वक्त वहाँ प्रवेश करने का अधिकार दे। कभी भी। क्लेम्मर साँस लेने से बढ़ कर कोई प्रतिक्रिया नहीं दिखाता।

ऐरिका शपथ उठाती है कि जो उसने क्लेम्मर को लिख कर दिया था, वह सब करेगी। वह बल देती है : जो लिखा है वह निर्देश नहीं! और जो मुल्तवी हुआ वह मंसूख़ नहीं! क्लेम्मर बत्ती जलाता है। वह बोलता नहीं और पीटता नहीं। ऐरिका टोह लेती है कि क्या वह उसे दुबारा जल्दी लिख सकती है कि मैं क्या चाहती हूँ। क्या तेरी इजाज़त है कि मैं डाक द्वारा तुझे जवाब दूँ, प्लीज़? क्लेम्मर कोई संकेत नहीं देता कि किस बात का जवाब देना है।

वाल्टर क्लेम्मर जवाब देता है : एक बार रुको! उसका भारी स्वर ऐरिका से ऊपर उठता है, जो चौंक कर मर जाता है। ऐरिका का स्वर। आजमाइश के वास्ते वह उसकी तरफ़ एक गाली फेंकता है, मगर कम से कम पीटता नहीं उसे। वह नाम ऐरिका देता है और गुणसूचक शब्द बूढ़ी देता है। ऐरिका जानती है कि ऐसी प्रतिक्रियाओं के लिए तैयार रहना चाहिए, और अपने चेहरे को बचाने के लिए बाँहों में छुपा लेती है। वह बाँहें फिर हटा लेती है, अगर वह पीटना ही चाहे तो हुज़ूर! क्लेम्मर इतना दुःसाहस करता है कि वह उसे संसी तक से नहीं छुएगा। वह हलफ़ उठाता है कि प्यार पहले था, अब चला गया। जहाँ तक उसका प्रश्न है, वह उसे खोजने नहीं जायेगा। उसे ऐरिका से घिन आ रही है। ऐसे-ऐसे सुझाव देने की हिम्मत करती है! ऐरिका अपना सिर घुटनों में घुसा लेती है, जैसे कोई विमान के नीचे गिरते समय आगे को झुक जाता है। वह क्लेम्मर की पिटाई से खुद को बचा रही है, जिससे वह शायद बच चुकी है। वह उसे इसलिए नहीं पीट रहा, क्योंकि उसे छू कर वह अपने हाथ गन्दे नहीं करना चाहता, जैसे वह बताता है। चिट्ठियाँ वह औरत की तरफ़ मारता है, जैसे मुँह पर मार रहा हो। लेकिन वे जा कर उसके सिर के झुके हुए हिस्से पर लगती हैं। एक चिट्ठी को वह ऐरिका पर टपकने देता है। प्रेमियों-प्रेमिकाओं के बीच पत्र कोई माध्यम नहीं होता, क्लेम्मर औरत की हँसी उड़ाता है। प्यार में धोखा होने पर ही लिखित हीलों-हवालों की ज़रूरत पड़ती है।

ऐरिका अपने दीवान पर जम कर बैठी है। नये जूतों में पाँव एक-दूसरे के साथ

रखे हुए हैं। एक-एक घुटने पर एक-एक हाथ है। बिना किसी उम्मीद के वह क्लेम्मर पर किसी प्यार का दौरा पड़ने का इन्तज़ार कर रही है। अपरिवर्तनीय उसे दिखाई दे रहा है : यह प्रेम समाप्त होने की धमकी दे रहा है। क्लेम्मर का प्रेम समाप्त न हो, वह दुआ माँगती है। जब तक वह यहाँ है, तब तक उम्मीद है। कम से कम वासनायुक्त चुम्बनों की तो उम्मीद उसे है। दे दे मुझे! क्लेम्मर प्रश्न का उत्तर धन्यवाद नहीं में देता है। उसकी दिली तमन्ना है कि वह उसे परेशान करने की बजाय उस पर प्रेम को आस्ट्रियाई स्तर के अनुरूप सक्रिय करे। अगर वह भावावेश में उसके बारे में कुछ कहने लगे तो वह ये शब्द उसके मुँह पर मारेगी : सिर्फ़ मेरी शर्तों पर या कोई वापसी नहीं। अपने नातजुर्बेकार शागिर्द से वह मुँह तथा हाथों के माध्यम से प्रणय-निवेदन की अपेक्षा रखती है। इसे दिखायेगी। इसे दिखायेगी। वे एक-दूसरे के सामने बैठे हैं। प्रेम के माध्यम से मोक्ष निकट है, लेकिन क़ब्र का पत्थर बहुत भारी है। क्लेम्मर कोई फ़रिश्ता नहीं है, और औरतें भी कोई देवियाँ नहीं होतीं! पत्थर को लुढ़का कर परे हटाना। उन सब इच्छाओं के सन्दर्भ में, जो ऐरिका ने लिख कर दी हैं, वह क्लेम्मर से कड़ाई कर रही है। पत्र को छोड़ दें तो वह इच्छाहीन है वास्तव में। शुक्रिया वाह वाह! काहे को शब्द बनाना, क्लेम्मर पूछता है। कम से कम उसे पीटता नहीं। जितनी ताक़त क्लेम्मर लगा सकता है उतनी लगा के वह भारी मेज़ को बाँहों में जकड़ लेता है, और ऐरिका की मदद के बिना उसे एक-एक मिलिमीटर कर के धकेलता है। वह उसे जगह से धकेलता है, जब तक कि एक वायु-कपाट नहीं बन जाता, जिसके बीच हाथ डाल कर वह दरवाज़ा खोल सकता है। बिना विदा लिये वह बाहर निकलता है और फ़्लैट के दरवाज़े को अपने पीछे धड़ाम से बन्द करता है। इसके तुरन्त बाद वह जा चुका होता है।

माँ उस शराब के असर में बिस्तर के आधे हिस्से पर पड़ी खर्राटे ले रही है, जिसे पीने की उसे आदत नहीं है, जो मेहमानों के इस्तेमाल के लिए है, जो कभी नहीं आते। बहुत साल पहले उसके यहाँ इस बिस्तर पर वासना ने पवित्र मातृत्व को जन्म दिया था, और यह लक्ष्य पूर्ण होते ही वासना का अन्त हो गया था। एक इकलौते वीर्य-स्खलन ने वासना को मार दिया था और बेटी के लिए स्थान बना दिया था; पिता नें एक तीर से दो निशाने मारे थे। और साथ ही अपनी भी हत्या कर ली थी।

अपनी सुस्ती और मंदबुद्धि के कारण वह इस स्खलन के परिणामों को नहीं कूत सका था। अब ऐरिका बिस्तर के अपने आधे हिस्से में फिसल रही होती है और पिता ज़मीन्दोज़ हो चुका है। ऐरिका नहाती नहीं, धोती नहीं। उसमें अपने पसीने की तगड़ी गंध होती है, पिंजरे में बन्द पशु की तरह, जहाँ पसीने की बू और वन्य-प्रदेश का कोहरा एकत्र होते रहते हैं, और कम नहीं होते, क्योंकि पिंजरा बहुत छोटा होता है। एक पशु अगर पासा पलटना चाहे तो दूसरे को पूरा दीवार तक लगना पड़ता है। ऐरिका पसीने से भरी अपनी माँ की बगल में पड़ी है। उसे नींद नहीं आ रही। वहाँ जब ऐरिका लगभग दो घण्टे पूरी तरह विचारहीन तथा निद्राहीन अपने ही रस में घुलती पड़ी रही थी तो माँ की अचानक नींद खुली। बच्ची के विचार ने ही उसे जगा दिया होगा, क्योंकि बच्ची हिली तो ज़रा नहीं। माँ को पुनः स्मरण हो आता है कि रात को उसने किससे बचने के लिए मीठी ब्रांडी की शरण ली थी। सूर्य के प्रकाश के चमके बिना माँ रुपहली चमकती झट से उठ खड़ी होती है, बेटी पर एक भारी इल्ज़ाम लगाती है, साथ ही एक ख़तरनाक धमकी और ज़ख़्मी करने की इच्छाजनक धारणा पेश करती है। अनुत्तरित प्रश्नों की चट्टानें लुढ़कती हैं, बिना किसी वरीयता या महत्त्व का ध्यान रखे। चूंकि ऐरिका चुप रहती हैं, अतः माँ अपमानित अनुभव करती हुई उससे मुड़ जाती है। अपने अपमान की व्याख्या को वह यहाँ तक ले जाती है कि उसे बेटी से नफ़रत होने लगती है। परन्तु तुरन्त ही माँ पुनः बेटी की तरफ़ मुड़ती है और धमकियों का एक नया ध्वानिक संस्करण प्रस्तुत करती है, इस बार और भी उग्र। ऐरिका अब भी दाँत पीसती रहती है, माँ कोसती है और डाँटती है। अनियन्त्रित दोषारोपण करते हुए माँ किसी ऐसी चीज़ में चिल्लाती जाती है, जो उसके नियन्त्रण से फिसल कर निकल गयी है। माँ मद्यसार के बस में है, जो अब भी उसकी नसों में ठाठें मार रहा है। अण्डे वाली मीठी ब्रांडी का असर घातक रूप से हो रहा है। चाकलेट वाली ब्रांडी का भी।

ऐरिका आधे मन से एक प्रेमपूर्ण धावा बोलती है, क्योंकि माँ उनके सहजीवन के दूरगामी परिणाम सोच निकालने में लगी है, जिनसे सबसे ज़्यादा उसे ख़ुद को डर है, जैसे : ऐरिका का अपना अलग बिस्तर!

ऐरिका अपने प्रेम-प्रयासों से स्वयं ही अभिभूत हो जाती है। माँ के ऊपर गिर जाती है और उसे चुम्बनों से सराबोर कर देती है। ऐसे चूमती है, जैसे उसने सालों से सोचा तक नहीं था। वह माँ को कन्धों से मज़बूती से पकड़ लेती है, और माँ गुस्से से थप्पड़ चलाती जाती है, जो किसी को नहीं लगते। माँ को ऐरिका कन्धों के

बीचोंबीच चूमती है, जहाँ वह हमेशा नहीं पहुँच पाती, क्योंकि माँ सिर को बारी-बारी से दायें या बायें फेंकती है, जहाँ चूमा नहीं जा रहा होता। धुँधलके में माँ का यह चेहरा एक उजला धब्बा है, कृत्रिम सुनहरे बालों में लिपटा, जो दिशा-निर्धारण में मदद कर रहे हैं। ऐरिका अन्धाधुन्ध इस धब्बे में चूमे जा रही है। इस मांस से वह उत्पन्न हुई है! माँ के इस भुरभुरे केक से। ऐरिका अपना गीला मुँह माँ के मुखारविंद में दबा देती है और एक बाँह से माँ को फौलादी शिकंजे में कस लेती है, ताकि वह ख़ुद को बचा न सके। ऐरिका पहले आधी, फिर तीन चौथाई माँ के ऊपर बैठ जाती है, क्योंकि यह पूरे मन से पीटने के लिए हाथ चला रही है और बाँहों को पसार कर कुटाई की कोशिश कर रही है। बायें से ऐरिका के गोल मुँह और दायें से ऐरिका के गोल मुँह से बचने के लिए माँ का मुँह सिर के झटकों के ज़रिये इधर-उधर हो रहा है। चुम्मों से बचने के लिए माँ पागलों की तरह सिर घुमा रही है, जैसे प्रेम की कुश्ती चल रही हो और लक्ष्य रतिक्षण नहीं, बल्कि माँ है, एक व्यक्ति के रूप में माँ। और यह माँ कृतसंकल्प कुश्ती लड़ रही है। व्यर्थ, क्योंकि ऐरिका ज़्यादा ताक़तवर है, जैसे एक पुराने घर पर मारवल्ली, इस माँ पर, जो निःसंदेह कोई आरामदायक पुराना घर नहीं है। इस विशाल काया पर ऐरिका चूस रही है और कुतर रही है, जैसे पुनः एक बार अन्दर सरक जाना चाहती हो, वहाँ छुप जाना चाहती हो। ऐरिका माँ के सामने प्रेम-स्वीकरण करती है, माँ घरघरा कर विपरीत बोलती है, मतलब कि वह भी वैसे ही अपनी बच्ची को प्यार करती है, पर बच्ची को तुरन्त रुक जाना चाहिए! बहुत हो गया! ऐरिका की तरफ़ से आते जज़्बातों के तूफ़ान से माँ ख़ुद को बचा नहीं सकती, लेकिन उसे अच्छा लगता है। उसे यह प्रेम-निवेदन सा लगता है। प्यार की यह मूल पूर्वापेक्षा है कि इन्सान ख़ुद को बेहतर महसूस करे, क्योंकि एक दूसरा हमें वरीयता की सीढ़ी पर रख कर निवेदन कर रहा है। ऐरिका माँ को कस कर काट लेती है। माँ ख़ुद को बचाने के लिए मारना शुरू कर देती है। जितनी ज़्यादा ऐरिका चूमती जाती है, माँ ख़ुद को बचाने के लिए उतनी ही ज़्यादा कुटाई करती जाती है, लगता है कि बच्ची स्वयं पर नियन्त्रण खो चुकी है, हालाँकि उसने कुछ नहीं किया। चिंघाड़ने के विभिन्न स्वरों में माँ कहती है : रुक जा! माँ पूरा ज़ोर लगा कर रुकने को कहती है। ऐरिका लगातार चुम्बन बरसाती हुई माँ पर कभी इधर कभी उधर बह रही है। वह हल्की मार मारती है इस माँ को ललकारती हुई, क्योंकि वह इच्छित प्रतिक्रिया नहीं दिखा रही। वह मांगते हुए माँ को मारती है, दण्ड देते हुए नहीं, जो इसे एक दुर्भावनापूर्ण कर्म

समझती है और धमकाती है और झिड़कती है। माँ--बच्ची ने भूमिकाएँ बदल ली हैं, क्योंकि पीटने का काम हमेशा माँ का रहा है; ऊपर से इसे नीचे बच्ची का व्यापक दृश्य देखने को मिलता है। माँ सोचती है कि उसे स्वयं को कृतसंकल्प हो कर अपने अंकुर के परा-कामुक हमलों से बचाना है और वह अन्धकार में अन्धाधुन्ध घूँसे चलाये जा रही है।

बेटी माँ के हाथ खींच कर परे करती है और माँ के गले पर चूमती है, प्रच्छन्न-कामुक-अभिप्राय से, एक विरली और अनभ्यस्त प्रेमिका। माँ भी, जिसने प्यार में कोई विशेष परिष्कृत शिक्षा प्राप्त नहीं की, एक ग़लत तकनीक का इस्तेमाल करती है और अपने आसपास पैरों से सब कुचल कर रख देती है। सबसे ज़्यादा बूढ़ा मांस थकता है। इसे माँ नहीं समझा जाता, बल्कि शुद्ध मांस ही समझा जाता है। ऐरिका दाँतों से माँ का मांस चर डालती है। चूमती जाती है और चूमती जाती है। पागलों सी माँ को चूमती है। स्वयं पर नियन्त्रण खो बैठी बेटी माँ को जो कर रही है, माँ उसे सूअरपने का नाम देती है। उसे इसमें कुछ नहीं मिल रहा—माँ को दशकों से ऐसे नहीं चूमा गया, और अब उससे बढ़ कर कुछ आ रहा है! क्योंकि ज़बरदस्त चुम्मों की बौछार बराबर चलती रहती है, जब तक कि चुम्बनों के अतिद्रुत वादन के बाद बेटी थकी हुई आधी माँ पर लेटी नहीं रह जाती। बच्ची माँ के चेहरे पर रोती है, और माँ बेटी को ख़ुद से उतारते हुए पूछती है कि कहीं वह पागल तो नहीं हो गयी। जब कोई उत्तर नहीं मिलता तो माँ फ़ौरन सो जाने का हुक़्म देती है, क्योंकि कल भी एक दिन है। पेशे के उन कामों की तरफ़ ध्यान दिलाती है, जो इस दिन घात लगा कर बैठे हैं। बेटी मानती है कि अब सो जाना चाहिए। बेटी किसी अन्धे छछुँदर की तरह माँ के शरीर के मुख्य भाग को टटोलती है, लेकिन माँ बेटी के हाथ परे कर देती है। बहुत थोड़े समय के लिए बेटी को माँ की हल्की हो गयी महीन झाँटें देखने का मौक़ा मिला है, जो मोटे हो गये माँ के पेट ने अपने नीचे छुपा रखी थीं। एक अजीब सा नज़ारा था। माँ ने इन झाँटों को अब तक कड़ाई से क़ैद कर के रखा है। कुश्ती के दौरान बेटी ने जानबूझ कर माँ के गाउन के नीचे टटोला है, ताकि वह अन्ततः इन बालों को देख सके, जिनके बारे में वह हर समय जानती थी : ये ज़रूर वहाँ होंगे! लेकिन अफ़सोस कि रोशनी बहुत ख़राब थी। ऐरिका ने अपनी माँ को अक़्लमन्दी से उघाड़ा है, ताकि वह सब देख ले, पूरा सब देख ले। माँ ने ख़ुद को बचाया है, पर नाकामयाब रही है। यदि इसे विशुद्ध शारीरिक स्तर पर परखा जाये तो ऐरिका अपनी तनिक छिजी हुई माँ से

ज़्यादा तगड़ी है। ऐरिका ने जो अभी देखा है वह माँ के मुँह पर मारती है। माँ बात को उड़ाने के उद्देश्य से चुप रहती है।

दोनों औरतें सट कर सोयी हैं। रात थोड़ी बाकी बची है, जल्दी ही दिन कष्टकर रोशनी और परिन्दों की सिर खाने वाले चें-चें से अपने आने की घोषणा करेगा।

इस औरत ने वाल्टर क्लेम्मर को जो हैरान किया है, वह उसे बुरा नहीं लगा, जिस चीज़ को लोग करने का कहते रहते हैं, उसका इसने दुस्साहस किया है। साँस लेने जितने अन्तराल में उसने सोचा है, और अपनी इच्छा के विपरीत प्रभावित हुआ है कि स्वयं को ज़रा सा बाहर धकेलने के लिए वह किन सीमाओं तक गयी है। निस्संदेह ऐरिका का संभोगेच्छा का दायरा विस्तृत हुआ है। क्लेम्मर प्रभावित हुआ है। इस दायरे में दूसरी औरतों के साथ धूल-धूसरित भूमि तथा टूटी-फूटी कंकरीट पर पर्वतारोहण के साज़-सामान और एक-दो फूलों की जगह थी। लेकिन यहाँ तो इस्तेमाल करने के लिए एक पूरा फ़ुटबाल का मैदान है, जमा टेनिस-कोर्ट और भस्मावृत मार्ग है! ऐरिका बरसों से अपने बाड़े को जानती है, माँ ने खूँटा खोल दिया है, लेकिन ऐरिका सिर्फ़ इसी से सन्तुष्ट नहीं है; वह ये खूँटे उखाड़ लेती है और नये गाड़ने में संकोच नहीं करती, क्लेम्मर दाद देता है। उसे गर्व है कि प्रयोग उसी पर किया जा रहा है, लम्बी सोच के बाद यह बात उसके दिमाग़ में आयी है। वह जवान है और नयी चीज़ों के लिए तैयार है। वह सेहतमंद है और बीमारी के लिए तैयार है। हर चीज़ के लिए खुला है, हर दिशा से खुला है। वह प्रबुद्ध है और एक और फाटक को पूरा खोलने को तैयार है। ज़रूरत पड़ी तो झुक कर खिड़कियों से भी झाँकेगा, इतना ज़्यादा कि जब तक तकरीबन पकड़ नहीं छूट जायेगी। तब तक डटा रहेगा। पंजों पर ऊँचे तक हो कर झुकेगा। वह जानबूझ कर कोई जोखिम ले रहा है और इसलिए जोख़िम लेने का ख़ुशी से इन्तज़ार कर रहा है, क्योंकि जोख़िम वह ख़ुद ले रहा है। अब तक वह एक काग़ज़ का एक अलिखित टुकड़ा था, जो एक अनजान मुद्रक की स्याही का इन्तज़ार कर रहा था, और किसी ने कभी ऐसा कुछ पढ़ा नहीं होगा। उसकी पूरी ज़िन्दगी पर यह छाप छोड़ जायेगा। बाद में वह वह नहीं रहेगा, जो वह पहले था, क्योंकि वह ज़्यादा होगा और ज़्यादा पायेगा।

जहाँ तक इस औरत का सवाल है, वह ज़रूरत पड़ने पर क्रूर होने का फ़ैसला

भी ले सकता है, वह सोचता है। वह उसकी शर्तें बिना कोई एतराज़ किये मानेगा और उस पर अपनी थोपेगा : अधिक क्रूरता। वह भली-भाँति जानता है कि कैसा होगा, जब वह यह परखने के लिए कुछ दिन उससे दूसर रहेगा कि क्या दिल दिमाग के चीरने-फाड़ने के अमानवीय पूर्वाभ्यास को झेल सकेगा। उसके दिमाग़ का फ़ौलाद पूरा मुड़ तो गया, लेकिन औरत द्वारा उसे दिये गये वायदों के बोझ तले टूटा नहीं। वह स्वयं को उसके हाथों में सौंप देगी। जो परीक्षाएँ वह देने वाला है, उन पर उसे गर्व है, वह उसे तकरीबन मार ही देगा।

फिर भी छात्र ज़्यादा दिनों की दूरी रख कर प्रसन्न है। चीची उँगली आगे करने से बेहतर है भाप में पकने देना। वह कुछ दिन इन्तज़ार करता है कि औरत, जिसकी प्यार पाने की बारी आ गयी है, मुँह पर क्या लाती है। उसकी कक्षा में वह स्वेच्छा से नहीं जाता। उम्मीद करता है कि औरत इस पर बेशर्मी से उसके पीछे पड़ेगी। फिर वह आज़माइश के तौर पर न कहेगा और प्रतीक्षा करेगा कि आगे वह क्या करती है। इस समय बन्दा अकेला रहना पसन्द करता है। बकरी को मिलने से पहले भेड़िया किसी बेहतर दोस्त को नहीं जानता।

जहाँ तक ऐरिका का प्रश्न है, उसने वर्षों से 'त्याग' शब्द को जाना है, अब वह ख़ुद को पूरा बदलना चाहती है। उसकी लालसा का बहुत इस्तेमाल हुआ दाब उसकी इच्छाओं पर दबाव डालता है, लाल हो कर बहने लगता है। वह लगातार दरवाज़े पर नज़र रखती है कि अभी छात्र इसमें प्रवेश करेगा, परन्तु शेष सभी छात्र आते हैं, वह नहीं आता। बिना माफ़ी माँगे दूर रहता है।

क्लेम्मर की सीखने की निरन्तर ललक में, जो बहुत कुछ शुरू करती है और बहुत कम अन्त तक लाती है, जापानी लड़ाकू खेल, भाषाएँ, शिक्षा-यात्राएँ, कला-प्रदर्शनियाँ भी, ज्ञान का यह पुजारी मूल-तत्त्वों के जानने के लिए पड़ोस के क्लेरीनेट के स्कूल में भी जाता है, जिसका उपयोग वह सैक्सोफ़ोन पर जैज़ संगीत तथा तात्कालिक संगीत-रचनाओं में करने की इच्छा रखता है। इन दिनों वह सिर्फ़ पियानों और उसकी महारानी से बच रहा है। कई प्रतियोगी क्षेत्रों के मूल-तत्त्वों को जानने के बाद क्लेम्मर अधिकतर उन्हें छोड़ देता है। उसमें धैर्य की कमी है। लेकिन अब वह उच्च क्षमता का प्रेमी बनना चाहता है, औरत उसे इसके लिए ललकार रही है। फिर दुबारा वह, समय मिले तो, रोता-पीटता है कि शास्त्रीय संगीत की कमर-पट्टी उसके लिए बहुत तंग है, वह जो एक ऐसा नयनगोचर प्रदेश पसन्द करता है, जिसकी सीमाओं ने विरूपित नहीं किया हुआ। वह खुली ज़मीन की कल्पना करता

है, मैदानों के बारे में सोचता है, जो उसने कभी नहीं देखे, और स्पष्ट है कि उससे पहले और भी किसी ने नहीं देखे। वह वस्त्रों के छोर उठाता है, और चौंक कर उन्हें नीचे गिरा देता है, तुरन्त उन्हें फिर से उठाने के लिए, क्या उसने सही से देखा है? ऐसा नहीं सोचता वह। यह कोहूट उसे इन मैदानों और वादियों से दूर रखने के प्रयत्न करती है, लेकिन निजी तौर पर इन्हीं से वह उसे लुभाती भी रहती है। छात्र सीमाहीनता की प्रवाह-शक्ति कों अनुभव करता है। कक्षा में यह औरत निर्दय होती है, छोटी से छोटी चीज़ दूर से सुनती है, जीवन में वह याचना के लिए बाध्य की जाना चाहती है। पियानों पर वह उसे पूरा काठ का उल्लू बना देती है, लपेट लेती है, उँगलियों के अभ्यास की, स्वर-कम्पन के अभ्यास की इस लचीली पट्टी में, धाराप्रवाहिता की छेरनी[1] शिक्षण-पद्धति में। उसके मुँह पर यह एक तमाचा होगा जब क्लेरीनेट की प्रतिद्वंद्विता उसे डोरी से बँधी स्वर-संगति से स्वाधीन कर देगी। किस तरह फिर वह तात्कालिक प्रयोग कर सकेगा, सोप्रान सैक्सोफ़ोन पर! क्लेम्मर क्लेरीनेट पर अभ्यास करता रहता है। पियानों पर बहुत कम अभ्यास करता है। वह कृतसंकल्प हो संगीत के नये क्षेत्रों से जुड़ जायेगा और योजना बनायेगा एक छात्र-जैज़-बैंड में शामिल होने की, जिसे वह जानता होगा, और जब वह उनसे आगे निकल जायेगा तो अपना एक ग्रुप बनायेगा, अपने आदर्शों, अपने मन के संगीत की रचना करेगा, उन आदर्शों के नाम वह जानता है, लेकिन अभी यह उसका रहस्य है। ऐसा कुछ संगीत के सन्दर्भ में आज़ादी के प्रति उसकी सुस्पष्ट उत्कंठा के अनुरूप होगा। जैज़ की क्लास में दाख़िले के लिए वह अर्ज़ी दे चुका है। वह वाद्य-विन्यास सीखना चाहता है। पहले तो स्वयं को समन्वित करेगा, जुड़ जायेगा, लेकिन सही समय आने पर आश्चर्यचकित कर देने वाले एक एकल-वादन से फुहारे की तरह मंडली से अलग छिटक जायेगा। उसकी इच्छा-शक्ति को व्यवस्थित करना सरल नहीं है, उसकी क्षमता की तरह उसकी इच्छा भी स्वर-चिह्नों की कापियों के बक्से को आसानी से स्वीकार नहीं करती। उसकी कुहनियाँ शरीर के साथ लगी हर्षपूर्वक चप्पू चलाती हैं, उल्लासपूर्वक उसकी साँस पाइप में प्रवाहित होती है, वह किसी चीज़ के बारे में नहीं सोचता। वह ख़ुश है। वह स्वर-चिह्नों के परिवर्तन का प्रशिक्षण ले रहा है। दूर से शानदार तरक्की नज़र आ रही है, उसका क्लेरीनेट-शिक्षक कहता है, और इस छात्र को पाने पर ख़ुश है, जो कोहूट की ओर से महत्त्वपूर्ण पूर्वज्ञान ले कर आया है और उम्मीद कर रहा है कि शिक्षिका से उसे चुरा लेगा। समापक संगीत-समारोह

1. कार्ल छेरनी (1791-1857) : आस्ट्रियाई पियानो-वादक। बीथोवन का शिष्य, लिस्ट का गुरु।

में उसके साथ यश को बाँटने के लिए।

उसने क्या उसे प्रकृति का वचन नहीं दिया, कड़ाही से ग़रमा-ग़रम ताज़ी प्रकृति, और क्या सब से बेहतर वही नहीं जानता कि यह प्रकृति कहाँ मिलेगी? डरे हुए, अपनी वाद्य रखने की छोटी काली पेटी साथ लिए दरवाज़े से बाहर आते, ढुलमुल, हकलाते छात्र के सामने वह नदी तट पर एक साथ सैर करने जाने का प्रस्ताव रखती है। अभी तुरन्त। लेकिन उसकी वेशभूषा से ही उसने उसकी योजना को भाँप लिया होगा। मेरे आने की वजह, वह कहती है : नदी से होते हुए वन में। इस सही सुसज्जित महिला के साथ तुरन्त क्षमता की रोड़ी भरी ढलानें खुल जाती हैं, गरजती, बेस्वाद मिट्टी तथा कंकड़ से लदी हिमानी नदियाँ। एक अनाकर्षक पर्वतीय स्थल के स्टेशन पर लक्ष्यनिष्ठ हो कर क्लान्त होने का प्रमाण देना होगा; केले के छिलके और सेब के डिब्बे ज़मीन पर, किसी ने एक कोने में उलटी कर रखी है, और सारे बेकार के प्रमाणपत्र, हर कोने में काग़ज़ के गन्दे टुकड़े, ट्राम की इन कटी-फटी टिकटों को कोई झाड़ू मार कर कचरे में नहीं डालता।

क्लेम्मर देखता है कि ऐरिका ने एकदम नये ढंग के कपड़े पहने हैं, कपड़े अवसर के अनुरूप हैं और अवसर कपड़ों के। हमेशा की तरह उसके लिए कपड़ों का विशेष महत्त्व है, वैसे उसे खिलने के लिए आभूषणों की ज़्यादा ज़रूरत है, सज-धज की, और अकेला वन कभी किसी औरत का आभूषण नहीं बना। या इसके विपरीत औरत वन को अपनी उपस्थिति से सजाये, एक पशु के रूप में, जिसे शिकारी दूरबीन से देखा जा रहा है। ऐरिका ने सैर करने के मज़बूत जूते ख़रीदे हुए हैं और उन पर रगड़ कर तेल मला है, ताकि वे नमी में फफूँदी से ख़राब न हो जायें। इन जूतों में वह चाहे तो आराम से कई किलोमीटर पैदल चल सकती है। उसने सैर के लिए उपयुक्त एक ब्लाउज़, वैसी ही एक फ़ैशनेबल जैकेट और घुटनों तक आने वाली नाड़ेवाली एक पतलून पहनी है, साथ में ऊनी लाल बिना पैर के मोज़े। बल्कि उसने तरो-ताज़ा करने वाली चीज़ों से भरा एक पीठ झोला भी साथ लिया हुआ है! वह रस्सी नहीं लायी, क्योंकि वह आत्यंतिक खेल पसन्द नहीं करती। और अगर आत्यंतिक कुछ करना है तो बिना जाल और रस्सी के; बिना किसी अन्तिम उपाय के सम्भवतः यह औरत देह को लगातार खखोरने के खेल के खतरे के हवाले हो जायेगी, जिसमें सिर्फ़ अपने जोड़ीदार पर ही दारोमदार होता है।

ऐरिका की योजना है स्वयं को आदमी के सामने काँटे से छोटे-छोटे टुकड़ों में पेश करने की। वह उसे ज़्यादा न खा जाये, हमेशा उसे खाने की भीषण भूख रहे।

जब वह अपनी माँ के साथ अकेली होती है तो ऐसे सोचा करती है। जब वह भिन्न-भिन्न प्रकार से सोच लेती है तो अपनी बचत करती है और ख़र्च सोच-सोच कर करती है। उसके पाउंड किलो बढ़ रहे हैं। अपनी आधुनिक देह के चिल्लर को वह क्लेम्मर के लिए मेज़ पर कंजूसी से गिनेगी, ताकि वह सोचे कि जितना वह वास्तव में दे रही है, चिल्लर उससे दुगना है। अपने ख़त की ज़ोरदार गुस्ताख़ कोशिश के बाद वह पीछे हट गयी है, जो कि उसके लिए आसान नहीं था। अपनी देह की गुल्लक में वह फँस कर बन्द है, इस नीली हो रही गिल्टी में, जिसे वह हमेशा अपने साथ घसीटती रहती है, और जो इतनी मांसल है कि फटने को हो रही है। सैर की इस पोशाक के लिए, मसलन, जिसे उसने पहन रखा है, उसे स्पोर्ट्स के कपड़ों की दुकान में कितने पन्ने पलटने पड़े थे। वह गुणवत्ता ख़रीदती है, जो सुन्दरता से अधिक महत्त्वपूर्ण है। उसकी इच्छाओं का दायरा व्यापक है। क्लेम्मर औरत का अवलोकन आराम से करता है, आराम में शक्ति है। उसकी आँखें पोशाक के नकल किये गये बटनों पर सुस्ती से मटरगश्ती करती हैं, घड़ी की एक छोटी चाँदी की चेन (यह भी नक़ल है) पर भी, जो शिकारियों वाले फ़ैशन में हिरण के दाँत से सज्जित ऐरिका के पेट पर लटक रही है। ऐरिका घें-घें करती हुई उसे बताती है कि उसे आज की सैर का वायदा किया गया था, जिसका तकाज़ा करने वह अब आयी है। वह पूछता है, यहाँ, अब, और आज ही क्यूँ? वह कहती है : तुझे याद नहीं कि तूने **आज** ही कहा था? बिन बोले वह उसके लापरवाह वायदों का कूपन उसके सामने कर देती है। उससे साफ़-साफ़ वायदा किया गया था और वह भी : आज का। उसने तो बस सुझाव दिया था : आज का। छात्र यह न सोचे कि मास्टरनी कुछ भूलती है। क्लेम्मर बोलता है : न यह जगह है न यह वक्त। ऐरिका तुरन्त उसे दूर स्थित बेहतर जगहों और बेहतर वक्त का वायदा करती है। जल्द ही प्रेमी-युगल को वनों और झीलों से रास्ते बदलने की आवश्यकता नहीं रहेगी। परन्तु आज पर्वतों और वृक्षों की चोटियों की आशा आदमी की लालसा को बढ़ायेगी।

वाल्टर क्लेम्मर सोचता है। वह फ़ैसला करता है कि कुछ नये की आज़माइश करने के लिए वह बहुत दूर नहीं जायेगा। अपनी हमेशा की वैज्ञानिक रुचि के तहत वह पेशकश करता है : ऐरिका हैरान! होगी जब यहीं का यहीं कर लिया जाये। काहे को फालतू में दूर घूमने जायें? इसके अलावा फिर वह तीन बजे आराम से जूडो-क्लब भी पहुँच जायेगा! सिर्फ़ एक चीज़ मोहब्बत के साथ नहीं की जा सकती : मज़ाक! अगर वह संजीदा है तो वह तो कब से तैयार है। हुज़ूर हुज़ूर! अब तक तो वह बहुत

प्यारा और भरोसेमंद रहा है, लेकिन अब वह ज़ालिम भी हो सकता है, वह साबित करेगा। जैसे हुक़्म होगा। नियमानुसार उसे उत्तर देने की बजाय ऐरिका कोहूट उसे खींच कर सफ़ाई वालियों की कोठरी में ले जाती है, जिसमें, वह जानती है, कभी ताला नहीं लगा होता। अब क्लेम्मर को दिखाना होगा कि उसमें क्या है। प्रेरक शक्ति स्त्री दे रही है। उसे अब वो दिखाना होगा, जो उसने कभी नहीं सीखा। सफ़ाई के साधनों की दुर्गन्ध तीखी और बेधने वाली है, सफ़ाई के औज़ारों का ढेर लगा हुआ है। ऐरिका शुरुआत माफ़ी माँगने से करती है, क्योंकि उसे युवक को ख़त लिखने की गुस्ताख़ी नहीं करनी चाहिए थी। इस विचार को वह आगे विस्तार देती है। वह क्लेम्मर के सामने घुटनों पर गिर पड़ती है और भोंडे चुम्बनों से उसके विरोध करते पेट में बेधती जाती है। उसकी घुटने तक की सैर करने की पतलून, जो प्रेम की उच्चतर कला में दक्ष नहीं, धूल में नहा रही है। सफ़ाई के सामान की कोठरी सबसे ख़ास गन्दी जगह है। नये नकोर जूतों के तलों की धारियाँ चमक रही हैं। छात्र और अध्यापिका अपने ख़ुद के प्रेम-ग्रह पर एक साथ जुड़े पड़े हैं, बर्फ़ की सिलों पर, जो, एक-दूसरे को धकियाते, अप्रीतिकर महाद्वीप एक-दूसरे से अलग भाग रहे हैं। क्लेम्मर अब उसकी विनयशीलता से अत्यन्त प्रभावित हुआ है और माँगों से डर गया है, अभ्यास के बिना विनयशीलता का महाघोष करना वह उचित समझती है।

यह विनयशीलता प्रकट लोलुपता से भी बढ़ कर अट्टहास कर रही है। क्लेम्मर जवाब देता है : कृपया तुरन्त खड़ी हो जाओ! वह देख रहा है कि उसने अपना अहंकार त्याग दिया है, उठा कर फेंक दिया है जहाज़ से, और उसने अपने अहंकार को कभी ऊपर जहाज़ पर न लाने का निर्णय लिया है। ज़रूरत हुई तो वह ख़ुद को पतवार से बाँध लेगा। अभी कुछ शुरू ही हुआ है कि दोनों को एक-दूसरे से जोड़ना मुश्किल हो गया है, फिर भी दोनों की दृढ़ इच्छा है परस्पर एक होने की। अध्यापिका की भावनाएँ, यह उष्ण आरोही वायु, ऊपर फड़फड़ा रही हैं। वास्तव में क्लेम्मर बिल्कुल नहीं चाहता, मगर उसे करना है, क्योंकि उससे इच्छा की गयी है। वह दोनों घुटने कस लेता है, घबराया हुआ एक स्कूली बच्चा। औरत उसकी जाँघों पर सर्राटा भरती है और अनुग्रह तथा प्रचण्ड आक्रमण की प्रार्थना करती है। कितना ख़ूबसूरत समय बना सकते हैं हम दोनों! उसके गोश्त के गुच्छे ज़मीन पर छप-छप कर रहे हैं। ऐरिका कोहूट मोहब्बत का ऐलान करती है, जिसके तहत वह बताती है कि उसके पास उकताऊ माँगों, बारीक़ी से सोच कर बनाये गये इक़रारनामों, कई तरह

1. जर्मनों के लिए प्रयुक्त आम शब्द। उत्तर जर्मनी के एक बड़े क्षेत्र को प्रशिया कहा जाता है।

से सुरक्षित बनाये गये समझौतों के अलावा पेश करने को कुछ नहीं है। क्लेम्मर मोहब्बत नहीं देता। वह कहता है चल री इतनी जल्दी नहीं। प्रशियन[1] इतनी जल्दी निशाना नहीं दागते। ऐरिका वर्णन करती है कि इन या उन परिस्थितियों में वह कहाँ तक जाना चाहती है, और क्लेम्मर धीमी चाल में टाउन हाल के पार्क का चक्कर लगाने की योजना बना रहा है। वह अनुरोध करता है : आज नहीं, अगले हफ़्ते! तब मेरे पास ज़्यादा वक्त होगा। जब उसके अनुरोध व्यर्थ जाते हैं तो वह चोरी-छुपे खुद को इधर-उधर सहलाना शुरू कर देता है, लेकिन मांस मुर्दा का मुर्दा रहता है। यह औरत उसे चूसने वाले एक क्षेत्र में धकेल रही है, जहाँ उसके हथियार की माँग है, लेकिन औज़ार माँग पर प्रतिक्रिया नहीं दिखा रहा। पागलों की तरह वह खींचता है, खटखटाता है, झिंझोड़ता है। ऐरिका का ध्यान अभी इस तरफ़ नहीं गया। प्रेम के ज्वालामुखी की तरह वह उस पर टूट पड़ती है। सुबक रही है, जो पहले कहा था, उसमें से कुछ वापस ले रही है, बदले में कुछ बेहतर देने का वादा करती है। कितनी मुक्त है : आख़िरकार! क्लेम्मर धड़ के नीचे काम पर लगा हुआ है, औज़ार को घुमाता है, लोहे के उपकरण उस पर मारता है। चिंगारियाँ निकलती हैं। इस पियानो-शिक्षिका के उन भीतरी-संसारों से उसे डर लगता है, जिन्हें अभी तक हवा नहीं लगी। वे उसे पूरा खा जाना चाहते हैं। ऐरिका शुरुआत में ही साफ़ तौर पर वह सब चाहती है, जो उसके पास है और उसका छोटा सिरा ही नहीं, जो उसने उसे निकाल कर दिखाया था। और वह प्यार की हरकतें करती है, जो उसकी सामझ में वैसी हैं। और जैसे उसने दूसरों को देखा है। वह अनाड़ीपन के संकेत देती है, जिन्हें वह ग़लती से आत्मसमर्पण के संकेत समझती है, और बदले में उसे असहायता के संकेत मिलते हैं। क्लेम्मर को अब **करना** है और इसलिए **कर नहीं** सकता। वह एक बहाना मारता है : मेरे साथ नहीं, याद कर ले! ऐरिका उसकी ज़िप खोलने की कोशिश करती है। ऊपर वह उसकी कमीज़ खोल देती है और चिल्लाती है, जैसा कामरत प्रेमियों में आम होता है। क्लेम्मर में ऐसा कुछ नहीं होता, जिससे वह स्वयं को प्रमाणित कर सके। तलवे रगड़ने से निराश ऐरिका भंडरिया पर ऊपर-नीचे होती है। वह जज़्बातों की साज़-सामान से लैस एक दुनिया विकल्प के रूप में पेश कर रही है। अधिक उत्तेजना तथा घबराहट में वह कुछ स्पष्टीकरण देती है और कि प्रेम के इस परम प्रमाण के बावजूद वह कितनी खुश है। क्लेम्मर कर नहीं सकता, क्योंकि उसे करने की मजबूरी है। इस औरत के सामने 'करना' चुम्बकीय लहरों में ग़ायब हो जाता है। पूरी मजबूरी तो यह ऐरिका है। ऐरिका उकड़ूँ नीचे बैठती है, एक भारी अनाड़ीपन, फूहड़ता से

अपनी हड्डियों की तह लगाती एक विपत्ति, और वह छात्र की जाँघों के बीच चूमती हुई चोंचले दिखाने लगती है। युवक कराहता है, जैसे यह दुराग्रह उसमें कुछ जाग्रत कर रहा हो, वह कराहता है और कहता है : मुझे ऐसे मत जकड़। तू मुझे जकड़ेगी नहीं। लेकिन सैद्धान्तिक रूप से वह प्रेम में कुछ नया आज़माने को हमेशा तैयार है। आख़िर अपनी लाचारी में वह ऐरिका को गिरा देता है और उसकी गर्दन पर अपने हाथ के सिरे से हल्के से मारता है। ऐरिका का सिर आज्ञाकारिता में आगे को झुक जाता है और अपने आस-पास को भूल जाता है, जिसे वह अब देख नहीं सकता। सिर्फ़ कमरे का फ़र्श। प्यार में औरत ख़ुद को आसानी से भूल जाती है, क्योंकि वह स्वयं थोड़ी सी बची है, जिस पर वह विचार कर सकती है। क्लेम्मर बाहर कान लगा कर सुनता है और चौंक जाता है। थोड़ा ध्यान देने के बाद अपने फिर से नीचे बैठते गुप्तांग पर क्लेम्मर जल्दी से औरत का मुँह रख देता है। किसी पुराने दस्ताने की तरह सिकुड़ रहा है गुप्तांग। दस्ताना बहुत बड़ा है। उसके साथ कुछ नहीं होता, और क्लेम्मर के साथ भी कुछ नहीं होता, जबकि शिक्षिका का जीव कहीं दूर धूमिल पड़ रहा है। निरहंकार।

क्लेम्मर अन्धाधुन्ध मुँह में भेड़े जाता है, और प्रमाण देने से फिर भी रह जाता है। उसका ढीला लण्ड ऐरिका के जलक्षेत्र में तैर रहा है, एक भावशून्य कॉर्क सा। फिर भी वह उसके बालों को मज़बूती से पकड़े रखता है, क्योंकि उससे शायद उसका कुछ बढ़ रहा है। आधा कान क्लेम्मर ने बाहर गलियारे में लगा रखा है कि कहीं सफ़ाई वाली तो नहीं आ रही। उसका शेष पूरा बचा भाग गुप्तांग को सुन रहा है कि उसमें जान आ रही है या नहीं। प्रेम के वशीभूत और साथ ही संशयालु हुई ऐरिका क्लेम्मर के हर अंग को चूमे जा रही है, एक गाय और उसका नवजात बछड़ा। वह उम्मीद दिलाती है कि हो जायेगा, हो जायेगा, और कि दोनों के पास असीम समय है, अब, जबकि दोनों की आसक्ति पर कोई सन्देह नहीं किया जा सकता। बस घबराना नहीं! वायदे, अस्पष्टता से बोले गये, आदमी की गति बढ़ा देते हैं, जो इनके पीछे छिपे आदेश को मद्धम स्वर के रूप में पहचानता है। यह बॉस क्या उसे संगीत में कुछ विशेष स्थलों पर निरन्तर उँगलियाँ और पैर चलाने का आदेश नहीं देती रहती? अपने संगीत के ज्ञान को वह क्लेम्मर से ऊपर रखती है और उसके नीचे जाते हुए वह उसमें इतनी घृणा उत्पन्न करती है कि वह बता नहीं सकता। उसके लोड़े के सामने वह उसे छोटा बनाती है, जो अपनी तरफ़ से छोटा ही रहता है। क्लेम्मर ऐरिका में ठोंकता और मारता ही जाता है, जिसे ऊपर मुँह में उलटी चढ़ती

महसूस होती है, लेकिन पहले की तरह उसका ठोंकना किसी काम नहीं आता! आधे खुले मुँह से औरत प्यार से तसल्ली देती है और भविष्य की ओर संकेत देती है। भविष्य की खुशियाँ होंगी। ऐरिका की आँखें किसी को नज़र नहीं आ रहीं, वह हुक़्म देने वाली नहीं लग रही, वह सिर्फ़ बाल है, सिर का पिछला हिस्सा है, गर्दन है, निगूढ़ता है। प्यार की स्वचालित मशीन, जो ठोकरें मारने पर भी प्रतिक्रिया नहीं दिखाती। और छात्र की एक ही फ़िक्र है, उससे अपने औज़ार को धार लगवाना। उसके औज़ार का मूलतः उसके शेष शरीर से कोई सरोकार नहीं है। जबकि औरत पूरी तरह से वासना के शिकंजे में है। औरत को जल्दी है कि प्यार पूरा दे दे और चिल्लर को पड़ा रहने दे। वाल्टर और ऐरिका एकीकृत हो कर कहते हैं, आज नहीं होगा, बाद में ज़रूर होगा। ऐरिका के लिए सबसे बड़ा सबूत : असफलता। क्लेम्मर क्रोधोन्मत्त हो कर अपनी अक्षमता पर झुँझलाया हुआ है और औरत के बालों को मज़बूती से जकड़े हुए है, दर्द करने की हद तक, ताकि वह अब अपनी आम अस्पष्ट अनिश्चितताओं में उससे छूट कर भाग न जाये। अब वह यहाँ है तो इसका फ़ायदा उठाये और समझौते के मुताबिक इसे ज़ोर से बालों से खींचे। उनमें से हर एक एकीकृत हो कर प्यार के बारे में कुछ न कुछ चिल्लाये।

लेकिन इस मुद्दे पर छात्र का सितारा डूब जाता है। वह उसे यहाँ मात नहीं दे सकता। यह खुलता ही नहीं, यह आन्तर कर्ण, जितना भी वह उसके तन्तुओं को खींचे और घसीटे। बिना कटे-छटे पेड़ों और झाड़ों के बीच वासना का कोई सीधा रास्ता नहीं मिलता। बड़ी से बड़ी आशा पूरी करने वाले जंगलों के बारे में औरत अनाप-शनाप कुछ बकती है और ले-दे कर सिर्फ़ झड़बेरियों और पीत छत्रकों को पहचानती है। लेकिन बताती है कि उन्हें उसने लम्बी इन्तज़ार करके कमाया है। छात्र ने मेहनत की है, उसके लिए पुरस्कार उसे इशारा कर रहा है। पुरस्कार ऐरिका के प्यार में है, जो अब छात्र को मिलेगा। मसूड़ों और जीभ के बीच भोंडेपन से उलट-पलट करते हुए वह अपनी भावी वासना से एक शिक्षाप्रद सैर-पथ की उम्मीद रखती है, जहाँ झाड़ियों पर उनके नाम सफ़ाई से लिखे होंगे। पट्टी पढ़े और इन्सान खुश हो जाए कि कब से जानी-पहचानी एक झाड़ी को उसने फिर से पहचान लिया है। फिर उसे घास में साँप नज़र आता है और वह क्षोभ से भर उठता है कि यह पहचान-पट्टी ले कर नहीं घूम रहा। औरत इस कष्टकर स्थान को उनका प्रेम-स्थल घोषित कर देती है। यहाँ और अभी! छात्र ऐरिका के मुँह की नर्म गुफ़ा में बिन बोले धकियाए जा रहा है, यह स्वरहीन भोंपू, जिनमें उसे दाँत ज़रा से महसूस होते हैं, जिन्हें

वह ठीक से छुपा कर रखने की सलाह देता है। एक ऐसी स्थिति में बन्दे को बीमारी से ज़्यादा दाँतों से डर लगता है। वह पसीना बहाता है और हाँफता है, क्षमता का दिखावा करते हुए। वह बकता है कि हमेशा वह पत्र के बारे में ही सोचता रहता है। क्या बेवकूफ़ी है! पत्र की वजह से यह उसका दोष है कि वह संभोग को कार्यान्वित करने की सीमा तक नहीं पहुँचा सकता, बल्कि हमेशा संभोग के बारे में सोचता रहता है। उसने अवरोध खड़े कर दिये हैं, इस औरत ने।

जब वह उत्साहित हो कर औरत को, जिसने उसके गुप्तांग को कभी यथोचित सम्मान नहीं दिया, अपने जाने-माने और जाने-पहचाने गुप्तांग की लम्बाई के बारे में बता रहा होता है तो इतना खुश होता है, जैसे कोई ज्ञानपिपासु बच्चा ईंटों के घर रूपी खिलौने के मिलने पर होता है। लम्बाई केवल उपस्थित नहीं है। मस्ती के जोश में मास्टरनी, जिसने मज़ा कभी महसूस नहीं किया, विस्तारपूर्वक विवरण को मनोयोग से सुनती है। वह उसका अनुमोदन करती है और आज इसका ख़ुशी से इन्तज़ार करती है, उसके साथ इसका और इससे ज़्यादा का तजुर्बा करने की। वह नज़र बचा कर उसके लोड़े पर थूकने की कोशिश करती है, लेकिन तुरन्त उसे वह पुनः मुँह में लेना पड़ता है, गुरु-शिष्य परम्परा का सम्मान न करते हुए क्लेम्मर मास्टरनी जी को हुक़्म जो दे देता है। इतनी जल्दी वह कोशिश नहीं छोड़ेगा! ऐरिका को यह कड़वी दवाई बिना शक्कर के लेनी होगी। ढिल्लड़पन का शुरुआती संत्रास, जिसमें शायद कसूर उसका है, ऐरिका कोहूट को घेर लेता है। अब भी उसका जवान शागिर्द बेपरवाह सेक्स का मज़ा लेने की कोशिश कर रहा है, जिसमें उसे कामयाबी नहीं मिल रही। औरत में, जो ऐसे खड्डों को अपने पूरे वजूद से भर रही है, भय का धुंधला जहाज़ उभर रहा है, जिस पर पाल चढ़ चुका है। बिन चाहे, उन्माद से निकली, उसे उस छोटी सी कोठरी की हर चीज़ को देखना पड़ता है। कोठरी की खिड़की से एक पेड़ का शिखर नज़र आ रहा है। पांगर का पेड़ है यह। क्लेम्मर के प्रेम के प्रवर्ध की स्वादहीन खट्टी-मीठी टॉफ़ी आदमी ने औरत के मुँह की गुहा में मज़बूती से फँसा रखी है, आदमी ने ख़ुद को पूरा का पूरा उसके चेहरे पर दबा रखा है और फ़जूल में कराह रहा है। कनखियों से ऐरिका भेंगी सी बन कर नीचे टहनियों का एक अगोचर सा हिलना-डुलना देखती है, ज़ो बारिश की बूँदों से बोझिल सी हुई लगती हैं। पत्तों पर नाजायज़ बोझ डाला जा रहा है। फिर अश्रव्य टप-टप, फ़ुहार नीचे गिरती है। वसन्त की इस सुबह ने जो वायदा किया था, वो निभाया नहीं। ताज़े पत्ते बूँदों की बौछार के सामने झुक जाते हैं। आकाश से गोले टहनियों पर बरस रहे हैं। अब भी

आदमी औरत के मुँह में ठूँसे जा रहा है, और उसके बालों और कानों को जकड़ रखा है उसने, जबकि बाहर प्रकृति ने अपना बल प्रदर्शन आरम्भ कर दिया है। वह अब भी चाहती है, वह अब भी कर नहीं सकता। ठोस और कड़ा होने की बजाय वह छोटा और ढीला ही रहता है। अब छात्र क्रोधवश चीखता है, दाँत पीसता है। क्योंकि आज वह अपनी क्षमता के उत्कर्ष का प्रदर्शन नहीं कर पा रहा। आज वह औरत की देह के बेहतर भाग, अर्थात ऊपरी भाग में स्थित, उसके मुँह के छेद में अपना माल नहीं उतार सकेगा। ऐरिका कुछ नहीं सोच रही। उसका दम घुट रहा है, हालाँकि मुँह में जो है, वह नगण्य है। परन्तु उसके लिए पर्याप्त है। गुप्तांग की कड़ाई के एवज़ में छात्र उसके खुजली करने वाले कड़े बालों से भरा शरीर का निचला हिस्सा धड़ाधड़ उसके चेहरे पर ठेले जाता है। ऐरिका में कुछ ऊपर चढ़ रहा है। वह ज़ोर लगा कर टीन की एक पुरानी बाल्टी में उलटी कर देती है। जो मेहरबानी कर के इस्तेमाल के लिए वहाँ पड़ी हुई है। ऐसा सुनाई देता है, जैसे कोई भीतर आ रहा है, लेकिन भीतर आये बिना आगे निकल जाता है। उलटियों के तूर्यनाद के बीच-बीच मास्टरनी बन्दे को शान्त करती जाती है कि जैसा दिख रहा है, मामला इतना बुरा नहीं है। अपनी गहराई से पित्त निकालती जाती है। ऐंठी हुई वह अपने दोनों हाथ पेट पर रखती है और अर्द्धमूर्छित हुई बाद के और इससे बहुत बड़े मज़े की ओर संकेत करती है। आज तो मज़ा नहीं आया, लेकिन जल्दी ही मज़ा स्टार्ट-बॉक्स से लगातार निकलेगा। तनिक सँभली है वह और उसे अथक नये ज़्यादा ज़बरदस्त, ज़्यादा ईमानदार जज़्बात पेश करती है, नरम कपड़े से उन्हें रगड़ कर, चमका कर फ़ख्र से उन्हें दिखाती है। यह सब मैंने तेरे लिए बचा कर रखा है, वाल्टर, इस मुक़ाम पर हम पहुँच चुके हैं! उसने कै करनी भी बन्द कर दी है। वह पानी से कुल्ला करना चाहती है और बदले में वह खेल-खेल में एक हल्की सी चपत पाती है। आदमी आपे से बाहर हो कर कहता है, मत कर इसे फिर से मेरे उन्माद के गिरिपाद के बीच। अब तूने मेरा विचार-क्रम तोड़ दिया है। हिमाच्छादित शिखर तक मेरे पहुँचने तक तू प्रतीक्षा नहीं कर सकी। मेरे हिसाब से तुझे कुल्ला नहीं करना चाहिए। औरत आदमी को बाँहों में घेर लेती है और फ़ज़ूल की कोई बात करती है। आदमी का जवाब है कि तू बदबूदार है! क्या वह जानती है कि उसमें से बदबू आ रही है? वह वाक्य को कई बार दोहराता है, क्योंकि वह उसे सुनने में बहुत ख़ूबसूरत लग रहा है, जानती हैं आप कि आपमें से कितनी बदबू आ रही है, ऐरिका जी? वह समझती नहीं और उसे हल्के से चाटती है। लेकिन वैसा नहीं है, जैसा हो सकता था। बाहर बादलों के छा जाने

से अँधेरा हो रहा है। क्लेम्मर बेमतलब दोहराता जा रहा है, क्योंकि पहली बार में ही समझ लिया गया था कि ऐरिका से बहुत बदबू आती है, कि पूरी कोठरी में बुरी तरह से ऐरिका की बदबू आ रही है। उसने क्लेम्मर को एक पत्र लिखा है, और अब उसका उत्तर है : वह उससे कुछ नहीं चाहता, और इसके अलावा उसकी दुर्गन्ध असहनीय है। क्लेम्मर हल्के से ऐरिका को बालों से पकड़ता है। उसे शहर छोड़ देना चाहिए, ताकि उसे यह अजीब और घिनावनी बू, सड़न भरा यह हैवानी पसीना, उसकी भाप, अपने नये और जवान नथुनों में न भरनी पड़े। छीः छीः, कितनी बदबू है आप में, आप सोच भी नहीं सकतीं, माहिर उस्तानी जी!

ऐरिका स्वयं को शरम के ग़रम घरौंदे में, शरीर के तापमान जितनी गरम नदिका में फिसलने देती है, एक ऐसे स्नान के लिए, जिसमें सावधानीपूर्वक गोता लगाया जाता है, क्योंकि पानी कुछ हद तक गन्दा है। झाग निकालते हुए उसमें कुछ ऊपर चढ़ रहा है, शर्म की गन्दी झाग, असफलता के मरे हुए चूहे, काग़ज़ की कतरनें, नफ़रत की लकड़ी के टुकड़े, एक पुरानी चटाई, वीर्य के धब्बों से भरी। यह सब चढ़ता जाता है, चढ़ता जाता है। और ऊपर आता जा रहा है। हिचकियाँ लेती हुई औरत आदमी के सिर की अनमनीय ऊँचाई के कंक्रीट के शिखर तक पहुँच जाती है। सिर एकरस वाक्य बोल रहा है, जिसमें बदबू की और बातें हैं, जो उनसे ज़्यादा हैं, जिसका कारण पियानो-टीचर ने छात्र को दिया है।

ऐरिका घर की दुनिया और कुछ नहीं में दूरी महसूस करती है। तथाकथित रूप से उसमें, ऐरिका में, बदबू होगी, जैसे कि छात्र कह रहा है। वह कसम खाने को तैयार है। ऐरिका मौत की हद तक जाने को तैयार है। छात्र इस कोठरी से जाने को तैयार है, जिसमें उसे नाकामयाबी मिली है। ऐरिका ऐसे दर्द की तलाश में है, जिसका अन्त मृत्यु में है। क्लेम्मर अपनी पतलून का गेट बन्द कर देता है और निकास-द्वार की ओर जाना चाहता है। ऐरिका जलती आँखों से उसे अपना टेंटुआ दबाते देखना चाहती है। उसकी आँखें उसके सड़-गल जाने तक उसकी छवि को बसाये रखेंगी। वह कहना बन्द कर देता है कि उसमें से बदबू आ रही है, उसके लिए वह दुनिया में है ही नहीं। वह जाना चाहता है। ऐरिका उसके क़त्ल करते हाथ को खुद पर पड़ते हुए महसूस करना चाहती है, और लज्जा एक विशाल तकिये की तरह उसकी देह पर पड़ जाती है।

अब दोनों गलियारे से जा रहे हैं। एक दूसरे के साथ। दोनों के बीच एक दूरी है। क्लेम्मर धीरे से कहता है कि कितनी अच्छी बात है कि उसकी प्राचीन दुर्गन्ध

इस खुली जगह पर ज़रा सी कम हो गयी है। कोठरी में तो दुर्गन्ध सचमुच असहनीय थी! उसका विश्वास करे वह। वह उसके लिए हार्दिक कामना करता है कि वह शहर छोड़ कर चली जाये।

कुछ देर बाद गलियारे में छात्र और अध्यापिका को निर्देशक साहब मिलते हैं, जिसे क्लेम्मर छात्र सुलभ अभिवादन करके नम्रतापूर्वक पाप मुक्त हो जाता है। ऐरिका बॉस के साथ सहयोगियों वाले अभिवादन का आदान-प्रदान करती है, क्योंकि बॉस का कहना है कि दूरी न रखी जाये। निर्देशक बात को यहीं तक नहीं रहने देता, बल्कि मिस्टर क्लेम्मर का हार्दिक अभिवादन आगामी समापन संगीत समारोह के एकल वादक के रूप में करता है। फिर वह उसे शुभकामना भी देता है। ऐरिका उसे जवाब देती है कि जहाँ तक समापन संगीत समारोह के एकल वादक का प्रश्न है, उसने अब तक कोई निर्णय नहीं लिया। पक्की बात है कि यह छात्र पिछड़ रहा है। उसे अभी सोचना पड़ेगा कि छात्र क. या और कोई। अभी वह नहीं जानती। लेकिन सही समय आने पर बतायेगी। क्लेम्मर वहाँ खड़ा रहता है और कुछ नहीं कहता। वह सुनता है कि अध्यापिका क्या कह रही है। निर्देशक ऐरिका कोहूट द्वारा बतायी गयी ग़लतियों पर जीभ को तालू से टकरा कर टक टक की आवाज़ करता है, क्योंकि छात्र क्लेम्मर लगातार ये ग़लतियाँ करता रहता है। ऐरिका छात्र के बारे में अप्रिय तथ्यों को खुल कर बोलती है, ताकि छात्र बाद में उस पर चुगली करने का लांछन न लगाये। अभ्यास में वह लापरवाही बरत रहा है, जिसके सबूत उसके पास हैं। उसने देखा है कि उत्साह और परिश्रम उसमें निरन्तर कम होता जा रहा है। इसके लिए ऊपर से उसे पुरस्कृत तो नहीं किया जा सकता! इस पर निर्देशक का जवाब है कि वह छात्र को उससे बेहतर जानती है और फिर उससे विदा लेता है। जल्दी स्वस्थ होना। वह छात्र क. को शुभकामना देता है।

निर्देशक अपने निर्देशक-कक्ष में चला गया है।

क्लेम्मर ऐरिका कोहूट के सामने बार-बार दोहराता है कि उसमें से भयंकर बदबू आ रही है और जितनी जल्दी हो सके वह शहर छोड़ कर चली जाये। वह उसके बारे में और भी बहुत कुछ बोल सकता है, लेकिन अपना मुँह गन्दा नहीं करना चाहता। इतना काफ़ी है कि उसमें बदबू है, इसका मतलब यह नहीं कि उसमें खुद में भी बदबू पड़ जाये! वह अब कुल्ला करने जायेगा, यहाँ तक कि वह अपने मुँह में बदबू को महसूस कर रहा है। पेट तक उसके मास्टरनी की घृणित दुर्गन्ध भर गयी है। वह नहीं जान सकती कि उसके शरीर की भाप कितनी गन्दी

हो रही है, और कितनी अच्छी बात है कि वह सोच भी नहीं सकती कि उसमें से कैसी नारकीय दुर्गन्ध आ रही है।

ऐरिका कोहूट की उल्टी दिलाती बदबू के अलावा बिना किसी पारस्परिक मुख्य स्वर, बल्कि बिना किसी भी पारस्परिक स्वर-रूप पर सहमत हुए वे दोनों दो भिन्न-भिन्न दिशाओं में दूर हो जाते हैं।

उत्साहपूर्वक तथा सावधानीपूर्वक ऐरिका कोहूट काम पर लग जाती है। वह अपने स्वभाव को बदलना चाहती थी, पर बदल नहीं सकी। पीड़ा उसे बहुत तरह से मिली है। वरित वह बहुत कम हुई है। वह एकदम चकरायी हुई है। एक दूरदर्शन में उसने देखा है कि कैसे लोग दरवाज़ों पर बिना अवरोध लगाये रोक लगा सकते हैं। अपराध-फ़िल्म में यह दिखाया गया है। कुर्सी की टेक को हैंडल के नीचे खिसका के। खुद को तकलीफ़ देना ज़रूरी नहीं है, क्योंकि माँ सो रही है, कुछ समय से वह अक्सर सो जाती है, मीठी और शान्त, जब वह मीठी शराब रोमकूपों से और प्रतिशोध भरी अंतड़ियों से भाप बना कर उड़ाती है।

ऐरिका अपनी घर की पेटी में हाथ डाल कर अपने प्रचुर भण्डार को छानती है। यहाँ उस ख़ज़ाने का अम्बार लगा है, जिससे वाल्टर क. का अब तक परिचय ही नहीं हुआ, क्योंकि उसने भद्दी गाली-गलौज कर के दोनों के बीच सम्बन्धों को तहस-नहस कर दिया है। तब यह औरत के लिए शुरुआत थी! आख़िर वह मुक़ाम आ ही गया था, और वह अपने बीजकोष में सिमट गयी थी। ऐरिका कपड़े सुखाने वाले क्लिप चुनती है, कुछ हिचकिचाने के बाद आलपीन भी, ढेर के ढेर आलपीन, जो प्लास्टिक की एक डिबिया से निकाले जाते हैं।

रोती हुई ऐरिका प्लास्टिक के रंग-बिरंगे क्लिपों रूपी जोंकों को अपने शरीर पर लगाती है। ऐसी जगहों पर, जहाँ वह आसानी से पहुँच सकती है और जिन्हें बाद में नीले धब्बों के तौर पर प्रदर्शित किया जायेगा। रोते हुए ऐरिका अपने मांस में बलपूर्वक घुसेड़ती है। अपने शरीर की सतह का सन्तुलन बिगाड़ लेती है। अपनी त्वचा का शऊर बिगाड़ देती है। घर के और रसोई के औज़ार खुद को चुभोती है। व्याकुल हो कर खुद को देखती है और ख़ाली जगहें ढूँढ़ती है। उसके शरीर के रजिस्टर में जहाँ कहीं भी ख़ाली जगह नज़र आती है, वह तुरन्त क्लिपों की लोलुप चिमटियों के बीच दबा दी जाती है। बीच की कसी हुई जगह पर ज़ोर से सुइयाँ चुभाई जाती हैं। औरत अपना काम करते हुए होश खो बैठती है, जिसके बुरे नतीजे हो सकते हैं और ज़ोर से रोती है। वह बिल्कुल अकेली है। वह आलपीन चुभाती जाती है,

जिनके प्लास्टिक के शीर्षभाग रंग-बिरंगे हैं, हर आलपीन का अपने रंग में एक अपना सर है। उनमें से अधिकतर तुरन्त बाहर गिर जाते हैं। दर्द के डर से वह उन्हें नाख़ूनों के नीचे नहीं घुसाती। उसकी त्वचा के मैदान पर जल्दी ही लहू की छोटी-छोटी परतें बन जाती हैं। औरत गला फाड़ कर रोती है और ख़ुद के साथ एकदम अकेली है। कुछ देर बाद ऐरिका चुप हो कर आईने के सामने खड़ी हो जाती है। उसकी छवि उसके मस्तिष्क को क्षति तथा तिरस्कार के शब्दों से काटती जाती है। एक रंगीन छवि है यह। अगर अवसर ऐसा दुखद न होता तो यह एक सुखद छवि होती। ऐरिका एकदम अकेली है। माँ मीठी ब्रांडी के असर में गहरी नींद सो रही है। दर्पण की मदद से ऐरिका को ज्योंही शरीर का कोई अक्षत भाग मिलता है, त्यों ही वह फटाक से क्लिप या आलपीन उठा लेती है, और पूरा समय रोती भी जाती है। उन औज़ारों को वह शरीर पर और शरीर में लगाती जाती है। उसके आँसू उसके नीचे गिर रहे हैं और वह एकदम अकेली है।

काफ़ी समय बाद कपड़े सुखाने के क्लिप और आलपीन ऐरिका के अपने हाथों द्वारा निकाल कर सफ़ाई करके उनकी डिबियों में रख दिये जाते हैं। दर्द कम हो जाता है, अश्क कम हो जाते हैं।

अपना अकेलापन समाप्त करने हेतु ऐरिका कोहूट माँ के पास जा रही है।

एक बार फिर शाम हो जाती है, नगर से बाहर जाने वाले मुख्य मार्ग नासमझ घर को भागते यातायात वाहनों से भरे हैं, और बेकार की निष्क्रियता से बचने के लिए वाल्टर क्लेम्मर भी एक लिसलिसे रेशे में विह्वलतापूर्वक सक्रियता को पृथक कर देता है। कुछ ख़ास सनसनीख़ेज नहीं कर रहा, लेकिन हरकत में लगातार रहता है। ख़ुद को कुछ ख़ास नहीं थकाता, लेकिन हरकत में रहने की उसकी उत्कंठा के इर्द-गिर्द भागता वक्त तेज़ी से गुज़र जाता है। 'जे' नम्बर की ट्राम और फिर भूमिगत रेल से वह एक उलझनदार, यातायात के लिहाज़ से तकनीकी तौर पर एक लम्बी, उकताऊ यात्रा की राह पर निकल पड़ता है, जिस यात्रा के बारे में उसे अनुमान है कि वह नगर-उद्यान पर जा कर समाप्त होगी, लेकिन एक लक्ष्य, और उस लक्ष्य का मार्ग उसे ढूँढ़ना है। वह उत्साहपूर्वक पैदल चलना शुरू करता है, ताकि और भी देर हो जाये। टाइम पास कर रहा है। इच्छा उसमें है, इस बारे में उसे सन्देह नहीं है।

निरीह पशुओं को, जिनके बारे में कहा जाता है कि वे उद्यान में रहते हैं, वह ऐसे मारेगा, जिसकी कोई मिसाल नहीं मिलेगी। नगर-उद्यान में हंसावर और ऐसे ही कई परदेसी जीव रहते हैं, जिन्होंने अपना देस कभी नहीं देखा, और ये पशु चुनौती दे रहे हैं कि कोई उन पर टूट पड़े, उनके टुकड़े-टुकड़े कर दे। वाल्टर क्लेम्मर एक पशु प्रेमी मनुष्य है, लेकिन जब बहुत अति हो जाती है तो उसके जैसों में भी वह फट कर बाहर बहने लगती है, और कभी-कभी किसी निर्दोष को भी इस स्थिति पर विश्वास करना चाहिए। औरत ने उसकी इतनी बेइज़्ज़ती की है कि उसने भी उसे चोट पहुँचा दी है। हिसाब बराबर हो गया, लेकिन फिर भी हरज़ाने में बलि का बकरा तो चाहिए। एक जानवर को मरना होगा। अख़बारें पढ़ने से क्लेम्मर के दिमाग़ में यह ख़याल आया है, जिनमें इन परदेसियों के जीने के अनोखे ढंग का वर्णन होता है, और साथ ही उनसे मार-पीट और हत्या का विस्तारपूर्वक वर्णन।

चलती सीढ़ी से ऊपर आ कर युवक खुले में पहुँच जाता है। उद्यान नीरव तथा निश्चल है, सामने हलचल और रोशनी से भरपूर होटल। कोई प्रेमी-युगल मिस्टर क्लेम्मर की उपस्थिति के कारण असुरक्षित नहीं होता, वह बिना अनुमति के आँखें सेंकने नहीं आया यहाँ, ताड़ने नहीं आया, बल्कि इसलिए कि उसकी क्रूरता का कोई साक्षी न हो। अभी तक उपयोग में न लायी गयी प्रवृत्तियाँ उसमें बलवान हो उठती हैं, दुष्टता पर आ जाती है, इन्हें एक औरत ने जगाया है। क्लेम्मर ढूँढता हुआ घूम रहा है, लेकिन उसे कोई परिन्दा नहीं मिल रहा। बिना इजाज़त वह उद्यान-स्थल में प्रवेश करता है और बेपरवाही से भीतर घुसते हुए वह परदेसी झाड़-झंखाड़ का भी लिहाज़ नहीं करता। साफ़-सुथरी फूलों की क्यारियों को पूरे इरादे के साथ कुचला जाता है। एड़ियाँ वसन्त के सन्देश-वाहकों को चटका रही हैं। इस घृणित स्त्री ने दिया है, उससे किसी ने लिया नहीं, प्रेम से जुड़ा यह बोझ, जिसके साथ उसे जीवन काटना है। अपने घरौंदे से बाहर निकलने के लिए क्लेम्मर के शरीर की हालत भी क़िलेबन्दी को तोड़ नहीं सकी। औरत ने उसके मस्तिष्क से संगीत के केवल एक-दो परिणाम चुन कर ले लिये हैं, जिन्हें वह परीक्षा के बाद ख़ारिज कर देगी! वाल्टर क. जूते की नोक से हृतसुख के पौधे पर वार करता है, क्योंकि वह अपने प्रणय-निवेदन में बुरी तरह से निराश हुआ है। अगर उसे कामयाबी नहीं मिली तो यह उसका दोष नहीं है। जब ऐरिका इस राह पर आगे बढ़ेगी तो उसे इससे भी इतने बुरे अनुभव होंगे, जितनों का उसने सपना भी नहीं लिया होगा। क्लेम्मर एक काँटेदार झाड़ी को खरोंचता है और जब वह ज़बरदस्ती उनमें घुस रहा होता है, क्योंकि झाड़ियों के उस

तरफ़ उसे पानी की बू आ गयी है, तो लचीली शाखें उसके चेहरे पर तुरन्त मार लगाती हैं। वह एक गोली मार कर जख़्मी किया गया शिकारी है, जिसे शिकारी ने शिकार के नियमविरुद्ध जख़्मी हो कर भागने दिया है। इस शौक़िया शिकारी का निशाना दिल पर नहीं लगा। इसलिए क्लेम्मर हरेक के लिए, हर एक के लिए, एक सम्भावित ख़तरा है।

प्यार का एक ज़हरीला बौना, वह रात में सैर-सपाटे के इस स्थान में, जो वास्तव में दिन में घूमने का स्थान है, घूमे जा रहा है, ताकि निरीह पशुओं के सिर पर अपने मानसिक तनाव से मुक्ति पा सके। वह फेंकने के लिए पत्थर तलाश कर रहा है, परन्तु ऐसा कुछ उसे मिलता नहीं। वह पेड़ से गिरी एक छड़ी उठा लेता है, लेकिन लकड़ी क्षयग्रस्त तथा हल्की है। चूँकि एक ऐसी औरत ने उससे पाशविकता की माँग की है, जिसे उसने प्यार भेंट किया था, इसलिए उसे फुर्ती से झुक कर क्षयग्रस्त लकड़ी से बेहतर कोई हथियार उठाना होगा। चूँकि वह औरत को वश में नहीं कर सका, अतः उसे अपनी पीठ टेढ़ी करनी होगी और अथक लकड़ी इकट्ठी करनी होगी। हंसावर इस छड़ी का मज़ाक उड़ाता है। यह छड़ी नहीं है, सूखी हुई एक डाली है। क्लेम्मर, जिसे कोई तजुर्बा नहीं है, लेकिन जो नये अनुभव चाहता है, सोच नहीं सकता कि स्वयं को अपने उत्पीड़कों से बचाने के लिए पंछी रात को कहाँ विश्राम करते हैं। शायद उनके पास अपनी अकेली एक-एक झोंपड़ी है। क्लेम्मर किसी भी हालत में उन उचक्कों से पीछे नहीं रहना चाहता, जो पहले पक्षियों की हत्या कर चुके हैं। अपने जाने-पहचाने तत्त्व पानी की गंध उसे अब और स्पष्ट आती है। वहाँ कहीं, जैसा कि अख़बारों में आता है, गुलाबी रंग का शिकार रहता है। हवा में तरह-तरह के जीव सरसरा रहे हैं और सरसराते जा रहे हैं। चूँकि अब वह इतना आगे तक आ ही गया है, अतः क्लेम्मर एक हंस से ही सन्तुष्ट हो जायेगा। इस विचार से क्लेम्मर को गुमान होता है कि उसे अपने खदबदाते गुस्से को शान्त करने के लिए कपाट की कितनी ज़रूरत है। अगर तो पक्षी निष्क्रिय अवस्था में पानी पर विश्राम कर रहे हैं तो उसे उन्हें लुभाना होगा। यदि वे चुपचाप तट पर बैठे हैं तो उसे स्वयं को गीला करने की आवश्यकता नहीं पड़ेगी।

पंछियों के स्वरों के बजाय दूर से लगातार चल रही कारों की आवाज़ आ रही है। इतनी रात गये भी लोग सफ़र कर रहे हैं? शहर अपने शोर से विश्राम करते लोगों को यहाँ तक परेशान करता है, शहर के हरियाली वाले क्षेत्रों तक, जो विएना के फेफड़े हैं। अपने क्रोध के धूसर क्षेत्र में भटकता क्लेम्मर किसी ऐसे को खोज रहा

है, जो उसका प्रतिवाद नहीं करेगा। हो सकता है कि पक्षी भाग जाये और हाथ न आये, पर वह आगे से ज़बान नहीं लड़ाता। क्लेम्मर घास में अपने रात्रि के पथ पर है। रात्रि के एकान्तवासियों के साथ, जो उसकी तरह इधर-उधर घूम रहे हैं, और उनसे उसे अन्तरंगता की अनुभूति होती है। रात को मारे-मारे फिरते दूसरे आवारागर्दों से, जो महिलाओं का हाथ पकड़े घूम रहे हैं, वह ख़ुद को बेहतर महसूस करता है, क्योंकि उसका गुस्सा इश्क़ की आग से ज़्यादा प्रबल है। स्त्रियों के सान्निध्य से बच कर युवक यहाँ तक भाग कर आया है। स्वर के किसी स्रोत से चीखना-चहचहाना वृत्ताकार फैलता जा रहा है, इतना बेसुरा है कि या तो किसी परिन्दे की चोंच से या किसी अनाड़ी के साज़ बजाने से ही आ सकता है। तो यह रहा परिन्दा : शीघ्र ही बर्बरता का समाचार छपेगा और ताज़ा छपा अख़बार लिये मन्दबुद्धि प्रेमिका के सामने जाया जा सकता है, क्योंकि एक जीवन समाप्त कर दिया गया होगा। फिर प्रेमिका के जीवन को भी इसी तरह क्रूरतापूर्वक समाप्त किया जा सकता है। जीवन की डोर काटी जा सकती है। यह सुश्री कोहूट स्थायी रूप से उसकी भावनाओं का मखौल उड़ाती रही है, वह उसके प्यार के योग्य नहीं थी, फिर भी महीनों उसका प्यार अध्यापिका पर बरसता रहा। उसकी आसक्ति उसके हृदय के प्राचुर्य से उस पर पट-पट बरसती रही, और उसने यह मीठी बारिश वापस उसी में ठेल दी है। और अब, इसमें पूरा दोष उसी का है, सर्वनाश के एक क्रूर कृत्य के रूप में उसे रसीद दी जायेगी।

इस पूरे समय में, जो क्लेम्मर एक परिन्दा खोजने में फालतू ख़र्च कर रहा है, यह औरत, जो आज ख़ास जल्दी बिस्तर में घुस गयी है, अपने घर में उदास सो रही है। वह बेख़बर नींद में अपने काम में लगी हुई है, और क्लेम्मर शहर के रात्रिकालीन घास के मैदान में। क्लेम्मर खोजता है और पाता नहीं। अब वह एक और आवाज़ के पीछे जा रहा है, लेकिन समझ नहीं पा रहा कि यह आवाज़ कौन निकाल रहा है। वह आगे बढ़ने में घबरा भी रहा है कि कहीं कोई मोटा सा सोंटा निरादरपूर्वक उसका घुटना ही न तोड़ दे। ट्रामें, जो कुछ देर पहले पार्क के सिरे के साथ-साथ घण्टी बजा कर दिशा-निर्धारण कर रही थीं, अब किसी और नाम से धरती के नीचे चल रही हैं, जहाँ से उन्हें सुना नहीं जा सकता। क्लेम्मर को दिशा-ज्ञान नहीं है, नहीं जानता कि उसकी यात्रा उसे कहाँ ले जा रही है। फिर भी सम्भावना है कि वह उसे और घने जंगल में ले जा रही है, जहाँ का नियम है भकोसना या भकोसे जाना। खाना

1. जर्मन शब्द 'गिंपल' का अर्थ सुचटक चिड़िया भी होता है।

पाने की बजाय क्लेम्मर खुद खाना बन जायेगा। क्लेम्मर एक हंसावर खोज रहा है और कोई दूसरा एक ब्रीफ़केस लिए किसी मूर्ख[1] को खोज रहा है। झाड़ियों को कुचलता हुआ बंदा वहाँ फैले घास के खुले मैदानों की ओर कूच कर रहा है। दायें-बायें वह केवल किसी महत्त्वहीनता की प्रतीक्षा में है, उसके जैसा कोई सैर करने वाला हो तो क्या बात है, और पहले से ही वह उसकी हँसी उड़ा रहा है। वह जानता है : सैर करने वाला भोजन और परिवार के अलावा अपने इर्द-गिर्द के पशुओं तथा वृक्षों इत्यादि की संख्या के बाह्याकार के अलावा कुछ नहीं सोच रहा होता, उसे चिन्ता होती है कि प्रदूषण इत्यादि के कारणों से ये अपूरणीय भण्डार निरन्तर घटते जा रहे हैं। टहलने वाला समझायेगा कि प्रकृति समाप्त क्यों होती जा रही है, और क्लेम्मर ऐसा कुछ करेगा कि प्रकृति का एक छोटा अंश अनुकरणीय रूप से आगे बढ़ता जाये। एक हाथ से क्लेम्मर ने अपना ब्रीफ़केस कस कर पकड़ रखा है, दूसरे में सोंटा। वह घुमक्कड़ की भावनाओं को समझ रहा है कि वह चिन्ताग्रस्त है।

इतनी दूर जाने पर भी किसी परिन्दे का नाम-निशान नहीं। लेकिन छोड़ी जा चुकी उम्मीदों के हाशिये पर आख़िरकार अकस्मात कुछ मिल ही गया है—कामाग्निवश एक अत्यन्त उन्नत चरण में लिपट कर गुल्ला बनी प्रेमियों की एक जोड़ी। इस चरण को सही से नहीं पहचाना जा सकता। वाल्ट क्लेम्मर तकरीबन औरत और आदमी पर पैर ही रख देता है, जो एक-दूसरे में गुँथे एक ही प्राणी बने बाह्यरूप में निरन्तर परिवर्तन ला रहे थे। उसका पाँव भद्दे ढंग से उतार कर फेंके गये एक कपड़े पर जा पड़ता है और दूसरा पाँव क्रोधोन्मत्त हो कर तोड़-फोड़ करते गोश्त में, जो दूसरे गोश्त से उपभोग के उन्माद में वसूली कर रहा है। उनके ऊपर एक तगड़ा पेड़ सरसरा रहा है, जो स्वयं प्रकृति-सुरक्षा कार्यक्रम के अन्तर्गत ख़तरे से बाहर है, और जिसने भारी साँसों को अन्त तक ध्यानपूर्वक दबा कर रखा है। परिन्दे के लालच में क्लेम्मर ने ध्यान नहीं दिया कि उसका पैर कहाँ जा पड़ा है। वह अपनी नफ़रत इस गोश्त पर उँड़ेल देता है, जो अनपेक्षित रूप से पगडंडी के सिरे पर खिल रहा था, दूसरी कलियों को बेशर्मी से कुचलता हुआ, क्योंकि वह लोट-पोट भी तो नगर की एक क्यारी में हो रहा था। इन फूलों को तो सिर्फ़ फेंका ही जा सकता है। देहों के संघर्ष में भाग लेने के लिए क्लेम्मर को अपना हल्का सोंटा ही मिलता है। अब साबित होगा : पीटना है या पिटना है! यहाँ अंततः कोई प्रेम की बहुप्रचलित प्रतिद्वंद्विता में बलपूर्वक घुस रहा है, और वह भी हँसते हुए तीसरे व्यक्ति के रूप में, क्लेम्मर ज़ोर से चिल्ला कर एक गाली देता है। दिल की गहराई से चिल्लाता है। निराश होता

है, क्योंकि प्रेमी-युगल की तरफ़ से कोई जवाब नहीं आता। एक औज़ार लहराया जाता है। कोई जल्दी से चीज़ें ऊपर खींचता है और दूसरी चीज़ें नीचे फेंकता है, क्लेम्मर के सामने सब सुव्यवस्थित हो जाता है। चुपचाप और रुई जैसे हल्के हुए ये कर्ता स्वयं को और अपने खोलों को जोश से सम्भालते हैं। कुछ गड़बड़ हो गया लगता है और उसे सरसरी तौर पर सही किया जाता है। हल्की बूँदें पड़ रही हैं। मूल स्थिति को पुनः स्थापित किया जाता है। क्लेम्मर बिना मैत्रीभाव के स्पष्ट करता है कि इस बरताव के क्या नतीजे हो सकते हैं। वह छड़ी को ताल से अपनी दायीं जाँघ पर मार रहा है। वह स्वयं को अथक रूप से अधिक शक्तिशाली बनता अनुभव कर रहा है, क्योंकि उसे जवाब देने की हिम्मत नहीं की जा रही। प्रेमी-युगल का पशुवत भय क्लेम्मर पर बोझ बना हुआ है और किसी सचमुच के पशु की वजह से भय न होने से यह बेहतर है। शारीरिक दण्ड का अधिकार न्यौता दे रहा है। वे केवल इसकी प्रतीक्षा कर रहे हैं। यही कारण है कि उद्यान उन्हें रातों में आकर्षित करता है। आसपास का खुला स्थान और भी फैल जाता है। दोनों की जोड़ी क्लेम्मर की लम्बी घेराबन्दी के लिए पड़ाव डाल देती है और क्लेम्मर की क्रोध भरी तेज़ चीख-पुकार का विरोध नहीं करती। क्लेम्मर बोल रहा है : नीच सूअरिया और सूअर! संगीत सुनते हुए जो बातें उसके दिमाग़ में ढेर सारी घुस जाती हैं, वे जीवन और आनन्द के समक्ष अर्थशून्य होने का आभास दे रही हैं। संगीत के सन्दर्भ में वह जानता है कि वह क्या कह रहा है, यहाँ वह देख रहा है कि वह हमेशा क्या कहने से स्वयं को रोकता रहा है : इस घिसेपिटेपन तथा मांसलता के सामने। कोई रोमांटिक प्रेम-वाटिका नहीं, बल्कि एक नगर-वाटिका है। प्रेमी-युगल पेड़ की रूप-रेखाहीन परछाईं के नीचे उसी अवस्थिति में बने रहते हैं। कुछ भी हो, वे उसे स्पष्टतः दीनतापूर्वक ग्रहण करेंगे : चाहे मुखबिरी से पकड़ा जाना हो या जल्दी से मार। बारिश और तेज़ पड़ती है। मार नहीं पड़ती। प्रेमी-युगल की इन्द्रियाँ बचाव तथा बच कर ओट में हो जाने की आदी हैं : छड़ी की मार क्या अब पड़ने वाली है? हमलावर हिचकिचाता है। जोड़ी खिसकती है, उम्मीद है कि देखी नहीं जा रही, पीछे ओट में हो जाती है। वे चाहते हैं : उठना! भागना! भागना! उम्र में दोनों अभी छोटे हैं। क्लेम्मर ने अभी इन नाबालिगों को सूअरों की तरह लोट लगाते देखा था। वह अन्ततः छड़ी को खुद से परे और पराये दब्बूपन की तरफ़ फेंक देना चाहता है, लेकिन हथियार अब भी अपनी जाँघ पर ताल दे रहा है। बिना शिकार किये इस रात में आगे बढ़ने का मन नहीं करता। यहाँ खड़े-खड़े जब डर उभर रहा है, क्लेम्मर परिश्रम करके

कुछ पा लेता है, जो वह इस समय सो रही ऐरिका के लिए ले जा सकता है। जिस पर खुले मैदानों की ताज़ी हवा, जिसकी उसे सख़्त ज़रूरत है। क्लेम्मर खुली जगह पर लहरा रहा है, ताज़ा-ताज़ा तेल दिया गया दरवाज़े का एक कब्ज़ा। आगे लहराता है तो प्रेमियों को पीड़ा पहुँचाता है, लहरा कर, पीछे हटता है तो शायद भागने का रास्ता दे रहा है। दोनों बच्चे पीछे खिसक रहे हैं, तब तक खिसकते जाते हैं, जब तक पीठ पर कुछ ठोस महसूस नहीं करते, जिससे उनके भागने का रास्ता रुक जाता है। दायें या बायें से न भागें तो उन्हें रास्ता नहीं मिलेगा, हालाँकि उनमें इच्छा है। क्लेम्मर सहसा स्थिति को स्वीकृति देता है, अपनी मांसपेशियों को अकड़ाने लगता है। खड़े-खड़े वह चप्पू खेने की दो सहज क्रियाओं का अभ्यास करता है, बस पानी के बिना। यह ज़िन्दा तस्वीर ठोस है, आसानी से एक नज़र में पूरी तरह से समझी जा सकती है। विरोधी : दो ठो। कुछ ऐसा, जो सुविधाजनक है, जो ऊपर से कायर भी है और लड़ना भी नहीं चाहता। इस मौक़े का क्लेम्मर फ़ायदा उठाये या इसे यूँ ही जाने दे। स्थिति उसके नियन्त्रण में है। कह सकता है कि वह समझता है या वाटिका के शान्तिभंग और बिगड़े हुए युवाओं से प्रतिशोध लेने वाले के रूप में कार्रवाई कर सकता है। उसे फ़ैसला जल्दी लेना होगा, क्योंकि आसपास मनुष्य न होने के कारण भाग जाने में बड़ा भारी आकर्षण होगा। क्लेम्मर के "पकड़ो, पकड़ो, चोर चोर!" का कोई नतीजा नहीं निकलेगा, वह बेकार में दूर मैदान में खड़ा होगा, और अगर उसका क्रोध कम होता गया तो उसके शिकार जा चुके होंगे। युवा प्रेमी इस आदमी के कहने में, उसके स्वर में, एक अनिश्चितता महसूस करते हैं, जो उसने अविवेचित ढंग से प्रदर्शित कर दी है, जिस बारे में उसे भी होश नहीं है, लेकिन बच्चों के लिए यह एक संकेत है!! अगोचर सा वह हिंसा के अपने दृष्टिकोण से परे हट लग गया लगता है। वे इसका फ़ायदा उठाते हैं। फ़ौरन मौक़े का फ़ायदा उठाते हैं। चूँकि क्लेम्मर पानी में नहीं है, अतः स्वयं से पूछता है : अब क्या करूँ? दोनों पेड़ के तने से ज़रा सा एक तरफ़ होते हैं और तेज़ी से भाग लेते हैं। औपचारिक रूप से क्लेम्मर की विराट उपस्थिति उठा कर उन्हें पीछे फेंक देती है। मैदान की धरती पर उनके जूतों के तले दबे-दबे टकरा रहे हैं। मैदान का, धरती का अस्तर कई जगहों से चमक रहा है। भागते हुए वे जैकेट जैसी कोई चीज़ वहाँ भूल से छोड़ आये हैं, या यह एक छोटा कोट है? बच्चों का कोट। क्लेम्मर पीछा करने की मेहनत नहीं करता। वह बल्कि पड़ी रह गयी जैकेट को धब-धब करके रौंदना ज़्यादा पसन्द करता है। उसमें बटुआ नहीं ढूँढ़ता। पहचानपत्र नहीं ढूँढ़ता। कीमती चीज़ें नहीं ढूँढ़ता। वह

जैकेट को बार-बार कुचलता है और कुचलता ही जाता है, बेड़ियों में जकड़ा एक हाथी, जिसके पैरों में बेड़ियाँ होने के कारण उसके पास कुछ सेण्टीमीटर जगह है, लेकिन जिसका सही इस्तेमाल करना वह जानता है। ठोंक-ठोंक कर जैकेट को धरती में घुसा देता है। उसकी वजह बताने की ज़रूरत नहीं समझता। फिर भी उसका गुस्सा बढ़ता जाता है, घास का पूरा मैदान उसका जानी दुश्मन बन जाता है। ज़िद्द में और बेचैनी में, अपनी ही लय में वाल्टर क्लेम्मर अपने सामने पड़े एक तकिये को ठोकर लगाता है। तकिये को चैन नहीं लेने देता। क्लेम्मर बुनी हुई जैकेट को कुचल कर उसकी चिंदी-चिंदी कर देता है और धीरे-धीरे थक जाता है।

फिर वाटिका से बाहर, कुछ देर वाल्टर क्लेम्मर सड़कों से गुज़रता है और ख़ुद से अपनी मंज़िल के बारे में पूछता है। जब दूसरे सो रहे हैं, उस समय उसे कोई दिशाज्ञान नहीं है, जबकि ऊर्जा भरपूर है। अपने अन्तरांगों में हिंसा का एक मँडराता गुब्बारा। गुब्बारा शरीर की दीवार पर कहीं नहीं टकराता। क्लेम्मर को अपना चलना लक्ष्यहीन प्रतीत हो रहा है, लेकिन आधा तो वह एक विशेष दिशा में मुड़ चुका है, एक विशेष स्त्री की दिशा में, जिसे वह जानता है। क्लेम्मर को बहुत कुछ शत्रुतापूर्ण लग रहा है, लेकिन किसी भी शत्रु से मुक़ाबले के लिए वह तत्पर नहीं है, क्योंकि उसके लिए उसका लक्ष्य बहुमूल्य है : एक बहुत विशेष स्त्री, जिसके पास प्रतिभा है। वह दो, तीन स्त्रियों के बीच डोल रहा है, परन्तु फिर एक ही स्त्री के पक्ष में निर्णय लेता है। भिड़न्त की अपनी इच्छा पर वह इस औरत की कुरबानी नहीं दे देगा। इसलिए अब से वह कृतसंकल्प रूप से हिंसा की राह से हट जाता है, परन्तु आमने-सामने पड़ने पर वह इससे संकोच नहीं करेगा। चलती सीढ़ी से वह नीचे एक लगभग ख़ाली गलियारे में पहुँच जाता है। एक रेहड़ी से वह एक आधी पिघली आइसक्रीम ख़रीदता है। टोपी पहने एक आदमी रुखाई से और लापरवाही से उसे आइसक्रीम देता है, जिसे इल्म नहीं है कि वह इस बेपरवाही की वजह से पिटते-पिटते बचा है। अन्ततः बंदे को पीटा नहीं जाता। उसकी टोपी नाविक होने या रसोइया होने या दोनों की प्रतीक है, चेहरा कोई ख़ास उम्र न होने की वजह से थकान का प्रतीक। दो तेज़ घूँटों में क्लेम्मर का ऊपर लगा कीपाकार मुँह आइसक्रीम निगल जाता है। बहुत कम लोग आ रहे हैं, बहुत कम लोग जा रहे हैं। बहुत कम लोग गलियारे के काँच से बने स्नैक-बार में बैठे रहते हैं। आइसक्रीम गुनगुनी और ढीली थी। क्लेम्मर की शान्त आत्मा में ज़िद्द डटी हुई है। उसका बीज धीरे-धीरे पकता जा रहा है, हमला करने के लिए संघर्ष

की हल्की सी भावना सर उठा रही है। उसके लिए उसकी यात्रा का अन्तिम बिन्दु महत्त्वपूर्ण है, जहाँ वह, अगर उसकी चले, तो जल्दी से जल्दी पहुँच जाना चाहेगा। ऐसा नहीं कि लड़ने की इच्छा नहीं है, परन्तु बिना लड़े क्लेम्मर एक विशेष स्त्री की दिशा में जाती सड़कें नापता जा रहा है। अवश्य यह चेतन व्यक्ति उसकी प्रतीक्षा कर रहा होगा। और अब वह अपनी इच्छाओं में घमण्डी और अपनी माँगों में समझौता न करने का संकल्प लिये उसके पास लौट रहा है। उसने उसे कुछ बताना है, जो उसके लिए एकदम नया होगा, और उसे कुछ कहना है। उसे कुछ बाँटना है। उलटछड़ी क्लेम्मर अगर औरत वाली जगह से निकला था तो नये लक्ष्य पूरे करने के इरादों सहित वापस लौटने के लिए। क्लेम्मर अपने भीतर उठते तूफ़ान का केन्द्र खोज रहा है। वह ज़रा देर किसी कैफ़े में जाने के बारे में सोचता है। मैं थोड़ी देर सही इन्सानों में समय बिताना चाहता हूँ, वाल्टर क्लेम्मर सोचता है, ऐसे आदमी के लिए कोई बेज़ा ख़याल नहीं है, जो सबसे पहले इन्सान बनने की चाहत रखता है और जिसे लगातार इससे रोका जा रहा है। वह कैफ़े नहीं ढूँढ़ता। अल्यूमिनियम की लम्बी मेज़ों पर जहाँ से सामान ग्राहकों तक पहुँचाया जाता है गन्दे पोंछे चिकनाई के निशान छोड़ जाते हैं, उनके नीचे मंजूषाओं में रंगीन चाश्नी से ढकी या फेंटे दूध की क्रीम से फूलीं पेस्ट्रियाँ और केक पड़े होते हैं। लंगोचों के स्टैंडों के तख़्तों पर अटकी हुई बूँदें, चर्बी। अभी भोर की पवन नहीं बही, जिसे इन्सान जंगली जानवर की तरह सूँघ लेता है। चाल तेज़ की जाती है। टैक्सी स्टैंड पर एक इकलौती टैक्सी, उसे भी अभी-अभी बुलवा लिया गया है। क्लेम्मर अब ऐरिका की इमारत के फाटक पर पहुँच चुका है। पहुँचने की ख़ुशी में दम है, किसने सोचा था यह। क्लेम्मर के घरौंदे में क्रोध का निवास है। बन्दा पत्थर मार कर अपनी ओर ध्यान आकर्षित करने का प्रयत्न नहीं करता, जैसे लड़के लड़कियों के साथ करते हैं। वह बड़ा हो गया है, एक ही रात में। भीतर प्रवेश पाये जाने के लिए वह कुछ नहीं करता। वह ऊपर अन्धकार में डूबी विभिन्न खिड़कियों को देखता है और निःशब्द अपनी राह ढूँढ़ता जाता है। वह अन्धकार में डूबी एक ख़ास खिड़की की ओर ऊपर देखता है, जिसके बारे में वह नहीं जानता कि वह किसकी है। उसका अनुमान है कि वह अंशतः ऐरिका की और अंशतः उसकी माँ की है। इसे वह दम्पति का शयन-कक्ष समझता है। दम्पति ऐरिका/माँ। वह प्रेम से ऐरिका के साथ बाँधे गये बन्धन को काट देता है, और बन्धन को कुछ नये के साथ जोड़ देता है, जिसमें ऐरिका की एक उपभूमिका होगी, लक्ष्य

प्राप्त करने के माध्यम की भूमिका। भविष्य में उसके मामले में काम और मौज का सन्तुलन बना रहेगा। जल्दी ही उसकी शिक्षा पूरी हो जायेगी और फिर से उसके पास अपने गीले शौक़ के लिए ज़्यादा वक्त होगा। इस औरत से अब उसे कोई अनचाहा प्यार नहीं चाहिए। बिना निपटा कुछ नहीं चाहिए। ज़रूरत पड़ी तो वह औरत से प्यार करेगा या नहीं करेगा। उसकी दायीं कनपट्टी में पसीने का एक नाला दबा पड़ा है, जो अब कुछ समय से तेज़-तेज़ चलने की वजह से नीचे बह रहा है। साँस में से सीटियाँ निकल रही हैं। अपेक्षाकृत ग़रम मौसम में वह कई किलोमीटर चला है। खिलाड़ी तो वह है ही, अतः वह साँस लेने का सही अभ्यास करता है। क्लेम्मर को याद आता है कि अकल्पनीय को न सोचने के लिए वह सोचने से बच रहा है। उसके दिमाग़ में हर चीज़ तेज़ है और क्षणभंगुर है। विचार बदल रहे हैं। लक्ष्य स्पष्ट है, माध्यमों की रूपरेखा बन चुकी है।

क्लेम्मर इमारत के फाटक के कोटर में गड़ जाता है और अपनी जींस की ज़िप नीचे कर लेता है। वह फाटक के ममतामय छिद्र से सट जाता है, कुमारी ऐरिका की कल्पना करता है और हस्तमैथुन करता है। देखने वालों की नज़रों से छुपा रहता है। यह करते हुए वह अन्यमनस्क है, लेकिन नीचे जो उसका बीज है, उस पर उसका पूरा ध्यान केन्द्रित है। उसकी देह में सुख की एक अनुभूति है। उसमें जवानी की लय है। वह काम अपने लिए और सिर्फ़ अपने लिए कर रहा है। उसके अलावा उसका फ़ायदा उठाने वाला और कोई नहीं है। सिर को गर्दन में दबाये हुए क्लेम्मर ऊपर अन्धकार में डूबी एक खिड़की को देख कर हस्तमैथुन कर रहा है, जिसके बारे में उसे पता तक नहीं कि वह सही वाली है भी कि नहीं। वह भावशून्य तथा कठोर है। लिसलिसी जुताई करते हुए उसमें कोई भावावेश नहीं होता। बिना रोशनी की खिड़की उसके सर पर एक भूदृश्य की तरह फैली हुई है। उसकी मर्दानगी को छाँट कर छोटा करने वाली चौकी एक मंज़िल नीचे है। क्लेम्मर उत्कटतापूर्वक हस्तमैथुन करता है, इसे कभी ख़त्म करने का उसका इरादा नहीं है। वह अपनी देह के खेत की जुताई बिना किसी मज़े और ख़ुशी के कर रहा है। वह न कुछ पुनर्निर्मित करना चाहता है न कुछ नष्ट करना चाहता है। वह इस औरत के पास ऊपर नहीं जाना चाहता; वैसे उसे रोक कुछ भी नहीं सकता! क्लेम्मर इतनी चालाकी से रगड़े जा रहा है कि कोई भी उसे देख कर बिना शक़ किये फाटक खोल देगा। वह शाश्वतता तक यहाँ खड़े अपने काम में मग्न रह सकता है, वह तुरन्त अन्दर प्रवेश पाने का प्रबन्ध करने का प्रयास

भी कर सकता है। यह उस पर निर्भर है कि वह क्या करता है। किसी देर से घर आने वाले की प्रतीक्षा करने का निर्णय लिये बिना क्लेम्मर यहाँ किसी देर से घर आने वाले की प्रतीक्षा कर रहा है, जो उसके लिए फाटक खोलेगा। चाहे इसमें सुबह ही हो जाये। और चाहे उसे तब तक प्रतीक्षा करनी पड़े, जब तक कि पहला व्यक्ति इस इमारत से बाहर नहीं निकलता। क्लेम्मर अपने फूले हुए लण्ड पर ज़ोर डालते हुए फाटक खुलने का इन्तज़ार कर रहा है।

वाल्टर क्लेम्मर अपने कोटर में खड़े योजना बनाता है कि मामला कहाँ तक जायेगा। भूख और प्यास सी प्रचण्ड कामनाएँ उसे स्पष्ट घेर लेती हैं, दोनों एक साथ! लेकिन यह औरत की प्रचण्ड कामना के सन्दर्भ में है कि वह रगड़े जा रहा है। वह अपने तन पर अनुभव कर रहा है, और उसे अपने तन पर अनुभव करना होगा कि उसके साथ बिना लक्ष्य के खेल खेलने का क्या मतलब होता है। ऐसे पैकेट उसे भेड़ने का, जिनमें कुछ है ही नहीं। उसके बदन के नरम आवरण को क्लेम्मर को लेना होगा! उसके गरम-गरम बिस्तर से वह उसे झपट कर निकाल लेगा, उसकी माँ के पास से। कोई नहीं आता। कोई आकर उसके लिए फाटक खुला नहीं करता। इस परिवर्तनशील संसार में, जहाँ अब रात हो चुकी है, क्लेम्मर केवल अपनी भावनाओं की अपरिवर्तनशीलता को जानता है, और अन्ततः फ़ोन करने जाता है। मर्यादित रूप से नग्न होने के अलावा क्लेम्मर फाटक पर वैसे शान्त रहा है, अनुशासन में रहा है। सम्भावित देर से घर लौटने वालों की प्रतीक्षा में। बाहर से उसकी छवि एक शान्त क्रोधहीनता की रही है। भीतर से उसकी इन्द्रियाँ उसके शरीर पर ठोकरें मार रही हैं। घर लौटने वाले उसे ऐसे न देखें, उनके मन में कोई सन्देह उत्पन्न न हो। वह अपनी भावनाओं के वश में है। उसका स्वयं उसे छू गया है। तभी औरत उसमें कला के ऊँचे सिंहासन से उतर कर जीवन की सरिता में उतर जाती है। वह व्यापार तथा अपयश का अंश बन जाती है। कला कोई ट्रोजन अश्व नहीं है, क्लेम्मर निःशब्द ऊपर औरत से कहता है, जो कला में खोद कर केवल अंतर्वस्तु खोजती है। फ़ोन का एक बूथ पास में ही है। इस समय उसका इस्तेमाल किया जा रहा है। क्लेम्मर उस बर्बर से घृणा करता है, जिसने फ़ोन-पुस्तिका जकड़-पट्टी से खींच कर अलग कर दी है, अब शायद जीवन नहीं बचाया जा सकेगा, क्योंकि एक नम्बर खोजा जा रहा है और पाया नहीं जा रहा।

ऐरिका कोहूट अपनी माँ की बगल में एक न्यायप्रिय व्यक्ति की अशान्त नींद में है, उसकी माँ का व्यवहार अक्सर उसके प्रति अन्यायपूर्ण रहा है और फिर भी वह सपनों में खोयी हुई है। ऐरिका इस नींद के योग्य नहीं है, उसकी वजह से कोई एक अशान्त घूम रहा है। अपनी जाति की चिरपरिचित महत्वाकांक्षा के अनुरूप अब भी उसे भले परिणाम और अन्त में आनन्द पाने की उम्मीद है। वह सपने ले रही है कि बंदा तूफ़ान में उस पर फ़तह हासिल कर रहा है। प्रियतम, इतनी कृपा कर दो। आज उसने अपनी इच्छा से टीवी नहीं देखा। वह आज ही अपना मनपसन्द प्रेरक सीरियल देख सकती थी, विदेशी सड़कें, जिन पर वह तेज़ी से राह पर है, निश्चिन्त। उसे ऐसी अतिशयोक्तिपूर्ण तवज्जोह की तमन्ना रहती है, जो टीवी के पात्रों को मिलती है। अधिकांशतः अंतहीन अमरीकी भूदृश्य, क्योंकि यह देश लगभग कोई सीमाएँ नहीं जानता। शायद मैं इस आदमी के साथ एक छोटी यात्रा करूँगी, ऐरिका कोहूट सोचती है और व्याकुल होती है, लेकिन तब माँ का क्या होगा। हर इन्सान सही समय पर संसार से प्रस्थान करने में सफल नहीं होता। अनिच्छापूर्वक उसकी देह गीलेपन की प्रतिक्रिया दिखाती है और उस नमी को त्याग देती है, इस देह को हमेशा अपनी इच्छा से नहीं चलाया जा सकता। माँ पर ख़ुदा का रहमोकरम है, वह बेख़बर सो रही है। अब फ़ोन की घण्टी बजती है। इतनी देर से कौन हो सकता है! ऐरिका बुरी तरह चौंक जाती है और तभी जान जाती है कि इतनी देर से यह कौन हो सकता है। एक आन्तरिक स्वर, जिससे उसका सम्बन्ध है, उसे यह बताता है। यह स्वर एक भूल करता है, प्यार का नाम लेता है। औरत अपने प्रेम की जीत पर प्रसन्न होती है और ट्राफ़ी पाने की उम्मीद करती है। वह उसे अपने नये फ़्लैट में फूलदानों की बगल में एक सम्मानपूर्ण स्थान देगी। वह एकदम मुक्त अनुभव कर रही है। अँधेरे कमरे से ड्योढ़ी में जाकर वह फ़ोन टटोलती है। फ़ोन चीख रहा है। केवल प्रेम के कारण वह अपनी शर्तों से हट सकती है, पहले ही से वह ख़ुश हो रही है कि वह अब अपनी शर्तें छोड़ सकती है। कितना चैन मिल रहा है! प्यार से जुड़ी पारस्परिकता तो आख़िर एक अपवाद होती है, प्यार तो केवल एक ही करता है, दूसरा उससे उतनी दूर भागने की कोशिश में होता है, जहाँ तक उसके पाँव उसे ले जायें। इस चीज़ में दो मनुष्यों का होना ज़रूरी है, और उनमें से एक के पास दूसरा होता है, जिसे यह एहसास होता है कि उसका भी आह्वान किया गया है; अच्छा है न! यही उपयुक्त है। अच्छा संयोग होता है।

शिक्षिका ने अपने बिस्तर में एक गड्ढे के अलावा और कुछ नहीं छोड़ा, जो

धीरे-धीरे ठण्डा पड़ रहा है। बिस्तर में वह माँ को छोड़ आयी है, जो अभी नहीं जागेगी। एहसानफ़रामोश बच्ची, जो बरसों की आज़मायी अपनी सहचर को भूल गयी है। फ़ोन पर आदमी माँग करता है कि इमारत का दरवाज़ा उसके लिए तुरन्त खोल दिया जाये। ऐरिका फ़ोन के चोगे को बाँहों में भर लेती है। इतनी निकटता की उम्मीद नहीं की गयी थी। वास्तव में कोमल शब्दों में रात्रिकालीन इच्छाओं की घोषणा और शीघ्र ही सम्पूर्ण निकटता की उम्मीद की गयी थी, शायद कल तीन बजे फ़लां-फ़लां कैफ़े में। वे कल और बाद के दिनों में पहले इस बारे में सही से विचार-विमर्श कर लेंगे! यह विचार किया जायेगा कि क्या सम्बन्ध हमेशा बने रहेंगे, अगर हाँ तो फिर सम्बन्ध स्वीकार कर लिये जायेंगे। आदमी ऐश करता है और बेमन से इन्तज़ार करता है कि औरत वहीं पर एक पूरा आवासीय ब्लॉक बना कर खड़ा कर दे, क्योंकि उसकी वजह से आदमी की वीभत्स और अमंगल-सूचक समग्रता पर प्रश्न उठा है। वही अप्रिय तथ्य : औरत और उसके जज़्बाती जज़्बातों की दुनिया। अब यह औरत एक मकड़ी के जाले सरीखा जटिल घरौंदा बना रही है, उसमें रहने के लिए, और एक बार उसने उसे बनाना शुरू किया तो फिर उससे बच कर कोई नहीं निकल सकता, वाल्टर क्लेम्मर को एक आम सा डर है। वह पुनः फाटक पर खड़ा उसके बाहर की ओर खुलने की प्रतीक्षा कर रहा है, जिसमें ऐरिका का भला है। अब या कभी नहीं! ऐरिका अन्त तक अतिनियमनिष्ठ ढंग से आगा-पीछा सोचती है और चाबियों का गुच्छा उठा कर ले आती है। माँ अब भी सो रही है। नींद से उसकी खोपड़ी के बीज में कोई विचार उत्पन्न नहीं होता, क्योंकि उसके पास उसका घर है और उसमें एक बेटी है। योजनाएँ उसे अनावश्यक लगती हैं। बेटी हर सेकिण्ड अपने बरसों के अनुशासित कृत्यों के लिए पुरस्कार की अपेक्षा रखती है। इसका फ़ायदा हुआ है। बहुत कम औरतें अन्त में मिलने वाले सही आदमी का इन्तज़ार करती हैं, अधिकतर पहले, ज़रा से सही को स्वीकार कर लेती हैं। ऐरिका ने आने वाले अन्तिम आदमी को चुना है, और वह सचमुच सबसे सर्वोत्तम था। उसका मुक़ाबला कोई नहीं कर सकता! औरत मजबूरी में अंकों और तुल्यांकों में सोचती है। वह कल्पना करती है कि कला के क्षेत्र में वह सच्ची सेवा में उसका साथ देगा। अगर मर्दानी मर्ज़ी उसे कब से आज़मायी माँ से भी खींच कर ले जाती है तो यह एक कामयाबी होगी, हुज़ूर, मुझे है मंज़ूर! छात्र की पढ़ाई लगभग पूरी हो चुकी है, ऊपर से वह भी कमाती है। उम्र में फ़र्क़ बहुत मामूली है, उसकी तरफ़ से वह भी फ़ैसला करती है।

ऐरिका फाटक खोलती है और ख़ुद को पूरी की पूरी उसके हाथों में सौंप देती है, क्योंकि उसे उस पर यक़ीन है। वह मज़ाक करती है कि वह उसके वश में है। वह विश्वास दिलाने का प्रयत्न करती है कि वह अपने मूर्खतापूर्ण पत्र को रद्द करना चाहेगी, जो बीत गया सो बीत गया। गड़बड़ तो हो चुकी है, परन्तु वह उसका हर्ज़ाना भरेगी, प्रियतम! हमें पत्रों की क्या ज़रूरत है, जबकि हम वैसे भी एक-दूसरे की छोटी से छोटी और गुप्त से गुप्त बातें जानते हैं। हम परस्पर एक-दूसरे की परिष्कृत सोच में रहते हैं! और हमारी सोच लगातार एक-दूसरे को शहद चटाती रहती है। ऐरिका कोहूट, जो बंदे को उसके बदन की नाकामयाबी की याद किसी भी हालत में नहीं दिलाना चाहती, कहती है : अन्दर आ जाइये! वाल्टर क्लेम्मर, जो अपने बदन की नाकामयाबी को भूलना ज़्यादा पसन्द करता, इमारत में प्रवेश करता है। उसे बहुत कुछ इस्तेमाल करने की छुट्टी दे दी जाती है, और इससे उसकी बाँछें खिल जाती हैं। कुछ चीज़ें तो वह यूँ ही ले लेगा! वह ऐरिका से कहता है : ताकि बात अभी साफ़ हो जाये। ऐसी औरत से बुरा कुछ नहीं होता, जो एक रचना को, एक कलाकृति को फिर से रचना चाहती है। यह मूलभाव चुटकुलों वाले पृष्ठों के लिए है। क्लेम्मर एक महान उपन्यास का मूलभाव है। वह स्वयं का आनन्द लेता है और आनन्द लेते हुए कभी क्षीण नहीं होता। बल्कि वह अपनी ठण्ड का आनन्द लेता है, मुँह की गुहा में यह बर्फ़ का टुकड़ा। स्वाधीनता में सम्पत्ति का स्वामी होने का अर्थ है कि कभी भी निकल कर चले जाने की सामर्थ्य रखना। सम्पत्ति पीछे रह जाती है और प्रतीक्षा करती है। जिस अवस्था में यह औरत है, उसे वह जल्दी छोड़ कर चला जायेगा। पारस्परिक भावावेश, क्लेम्मर द्वारा आरम्भ में गम्भीरतापूर्वक रखा गया प्रस्ताव तो औरत ने स्वीकार नहीं किया। दूसरी बार वह उसे हँसी नहीं उड़ाने देगा, क. साग्रह विश्वास दिलाता है। वह धमका कर पूछता है कि वह उसे समझती क्या है? यह प्रश्न बार-बार इस्तेमाल किये जाने पर भी बेहतर नहीं होता।

वाल्टर क्लेम्मर औरत को धक्का मार कर फ़्लैट के भीतर करता है। नतीजा है दबे स्वर में शब्दों का आदान-प्रदान, क्योंकि वह इसे सहन नहीं करती। बल्कि कई बार शब्दों के आदान-प्रदान में आगे को झुक जाती है। शब्दों के आदान-प्रदान के दौरान ऐरिका आदमी से शिक़वा करती है कि उसने उसे अपने फ़्लैट में, जहाँ वह सिर्फ़ मेहमान है, धक्का मार कर घुसाया है। लेकिन फिर वह एक बुरी आदत को छोड़ देती है : हमेशा झिक-झिक करने की आदत। वह नम्र हो कर बोलती है, मुझे अभी बहुत कुछ सीखना है। बल्कि अपने पंजों में क्षमायाचना रख लेती है, चारे के

तौर पर आदमी को पेश करती है, चारे से अभी लहू टपक रहा है, उसे वह उसके पैरों पर रख देती है। उसे शुरू में ही सब चौपट नहीं कर देना चाहिए, वह सोचती है। वह पश्चात्ताप दिखाती है कि वह काफ़ी कुछ ग़लत कर बैठी है, अधिकतर तो शुरू में ही। हर शुरुआत मुश्किल होती है, ऐरिका सही शुरुआत की अहमियत को साबित करती है। अब माँ धीरे-धीरे, असमंजस में पड़ी, जागती है, कर्कश शब्दों को पहचानती है। माँ में हावी रहने की महत्वाकांक्षा है। इस समय आधी रात को कौन दिन की तरह ऊँची आवाज़ में बोल रहा है और वह भी मेरे अपने घर में मेरी बेटी के साथ? आदमी प्रतिक्रिया में धमकाने के हाव-भाव दिखाता है। दोनों औरतें प्रतिप्रहार में रक्षात्मक ढंग से अकेले आदमी पर एक दाब-लहर के रूप में लुढ़कने की कोशिश करती हैं। देखा नहीं तूने, इससे पहले कि ऐरिका सम्भलती, उसके चेहरे पर तमाचा पड़ता है। नहीं, उसने ग़लत नहीं देखा, मारा आदमी, क्लेम्मर, ने है, और सफलतापूर्वक! हैरान हो कर वह गाल को पकड़े रहती है और इसका जवाब नहीं देती। माँ अवाक् है। अगर कोई यहाँ पर पीटता है तो सिर्फ़ वह ख़ुद। थोड़ी देर बाद, जब क्लेम्मर कुछ नहीं बोलता तो ऐरिका जवाब देती है कि वह वहाँ से दफ़ा हो जाये! इससे वह साबित करती है कि खेल उसमें जुगुप्सा जगा रहा है। क्लेम्मर कामयाबी की ख़ुशी में धीमे से और निःशब्द बेटी से पूछता है कि तूने शुरू में इसकी कल्पना नहीं की होगी, नहीं क्या? माँ हैरान है कि आदमी लड़ाई के बाद कैसे दफ़ा हो सकता है। उसकी दिलचस्पी इसमें ज़रा भी नहीं है कि यहाँ क्या बोला जा रहा है, वह हवा में यक़ीन दिलाती है। अब ऊँचे स्वर में बलपूर्वक कोई शिकायत नहीं की जा रही। तभी एक दूसरा तमाचा ऐरिका के गाल पर पड़ता है। गोश्त से गोश्त का यह कोई प्यार भरा मेल नहीं है। पड़ोसियों की वजह से ऐरिका धीमे स्वर में सिर्फ़ रिरियाती है। माँ सचेत हो जाती है और पहचानती है, वह भी अपने घर के दरवाज़े के भीतर, कि उसकी बेटी को इस आदमी द्वारा खेल के सामान की तरह घटिया दर्ज़ा दिया जा रहा है। गुस्से में माँ इस ओर ध्यान आकर्षित करती है कि परायी सम्पत्ति का नुक़सान किया जा रहा है, अर्थात उसकी सम्पत्ति का! माँ इसका निष्कर्ष निकालती है आप अभी के अभी दफ़ा हो जाइये। और जितनी जल्दी हो सके।

आदमी इस माँ बेटी को मशीनी अंगीकरण की तरह आलिंगन में ले लेता है। ऐरिका नींद में आधी बेहोश है और नहीं जानती कि क्या प्रेम का पुरस्कार इतना बुरा भी हो सकता है, अर्थात उसके प्रेम का। हम अपने कामों के लिए हमेशा पुरस्कार

की अपेक्षा रखते हैं। हमारा विश्वास है कि दूसरों के कामों को पुरस्कार की आवश्यकता नहीं होती, हम उम्मीद करते हैं कि हमें वे आसानी से मिल जायें। माँ कुछ कार्रवाइयाँ करना चाहती है, जिनमें पुलिस का झंझट भी शामिल है। अतः उसे एक ज़ोरदार धक्का दे कर उसके कमरे में फेंका जाता है और वह धड़ाम से पीठ के बल गिर पड़ती है। तिस पर क्लेम्मर उसे अपना ख़याल बताता है कि बात उससे नहीं हो रही! माँ समझ नहीं पाती। अब भी वह जो चाहे कर सकती है। क्लेम्मर उसे आश्वासन देता है कि हमारे पास समय है, ज़रूरत पड़े तो पूरी रात है। अब ऐरिका प्रकाश की भूखी कली की तरह खिलने को नहीं हो रही। क्लेम्मर उससे पूछता है कि क्या यह वो था, जिसकी उसने कल्पना की थी। वह मनमोहिनी की तरह झूलती हुई कहती है कि नहीं। माँ बैठी-बैठी हाथों तथा पैरों की सहायता से ऊपर होती है और छात्र को भयंकर परिणामों का वायदा करती है, जिनमें माँ का हाथ निर्णायक होगा। अगर बात हद से बढ़ गयी तो वह बाहरी लोगों की मदद लेने से भी नहीं हिचकेगी, परमपावन बुढ़िया कसम खाती है। और इसके बदले वह कष्ट उठायेगा कि वह एक ऐसी स्त्री के साथ ऐसा कुछ कर रहा है जिसकी उसे रक्षा करनी चाहिए थी, सिद्धान्ततः जो स्वयं माँ हो सकती थी। उसे **अपनी** माँ के बारे में सोचना चाहिए। माँ को दुख होगा कि उसने ऐसे पुत्र को जन्म दिया। ये शब्द बोलती हुई संघर्षरत माँ जब दरवाज़े तक पहुँच जाती है तो एक बार फिर उसे उजड्डतापूर्वक धक्का मार कर पीछे कर दिया जाता है। इस काम के लिए वाल्टर क. को थोड़ी देर के लिए अपनी ऐरिका को छोड़ना पड़ता है। फिर वह माँ के दरवाज़े को ताला लगा देता है और माँ अपनी तंग सीमा में कैद हो जाती है। इस शयन-कक्ष की कुंजी बेटी को, इच्छा प्रकट की गयी या ज़रूरत पड़ी तो—दंड के तौर पर बाहर रखने के काम आती है। बाहर बन्द कर दिया, पहले सदमें में माँ सोचती है और दरवाज़े को नोचने-खरोंचने लगती है। माँ कूँ-कूँ करती है और जम कर धमकाती है। क्लेम्मर को विरोध से बल मिलता है। यह औरत : कठिन प्रतियोगिताओं में खिलाड़ी के लिए एक ख़तरा। ऐरिका की और उसकी इच्छाएँ एक-दूसरे से टकरा रही हैं। ऐरिका रोती है, मैंने ऐसा तो नहीं सोचा था। वह थियेटर देखने वालों का एक मुहावरा बोलती है : मुझे ज़्यादा की उम्मीद थी। एक तरफ़ तो ऐरिका को उसका गोश्त विह्वल कर रहा है, दूसरी तरफ़ परायी हिंसा, जो अस्वीकृत प्रेम से उपजी है।

ऐरिका अपेक्षा करती है कि और कुछ नहीं तो वह कम से कम माफ़ी तो माँगेगा, लेकिन नहीं। वह इस तथ्य का स्वागत करती है कि माँ दख़लंदाज़ी नहीं

कर पा रही। आख़िर तो निजी मामले निजी तौर पर सुल्टाये जाते हैं। अब कौन सोचता है माँ और ममता के बारे में, सिवाय उसके, जिसे एक बच्चा बनाना है? क्लेम्मर के भीतर से मर्द बोल रहा है। ऐरिका लक्ष्यनिष्ठ, परन्तु तनिक सी नग्नता के ज़रिये आदमी की ज्वाला भड़काने का प्रयास करती है। वह तब तक चिरौरी करती है जब तक कि छीलन के टुकड़े धधक नहीं उठते और बन्दा चाहत का एक मोटा लोंदा उनमें डालने की स्थिति में नहीं आ जाता। उसके चेहरे पर बार-बार मारा जाता है, हालाँकि वह कहती है कि कृपया सर पर नहीं! वह अपनी उम्र के बारे में कुछ सुनती है, जो कम से कम पैंतीस होने के बारे में है, वह भले चाहे न चाहे। धीरे-धीरे संभोग के प्रति अनिच्छा उसकी मनोस्थिति पर बुरा प्रभाव डाल रही है। उसकी पुतलियों पर आवरण छाता जा रहा है। अन्ततः घृणा की नेकी क्लेम्मर को भेंट में दी जाती है, वह मन्त्रमुग्ध है; सत्य ग्रीष्म की किसी मेघाच्छादित सन्ध्या की तरह उस पर प्रकट होता है। केवल अपने प्रति सच्चा न होने के कारण वह इस कमाल की नफ़रत पर इतने लम्बे समय तक मोहब्बत का पर्दा डालने की कोशिश करता रहा है। मोहब्बत का यह पर्दा बहुत समय उसे अच्छा लगता रहा था, लेकिन अब वह उतर गया है। धरती पर पड़ी औरत प्रबल उत्कंठा को कई रूपों में लेती है, और क्लेम्मर का बरताव पचास प्रतिशत उसकी चाहत के अनुरूप है। ऐरिका ने एक बार ऐसा सुना है। लेकिन अब बहुत हो गया प्रियतम। अब कुछ बेहतर करना शुरू करें! प्रेम के सद्भावना प्रदर्शन में अब वह पीड़ा को बाहर रखना चाहेगी। अब वह अपने तन पर अनुभव कर रही है और प्रार्थना करती है कि प्रेम के सामान्य निष्पादन की ओर लौटा जाये। एक-दूसरे की सहमति से हम 'तू' कह कर बुलाते हैं एक-दूसरे को, और इस तरह निकटता स्थापित करते हैं। वाल्टर क्लेम्मर औरत पर ज़बरदस्ती कब्ज़ा कर लेता है, जो कहती है कि उसने अब कुछ और ही सोचा था। अब मेरा आदर्श भावनाओं की पारस्परिकता है, ऐरिका पुराने मत को बहुत देर से बदलती है। वह नया मत प्रकट करती है कि औरत होने के नाते उसे बहुत सौहार्द तथा स्नेह की दरकार है, और हाथ मुँह पर रख लेती है, जिसके एक सिरे से लहू बह रहा है। यह एक असम्भव आदर्श है, आदमी उत्तर देता है। वह सिर्फ़ इन्तज़ार कर रहा है कि औरत ज़रा सा पीछे हटे और फिर वह उसका पीछा करे। यह शिकारी की सहज प्रवृत्ति है, जो उसे प्रेरणा दे रही है। यह जल के खिलाड़ी और तकनीशियन की सहज प्रवृत्ति है, जो असीम गहराइयों और चट्टानों से चेता रही है। औरत ने उसे पकड़ने की कोशिश की तो वह गया! ऐरिका क्लेम्मर से मिन्नत करती है कि अपना भला

पक्ष दिखाये। लेकिन बंदे का परिचय आज़ादी से हो चुका है।

वाल्टर क्लेम्मर अपनी दायीं मुट्ठी ऐरिका के पेट में बहुत ज़ोर से भी नहीं और बहुत धीरे भी नहीं मारता। दुबारा खड़ी हो गयी औरत को फिर से गिराना ही काफ़ी है। ऐरिका अपने शरीर पर कसे हाथों पर झुक जाती है। पेट पर मारा है। बिना कोई ख़ूबसूरत कोशिश किये आदमी ने कर लिया। वह ख़ुद से अलग नहीं होता, बल्कि वह पहले कभी भी अपने मत से इतना अधिक सहमत नहीं था। वह मज़ाक उड़ाता हैं, कहाँ है उसकी रस्सियाँ और डोरियाँ? और कहाँ हैं ज़ंजीरें? मैं सिर्फ़ आपके हुक़्म की तामील बजा रहा हूँ, मोहतिरमा। अब मुँह में ठुँसे कपड़े और चमड़े की पेटियाँ तेरी मदद नहीं करेंगी, क्लेम्मर मखौल उड़ाता है, जो बिना इन साधनों के ढाठे और पेटी का असर पैदा करता है। मीठी शराब से चकराती माँ अपने दरवाज़े पर तबला बजाती है और नहीं जानती कि उसे क्या हो रहा है और क्या किया जाये। उसे इस वजह से भी घबराहट हो रही है कि उसकी बेटी के साथ जो हो रहा है वह उसे देख नहीं पा रही है। एक माँ देखे बिना भी देखती है। उसने अपनी बच्ची की आज़ादी का सम्मान नहीं किया और अब एक दूसरा उसकी आज़ादी को बेइज्ज़त कर रहा है। आज से मैं इसका दोगुना ध्यान रखूँगी, माँ ख़ुद से वायदा करती है और उम्मीद करती है कि यह जवान आदमी कुछ ऐसा बाकी छोड़ देगा, जो ध्यान रखने लायक़ होगा आख़िर उसी ने तो बच्ची को ज़रूरत के मुताबिक मोड़ा है, और अब वह उसे नये ढंग से मोड़ रहा है। माँ को ज़रा सा गुस्सा तो आता है।

इस बीच क्लेम्मर उसके गोश्त को वक्र बना कर उसका मज़ाक उड़ाता है कि तेरी उम्र में एक पल भी ख़राब करना ठीक नहीं होगा! ऐरिका कक्षा में एक साथ अनुभव किये गये सुखों-दुखों की दुहाई देती है। उससे आग्रहपूर्वक पूछती है कि क्या वह सोनाटों के बीच भेदों को ख़ुश हो कर याद नहीं करता। वह उन आदमियों की हँसी उड़ाता है, जो औरतों का सब कुछ सहन कर लेते हैं। वह उनमें से नहीं है, और वह हद से आगे निकल रही है। वह एक हद से निकली व्यक्ति है, और अब उसके कोड़े और पट्टियाँ कहाँ है? क्लेम्मर उसे चुनने को कहता है : या तू या मैं। उसका हल है : मैं। लेकिन मेरी नफ़रत में तेरा नया जन्म होगा, आदमी उसे तसल्ली देता है, और यह कह कर अपना मत स्पष्ट कर देता है। भारी संकट में औरत की बाँहों से ढके उसके सिर से अत्याचार करते हुए वह उसके मुँह पर एक और फ़िकरा मारता है : अगर तुम शिकार न होती तो शिकार बन भी नहीं सकती थी! उसे यन्त्रणा देते हुए वह उससे पूछता है कि उसके शानदार ख़तों का क्या हुआ? जवाब की

ज़रूरत नहीं रहती।

कमरे के दरवाज़े के पीछे माँ अपने छोटे एक-मानस-चिड़ियाघर के साथ बुरे से बुरा कुछ हो जाने का सोच कर घबरा रही है। ऐरिका रोते हुए उन नेकियों का ज़िक्र करती है, जो उसने छात्र के साथ की थीं, जैसे संगीत की पसन्द और संगीत में परिष्करण के प्रशिक्षण में उसका अथक परिश्रम। हुआते हुए ऐरिका उस पर किये गये प्रेम के उपकार का वर्णन करती है, जो उसने बंदे और छात्र को परिश्रम के अभ्यास के रूप में दिया था। वह हावी होने की कोशिश करती है, लेकिन नंगी हिंसा उसे हावी होने नहीं देती। आदमी ज़्यादा तगड़ा है। ऐरिका गुस्से से झाग निकालते हुए बोलती है कि वह नंगे शारीरिक बल के सिर पर हावी हो सकता है और बदले में उसे दोगुनी और तिगुनी मार पड़ेगी।

क्लेम्मर की नफ़रत में औरत अचानक किसी वृक्ष की तरह फैलना शुरू हो जाती है। इस वृक्ष को सहारा दे कर सीधा खड़ा किया जायेगा और इसे काफ़ी कुछ सहन करना सीखना होगा। हाथ और चेहरे में मन्द तालियाँ बज रही हैं; माँ अपने दरवाज़े के पीछे नहीं जानती कि क्या हो रहा है, फिर भी वह उत्तेजनावश रो रही है और इस रात को उठाये जाने वाले बहुत सारे कदमों का इरादा बना रही है, आधी क़त्ल की जा चुकी मीठी शराब की अलमारी की ओर, शराब रखने वाले घर के छोटे बार की ओर। मदद बुलाने के बारे में नहीं सोचा जाता। क्योंकि फ़ोन ड्योढ़ी में पड़ा है, जहाँ पहुँचा नहीं जा सकता।

क्लेम्मर ऐरिका को उसकी उम्र की वजह से बुरी तरह झिड़कता है, और ऐसी हालत में कोई औरत प्रेम के सन्दर्भ में उससे कोई उम्मीद नहीं रख सकती। इस सन्दर्भ में उसने सिर्फ़ दिखावा किया है, यह एक वैज्ञानिक प्रयोग था, क्लेम्मर सम्मानजनक इच्छाओं को छुपा जाता है। और कहाँ हैं अब तेरे मशहूर फंदे, वह हवा को जैसे शेव करने की छुरी से काटता है। वह अपनी उम्र के या उससे भी बड़े मर्दों से वास्ता रखा करे, वह सुझाता है और मारता है। जोड़ियों में अधिकतर आदमी औरत से बड़ा होता है। बिना निशाना लगाये क्लेम्मर औरत को मारता है। यह गुस्सा बुराई करने के लिए या नाइन्साफ़ी करने के लिए मौक़ा नहीं है, बल्कि इससे उलट है। गुस्से को इश्क़ के मौक़े पर धीरे-धीरे, और अच्छी तरह, बढ़ाया गया है। विस्तृत जाँच के बाद ऐरिका ने इस आदमी पर अपने प्यार का एहसान किया है, और फटाक, हुआ क्या...?

ज़िन्दगी में और जज़्बातों में आगे बढ़ने के लिए औरत का विनाश करना होगा,

जो उस पर हँसी तक है, तब, जब वह उससे ज़रा सा भी जीत जाती थी! इसने मुझसे बेड़ियों, मुँह में ठूँसने के कपड़ों और बलात्कार का कह कर गुस्ताख़ी की है और मुझसे ग़लत उम्मीद रखी है, अब इसे वो मिलेगा, जिसके यह लायक़ है। चिल्ला चिल्ला, क्लेम्मर उसे उकसाता है। इस पर औरत ज़ोर से रोती है। ऐसे ही औरत की माँ भी अपने दरवाज़े के पीछे रो रही है। वह सही से जानती तक नहीं कि क्यों।

ऐरिका का ज़रा सा ख़ून बह रहा है और वह भ्रूण को सिकोड़ लेती है, और विनाशक्रम चालू रहता है। ऐरिका में मर्द को बहुत से और भी दिखाई देते हैं, जिन्हें वह हमेशा ख़त्म करना चाहता था। वह ऐरिका के मुँह पर बात मारता है कि वह ख़ुद अभी जवान है। मेरे सामने पूरा जीवन पड़ा है, हाँ, और अब वह सही से ख़ूबसूरत भी होने वाला है! पढ़ाई पूरी हो जाने पर मैं विदेश में लम्बी छुट्टी मनाऊँगा, वह चारा उसके सामने लटकाता है, जिसे वह तुरन्त खींच भी लेता है : अकेले-अकेले! तेरे बारे में यह तो नहीं कहा जा सकता, ऐरिका, कि तू जवान है। क्लेम्मर जवान है तो वह बूढ़ी है। वह आदमी है तो वह औरत है। वाल्टर क्लेम्मर ज़मीन पर पड़ी ऐरिका की पसलियों में एक ठुड्डा लगाता है, यूँ ही मौज में आ कर। इतनी ख़ुराक देता है कि कुछ टूटता नहीं। कम से कम अपने शरीर पर तो उसका नियन्त्रण हमेशा रहता है। वाल्टर क्लेम्मर ऐरिका नाम की दहलीज़ से हो कर बाहर खुले में निकल जाता है। उसने ज़ाती तौर पर उसे ललकारा है, उस पर और उसकी काम लोलुपता पर नियन्त्रण पाने की इच्छा में। यह इसी का नतीजा है। इस औरत के बारे में उसके मन में एक विषादपूर्ण अनुभूति और पूर्वबोध है। औरत अब उसकी नफ़रत की साफ़-साफ़ बुराई कर रही है, लेकिन सिर्फ़ इसलिए कि यह उसके शरीर को पीड़ा पहुँचा रही है। वह ज़ोर से चिल्लाती है और असंयमित हो कर चिरौरी करने लगती है। माँ इस चिल्लाने को सुनती है और क्रोध से भर जाती है। हो सकता है कि यह आदमी कुछ ऐसा नहीं छोड़ेगा, जिस पर वह हावी हो सके। हैवानी डर कि बच्ची को कुछ हो जायेगा, यह डर माँ के अन्दर घर कर गया है। उसमें प्रेरणा है दरवाज़े पर ठोकरें मारने की और धमकियाँ देने की, लेकिन यह दरवाज़ा पुराने ज़माने के बच्चों की ज़िद्द जितना लचीला है। माँ अपने भय प्रकट करती है, क्लेम्मर जिन्हें दरवाज़े की वजह से ठीक से नहीं समझता। ज़बरदस्ती अन्दर घुसने की वजह से माँ चीख-चीख कर गालियाँ देती है। बेटी को वह मर्दों के प्यार के बारे में दी गयी भविष्यवाणियों की याद दिलाती है, लेकिन बेटी उसे सुनती नहीं। बेटी अब ज़ार-ज़ार रो रही है और उसके पेट पर ठोकर मारी जाती है। क्लेम्मर का यह व्यवहार आम

जनानी निन्दा में मज़े से लोटता है। क्लेम्मर खुश है कि उसने इस निन्दा की तरफ़ ध्यान नहीं दिया। ऐरिका जो कभी थी, आदमी उसका सफ़ाया कर देना चाहता है और वह इसमें सफल नहीं होता। ऐरिका लगातार उसे याद दिलाती है कि कभी वह उसके लिए क्या थी। तुम्हारे हाथ जोड़ती हूँ, वह विनती करती है। दरवाज़े के पीछे माँ अपना भय प्रकट करती है कि बच्ची डर के मारे आदमी के सामने छोटी बन जायेगी और उसकी खुशामद करने लगेगी। उस पर शरीर को नुक़सान। माँ को अपने शरीर की बूढ़ी फली का डर है। वह प्रभु और उसके पुत्र से प्रार्थना करती है। चूँकि नुक़सान एक बार हो जायेगा तो हो जायेगा, अतः उसे डर खाये जा रहा है कि वह अपनी बेटी से हाथ न धो बैठे। इतने वर्षों का कठिन प्रशिक्षण, कैसे उड़नछू हो जायेंगे ये वर्ष। उनकी जगह आदमी के साथ नयी कलाकृतियाँ ले लेंगी। माँ चाय बना देगी, अगर वह सिर्फ़ फिर बाहर निकल सके और कोई चाय माँगे। कृत्रिम उच्च स्वर में वह प्रतिशोध के बारे में कुछ बोलती है! और रिपोर्ट लिखवाने की! ऐरिका प्रेम के अगाध गर्त के बारे में चिल्ल-पों मचाती है। इस बंदे को उसके लिखित अनुरोध बहुत छिछोरे लगते हैं, वह कहता है। उसका ढिल्लड़पन बहुत शर्मनाक, वह कहता है। इतने लम्बे समय तक वह लोगों से नहीं मिलती-जुलती थी तो समझती थी कि वह सर्वोत्तम बनेगी। अब जब सार्वजनिक जीवन में आयी है तो उसका हिस्सा इतना कम है कि नज़र ही नहीं आता। और जल्दी ही देर हो जायेगी।

ऐरिका धरती पर पड़ी है, उसके नीचे ड्योढ़ी का सरक कर टेढ़ा हुआ लम्बा कालीन। वह कहती है मुझे छोड़ दे। सिर्फ़ इस एक ख़त की इतनी बड़ी सज़ा नहीं हो सकती। क्लेम्मर आज़ाद है, ऐरिका बेड़ियों में नहीं बँधी। मर्द बिना सोचे-विचारे मारता है और तल्ख़ी से पूछता है, तो फिर, कहाँ है वो, तेरा ख़त। उसी का नतीजा है यह। वह डींग मारता है कि बेड़ियों में बाँधना ज़रूरी नहीं था, जैसे वह अब देख रही है। वह उससे पूछता है कि क्या ख़त अब मदद करेगा? यह है सब, जो इसका नतीजा है! क्लेम्मर औरत को हल्की मार लगाते हुए समझाता है कि वह यही चाहती थी, और कुछ नहीं। ऐरिका रोते हुए विरोध करती है कि वह यह नहीं चाहती थी, बल्कि और कुछ चाहती थी। तो अगली बार तू एकदम सही बताइयो, आदमी सुझाता है और मारता है। लातें मारते हुए वह औरत के सामने साबित करता है कि सरल समीकरण मैं ही हूँ। और इस बात की मुझे कोई शर्म नहीं है। अपनी बात से हटूँगा नहीं। वह औरत को धमकाता है कि वह उसे वैसे ले, जैसा मैं हूँ। मैं जैसा हूँ वैसा ही हूँ। मार पड़ने से ऐरिका की नाक की हड्डी किरच-किरच हो गयी है और लात

पड़ने से एक पसली। वह अपना चेहरा हाथों में छिपा लेती है, जिस पर क्लेम्मर कहता है कि वह ठीक कर रही है। यह चेहरा इतना ख़ास नहीं है, नहीं क्या! इससे ज़्यादा ख़ूबसूरत होते हैं, कह कर विशेषज्ञ प्रतीक्षा करता है कि औरत कहे कि इससे ज़्यादा बदसूरत भी होते हैं। ऐरिका का गाउन सरक रहा है और क्लेम्मर बलात्कार की सोचता है। लेकिन जनाने गुप्तांग के आकर्षण का तिरस्कार करने के लिए वह कहता है, पहले मुझे एक गिलास पानी पीना होगा। वह ऐरिका को स्पष्ट बताता है कि उसके प्रति उसका आकर्षण पेड़ के एक खोखले तने से कम है, जिसमें मधुमक्खियों का झुण्ड रह रहा होता है, रीछों के लिए। ऐरिका उसकी नज़रों में अपनी ख़ूबसूरती की वजह से नहीं आयी थी, बल्कि संगीत में प्रवीणता के कारण आयी थी। और अब वह दो-चार मिनट इन्तज़ार कर सकती है। मैंने अपने ढंग से समस्या का समाधान कर दिया है, तकनीक का छात्र स्वयं से सन्तुष्ट है। माँ कोस रही है। बेटी भागने का सोच रही है। उसे सोचने का अभ्यास है, मगर करने का नहीं। खाँचे में बन्द एकान्तवास ने उसे अब तक कोई पुरस्कार नहीं दिलाया।

रसोई में कब से पानी चल रहा है, बन्दे को ठण्डा पसन्द है। उस पर यह स्पष्ट है कि उसकी करनी के बुरे परिणाम हो सकते हैं। मर्द होने के नाते वह उनके लिए तैयार है। पानी में घबराहट का तीखा स्वाद है। परिणाम तो इसे भी भुगतने पड़ेंगे, वह बहुत ख़ुश हो कर सोचता है। अब पियानो सीखना तो बन्द हो ही गया है, तो वह गम्भीरता से खेल में मन लगा सकता है। उपस्थितजनों में से कोई भी विशेष वांछित नहीं है। फिर भी यह करना होगा। कोई भी समझौते के मूड में आ कर नरम नहीं पड़ना चाहता। क्लेम्मर इस ताक में है कि औरत अंशतः दोष अपने पर ले ले। थोड़ा सा दोष तेरा भी है, तुझे मानना पड़ेगा, क्लेम्मर औरत के सामने मानता है। ऐसे तो नहीं होता न कि पहले तो तुम किसी को उत्तेजित करो और फिर ख़तरे की उम्मीद न करो। बहुत अच्छा महसूस करने पर जंगला तो नहीं न खोल दिया जाता।

गुस्से में क्लेम्मर एक जादुई अलमारी को लात मारता है, नहीं जानता कि उसके भीतर क्या है, वह सहसा खुल जाती है। आश्चर्यजनक रूप से उसमें कचरे की एक बाल्टी पड़ी नज़र आती है, जिसके भीतर प्लास्टिक की एक थैली लपेटी होती है। दबाव पड़ने से बहुत सा कचरा बाहर निकल कर रसोई के फ़र्श पर फैल जाता है। मुख्यतः हड्डियाँ। एक हत्थेदार चपटी कड़ाही में जला हुआ मांस। क्लेम्मर अनिच्छापूर्वक इस पर हँसता है। बाहर औरत को यह हँसी पीड़ा पहुँचाती है। वह एक सुझाव देती है, हम हर चीज़ पर बात कर सकते हैं, प्लीज़! वह

साफ़-साफ़ क़सूर का कुछ हिस्सा अपने सर पर ले रही है। जब तक क्लेम्मर यहाँ है : उम्मीद। बस, जाना नहीं प्लीज़। वह उठना चाहती है, उठ नहीं सकती और वापस गिर जाती है। माँ बेटी को उस अवरोध के पीछे से चिल्ला कर पुकार रही है, जिसे उसने नहीं बनाया। पूछ रही है : कैसे है तू? बेटी उसे जवाब देती है : धन्यवाद! गुज़र रही है! सब ठीक हो जायेगा। बेटी आदमी से मामा को बाहर निकालने की मिन्नत करती है। मामा की पुकार सुन कर वह दरवाज़े की तरफ़ रेंगती है, और माँ दरवाज़े के पीछे और भी ज़ोर से ऐरिका का नाम पुकार-पुकार कर बोल रही है। उसी साँस में वह एक गाली भी निकाल देती है, जो उसकी आदत है। क्लेम्मर ठण्डे पानी से तगड़ा हो गया है। ठण्डे पानी से वह कुछ ठण्डा हो गया है। ऐरिका माँ के दरवाज़े पर तकरीबन पहुँच ही चुकी है, लेकिन छात्र उसे फिर से घसीट कर पीछे पटक देता है। वह पुनः प्रार्थना करती है : प्लीज़, सिर और हाथों पर नहीं। क्लेम्मर उसे बताता है कि वह इस स्थिति में सड़क पर नहीं जा सकता; उसे देख कर ज़्यादातर लोग डर जायेंगे। तेरे दोष की वजह से मेरी यह हालत हो गयी है, मुझ पर कुछ रहम कर, ऐरिका! मेहरबानी कर! अब वह आनन-फानन औरत पर टूट पड़ता है। पूरा चेहरा चाट जाता है उसका और उससे प्यार माँगता है। एक प्रेमग्रस्त स्त्री के अलावा कौन पूरा दिल खोल कर तुच्छ लोगों को प्रेम का दान दे सकता है? प्रेम और सहानुभूति माँगते हुए वह दृढ़तापूर्वक औरत में घुसा देता है। प्रेम की भीख माँगते हुए वह अपने बटन खोलता है, साथ ही वह अपनी ज़िप नीचे खींच लेता है। अब वह दृढ़तापूर्वक प्रेम पर अपना अधिकार जताता है, जो हर एक को होता है, बुरों से बुरों को भी होता है। बुरा क्लेम्मर औरत में चारों तरफ़ बेधता है। वह इन्तज़ार करता है कि वह मस्त हो कर कराहेगी। ऐरिका को कुछ महसूस नहीं होता। निकलता कुछ नहीं। होता कुछ नहीं। या तो अभी बहुत देर है या बहुत जल्दी है। औरत साफ़-साफ़ बात को सामने रखती है कि लगता है कि वह मक्कारी की शिकार है, क्योंकि उसे अन्दर कुछ महसूस नहीं हो रहा। यह प्रेम तो मूलतः विनाश है। वह उम्मीद बहुत लगाती है, क्लेम्मर चाहता है कि वह उससे करे। आह निकलवाने के लिए क्लेम्मर ऐरिका के चेहरे पर हल्की सी चपत लगाता है। बुनियादी तौर पर उसे कोई फ़र्क नहीं पड़ता कि वह क्यूँ कराहेगी। ऐरिका कामतृप्ति की इच्छुक है, लेकिन उसे कामुकता की अनुभूति नहीं हो रही और महसूस कुछ नहीं हो रहा। अतः वह आदमी से तुरन्त रुक जाने का अनुरोध करती है! ताकि वह उसे अब

फिर से ज़ोर से मारे, सपाट हाथ से, प्यार की थकाने वाली प्रार्थना पर प्रतिक्रिया दिखाते हुए, यह एक विलक्षण हिंसक ढंग होगा। एक आत्यंतिक पर्वतारोहण। स्त्री स्वयं को प्रसन्नतापूर्वक नहीं सौंपेगी, लेकिन पुरुष क्लेम्मर चाहता है कि वह ख़ुशी-ख़ुशी दे। उसे किसी औरत को मजबूर करने की ज़रूरत नहीं है। वह उस पर चिल्लाता है कि वह उसे ख़ुशी-ख़ुशी ले। वह उसके निश्चल चेहरे को देखता है, जिस पर उसकी उपस्थिति ने दर्द के अलावा और कोई मुहर नहीं लगायी। मतलब कि मैं चला ही जाऊँ, क्लेम्मर उसे पीटते हुए पूछता है। क्लेम्मर इस औरत के लिए अपनी सर्वोत्तम निजी ऊर्जा अर्पण कर रहा है, ताकि अपनी भूख मिटा सके। हमेशा के लिए, वह उसे डराता है। ऐरिका कूँ-कूँ करती है कि बस करे, क्योंकि दर्द होता है। निपट लेने से पहले क्लेम्मर सिर्फ़ लद्धड़पन या आलस की वजह से औरत से बाहर नहीं निकाल सकता। वह चिरौरी करता है : मेरे साथ कर, उसे चाटता जाता है और कई तरह से पीटता है। वह गुस्से में लाल हुआ धक्के लगा रहा है और उसके सर पर सर लगा रखा है उसने। माँ अन्त चाहती है। मशीनगन की ताल में वह दरवाज़े पर ठोंके जा रही है। पड़ोसियों की परवाह किये बिना वह तड़ातड़ गोलीबारी करती है। क्लेम्मर अपनी गति बढ़ा देता है, इस बीच उसकी गति काफ़ी बढ़ चुकी है। निशाने के ऊपर नहीं, बल्कि सीधा निशाने में घुसा रहा है। खेल के उस्ताद ने अपना काम पूरा कर लिया है। उसी साँस में वह फुर्ती से एक काग़ज़ी रूमाल से अपनी सफ़ाई करके उसे फ़र्श पर ऐरिका की बगल में गुल्ला बना कर फेंक देता है। अनुरोध करता है कि वह किसी को बताये नहीं। अपनी भलाई के लिए। अपने व्यवहार के लिए क्षमायाचना करता है। व्यवहार के बारे में स्पष्टीकरण देते हुए कहता है कि वह पराभूत हो गया था। ऐसा होने पर ऐसे ही होता है। वह फ़र्श पर पड़ी ऐरिका से कोई अस्पष्ट सा वादा करता है। अफ़सोस कि अब मैं जल्दी में हूँ, आदमी अपने ढंग से माफ़ी माँगता है। अफ़सोस है कि मुझे अब जाना होगा, आदमी अपने ढंग से औरत को प्रेम और सम्मान से नमस्कार करता है। अगर इस समय उसके पास एक इकलौता लाल गुलाब होता तो वह तुरन्त उसे भेंट कर देता। वह उसे व्याकुलतापूर्ण शब्द 'अच्छा चलता हूँ, नमस्ते!' बोल कर अभिवादन करता है और ड्योढ़ी में पड़े स्टूल पर चाबियों का गुच्छा ढूँढ़ता है। अच्छा नहीं है : दो औरतें एक दूसरे के साथ कितनी तन्हा, उपसंहार में वह ऐरिका को जीवन में काम आने वाली एक सलाह देता है। उसकी लगाम खींचता है। उसे पीढ़ियों के अन्तर पर बिना पूर्वाग्रह के

चिन्तन करना होगा! क्लेम्मर ऐरिका को लोगों से अक्सर मिलने-जुलने की सलाह देता है, अगर उसके साथ नहीं तो अकेले। जिन आयोजनों के बारे में वह जानेगा, वहाँ साथ चलने की वह पेशकश करता है : ऐरिका के साथ वह वहाँ कभी जायेगा नहीं। वह स्वीकार करता है कि बस ऐसे ही चलेगा। क्या वह ऐसा कुछ कभी किसी आदमी के साथ कर के देखना चाहेगी, औरत से वह रुचिवश पूछता है। इसका युक्तियुक्त उत्तर वह स्वयं ही देता है : नहीं, धन्यवाद! गोएटे की ज़बान में वह अनिष्ट की बात करता है[1] कि जो कोई भूत बुलाता है, वह उससे पीछा नहीं छुड़वा सकता, और इस पर हँसता है। हँसना पड़ा है उसे : देखा, ऐसे होता है। सलाह देता है : होशियार रहना! शान्त होने के लिए उसे अब कोई रिकॉर्ड लगा लेना चाहिए। फ़्रेंच का नहीं, सलाह देता है, क्योंकि अब वह कई बार साफ़-साफ़ विदा माँग चुका है। वह पूछता है कि उसे किसी चीज़ की कमी तो नहीं है, और स्वयं ही प्रश्न का उत्तर देता है : हो जायेगा, हो जायेगा! जब तक तू शादी करेगी, तब तक सब ठीक हो जायेगा, इस मुहावरे के सदके क्लेम्मर भविष्य में देखता है। इस बार बिना बोसा लिये उसे घर जाना होगा, लेकिन बदले में वह तो चूम ही चुका है। वह बिना इनाम के नहीं जायेगा। अपना इनाम उसने वसूल लिया है। और औरत को भी मुनासिब इनाम मिला है। जब ऐरिका ने इस पर कोई शारीरिक प्रतिक्रिया नहीं दिखाई तो क्लेम्मर इसकी प्रतिक्रिया में कहता है, बिन माँगे मोती मिले। वह तेज़ी से सीढ़ियाँ उतरता है, फाटक खोलता है, चाबियों का गुच्छा फिर से अन्दर डाल देता है, बल्कि ज़मीन पर गिरा देता है। जब क्लेम्मर अपने रास्ते जा रहा होगा तो बिना ताला लगी इमारत के किरायेदार असुरक्षित पीछे रह गये होंगे। चलते-चलते वह इरादा बनाता है कि वह धृष्टतापूर्वक आने-जाने वालों के, जहाँ तक भी वे नज़र आ रहे हैं, चेहरों में घूरेगा। इस सन्ध्या वह ज़िन्दा छेड़छाड़ का एक दृश्य प्रस्तुत करेगा और अपने पीछे पोत जला डालेगा। वह निश्चितता के समानान्तर डण्डों पर कलाबाज़ियाँ खा रहा है कि दोनों औरतें आज की घटना के बारे में किसी से एक भी लफ़्ज़ नहीं बोलेंगी, अपने हित में। केवल कुछ पल के लिए वह नतीजों के लिए चुकाई जाने वाली कीमत के बारे में सोचता है, ब्याज की दर के बारे में। कारें नहीं आ-जा रहीं, कोई आती भी है तो युवावस्था की सहज प्रतिक्रिया काम आती है, वह कूद कर एक

1. जर्मन में : टोएफ़ल अन दी वांड मालेन : जिसका शब्दशः अर्थ है : दीवार पर शैतान का चित्र बनाना।

तरफ़ हो जाता है। जवान और तेज़ क्लेम्मर किसी से भी पंगा लेगा। वह कहता है : आज रात तो में दरख़्त उखाड़ कर फेंक सकता हूँ! अब उसे तनिक शान्ति है कि अब वह पहले से बहुत बेहतर महसूस कर रहा है। एक दरख़्त पर वह पेशाब की तगड़ी धार मारता है। वह साभिप्राय अपने मस्तिष्क में केवल सकारात्मक विचारों को ही गुज़रने देता है, और यही उसकी सफलता का रहस्य है। उसका मस्तिष्क तो मानो इकतरफ़ा-मस्तिष्क है। एक बार इस्तेमाल करो, फिर मिटा दो। क्लेम्मर कोई भारी बोझ ख़ुद पर लिये नहीं घूमना चाहता, वह पक्का इरादा बनाता है। वह चुनौती के तौर पर अब सड़क के बीचों-बीच चल रहा है।

नया दिन ऐरिका से अकेला मिलता है, परन्तु माँ की चिन्ता से चिपका। इस दिन को वह आदमी के साथ अच्छी तरह बिता सकती थी। दिन के सामने औरत सही तैयारी कर के नहीं आती। कोई भी वाल्टर क्लेम्मर को गिरफ़्तार करवाने के लिए किसी सरकारी संस्था की सहायता नहीं माँगता। बल्कि मौसम बढ़िया है। माँ अपनी आदत के ख़िलाफ़ चुप है। यहाँ-वहाँ वह बेटी के भले के लिए कोई आपत्ति घुसाती है, लेकिन टोकरी तक पहुँच नहीं पाती, जिसे उसने बेटी की वजह से बहुत ऊपर टाँग रहा है। बरसों से टोकरी हमेशा ज़रा सी ऊपर ही टाँगी जाती रही है। अब तो वह नज़र ही नहीं आती। माँ आवाज़ निकालती है कि नये चेहरों और गलीचों से पहचान बढ़ाने के लिए बेटी को मनुष्यों में जाना चाहिए! बेटी की उम्र में देर करने की कतई गुंजाइश नहीं है। माँ अपनी ख़ामोश बच्ची की सोच-समझ कर भर्त्सना करती है, कहती है कि हमेशा मुझ बूढ़ी औरत के साथ रहना ठीक नहीं है, साली जवान बदमस्त! इन्सानों की पहचान करने में शायद एक साल में दूसरी बार उससे ग़लती हुई है, जिसका सबूत उसे अभी-अभी मिला है। जो बेटी के लिए अच्छा है, माँ बताती रहती है। आत्मज्ञान की ओर पहला पग यह है कि ऐरिका भी इसे समझे। माँ आशंकापूर्वक एक कोहरेयुक्त 'बाद' को टालते हुए कहती है कि आदमी और भी तो हैं। ऐरिका की चुप्पी में विरोध नहीं है। माँ को डर है कि ऐरिका अब सोचे-विचारेगी और इस आशंका को व्यक्त करेगी। जो बोलता नहीं, वह सोच अच्छा सकता है। माँ चाहती है कि वह विचारों को खुल कर अभिव्यक्ति दे और भीतर ही भीतर खा न जाये। जो सोचा जाये, वह माँ को भी बता दिया जाये, ताकि उसे पता रहे। माँ को चुप्पी से डर लग रहा है। क्या बेटी बदला लेना चाहती है? क्या वह

कोई बेशर्म बात करने की हिम्मत करेगी?

सूर्योदय होता है, उसके नीचे धूल के मरूस्थल ऊपर चढ़ रहे हैं। पुराभाग लाल रंग से धुले हैं। वृक्ष हरियाली में लिपट गये हैं। वे सजने का निर्णय लेते हैं। फूल ऊपर वाले की मदद के लिए कलियाँ रोप रहे हैं। लोग चक्कर लगा रहे हैं। उनके मुखों से स्वर उमड़ रहे हैं।

ऐरिका को बहुत कुछ पीड़ा पहुँचाता है और वह एहतियातन सहसा हिलती-डुलती नहीं। उसकी पट्टियाँ उसके शरीर को हमेशा रास नहीं आतीं, परन्तु बड़े प्यार से बाँधी जाती हैं। कल ऐरिका को इसका कारण खोजने की प्रेरणा दे सकता है कि इन सभी वर्षों में वह हरेक से और हर चीज़ से अलग-अलग क्यों रही है। एक दिन दीवारों से शान से बाहर निकलने की और सब से बढ़ कर निकलने की! अब क्यों नहीं! आज! ऐरिका पुराने फ़ैशन की एक छोटी कटी पोशाक पहनती है। पोशाक बहुत तंग है और पीठ पर ठीक से पूरी नहीं आ रही। पूरी तरह पुराने फ़ैशन की हो चुकी है। माँ को भी पोशाक अच्छी नहीं लगती, बहुत छोटी और तंग है। बेटी हर सिरे से फट कर निकल रही है।

सब को हैरान कर देने के लिए ऐरिका सड़कों पर उतरेगी, सिर्फ़ उसका वहाँ दिखना ही काफ़ी होगा। ऐरिका के बाह्य मंत्रालय ने एक पुराने फ़ैशन की पोशाक पहन रखी है, मज़ाक उड़ाने के लिए जिसे कई मुड़ कर देखते हैं।

उसका ध्यान बँटाने के लिए माँ पिकनिक पर जाने का प्रस्ताव रखती है, लेकिन इस वेशभूषा में तू नहीं जायेगी। बेटी यह नहीं सुनती। इससे उत्साहित हो कर माँ सैरपथों के नक़्शे निकाल लाती है। पुरानी, धूल भरी दराज़ों से, जिनमें बाप भी टटोला करता था, उँगली से पगडंडियाँ मिलाता था, लक्ष्य ढूँढ़ता था, रुक कर नाश्ता करने के स्थान ढूँढ़ निकालता था। रसोई में बेटी माँ की नज़रों से परे अपने पर्स में एक पैना चाकू डाल लेती है। वैसे यह सिर्फ़ मरे हुए जानवरों को देखता है और उनका स्वाद लेता है। बेटी अभी नहीं जानती कि वह क्या एक हत्या करेगी या आदमी को चूम कर उसके कदमों पर गिर जाना ज़्यादा पसन्द करेगी। फ़ैसला बाद में लेगी कि क्या उसमें चाकू घुसेड़ दे। या प्यार से और संजीदगी से उसकी चिरौरी करे। वह माँ को नहीं सुन रही, जो रास्तों का सजीव वर्णन कर रही है।

बेटी आदमी का इन्तज़ार कर रही है, जो उसकी मिन्नत करने आयेगा। वह खिड़की पर ख़ामोश बैठी जाने और वहाँ बैठे रहने को एक-दूसरे से तोल रही है। पहले बैठने का अनुमोदन होता है। कल शायद जाऊँ, वह फ़ैसला लेती है। वह नीचे

सड़क पर नज़र डालती है, और तभी चल देती है। अभी टेक्निकल यूनिवर्सिटी में सुबह का व्याख्यान शुरू होगा, विषय की दिशा क्लेम्मर। यह एक बार उसने उसी से पूछा था। प्रेम है उसको वहाँ ले जाने वाला मार्गदर्शक। चाहत उसकी अनभिज्ञ परामर्शदाता।

अब ऐरिका कोहूट आगे जा रही, माँ को वह पीछे छोड़ आयी है, जो ऐरिका की वजहों की छानबीन कर रही है। समय को वह कब से एक अत्यन्त अशुभचिन्तक मांसभक्षी पौधे के रूप में अच्छी तरह जानती है, लेकिन क्या उससे दो-दो हाथ होने का समय आ गया है?

चूँकि बच्ची आम तौर पर दिन की शुरुआत देर से करती है, अतः दिन का ह्रास भी देर से आरम्भ होता है।

ऐरिका पर्स में पड़े अपने गरम चाकू को हाथ में दबाये सड़कों से होती हुई अपने लक्ष्य की दिशा में बढ़ रही है। अजीब सी लग रही है, ऐसे जैसे मनुष्यों से भाग रही हो। लोग उसे न घूरने से संकोच कर रहे हैं। मुड़ते हुए वे कोई टिप्पणी कर देते हैं। औरत पर अपनी राय देने में उन्हें शर्म नहीं है और वे खुल कर बोल रहे हैं। जवानी से कड़ी लड़ाई लड़ने वह अपने दुविधा में पड़े आधे मिनी-वस्त्र के साथ पूरी तन कर जा रही है। सब जगह स्पष्ट दृष्टिगोचर युवा लोग मास्टरनी जी को देख कर खुल कर मज़ाक उड़ा रहे हैं। युवा लोग ऐरिका के बाह्य स्वरूप को देख कर हँस रहे हैं। ऐरिका युवा लोगों के आन्तरिक स्वरूप पर हँस रही है, जिसमें कोई सही तत्त्व नहीं हैं। किसी आदमी की आँख उसे संकेत देती है कि उसे इतनी छोटी पोशाक नहीं पहननी चाहिए थी। इतनी सुन्दर टाँगें तो नहीं हैं न उसकी! औरत हँसती हुई कदम बढ़ाती जा रही है कि पोशाक उसकी टाँगों से मेल नहीं खाती और टाँगें पोशाक से मेल नहीं खातीं, जैसे कि कार्यक्रम-प्रस्तुतकर्ता कहेगा। ऐरिका स्वयं को स्वयं से और दूसरों से भी ऊँचा उठाती है। वह चिन्तित है कि इस आदमी से निपट पायेगी या नहीं। नगरकेन्द्र में भी युवा लोग उसका मज़ाक उड़ाते हैं। ऐरिका भी ऊँचे स्वर में उनकी हँसी उड़ाती है। युवा लोग जो कर सकते हैं, ऐरिका उसे बेहतर कर सकती है। वह ज़्यादा देर मज़ाक उड़ाती है।

ऐरिका संग्रहालयों के सामने ख़ाली मैदानों से निकल रही है। कबूतर ऊपर उड़ जाते हैं। इस दृढ़संकल्प के सामने! पर्यटक मुँह खोल कर सम्राज्ञी मारिया थेरेज़िया को देखते हैं, फिर ऐरिका को, फिर दुबारा साम्राज्ञी को। पंख फड़फड़ाते हैं। खुलने के समय के घण्टे बज चुके हैं। रिंग रोड पर ट्रामें यातायात-बत्तियों पर टूट कर पड़

रही हैं। धूप धूल से झिलमिला रही है। बुर्ग गार्डन के जंगले के पीछे युवा माँएँ अपनी दिन की परेड शुरू कर रही हैं। रोड़ी वाले रास्तों पर प्रथम प्रतिबन्ध नीचे फेंके जाते हैं। माँएँ अपनी ऊँचाई से अपनी झाग नीचे टपका रही हैं। जवाब में है बढ़ती चीख-पुकार, वही जादुई हथियार। हर जगह दो या ज़्यादा लोग सहमत हो रहे हैं। काम के सहयोगी एक साथ हैं, दोस्तों में झगड़ा हो रहा है। आपेरा हाउस के चौक पर कार-चालक ज़ोर से बह रहे हैं, क्योंकि पैदल-यात्री उनकी आँखों से ओझल हो चुके हैं और भूमिगत तले में ही रह गये हैं, जहाँ अपने किये गये नुक़सानों के लिए उन्हें ख़ुद को ज़िम्मेदार होना होगा। वहाँ उनके लिए बलि के बकरे नहीं हैं ये कार-चालक। बाहर से अच्छी तरह से देखभाल कर दुकानों में जाया जाता है। कुछ लोग लक्ष्यहीन घिसटे चले जा रहे हैं। रिंग रोड पर बनी दफ़्तरों की इमारतें आदमी पर आदमी निगलती जा रही हैं, जो आयात-निर्यात के बिज़नेस में हैं। आइडा बेकरी में माँएँ अपनी बेटियों के काम को काम करता देखती हैं, जो उन्हें शुरू से ही ख़तरनाक तौर पर समयपूर्व बड़ी होती लगती थीं। अपने बेटों की स्कूल और खेल-कूद में लगन की वे तारीफ़ करती हैं।

ऐरिका कोहूट ने अपने पर्स में अपने सशरीर चाकू की भटकन को हाथ से जकड़ रखा है। चाकू यात्रा पर जायेगा या कानोस्सा मार्ग पर, ऐरिका इसे मर्द की माफ़ी बना देगी? अभी वह नहीं जानती और वहीं के वहीं इसका फ़ैसला करेगी। अभी चाकू मनपसन्द है। इसे नाचना चाहिए! औरत सेसेंशन[1] की ओर बढ़ती है और सिर खुले पत्तों के गुम्बज की तरह ऊँचा कर लेती है। उसके नीचे शहर का एक मशहूर कलाकार कुछ दिखा रहा है, उसके अनुसार कला जो पहले थी, उससे ज़्यादा नहीं हो सकती। यहाँ से तकनीक, कला का वैपरीत्य, दूर से देखा जा सकता है। ऐरिका को अब सिर्फ़ चौक पार के रेस्सलपार्क से निकलना है। नीचे की ओर गिरने वाली हवा चल रही है। युवा ज्ञानपिपासुओं के स्वरों का अम्बार लगा है। नज़रें ऐरिका पर पड़ रही हैं, जो ख़ुद को उन्हें पेश कर देती है। आख़िर मुझ पर भी नज़रें पड़ रही हैं, ऐरिका ख़ुश होती है। साल-दर-साल वह ऐसी नज़रों से दूर भागती रही थी, घर में बन्द रह कर। लेकिन जो अधिक समय ख़ुद को बचा कर रखता है, आख़िर में चाकू भी क्या बढ़िया घुसाता है। ऐरिका ख़ुद को नज़रों को बिना हथियार लिये पेश नहीं कर रही, मेरे बहादुर चाकू! कोई हँसता है। हर कोई इतने ज़ोर से नहीं हँसता।

---

1. विएना में एक इमारत, जहाँ लगभग 1900 ई की आस्ट्रियाई कला की एक स्थायी प्रदर्शनी है।

ज़्यादातर लोग नहीं हँसते। वह इसलिए नहीं हँसते, क्योंकि उन्हें खुद के अलावा कोई और नज़र नहीं आता। वे ऐरिका को नहीं देख रहे।

प्रवाह में से युवा लोगों की मंडलियों के थक्के निकल रहे हैं। वे हमलावर-टुकड़ियाँ हैं और रात के पहरेदार हैं। प्रतिबद्ध मनुष्य कृतसंकल्प हो कर अनुभव एकत्र करते हैं। इस बारे में निरन्तर बोलते रहते हैं। कुछ स्वयं से अनुभव लेते हैं, दूसरे दूसरों के साथ तजुर्बे करना पसन्द करते हैं, हर कोई अपनी इच्छानुसार।

तकनीकी यूनिवर्सिटी के पुराभागों के सामने स्तम्भों पर इस संस्थान के प्रसिद्ध वैज्ञानिकों के मर्दाने सर, जिन्होंने बमों और बाँधों का आविष्कार किया था।

उजाड़ वीराने के बीचोंबीच विराट कार्ल चर्च किसी भेक की तरह उदास बैठा है। पानी आत्मविश्वास से भरपूर बातूनियों की तरह खदबदा रहा है। रेस्सल पार्क के अलावा, जो एक हरे-भरे नख़लिस्तान के समान है, और जगह शुद्ध पत्थर पर चलना पड़ता है, जहाँ फिर भी कारों द्वारा प्रदूषण का ख़तरा नहीं है। चाहो तो भूमिगत ट्राम भी ली जा सकती है।

ऐरिका कोहूट वाल्टर क्लेम्मर को ज्ञान प्राप्त करने के विभिन्न चरणों में लगे हमख़याल छात्रों के एक झुण्ड में हँसता-बतियाता पाती है। लेकिन ऐरिका पर नहीं, जिस पर वे बिल्कुल तवज्जोह नहीं देते। कोलाहल मचा कर प्रदर्शन किया जा रहा है कि वाल्टर क्लेम्मर आज निकम्मा नहीं रहा। और रातों की तरह उसने इस रात भी आराम नहीं किया। ऐरिका तीन लड़कों और एक लड़की को गिनती है, लगता है कि लड़की ने भी लड़कों की तरह तकनीक का कोई विषय लिया हुआ है, और इस तरह वह एक तकनीकी विलक्षणता है! वाल्टर क्लेम्मर लड़की को खुशी से कन्धा इस्तेमाल करने दे रहा है। वह ज़ोर से हँसती है और अपना सुनहरे बालों वाला सर क्लेम्मर की गर्दन में छुपा लेती है, उधर क्लेम्मर का भी सुनहरे बालों वाला सर है। हँसने की वजह से लड़की खड़ी नहीं हो पा रही, जो उसके शरीर की भाषा से स्पष्ट होता है। लड़की को क्लेम्मर का सहारा लेना पड़ रहा है। दूसरे क्लेम्मर की बात का अनुमोदन कर रहे हैं। वाल्टर क्लेम्मर भी ठहाके लगा कर हँस रहा है और बालों को झटका रहा है। सूरज उसके चारों ओर छा जाता है। प्रकाश उसके साथ अठखेलियाँ करता है। क्लेम्मर ज़ोर से हँसता जाता है, और दूसरे जम कर उसका अनुमोदन कर रहे हैं। इतनी हँसी की कौन सी बात है, बाद में आया एक छात्र पूछता है और उसे भी तुरन्त खिल-खिल हँसना पड़ता है। छूत लग गयी है उसे। फूँकें मार कर उसे कुछ बताया जाता है और अब जा कर वह

जानता है कि वह किस बात पर हँस रहा है।

वह दूसरों को पीछे छोड़ जाता है, क्योंकि उसे हँसने की एक कालावधि को बाद में पूरा करना है। ऐरिका कोहूट वहाँ खड़े देखती रहती है। ध्यान से देखती है। एक धुपैला दिन है और वह देख रही है। जब झुण्ड काफ़ी हँस लेता है तो वह तकनीकी यूनिवर्सिटी की इमारत में प्रवेश करने के लिए उधर मुड़ती है। इस बीच उन्हें फिर दिल खोल कर हँसना है। अपनी हँसी में वे खुद अपनी ही हँसी से टोक लगा रहे हैं।

प्रकाश में खिड़कियाँ झिलमिला रही हैं। उनके किवाड़ इस औरत के लिए नहीं खुलते। हर एक के लिए नहीं खुलते वे। कोई भलामानस नहीं है वहाँ, हालाँकि पुकारा जाता है। बहुत से मदद करना चाहते हैं, पर करते नहीं। औरत गर्दन को एक तरफ़ बहुत ज़्यादा मोड़ती है और किसी बीमार घोड़े की तरह दाँत दिखा कर हिनहिनाती है। कोई उसकी मदद नहीं करता, कोई उससे कुछ लेता नहीं। अस्वस्थ सी वह पीछे कन्धे पर नज़र डालती है। चाकू को उसके दिल तक जाना चाहिए और वहाँ जा कर घूम जाना चाहिए। इसके लिए बची ताक़त जवाब दे जाती है, उसकी नज़र कहीं नहीं पड़ती, और बिना क्रोध के, बिना भावावेश के ऐरिका अपने कन्धे पर एक जगह चाकू घोंपती है, जिससे तुरन्त लहू तेज़ी से बाहर आ जाता है। ख़तरनाक नहीं है यह ज़ख़्म, सिर्फ़ इसमें मैल और पीब नहीं पड़ने चाहिए। दुनिया कायम है, जख़्मी नहीं, ख़ामोश नहीं। युवा मंडली निस्संदेह काफ़ी देर के लिए इमारत में ग़ायब हो गयी है। एक इमारत दूसरी के साथ लगी हुई है। चाकू को पर्स में वापस रखा जाता है। ऐरिका के कन्धे पर एक चौड़ा खुला घाव है, एक नरम नस निर्विरोध कट गयी है। इस्पात नीचे तक उतर गया है, और ऐरिका वहाँ से जा रही है। वाहन नहीं ले रही। एक हाथ घाव पर रख लेती है। कोई उसके पीछे नहीं जाता। वह भयानक दर्द शुरू नहीं होता, किसी भी क्षण जिसके शुरू होने की आशंका है। एक कार का एक शीशा धधक उठता है।

ऐरिका की पीठ, जहाँ ज़िप ज़रा सी खुली हुई है, ग़रम होती है। बढ़ती जा रही धूप से पीठ हल्की-सी ग़रम होती है। उसमें से लहू रिस रहा है। लोग कन्धों से दृष्टि ऊपर चेहरे की ओर उठा लेते हैं। बल्कि कुछ लोग पीछे भी मुड़ते हैं। सब नहीं। ऐरिका जानती है कि उसे किस दिशा में जाना है। वह घर जा रही है। वह जा रही है और धीरे-धीरे चाल तेज़ करती जा रही है।

□□□